［新編］日本女性文学全集

岩淵宏子＋長谷川啓［監修］
岡野幸江［編集］

11

六花出版

監修
岩淵宏子
長谷川啓

第一一巻　目次

凡例

◆本文には、原則として常用漢字を採用した。ただし、底本に用いられている字体が、常用漢字でない場合は、できるだけ正字体にするようにつとめた。その際、人名用漢字も、原則として常用漢字と同様のものとして扱った。

［例］　欝→鬱　壷→壺　纒→纏

◆字体表の如何に拘わらず、底本の字体を優先する場合がある。

［例］　恥⇅耻　灯⇅燈　伜⇅倅　妊⇅姙　州⇅洲　竜⇅龍　潤⇅濶

◆括弧の取り扱いや数字表記、単位語などは、底本に従い、全集として統一を図ることはしない。

◆振り仮名は底本に従って付した。ただし総ルビの原稿は、その難易度を測って調整した。

◆字体における例示以外の詳細は、版元・六花出版の内規によった。

◆［　］は、六花出版編集部の補足であることを示す。

◆作品の中には、人権の視点から見て不適切な語句・表現もあるが、作品発表時の状況をあらわすものであることから、組み直すにあたり、底本のままとした。

加《か》藤《とう》幸子《ゆきこ》

夢の壁

1

夏になってから、雨は一度も降っていない。地面は細かく碾《ひ》いたとうもろこし粉を固めたみたいだった。少しでも勢いよく歩くと、砂埃《すなぼこり》が舞いあがってくしゃみが出た。窓は大人の背丈にあわせてくりぬいてあるので、午寅《ウーイエン》が外を見るときは爪先立《つまさきだ》ちをしなければならない。同じ年恰好《としかっこう》の村の少年に比べて、彼はずっと小柄《こがら》だった。昔、村に疫病《えきびょう》が流行して、高《カオ》家の子供は三人とも罹《かか》ってしまった。上の二人は死んで、赤ん坊の午寅だけが残った。でも母親《ムーチン》の乳房に吸いつくことができないほど弱ってしまった。だから毎日、乳の代りに緑豆をすりつぶした重《おも》湯《ゆ》で育てられた。背が伸びないのはそのせいだ、と祖母《ツームー》が言う。

家は爸々《パーパ》が北京《ペイチン》に出かける前に建て直していった。三年前のことだ。午寅はまだ小さかったのでほとんど手伝わずに、脇《わき》で爸々の仕事ぶりを眺《なが》めていた。黄土に水を注いで、柳の太い枝で打ちたたいた。とても面白そうで自分もやってみたかったが、父親は裏に積んである干し草を取ってくるよう彼に言いつけただけだった。それから突然、父親は手品のようなことをやってのけた。草と泥《どろ》を混ぜた材料で午寅たちの家を造ったのだ。とても頑《がん》丈《じょう》だし、夏は涼しく冬は暖い。欠点は見場がよくないうえに、表面がぼろぼろ剝《は》げやすいことだ。三年たつと、午寅におできができたとき掻《か》きむしった跡みたいになってしまった。ほんとうは村長の家みたいに煉瓦《れんが》で造ればいいのだ。爸々《パーパ》が北京で儲《もう》けて帰ってきたら、きっと煉瓦の家を建ててくれるだろう。そのときには午寅もいっぱしの働きをして、爸々にほめてもらえるだろう。

　庭では纏足《てんそく》を小まめに動かしながら、祖母が行ったり来たりしている。何かよいことを期待して六羽の家鴨《あひる》が祖母のあとをつけ回している。祖母の足は、午寅の掌《てのひら》ぐらいの大きさしかない。綿を詰めた三角の袋をとじつけたみたいに見える。祖母はふいに腰をかがめて、喜びの声をあげた。だらしない家鴨の雌が産み放した卵を探しだしたのである。こんなふうにしじゅう地面ばかり見ていて、卵が見つかるのは日に一、二個だ。週末になるとそれを籠《かご》に入れて、村長の太々《タイタイ》（夫人）に届けにいく。村長の家にももちろん家鴨はいるが、日本軍が村はずれに進駐してからは、卵は徴発されてしまうので、持っていくととても喜ばれる。代りに太々は、高家では作っていない小麦粉を一袋くれることになっている。

　家鴨たちは祖母の足もとで不服そうにわめきたて始めた。あいつらは鶏に暖めてもらわなくては卵もかえせない阿呆《あほう》のくせに、底意地が悪い。今も一羽の雄が、祖母の背後にこっそりしのび寄っている。午寅は知らせようとした口を抑えた。こんな見物はめったにないだろう。雄の家鴨は突然に祖母の背に駆けのぼり、薄いもとどりからさらに一束の髪をむしり取った。祖母は金切声をあげてふり返り、家鴨をけった。雄家鴨は雌たちの賞賛を浴びながら逃げまどっている。午寅は窓の縁から滑りおち、暗い室内で腹をかかえて笑った。それが失敗のもとだった。

　畑に出ているはずの母親が、急に入口をふさぐように立っているのが見えた。彼女はまだ笑いの余韻でひくひく震えている息子を厳しい目で眺めた。

「豚にえさはやったんだろうね」

　午寅には答えられなかった。

「何だい、その顔は」

　母親は午寅の手首をねじきるほどの勢いで捉《とら》えた。午寅は目をつむって顔をそむけた。平手打ちが飛んでくるにちがいない、と思った。

「今からやるつもりだったんだよ」

「こんなに遅くなってからかい」

「朝と昼と二回分やればいいと思ったんだ」

「おまえはしじゅう朝のえさをさぼっているんだね。うちの豚がやせているのは、そのせいだよ」

　母親はため息をついて、午寅を締めつけていた力を緩めた。たしかに高家の豚はほかの家の豚に比べて肉がついていない。でもそれは食事の回数が少ないせいではなく、中身のためだと思う。うちの豚は、ほとんど実の入っていない烏麦《からすむぎ》ばかり食べている。もっと豆やとうもろこしや残飯を食わせなければ、太らないだろう。豚に食べさせる穀物を、母親は午寅に回してしまう。息子がやせすぎていることをひどく気にしている。行水のときなどあまりじろじろ眺めるので、午寅は自分が値踏みされる豚になったような気がするほどだ。

「早くお行き」

母親は力なく、疲れた声で言った。いつもならこんなときは怒鳴りはじめるはずだ。病気かもしれない。午寅は少し心配になった。

「済んだら高粱《コーリャン》畑に行って、紅色に変わった穂をむしっておいで。袋がいっぱいにならないうちに帰ってきたらひどいよ」

午寅は壁に引っかけてあった穀物袋と鎌《かま》を取ると、出ていこうとした。母親はその様子をじっと見つめていた。

「媽々《マーマ》?」

「何さ」

「袋がいっぱいにならないうちに、お腹《なか》が減るかもしれないよ」

母親は無言で、朝の残りのとうもろこしパンを午寅にわたした。午寅はまだ何か言い足りない気がした。

「祖母《ツームー》も畑に行く?」

彼はそうであればいいと思いながら、たずねた。

祖母はとても優しくて、ときどき彼を仕事から解放してくれる。その上いろんな話を知っている。彼に〈夢の壁〉の話を教えてくれたのも祖母だ。〈夢の壁〉は村中のどの家からもよく見える。裸の丘の上にある崩れかけた灰色煉瓦の壁だ。ずっと昔は――といっても祖母が生まれていないずっと前のことだから、祖母は実際に見たわけではないが――堂々と砂漠《さばく》を横ぎる大蛇《だいじゃ》のようにどこまでも続いていた。

北京までも? と午寅がたずねると、祖母は確信をこめて、そうだよ、もっと先までもと答えた。

だれが造ったの? と続けてたずねると、祖母はちょっと言葉につまったあとで、皇帝さ。でも皇帝は言い出しただけで、ほんとうに造ったのは私たちみたいなお百姓さと言った。そのとき午寅は今皇帝が〈壁〉の修復を命令すればいいのに、そうしたら爸々はだれよりもりっぱに〈壁〉を造るだろうと思った。

〈壁〉を枕《まくら》にして眠ると、これから自分に起こることの夢を見るのだ。午寅の村の若者たちは、十五歳の誕生日に一度だけそこを訪れる。夢の内容をだれにも知らせてはならない。ある者ははりきって下りてくるが、ある者はまるで青唐辛子みたいな顔色になって戻《もど》ってくる。それでだいたいどんな夢を見たのかわかる。女たちは決して〈壁〉に行くことはない。女の人の生活は男の人しだいだからだ。

「祖母《ツームー》は卵を届けにいくから行かれないよ」

母親はそっけなく言った。午寅はそれ以上ぐずぐずするわけにはいかなかった。

豚は囲いの中で唸《うな》り声をあげながら足踏みしていた。空腹のために苛立《いらだ》っているのかもしれない。囲いの中の地面には草一本生えていない。全部むしって食べてしまったのだ。あいつらは何だって食べてしまう。いつか自分の仔《こ》まで食べた化物のような雌豚がいた。豚飼場の土は豚の鼻面《はなづら》で万遍なく掘りかえされている。来年、ここはよい畑になるだろう。豚は一年ごとに場所を移して飼わなければならない、と北京に行く前に父親が教えてくれた。

午寅が共同井戸から汲《く》んできた水桶《みずおけ》を置いてやると、雌豚と雄豚が一頭ずつ寄ってきて鼻を鳴らして飲みはじめた。爸々がいたときは一時に五頭も飼ったことがあるが、女二人と午寅ではこれでも手に余る。豚のみけんと突き出した口の上の皮膚はだぶついて、水を飲むたびに揺れている。午寅が豚をきらいなのは、感情を表わさない細い目だ。いつも半分眠っているようでいて、何でも逃さないのだ。祖母がいつか村長の太々からもらってきてくれた胡麻《ごま》菓子を、この柵《さく》の上でかじっていたことがある。半分に割れて落ちてしまった。あいにく囲いの中のほうだった。手を伸ばしたときには、雄豚が狂暴な黒いつむじ風のように飛んできて、一瞬早く呑《の》みこんでしまった。翌年、町の肉屋に売られていったときには、仕返しをとげたような気持になった。

午寅は囲いの外いちめんに生えている烏麦を刈り取っては中に放《ほう》りこんだ。二頭の食べ方が早いので、えさのほうが追いつかない。午寅のまぶたにも鼻にも粘ばっこい汗が溜《た》まった。口の中で濃い塩の味がしはじめた。この夏は、午寅の知っているどの夏よりも暑く乾いている。去年の夏は、友だちの順燕《シュンイエン》といっしょに半日歩いて桑《サン》河《ホウ》まで泳ぎに行った。桑河の岸辺には柳の大木が地に着くほど茂っていて、家の中にいるように涼しかった。黄土色の水面を持ちあげて魚がときどき跳ねた。川は浅く、泳ぎといえば犬掻きしか知らない二人は何度も両岸を往復した。

今年は桑河《サンホウ》の水は、この村に届くまでにどこかに吸いこまれてしまった。川底の中央に濁った粟粥《あわがゆ》のように見えるのがそれだった。泳ぐどころか、畑に引きこむことさえできなかった。

「それでも洪水《こうずい》よりはいいよ」

祖母は吐息をついてばかりいる嫁に言った。

「私が息子を育てていたときは、桑河《サンホウ》の奥の山に大雨が降った。桑河は水を飲みすぎた竜《りゅう》のようにふくれあがって、暴れはじめた。たくさんの豚や山羊《やぎ》や逃げ遅れた人がぷかぷか流れていったよ」

順燕の家は兄弟姉妹七人の大家族だったから、今年の夏を持ちこたえることができなかった。父親と一番上の兄は、南のほうに行って苦力《クーリー》になった。母親は順燕をつれて村長の家の阿媽《アマー》になり、三人の姉たちはどうしたのか姿が村から消えてしまった。午寅がたまに祖母について卵を届けにいくと、順燕は村長の庭で薪《まき》を割っていたりした。彼は午寅を見ても〈よお〉と言うだけだった。午寅と同じ七歳なのにいやに大人っぽく見えた。

豚の食べ方がやっと緩慢になった。最後の一束を囲いに放りこむと、午寅は爸々がよくしていたようにぺっとつばを吐いた。豚が血に濡《ぬ》れた刃物のような目で午寅を見つめた。どうしてもこいつらを好きにはなれない。毛の柔い羊を飼えばいいのに。そうしたら羊たちを連れて一日中、草原で遊ばせてやる。

太陽が髪の毛に燃えうつりそうな気がした。午寅は袋を頭巾《ずきん》のように折って頭からかぶった。とうもろこしパンといっしょに持ってきた瓶《かめ》の水は、この分ではお湯になってしまう。高家の高粱畑は、村のいちばん端っこにある。村の片側を包むなだらかな丘のふもとである。丘の最高所に〈壁〉が「早く来いよ」と午寅を招いている。でも午寅は村の規則は破らないつもりだ。それに必ずしもいい夢を見るとは限らない。

午寅は畑の仕事はきらいではない。草丈の高い高粱は体をすっぽり隠してしまう。世の中でいちばん安全な感じがする所だ。上を見ると、ピカピカした長細い葉が青空を何重にもしばりあげている。風が通るたびに踊り子のように穂がひらひら動く。高粱畑に入るとなぜか午寅は、正月に村に来た大道芸人たちを思い出す。頭上で鳴る高粱の葉ずれが、景気づけに使った胡弓《こきゅう》の音に似ているせいかもしれない。弁髪を背に垂らした曲芸師は、細い竹の先で皿を空に投げあげたり、静止しているように見えるほど速く回してみせた。そのとき皿は、丸くて薄べったい生き物みたいだった。

今年は干魃《かんばつ》のせいだろうか。秋になってもいないのに赤く色づいてしまった穂が多い。そういう株は、午寅が押すと簡単に倒れた。まるで立ったまま死んでいる人を押し倒すようでいやな気がした。でも母親に言われたとおり穂をちぎって袋に入れた。途中で枯れたのでほとんど粒は入っていない。袋はいくらたっても重くならなかった。しばらく働くと急に右足がかゆくなってきた。褲子《クーズ》（ズボン）を持ちあげて掻くと、左足までむずむずしてきた。とたんに豚さえ見向きもしそうにない未熟の穂を摘むのがいやになった。傍《そば》に祖母がいたら、せがんで話をしてもらうことができる。祖母は長いきせるから煙の輪をぽっぽと噴きあげながら、ゆっくりと話しはじめるだろう。〈夢の壁〉の話、〈匪賊《ひぞく》〉の話、西の国から駱駝《らくだ》に乗ってやってくる〈隊商〉の話、〈人さらい〉の話、そして……。午寅は高粱の根もとにごろんと横たわった。風がお腹の上を優しい日陰が柔い布のように体を覆《おお》った。青臭い作物の香いときの媽々みたいにさわっていった。りがした。

突然〈壁〉が見えた。〈壁〉はどこからでもよく見えたが、今は初めて見るような感じがあった。横たわって見ているからかもしれない。しかしよく見ているうちに原因がわかった。〈壁〉に沿って、虫のように動くものがあったのだ。午寅は寝ながらどきどきした。十五歳になった村のだれかだろうか。でもそういうとき噂《うわさ》は早足の驢馬《ろば》みたいにたちまち村中に伝わるのだ。それで全員がその日は〈夢の壁〉に注目するはずだ。

黒っぽい虫の頭が〈壁〉の向うに引っこんだ。午寅は立ちあがって、今度は一生懸命に丘の上を見た。〈壁〉のぎざぎざした輪郭が、嘲笑《あざわら》っている歯のように思えた。十五歳にならないのに、〈夢の壁〉に行ったものがどうなるか、祖母は教えてくれなかった。だが祖母が子供だったころ、〈匪賊〉も〈人さらい〉も〈壁〉の向うから来たのだ。〈隊商〉も駱駝たちもそうだった。曲芸師の一座もまた丘を越えて別の村へ移っていったのだ。彼らは誕生日に関係はなかった。それに自分は夢を見にいくわけではない。

傾斜は高家の畑の切れたところから、始まっている。道はあるようでなかった。短い藪《やぶ》の列がつながっていて、しじゅう迂回《うかい》しなければならなかった。大きい樹木は一本もなく、藪と藪のあいだにはひねこびた麦のような草が茂っていた。それは祖母が話してくれる砂漠の始まりを予感させて、午寅《ウーイエン》はわくわくしながら登った。黒い虫の頭のことはとうに忘れていた。

丘の頂きに着いたとき、これが〈夢の壁〉であることをほとんど信じることはできなかった。いくら昔にしても、何百人もの村人が総出で造ったものにしてはあまりにもお粗末すぎる。根元の部分には灰色の煉瓦がしっかり積み重なっているが、他の部分は不細工な形の石を黄土で塗りかためたようなものだった。石と石の隙間《すきま》からもう正体もわからなくなった藁《わら》のようなものが飛び出している。爸々が北京に行く前に造ってくれた午寅の家のほうが、よほど心がこもっている。

〈壁〉を乗りこえると、午寅の足の下に硬い感触があった。敷石の列だった。石の廊下だと思った。廊下はずっと先まで続いて、村からは見えない方角にやはり崩れかけた〈壁〉の一部があった。向うがこちらより午寅を落胆させないという保証はないが、どうせ上がってきてしまったのだ。午寅は長い敷石の上を村を背にしてとぼとぼと歩いた。ずっと前は、〈壁〉はもっと高くもっと長かったにちがいない。だれだって百年もたてば、体はがたがたになるさ。自分が今歩いているのは、祖母よりももっと年とった〈壁〉にちがいない。

「止まれ！」

午寅は言葉の剣で串刺《くしざ》しになったような気がした。低い声だったが、それほど恐ろしい響を含んでいた。声のするほうを見ようとしたが、衿首《えりくび》を吊《つ》るしあげられているみたいに自由が効かない。つづいて舌打ちする音と「何だ小孩《シャオハイ》か」と拍子《ひょうし》ぬけしたような声がした。すると目の前に二本の埃で黄色くなった褲子《クーズ》が見えた。午寅は必死でその足だけを眺めていた。匪賊にちがいない。顔が会えばたちまち殺されるか、遠くに売りとばされるかだ。褲子の下にはなめしていない獣皮の靴《くつ》をはいていた。自分で作ったらしく、縫目が粗くごつごつしている。

「いつまで下見てるんだよ、小孩《シャオハイ》」

明らかにいらいらした声が降ってきた。怒らせてはもっと困る、と午寅は考えた。〈お天道《てんと》さまを西から登らせることはできないよ〉母親はいつもため息まじりにつぶやくのだ。逆らってもむだな相手というのがあるんだ。

見あげると、午寅はふいに気が抜けるのを感じた。男は順燕《シュンイエン》の兄さんによく似ていた。口許《くちもと》がいつも笑っているようなところもそっくりだった。服装も皮の靴をのぞけば村の人と大して変わっていない。ただ村に来た日本《リーベン》と同様に銃を持っている。どこの兵隊だろう。午寅の頭はすばしこく回った。国民党軍ではないな。日本軍が村はずれに進駐する前は、国民党軍がいたのだ。国民党軍の兵隊は皆青っぽい制服を着て、とてもいばっていた。どこの家にでも上がりこんで、穀物や鶏や正月用に仕こんだ酒を持っていった。

〈没法子《メイファーズ》〉。祖母の口ぐせだった。〈戦争のときはいつもこういうことになる。代りにあいつらは匪賊から私たちの家と豚を守るだろうよ〉

　春の終りに日本が黄土色の軍服を着て黄塵《こうじん》みたいに押しよせてきたときには、青い制服を着た兵隊の姿はとっくに消えていた。午寅の村の人たちは、国民党軍にただ食いされたことになる。〈没法子《メイファーズ》〉。祖母の口調を真似《まね》て今度は母親が言った。

　次の支配者である日本に望みをかけるわけにはいかなかった。何しろ言葉も気心も通じないのだ。黄土色の軍服が、一時に村中にあふれたときは嫣々も午寅も家の中で息を殺していた。日本は静まりかえった村を気味わるそうに歩きまわってから、通訳をたてて村長と交渉した。村長はさすがに大人《ターレン》だった。にこにこしながら身ぶり手ぶり混じえて、通訳にまくしたてた。順燕が庭の海棠《かいどう》の枝に隠れて見物していたのだから、まちがいはない。村長がどう言ったかは不明だったが、とにかく日本軍は村の中ではなく、外側で停止した。幕舎を幾張りもたて、村と自分たちのあいだに深い河のような塹壕《ざんごう》を掘り終えたころには夏に入っていた。

「日本《リーベン》はあそこで何してるの？」

　午寅は祖母にたずねた。祖母は顔をしかめた。めったに見せない憎しみの色が浮かんでいたので、午寅は驚いた。

「八路《パールー》が来るのを待ち伏せしてるのだよ」

「八路《パールー》は必ず来る？」

「来ないほうがいい」

　祖母は深いため息をついて言った。

　短い経験が、午寅に国民党軍も日本軍も八路も大してちがわないことを教えた。どれもこれも村に迷惑をおよぼすが、〈没法子《メイファーズ》〉としかいえない存在だった。でもがまんさえしていれば、兵隊たちは〈隊商〉や〈大道芸人〉のように、いつかは村を過ぎていくだろう。

「座れよ」

銃を下ろして男が午寅に言った。午寅は壁によりかかってうずくまった。

「どこから来た？」

午寅は黙って下を指した。高粱《コーリヤン》畑が低く見えた。その向うに円形の裸地があり、二頭の豚が蟻《あり》のように動いていた。豚飼場に接して午寅の家が見えた。それはまるで地面にできた疣《いぼ》のようで、偶然の機会にぽろりと取れてしまいかねなかった。ほかにもよく似た疣がぽつんぽつんと大地の割れ目から吹き出していた。炎暑があらゆる水分を空に吸いあげて村中がからからだった。日本の陣地は、高家とは反対側の村境を半周状に囲んでいた。八路が山から村になだれこむと、日本は包囲を縮めて敵を捕らえるのだろう。あいつらは網を張った黄色い蜘蛛《くも》だ。

「頭を低くしろ」男が注意した。「向うでも見張ってるからな」

それならこの若い男はやっぱり八路だ、と午寅は思った。体が少しぞくぞくした。

「小孩《シャオハイ》は何しに上がってきたんだ？」

男がたずねた。午寅はほんとうに自分がなぜ上がってきてしまったのだろうと考えた。

「〈夢の壁〉を見に……」と小さい声で答えた。

「おまえの言ってるのはこの崩れかけた壁のことか？」

男は呆《あき》れたように言うと、足で煉瓦《れんが》をけとばした。

「昔、皇帝が言い出して村の皆が造ったんだよ」

「それは〈城〉のことだろう」男はふいに遠くを見る目になった。「〈城〉はおれの生まれた村の近くにある。おれはずっとその傍を通ってきたんだ。もっと堂々として輝くような城壁だぞ。小孩《シャオハイ》がまたぎ越せるようなものじゃない。よその国にも誇れるようなものだ」

「嘘《うそ》だい」午寅は叫んだ。「祖母《ツームー》が教えてくれたんだ。これは古くなって毀《こわ》れかけてるけど本物なんだ。おまえの村にある〈城〉はにせ物だよ」

男は苦笑して譲歩した。

「たぶん、何人も皇帝がいたんだろう。いろいろな時代にな。ところで小孩《シャオハイ》の持っている瓶は飲み水か？　いくらか同志《トンジー》に分けてくれるだろうな」

「いいよ」午寅は言った。「とうもろこしパンもあるよ」

若い八路は喜んでパンと水を午寅から受け取った。二人は壁の下に座って、ぱさぱさのとうもろこしパンを水で喉《のど》に流しこんだ。彼はほんとうに順燕の兄貴そっくりだった。

「今日は小孩《シャオハイ》に会えて好日《ハオリー》だった」男は立ちあがって明るい声で言った。「帰るよ。命令で偵察《ていさつ》にきたんだ」

「また来る？」

男はちょっとためらった。午寅の好きな若々しい顔がいく分下を向いた。それから早口で言った。

「まもなく小さな戦いが始まる。おまえたちはそのまに逃げなきゃならないよ。次に来る大きな戦いでは、たぶんだれも逃げ出すことができなくなるだろうから」

「ぼくの村も毀れちゃうの？　この〈壁〉みたいに？」

「ああ、ああ」男は途方にくれた様子で続けた。「弾が滝のように飛んでくるだろう。日本《リーベン》のほうからも、おれたちのほうからも……」

〈没法子《メイファーズ》〉と嘆息する祖母の声が聞こえる。大人たちは戦いも没法子のこととして済ませてしまうだろうか。でも自分はいやだ。射《う》たれて正月の鶏みたいに簡単に死ぬのはいやだ。まだ生まれて七年しかたってないんだもの。十五歳になって、〈壁〉を枕《まくら》に夢を見るまでは生きていたい。そうだ、順燕といっしょに逃げよう。

「〈壁〉のこちら側に逃げればいいんだね」午寅は念を押した。「あんたたちの仲間に入れてくれるんだね」

「おまえが十五歳になったらおれが銃の射ち方を教えてやる」男は保証した。「再見《ツァイチエン》、同志《トンジー》。元気でいな」

「再見《ツァイチエン》、同志《トンジー》」

午寅も真似をして言った。男は村と反対側の斜面に飛びおりると、まるで曲芸師のように宙を切りながら姿を消した。

午寅が立ち枯れた高粱の穂でふくらんだ袋を引きずって帰ったとき、太陽はまだ西の端に傾いてはいなかった。でも母親と約束したとおり、たくさん摘んできたのだから叱《しか》られることはないだろう。家の近くに来ると、楊柳《ようりゅう》の影の下で祖母がアンペラを敷いて眠っているのが見えた。家鴨《あひる》たちもその周囲に散らばって、頭を後方に折り曲げて眠っていた。祖母と家鴨たちは、互いに意地悪をしあいながら離れられない仲なのだ。祖母は卵を、家鴨はえさを必要としていた。媽々《マーマ》はどこに行ったのだろう。畑には姿が見えなかった。家の中はしんとしている。高粱の袋を戸口の脇《わき》に置くと扉《とびら》を押した。内側からかんぬきが掛かっているらしい。ということは、母親が中にいることだ。

「媽《マー》」午寅は呼んだ。「帰ってきたよ。高粱いっぱい摘んできたよ。開けてよ、媽《マー》」

しかし扉も動かず、母親の声もしなかった。柳の木の下から祖母のいびきが聞こえてきた。扉といっても爸々《パーパ》が豚の柵《さく》に使った残りを組み合わせただけのものだ。隙間を足せば板の幅より多いくらいだった。

初め家の内部は夜のように見えた。目が慣れてくると、むずむずと動いているものがわかった。媽々と知らない男だった。床に敷いたアンペラの上で二人は絡《から》みあっていた。男が何かわけのわからないことを言った。午寅にはそれが罵倒《ばとう》のように聞こえた。母親のほうは返事をせずに目を閉じていた。母親の両脚は輪回しの曲芸のように空間をさ迷っていた。彼女の隆起した胸から、午寅は目をそらすことができなかった。父親が北京《ペイチン》に行ってしまってから、母親は午寅をめったに抱きしめなくなったけれど、その柔い胸は自分のものだと思いこんでいた。午寅は心臓を蠍《さそり》に刺されたような気がした。

いきなり肩をぴしりと叩《たた》かれた。ふりかえると祖母が恐ろしい顔をして立っていた。手に家鴨を追うときに使う柳の笞《むち》を持っている。

「午寅《ウーイエン》、おまえ何を見た？」

「何も」午寅はとっさに嘘をついた。「戸口が開かないんだよ。どうなってるの？」

祖母は怪しむように孫の顔を見つめ、笞をびょうとふり回した。それから午寅の肩を両手で摑《つか》むと、荒々しく引きよせた。祖母のえぐったみたいにこけた頰《ほお》は、もう少しで穴があくのではないかと思われた。息をするたびに焼いたにんにくの臭《にお》いがした。

「よく聞くんだよ」祖母は孫の耳の穴に一語一語を吹きこむように言った。「日本《リーベン》が家に来ている。母親《ムーチン》と話をしている。邪魔をしてはいけないよ」

「なぜ、日本《リーベン》が媽《マー》と？　追い返せばいいだろ」

祖母はますます声を低めて言った。

「このあいだ断わった隣村の娘は、喉に穴を開けられたそうだ。獣みたいにたくさんの血を流したそうだよ。日《リー》本《ベン》は必要な物、何でも手に入れる。村長の太々《タイタイ》も嘆いていた。あの家の食料庫もつねに空っぽだって」

「村長の家では地面にかめを埋めてるんだよ。順燕《シュンイエン》がこっそり教えてくれた。夜になると掘り起こして中身を食べるんだ」

祖母は午寅の話を全然聞いていないようにつぶやきつづけた。

「日本《リーベン》はどこの家からも取るものを何か見つけるだろう。だがこの家には媽々《マーマ》しかいない」

ふたたび熱湯のような感じが、午寅の全身を駆けめぐった。午寅は軽い藁人形のような祖母を突き放した。祖母は干《ひ》からびた腕で午寅を抱いた。彼女の目尻《めじり》には、目やにと混ざって体中からやっとしぼり出したような一滴の涙があった。

「高連海《カオリエンハイ》」祖母はなぜか午寅を正式の名で呼んだ。「父《フー》親《チン》にはぜったいに喋《しゃ》べってはいけないよ。おまえの舌は滑りがよすぎるから、祖母《ツームー》はいつも心配している」

午寅は金輪際、だれにも話すもんかと思った。媽々は午寅の体の中で火の塊りに変わっていた。自分の体が焼きつくされるか、媽々が灰になってしまうか、どちらかだった。

やがてかんぬきを開く音が聞こえて、日本が外に出てきた。彼は黄土色の軍服にすっぽりはまりこんでいた。しかし午寅は軍服の下の日本を見たのだった。彼の体は午寅よりもずっと茶色っぽかった。日本は柳の根元に孫を抱えて座っている祖母のところに歩いてきた。くるぶしまで覆っている鋲《びょう》のいっぱいついた軍靴《ぐんか》が、午寅の目の前にあった。これでぶたれたらどんなに痛いだろう、と考えただけで午寅の口中には生つばが溜《た》まってきた。一語でも、さっき母親にささやいているような言葉を言ったら、そのつばを霧にして吹きつけてやろうと考えた。しかし日本は何も言わずに、祖母に向って幾枚かの銭を載せた掌《てのひら》を突き出しただけだった。祖母は震える指で、五毛銭や一毛銭の入り混じった銅貨を日本の掌からかき集めた。そのとき日本の視線がちらと午寅と会った。死んだ鳥のように白っぽい目だった。厚知っているだれかれとほとんど変わりがなく見えた。ほかには午寅のぼったい軍服だけが、彼を日本だと思わせる全《すべ》てだった。

日本が行ってしまうと、祖母は体中のいやなものを全部吐き出すみたいに、喉まであけてため息をついた。それから午寅を押しのけて小銭を数えはじめた。頭上でヤマバトがデーポーポーと胸をふくらませて鳴きはじめた。急に自分でも思いがけないことに午寅は跳びあがった。梢《こずえ》のハトに向って、猛《たけ》り狂った騾馬《らば》のようにわめきたて、祖母から小銭を引ったくると投げつけた。ヤマバトは歌を止《や》めると、少し紫色のました空に向って飛びたった。そして日本の陣地のほうではなく、〈夢の壁〉のある丘を越して姿を消してしまった。気がつくと、祖母は柳の下で這《は》いつくばって小銭を探していた。家鴨たちが周囲でうろうろしている。間抜けどもが光る木の実とまちがえて、銭をつつくたびに祖母は怒声をあげて追い払う。それは午寅の見慣れた情景であった。

2

夕陽《ゆうひ》は帽子に似た形の土饅頭《どまんじゅう》を平等に照らしていた。土饅頭は古いものの順に風に削られて平たくなっていく。地面と同じ高さになれば、墓の下の死人は消えたことになる。母親《ムーチン》の土饅頭は九個目で、首一つ分だけ背が高い。

　空気は乾いた藁《わら》のように熱を含んでいた。午寅《ウーイエン》はもっこに土を盛っては運びつづけた。媽々《マーマ》の墓はもっともっと高くしたかった。もっこをくくりつけた天秤棒《てんびんぼう》は首根と肩の骨のあいだに深くめりこんで、身体《からだ》が二つに割れそうだった。それでも休まずに運びつづけた。祖母《ツームー》はやっと息をしているという状態だし、さしずめこういう場合命令を下すはずの媽々は、無言で穴の中に座っているのだ。

「もういいよ。午寅、よくやった」と隣家の林徐景《リンシューチン》が言わなかったら、午寅は倒れるまで働いていただろう。午寅が新しい墓に土を投げつけるたびに、泣き女が声を張りあげた。女の声は鴉《からす》のようにしわがれていた。それから林さんは午寅のスコップを取りあげて、盛土の周囲を切ったり崩したりし、上手に円くした。林さんの娘が鼻を啜《すす》った。彼女は午寅の母親のところに、布鞋《ぬのぐつ》作りを習いにきていた。祖母は皆の後ろから、幽霊みたいに歩いてきて、母親の使っていた椀《わん》と箸《はし》を供えた。急に午寅の鼻の奥が、唐辛子を嗅《か》いだような工合になった。大げさな泣き女にお株を取られていた悲しみが、初めて午寅の肩に手をかけてきた。

　皆で一人ずつ土饅頭に抱きついて別れをした。女たちは声を出して泣いた。村長の太々《タイタイ》は、まるで遠くの日本軍に届いてほしいというふうに虎《とら》のように吠《ほ》えた。泣かずに、午寅をじっと見つめたのは順燕《シュンイエン》だけだった。最後に泣き女が、天が抜けるほどの大声で嘆いて締めくくった。それから皆目だたぬように一人ずつ帰っていった。

　祖母が財布から三枚の札を泣き女に渡すと、女は今度は全然ちがうかん高い声で文句を言った。午寅は祖母がふたたび渋々と財布を開け、貨幣を追加するのを見た。

夕日が地平線に腰を据《す》えていた。〈夢の壁〉は赤い光を塗られて、今あらたに建設に取りかかった城の一部のように見えた。ほんとうのことは〈壁〉だけが知っている。昨日、八路《パールー》と日本軍のあいだに初の戦いがあった。夜幾人かの八路が丘を越えて村に忍びこんだのにだれも気がつかなかった。朝早く、パンパンとあちこちで季節はずれの爆竹が破裂したので、午寅が屋根に登ってみると、村長の家の周囲から白い煙が上がっていた。まもなく日本軍も塹壕《ざんごう》の中から負けずに射ちかえしはじめた。八路たちがどこにいるのかわからないために、日本の弾の距離はめちゃくちゃで、自分の陣地のすぐ傍《そば》に落してみたり、高《カオ》家の高粱《コーリヤン》畑を越えて丘の中腹に命中したりした。しばらくして全ての音が止んだ。いつも空気を震えさせる村長の騾馬のいななきも聞こえてこない。

「静かになったから、終ったとはかぎらないよ」

祖母は母親に言った。

「でもうちの高粱は、一日でも水をやらなければだめになってしまう」

午寅は媽《マー》にしがみついたが、媽は息子を引きずりながら戸口まで行き、そこで息子を払い落した。

「媽々《マーマ》、ぼくも行くよ」と午寅は頼んだが、媽は首をふり「おまえは石臼《いしうす》で高粱をお碾《ひ》き」と言った。それから厳しい目で一わたり家の内部を眺《なが》めまわすと出ていった。

祖母は床几《しょうぎ》の上にうずくまってじっとしていた。

「祖母《ツームー》」べそをかきながら午寅が引き返して彼女を揺すぶると、「だれも、あれを止められないよ。没法子《メイファーズ》」と言った。

夕方になって、祖母は隣りの林徐景の家に行き、まだ帰ってこない母親を迎えにいってほしいと頼んだ。林さんは父親の友だちだったので、驚いてやってきた。畑に向う大男の林さんの後を小走りについていきながら、午寅は戦いは終ったかとたずねた。

「八路《パールー》は丘の向うに引き揚げたよ。日本《リーベン》は二名死人が出た」

「八路《パールー》はまた来るんでしょう。今度はもっと多勢で……」

林徐景は後ろをふり返ってじろりと午寅をにらんだ。

「そんなことを他人《ひと》に言ってはいけない。自分の臓物まで吐き出して見せる人間は、愚か者だ」

母親は高粱畑の真ん中で、両手をのびのびと広げて気持よさそうに倒れていた。午寅によく似たまつ毛の長い目を思いきり開けていたので、一瞬小さいころよくしたようにふざけているのではないかと思った。林さんが抱き起こすと、頭の後ろに親指ぐらいの穴があいていた。血液はそこから地面にすっかり流れ出し、白っぽい肉団子のような塊りがはみ出していた。井戸水を満たした二個の桶《おけ》は、天秤棒に通ったままほとんどこぼれた跡がなかった。

「高《カオ》玉峰《ユーフォン》に何と言えばいいんだ」

林さんは悲しそうに言った。しゃくりあげている午寅のほうには見向きもせずに、母親を背に負うとのろのろと歩きはじめた。午寅はあわてて水をこぼし、桶と天秤棒を引きずって後を追った。桶と桶とがぶつかってがらがらとひどい音をたてた。林さんは午寅の母親とともにふり返ると「肩にかつげ。ものを大切にしろ」と父親のように叱った。

周囲にはもうだれの姿もなかった。祖母は嫁の墓の前で、自分も土饅頭みたいに丸くなっていた。赤くただれた光のせいで、顔は真底怒っているように見えた。

「日本《リーベン》の東洋鬼《トンヤンクイ》が……殺してやる」

祖母はもぐもぐ口の中でつぶやいた。しかし午寅は、母親に当たったのは八路の弾かもしれないと思った。〈弾は滝のように飛んでくる。日本《リーベン》のほうからも、おれたちのほうからも……〉とあの男が言った言葉が耳の中にはっきり残っている。なぜあの男にとうもろこしパンなぞ分けてやったのだろう。ふいに午寅は自分が今、あの順燕の兄に似た若い男を憎んでいるのに気づいた。午寅は祖母の手にしがみついた。

「爸々《パーパ》に知らせなきゃ……」

〈媽々《マーマ》の死んだことを〉と言いかけて、胸苦しくなって言葉を切った。

「林徐景《リンシューチン》が手紙を出してくれるよ」

「驚くだろうね」

すると祖母は、喉《のど》に痰《たん》がからまったようなむせび声を出した。

「玉峰《ユーフォン》が北京《ペイチン》に行ったのは、媽々《マーマ》とおまえのためだったのに……」

祖母は目を大きく開いたが、涙は一粒も出てこなかった。もう祖母の体には余分の水分の貯《たくわ》えがないのだ、と思った。祖母は孫の耳に唇《くちびる》を当ててささやいた。

「おまえも北京《ペイチン》に行きなさい。爸々といっしょにお暮らし」

「祖母《ツームー》はどうする？」

「わたしは家鴨や豚の世話をしなければならない。それに八路《パールー》は国民党軍や日本《リーベン》よりもずっと親切にしてくれるということだよ」

午寅は途方にくれて、母親の墓のほうを見た。土饅頭は乾いた夜風のために、もう頂きからさらさらと土がこぼれはじめていた。媽々がこの下で硬くなって息もせずにいるとは信じがたかった。幾人もの媽がいるような気がした。ふいに薄暗い家の中でゆっくり動いていた白い脚が浮かんできた。日本兵と寝ていた媽々も別人みたいだった。口の中が熱くなりからからになった。〈おしゃべり午寅《ウーイエン》〉と、母親も祖母もしじゅう小言ばかり言っていた。〈おまえの舌には豚の脂《あぶら》が塗りつけてあるのかい〉

夕日は半分欠けていた。高粱畑は全体に水が足りなくて、勢いがなかった。媽々が世話することができなくなったので、たぶん全滅してしまうだろう。村長の父親が三年前に死んだときは、村中総出で葬式に行った。町から呼んできた楽師が四人と泣き女が三人も行列の後についたのだ。家みたいにりっぱな土饅頭だったが、それでも年々風や雨に流されて、今では他《ほか》の人の墓と同じくらい平らになった。ところが日本は、弾に当たった兵隊を土に還《かえ》さずに焼いてしまったらしい。夜の間、幕舎の方角で焔《ほのお》が金の巨竜《きょりゅう》のように紺色の空に舞いのぼっていた。午寅と祖母は、母親を寝かせた家の中には入らずに、家鴨たちと柳の下で眠ったのでよく見えた。焔は暁には白い煙になり、だんだんやせほそってついに朝日が射《さ》すと同時に溶けてしまった。

3

ＳＨ学院の校門には花園を形どった扉《とびら》がついている。硬い鋼鉄でできたばらの花は、ＳＨの精神を表わしているという。らせん状の茎もじょうご型の蕾《つぼみ》も細い縁取りのある葉も、ぜったいに虫に食われない。夏も冬も、顔と掌のほかは白い布にすっぽり保護されているＳＨの先生《マザー》たちは、たぶん生徒たちに鉄のばらのようになってほしいのだろう。

佐智《さち》が印度人《インディアン》のラシュミーといっしょに校門を出ると、同級生は佐智をつついて言った。

「サチ、来てるわよ。あなたの車引きが」

ＳＨでは授業も会話も英語を使う。英語に弱い佐智が、やっと五年級に上がれたのは今年の春で、それまでは自分より年下の子供たちと机を並べていた。

「いいなあ、サチは毎日車に乗れて……」

「だって、あたしの家は遠いんですもの。宣武門《シェンウーメン》の近くよ。そうだ、今度遊びにきてね」

洋車《ヤンチョ》だまりに、見慣れた老高《ラオカオ》の幌《ほろ》があった。

佐智はいっしょにいるのがラシュミーでよかったと思った。やはり五年級のリリーだったら〈あらＳＨの日本人は、中国の車引きよりは上なのね〉ぐらいのいやみは言うだろう。リリーの家は北京《ペイチン》では有名な金持ちなんだそうだ。人力車夫なんて自分の飼ってる狆《ちん》より下だと思っている。

「じゃあ、また明日ね。バイバイ」

ラシュミーの家はSH学院の近くの高級商店街にある。北京で最も古くて大きな洋服店といえばそこに決まっている。店内は昼間でも明りをつけるほど薄暗い。ターバンを巻いた大男のラシュミーの父は、シャンデリヤの下をゆったり歩きまわって客のために生地《きじ》を吟味したり、注文を聞いたりしている。めったに笑ったりしない。佐智が遊びにいったときも、重々しく王様みたいにうなずいただけだった。母親はラシュミーとそっくりの鳶色《とびいろ》の大きな瞳《ひとみ》をしていた。華やかなサリーを全身に巻きつけていて、二人に紅茶とカレーパイを出してくれた。ラシュミーの家には中国人のリリーの家と同じくらいお金があるかもしれないが、ラシュミーはSHでは控えめで地味な女の子に属している。

ラシュミーと別れると、老高が待ちかねたように車を佐智の前に横付けした。得意なときのくせで、両頰が巴旦杏《はたんきょう》でも入れてるみたいにふくらんでいる。

「サーチー、お帰り」

老高が妙な発音で自分の名を呼ぶたびに、佐智は自分が白くて大きな尨犬《むくいぬ》になったような気がする。〈サ〉〈チ〉と区切って教えても老高は気にもとめずに同じ発音をくり返す。車の仲間たちにことさら聞かせるような大声で。佐智が戦争で負けた国の女の子であることも気にならないようだ。老高は自分にとても優しいが、心の奥に何があるのか佐智にはまだわからない。

SH学院の前には、十数台の洋車が整列して主《あるじ》を待っている。自家用車は皆輝くばかり手入れがゆき届き、車夫たちも糊《のり》のきいたお仕着せなど着ている。老高は佐智の送り迎えのほかは、一般客を拾っているので、車体は汚ないし足置場には泥《どろ》が積もっている。幌には三ヵ所のつぎがある。老高は暑いときはシャツだけで、冬はその上に綿入れを羽織って走る。

佐智が乗りこむと老高はすぐ走り出した。胸を張り、肘《ひじ》を水平に突っぱって勇ましい蟹《かに》のポーズだが、ふしぎに少しも振動を感じない。その秘密はたぶん裸足であることと関係がある。上から見ていると、足の裏はひらりひらりと燕《つばめ》のように翻《ひるがえ》っている。老高の体の部分で、いちばん老高らしくない繊細な部分に見える。全身の感覚がそこに集中されて最も滑めらかな道を選ぶ。だから佐智は車輪が小石一個も跳ねとばしたのを見たことがない。

佐智が老高に初めて会ったときには、彼はもう洋車を引いていて、院子《ユァンズ》(屋敷)の先住者でもあった。強制留用の代りに中国が貸してくれた院子に家族が来てみると、門番小屋に老高が住んでいたのである。戦争のあいだ、彼はそこで別の日本人家族のために働いていた。その家族が引き揚げたあと、だれも高に立ち去れという者はいなかった。佐智の家族は見知らぬ男を見つけて仰天したが、ぜんぜん不服のいえる立場ではなく、そのうえその男はあの長い戦争を、日照りや洪水《こうずい》のような自然現象の一種類と思いこんでいるふしがあった。こうして一つの院子の中で日中の共存生活が始まったのである。SHに入学した佐智の送り迎えを申し出たのは、老高のほうからだった。

「今日は天気が挺 好《ティンハオ》ね、サーチー」

佐智の父より三歳年上の老高は、息を切らしながら話しかけた。

「うん、挺好《ティンハオ》。北海《ペイハイ》の水はきっとキラキラしてるわ」

佐智がたどたどしい中国語で答えると、洋車は北海公園《ペイハイクンユァン》へ向う静かな通りへ曲がった。これは二人の暗号ごっこであった。佐智の母は近ごろ北京市立図書館に通っている。帰国者の残した膨大な日本の書物の整理を頼まれたのだ。だから午後の院子に帰っても、佐智は独りだった。独りには慣れているほうだが、それでもたまには夕暮れの淋《さび》しい気分に浸されることもある。老高はある日佐智のしょんぼりした姿をかいま見たのだろう。暗号ごっこが始まったのはそのころからである。母が早く帰る日には、佐智は洋車の上から難しい声で、「雨が降りそう。傘《かさ》がいる」と言うことにしている。すると老高は洋車をまっすぐに走らせた。

人力車はハリエンジュの並木道を通っていた。上を向くと薄紫の花房が落下傘《らっかさん》のように舞いおりてきそうだ。甘い香りがじゃれつく仔犬《こいぬ》のようにどこまでも跡を追ってくる。

老高が梶棒《かじぼう》を下ろすと、佐智は湖のほとりへ走っていった。老高は座席の下から長いきせるを取り出して、火を点《つ》けた。彼が日本の少女のために、どれだけの稼《かせ》ぎをむだにしているのか、佐智は考えたこともなかった。

凪のない日で、北海は抑えつけられたようにないでいた。湖心で一群の鵞鳥《がちょう》が泳ぎながら旋回している。輪は白いぐにゃぐにゃの環形動物のようで、一定にはならなかった。一方が広がると、もう一方がだらしなく縮んだ。湖畔では定間隔に植えられた楊柳《ようりゅう》が、緑色の髪を水面近くまで垂らしていた。ときどき銀の刃物が水を切るように魚が跳ねあがった。午後の公園は熱すぎて、人気《ひとけ》がなかった。氷果《ビンコオ》売りも商売を中止して、木陰で昼寝をしていた。けれど佐智は知っていた。湖を取りまいている石の欄干は、一年中内側に冬を閉じこめている。佐智は欄干にまたがって、両足から力を抜いた。下腹がしだいに冷んやりしてきた。体を倒して欄干に抱きつくと、体温が薄められ、快感が広がっていく。目を閉じると、右側から水への本能的恐怖が這《は》いのぼってきて安定感が崩れ、いっそう強く欄干にしがみついた。

　老高がきせるを握ったまま、不安そうに伸びあがって佐智のほうを見た。真に迫った遊戯なのか、本物の危険なのか真剣に見きわめようとしている。佐智は笑いたくなった。お人よしで柔順な老高、あんたに子供がいたらきっと馬鹿《ばか》にされてるでしょう。

　老高が公園の入り口のほうにゆっくり引きかえしていくのが見える。あそこには酸梅湯《スワンメイタン》を売る小さな店屋がある。あの透明で火の色をしたジュースは佐智の大好物なのだ。佐智の母が、これを飲むことを禁じる理由はたった一つしかない。不衛生な飲み物だから。でも佐智は、酸梅湯を飲む理由をもっとたくさん持っている。第一が喉を通るときに感じるさわやかな風、第二が独りの淋しさを鎮《しず》める甘酸《あまず》っぱい味、そしてこの世でいちばん美しいと思われる紅色などである。

〈早く、老高《ラオカオ》、早くね〉佐智は心で念じた。

　ふいに軽い疼痛《とうつう》を背中に感じた。右側の水面に何かが小さな音をたてて沈んだような気がした。ふり返ると、楊柳の下で二人の大柄《おおがら》な少年が杏《あんず》を食べていた。市立中学校の青い制服をきちんと着たまじめそうな少年たちだった。飛んできたのが、杏の核だったことに気づいた。ふたたび橙《だいだい》色の小鳥のように核が飛んできた。小鳥はかなり鋭いくちばしで佐智の肩をついばむと、水に墜《お》ち、今度は金魚に変身して湖に潜っていった。少年たちは黄色い皮ごと汁気《しるけ》たっぷりの果肉をしゃぶり、次に核を水に捨てたのである。最初に欄干に寝そべった女の子に当たったのは、偶然だっただろう。けれど佐智が向き直り、日本《リーベン》の顔をあらわにしたとき、彼らは射的の興奮に駆られたにちがいない。佐智がすばやく顔を覆《おお》ったすぐ後で、別の核が正確にその手の甲を射《う》った。今度はほんとうに体勢が崩れて、佐智は石畳に落ちた。体の中でコキンと骨と骨のぶつかりあう音がひびいた。佐智は痛みが骨のあいだにゆっくり引っこむまでじっとしていた。

　中学生たちは、女の子が落ちたのにちょっとびっくりして、杏を手に持ったままぽかんとしていた。そのとき労働で鍛えた頑丈《がんじょう》な腕が、少年たちの衿首《えりくび》を引っ捕らえた。彼らは二匹の兎《うさぎ》のように弱々しくもがいたが、老高はびくともしなかった。

「放せよう、何すんだよう」

　一人がわめき、一人が泣きはじめた。杏が滑りの悪いビー玉みたいに四方に転っていった。

「悪たれめ、二度とするな」

　老高が突き放すと、中学生たちは熟した杏の上に倒れ、制服を黄色い液と肉で汚した。

「東洋鬼《トンヤンクイ》の車引き、ヤーイ。喝涼水《ホウリヤンシユイ》！　爸々《パーパ》に言いつけて罰してやるからな」

　力のかぎり逃げ出しながら、少年たちはののしった。ぺっと激しく老高は地につばを吐いた。

　石の上に落ちたとき、佐智はふいにあの夢を見た。それはふだんはベッドにもぐりこんでから、ひんぱんに出現するもので、昼間見たのは初めてだった。しかし夏の鮮やかな光の下でもそれは暗闇《くらやみ》に浮かぶ輪郭を失わず、いっそう生ま生ましく佐智に迫った。俗悪な紙芝居のように、言葉が夢の場面を解説するのもいつものとおりだった。

〈そして……血にまみれた一つの顔が……こちらを向いてにやりと笑いました……〉

　声はたしかに自分の声だが、まるでもう一人自分がいて、その自分が佐智にささやいているようだ。佐智は頭を抱えた。恐怖と紙一重の冷たさが体中を駆けめぐっている。それが本物の恐怖にならないのは、夢がかつてほんとうにあったことだからだ。体験にはない夢のほうがずっと怖い。だからあの夢にかぎっては、佐智は底無沼《そこなしぬま》から自分を救いあげる手段を持っている。それは〈あのとき〉をつぶさに思い出すことだ……。

『あらわし班』という名は班長の孝雄《たかお》がつけたのだが、班員たちはその名にあまりふさわしいとは言えなかった。病気がちで学校を休んでばかりいる佐智とお雛様《ひなさま》に似たぽってりした男の子の文明は一年生。三年生の京子と浅子は双子のくせにけんかばかりしている。四年生の洋一は鼻が悪くていつも口を開け放ち、動物好きの健は犬や猫《ねこ》を見かけるたびに、通学班を忘れて飛んでいってしまう。ただ五年生の孝雄一人が、苦労して班をまとめながら、山を二つ三つ越えた所にあるらしい戦争に憧《あこが》れていた。

あのとき『あらわし班』は国民学校から帰る途中だった。胡同《フートン》（露地）にはやはりハリエンジュの花の匂《にお》いが流れていた。佐智は自分たちが花の匂いをさかのぼっている魚の群れのような気がしたのだ。手をつないでいる文明はむっつりしていた。きっと学校でいやなことがあったのだろう。国民学校ではしょっちゅういやなことが起こる。帰ったら文明とだけいっしょに遊ぼう。佐智は色の白い太った文明が好きだった。

ふいに先頭を歩いていた孝雄が立ち止まったので、『あらわし班』全員が転びそうになった。孝雄は気をつけの号令をかけられたみたいに、前方を凝視している。だれかがその方向を見て、「ひええ」と変な声を出した。

胡同の出口が、気味の悪いものにふさがれていた。錆《さび》の塊りのような人力車とどうやら人間らしい形をしたものである。車の幌は元の生地がわからぬほど継ぎ足されたうえに、甜瓜《まくわうり》ほどの穴が天井にあいている。車引きのほうは、全身鉤裂《かぎざ》きがひらひらしているぼろで覆われ、ぼろからはみ出した皮膚は垢《あか》に埋もれている。髪の毛は油と砂の混合物でてらてらしている。人間というよりは、石炭殻《がら》の下から這い出してきた奇妙な生物だった。今までこんなものをだれも見たことはなかった。車引きは洋車の踏台にうずくまり、薄笑いを浮かべて集団下校中の子供たちを眺《なが》めていた。胡同の片側の壁と車輪の間隔は二尺よりも狭く、『あらわし班』が車引きの横をすり抜けずに先に進むことは、不可能のように思われた。

〈前進？〉〈後退？〉。たぶん棒立ちになっている班長の孝雄の頭の中には、二つの信号が交互に明滅を繰りかえしていたであろう。その車引きは三日間何も食べていないにちがいなかった。ただ道ばたに横たわっている乞食《こじき》とちがう点は、彼が〈車〉を所有していることだった。その一筋の光に取りすがって、彼は通学路である胡同に車をとどめ、彼に声をかけるかもしれない未来の客を待っているのだろう。だから彼をここから退《ど》かすためには、その希望を打ち砕くほかはないであろう。

「走《ツォウ》、走《ツォウ》！」

孝雄は車引きに向かって怒鳴った。車引きはちょっと白目を動かしたが、立ち去る気配はぜんぜんなかった。胡同の出口こそ、彼と彼の車が居られるこの世で唯一《ゆいいつ》の場所と信じこんでいるみたいだった。

「早く向うに行けったら！」

孝雄はじれて地団太を踏んだ。今度ばかりは『あらわし班』全員の気持は同じだった。

「戻《もど》って、別の道から行こうよ」

健がおずおず言った。

「ばかたれ、日本軍は決して退却しないんだ」

「だって病気かもしれないよ」

医者の娘の京子が口をとがらした。孝雄は腕組みをした。それからきっぱりした口調で「よし、皆、石を拾え」と言った。

だれも最初に投げるのはいやがった。皆がおずおずと班長の後ろにかたまった。

「洋一、おまえ投げてみろ」

孝雄が命令すると、洋一は素直に従った。しかし洋一の石は一間ほどひょろひょろ飛ぶと地に落ちた。孝雄は舌打ちして石を選んだ。

「下手糞《へたくそ》だな。みてろよ」

彼は球投げの名手だから、皆固唾《かたず》を呑《の》んで見守った。石は流れ星のように抛物線《ほうぶつせん》を描くと、車引きの肩にめりこんだ。

「アイヤー」

車引きは弱々しく叫んで、両手を上に掲げた。降参のつもりというよりは、ふざけているみたいに見えた。班長の次の石は狙《ねら》った幌を縦に引きさいた。〈もう、だれも乗れなくなる〉と佐智は思った。もっとも布は弱りきっていたから、手で触ってもそうなったかもしれない。車引きはぼんやりとして、梶棒を上げようとする意志も見せなかった。しだいに『あらわし班』全員がいらいらしてきた。車引きがこんなに強情であることは予想外だったし、彼が花の香の流れる胡同にいるのは明らかに不当だった。全員が両手にたくさんの石を抱えた。文明も、佐智も、京子も、浅子も投げた。ただ健だけが両手を空っぽにして、立ちすくんでいた。

小石が命中するたびに車引きは「アイヤー」と小声で叫んだが、あいかわらず身を守る様子はなかった。突然、だれかの放ったかなり大きい煉瓦《れんが》のかけらが、額にぶつかるのが見えた。彼はちょっとよろめいた。垢を押しわけて、血が朱塗りの箸《はし》を突き立てたようにほとばしった。信じられないくらい鮮やかで美しい色をしていた。車引きは滴《したた》り落ちる自分の血の行方をふしぎそうに眺めると、もう一度子供たちのほうを向いてにやっとした。

「キャアァ」と悲鳴をあげたのは、京子か浅子である。『あらわし班』は総崩れとなって胡同から敗走した。逃げても逃げても、血だらけの顔とそこに浮かんだにやにや笑いは背中にぴったりついてきた。班長は班員のことなどかまわずに、皆を引き離して先頭を走っていた。逃げ足の遅い佐智と文明は、手をつないだまま声をかぎり泣いて走った。

北海の欄干から石畳に落ちたとき、佐智の見た夢は一瞬だった。しかしどんなに短くとも、夢は現実の初めから終りまでを佐智に思いおこさせた。何度もくり返し夢はやってきて、そのたびに〈まだ先があるぞ〉とささやきつづけた。佐智はむしろそのことに脅《おび》えた。

「サーチー、どこか痛くしたか」

老高が不安をいっぱい顔に浮かべて佐智をのぞきこんでいる。

「けがしたか、だいじょうぶか」

佐智は頭をふって起きあがった。老高の両手には酸梅湯のコップが、二個の小さい夕陽《ゆうひ》のように輝いている。

老高は安心した表情になって言った。

「喝《ホー》、サーチー、喝《ホー》」

佐智は紅色の液体に口をつけた。甘酸っぱい果汁《かじゅう》が、夢の残像を和げた。老高は優しい象のような目でまだ佐智を眺めている。何も知らない高おじさん。四年前のあのできごとを告げたら、その目はもっと厳しく変わるだろうか。〈高《カオ》の小さいかわいいサーチー〉に話しかけることをぷっつりやめて、SHと院子を往復する同居人としての義務を果たすだけになるだろうか。SHのマザーたちは〈嘘《うそ》はもっとも大きな罪です〉と言い、〈他人を傷つけることは罪です〉とも教えた。佐智はどちらにしても罪を背負っている。だから杏の核ぐらいではびくともしない。ただ老高がとても好きなので、悲しませることをしたくないだけだ。ほんとうはまだ夢の余韻で、心臓の辺りがピクピクしているのだが、佐智はできるだけ元気よく言った。

「酸梅湯《スワンメイタン》とてもおいしい。ありがとう」

老高は喜んで頰《ほお》をふくらまし、巴旦杏《はたんきょう》を入れた顔になった。ふいに今まで思いつきもしなかった考えが、佐智をよぎった。

「老高《ラオカオ》、あんたの家族はどこにいるの？」

老高は質問がわからぬように、きょとんと佐智を見た。彼の顔は赤銅色《しゃくどういろ》をして、烈《はげ》しい日にさらされた地面のようだった。そこにはまた長いあいだに雨風が削りとった溝《みぞ》が、何本も走っていた。佐智は質問をくり返した。くり返しながら、自分が老高について、何か知りたいと思ったのは初めてであることに気がついた。

「遠く、たいへん遠く……」

老高はぶつぶつ口の中で言った。それから洋車の梶棒を上げて、佐智に出発の合図をした。

4

SH学院が夏休みに入る前日、リリーが騒ぎはじめた。休暇のために学用品を整理していた級の全員が注目するほどの声だった。

「ハンカチーフ知らない？　パパがフランスから買ってきてくれたばかりのものよ。たしかに文法《グラマー》の教科書の上に置いたわ。端から端までレースで編んである、すごく高価なものよ」

リリーは後席の佐智をふり返った。

「ねえ、サチ。あなた、まちがって使ったんじゃないの？」

「ちがうわ」佐智は腹の虫を抑えて言った。

「あたしはちゃんと自分のを持っている」

「そうよね」リリーは佐智をいやな目で見て言った。「あなたのはごわごわした木綿だから、まちがえっこないわよね」

「机や椅子《いす》の下に落ちているかもよ」

ラシュミーが自分の長いおさげを払いのけながら言った。彼女もいらいらしているのがわかった。

「まちがえたふりをして、ポケットに入れる人もいるわよ」

リリーが平然と言ったので、皆が凍りついてしまった。級長の仏人《フレンチ》のテレサが厳しい声でたずねた。

「リリー、それどういうこと？」

「サチのポケット見たいの。気になって仕方ないんだもの」

無邪気な声でリリーが言った。意地悪ではなく、本気でそう思っているのだ。テレサが困ったように佐智を見たが、落ちついているので安心したふうであった。

「リリーっていやな子ね」そう言うと、佐智のほうに青い目を向けた。「あなたが持ってるなんてだれも信じないわよ。でも、どうする？」

反射的に佐智は制服の白いワンピースの胸ポケットに手を入れていた。今朝、母親から渡された二枚のハンカチーフを出した。一枚は父親と同じ洗いざらしの木綿製で、もう一枚は小さくなった夏服の裾《すそ》から切りとられたプリントである。

「へえ」とリリーが言った。「日本人《リーベンレン》は古着からハンカチーフを作るのね。中国人《チュングオレン》とはだいぶちがうわ」

「総レースのハンカチーフを学校に持ってくるなんて、あたしの国では田舎者のすることよ」

テレサがやんわりと言った。

「あの……」優しいささやき声が、リリーと佐智を取り囲んだ制服の背後から聞こえた。皆がその方角を見ると、最前列に座っているエリザベートがたどたどしい英語で言いはじめた。

「リリーがさっき黒板に絵を描《か》いたでしょう。先生の足音がしたのであわてて拭《ふ》き消して戻ったとき、これが足もとに落ちたの。あたし拾っておいたわ」

栗色《くりいろ》のおかっぱに同じ目の色をした小柄のエリザベートは一生懸命、母国語でくり返した。

「あたしが《イッヒ》、あたしが《イッヒ》……ね、ほら」

「あやまりなさい、サチに」

めずらしく強い声でラシュミーがリリーにせまった。

「あたし、別にサチが盗《と》ったなんて言わなかったもの」

「それに似たことを言ったわよ。だいたい、あなたはいつもサチにひどいのよ」

ラシュミーの仔鹿《こじか》に似た目の底に、怒りの焔《ほのお》がちらちら燃えている。ふいにリリーが声をつまらせて喋《しゃ》べりはじめた。

「あたしだって、ずいぶんひどいことされたわ、日本人《リーベンレン》に。媽々《マーマ》と洋車《ヤンチョ》に乗っていたら引きずり降ろされて、日本人《リーベンレン》が乗っていってしまう。私と媽々《マーマ》は遠くの親戚《しんせき》まで歩いていったのよ。おかげで媽々《マーマ》の足は肉刺《まめ》だらけになったわ。ちょっといい服装すると〈非国民《フェイグオミン》〉ってののしられたわ。日本人《リーベンレン》の男の子からびりびりに破られたときもある。そのときは阿媽《アマー》といっしょだったのに、阿媽《アマー》はがまんしなさいって言うばかりだったわ。それでもなぜあたしが日本《リーベン》にあやまんなくっちゃならないのよう」

ふたたび夢がちらちらしてきた。リリーの背後に血を垂らした車引きの影法師が見えた。リリーはあの車引きを知らないし、知っても軽蔑《けいべつ》するだけだろう。それでもリリーとあの瀕死《ひんし》の車引きは共通の言葉を持ち、同じ種類の血を体内で分けあっている。リリーはどちらを選択するのだろう。もし日本人《リーベンレン》か車引きかのどちらかを選べとせまられたら……。

目を開けると、級友たちはそれぞれの席に戻っていた。

長い廊下のはずれから、白衣の中でコツコツと軽快に反響するマザー・アメダの足音が近づいてきた。

「気にしないでね、サチ」

後ろから、自分のほうがずっと気にしてるみたいにラシュミーがささやいた。


夏休みに入ってすぐ、老高《ラオカオ》の姿が門番小屋から消えた。

「田舎に帰って息子を連れてくるって言うの。私たちには言わなかったけど、二年前に奥さんが亡《な》くなっていたらしいのよ」

佐智の母親は少し困ったように説明した。

佐智は興奮して頭が痛くなった。やはり自分の想像は当たっていた。老高には自分と同じぐらいの子供がいたんだ。どんな子だろう。老高に似ているだろうか。頬《ほ》っぺたに小さい巴旦杏《はたんきよう》を入れて笑うだろうか。田舎では学校に通っているのか。漢字をいっぱい書けるだろうか。

佐智は役所から帰ってきた父親を捕まえて喋べりたてた。

「そんなにいろいろ期待してると、会ってからがっかりするからよしなさいよ」

父親は笑いながら言った。

「山西《シャンシー》のはずれに住んでるそうだ。隣りは蒙古《もうこ》の砂漠《さばく》だよ。父さんは蝗《いなご》の調査で何回も行ったことがある。あの辺りの家は泥《どろ》でできてるんだ。学校なんてないんだよ。読み書きは必要ないと皆が思ってる」

〈そういうことじゃなくて……〉佐智は父親の答に不満だった。〈お父さんの言い方はちょっとおかしい〉。佐智がこだわったのは、自分の息子を田舎に残して他国の少女をかわいがっていた老高の気持だ。佐智の父は、もっと老高をわかってくれてもいいはずだ。だってお互いに父親同士なんだから。

「でも、弟ができるみたいで嬉《うれ》しいの」

佐智はふたたび強調した。すると父親は急にまじめな表情になった。佐智の肩に片手を置くと、ゆっくりと力をこめて言った。

「いいかい、佐智。父さんが今、農研《ヌンイエン》で働いているのは、中国人に必要な農業技術を教えるためだ。ほんとうは早く帰って、自分の国で働きたいんだよ。でも私たちは勝手にこの国に押しかけてきた。父さんの周囲の中国人は何も言わないけれど、そのときは腹の中が煮えくりかえっていただろうよ。父さんは今、その償いの一部をしているわけだ。結局私たちは戦争に負けたのだから、思いどおりにはならない。そうだろ?」

佐智はそんなことはよくわかっていた。〈そんなことではなくて……〉とふたたび胸の中でくり返した。父親は娘の無言の意味に気づかずに言葉を続けた。

「だから、中国人とはほんとうに親しくはなれないんだよ。きっと悲しい目に会うぞ。父さんは佐智のためにそれを心配してるんだよ」

佐智は父親を見あげた。白髪《しらが》が、二、三本、耳の上の毛に混じっている。いつ生えたんだろう、と佐智はふしぎに思った。

「もし、反対だったら?」佐智は食いさがった。「日本が勝って、中国が負けていたら、日本のために中国人を働かせた? ここは日本ではなく、北京だけど、それでもそうした?」

父親はだれにも嘘を吐《つ》けない性分だった。彼は言葉につまり、それからしぼり出すような声で答えた。

「たぶん……もっと……ひどくなっていただろうね。中国人を銃で射《う》ったり、剣で刺したり、靴《くつ》で撲《なぐ》ったりするのが、日本人にとって何でもなくなっていただろうね。だから父さんは実のところ、負けてほっとしてるんだよ」

佐智も、これには同感だった。あのころの楽しい思い出といえば、『戦艦陣取り』ぐらいのものだ。日本の友だちはいなくなってしまったが、好きなことができる今のほうがずっといい。ところが驚いたことに、父親は最後につけ加えた。

「でも、父さん、やはり帰りたいなあ。いくら親切にされていても、私たちは自由じゃないんだからね」

佐智は沈黙しながら、老高のひょっとこに似た笑顔を思い浮かべた。父親は、中国のために中国の役所で働かねばならない自分をいやがっている。その父親の辛《つら》さと老高の優しさの両方にはさまれて、佐智は胸がつまりそうになった。ここから逃れるただ一つの方法は、たぶん二人に同時に背を向けることだった。しかしそのとき、いったいどこを向き、何を視《み》たらよいのか、佐智にはわからなかった。

佐智の母親のほうは、同じ院子《ユアンズ》の新しい住人である男の子が佐智に与える影響について心配をしているのだった。

「あなたは一人っ子なんだから、この家に同じぐらいの子供がもう一人増えるのはとてもいいことよ」母親も正直に言った。「でもその子はきっとSHのお友だちとは全然ちがうわ。佐智はそれをよくわきまえていてね」

〈そういうことか……〉

佐智は初めて別の目で親たちを眺《なが》めることに成功した。少しずつ自分と両親のあいだに通り抜け禁止の〈壁〉が築かれていく。自分という人間は、世の中にただ一人しかいない。この実感は新鮮だった。

母親はあい変わらず市立図書館で仕事をしていた。日本人の帰国者の数に比例して、日本の書物は増えつづけ、それを見るたびに絶望的な思いに駆られた。でも働きつづけなければならなかった。

「北京中にある全部の日本の本の整理が終ったら、私たちは帰れるのよ」

図書館の倉庫に乱雑に積みあげられた日本語の書物がきちんと分類され、余さず棚《たな》に並べられる日が母親の夢の終点だった。佐智は五歳で黄海を渡ってきたから、故国に帰りたいとも帰りたくないとも思わなかった。彼女はただ絵葉書のような断片的な記憶を故国について持っていて、よほど退屈したときにはそれを取り出して眺めた。

SHの長い休暇がきても、佐智の母親は休みをとることができなかった。佐智は市立図書館の裏にある、丈の高い草の茂った空地で遊ぶ日が多くなった。草のあわいに寝ころぶと、自分が海に漂う筏《いかだ》になったような気がした。北京に来るまでに一週間近くも揺られつづけた海の感覚だけは、まだ体から脱け落ちてはいなかった。風が吹くと、筏は一つの方向にぐんぐん流されていく。SHの子供たちは、休暇中故国に帰ったり、避暑に行ったりしていた。筏が流れ着くと、そこは綿花の積荷あふれるボンベイ港で、ラシュミーが桟橋《さんばし》から笑いながら手を振っていたりした。フランスの避暑地では、灼《や》けつく砂の上で眩《まぶ》しいほど白いテレサが半裸になっている。また嵐《あらし》に巻きこまれて筏は太平洋を横断し、メキシコの海岸に漂着する。ソンブレロを被《かぶ》った男の子が多勢集まって、佐智を胴上げする。〈アミーガ、祭りが始まるよ〉と騒ぎながら。

これらはみな、マザー・アメダの巧みな地理の授業の産物だった。SHは、あの窮屈な灰色の国民学校とは比べものにならなかった。国民学校がつぶれたときはせいせいした。踊りたいくらいだった。『あらわし班』の中では孝雄だけが目を真っ赤に泣き腫《は》らしていた。文明と佐智は手をつないで、押しっくらをして帰った。明日からは果てしない時間が全部自分のものだという考えに有頂天になって、来《きた》るべき悪夢にはぜんぜん気がついていなかった。

父親《フーチン》はなかなか午寅《ウーイエン》を迎えにこなかった。媽々《マーマ》が死んで半月ほどたったある日、突然日本軍が村からいなくなった。夜が明けてみると、幕舎も銃砲も兵隊の姿も消えていたのだ。塹壕《ざんごう》だけが、巨大なもぐらのトンネルみたいに村を半周していた。まもなく日本が負けたという噂《うわさ》が、村の端から端まで流れた。しかしそれは噂だけで、ほんとうにどうなのかはだれにもわからなかった。とにかく〈壁〉で出会った八路《パールー》兵が予言したような大きな戦争にならなかったのでよかった、と午寅は思った。母親《ムーチン》がいなくなった今は、祖母《ツームー》だけを置いて〈壁〉の向うに逃げていくわけにはいかなかったからだ。たまに八路軍が、働き蟻《あり》の行列のように〈壁〉を越え、村を通っていった。彼らは本物の蟻みたいにおとなしく、老人に会うと深々とお辞儀をした。村に宿泊することもあったが、次の日は必ず農作業を手伝ってから出発していった。彼らは若かったり、年寄りだったり様々だったが、午寅は〈壁〉で会った兵隊には一度も再会できなかった。〈もしかしたら……〉と午寅はときどき寂しい気持になった。

それからずいぶん長い時間がたった。午寅は九歳になって、多少は骨にも筋《すじ》がついてきた。彼は祖母の手の回りきれない高粱《コーリャン》畑の世話を主にした。祖母はめっきり足が弱ってきて、ため息ばかりもらすようになった。昼間も暇さえあればぐったりと横たわり、家鴨《あひる》たちが髪の毛をつついても怒らなくなった。

ある日、祖母は午寅の傍《そば》に立つと言った。

「爸々《パーパ》が汽車で町まで来るよ。早く仕度をおし」

午寅がまごまごしながら、村の共同井戸から汲《く》んできた水瓶《みずがめ》を下ろすと、祖母は媽々の綿入れを裂いて作った鞋《くつ》を持ってきた。それをはいていると、少しどこかに出発するのだという気分になってきた。祖母はそのほかに焼いたとうもろこしパンを油紙に包んで午寅に与えた。

「汽車の中であれといっしょにお食べ」

それで午寅が祖母とはもう会えないのだ、とわかった。

彼はうつ向いたまま言った。

「祖母《ツームー》は爸々《パーパ》に会いたくないの？」

「あたしは纏足《てんそく》が痛くてとてもだめだよ。林徐景《リンシューチン》がおまえを駅まで連れてってくれる」

順燕《シュンイエン》に別れを告げたいと思ったが、時間がないことがわかった。北京に行く汽車は三日に一度ぐらいしか駅に止まらない。爸々でさえそのために家に戻《もど》っては来られないのだ。

「おまえはいい子だから……」と祖母はくしゃくしゃの顔で午寅に言った。「おしゃべりさえしなければ、いい子だから……」


駅の腰掛けに腕組して座っている日焼けした男が父親だとは、午寅はしばらく気づかなかった。林徐景が叫び声をあげて駆けより、男の肩を抱きしめると、男は顔中しわだらけにして笑った。すると記憶がよみがえり、急に顔が赤くなるのを感じた。爸々は村を出たときと同じように髪を剃《そ》っていたが、午寅が初めて見る奇妙な四角ばった上着を着ていた。彼は息子に近づくと、ごりごりと頭を板のような掌《てのひら》でなぜ、じっと目を見つめた。

「背が伸びたな。祖母《ツームー》は元気だろうか」

「足が痛くて、出かけられないんだよ。でもそのほかに悪い所はないみたい」

「五年も会っていないんだ」

爸々はちょっと辛そうに言った。午寅は父親が媽々についてたずねるのではないかと思ったが、彼はそれ以上何も言わず林徐景のほうをふり返った。

「世話になったな。老兄《ラオシュン》」

「達者でな、高玉峰《カオユーフォン》」

座席は広くて、二人が腰かけてもまだ余裕があった。汽車は午寅の想像以上に揺れながら走ったので、午寅は自分の魂が体から離れて飛んでいるような変な気分になった。

「おまえは無口だな」

「そうでもないよ」

父親が笑いながら言った。

はにかみながら息子は答えた。しだいに彼は長く会わなかった父親に対して、感情がわきあがるのを感じた。それはつまり、母親や祖母が傍に座っているときには感じないであろう、よりかかりたい気持だった。父親が膝《ひざ》の上の包みを開いた。

「小麦粉で作った本物の饅頭《マントウ》だぞ。うまいぞ」

白いポコンとふくらんだ饅頭は、汽車とともに小刻みに揺れていた。ふいにそれが母親の二つの乳房に見えたので、あわてて午寅は目をこすった。

「今、お腹《なか》がいっぱいだよ。祖母《ツームー》がお粥《かゆ》を食べさせてくれたんだ」

「そうか」

父親はあっさり引っこめて、ふたたびていねいに包みを結び直した。彼自身もまた白い饅頭などふだん食べていないのだ、と午寅は直感した。

　汽車はとうもろこしや高粱のあいだをとぼとぼと走っていた。これなら馬車《マーチヨ》のほうが早いのではないだろうか、午寅はいくらか自分の乗っている鉄の車に不信を抱いた。ふいに驚きの叫びが、体の中からわきあがった。午寅は窓わくにしがみついた。最も遠くに盛りあがった丘の形は、毎日見慣れたあの丘にちがいなかった。午寅は窓から首を突き出して〈夢の壁〉を探した。やっと見つけたときには、それは丘に必死でしがみついている灰色の岩石にしか見えなかった。強い蒙古《もうこ》風が来れば、たちまち転落してしまいそうだった。あれはやはりこんなに頼りない存在だったのか。ふいにこんなケチなもののために、村の人を労働に駆りたてた皇帝に怒りがわいてきた。もっとましなものを造ればよかったんだ。もっと役にたつ穀物倉とか涸《か》れない水路とか……。午寅は自分が今までいた所から、ぐんぐん遠ざかっていくのを感じていた。たぶん十五歳になる前に〈夢の壁〉に登ってしまったせいだろう。もう未来の夢を見ることは、自分にはできないのかもしれない。いったい自分はどこに、何しに行こうとしているのだろう。

　爸々《パーパ》は驚いて、身を乗り出した息子を抱きとめた。

「あぶないぞ。汽車は駅でなければ停車しないものだ」

　午寅は黙って父親を見あげた。彼は五年間に、自分の家に何が起こったか一つも知らないのだ、と思った。彼は笑いながら息子に言った。

「北京《ペイチン》でおれは日本《リーベン》の家族の院子《ユアンズ》に住んでいる。あの人たちは実に賢こくて、書物をたくさん持っている。おまえはあの人たちに礼儀正しくしなければならないよ」

　日本と一つ家に住むときいて、午寅は混乱した。だって日本は死んだ媽々に対して……。

「あいつらは、おいらの村で悪いことをたくさんしたよ。おいらは見たんだ」

　午寅は熱くなり、夢中で口を滑らしていた。そのとき媽《マー》が低い声で〈おしゃべり午寅《ウーイエン》〉とささやくのが聞こえた。〈舌に脂《あぶら》を塗ったのかい……〉

「どんなことを見たんだ」父親が怖い目になってきいた。

「爸々《バーバ》に話してみなさい」

　午寅は首を垂れて黙りこんだ。父親はしばらく息子の様子をじっと眺めていたが、深いため息をついて目をつむった。

窓の外には起伏のない埃《ほこり》っぽい大地が、延々と連なっていた。線路の脇《わき》には山東菜が植えてあるらしかった。しかし葉は黄ばんで、炎暑にあえぐ犬の舌みたいにだらんと土の面《おもて》に身を投げていた。午寅の心に痛みが、大地のひびのように走った。自分は汽車に乗って、手桶《ておけ》一杯の水も作物に与えられない。

〈でも、どうやら祖母《ツームー》との約束は破らなかった。それに祖母《ツームー》は、豚にえさをやり忘れはしないだろう〉

午寅は傍で口を開けて眠っている父親を見た。そのとき自分が〈壁〉のことを、ほとんど忘れかけているのに気づいた。

5

「サーチー。これが私の息子の高連海《カオリエンハイ》。ふだんは午寅《ウーイエン》と呼んでやってください」

老高《ラオカオ》は自分の息子を自慢の品物みたいに見せた。首筋が折れそうに細い、色の黒い男の子だった。髪の毛は短く詰めてあり、そのため冬瓜《とうがん》のような頭の形が丸見えだった。四人は中庭にいて、テーブルの上にはよい香りのする紅茶茶碗《ちゃわん》と菓子皿があった。それは心を決めた佐智の母親の、せいいっぱいの歓迎の印であった。

「午寅《ウーイエン》、遠慮しないでお座りなさい」

少年は、聞きとりにくい変な中国語がどこから降ってきたのか探そうときょろきょろした。それから佐智の母親の口もとを驚いて見つめた。

「太々《タイタイ》がおまえに座れと言われてる」

老高は嬉しそうに言った。

「老高《ラオカオ》はもう仕事に出かけるのでしょう。あとは佐智と午寅《ウーイエン》が仲よくなるまで、私がここで見ていましょう」

「でも午寅《ウーイエン》は礼儀を知りません。あちらではだれにも教わらなかった。学校にも行っていなかった」

「かまわないのよ」

母親は笑って同居人を追い払った。

午寅は身軽に腰かけに跳びあがると、テーブルの上をめずらしそうに眺めわたした。佐智は横目で少年を見ながら、チョコ玉の金紙を剝《む》きはじめた。これはめったにはテーブルに現れぬ貴重品である。午寅は首をかしげたが、すぐ真似《まね》をして剝きはじめた。佐智は彼が自分よりかなり幼ないのを知って、かすかな優越感に浸った。一人っ子の境遇は、佐智にかつて一度もだれかの手本になることを許さなかったのである。

「吃吧《チーバ》」

佐智はチョコレートを食べてみせた。口の中が蕩《とろ》けそうだ。体中に幸福感が広がってくる。

「アイヤー、苦《クー》!」

午寅はいったん口に放《ほう》りこんだチョコ玉を、舌の先で押しもどして地に吐きだすと、まだ足りないのか二、三度ぺっぺっとつばを吐いた。母親は笑いだし、佐智は呆《ぼう》然《ぜん》と泥《どろ》と一体化した至福の源を見つめた。

「こいつは薬なの?」午寅は濃茶に染まった舌を垂らしながらたずねた。「おいら、きらいだ」

「じゃあ、揚菓子を食べなさい」と母親が勧めた。

「こっちは、頂好吃《テインハオチー》」

午寅はそう言うと両方の手に一個ずつ握りしめて交互にかじりはじめた。左右の菓子の大きさがちがってくると、あわてて大きいほうにかぶりついた。

午寅は紅茶は気に入ったようだった。特に砂糖を入れる点が好ましかった。彼は山盛り三ばいの砂糖を入れて、底に溜《た》まった濃い液体をなめるとふしぎそうに言った。

「甘蔗《カンチエ》の茎よりも甘い」

「工場で甘蔗《カンチエ》の汁《しる》をしぼって、砂糖を作るのよ」と佐智が教えた。

午寅は感嘆して、砂糖壺《つぼ》に指をつっこんでなめた。佐智の母親があわてて取りあげなかったら、この貴重品もたちまち少年の胃袋に消えていくところだった。

「これは佐智の爸々《パーパ》の朋友《ポンユウ》が特別にわけてくれるのよ。とても高価なものなの」

午寅はちょっと哀れむように、日本の親娘を見た。

「心配しなくてだいじょうぶだよ。爸々に田舎から運んでもらうよう頼んであげるよ。甘蔗《カンチエ》なら馬車に一台分だってあるさ。そしたら工場に持っていって砂糖に作ってもらおう」

「お願いするわ、午寅《ウーイエン》」

佐智の母はにっこりして言った。彼女はすごい美人だ、と午寅は思った。村いちばんの美人は順燕《シュンイエン》の姉さんだったけれど、佐智の母親はもっとすごい。背が高くて、ほとんど老高と同じくらいあった。力も強そうだし、とても賢こそうだ。知恵者であることは、女にとってどんな財宝よりすばらしいと祖母《ツームー》がいつも言っていた。順燕の姉さんが上海《シャンハイ》に売られていったのは、頭がしょうがないほど弱くて、泣くしか知らなかったせいだ。

「表に出てみない、午寅《ウーイエン》」

佐智が立ちあがって誘った。

「はい、大姐《ターチエ》」

午寅も立ちあがって、おとなしく返事をした。佐智は少年を眺め、彼の頭が自分の肩ほどしかないのに満足した。

佐智の母親は、午寅が無邪気で安全な少年だったので安心して、彼を佐智に引き渡した。自分は中国から委託された図書整理に精を出した。一刻も早くこの仕事に方をつければ、それだけ、帰国が近づいてくる、と本気で信じていた。

佐智は午寅を、夏休みの突然の贈物のように受けとった。彼は、ものめずらしげに院子《ユアンズ》の庭を歩きまわり、ときどき突拍子もない行動をした。

佐智の母親は、毎日お八つ包みを一個ずつ二人に渡して出かけた。佐智は遊びに夢中になると、よくボロボロと菓子の屑《くず》を落としたが、それははじからきれいになくなっていった。午寅がにわとりみたいに片っ端から拾って食べてしまうのだ。そして彼の包みはちゃんと、褲子《クーズ》のお腹にしまわれていた。

院子は小さかったけれど、それにふさわしい一本の棗《なつめ》の木が生えていた。光沢の強い葉の陰にやや淡い色をした果実がしがみついている。石けりやまりつきの最中に、佐智は少年がときどきちらりと棗を見るのが気になった。とうとう彼は背のびをして、まだ青くて硬い実をもぎ取ろうとした。

「まだ食べられないのよ」佐智はあわてて言った。「秋になって黄色くならなくちゃ……」

午寅はうらめしそうに佐智を見て、口をとがらせた。

「大姐《ターチェ》は知らないんだ。田舎にいたとき食べたけど、何ともなかった」

そして渋と酸の入り混じった棗をまずそうにかじったが、チョコレートみたいに吐き出そうとはしなかった。

その夜、門番小屋から午寅の泣き声が響きわたった。

「痛いよ、痛いよ。おへそを蠍《さそり》が食いきろうとしてるよ」

佐智の母親はぶつぶつ言いながら、頓服《とんぷく》を持って老高の部屋を夜中に訪問した。なぜ午寅が四六時中、食べ物について考えているのか、これはどうしても解けない佐智の疑問となった。

午寅の頭には五毛銅貨ほどの白い雲が住んでいた。髪の毛は五ミリぐらいしか伸びていないのに、その雲はあちこちに形を変えて移動した。それは午寅が掻《か》きむしるせいだった。痒《かゆ》みは前触れなくやってきた。棗の枝にぶらさがっているとき、蟻の巣を掘りかえしているとき、佐智と押しっくらをしているとき、突然午寅は狂気の犬のようになって、頭を掻いた。すると白い雲は乾いた粉になって、あたりに飛び散った。とうとう佐智の母がその現状を見つけて、直ちに二人は引き裂かれた。佐智の髪はたんねんに調べられたが、白い雲の芽生えもなかったのでやっと解放された。母親は老高を呼ぶと、厳命した。

「午寅《ウーイエン》のしらくもを治療しなさい。すっかり治るまで佐智の傍《そば》に寄ってはいけません」

それから一週間、午寅の居場所は激しい悪臭によってだれにもすぐわかった。老高が漢方の薬師から聞いてきた処方は、数種類の草をどろどろに煮て混ぜたもので湿布することだった。そのすさまじい臭《にお》いは、佐智が染《うつ》らなかったのを感謝したくらいだった。やがて貼薬《はりぐすり》を取ってみると、白い雲は消えていた。まだ臭いが少し発散していたけれど、傍に寄れないほどではなかった。

大姐はときどき午寅にはわからない仕草をした。彼女はよく光る長細い箱を持っていて、それを口に当てると無数にあいた窓から小鳥のさえずりが流れ出すのだ。

「それは何?」

ある日とうとうたまらなくなって午寅がたずねると、佐智はそれを口から離し、驚いたように彼の顔を見た。

「ハ、モ、ニカよ」

〈ハモニカ〉。午寅は口の中でつぶやいた。

「何のために鳴らす? 曲芸師でもないのに」

佐智はますます変な顔をした。

「好きだからよ。自分が思うとおり何でも吹けるわ」

午寅は黙りこんだ。意味がわからないときはいつもそうするくせが、いつのまにかついていた。祖母の言葉を思い出したせいではない。

佐智がハモニカを吹くと、午寅は傍に吸いよせられずにはいられなかった。ハモニカの音色は高粱《コーリャン》の枯れた茎を吹く風に似ていた。媽《マー》に怒鳴られながら水を運んだり、草刈りをした日々があった。祖母がヨタヨタと纏足《てんそく》を開いて卵を集めている姿が浮かんだ。〈壁〉がしきりに思い出された。もう一度丘のふもとから〈壁〉を乗り越えて村を見おろせば、最後に見たみすぼらしい印象が消えるかもしれない。そうであって欲しかった。もっともそこで会った八路《パールー》の兵士の面影《おもかげ》は薄れてしまった。順燕の兄さんはどこにいるのだろう。これらのこと全《すべ》てを大姐である佐智に話したかったが、彼女は知らん顔でハモニカを吹きつづけた。もしうまく話ができたとしても、今度は大姐が黙りこむ番かもしれない。〈壁〉で見るべき夢を信じていた午寅を嘲笑《あざわら》いそうな気がした。〈たぶん、そうだ〉。午寅は心の中でつぶやいた。大姐は自分より年上だけど、自分よりものを知らない。それは大姐が日《リー》本《ベン》で、戦争が終っても日本だからだ。それにしても爸々《パーパ》はまるで日本になりたがっているみたいだ。自分はぜったいにいやだ。だって媽々《マーマ》は……。

　ときどき佐智は、午寅と遊ぶのに飽きた。彼は佐智より二歳しか年下ではなかったが、実際にはずっと子供っぽく思われた。二人の共通点は、ガガンボみたいにやせている体格だけだった。彼は何も知らなかった。じゃんけんを教えるのも一苦労だった。鋏《はさみ》がなぜ石を切ろうとするのか理解しなかった。

「鋏は大事に使わないとだめになる」午寅は祖母に教えられたとおり言い張った。鋏で石に挑戦《ちょうせん》するなんてとんでもない愚さだ。架空のことを午寅に呑《の》みこませるのは難しかった。

　退屈すると、佐智は午寅にかまわなくなって今までのように好き勝手に時間をつぶした。彼女は一人で本を読んだり、絵や作文に没頭できるあいだは、何の不自由も感じていなかったのだ。院子の花壇には、触ると火傷《やけど》をしそうなサルビアが満開であった。佐智は画面いっぱいにねじれた赤い花を何本も描《か》いた。日除《ひよ》けのピケ帽と頭髪のあいだに、軟体動物のような太陽熱がもぐりこんで、汗の粒を顔中に転がした。

　午寅は後ろの棗の木の枝に腰かけて、色鉛筆を走らせる佐智を見ていた。ときどき「大姐《ターチエ》」と甘ったるい声でささやいたが、佐智は知らん顔をしていた。午寅は木から跳びおりると、佐智の回りを目まぐるしく駆けまわった。背後から佐智を突っついたりした。早く新学期が始まって、午寅も学校に通いはじめるといい、とうんざりして佐智は考えた。

　あるとき、午寅が少し媚《こ》びるような笑顔を見せてやってきた。

「大姐《ターチエ》、小鳥好き？」

「何ですって」

「空を飛ぶ鳥、午寅《ウーイェン》捕まえたよ、ほら……」

　彼は背後に回した右手を佐智に見せた。午寅の五本の指に柔かく締めあげられた小鳥の表情には、激しい恐怖があった。

「どうして、どうやって捕まえたの？」

午寅は得意満面で喋《しゃ》べったが、早口すぎて佐智にはほとんど通じなかった。とにかくそれは午寅から大姐への〈感謝の印〉であった。

「でも、鳥籠《とりかご》ないのよ。どうしたらいい？」

「そんなもの不要《プーヤオ》。こうしておく」

午寅は器用に凧糸《たこいと》を小鳥の足首にゆわえつけた。一メートルほどの端をまた野外テーブルの脚にくくりつけた。小鳥は飛び立ち、すぐにテーブルの上に転倒した。

「じきに馴《な》れるよ。そしたら大姐《ターチエ》の肩にとまるようになる」

午寅は黄色い粟《あわ》の粒をテーブルにまきながら言った。佐智は大空に帰りたがる鳥を哀れに思ったが、午寅の予告にも心を動かされた。肩に小鳥をとまらせて、散歩したかった。

夕刻帰ってきた父親は、午寅をほめちぎった。

「野生のヒバリを捕らえるなんて、父さんにもできないよ。田舎育ちというばかりじゃなくて、あの子はかなり頭がいいんだ」

黄昏《たそがれ》の下でテーブルにうずくまった鳥は、陶器の置物のように鈍く羽毛を光らせていた。


「明日は農研《ヌンイエン》から、飼育箱をもらってきてあげよう。夜分はその中に入れておいたほうが安全だよ」

眠りの前に佐智は庭に出て、もらった鳥を見た。鳥は夜になったので静かにしていた。テーブルの下で午寅がパンツとシャツのまま座っていた。彼はパジャマ姿の佐智を見てにっと笑うと、恥ずかしそうに「大姐《ターチエ》」とつぶやいた。

「明日、爸々《パーパ》が箱を持ってきてくれるわ」佐智は小声で言った。「今晩はだいじょうぶかしら」

「今晩は午寅《ウーイエン》がここで見張ってる。ねずみかいたちがこいつを食べに来るから」

「これを着て」佐智は興奮して自分の肩掛けを少年に渡しながら言った。「夜がふけると石の上は冷えてくるわ」

「おやすみ、大姐《ターチエ》」

少年は、自信に満ちた声で言った。

翌朝早く、「アイヨー」という午寅の泣き声がふたたび院子に木霊《こだま》した。老高《ラオカオ》の罵声《ばせい》も混じっていた。佐智と母親が寝床から飛び出すと、少年はテーブルに顔を伏せてしゃくりあげ、父親は傍に立ってくどくどと小言を浴びせていた。少年は凧糸を握っていて、その端はテーブルから垂れさがり、櫛《くし》の歯のような骨が絡《から》まっていた。

狡賢《ずるがしこ》い獣は、少年が眠りこんだのを見すまして小鳥の喉《のど》に食いついたのだろう。そして一片の肉も一滴の血も余さずに、夜のしじまを帰っていった。朝、少年が目覚めると、すっかり身軽になった鳥は翼を広げた格好で、風に揺られていたのである。院子の庭にはあちこちに多量の羽毛が吹きよせられ、事件を証明していた。

〈これは、おまえの見るべきもう一つの夢だ〉

ふいに冷たい声が佐智にささやいた。夜明けの院子の庭がしだいに縮まって、ふたたび夜が訪れてきたような気がした。気がついたときにはベッドに寝かされて、両親の心配そうな顔が並んでいた。

「脳貧血起こしたのよ」母が、起きあがろうとする佐智を抑えた。「午寅《ウーイエン》、とてもしょんぼりしてるわ。許してあげなさい。あの子のせいじゃないわ」

小鳥も、午寅の失敗も過ぎていった世界に属していると思えばよかった。でもいくつかの怖い夢だけは、たえず回りをうろうろし、忍び足のいたちのように佐智を狙《ねら》っていた。あの小鳥は、夢に食われる自分かもしれない。佐智は布団《ふとん》をかぶって、声を出さずに泣いた。

6

休暇が終った。SHの友だちが戻ってきた。ラシュミーは印度《インド》のおじいさんとおばあさんのところに行ってきたと言って、おみやげに象牙《ぞうげ》の腕輪をくれた。リリーは何を思ったのか香港《ホンコン》製のハンカチーフをくれた。黙ってはいるが、いつかのお詫《わ》びのつもりかもしれない。ふたたび老高《ラオカオ》は、佐智を人力車に乗せて走り出した。町角のいたる所に秋の気配があった。空は水晶のように固くなり、ハリエンジュは耳飾りのように豆の房をさげていた。宮殿や城門のるり瓦《がわら》は、本来の色調よりもっと鮮やかにきらめくことができた。老高はもうあまり北海《ペイハイ》や中央公園《チュンヤンクンユアン》に寄ろうとはしなくなった。夏の前よりずっと忙がしそうだった。無口が増し、顔のしわはくいこんだ針金みたいに硬く深くなった。

午寅《ウーイエン》は近所の中国の子供のいく小学校に通いはじめた。灰青色の質の悪い制服に埋まった午寅は、まるで不細工なかかしみたいにコチコチになっていた。佐智の母は縮んだ父のワイシャツをその下に着せた。佐智は自分のハモニカを午寅にあげた。佐智が吹き鳴らしているとき、彼がこっそり傍にきてうっとりした眼差《まなざし》を楽器に注いでいるのに気づいていたのだ。

「謝々《シエシエ》、大姐《ターチエ》、謝々《シエシエ》」

　午寅はお礼もろくに言えないほど口ごもり、顔を真っ赤にしてハモニカを抱きしめた。

　小学校にあがる前日、老高が何となく照れた顔で母屋《おもや》に来ると、今晩佐智の一家を夕食に招待すると言った。日が暮れると老高の小屋からは、豚の脂《あぶら》と香辛料の混じりあった匂《にお》いが漂い出した。皆がわくわくして待っていると、午寅が来て夕食が始まると言った。彼のすねたような変な表情に気づいたのは、佐智だけだった。ふしぎに思って午寅の手を引っぱると、彼はべそをかき、佐智の手をふり放して先に駆けこんでしまった。

　老高の部屋に入ると、見たこともない女が座っていた。役者のように白粉《おしろい》を塗りたくった、ずいぶん若い女だった。彼女は佐智と家族が入ってくると、薄笑いを浮かべたが別に席を立とうとはしなかった。青いギラギラする耳飾りをつけていた。

「媳婦《シーフ》（女房）です」老高は日焼けした顔を赤黒く染めて紹介した。「午寅《ウーイエン》の母親《ムーチン》になってくれるのです」

　佐智の父親は動ぜずに会釈《えしやく》して、女の前に座った。女は耳飾りをぶらぶらさせながら、急にぺちゃぺちゃと自分のことを喋べりはじめた。佐智は女の隣りでうなだれている午寅をそっと見た。彼はだれも見ないようにして、老高の作った料理の皿だけ眺《なが》めていた。老高が席に着くと、何となくぎごちなく全員で乾盃《かんぱい》をした。

　老高が自慢するとおり、豚の煮ころがしはすばらしかった。舌の上にのせた瞬間に肉はくずれだすが、味わいは反対に広がって固形物が消えたあとにも残りつづける。佐智の母親はすっかり感心して、自分も老高に弟子入りしたいと言った。佐智が足を伸ばして午寅の膝《ひざ》をつつくと、彼は顔をあげ初めて気弱そうに微笑《ほほえ》んだ。最後に山東菜の漬物《つけもの》にスープをかけた御飯に満腹したころになって、やっと一同が新しい女の存在に少し慣れてきた。

「どこからいらしたの？」

　佐智の母親がたずねると、女はつんと顎《あご》を持ちあげて「北京《ペイチン》です」と答えた。

「いやあ、老高《ラオカオ》も隅《すみ》には置けないな」

　黄酒《ホアンチユウ》でよい気分になった佐智の父親が笑った。老高の巴旦杏《はたんきよう》を入れたような両頰《りようほお》がゆるんだ。

「佐智を毎日学校に送り迎えしてもらって、感謝してるのよ」と母も言った。

　すると女が急に自分の亭主《ていしゆ》について言いはじめた。

「洋車《ヤンチヨ》引きはよくない仕事です。汚ないし、他人にばかにされる。あたしは別の仕事に変えてって言ってるんです」

「蓮華《リエンホア》」おだやかに老高が言った。「どんな仕事も大事だ。煉瓦《れんが》を積んで家を建てるとき、だれが途中で放りだすか？　わしはまだ半分しか煉瓦を積んでおらんよ」

女はぷいと横を向いた。明らかに老高はこの女に参っていて、しかも女は老高の現状に満足してはいなかった。彼らはしばらくにらみあっていた。佐智の母親が心配そうにうつむいた午寅を眺めた。

「午寅《ウーイエン》、庭に出て合奏しましょう」

佐智が立ちあがると、少年もハモニカを握って後を追ってきた。佐智は自分の手風琴を持ってきた。

「大姐《ターチエ》、聴いて。午寅《ウーイエン》、上手になったよ」

彼は中国の歌らしい一節をわりにきちんと吹いた。彼の瞳《ひとみ》は、曇り空の星のように微《かす》かながら、生気を取り戻していた。

近所には、佐智の家よりりっぱな院子《ユアンズ》は見あたらなかった。どの家にも、午寅と同じ程度かややましな身なりをした子供たちがいた。彼らは集団で道路に出ると、まりをついたり羽根を足で蹴《け》あげたりして遊んでいた。その情景は、佐智がかつて文明や双子の姉妹と遊んでいた日々に似ていた。何気なく佐智が近づくと、中国の子供たちは急に遊びを止《や》めて離れた場所に移動した。それは意地悪というよりは、異種の動物同士が争いをきらって避けあうという感じだった。一度、あわててまりを手から取り落とした女の子に向って、佐智が投げ返すと、彼女はそれを摑《つか》もうともせずに逃げていった。佐智は石壁に跳ね返ってふたたび転ってきたまりを、今度は手に取らずに諦《あきら》めて通りすぎた。

午寅は、このような状態をますます複雑なものにした。彼は同じ国の仲間に対しては、ぜんぜん引っこみ思案ではなかったので、どんどん進出していった。佐智の知るかぎりでは、相手は当惑しながらも彼を受け入れていた。午寅にはだれにでも自分を認めさせる力がついてきたようだった。午寅は空いている時間の大半は佐智にくっついていたが、ときどきぷいといなくなって路上で仲間を呼びたてていた。彼はしだいに変わりつつあった。

佐智は老高の洋車に乗っていくのをやめた。老高が汗をふりしぼって走る姿を見ながら乗ることが、なぜか苦しくなったからだ。電車で通いたいと言い出したとき、老高は悲しそうな顔をしたが、媳婦《シーフ》のほうはにこにこした。老高にただ働きなどしてもらいたくなかったにちがいない。

老高が仕事に出かけるとまもなく、数人の女が蓮華《リエンホア》をたずねてくる。老高の妻は、彼女たちと車座になって麻《マー》雀《ジャン》に精を出すのであった。麻雀は午寅と佐智が学校から戻ってきても、まだ続いていた。女たちの目は血走って、表情は空腹のカマキリの雌みたいだった。午寅は女たちに背を向けて、石板で字の練習をした。早く祖母に手紙を書けるようになりたかったのだ。彼と女たちは互いに見えていない存在のようにふるまった。午寅が練習に飽きて、ハモニカを鳴らしはじめると、近くの女がふり返って「うるさい！」と怒鳴りつけた。すると午寅は不貞腐《ふてくさ》れて寝台の下にもぐりこみ、老高が帰るまで出てこなかった。

全ての情景が佐智の開け放した窓からよく見えた。佐智の母親は「仕方ないねえ。老高が選んできた女《ひと》だから……」と困ったように言うばかりだった。

そうかもしれないが、午寅が選んだわけではない、と佐智はくやしがった。午寅を庭に立たせて目茶苦茶にハモニカを吹かせた。自分は手風琴を精いっぱい広げたり、つぶしたりして騒音を造り出すことに専念した。午寅もおもしろがって、ハモニカの端から端まで息のあるかぎり吹きまくった。窓が開いて「日本の王八蛋《リーベンワンバータン》！」などとののしる声がしたが、ぜんぜんかまわずに音を出しつづけた。しまいには二人とも自分たちの出す音で体中がふくれあがり、宙に浮きそうだった。涙が自然に流れ出し、口から溢《あふ》れるよだれと混じった。院子がぐるぐる回りはじめた。佐智が手風琴を抱いてうずくまると、午寅もまだハモニカを口から離さずにうずくまった。老高の小屋はひっそりしていた。女たちは退散し、蓮華が呆《ほう》けたように独りで座っていた。

しばらくたつと老高は、女に負けた。彼は洋車を売り払って屋台車を買った。その上に干し杏《あんず》や棗《なつめ》や得体の知れない色の着いた液体を瓶《びん》に詰めたものを満載して、毎日出ていった。屋台車を引くとき、老高はちょっと恥ずかしそうで、肩に盛りあがった力こぶも様にならなかった。

ときどき電車から降りて、市場の前を通ると老高が商品の向う側でつくねんとしていた。佐智を見ると、とたんに活気づいて車引きをしていたときの顔になった。

「サーチー。どれか欲しい物ないか。小麦粉のせんべいか梅のジュースはどうか」

佐智は首をふった。母親に止められているうえに、市場の雑踏の中で食欲は起こらない。酸梅湯《スワンメイタン》の目のさめるような鮮やかさは、北海の空と水に囲まれたときだけ佐智を誘惑する。

「高《カオ》の食物はきらいなのか」老高は泣く真似《まね》をしてみせた。「サーチーは高《カオ》の朋友《ポンユウ》なのに」

佐智は困って一枚だけせんべいをもらった。

「午寅《ウーイエン》、もうすぐここ通る。それまで高《カオ》といっしょにいなさい」

老高は上きげんで言った。やがて数人の小学生の群れが、喋べりながら通過した。中に午寅がいた。彼は夢中になって隣りの子と話をしていた。

「連海《リエンハイ》、こっちだぞ」

老高が叫ぶと、息子はふり返った。友達が笑いながら彼を屋台車のほうに押した。しかし午寅はちらりとその方角を見ただけで、すぐに友の群れに混じっていった。

「どうしたのだろう、午寅《ウーイエン》の奴《やつ》」

老高は意味がわからずに狼狽《ろうばい》して言った。

「サーチーを見なかったのだろうか」

「いいえ」佐智はゆっくりと言った。「だから行っちゃったのよ。あ、もう一枚ちょうだい」

「それはなぜだろう」

老高は激しくまばたきしながら、佐智にせんべいを渡した。

「あたしが日本《リーベン》だからよ」

佐智はいかにもこういう場面には慣れているといった口調で言おうとしたが、せんべいの粉が喉に引っかかった。老高が黙って酸梅湯のコップを渡したので、一気に飲んだ。

「それで、午寅《ウーイエン》はいつも知らぬ顔を……？」

老高はものすごく険悪な顔をした。佐智の胸の中で、ふいに悔しさが爆発した。

「午寅《ウーイエン》はあたしと遊ぶと、他《ほか》の子に非難されるのよ」

老高は無言でいたが、彼の体の中にむくむく大きくなっていく感情がわかった。佐智は恐ろしくなって「いいのよ。いいのよ」とくり返した。

その夜ほど激しい老高の叱責《しっせき》が、院子に鳴り響いたことはなかった。佐智は両耳をふさいで寝床につっぷし、佐智の母はおろおろと庭に出たり入ったりした。

朝、学校に行くときにばったりと午寅にあうと、彼は腫《は》れた顔のまま痛そうにそろそろ歩いていた。佐智が立ちすくんでいるあいだに、午寅は黙って出ていった。〈あたしはちっともかまわないのよ。あんたが外で知らんぷりしたって。あたしもそうしてあげるわ〉佐智はほんとうはそう告げたかったのだ。顔から朱塗りの箸《はし》のように血を噴き出した車引きが、自分にそう言わせようとしていた。

佐智の父親に帰国命令が出たのは、年の暮れに近かった。三日間で全《すべ》ての準備をしなければならなかった。それは、手回りの物以外は全部置いていけ、ということだった。それにもかかわらず、両親とも嬉《うれ》しさをこらえ切れない様子だった。佐智は不安に陥った。日本から北京に来たときは何でもなかったのに、なぜだろう。きっと五年のあいだに、中国に近づきすぎてしまったんだ。老高や午寅やリリーの顔をした中国に。自分が両親の持物みたいに、運び返されるのが不満だった。佐智はぐずぐずして、母親に叱《しか》られた。あの夢が、ふたたびあたりを徘《はい》徊《かい》しているのを感じた。

ＳＨ学院の最後の日には、級の全員が別れのキスをしてくれた。ラシュミーの鳶色《とびいろ》の目からは涙の粒が転り出してきた。佐智が頬をつけると、その部分で二人の涙が混じりあった。涙の色が印度人と同じであることに初めて気がついた。

「サチ、大きくなったら日本に行く」

ラシュミーは佐智がいなくなって、どんなに心細い思いをするだろう。彼女はとても内気な少女なのだ。

集結地に向うバスの来る日、老高は屋台の仕事を休んだ。彼は自分が出発するように、朝早くから門を出たり入ったりしていた。旅仕度の佐智の一家は、院子の庭の三年間親しんだテーブルに着いて待っていた。老高の若い妻は、何となくいそいそと三人に中国茶を勧めたり、煎《い》った西瓜《すいか》の種を出したりした。彼女の薬指には佐智の母からもらったルビーの指輪が瞬《またた》いていた。午寅は、抵抗したにもかかわらず無理に小学校を休まされていた。彼は門番小屋に引っこんだきり、姿を現わさなかった。けれど放射される彼の意識は、細い棘《とげ》のようにずんずん佐智の体に突き刺さってきた。

〈大姐《ターチエ》ガ日本《リーベン》ダッタノ忘レテイタンダ。忘レテハイケナイノニ〉

〈イイノヨ。気ニシナイデ、午寅《ウーイエン》……〉

佐智は、小屋の中で引き裂かれ混乱している午寅を想像した。そして伝えられるとしたら一つの事実だけは、彼に教えたいと思った。

〈アンタトアタシハ、モウ一生会エナイワ〉


バスが来て、佐智と家族が乗りこむと、老高の狼狽は極みに達した。気持をどうやって表現していいかわからなくて、彼は地面から五十センチも跳びあがり、「アイヤー、サーチー、サーチー」と言って盛大に拍手した。近所の物見高い人たちが、老高を取りまいていたが、彼は気にもとめずにますます高く跳びあがった。

バスが動き出すと、突然彼は気がついて「ウーイェーン！」と震える長い声で怒鳴った。しかし佐智は彼のちびの息子をもう認めることはできなかった。最後に彼女が見たのは、まるでかつて洋車を引いていたときのように、疾走する老高の姿だった。ハリエンジュの針金のような冬の小枝が、バスの硝子《ガラス》に触れて鋭い悲鳴を発し、老高はいなくなった。

7

一台の貨車の中に防寒着をつけた人間と荷物がどれほど乗りこめるのだろうか。中国の係員は舌打ちすると、乗りかかっている三人を引き剝《は》がした。すると「父ちゃん」という泣き声とともに、もう一人の男の子が内部から飛び出してきた。そのあとからだれかが荷物を放り出したので、その家族はひとかたまりに身を寄せて、自分たちを置いていくかもしれない貨車を見つめた。貨車は家畜輸送車らしかった。床に藁屑《わらくず》が散乱し、乾いた糞《ふん》がこびりついていた。壁にはなめくじの這《は》ったあとのような牛の唾液《だえき》が光っていた。

「乗ればいいのによ。言葉がわからないふりしてさ」中に入っているだれかが言った。「この汽車が出ればよう、いつ帰れっか当てにならんぞ。ＬＳＴはいつまでも港で待ってやしねえさ」

中国人の係員が入口から首を突っこみ、何か早口に言った。

「途中からまた乗せるんだとさ」うんざりしたように佐智の隣りにいた復員兵が言った。

「まるでおらたちを豚か羊みたいに詰めこんで、息もさせねえ気だ」

「皆、帰りたい気持は同じです。お互いさま、がまんしましょうや」

佐智の父がおだやかに言った。

汽車がうめきながら動きはじめた。いきなりだったので、全員が三十度の角度で倒れかかった。壁際にいた者たちは、いっせいに打ちつけた頭を抑えた。

「下手糞《へたくそ》め！」

「わざとに決まってる」

男たちは悪態を吐《つ》いた。女たちは舌を失ったように沈黙を守った。これからの長い旅にそなえて、むだな浪費はするまいと決心しているようであった。ほとんどの女たちが、佐智よりも小さい子供を連れていた。子供たちは生まれて初めて乗った貨車の闇《やみ》に、めずらしそうに目をこらしていた。

「空気が悪いようですから、扉《とびら》を開けますよ。近くの方はどうぞ注意してください」

入口近くで、年寄りらしい優しい声がして少しずつ光が侵入してきた。外の風景が映画のスクリーンのように流れた。子供たちは歓声をあげた。家畜の体臭や炭酸ガスがどんどん逃げていき、新鮮な空気と入れかわった。佐智も伸びあがってスクリーンを見た。

斑雪《まだらゆき》が黄色い地面を鹿《しか》の毛皮のように彩《いろど》っている丘が見えた。丘には一本の樹木もなくて、長い石の城壁がゆるくカーブする尾根に沿って建っていた。城壁は佐智が貨車から見通せるかぎりの空間を、うねうねと昇っていた。石の壁に正確な間隔で穿《うが》たれた窓孔がこちらを狙《ねら》っていた。壁と壁のはざまは階段状になっていて、ところどころ関節のような四角い小屋で連結されていた。それらは汽車と平行にゆっくりと走っていた。ある部分がやっと過ぎていくと、また別の同じ形をした部分が現れた。まるで世界の果てまで、それは佐智の汽車を追いかけてくるようだった。

鹿《か》の子斑の山肌《やまはだ》がふいに近づいてきた。汽車は長い歯ぎしりをして止まった。煤煙《ばいえん》の臭《にお》いがどっと吹きこんできたので、入口近くにいる老人があわてて扉を閉めた。しかし数分もたたぬうちに、流暢《りゅうちょう》な日本語が聞こえ扉が外から引き開けられた。黒眼鏡をかけた中国服の男が、ていねいに先の乗客たちに声をかけた。

「申しわけありませんが、少しずつおつめください。ここは××です。一貨車当り十人ずつの帰国者の方がここから乗りこみます」

佐智の近くの復員兵が大声で言った。

「ばかたれ。人の体は簡単に伸び縮みできねえんだよ」

黒眼鏡は動ぜずに静かに続けた。

「足を伸ばしている方は縮めてください。立つほうが楽な方はそうしてください。不要な荷物はここに置いていってください。皆さまの同胞《トンバオ》が乗りこむのです」

「それじゃ、車輛《しゃりょう》を増やせ！」

復員兵が怒鳴った。中国人の通訳は黒眼鏡をはずすと、復員兵のほうを片目だけで見た。彼の左目の部分は、肉もろともざっくりえぐれてなかった。復員兵がつばを飲んだ。男は右の目を横に向けて、手を上げた。黙々とした疲れはてた塊りが、いくつも這いあがってきた。彼らは荷物を持っていなかった。凍るような寒気の中で役に立つ上衣《うわぎ》も外套《がいとう》も着ていなかった。子供たちは車に上がるやいなや、針鼠《はりねずみ》のように丸まって眠りはじめた。

「長城を越えて、八路軍《パールー》から逃げてきた方たちです」冷静に黒眼鏡の男が言った。「では皆さま、再見《ツァイチエン》」

扉が閉められて、沈黙がふたたび畜舎の臭いとともに重い霧のように閉じこめられた。人と人との間隔が、肉体的接触に耐えねばならぬところまで来ていたから、かえって言葉は邪魔物としか思えなかった。しだいに佐智は、暗い夢の雰囲気《ふんいき》が近づいてくるのを感じた。復員兵のごつごつした背中が、佐智を押していた。

「息がつまるよう」

佐智は弱々しく言った。母親が訴えるように父親を見た。父親は頭をふったが、それでも体を弓なりにして家族のために少し空間を手に入れた。

「変な臭いで胸が悪くなりそう」

母親が小声で言った。ふいに隅《すみ》のほうで困りきったような女の声がした。

「坊やが……おしっこしたいんです」

乗客全体が牛の群れのように唸《うな》った。

「その場でしたら……」

別の女がささやくように言った。

「入り口を開けてあげろよ」

「だめだ、ここにいる者が危い」

それでも少しずつ少しずつ、細い光が壁に沿って入ってきた。

「気をつけろよ」「そこの人どいて……」「奥さんこっち」

自分も含めた人の体の圧力が、佐智に覆《おお》いかぶさってくる。佐智は目を閉じた。血だらけの車引きがにやっと笑いかけた。今、自分が最後のいちばん怖い夢に突入していく、そんな予感がした。それはだれによっても、決して妨げられないだろう。今までのどの夢の場面よりも長く続くだろう。

「佐智、だいじょうぶ?」

母親が佐智の手をしっかり握りしめながらたずねた。

ふいに家畜輸送車は激しくきしみ、斜めになった。全員が歯をくいしばって抵抗しなければ、汽車もろとも横倒しになってしまいそうだった。そして尾長鶏《おながどり》のように長く鋭い叫び声が、貨車に充満した。

「おちたあああ、坊やがおちたあああ」

「列車を止めろ」

数人の男たちが怒鳴った。しかし汽車は、跛行《はこう》するわにのように鈍重に身をねじ曲げてカーブを通過すると、ふたたびスピードをあげた。

「あああ、あああ」

叫び声はもう女の声のようではなく、切れ切れに無意味に発せられる自然界の音に近くなった。佐智は母親の手を振りはなして、子供が出ていった空間を見ようと伸びあがった。扉の隙間《すきま》は佐智もさし招いているように思えた。

移行する光のスクリーンに、崩れかけた城壁が写っていた。灰色煉瓦《れんが》の堆積《たいせき》の上に、一人の小さい少年が腰をおろしてハモニカを吹いていた。

彼が〈午寅《ウーイエン》〉であることを、佐智は疑わなかった。

米谷《こめたに》ふみ子《こ》

過越しの祭

『この月の十日におのおの、その父の家ごとに小羊を取らなければならない。すなわち、一家族に小羊一頭を取らなければならない。もし家族が少なくて一頭の小羊を食べきれないときは、家のすぐ隣の人と共に、人数に従って一頭を取り、おのおの食べるところに応じて、小羊を見計らわなければならない。……そしてこの月の十四日まで、これを守って置き、イスラエルの会衆はみな、夕暮にこれをほふり、その血を取り、小羊を食する家の入口の二つの柱と、かもいにそれを塗らなければならない。そしてその夜、その肉を火に焼いて食べ、種入れぬパンと苦菜《にがな》を添えて食べなければならない。生でも、水で煮ても、食べてはならない。火に焼いて、その頭を足と内臓と共に食べなければならない。朝までそれを残しておいてはならない。朝まで残るものは火で焼きつくさなければならない。あなたがたは、こうして、それを食べなければならない。すなわち腰を引きからげ、足にくつをはき、手につえを取って、急いでそれを食べなければならない。これは主の過越しである。その夜わたしはエジプトの国を巡って、エジプトの国におる人と獣との、すべてのういごを打ち、またエジプトのすべての神々に審判を行うであろう。わたしは主である。その血はあなたがたのおる家々で、あなたがたのために、しるしとなり、わたしはその血を見て、あなたがたの所を過ぎ越すであろう。わたしがエジプトの国を撃つ時、災《わざわい》が臨んで、あなたがたを滅ぼすことはないであろう。

　この日はあなたがたに記念となり、あなたがたは主の祭としてこれを守り、代々、永久の定めとしてこれを守らなければならない』

『モーゼが手を海の上にさし伸べたので、主は夜もすがら強い東風をもって海を退かせ、海を陸地とされ、水は分れた。イスラエルの人々は海の中のかわいた地を行ったが、水は彼らの右と左に、かきとなった』

旧約聖書〝出エジプト記〟より

滑るように飛んでいたジャンボ７４７機は急に高度を落とし始めた。

バート・レイノルズの演じている、どたばた喜劇の映画も終って、ようやく天井に明りが入った機内は、手洗いに立つ人や、水を呑《の》みに行く人でざわついていた。

膝《ひざ》の上に堆《うずたか》く丸めた冬オーバーを五時間も抱え込んでいるわたしを見て、夫のアルは眉間《みけん》に皺《しわ》を寄せた。

「もう四月にもなっているのに、そんなもの持って来たからだよ。ロスアンジェルスからずっと膝の上に。窮屈じゃないか。無用の長物だよ」

と咎《とが》めるように言う。

前席の客の荷物が多かったのと、アルが荷物を全部機内持ち込みにしたため、わたしのオーバーまで上の棚《たな》に入らなかったからであった。アルは荷物をチェック・インすると、あの受け取り所で永く待たされるからと、わたしと息子のジョンに小さいボストン・バッグやトーツ・バッグに物を詰めるようにと命じたのだった。

もうすぐニューヨークに着く。旋回し始めた。夫の言葉を耳にしながら、わたしはオーバーに付けていた鼻先を窓に向けた。外は灰色。煙？　いや、濃霧なのだ。どうも雲の中に突っ込んだらしい。なにか旋回の度数が多いようだ。眼《め》をしばたきながら、わたしは窓外を眺《なが》めた。あらっ！　雨。霧が固りとなり、水滴となり、ひたひたと分厚いガラスを濡《ぬ》らし始めた。

永い間ロスアンジェルスに住んでいると、冬の雨期が終れば、あっけらかんと空が青く晴れ渡るので、雨のことを忘れてしまう。雨具の用意をして来なかった。八年の間にすっかりアンジェリノになってしまったのかしら。ニューヨークは四月末まで天候は決らないのだった。雪を割って出るクロカスの白、黄、紫の鮮やかな花々、弓なりの枝に、小さいレモンイエローの花を点々と猫柳《ねこやなぎ》のようにつけるれんぎょうが残雪の白に映えるのを除いては、五月になって初めてライラックが咲き、木々の若葉が蘇《よみがえ》り、はなみずきの白やピンクが開き、地上にはチューリップだの、ヒヤシンスだのが一面に短期間に花を咲かすのだった。

何年振りの休暇なのだろう。わたしは濡れた窓ガラスを見ながら考えた。夫のアルと十四歳の息子ジョンと三人が一週間も泊りがけで旅行に行くなんて、我々の生活では考えられないことであった。今までの疲れが一週間でとうてい癒《いや》されるとは思えないが、何年も何年もこういう日が来るのを怖《おそ》れながらも待ち侘《わ》びて生活していたようだった。偶々《たまたま》、それを聞いたアルの友人が、父親が留守にしているイースト・サイドにあるアパートに滞在するよう取計ってくれたのだった。ブルーミングデール百貨店の近くと聞いてわたし達は心を弾ませた。ニューヨーク市としては比較的安全であり便利な場所であるからだ。

脳障害児ケンが生まれてから、わたし達は十三年の間、この子の世話に明け暮れしていたと言っても過言ではない。或《あ》る施設に空席が出来て、ケンを入れた時、イースター・ホリディがやって来て、ジョンの学校が休みに入った。素晴しき解放感！　あの十三年の糞尿《ふんにょう》の世話、不眠の夜、汚い食事時のテーブル、ケンの癇癪《かんしゃく》から解き放されたのだ。

彼を施設に入れてから家を出るまでは、全く体の中から精が抜けたように、足腰から力が抜けて、わたしはよたよたとしながら家事をしていた。それが、飛行機がニューヨークに近づくにつれて、ふつふつと泉が湧《わ》くように、胸から背にかけてエネルギーが充満して行くのを感じ、なんと薄情な親なんだろうと自分を責めもした。

ニューヨークでは何をしよう。今まで十四年間二人の赤ん坊の時から子供の世話ばかりに専念し、自分のことなど考える余裕もなかった。アリスに逢《あ》いたい。もう八年も逢っていないんだもの。彼女、もう幾つになったのかしら。三十五にはなっていると思う。未《ま》だハイジェニストをしているのかしら。広い聡明《そうめい》な額、その下の澄んだ榛色《はしばみいろ》の眼、ガンダーラの仏像のような端整な顔立ち。電話をかけると、その眼を輝かせて、「ミッチー、今何処《どこ》なのっ！」って叫ぶだろう。ジョンの幼稚園で初めて逢った人だった。ニューヨーク郊外のスカーボローという所であった。日本人はおろか、東洋人なんてめったに逢わなかったあの頃《ころ》、東洋人であれば何国人でも懐《なつか》しく、「インドからいらっしったの？」と尋ねたのだった。アリスは当惑した様子もなく、「皆そう尋ねるのよ。わたしはここの誰《だれ》よりも純粋のアメリカ人かもしれないわ。わたしの中には白人と黒人とアメリカン・インディアンが同居しているの。わたしの生家に来てごらんなさい、あらゆる色の人間がいるから」と初対面のわたしに優しく微笑《ほほえ》んだのだった。「サリーを巻いて、眉間に赤い点を付けると、インド人と見間違えられそうよ」とわたしは言った。彼女はその澄んだ榛色の大きな眼をつぶらにわたしに向けて、「ええ」とうなずき、その琥珀色《こはくいろ》の顔をほころばせた。アリスの息子のスティーブは大きくなったろう。三歳だったジョンが自分で初めて作った友達であった。幼稚園から帰って来て、いつもスティーブとい う男の子の話をしていたが、わたしは、その子に逢うまで、彼もジョンのように人種の混ざった子供であることを知らなかったので驚いた。

それから、バレリーナのようなイレーヌにも逢おう。ひっつめにした黒い髪と大きい瞳《ひとみ》の彼女とは、わたし達が日本に住んでいた時知り合ったのだった。もう十六年も昔のこと。芦屋《あしや》の駅の近くの生活協同組合の市場によく車で連れて行ってくれたものだった。日本でパッチワークなんてものも流行《はや》っていなかった頃、そんなスカートを彼女が穿《は》いていると、ブルジョワ階級の芦屋夫人達が自分達の無知を棚にあげて、(やっと日本が継ぎ当てから解放された頃だったから)継ぎを当てたスカートだと思ったのか、後指を指して笑っているのを背後に聞き、嫌《いや》な思いをしたものだった。彼女はあの時の夫と別れたと聞いた。一人の男の子を抱えて何とかやるのだと。ニューヨークに住んでいた頃、よくマンハッタンで落ち合って一緒に食事に行ったことだった。わたしがアメリカ人の偏見を嘆くと、イレーヌはいつも自分のフランス人の母親のことを話した。母親の英語に、強いフランス語の訛《なまり》があるので、百貨店で買物をすると売子達が、彼女の背に向ってあとから真似《まね》をするのだと。

彼女達と何処で逢おうかな。ランチを何処かでして美術館に一緒に行こう。積りに積った話がある。心が昂《たか》ぶるのを覚え、窓の外に目をやった。

外は吹き降り、雨脚が長く窓に当って来る。

「ケネディ空港の滑走路が混《こ》んでおりますので、この機は三十分遅れて到着の予定でございます。尚《なお》、気流のため、少し揺れますので、シートベルトをお付けになって御着席願います」

というアナウンスがあった。途端に、機体がごとんと横揺れして下降した。それから、旋回し始めた。ケーブル・カーが階段で挟《はさ》まれた坂を降りて行くように飛行機は、ごつごつと降りた。ニュージャージー州の上空、ロングアイランド、コネティカット州の上を飛んでいるのであろう。四界四面、白い煙が立ち籠《こ》めたような雲で覆《おお》われているかと思えば、横なぐりの雨で何も見えなくなってしまう。そして、次の瞬間には、左の方に灰色の波打った雲間を縫って金色の陽光が線状に放射している。機体の右側には、白や灰色の雨雲をバックに綺麗《きれい》な半円の虹《にじ》が出ていた。それは、恰《あたか》も子供の絵本に描かれた背中に大きな白い二つの翼を付けたエンジェルとか、小さい巴《ともえ》の紋様の付いた沢山の太鼓を肩の上に担《かつ》いだ雷様の住んでいるような世界であった。空港から飛び立って来た飛行機であろうか、遥《はる》か彼方《かなた》に小さく銀色に光っているのが右の窓から見えた。体が宙に浮いたように持ち上げられた感じになる。飛行機は大きな弧を描くように左回りに旋回した。心持ち体の右の方が上り気味になった。

　今までジョンとひっきりなしに喋《しゃべ》っていた夫が急に静かになった。この機内でも、ロスアンジェルスの住民であることは一目瞭然《りょうぜん》としている、冬でも日焼けした角ばった顔が、じっと前を焦点もなく見ている。その褐色《かっしょく》の肌《はだ》の下の色が失《う》せ始めた。もどかしそうに、前の座席の背についているポケットを、左手のすんなりとした指でまさぐって、航空会社の案内雑誌や昼食のメニューを取り出し、右手で、その後に入っていた白い紙袋を摘《つま》み上げた。それから、立ったらいけないというアナウンスがあったにもかかわらず、シートベルトを外して、無言のままトイレに立って行った。

　強風にうたれた雨が、窓に当る音がする。

　パーサーのいやに落ち着いた機内放送が聞こえた。

「ドクターいらっしゃいませんか。殊《こと》に、心臓専門のドクター。病人が出ましたので」

　まさかアルではあるまい。胃に突然しこりが出来たように感じる。アルは右の冠動脈が一本完全に詰っているので、心臓の薬を飲んでいる。その上、心臓が痛むと、あの爆弾を作るニトログリセリンを飲むようにと、いつもポケットに入れて歩いているのである。飛行機が旋回したり、上昇したりするだけで、心臓というものは影響を受けるのだろうか。考えている間もなく、機は上昇し、左に大きく旋回する。

「スチュワードを除いては、スチュワーデスも皆席に着いて下さい」

　飛行状態がよほど悪化しているに違いない。もうアルがトイレに立ってからどの位経《た》ったのだろう。気が気でなくなった。前を見、後を見る。今まで、声高く笑い喋っていた乗客も皆心配そうに一斉《いっせい》に前を見つめている。笑い声どころか話し声さえも聞こえない。聞こえるのは、ぱしっぱしっと窓に打ちつける大粒の霰《あられ》か雹《ひょう》の音のみ。右側の窓に、先刻飛んでいたのと同じ飛行機が見えた。あれも空港に着陸出来ないのだろうか。ぎぎーぎぎと機体が軋《きし》んだ。ざあっと雨の音。

折角楽しみにしていた休暇も雲行きがおかしくなり出した。

勿論《もちろん》、飛行機が墜《お》ちるなら、どんな状態にいようと大して変りはない。食事をした後であろうと、食べてなかろうと、立派なスーツを着ていようと、裸であろうと、夫が自分と一緒に座席に座っていようと、死んでしまえばそれまでである。死んだ後は、生きている人は新聞を見て、あの人達は座席で抱き合って死んだと思うに違いない。まさかアルがトイレで吐いていたとは思うまい。でも、墜ちるなら、休暇を楽しんで、疲れがとれて体がしゃんとしている時にして欲しい。死ぬまで疲れていたなんて往生際《おうじょうぎわ》が悪いではないか。

「ダディどうしてるんだろう」

耳に当てていたイヤホーンをはずしながら、ジョンは大きい黒い眼を曇らせた。

〝到着が三十分遅れます〟が〝一時間遅れます〟ということになった。窓にパラパラと霰がはじけて、二、三白い小さい玉が窓の縁に溜《たま》っては消えて行く。機体が絶えず横揺れをする。胃が持ち上って来るように感じ、気が沈んで来た。アルがああいう状態なので気の所為《せい》かもしれない。わたしは家を出る前、つまり、七時間前に、胃の消化を助ける三共胃腸薬を二錠飲んで来た。自動車の遠乗りでも、出かける前に必ずこれを飲むことにしている。それを見て、いつもアルとジョンが声を揃《そろ》えて高らかにいう。

「頭痛にもサンキョウ、腹痛にもサンキョウ、胸やけにも、船酔いにも、万病の薬」

それが効いたのか、幸いにもそれ以上悪くはならなかった。

(あなた、三共飲めへんかったから罰《ばち》当ったんやわ)

飛行機が下降し出した。アルがトイレから通路に出て来た。(あの心臓の医者はアルのためではなかったのだ)わたしは深々と座席に座り直した。飛行機が揺れる度に足がふらつくので、彼は両手で通路の左右の座席の背凭《せもた》れに一つずつしっかりと手を掛けながら帰って来た。

「吐いたら気分が良くなった」

少し顔色が良くなったようであった。鳶色《とびいろ》の丸い眼が、精気が入ったように、きらりと光った。真綿を引き延ばしたような、薄い少い栗色《くりいろ》の髪を両手で撫《な》ぜて、席に座り、夫はシートベルトを付けた。わたしは再び深く息を吸ってオーバーを両手で抱え込んだ。

歓喜と叫声、拍手喝采《かっさい》して無事着陸を乗客は確かめ合った。六時半。ケネディ空港から外に出た時は、頰《ほお》に氷雨《ひさめ》が当って冷たいというより痛かった。暮色の中の空港の辺りは、雨でけぶり、常緑樹の黒い固りを除いては、針金細工のような木々の黒い枝が震えているようであった。芝生も未《いま》だに白っぽく、春からほど遠い様相をしていたのにわたしはショックを受けた。パルムの樹《き》が立ち並び、青々とした芝生に赤や白の花が咲いているロスアンジェルスに比べて、なんという違いなんだろう。ニューヨーカーは、これを春の萌《きざ》しと呼ぶのかもしれないが、南カリフォルニヤの天候に慣れたわたしには、これは冬よりも寒かった。八年前にはこういう所に住んでいて、これが当然であったのを忘れてしまっていた自分にショックを受けた。わたしはそれでもオーバーを着てフードをかぶっているからよいが、アルとジョンは何も持っていない。ジョンは薄いウインド・ブレーカーをスウェーターの上に、アルは裏なしのレインコートである。夫が、タクシーを待っている間中震え上っているのを尻《しり》眼《め》に、(それ御覧、大きな口を叩《たた》いてからに)とわたしはオーバーの中に肩をすぼめた。

ニューヨークからロスアンジェルスに移った理由は、冬が寒くてたまらなかったからであった。わたしは関西育ちなので、この湿った寒い冬の気温のことは決して忘れはしない。だが、空港に降りて外へ出た時、肌をさすこの寒さに愕然《がくぜん》とした自分が実際の肌の感じ方というものを忘却してしまっているのに驚いたのだった。男というものは洋の東西を問わず、温度のことを言うと沽券《こけん》にかかわるとでもいわんばかりに全く無関心を装う。

わたしがオーバーを持って来たのは、温度と少しも関係のない理由も挿《はさ》まっていた。ロスアンジェルスに引越す冬に、〝アバクロンビー・フィッチ〟と舌が回りかねる名のスポーツ店で、このフードのついたスキー用の特別に岩乗《がんじょう》に出来た暖かいオーバーを当時にしては相当な値段を払って買ったのだが、ロスアンジェルスの冬が暖かいので着る機会がなく、この度、一度でも役に立てようと機会到来とばかり押し入れの奥から引っぱり出して来たのだった。

目的地に着くまでに分解してしまわないかと思うほど、古い汚いタクシーに二人は乗り、湿ったざらざらとしたニューヨーク市の空気を吸った。もう、とっぷりと日は暮れてしまって、ネオンサインの赤、黄色、青の光が、雨滴に曲折して霞《かす》み、漆黒の空に反射して点滅している。ロスアンジェルスのフリーウェイに比べて幅の狭いパークウェイに数多くの大きなアメリカ製の古い無骨な車が道いっぱいに走る。トライ・ボロー・ブリッジを渡ると、クイーンズ・ボローからマンハッタンに入る。急に黒い高い建物が上から威圧し始めた。雨脚がヘッド・ライトに照らされて、白糸が織機で踊っているようだ。何もかも扁平《へんぺい》で、市街地図のように出来たロスアンジェルス、上を向かなくても、空はずっと眼前に展《ひろ》がっている。それが、このニューヨークの空は、高い建物の間にちょこっと、建物の間に走っている道路と同じ形をしているのだから。わたしは、今更ながら、同じアメリカの中で、これだけも違った二つの都市が存在しているのに驚くばかりであった。雨期の二、三ヵ月を除けば、底抜けに明るい眩《まぶ》しいロスアンジェルス。落ち着いているといえばいえるが、ともすれば暗くなりがちな北の光線のニューヨーク。飛行機がなくて、あの不便なアメリカの鉄道にだけ頼っておれば、この莫大《ばくだい》な距離のため、人の交流が迅速でなく、百年後には全く違う人種が、社会が出来上って、お互いに意志も疎通《そつう》しなくなるのではないだろうか。

友人の父親のアパートは三番街の五十七丁目にあった。七時を過ぎている。広いロビーに煌々《こうこう》と大きなシャンデリヤが輝いたイースト・サイドの豪華なアパートで、茶色のユニフォームを仰々しくつけた守衛が、うるさいほど身元を問い質《ただ》し、控えや伝言と照らし合わせ、やっと鍵《かぎ》を呉《く》れたのだった。犯罪の多いニューヨーク市で安全性を保証するにはこうしなくてはならないのだろう。二つの鍵を上の鍵穴や下の鍵穴に突っ込んでやっとアルが開いたドアからは、掃除婦の使ったパイン・ソルの掃除液のにおいが鼻をついた。一ヵ月ほど誰も住んでいなかったのだろう。

アルがドアの内側の壁についていたスイッチをオンにした。フォイヤーに明りが入った。スチームがむうっとして、乾いた空気が、今まで外の雨で湿っていた顔の皮をひんめくって行く。どうしてこうも、むやみやたらに暑くしなければならないのだろう、この石油不足の折に、と一人託《かこ》ちながらオーバーを脱ぎ、フォイヤーの左にあった押し入れを開けて、それを掛けた。

　ジョンとアルは荷物を入口のフォイヤーの床の真中に置き去りにして、手当り次第に電気をつけ、ベッド・ルームが何処か、トイレはと、ドアを開け回っている。フォイヤーの右に小さいキッチンがあった。そして、その左に広々としたリビング・ルームがあり、続いて小さいシャンデリヤのある食堂がキッチンに隣り合っていた。それを挟んで二つの大きなベッド・ルームが別々に分れてついていて、その横に、それぞれのバス・ルームが備っているとても機能的に間取りされたアパートであった。しぶい赤塗りの中国人や山水の絵を描《か》いた東洋風な飾り棚《だな》や、黒檀《こくたん》のコーヒー・テーブルがリビング・ルームに井《せい》然《ぜん》と置いてあった。アメリカ人や、ヨーロッパ人は、リビング・ルームに所狭しと物を置くのが好きで、いつもそれに辟易《へきえき》していたが、この瀟洒《しょうしゃ》に飾られたスペースのゆったりとしたリビング・ルームを見てなにか気が落ち着く思いがした。

　テーブルと安楽椅子《いす》との間を通り抜けて、わたしはパイン・ソルの臭《にお》いを出そうと窓際に行った。パイン《松》のにおいも少しは良いが、こうきつくては頭が痛くなる。白いサテンのカーテンを開き、両手で四角い鉄製のハンドルを持って、窓を上に開けようとしたが、何回もペンキを塗った重い窓はびくともしなかった。窓ガラスも窓枠《まどわく》も分厚いので重いことも重かった。やっと十センチばかり開く。窓の外のコンクリートは雨で濡《ぬ》れていた。咄嗟《とっさ》に、遥か下から道路を走っている多くの車のエンジンの音が、高いビルの絶壁に沿って、束になって轟然《ごうぜん》とその十センチの間隙《かんげき》目がけて飛び込んで来た。工場の上にいるようであった。濡れた道路に滑って急ブレーキをかける音、信号を無視して堂々と歩くニューヨーカーに怒った運転手がホーンをヒステリックに続け様に鳴らすのが六十メートルほど下に聞こえる。幅広い黒いビニールのテープのように濡れて光った五十七丁目の通りに、おもちゃのような色とりどりの車がぎっしりと詰っていて信号が変っても動かない。湿った空気に、ガソリンの臭いが混合して窓から入って来た。わたしは折角開けた固い窓を慌《あわ》てて閉じた。こうすれば、大都会はここまで入って来ないだろう。

　向いの三十階建てのビルは上から下まで明りが消されて、百とある窓は祠《ほこら》のように暗かった。だが、そのビルのモーブ色の濡れたタイルの外壁は、こちら側のどこかで点滅しているネオンを反映して、ピンクがかったモーブ、黄がかったモーブと一瞬毎《ごと》に変る。その横のやはり同じ高さのビルには未《いま》だに働いている人がいるのか、中ほどに、煌々《こうこう》と明りの付いた長方形が横に一列に七並べのカードのように並んでいる。今頃《いまごろ》まで働いているのは日本の商社ぐらいのものだろうと勘繰《かんぐ》った。

その隣は、昔ながらのブラウン・ストーンの四階建ての小さい建物が五軒ほどあり、一階は店になっていて、字はここから読めないが、看板がそれぞれの入口の上に出ていた。そのブラウン・ストーンの後には、高いビルが積木のように重なり合っている。一つのビルの屋根の上から枯木の枝と、冬中取り入れるのを忘れたビーチ・パラソルのシルエットが見える。あそこはペントハウスになっているのだろうか。

この町並みを眺《なが》めていると、初めてニューヨークに日本から船と汽車で二週間かかってやって来た時のことが脳裡《のうり》に蘇《よみがえ》って来た。二十年も前のことであった。一九六〇年。日本人になんてめったに出喰《でく》わさなかった。小柄《こがら》なわたしは、マジソン街で、五番街で、上を向いたまま歩いたのだった。余りにも高い建物ばかりで、その天辺《てっぺん》を見ようと思うと、のけぞって歩かねば何も見えないからであった。大きな人に突き当りながら、敷石の側《そば》の下水の孔《あな》に落ち込まないように注意して、お上りさんよろしく二十丁位歩いただろう。

サンフランシスコで金門橋を見、マンハッタンでエンパイヤー・ステート・ビルディングを見、ハドソン河の観光船に乗って国連の建物を見、ブルックリン・ブリッジの現代の優雅さを見て、全くスケールの違うのにど肝を抜かれたのだった。そして、知り合いのアメリカ人の絵《え》描《か》きの個展を大きなギャラリーで見て、自分も将来はこういう所で個展をするのだと、夢と希望に胸をふくらませていた。アメリカ社会は自由なんだ。あの因習的な男尊女卑の日本の社会からやっと飛び出して来て、これから自分の好きなことさえしておればよいのだ。純粋な芸術を追究しておればよいのだ。マンハッタン全体がアメリカン・ファーマシーの匂《にお》いがしていたようだった。終戦直後、神戸のトーア・ロードに出来たアメリカン・ファーマシーの店に入って嗅《か》いだ匂いは、わたしにとって初めての珍らしい匂いであった。あれがアメリカの匂いであり、自由を象徴していたのだった。

通りを歩いていると、あっちこっちにあるマンホールから湯気が温泉地のように出ているのを見て、この分厚いコンクリートの下に何があるのかしらと、恐しくて生《なま》唾《つば》を呑《の》み込んだことだった。当時は、今のマンハッタンのように汚くはなかったが、それでも風に吹かれて、あっちこっち紙屑《かみくず》やビニールが走り回り、エンパイヤー・ステート・ビルディングの前も吹き溜りになって、ごみが散乱しているのに驚いた。日本のレストランはコロンビヤ大学の前に一軒と、マンハッタンの真中辺りに一軒あっただけであった。

あれから二十年……。

(あー、そうや、イレーヌとアリスに電話を掛けとかんと、明日からの予定が立てへん。美術館にも行きたいし、あの昔の豪邸を美術館にしたフリック美術館。大理石を敷いた床、アトリウムに噴水があった。ジョンにあの中を見せてやりたいし。ターナーの綺麗《きれい》な黄色があった。暇があったら、歩くのに足が痛《いと》ならんような靴《くつ》を買いにサックスに行こう)

キッチンから早速電話を掛けているアルの大きな声が聞こえる。

「ハロー、シルビヤ、ハウ・アー・ユウ」

わたしは我に帰らざるを得なかった。もう義姉に電話をしている。明日でも良いものを、切角の楽しみが掻《か》き消えてしまった。わたしは急いで窓際《まどぎわ》を離れ、キッチンに行った。

緑のウールのスウェーターの下に、茶色と白の千鳥格子《ちどりごうし》のウールのズボンを穿《は》いている中肉中背のアルのズボンのポケットから、皺《しわ》になった塵紙《ちりがみ》が落ちそうになっている。義姉シルビヤは、アルよりも四つ年上である。だがわたし達は、彼女がアルよりも三つ年下であると言うようにいわれていた。誰《だれ》でも、二人を並べれば判断つくことだし、わたしにはそういうことをニューヨークで告げるべき人はいないのに。アルのニューヨークの友人は皆、彼に姉がいることを知っている。わたしは彼女の会社の同僚に遇《あ》う機会なんてないし、日本人の友達はニューヨークにはいない。たとえいても、シルビヤが四十九歳であろうと五十六歳であろうと痛痒《つうよう》を感じないし、何の関係もない。

ニューヨークからロスアンジェルスに越した原因の一つはシルビヤであった。彼女がいるだけで、ニューヨーク全体が憂鬱《ゆううつ》になる。何の関係もない人にも彼女は後めたく感じさせる特技を備えているのだ。預けておいた猫《ねこ》を取りに行っただけでも「切角なついた猫を、貴女《あなた》は猫までもわたしから取って行くのね」という言葉を浴びせて平気な人間だ。そういう人に蜿蜒《えんえん》と一時間も電話で話し込まれた日には、何も家事が片付かなくなったからなのだ。小さい子供二人に食事させていようと、ケンがトイレでパンツを汚していて、それを替えてやるのに忙しいと言っても、こっちの言うことなどおかまいなしであった。

「わたしのボスっていったらね、最近、いやみなことばかり言うので、馘《くび》になるのじゃないかと思うの。又、別の職を探そうかなと考えてるんだ。それでねえ、気が滅《め》入《い》っちゃって、あーあ、一人住まいというのはとても淋《さび》しいのよ。誰もわたしの話を聞いてくれないもの」と自分のことばかり、自分の悩みばかりをわたしに話す。そう言われると電話を早々に切る訳にも行かなくなる。わたしが電話を聞いているのをよいことにして、「休暇はねえ、スウェーデンに行って来たの」と得々として言う。わたしにとっては高嶺《たかね》の花。「白夜でしょ、少しも眠れなくって、帰って来たらふらふらよ。ベービーあざらしのオーバーを買って来たわ、今度行ったら見せてあげる」（そんなもん着て来られるとこっちがはらはらするやないの。ケンが、アイスクリームかマッシュド・ポテトのついた指で触わったらどないしまんねんな。大体、そんなあざらしの赤ん坊を殺したようなもんをよう平気で着れるこっちゃ。無神経にもほどがある）「うちの猫はね、管理人の小父《おじ》さんに頼んでおいたわ。帰って来ると、二匹とも痩《や》せてしまって、毛の艶《つや》も無くなってたの。ウィート・ジャームでも飲まそうかなと思ってるの。勿論《もちろん》、獣医に連れて行って相談もするけどさ」（フー・ケアーズ《勝手にしやがれっ！》）とわたしは言いたかった。それを言えば又、ヒステリックな電話が三回も四回も続いて鳴るので、その言葉をいらいらしながら胃の中に納める。そのうちにケンがパンツにした大便をトイレの壁に塗り出した。遅かりし！　にっくき義姉！　カリフォルニヤに移れば、電話料金は最初の一分が七十九セントで、その後は一分毎に五十セント上って行くから三十分以上は喋《しゃべ》らないこと確実と眼《め》をつけたのだった。

ああいうシスター・イン・ロウ《義姉》がいなかったらマンハッタンって楽しい所なのかもしれない。

「道でばったり遇ったりすると、言い訳が立たないのでね」

　と夫は受話器に手で蓋《ふた》をして、後にいるわたしに言い訳をした。シルビヤを怖《おそ》れている証拠である。もう五十二歳にもなっているのに、未《いま》だに姉が怖いなんて、アメリカの女も女だが、男も男だ。

「フィリップ叔父さんが来るって？　へーえ。会いたいなあ。二十年も会っていないんだ。ええ？　ああ、行くよ行くよ。いつなんだい？」

　行くよ行くよって調子の良い返事をしている。行くって言っている限り、義姉を置いて行く筈《はず》はないだろう。詰り、そこにシルビヤが行くので、そう言っているのだ。

「又、電話するからね。ミチとジョンにも知らせなければ、彼等も計画があるだろうし、何？　何だって？　明日から地下鉄のスト？　それじゃあ、どこにも行けないじゃないか。足で行ける範囲だけってことになるからね。トバのアパートは何処《どこ》？　八十丁目、イースト・エンド。晩にタクシー拾えるかね。ストになればイムポッシブル。あ、判《わか》ったよ。判った。又、電話するから」

　夫は受話器を置いて、横に立っているわたしの方を気《き》不味《まず》そうに振り返った。

「ミチ、来週はユダヤ教のパス・オーバー《過越しの祝い》なんだって。全く忘れてた。僕達《ぼくたち》はね、従姉《いとこ》のトバのパス・オーバー・セーダー《聖餐》に招《よ》ばれてるってシルビヤが言ってたよ」

「何日がパス・オーバー？」

　昔、子供の出来る前にわたしは一度アルの伯母の所のに行ったことがあった。余り心地よい想《おも》い出《で》ではなかった。その伯母の家族は宗教的でなかったので大して何もせず大きなマッツォ・ボールと言ってスイトンのようにマッツォ《種なしパン》の粉で作ったものをスープに浮かべる、というよりそれにスープがかかったと言った方が適当なものを食べたのだけ覚えている。

「来週一週間さ。今年はイースターと、パス・オーバーが同じ時になったのさ」

「一週間も、えらい時に来たもんやねえ」

　わたしは途方に暮れた。結局、春の祭であるので、カトリックでもプロテスタントでも、ユダヤ教でも皆同じ頃に来るのであろう。仏教の彼岸《ひがん》のようなものである。でも、今日は金曜日、今言って、月曜日の晩三人が割り込むなんて、きっと無理だから行かなくてもよくなるだろうと高を括《くく》っていたわたしは言った。

「シルビヤは、わたしらの意向もきかんと、また、トバの都合も尋ねんと、勝手に決められるのん？」

「シルビヤがね、トバに言っておくからって。三人位いくらでも入れる聖餐会《セーダー》なんだ、昔から。喜んで招んでくれるから任せておけって。フィリップ叔父が、僕に会いたがってるんだ。御馳走《ごちそう》があるから行こうよ。黙って座って、食べて飲んでおればいいのさ」

　いくら人数が増えてもよいという聖餐会《セーダー》とは、とても迷惑な話である。逃れようもない。

「わ・た・し、いかんとくわ。――今になって、宗教やなんて。おまけに、トバの所でシルビヤに会《お》うて、また、別の日にシルビヤと一緒に食事せんならんのでしょう。結局、二回も会わんならんことになるやないの」

「実はね、もう一人の従姉もセーダーをするので、その次の晩に、シルビヤがそれも頼んでやると言ってるんだ」

　シルビヤは弟をがっちり摑《つか》まえておくつもりらしい。悪寒《おかん》が頸筋《くびすじ》から背中にかけて走る。ロスアンジェルスにはユダヤ人の女の友達が沢山いる。何も夫がユダヤ人だからそうなったというのではなくて、自然に友達になった人々である。だが、このアルのイトコやハトコや姉や伯母というユダヤ人の女に会うのは真平御免《まっぴらごめん》である。彼等は、皆こぞってわたし達の結婚を認めなかった。ユダヤ教にわたしが改宗しなかったことも一つの理由であろうが、その上、わたしが白人でなかったことにも原因があったのではないかと思う。大理石でモザイクがしてある床を滑りそうになりながら歩いたその立派なアパートで、アルの金持ちの友人がして呉《く》れた結婚式にも来なかった。勿論、お祝いなんてアルの方の親族からは誰からも貰《もら》わなかった。

　一体、シルビヤは、わたし達は何しにニューヨークに来たと思っているのだろうと訝《いぶ》かった。休暇の楽しみも、何もかも総《すべ》てが、わたしの前から掻き消えてしまった。どういう従姉か知らないが、シルビヤ位の年齢で、二人共シルビヤのような人だったら、ダブル・シルビヤが二晩ということになる。余りにもひどすぎる。（あなた達二人は人の楽しみを壊しにかかる気いなん？　ニューヨークに自分を嘖《さいな》みに来たんかしら。楽しみをシルビヤに奪われてはならない。切角、十年振りに自由を楽しもうとしてるんやから）

「一週間しかない休暇なんよっ！　二晩もそんなんに取られたらわややわ」

　わたしは不平がましく声を高めた。

「僕もいやだっ！　宗教なんていやだよっ！」

先ほどからキッチンと食堂の間にある白い壁に斜めに

凭《もた》れて聞き耳を立てていたジョンが、鶴《つる》の交尾期さながらの声変りのしている声で叫んだ。真直《まっす》ぐな、日本的な黒い前髪が、ユダヤ的な大きな鼻になるか、日本的な小さな鼻になるか判らないサブ・ティーンの曖昧《あいまい》な鼻梁《びりょう》を覆《おお》いそうになっている。

「ニューヨークに来たのは、友達に会いに来たんだよ。ピーターにも会いたいし、スティーブにも。それから、ブロードウェイの劇も見に行くって約束だったでしょ、ダディ」

「宗教と言ってもね、パス・オーバーは三千年ほど昔イスラエル人がエジプトのファラオの奴隷《どれい》から解放された喜びを祝う祭なのさ。これは春の祭だから楽しい賑《にぎ》やかなもんなんだ」

夫は、急に二人が動かなくなったのを見て、四角い顎《あご》を突き出し、口を尖《と》がらせて言い訳をした。

（楽しい賑やかなもの？　シルビヤがいても？）

宗教的なものに巻き込まれたくないのはわたしもジョン同様。でも、アルの何十人といるイトコやハトコの中《うち》、知っているのは、フォーク・シンガーのフレディと、あ、の、ど、け、ち、のボッブだけなので、フィリップ叔父の家族を眺めるのも満更ではないという好奇心が動いた。皆が皆、アルの家族のように意地が悪いのかしら。中には正面《まとも》な人間もいるのではないか、それを気休めのために見届けても良いと思い始めていた。

唯《ただ》、宗教と聞くと、欠伸《あくび》が出て、うんざりするのは昔からだ。坊さんの「南無阿弥陀仏《なむあみだぶつ》、南無阿弥陀仏」も情なかったが、坊さんは、こっちが信じていようが信じていまいが、おかまいなしであった。わたしの生家では、坊さんのお参りの日、クリスチャンである母がいつも挨《あい》拶《さつ》に出て、それで済んでいたのである。アメリカ社会に住み出して、一番悩んだことは、キリスト教の宣教師が、異教徒を改宗させようとやっきになり、追っても追っても飛んで来る蠅《はえ》のようにしつこいことであった。そのために、日本人の中には根負けして改宗する人が多くいる。自ら求めて信じるという純粋さなど何処にもないのである。ユダヤ教はキリスト教ほど宣教に重きを置かないが、それでも、自分達の神は万能の神で、他の宗教の神は邪神であると決めつける。仏教は、法事の時に集ることはあっても、毎週礼拝に行くという掟《おきて》はないが、西洋の宗教は、教会なり、ユダヤ教のお寺シナゴグに毎週行き、礼拝をする。そういう所に偶々《たまたま》参列すると、その参列者全部が異教徒であるわたしの上にのしかかって来るように感じるのだ。その礼拝に集った人々が一つのコンミュニティとなり、がんじがらめに団結し、同じ身振り、同じ言葉で話す。わたしは全く自分の異っていることをいやがうえにも自覚させられるはめになる。それは恰《あたか》も、子供達が仲間を作って遊ぶ、ティーン・エージャーがグループを作るということと何ら変りがない。個性なんて育たない。

だから、わたし達は、お互いに気不味《きまず》い思いを避けるため、結婚した時、各家族が属していた宗教のことだけは主張し合わないと約束したのだった。二人共信者でもないのに、異教徒と結婚したからと言って、今更、文化の代表団の如《ごと》く構えることもないではないかという具合で二十年過ぎてしまったのだった。そういうふうに約束しても、初めいろいろ困ったのはアルの方であった。二人共信者でないと言っても、わたしは好奇心でバイブルを読み、仏教のことを書いた本を読んだが、子供の時から、これでもかこれでもかと叩《たた》き込まれた背景は微塵《みじん》もなかった。西洋宗教の根源であるユダヤ教徒の家に育ったアルには、子供にまで信じさせようと、やっきになった形跡が瞭然《りょうぜん》として残っている。産まれて八日目にする宗教上の割礼も受け、バーミツバという成人式を受けるためにヘブライ語を学び、子供の時からシナゴグに親と一緒に毎週参列している。わたし達がニューヨークに住んでいた頃《ころ》、ユダヤ教の行事が来る度にアルはいつも後めたく感じてシルビヤに言い訳ばかりしていた。ロスアンジェルスに移ってからは、親類もいないので、全く無関心に過ごしていたのである。

パス・オーバー・セーダーに行こうと夫が言った時、気でも狂ったのではないかと、わたしは一瞬たじろいだ。この年を取ってセンチメンタルになって来たのかしら。この調子で行けば、彼が七十歳位にでもなると、毎週金曜日の晩と土曜日の朝、シナゴグに行くと言い出さないとも限らない。アルの父親の方の家族は、オーソドックスのユダヤ教で、代々宗教に深く携わり、ラバイ《坊さん》になった人が多かった。そうなれば、わたしはどうすればよいのだろう。蟠《わだかま》りを感じる。離婚するより法がない。宗教のようなものに時間を取られたくはない。あんな古くさい理の通らない行事を微に入り細をうがって知ったからと言って、何にもなりはしない。かしこまった、見えすいた偽善者は嫌《きら》いだ。善いことをするのなら、宗教という回り道をしなくても出来るんだから。

あの核兵器に最初に世界的に堂々と反対した人々は、キリスト教の牧師とか、仏教の坊さんではなかったではないか。宗教はいつも死を見つめていた。死を讃美《さんび》していた。率先して最初に反対した人々は、ライナス・ポーリングであり、バートランド・ラッセルであり、ジャン・ポール・サルトルという反宗教主義者ではなかったか。現代の善は人の生に対する肯定なのである。

アルのこめかみがぴくっと動いた。

パス・オーバー・セーダーは聖会であり、儀式である。儀式というものは、知っていないと全く馬鹿《ばか》に見える。間違いを起すことも許さないかのように見える。逆に、儀式を知っている人々は、如何《いか》にも賢《さか》しげに見え、又、その知識を誇示して得々と振る舞うのを見るのは鼻持ちならないし、いつも無性に腹立たしくなったものだ。だから敢《あ》えて自分をその中に嵌《はま》り込ませたくないのである。それ故《ゆえ》、ジョンにも無理強《じ》いして宗教を押しつけなかった。

二人の反対に気圧《けお》されて、

「一つはことわるよ。ことわる」

とアルは素早く両方共行かないと言い出されては一大事と二人の機嫌《きげん》をとった。

「当り前でしょ。日本に住んでた時、一回も法事に連れて行けへんかったんを有難《ありがた》いと思《おも》てへんのん。二年の間によ、それも。そやのに、この一週間の休暇に、二つの法事について来いいうてるようなもんやないの。わたしらの結婚に、みんな、反対してたんよ。あの人ら。誰《だれ》も結婚式にも来えへんかったやないの。あなたの名前がちょっと世に出たからいうて、急に、その反対してた人からお声が掛って来たていうわけ？　わたしら見せ物《もん》やないのんよ。結婚してすぐに逢《お》うたあなたの伯母さん、あたしの頭の天辺《てっぺん》から足の爪先《つまさき》まで、懇切丁寧に眺《なが》めてくれはったわ。真夏の太陽が、じりじりと肌《はだ》を焼く思いやったわ。頭に角が生えてんのか、足に翼が生えてんのか、耳がロバの耳のようになってんのか調べたかったんでしょ。わたしの鼻が、彼女の二つの偉大な穴の付いたのと比べもんにならんほど小さかったんで、息がでけへんのやないかと心配してくれはったんかしら。ああいう目には遇《あ》いとうありませんからね」

「まあいいじゃないか。フィリップ叔父さんには会わせてくれよ。もう彼も八十三になるんだからな。君もきっと好きになるような人なんだ」

「あなた、初めて逢うた時、お義姉《ねえ》さんのこともそう言うたわ。そやから、映画に出て来るユダヤ人の綺麗《きれい》な女優をいろいろ思い浮かべて、クレア・ブルームのような人かしら、それともローレン・バコールのような人かしらと期待してたんよ。豈《あに》はからんや、一目見て、もう逃げ出そうかと思《おも》た。あの時、あなたの眼《め》、節穴やと思いましたわ。それとも、創作やったん？　わたしはね、顔が美しいかどうかを言うてんのんではないのんよ。顔のつくりが悪うても、心が出るということをいうてんの。シルビヤえらい意地の悪い顔してたもん。小じゅうとめ鬼千匹て日本でいうけど、日本人は小さいから千匹で済むやろけど、シルビヤは巨大な人やから、万匹いうとこやわね。体力を入れるとね、もっとよ。あなたの言うことなんか当になりますかいな」

「トバの所一晩だけにするから頼む」

アルは拝むように手を合わせた。

「そしたら、そこだけよ」

手を合わせられると、いかなわたしも折れないわけには行かなかった。でも、何か企《たくら》みにかかったような気がする。

先ほどから黒い大きな瞳《ひとみ》を曇らせて一部始終聴いていたジョンが、

「いやだよう」

と体をねじり、気管支から出たような、喉《のど》の粘膜にからんだ声で叫んだ。

「僕《ぼく》、その日はここに一人でいるう。晩御飯ここで一人で食べるから、ダディとマミー二人で行ってよう」

最後は泣き声になっていた。

わたしが行くと決心した以上、ジョンも連れて行きたかった。嫌々《いやいや》ながら付いて行っても、後学のためになることだと。一度位、親類というものに会ってもよいではないか。ロスアンジェルスには親類が無かった。わたしの親兄弟は皆日本にいる。全く、自分の一族郎党がいるということも知らずに大人になって、わたし達が死んでしまうと、この茫漠《ぼうばく》とした大陸で、あの脳障害の弟と二人だけ残されることになり、彼も心細くなることだろう。そういう懸念《けねん》が、いつもわたしの頭を掠《かす》める。たとえ、どんな奇妙な遺伝子の端くれであっても、自分を構成しているものの一齣《ひとこま》一齣がその人達の間に点在しているのだ。

「でもね、ジョン、ニューヨークの親類の顔を知っておくのも悪うはないと思えへん？　大きなってから何時頼《なんどき》らんならんようになるかもわかれへんねんし。シルビヤ伯母さんには子供は無いねんから。独身やねんもん。アメリカには、あんたのいとこはいやへんけど、ダディのいいとこ位は知っておいてもええと思えへんの？　一晩の辛抱やさかい。皆の顔を見に行くのんよ」

本心わたしは自分に言い聞かせていたのであった。

「僕、宗教なんて嫌いなんだ」

俯《うつむ》いて下唇《したくちびる》を噛《か》んでジョンは呟《つぶや》いた。

「ママもよ。お互いさまよ」

と息子の黒い髪の下の大きな眼を覗《のぞ》き込んで、同情しながらわたしは、そっと彼の肩に手をおいた。

まあ、パス・オーバー・セーダーまで二日あるのだから、それまでになんとかジョンの脳の細胞も答をはじき出して呉れますようにと祈る思いであった。見知らぬアパートで一人で食事をさせたくはない。

雪、雪、雪、四月だというのに。

誰かが、摩天楼の天辺から豆撒《まめま》きをしているように、白い粉が固ったり、散り散りになったり舞い回って五十階、三十階、二十階と降りて来る。止《や》みそうもない雪を託《かこ》ちながら、タクシーを拾うのにかれこれ一時間も外で立った。もう七時になる。街灯《がいとう》に照らされた歩道は、家路を急ぐ人でごった返していた。空っぽの歩道で、太陽と車の間を、ジャンピング・ビーンズのように跳ね回っているアンジェリノに比べて、ニューヨーカーは黒人や東洋人を除いては青白く、腰の辺りにずっしりと重しをぶら下げているように歩き、その量《かさ》が大きいので、一、二歩あるけば人にぶっつかる。地下鉄とバスがストライキに入ったので余計である。わたしは、慣れていない天候に再び震え上った。幸いわたしにはオーバーがあるが、薄いレインコートとウインド・ブレーカーの二人は脚を震わせ、肩を竦《すく》ませて立っている。（それみたことか、えらそうにいうたって、さぶいぼ出して、二人とも）

次から次とやって来る黄色いタクシーには人が乗っていたり、要領のいいニューヨーカーに先取りされてしまったりして、やっと、一台摑《つか》まえた時は、大分遅くなっていた。

パス・オーバー・セーダーが始まるのは六時半だとアルが言っていた。

そんなことは聖書の中の話と思っていたことが、二十年前、アメリカにやって来た時、この摩天楼のにょきにょきと立っているマンハッタンで未《いま》だに蜿蜒《えんえん》と行われているのを発見して愕然《がくぜん》とした。他の民族が、その民族の古い書物に書いてある、嘘《うそ》か真《まこと》か判《わか》らないお伽噺《とぎばなし》めいたことを信じて三千年も祝っているのを見て驚愕する方がどうかしてるのかもしれない。自分の国にも似たようなしきたりがあっても、自分に関係のない人が遠方でいつもやっているので、大して気にもならなかっただけのことなのだから。唯《ただ》、自分の親類がやっていると聞いて、なんと旧式な家族の一員と結婚したものだと、日本では他《ひ》人《と》ごとであったのが、ここでは我が身に降り懸って来たので嫌悪《けんお》に陥ったのである。しかも、出がけに、そのセーダー《聖餐》が四時間も続くのだと聴いて、ジョンとわたしは啞然《あぜん》とした。

七時半になっている。向こうの家に着くのは八時になるだろう。ここは三番街なので、これから二番街、一番街と東に向い、イースト・エンドに出る。戸惑って、わたしは窓外の止みそうもない雪を眺めていた。

「もう、セーダーが始まっているので、四時間も座ることもないだろう」

言い訳がましくアルは少しでも二人の気を静めようと、暗いタクシーの中で、わたしとジョンの顔を交互に見比べた。

行き交う自動車がピシャピシャと音を立てて、掻《か》き氷のような跳《はね》をとばす。交錯するヘッド・ライトに雪の粉が渦《うず》を巻いていた。雪の向こうに、がっちりとした建物が、隙間《すきま》も無く、切り立った断崖《だんがい》のように、イースト・リバーに向って突っ立っていた。その並んだ歩道に面した窓の光に、人影が動くのが見え、窓際《まどぎわ》の花瓶《かびん》やランプの影が、窓に掛っている紗《しゃ》のカーテンに落ち、走馬灯《そうまとう》のようにも見えた。そこには色は無く、窓から漏れる鈍い光で、その前だけ雪の白い帷《とばり》が出来ていた。

三十階でエレベーターを降りて、ベージュ色のカーペットを敷いた廊下を右折すると３０２号はあった。ドアの外に、幽《かす》かに合唱の声が聞こえて来る。アルが人差指で、ドアの右横に付いている白い丸いボタンを押した。声がぴたりとドアの中で止まった。暫《しばら》くして、錠前を開ける金属の音がして、ドアが開いた。栗色《くりいろ》の髪を短く耳のところで切り、黒い服を着た五十歳半ばのすらりとした女が、血色の良い中高の整った顔を出した。この家の主婦トバであるらしい。アルの従姉《いとこ》である。アルが懐《なつか》しそうに彼女に抱きつき、頰《ほお》にキッスをした。それから、わたしとジョンを紹介した。

ドアを入った所はフォイヤーになっていて、そのままリビング・ルームに続いている。右手に廊下があった。そしてリビング・ルームの続きに大きなクリスタルの付いたシャンデリヤのある食堂がある。廊下からもその食堂に行けた。シャンデリヤの下に大きいテーブルがあって十二人ほどの人が座っていた。婦人連のつけている香水の匂《にお》いと、ワインや、ローソクの煙、料理に使ったタイムやローレルの香が混合し、わたしを圧倒し出した。何語で何を考えているかなど反芻《はんすう》する余裕もなくなった。部屋から急に酸素が無くなってしまったように感じた。いつも、知らない所に行って、面識の無い多くの人に会う時、わたしは二重にも三重にも自分の周囲に網を回《めぐ》らし、恰《あたか》も鶏とか猫《ねこ》が毛を逆立てた時のようになる。この人々は一体どんな人柄《ひとがら》なのだろうと、脳の細胞の奥深くに情報を送りこむのに、この逆立てたアンテナが大童《おおわらわ》になる。これは言葉ではなく、肌の汗腺《かんせん》のようなもので感じるのだった。盛んに脳の中の何かが出たり入ったりし出す。こういう状態は、アメリカに来た時に始まった。言葉が皆目解《わか》らないので、本能に頼らねばならない。脳の中の或《あ》る部分が異常に働き出す。動物の自己防衛の一種なのだろう。二十年来、この第六感のようなものが研ぎ澄まされて来た。英語が解るようになって来ても喋《しゃべ》れないケンがいた。十三年の間にわたしのその感覚はいやが上にも鋭くなってしまったようである。

三人がリビング・ルームに入って行くと、そのテーブルに座っていた人々が、一斉《いっせい》に立ち上り、わたし達を歓迎しようと席から出て来た。テーブルの上に沢山置かれた黄色い真鍮《しんちゅう》の燭台《しょくだい》のローソクの炎が、人々の動きで揺れた。

トバがわたしのオーバーを取って廊下のつき当りのベッド・ルームに持って行った。そこに居合わせた客は三人を取り囲んだ。他《ほか》の二人はともあれ、わたしは、恰《あたか》も、多くの豹《ひょう》に囲まれて如何《いか》にして食べようかと凝視され逆毛を立てた鶏か小猫になったように縮かまった。わたしだけがユダヤ教徒でなくて、小さくて、人種も違う。ジョンもそう感じているのだろうが、彼は少くとも半分ユダヤ人なのでわたしほど違ってはいない。わたしはシンプルな焦茶《こげちゃ》のウールのドレスの胸の辺りに手をやった。首飾りを付けて来なかったことに気がついた。わたしを取り囲んでいる人々はダイヤだ真珠だと飾りたてている。この大切な祭に何《なん》にも付けずに来たのは失礼なのだろうか。ケンと住んでいると、普通の家庭の主婦のように出かける時に着飾ったりは出来ない。首飾りなんてしようものなら、ケンが引っぱるので忽《たちま》ち中《うち》にばらばらになる。出かける時も、いつもぎりぎりまで家のことに追いまくられているので洋服を着替えるのがやっとなのである。そういう習慣が身についてしまって、普通の人々の生活のことを忘れてしまっている自分に気がついた。わたしにはジョンを庇《かば》ってやる余裕もなかった。

トバは忙しく自分の夫や、兄夫婦を紹介する。その彼女の後から、〝LO AND BEHOLD!〟（これは如何に！）一人遊離して、黒いドレスをどてらの如《ごと》く着たアルタミラの洞窟《どうくつ》の壁画のこって牛を思わすシルビヤが平行棒の上を歩くようにして出て来た。下を向いたまま左右に眼を動かし、おもむろにアルに向って、低い太い声で、

「ハロー、アルビー、ハウ・アー・ユウ・ディア」

と言いながら、アルの口にキッスをした。

わたしは皮膚が硬直するのを覚えた。あらん限りの勇気を出して、横からシルビヤに〝ハロー〟と言った。

シルビヤはそ知らぬ顔であった。彼女は背が高いので、わたしの眼は彼女の風船のような胸の辺りに位置していた。眼でとらえるということも出来ず、とりつくしまもなかった。無視されたのは、今が初めてではないが、それでもわたしを戸惑わす。

その時、人々の腕の間を掻き分けて、アルのように頭頂が禿《は》げ、その禿げたところにちょこっと黒いローマ法王の被《かぶ》っているようなヤマカを載せた小柄な老人が出て来た。わたしの知っている夫のイトコのフレディと顔の輪郭が同じである。ウーステッドのピン・ストライプのグレーのスーツを着て、朱に小さい黒いポルカドットの入ったネクタイをしていた。ピノキオのように尖《とが》った鼻、赤い頬、顔の色艶《いろつや》よく、しゃくれた顎《あご》が目立った。これが今年八十三歳になるフィリップ叔父なのだった。アルの死んだ母親の弟にあたり、フレディの父親の弟でもある。かくしゃくとしている。

叔父の青い眼が小さくきらりと輝いた。自分より三十センチほど背の高いアルに、へばりつくように両腕を拡《ひろ》げて抱擁した。それから、両手でお互いに相手の両腕を掴み、二人はまた、しげしげと頭の上から足の先まで眺《なが》め合った。

「アル、ウェルカム、ウェルカム。何年振りなんだろう。

君が結婚する前だったなあ、前に遇《あ》ったのは」

名優が名科白《めいせりふ》を吐いたような魅惑的な声が、息を呑《の》んでその光景を眺めていた人々の静寂を破った。

「本当に会えて嬉《うれ》しいですフィリップ叔父さん。二十年振りですね」

二人の眼に涙が光っていた。

「君のお母さんのことを最近よく思い出すんだ」

とフィリップ叔父は紅潮した顔を上げて言った。

それから、アルは人の後で見失われたようになっていたわたしとジョンの方を振り返って、わたしの背を右手で後から押した。

「フィリップ叔父さん。これが僕のワイフのミチです」

アルはそれからわたしの後にいたジョンの方に顔を傾けて、

「これこれ、こっちが息子のジョン、十四歳になりました」

わたしは緊張した。衆人環視の中で喋るのだから、

「アイ・アム・グラッド・トゥ・シー・ユー、遂《つい》にお目にかかれました。叔父さんのお話はよくアルから聞いていましたわ」

声が途方もない方角に飛んだ。わたしの日本語の、それも大阪弁のアクセントの英語で、どれだけこの叔父は理解出来たろうかと訝《いぶ》かった。この位の年齢の人は、めったに日本人と話をする機会もないので、耳も慣れていないだろう。

ジョンも顔を強張《こわば》らして、わたしの真似《まね》をした。

「アイ・アム・グラッド・トゥ・シー・ユー」

と言って叔父と握手をした。

フィリップ叔父は二人の方を向いて、

「ウェルカム、ウェルカム、遇えて本当によかった。こんな喜ばしいことはない」

と相好を崩し、わたしの頬にキッスをした。わたしは胸から熱いものが溢《あふ》れるのを感じた。皆が皆、アルの親類がシルビヤのようであるのかと見に来たのだが、シルビヤのような無神経さは何処《どこ》にも存在していなかったのにほっとした。体を金縛りにしていたアンテナの網が緩んで来だした。

挨拶《あいさつ》が済むと、一同、又、席に着くことになった。麻のレースのテーブルクロスの掛ったテーブルの上にはメナシャベッツ・ワインの緑色の瓶が三本、等間隔に置いてあった。その横には、白い陶器の水差しと、その前に

洗面器があった。それが場違いな感じを起した。各自の前には、ウォーターフォードのものらしい重いレッド・クリスタルのワイングラス、ゴーラム製の銀のフォークやナイフ、そして、ダルトンの紺の縁飾りに金と空色の花模様のついた皿《さら》がセットされていた。パス・オーバー用の上等のもので、常時使わないものなのであろう。居合わせた人々のワイングラスには、ワインを注《つ》いで飲んだのか、少し赤い色が残っていた。シルビヤの横に三つ空席があった。わたし達はそこに座らねばならない。長いテーブルの上座に当るところに、ここの主人、モイシェが、クッションを背に座った。この人も黒いヤマカを被っていた。

トバが、アルとジョンに被るようにと二つの黒いヤマカを持って来た。アルは昔被ったことがあるので、何の抵抗もなく被った。その所作が、わたしとアルの距離を宙に何千キロメートルと突き放してしまった。わたしは再び、自分だけが門外漢であるという孤独を感じた。

渡された時、ジョンがたじろいだのをわたしは見逃さなかった。わたしはジョンがヤマカを被ろうが被るまいがもうどうでもよかった。彼はヤマカを右手に持って、こんなものをと言わんばかりの顔をして、わたしとアルを怨《うら》みがましい目付きで見つめた。

著名なユダヤ教徒が死ぬと、その葬式に知事や市長も参列する。それがユダヤ教のお寺シナゴグで行われるので、わたし達がニューヨークに住んでいた時は、ユダヤ教徒でないリンゼイ市長とかロックフェラー知事がこのヤマカを頭に被ってシナゴグに入って行く写真をテレビや新聞で見たものである。ジョンは若いのでこういうことは知らないだろうし、わたしは説明することも考えつかなかった。普通の家でも被るなんてわたしも想像していなかったのだ。若い子供の気を転倒さすのは当然であったろう。わたしさえも内心穏やかでないのだから。

テーブルの向いに座っていた、トバのおきゃんでそわそわとした十五歳位の娘と、如何にも秀才で抜け目のなさそうな青白い二十歳位の大学生の息子が、正面から凝視しているので、床に投げつけることもなくことは治まった。

椅子《いす》を前に引いて座りながら、わたしはテーブルを見渡した。

これが、ダ・ビンチの描いた「最後の晩餐《ばんさん》」と同じものなのだろうか。あれもパス・オーバー・セーダーだった。キリストが真中にいた。あの当時はキリストもユダヤ教の祭をしていたのだ。

斜め向いは、トバの兄夫婦、二人共よく太っている。ここの主人モイシェの両横に、フィリップ叔父と、ピンクのドレスを着た波打った銀髪の七十歳位の上品な老婦人が座っていた。叔父の配偶者は昔に亡《な》くなっているので、この女性は彼の女友達なのだろうと、わたしは以前にアルが話していたことを思い出した。

席に就くと早々、見るだけ、食べるだけだ、と言われてやって来たわたしやジョンにもパス・オーバー用の本、ハガダが手渡された。右の頁《ページ》にヘブライ語、左の頁に英語訳のついたもので、日本の本の如く右開きである。試験用紙を見て、どの問も解らないというあの焦燥感《しょうそうかん》が素早く頭に漲《みなぎ》り、逆上《のぼ》せた。その上、老眼がかって来ているのに、眼鏡を持って来なかったので、余計に狼狽《うろた》えた。わたしはこういうことにエネルギーを費したくなかった。ケンが家にいた間、読みたくても時間がなくて読めなかった本が山のように本棚《ほんだな》に積んである。よりによって、忌《い》み嫌《きら》っている宗教の、大昔の話を、それも他民族の先祖の話を読んで何になるのだろう。

「ええと、どこだったっけ」

黒縁の眼鏡をかけ実直そうなモイシェが、背筋を伸ばして座り直し、テーブルの上に開かれたハガダを手に取って見る。唐突に、部屋中に声を響かせてヘブライ語で歌うように読み出した。その声はオペラのアリアのように四方の壁に当っては跳ね返って来た。グレゴリヤン・チャントによく似ていた。わたしは驚いて、彼の顔を暫く眺めていた。ユダヤ教徒は素人《しろうと》でも家長であるならばこういう声を出さなきゃならないのだろうか、と呑まれたように体を硬直させた。歌わせるだけが試験という日本の学校の音楽の時間にいつも困ったわたしである。(わたしも読まんならんのかしら。あんな声は出ませんわ)

ジョンの隣に座っているシルビヤがしきりに何頁だと彼に教えているが、何分にもヘブライ語で読んでいるので、左の頁の英語のどこかも判断出来ずにお手上げ状態であった。

次第にケンのことを考えていた。今朝、施設に電話してどうしているかを尋ねた。大した問題もないので心配をするなということであった。彼は人が話すことも判《わか》らない。モイシェの読んでいるヘブライ語が判らず、わたしには意味をなさないので、頭に血が上っている、こういう状態にケンはいつもいるのだ。前に一度こういう経験をした。丁度、アメリカに来た時がそうだった。そして永年の間に、その感覚を失ってしまっていた。英語が解り出したからである。

ケンを施設に入れる前の一週間は大変だった。いくら喋れなくても、わたし達の話し振りや動作で、彼は入れられることを知っていたに違いない。

歌になった。一同が合唱し出した。

「ダイダイエヌ、ダイダイエヌ、ダイダイエヌ、ダイエヌ、ダイエヌ（感謝せよ、感謝せよ）」と繰り返し歌われる歌は勢いのよい喜びの充溢《じゅういつ》した歌であった。イスラエルのフォークダンス曲のようでもあるが、ドイツかロシヤの節回しがこの中近東のものの中に入っている。この人々の移動の歴史の響きがそこにあった。

フィリップ叔父の声が深く響いた。八十三歳とは思えぬ立派な精力のある声であった。

アルに初めて逢《あ》った時、これがガーシュインの「ポギーとベス」だと言って、歌詞を長々と歌ってくれたことがあった。ヨーロッパの音楽と拍子が違うことは知っていたが、その中の有名な節しかわたしは知らなかったので、こういう部分もあるのだろうかと思っていた。ただ、歌詞をよく覚えているのに感心したものだった。結婚してからも、アルは度々、これがユダヤ教の冬の祭の歌であるとか、これがパス・オーバーの時に歌う歌であると、ヘブライ語で歌って聴かせたことがある。彼のガーシュインと節が少しも違っていないのに気がつき出した。あの時、なんとしょうむない歌をユダヤ教徒は歌うのだろうと思ったことだった。いくらガーシュインがユダヤ人だと言っても彼のはジャズの影響が大きく、アルのパス・オーバーの歌とはほど遠いはずである。その上、今、ここで歌われているパス・オーバーの歌はアルのそれと比べものにならないほど勢いのある華やかな曲であった。結局、アルは彼独得の根深節《ねぶかぶし》をわたしに臆面《おくめん》もなく聴かせていたのであった。

アルの母方のイトコの間に多くの音楽家がいるのも、この叔父の歌っているのを聞くと頷《うなず》けることであった。

ジョンをへだてて隣のシルビヤとアルだけが調子はずれであった。

シルビヤというと、背を丸くして、黒いドレスに巨大な肉塊を押し込み、先ほどから、不器用に半分腰を掛けて座っていた。いつも人から遊離して、どこにいても場違いな感じのする彼女も、今日は、あの顰《しか》め面《つら》に、無理に微笑《ほほえ》みを作ろうと努力しているのが顕著であった。永い間遇わなかった。ロスアンジェルスに四年前にやって来て以来である。それ以来、子宮摘出、腸の腫瘍《しゅよう》の手術、そして、今度は、心臓発作を起してやっと治ったというところである。医者が食べ過ぎや飲み過ぎはいけないと言っても、あの心臓発作は喘息《ぜんそく》の薬が強すぎて起ったので、本当の心臓の病気ではないと、平気の平左で脂《あぶら》っこいものを食べていると本人の口から電話で聞いた。だから、頬の肉が盛り上り、皮膚は以前よりも脂ぎり、いやが上にも体は脹《ふく》れ上っているのである。

　初めてシルビヤに遇った時はショックであった。アメリカに来て間も無かったわたしは、アメリカ中にこれほど多くの人間が住んでいるのに、選《よ》りにも選って、とりとめもないアマゾンのような大女と親類になろうとは！　この顔ったら！　この脂ぎったグロテスクな大きな眼鼻に、メークアップをこれでもかとするのだから、余計にお岩のようになる。西洋の無神経さ、ニューヨークの石壁のようにでんとして動かない存在なのだ。これが西洋の醜さの氷山の一角であったなんて見当もついていなかった。わたしは、ただただ、その場から掻《か》き消えてしまいたいほどのショックであった。

　あの時、どうして自分が消え失《う》せなかったのか、今になっても判らなかった。わたしは、この横に座っている配偶者に、それほど惚《ほ》れ込んでいたのだろうか。シルビヤが醸《かも》し出していた奇《あや》しさは、ひいてはケンが出来ることを暗示していたのではなかったろうか。あの時、逃げ出していればケンは生まれていなかった。

　モイシェがヘブライ語を読みあげる。

「ラボン・ガマリエル・ホヨ・オンメヤ・コル・シェロ・オンマール・シロシャ・ディブオリム・エイルウ・バペサア……」

　アルがここだと指差した反対側の頁の英訳をわたしは拾い読みした。

（いけにえの羊の儀式は意義ある大切な象徴《シンボル》である。あのラバイ・ガマリエルによると、大切な意味深いものが三つあると言っている。そのシンボルは、ペシヤ《羊》
マツツォ《種なしパン》　マラ《苦菜》……）

この人々の先祖は三千年の昔から自由を求めていたのだった。自由！　自由！　解放！　そうなんだ、わたしも。わたしはアメリカに自由を求めてやって来た。わたしのファラオは日本の因習であり、男尊女卑の社会であった。自由に絵が描《か》けるとアメリカにやって来たのだった。

ケンを施設に入れる一週間前のことだった。あの狭いトイレの中で手を洗わせようとしたわたしの髪をケンが大きな手で鷲摑《わしづか》みにした。わたしは脳震盪《のうしんとう》を起すのじゃないかと危惧《きぐ》した。ナチの収容所に入れられていた人々は皆こういう仕打ちを受けたのだろうか。頭が半分はカバー出来そうな大きな手で、思い切り力を入れて頭髪を引っ摑むので、わたしは前のめりにケンの胸に倒れかかり、頭の天辺《てっぺん》が彼の胸元に行った。その途端、がぶっと、あの子はわたしの頭に嚙《か》みついたのだった。幸い頭髪の多いわたしは頭に傷をつけられることはなかったが、息も絶えだえに踠《もが》き、小さい声で「放してっ！」と哀願した。わたしには引き放す力はとうていなかったし、そうすれば相当の髪を失うことになっただろう。こういう発作が起っている時、あの子は何かが襲っていると思うのだろうか。眼《め》が釣《つ》り上り、歯を喰《く》いしばって、逼迫《ひっぱく》した形相になる。必ずしも髪を真直《まっす》ぐに引っぱらずに、横にねじって引っぱる。横にねじると、尚《なお》一層痛さが倍増する。わたしの首は折れ捩《ねじ》れ、首筋が違いそうになり、息がつまって苦しくなる。頭の血管が一本位破裂するのではないかと思うほど鬱血《うっけつ》する。この摑まれている髪が全部頭から抜けてしまえば、そこだけ禿《は》げるのだろうか。それとも、皮膚も髪についてもろとも裂けてしまうのだろうかと、その刹那《せつな》、不気味さと恐怖心に嘖《さいな》まれた。それでも、わたしは手で彼を突き放そうとしたので、その時に引っ掻かれた爪《つめ》の跡と、そこここに滲《にじ》んだ血が点々と腕につけられて、踠《もが》き、喘《あえ》ぎ、やっと彼から解き放たれたのだった。この袖《そで》の下に未《ま》だその傷は残っている。そう簡単に消えるものではない。解き放たれたと同時に、頭がくらっとして、重心を失い、後に倒れそうになった。これも、小便の後だったからよかったものの、この前の風邪の時は、下痢便をしたものだから、もっと狂暴であった。便器を汚し、下着のパンツを汚したので、あの子なりに粗相をしたと思ったのだろう。それを拭《ふ》きに来たわたしを、その大便のついた手で引っ摑み、ひねり、その手で洗いたての髪を引っぱったんだった。わたしが、少しでも大きいと肉体的にこうも疲れることはないであろう。結局、わたし一人で何もかもやっている。買物から、学校のことから、この子の世話。何も歯向わない子供なら、世話をして疲れはしても神経は疲れない。このように狂暴性のある大きな男の子の世話は、元来、男の人の仕事である。だが、夫は心臓を痛めたので何も出来なくなってしまったのだ。アメリカ人を雇っても永続きはしない。暴れる間を縫って世話をしようとするから余計に疲れるのだ。そのくせ、世間の人はどうしてあの子を何処《どこ》にも入れないのだろうと、わたしが馬鹿《ばか》のように思っている。

一週間の休暇。本当に、この一週間だけかもしれないのだ。これ以上世話できないと、いつ言って来るか判らない。むずかしい子供ほど私立の施設は取りたがらないのだ。人手が多く要って収益が減るからである。又、政府が民主党から共和党に替って政策が変ると、資金の予算が削られる。その時は、彼は家に帰って来るだろう。わたしには、時偶《ときたま》の肉体的な解放はあっても、精神的な解放は、あの子の生きている限りありはしない。頭の芯《しん》が絶えず凝っている。

世間はこういうことなど存在しないかのように時を過ごしている。

シルビヤもそうなんだ。ジョンが生まれて以来十四年間わたしが奴隷《どれい》さながら働いていても、一日でも子供を見てやろうとか、冬、ニューヨークの郊外で氷に閉ざされて、家族四人が流感で苦しんでいても、手伝ってあげようとか言ったことはなかった。「あら、風邪を引いていたの、そんなこと聞かなかったわ」とうそぶく。普通児のジョンをスポイルするほどの高価なプレゼントを持って来ても、ケンに一度だってプレゼントをやったことはなかった。ずっとわたしと共に存在を無視して来たのだ。

社会が、彼女が無視し続けていたわたし達の生活の重みは、地獄でもこれより楽なんじゃないかしらと思った。

やっと手に入った一週間の休暇から、わたしはこの晩餐に拉致《らち》された。次の重荷になりかねないシルビヤがどっしりと横に座っているのを眺《なが》めた。

「結婚した時、ハドソン河の向こうに、ウォール街の高い建物が突っ立ってるのが眺められる、緑の多い綺麗《きれい》なブラウン・ストーンの家並のあったブルックリン・ハイツに住んでた時のこと覚えてる?」――わたしは心の中で、いつしかジョンの隣に座っている義姉に話しかけていた。――「ピエル・ポン・ストリートとヘンリーの角やったわね。結婚式が済んですぐ、ハネムーンに行くお金も無かったし、第一、デパートからベッドが配達されると言いながら一日中待っても届かなくて、あきらめて、いやて喜んでたけど。あくる日、朝食が済んですぐ、わ寝袋で二人寝たんやったわ。アルはヘミングウェイみたたしの英語が頼りないので、アルがスーパーに必要なもんを買いに出た後、電話があったん。

『ハロー! ミチヤ』

とロシヤ語の重いしゃくるようなアクセントで、それでも陽気な喋《しゃべ》り方やったわ。

『ハウ・アー・ユー?』

って。わたし、暫《しばら》く、ミチヤとは誰《だれ》のことかと……、間違いですと切るとこやったけど、その〝間違いです〟を英語でどういうのか知らんかったんで、ええい誰でもええから、止めてた息を吐き出した途端に、

『ファイン』

と返事をしたん。そういうてる中《うち》に、わたしの頭の中で、すー、ぱっ、と電流が回って、ミチヤはわたしの名前ミチをロシヤ風に呼んだんで、これはお姑《しゅうとめ》さんが電話をして来はったんやと思い当ったん。〝ファイン〟位は何回も人に遇《お》うて、すらすらと言えるようになってたけど、後が困るなあと思《おも》てたら、

『ホワッツ・ニュー?』

と来た。

彼女の〝ニュー〟は重い発音で、〝ヌー〟に聞こえたん。やっと聞きとれたというとこやわね。そんでも、一体何の意味か受話器を耳に当てたまま暫く、天井を見て考えましたわ。〝ホワッツ〟は〝何〟で、〝ニュー〟は〝新しい〟。〝何が新しい〟とは何やろとね。そんで、あ、〝何か変ったことないの?〟という意味やと二、三分経《た》ってから頭に浮かんで来たわけ。そやから、

『ナシング』

と一言返事をしたん。それで、やれやれ電話を切って呉《く》れはるやろと思てると、

『ウェアー・イズ・アルビー?』

と来た。これは今度はすぐ判《わか》ったわ。彼女はいつもアルのことを親愛の情を込めて、アルビーと三十二歳の大の男を摑えて幼児を呼ぶように言うてはったんやから。

『スーパーに行きました』

と又長い間かかって応《こた》えましたわ、そしたら、

『帰って来たら電話をしてって言ってね』

とやっと電話を切りはったん。わたしはそれだけの会話で手に汗を握ってたわ。外国語というもんは、面と向こうて顔を見て話をするより、電話で話をする方が判りにくいもんやと、その時、初めて判ったんよ。あれはお姑さんが叔父さんの事務所に手伝いに行って、朝一番に掛ける電話やったの。

十分ほど経って、また電話が鳴ったとき、もう受話器を取らんと放《ほ》っとことおもたけど、馬鹿正直なわたしは、こわごわ受話器を耳に当てたん。

『ハロー・ミチ』

今度はいやに沈んだ、嫌悪感《けんおかん》に充《み》ち充ちた溜息《ためいき》まじりのなんとも言えん声やったわ。急に受話器が漬物石《つけものいし》のように感じたわ。日本のピックルスを作る時に重《おもし》として使う石よ。

『ハイ・ジス・イズ・シルビヤ』

と太い男のような痰《たん》のからまった素っ気ない声やった。その時も、わたし、暫く茫然《ぼうぜん》と誰やろうと考えましたわ。外国語では名前が一番聞き取りにくいんよ。それでも貴女《あなた》のは語調で判った。オフィスから掛けて来たんやったわね。大きい広告会社のパリパリの売れっ子の、コッピー・ライターやということやったけど、会社に行ったら家族のことなんか忘れて、一心不乱に働いてるのんかと思てると豈《あに》はからんや。

『ホワッツ・ニュー？』

とニューヨークのアクセントで口早に言うたわ。同じことを母娘《おやこ》とも尋ねるとげっそりした。十分前に練習したとこやったから、

『ナッシング・ニュー』

とその時、素早く応答が出来たんよ。もうそれでおしまいと思てると、また、

『ウェア・イズ・アル？』

と来た。わたしが貴女の弟を貴女から隠してるような余韻がその問にあって、わたしの心をかちかちに凍らせたんよ。全く。

『アルはスーパーに行ったわ』

と言うと、

『まあ、買物に行かせたりして、何時《いつ》仕事が出来ると思って？』

と言うてるように聞こえたけど、早口の貴女の英語は解《わか》れへんかった。どうでもええ、どうせ全部解れへんね

んから、と自分に言い聞かせても、続けさまに貴女が喋り始めたんで、わたしも困り果てたわ。何やら、何回も〝デプレスド〟という言葉が耳に入って来たんやけど、一体何のこっちゃら、さっぱり見当も付きまへなんだ。経済のことを、詰り、〝デプレッション〟のことをいうてはりますのんか、他《ほか》に〝没落〟という意味もありますし。そやから、貴女のその巨大な体が何処かの土の中に減《め》り込《こ》んだんやないかと思いましたわ。そんでも、ニューヨークはコンクリートで出来てるから、なんぼ大きな図体《ずうたい》でも、セメントにまで減り込めへんやろから、下水に嵌《はま》り込んで電話をかけてるのんやろか、とか、貴女の家の近くのワシントン・スクエアの公園の土の中に減り込んだんやろか、あの時のわたしの頭の中は、コンピューターがいろんな間違うた意味をはじき出したようなもんで、大混乱してたんよ。外国語が判らんと、いろいろおかしなことを想像するもんでね。

貴女の喋ってることチンプンカンプンやったけど、声の調子と、繰り返して言うた言葉〝デプレスド〟を一生懸命に考えたん。そんで、はっと閃《ひら》めいたんは、わたしはニューヨークに住んでいる。ニューヨークは大都会である。陽《ひ》が余り当らない。それから〝都会の憂鬱〟と来たわけ。貴女は憂鬱だ憂鬱だとこの新参の外国人に繰り返してたんやねえ。貴女の溜息や口調でこっちまで気が滅《め》入《い》りそうになったわ。こりゃ、あかん。この新参にどうせいいう積りやねんやろとね。わたしゃ精神医やないのんよ。それが英語で言われへんからフラストレーションのみ舌に残ったわ。

アルが帰って来てから、貴女の会話の解ったとこだけ話したん。彼曰《いわ》く、貴女は、憂鬱症で、また、憂鬱やというと、インテリのように聞こえるから、そう言うんやと言うたん。それから、アルと貴女は蜿蜒《えんえん》と一時間も電話で喋ったんよ。それがわたしの最初の驚きやった。それも、朝一時間、晩一時間やもん。わたしに、アルをショッピングに行かせて仕事が出来へんやないかと言った貴女が。偽善者！

こんなことが毎日続き出したんよね。お姑さんが朝一回、『ホワッツ・ヌー？』と必ずかけて来る。貴女が一日に二回でしょ。結婚したばっかりで子供も無いもんに毎日変ったこと起る筈《はず》無いやありませんか。まさか、昨夜はラブ・メーキングを致しましたなんて言えないしねえ。そういうことをお二人共お聞きになりたかったん？　ほんまは。

全く、わたし、アメリカ人の考え方なんて判らなかった頃《ころ》なんで、おしとやかでないとあかんと考えたりして、電話のジーが鳴ると必ず返事をするのが礼儀やと考えてたもんやから……、電話恐怖症みたいになってしもて。詰り、このイン・ロウ達に英語で返事をするのが億劫《おっくう》で、時間をあんなしょうむないことに潰《つぶ》されるとどもならんと思い出し、遂《つい》に、電話機を、下の箪笥《たんす》の抽出《ひきだ》しに入れることを思いついたん。それがアルの抽出しやったから、電話機の上に、アルのシャツや、靴下《くつした》、サルマタまで七重にも八重にもぎゅうぎゅうと詰め、ジリジリが聞こえんようにしたん。聞こえへんかったんやから知りませんでしたというとくと後めたい気にもならんでしょ。

偶々《たまたま》、アルが帰って来て電話機を取り出したときに、ジリジリと鳴った。それが貴女やったん。

『ミチ、この頃留守なの？』

と尋ねたでしょ。そしたら、アルが、

『彼女家にいるけど、うるさいから電話を抽出しに入れてるんだ』

と馬鹿正直に言うたもんやから、それからが大変やったんよね。普通の人やったら、そんなんやったら言うて呉れはったらよかったのに、かけんようにしますというとこを、貴女は大変な御冠《おかんむり》やったわ。わたしの邪魔をしてるなんて金輪際ねんとうにないねんから。

『ミチはわたしと話したくないのねっ！　ミチはわたしが嫌《きら》いなのねっ！』

とアルに呶鳴《どな》ったわね。話したくないのねって、わたし、英語喋られへんかったんやから。電話を睨《にら》みつけるだけで、何か音を出さんとあかんと思うだけで、もううんざりしたわ。そういう気持ちが貴女には解れへんかったんよ。わたしは自己中心主義のデプレスド・パーソンは大嫌いですと明瞭《めいりょう》に告げたかったわ。

あれからやわね。貴女がお姑さんに入れ知恵をしたんは。あのお姑さんは頭の回転が鈍い人なんで、すぐに付和雷同する人やから。お姑さんもっとしっかりした人やったら、きっとわたし達、彼女が死ぬまでいい友達やったと思う。貴女、お姑さんだけと違《ちご》て、ここにいるトバにもあの時喋ったと思うわ。貴女きっと伯母やいとこに言い触らしたと思うわ。ここにいる人達、貴女が二十年昔に描いたわたしの像を見てるのに決ってるわ」

わたしはアルのいとこ達を見回した。二十年目の拷問《ごうもん》のようでもあった。どうして、夫は、義姉はこういうことをわたしにするのだろう。貴方達《あなたたち》の喜びはわたしの喜びではないのだ。無宗教をモットーとしている以上……。

わたしはテーブルの中央の彫の入った銀盆の上に置かれた、下《おろ》した西洋わさびと青葱《あおねぎ》の入った小皿《こざら》、茹卵《ゆでたまご》の入った皿、パセリの入った小皿、羊の脛《すね》の骨の入った皿、そして、その隣の刻んだリンゴとナッツを混ぜた小皿を洞《うつろ》な眼《め》で眺めた。

このテーブルを囲んでいる人々の先祖がエジプトで奴隷となって、ピラミッドを造っていた時、わたしの先祖は貝塚《かいづか》が出来るほど多くの貝を食べていたのだった。それとは反対に、このテーブルを囲んでいる人々もこの人達の祖先も貝を食べるのを禁じられていたのだ。貝だけでなく、鰭《ひれ》と鱗《うろこ》のない魚、豚、カニ、エビ。鶏も牛も羊も特別の殺し方をしたものに〝アーメン〟とお祈りを施してもらった〝コーシヤ〟でなければ食べてはいけなかったのだ。だが、ここにいる半分の若い人々は、信心深そうに今振る舞ってはいるものの、何でも〝コーシヤ〟でないものも食べるのだ。その信心深くない何でも食べるこの輩《やから》が、どうしてこんなことに携わらなければならないのだろう。わたしにまでとばっちりが掛って来たではないか。信じていないから禁じられたものを食べる。だから宗教的な行事に出ないと割り切って呉れればよいのに。脳神経の細胞がどこか曲っているから困るんだ。両方したいなんて、欲ばりのセンチメンタリスト！

一九六二年、アルと共にエジプトに行った時のことが唐突に蘇《よみがえ》って来た。

西洋史を習って以来、スフィンクスとピラミッドを見るのがわたしの最高の夢だった。それは歴史の本の表紙を開いた所にあったからである。頁《ページ》が進むにつれて、もう十字軍の辺りになると、余りにも多くの西洋の言葉が入って来てどんな名前も覚えられなかったことにも起因している。

エジプトの領事館に行って、ビザを申請する用紙に宗教という項目があった。勿論《もちろん》、二人共無宗教ではあるが、こういう項目のある国は宗教が無いという人間をどう扱うかも見当がつかなかった。アラブ・イスラエル戦争の直後であり、イスラエルに行った者はエジプトに入国出来なかった時である、その時に、わざわざ信じもしていないユダヤ教をアルは書く必要もないし、却《かえ》ってことを荒だてるので、ブディストと言っておけば大抵は知らないから良いと考えついたのだが、証明を出せと言われても何もなかった。わたしの生家に来る坊さんに頼んで証明のようなものを書いて貰《もら》い、日本からそれをパリのアメリカンエクスプレスに送って貰って、やっとエジプトに行くのに間に合ったのだった。

冬であったのに砂漠《さばく》は暑かった。白くぎらぎら光る砂漠と、美しいコントラストをなす青天、その青天に砂漠と同じ色で端整な線を描いたピラミッドを見た後、陽の当った入口で、唸《うな》り群がっている熊蜂《くまばち》をやっと逃れて駆《か》け込んだあのひんやりとした石室《いしむろ》を思い出した。誰か古代のエジプトのえらい人の墓であった。サッカーラという所であったと思う。暗い廊下のような所に置かれた畳一枚ほどの大きな分厚い岩板に一面に浮彫りされている多くの人や動物、植物や器具、当時の生活の有様を感歎《かんたん》と溜息を交じえて見つめていた時だった。アルには自分の先祖が奴隷《どれい》としてこういうものを造らせられたのかという悲憤もあったに違いない。

その時、同じツアー・バスに乗っていたマレーシヤのクアラルンプールから来た社会主義市会議員だと名乗った痩《や》せた四十格好の浅黒い男が、手に黒革のカバンを持ったまま、暗がりの中で、アルの背後から、「このピラミッドとか、墓は誰が建てたのかしら」と尋ねた。「そら君、奴隷に決ってるじゃないか」とアルがその浮彫りを見つめたまま返事をしたもんだ。その痩せた社会主義市会議員は、「ヒエーッ」とあの石室の入口で群れていた熊蜂に刺されたのかと思うような頓狂《とんきよう》な声を出した。恐怖感で、その大きな黒い瞳《ひとみ》は凍りついたようになった。「わたしは奴隷の建てたものを見に来たんじゃないんだぞっ！　ソシャリストなんだ。奴隷の建てたものを見せるとは何ごとだっ！　学校とか病院とか、孤児院というような福祉的なものを見たいと言ったではないか」とメドゥサの首でも見せられたように、その横にいた男のガイドに喰《く》ってかかった。「君は間違ったバスに乗ったんだ」とアルが宥《なだ》めても耳を貸さず、ツアー・ガイドと取っ組合の喧嘩《けんか》を始めた。猛然と、このツアー・バスを学校や病院に運転させかねない勢いであったので、アルが又その二人の間に入って、わたし達はツアーのお金を払ったのだから残りのスフィンクスを見せて貰わねば困ると呶鳴り出し、スフィンクスの所に着いた時は同行の客一同は喧噪《けんそう》から逃れてほっとしたことだった。

社会主義市会議員を一人バスに残して、五、六人の客とわたし達はバスを降り、スフィンクスを眺《なが》めに行ったが、何かいけないものを見ているようで、碌《ろく》にゆっくりと見もせず、すごすごとバスに帰って来たのを覚えている。

石で出来たピラミッドと摩天楼。三千年のへだたり。摩天楼を建てた人々は現代の奴隷ではなかったのか。

肩をいからせて、モイシェが銀盆の上の脛の骨の入った皿を持ち上げて、太い声量のある声で歌うように読む。

「ペサハ・シェホユ・アボセヌ・オフリム・ビズマン・シェベイス・ハミクドッシュ……」（羊の骨はいけにえの象徴である。砂漠で永年さまよい歩いた後、イスラエル人は自分達の土地に住みにやって来た。毎年彼等《かれら》は、エジプトからの出国を共に祝い言寿《ことほ》ぐために国の隅々《すみずみ》からやって来て、一匹の仔羊《こひつじ》をその祭のための特別な供物として持って来る。この仔羊は、エジプト人の最初に生まれた子供は殺されるという悲劇的な運命をまぬがれた時の記念のいけにえである）

「ヘブライ語でペサとは、パス・オーバーという意味であるからこの供物をペサ、又は、パス・オーバー、即《すなわ》ちいけにえと言い、この祭をパス・オーバーという」

ここだけモイシェは英語を読んだ。

次は一人おいて隣のトバの兄の番であった。彼が銀盆の横に置いてあった白い大きなクラッカーのようなマッツォの皿を持ってヘブライ語を読んだ。

どうも順番にハガダを読んで行くらしく、向かいに座っているトバの息子がその続きをヘブライ語で読み始めた。彼は苦菜《にがな》、即ち青葱とホースラディッシュ《西洋わさび》の盛れた皿を持ち上げた。

「マロア・シェホチヨヌ・オフリム・アル・シュムマ……」

お手上げであった。わたしは坊さんがお経を上げている時を思い出した。どの頁かさえ判《わか》らない。左隣に座っているアルは、最早《もはや》知らぬ顔をしてみみずが跳んだりはねたりしている如《ごと》きヘブライ語を読んでいる。勿論、ここで喋《しゃべ》る訳にもいかない。わたしが忌《い》み嫌っていた儀式を知らない馬鹿《ばか》になり出した。隣に座っていても、心は何千キロも離れてしまった夫を恨み始めた。横眼で何度も彼の顔を睨んだが、ヤマカを頭に載せた誰《だれ》をも受け付けまいと澄まし込んだ顔は、ジョンとわたしの狼狽《ろうばい》ぶりに頓着なさそうであった。わたしはテーブルの下に左手を伸ばし、彼の張り切ったももを抓《つね》った。びくっともしない。右隣に座っているジョンが、左の膝《ひざ》を浮かし、右の膝を浮かして体を左右に動かした。下を向いたまま小さいが力のある声で、「シット！《くそっ》」と吐き出した。彼も慌《あわ》てているのだろう。来たのが間違っていたのだと後悔し始めた。

（いまいましいセンチメンタル野郎！）

ここの娘のルースが甲高い勢いの良い声で英語の方を読み始めた。

「わたし達は苦菜を食べる。トーラに書いてあるように、〝彼等はレンガや漆喰《しっくい》で、又、田畑でのあらゆる仕事を強制的にやらされた重労働で我々の先祖はにがい生活をエジプトで送らされた〟からである」

モイシェが二杯目のワインのグラスを手に持って、

「ボロフ・アト・アドノイ・アロヘヌ・メレフ・ホオロム・ボレイ・プリ・ハゴフェン」

とリードを取ると、皆がそれに続いてヘブライ語で同じ言葉を繰り返し、ワイングラスを一斉《いっせい》に持ち、その中のワインを呑《の》み干した。わたしは凭《もた》せていた背を椅子《いす》から離し、慌てて前に置いてあったワイングラスを他の人が したように持ち、ぐうっとグラスを空にした。赤玉ポート・ワインのように甘い味がして、喉《のど》から胸にかけて熱くなった。

水差しと洗面器がモイシェから順番にテーブルの囲りを回り出した。水差しの水で手を洗うのである。ハガダにも英語で手を洗うことが入っている。食事になるのだ。儀式というより当然のことであるが、この水差しと洗面器はこのセーターで場違いに見えた。

あの時、伯母のブライトン・ビーチの海に面した家に、姑《しゅうとめ》とシルビヤとわたし達が一緒に行くことになった。わたしは何も考えずに紫のスウェーターを着て、その上から黒のウールの日本から持って来た冬オーバーを着ていた。いくら裏地が絹地であったとはいえ、アメリカ東部の厳冬に耐えるアメリカ人の着ているオーバーと比べれば貧弱に見えたに違いない。姑のアパートに入るなり、彼女はオーバーを無言のまま裾《すそ》から摘《つま》み上げて、わたしが中に何を着ているか篤《とく》と検査をしたのだった。五、六歳の女の子にでもする如く。伯母の夫は社会主義者であったので、何も豪華な物を着ることもなかろう、そんなら、どうして家を出る前に電話で一言、「増しな物を着て来るのですよっ」て言わなかったのかしらと業腹《ごうはら》であった。

アメリカで、こういうことは存在していないと思っていた矢先、初めて姑からこんな扱いを受けて暗澹《あんたん》とした。自分の母親でもこうした下等な振る舞いはしなかったのに、このモダンなアメリカにまで来てと。地球が三十回太陽の囲りを逆さに回ったようであった。もう三十歳にもなった女を摑《つかま》えて、よくあんなことが出来たものだ。個人として、大人としての個性の尊重もへったくれも無かった。その瞬間、〝はっ〟と気が付いたことがあった。わたしは過去二十年、間違った本を読んで来たんだ。西洋の女は皆ボーボワールではなかったのだ。〝第二の性〟なんて通用しない。次の瞬間、又、〝はあっ〟と思い当ったことがあった。それまでは、姑は「わたしは姑になるのだから気を付けなきゃあ」と一生懸命に努めていたのも眼に見えて明らかで、わたしと割合いうまく行っていたのだった。それが、あの瞬間、何もかも瓦礫《がれき》のようにくずれ落ちた。

(よう考えてみたら、シルビヤあなたやったんでしょ。入れ智恵《ぢえ》をしたんは。あなたがえろう嫉妬《しっと》してからに、遂《つい》に、お姑さんとわたしの仲を取り壊しにかかったんよね)

あの時、伯母の家の食卓で、わたしは言った。

「旧約聖書であっても、新約聖書であっても、一冊の本ですからね。東洋人から見れば同じ一冊の本です。それに西洋ではユダヤ教だ、カトリックだプロテスタントだと絶えず揉《も》めているのが不思議でたまりません」

そこに居合わせた伯父、伯母、姑、義姉が、座っている椅子から電気ショックを受けたように顔が攣《ひきつ》れ、瞳孔《どうこう》が開き、やがて、顔全体が硬直するのをわたしは見逃さなかった。何か悪いことを言ったのかしら、と少したじろいだが、明瞭《めいりょう》にその意が呑み込めなかった。

ブルックリン・ハイツのわたし達のアパートに帰り着いた時、アルが、

「ミチ、ユダヤ教徒は旧約聖書しか信じてないんだ。それで、今まで、カトリックから、又、プロテスタントのナチからもいつも迫害を受けていたのだ。だから、ユダヤ教徒は旧約と新約聖書を決して同一視出来ないんだよ」

とわたしの知識の欠如を指摘した。わたしは迫害された者の心理を知らない、又、国際的な知識の欠けている無神経な日本人であった。

だからと言って、一たん原爆の話になると彼等はなかなか受け入れようとしなかった。

アルが、

「ナチの収容所で、さいなまれ、さいなまれて殺される方が、原爆で一時《いっとき》に殺されるのよりずっと残酷だ」

と言った。その言葉には、アメリカはナチのような残酷な殺し方はしないという意味が含まれているように聞こえた。

「殺された、死んだということ自体を考えてみることやわね。どんな殺され方をしても死んだんは死んだんやから。ガス・チェンバーに入れられて死ぬのも、原子爆弾でさあっと焼かれて死ぬのも、又、徐々に後遺症に苦しみながら死ぬのも、死というもんから考えたら同じことやと思えへん？　もう生きてへんのやから。この殺し方の方が、あの殺し方よりも善であると言えるとおもう？　人はなんでも自分の民族に降りかかったのだけがえらいこっちゃと思うねんて、皆」

わたしの英語が稚拙だったので、説明も思うままにならず、理解して貰えなかったこともあるが、唯《ただ》、四面楚歌《しめんそか》という状態に陥った。

「六百万人が殺されたのと、十三万五千人が殺されたのと、どちらが罪が重いか」

勿論数が多い方が重いかもしれないが、果してそれだけなのだろうか。考えようがなくなる。

当時のアメリカ人は原爆の恐ろしさには無知に等しかったし、あれをヒロシマに落としたために戦争が終ったのだから有難《ありがた》く思えと言う人が殆《ほと》んどであったのである。

戦争に巻き込まれたこともない者同士が、スポーツのスコアーをつけるように論じても、本当の辛《つら》さ、痛さ、苦しみは知らない。原爆にさらされた人、ナチの収容所に入れられた人のみが本当の残酷さを知っているのだ。

あれから二十年、時代も変った。マンハッタンに二軒しかなかった日本のレストランが軒並に開かれている時代になった。日本の製品もくどくどと説明する必要もなく各家庭に氾濫《はんらん》している。反核運動も地につき出した。だが、本当にお互いの感情が解《わか》るようになっただろうか。

シルビヤも日本製品を褒《ほ》めちぎり、にぎりやおしたしを日本のレストランで食べると言うが、未《いま》だにわたしの話には耳を傾けようともしない。

辺りが静かになった。トバと娘が立って台所に行った。食事になるのだろう。わたしは空《す》き腹にワインを一息で呑んだので、酩酊《めいてい》気味である。寒い外から、異常に暑くしてある室内に入ったのに加えて、日中、ストのために何十丁と歩き回った疲れもそれを促進した。この赤玉ポート・ワインのように甘いメナシャベッツ・ワインをグラスに一杯呑んだぐらいで、普通ならこうもならない。

日本の正月の屠蘇《とそ》がこうであった。グラスに一杯もなかったが、あの赤い塗りの小さい浅い盃《さかずき》に、銀の柄《え》の付いた銚子《ちょうし》で少し入れて貰《もら》って飲んだ時、丁度、雑煮を祝う前で、その空き腹に入ったものだから、朝から眼《め》が朦《もう》朧《ろう》としてしまっていた。恥ずかしがりやのわたしは年の初めの祝ごとを言うのが照臭かった。年月は祝ごとを言わなくても過ぎてしまうのに、何と形式的な馬鹿げたことをするのだろうと、考えていたあの感じがここに蘇《よみがえ》って来たのだった。眼の前に並んでいるものは、凡《およ》そ似ても似つかぬものばかりではあったが。

赤や黒の塗りの膳《ぜん》、金色の梅の紋様の入った黒塗りの重箱、雑煮を入れる黒や赤塗りの椀《わん》を思い出した。

子供心に、どうして男の子の方が、年下でも女の子のよりも大きい椀を貰えるのか、どうして、女の人は料理をしたり、掃除をしたり、三日もかかって疲れ切って働いているのに、男共は映画に行けるのだろうか、と不平等に怒ったことだった。だから、アメリカに一人でやって来たのではなかったか。あれから二十年も経《た》った今、ここのマンハッタンの摩天楼の中で、宗教こそ違え、同じことが繰り返されており、殊《こと》に、女の人の労働の賜《たまもの》がここに並んでいるのだ。

大きなつみれのような白い魚を料理したゲフィルト・フィッシュと人参《にんじん》の煮たのが前菜に出て、マッツォの粉で作ったすいとんの大きなマッツォ・ボール入りの鶏スープが、ダルトン・チャイナの厳《いか》めしいスープ皿《ざら》に運ばれた。

どこの民族にも奇妙な仕来《しきた》りがあるものだ。

小声で止める暇もなく、夫は出て来る御馳走《ごちそう》を口に入れ始めた。勿論《もちろん》、何時《いつ》もの食事時よりも大分遅くなっているので、空腹であるから無理はないのだが……。

医者からは、何回も厳しく、コレステロールの多いもの、脂肪を避けるよう注意されているのである。

あっと言う間に、クラッカーのようなマッツォを卵に浸してバターで揚げたマッツアブラを大きな口を開けて放《ほう》り込み、碌《ろく》に嚙《か》みもせず嚥下《えんか》した。隣の席で血が心臓から急速に頭へ上昇して行くのを感じながらわたしはそれを眺《なが》めていた。靴《くつ》の爪先《つまさき》でアルの踵《かかと》を蹴《け》ったが、感じない振りをしている。一言でも「それ食べたらあかんよ」なんて言おうものなら、彼はむきになり、火がついたように狂いざまに叫び出しかねないので、皆の前で大変なシーンを演じないようにわたしは背を丸めた。

食べる意欲もなく、ひたすらわたしはアルが食べるのを観《み》ていた。眉間《みけん》に皺《しわ》を寄せ、右手に申し訳にフォークを持ち、左手の手づかみである。ケンが同じような食べ方をする。人前で何も言えないわたしの躊躇《ためら》いをアルは知っているし、又、その躊躇いを利用して、ここぞとばかり平常禁じられているものを貪《むさぼ》り喰《く》う。（ほら、鶏の皮食べた、あっ、あのケーキにはたっぷり卵が入ってる）

一年前、アンジオグラムの検査をしに入院した。右冠動脈が完全に一本詰っているのを知ってから、アルは気違いの如く荒れた。少しでも食事のことを注意すると、「うるさいっ！　心臓が悪くなったのは、君がやいやい言ったからなんだっ！　食べ物のことをいちいち文句言われるとストレスが募って余計に心臓に影響するのだっ！」

と青筋をこめかみに立て、

「君は僕を殺す気なんだなっ！」

喉を引き絞るような乾き切った声で叫ぶ。爛々《らんらん》と眼を異常に光らせ、阿修羅《あしゅら》さながら、手は小刻みに震えている夫を見た時、わたしは不気味さを覚えた。二人の脳障害者を抱えてしまったのだろうかと、奈落《ならく》の底におちた思いをした。

「僕《ぼく》かあもうすぐ死ぬんだっ！　君にいつも命令されたくないんだっ！　何処《どこ》かへ行って、一人で住んで自分の好きなことをしたい。君が丈夫なのが腹が立つ。僕が死ぬときは、君も殺してやるっ！」

夫の身のためを思って言ったことが全部逆にとられるのだから世話をする甲斐《かい》もなかった。こんな気違いに殺されたくはない。

あのアンジオグラムの検査をしに行く時、十三歳のジョンに十二歳のケンを家で留守番させ、アルについて病院に行ったわたしは、身が二つに裂ける思いであった。病院から出て来た夫が、これほども荒れ狂い手も付けられなくなったのには途方に暮れてしまった。一家を支えるべき大黒柱が腐蝕《ふしょく》してしまって頼れないのだから。

ケンが癇癪《かんしゃく》を起すと、アルまでが一緒に気を顚倒《てんとう》さす。

わたしは二人の間を走り回った。すると、アルはわたしがケンの癇癪を起させたのだと喰ってかかる。

平静を保たねばならないと、自分に何回も言い聞かせたが、もう精も根も尽き果てたという状態であった。ジョンが可哀《かわい》そうになり、二人で家を飛び出そうかと何回も考えた。生き甲斐もなかった。怖《おそろ》しかった。自分の将来なんて考えも出来なかった。ジョンは若くて頼れないし、相談する人もなく、全くの孤独を生涯《しょうがい》初めて味わった。アルは友人とか外部の人にはあのように振る舞わないので誰《だれ》にもわたしの苦しみは判《わか》らなかった。

それでも、あの残忍極まる戦争に生き残ったという幸運を思うと、一人でも生きて行けるのだという自信はあった。

わたしはジョンの右隣にふっと眼をやった。シルビヤは、人差指に大きなトルコ石の指輪を嵌《は》めた右手で、小指を山形に曲げて、フォークを持ち、それで小羊の肉の切身を皿の左に寄せた。その肉にはこってりと脂《あぶら》がついている。それを切り取りもせず、左の人差指と親指でつまんで口紅を真赤に塗りたくった大きな分厚い唇《くちびる》を開いて食べた。

ケンは仕方がないとしても、義姉と夫が同じ仕種《しぐさ》をするのを見て、義姉に対して持っていた嫌悪感《けんおかん》が夫にも移って行くのを止めることは出来なかった。眉間の皺、肩から背にかけて彎曲《わんきょく》した同じ線……。

（あーあ、指で摘んでる。この姉も姉なら、弟も弟。おぞましい！　自分らの健康を人からとやかく言われんでも自分で管理出来んような人は、死にたいんやろから死んだらええやんか。摂生できんくせにわたしに世話さすなんて。今までむちゃして来たその腐爛した体をわたしが直すやなんて考えてんのかしら。勝手にしやがれ！　阿呆《あほ》くさっ！）

「ラボサイ・ヌボレーヘ・イヒー・シェム・アドノイ・メボロフ・メアト・ビアード・オーラム」

皆がヘブライ語で歌うように読む。

ワイングラスに赤ブドウ酒が注《つ》がれた。ワイングラスのカットに頭上のシャンデリヤのクリスタルを通した光が交って水晶のように光っている。

ハガダの何処を読んでいるのかわたしには見当も付かなかった。まだ四人もいるのだからと気を落ち着かせようと努力した。

「わたしの読む番が来ても、エホバがイスラエル人の家を抜かしたように抜かしてくれ《パス・オーバー・ミー》ますように」

　とわたしは自分独りの言葉で祈った。小羊の血の替りに、しびれをきらしたときの呪《のろ》いの如《ごと》くつばを額につけた。


　朝起きるとアルは必ずどんな色のシャツとパンツがいい？　と尋ねたものだった。（幼稚園の子供じゃあるまいし、この男、一体どうなってんのやろ。わたしは絵描《えか》きやけど、人の洋服の色までとやかく言いとうない。個人個人の好みは大切にせな）わたしの生家では、親兄弟誰もそういうことをお互いに尋ねもしなかった。この自由を謳歌《おうか》しているアメリカでこういう質問をする人の存在に驚愕《きょうがく》したのだった。シルビヤを食事に招《よ》んだ時、初めて、その謎《なぞ》が解けたのだった。ドアを開いたわたしに〝ハロー〟とも言わず、わたしがそこに立っていないが如く、一瞬の瞥見《べっけん》も与えずに、角ばった顎《あご》を突き出し、グリーンのドレスを綿入れの如く着て、平行棒を渡るようにに歩いてリビング・ルームに入って行った。わたしがこの家の主婦であるということを無視してかかったのだ。たとえ、そこの家のメードがドアを開いたとしても、〝ハウ・アー・ユー〟ぐらいは言うのがどこの社会に於《お》いても礼儀というものだ。

　リビング・ルームの真中で、恰《あたか》もグリーンピースの缶《かん》詰《づ》めの広告の緑のシャツとタイツを付けたグリーン・ジョリ・ジャイアンツが〝ホーホーホー〟と言っている如く、〝ノーノーノー〟と腰に両手を当てて仁王立ちになり、早速、長椅子《ながいす》の置き場所を窓際《まどぎわ》に変えろとか、アルのシャツの色が変だから着替えろと、如何《いか》にもわたしがそうさせたように言い、アルが着替えるまで言い続けていたのだった。アルが言い返そうものなら彼女はヒステリックに叫ぶので言い返しも出来ない、だから、それ以来、わたし達のアパートに買うものまで彼女の許可を得なければならない破目になってしまったのである。わたしにとっては、エジプトでピラミッドを奴隷《どれい》に造らせたファラオの存在になった。

　アルにあの時迫ったのだった。わたしはジャン・コクトーやトーマス・マンの話のような住み方はしとうないから、わたしを選ぶか、シルビヤを選ぶかしなさいって。シルビヤをあの時選んでおいてくれればよかったのにと今になると残念である。そしたら、今、こうして四時間も退屈極りないこのパス・オーバーに座ることもないし、あの脳障害児も生まれては来なかっただろう。

今考えてみると、アルも心の底ではシルビヤに手をやいていたのだと思う。で、わたしが日本人だからイン・ロウへの仕え方を知っている従順な女だと概念化したのが間違っていたのだった。一人で海を渡ってアメリカに来るような女は何国人であっても独立心があるものだ。独立心がある女は人の言うことをきかない。

わたしは我に帰って周囲を見渡した。一同手にワイングラスを持ち、ヘブライ語で何か言っている。慌《あわ》てて前のワイングラスを持ち上げたのでメナシャベッツのブドウ酒が零《こぼ》れかけた。皆が飲むと同時に、わたしもえいっとグラスを傾けて呑《の》み干した。この儀式では一息に呑み干さねばならないのである。途中で来たわたし達には二杯目のワインであるが儀式としては三杯目に当る。

「シルビヤ、貴女《あなた》はあの時アルに『ミチは貴方を殺して《ミチ・イズ・キリン》いるの《グ・ユー》よ』と言ったわね。わたしが貴女の大切な弟を、恋人を取ったからそう言ったんでしょ。わたしが英語で言い返えせへんかったからええ気になってしもてからに。若《も》しアルが、他宗教の白人女か、あなたのようなユダヤ教徒と結婚してたらどういうことになってたと思う。英語で言い合いになって、忽《たちま》ちのうちに大旋風が起きたと思うわ。

〝キリング〟てどういう意味？　わたしがアルに毒を盛って殺すということ？　貴女の支配下であれば彼の才能が伸びたということ？　わたしの英語がたどたどしかったんで、子供か馬鹿《ばか》に見えたんでしょ。外国に住んで言葉が自由に操れんと、直感が研ぎ澄まされて、ものの裏まで見え出すもんなんよ。なんぼ貴女が学校や大学で一番やったかしらんけど、通り一遍の上辺《うわべ》のことだけ教科書通り丸暗記してても世の中はそれだけのことやないもん。

少くとも、アルはわたしと結婚して命が少しは長《なご》なったって感謝して貰いたいぐらいやわ。

結婚して以来二十年、普通のアメリカ人より多く野菜を食べたし、脂肪は少かったと思う。半分は日本食やったもん。あのサワ・クリームや、ヘビィ・クリーム、フィップド・クリームにクリーム・チーズ、鶏の脂肪やラードと西洋料理に使う材料をわたしどう使《つ》こてええか知らんかったもん。

二十年昔に損ねた感情は元に戻《もど》れへんわ」

わたしは、アルのハガダの頁《ページ》を体を左に傾けて見て、慌てて自分のハガダの頁を繰った。どう考えてもわたしまで読まされるという臨場感がつのって来なかった。

でも、シルビヤがこの頁だとすると、次の次だから一応眼《め》を通しておいてもよいと、しばしばとした眼で二頁先を黙読し始めた。

「うーうーん、えーへん」

喉《のど》の痰《たん》の絡《からま》りを取っているシルビヤの声が聞こえた。

「ミチに先を読ませれば。わたしはちょっと今声が出ないから」

わたしは自分が読むかもしれない部分に神経を集中していたので、はっきり彼女が何を言ったのか聞き取れなかった。唯《ただ》、〝ミチ〟という名前が聞こえたので、顔をあげ、焦点の合わない眼をしばたいて、前のワイングラスのカットのあちらこちらに光が反射して飛び散っているのを見つめた。

隣のアルが、

「君の番だよ」

と右肘《みぎひじ》でわたしの左腕を突っついた。血が頭にさあっと上った。

「ええ？」

「君が読むんだ」

皆が見ているので〝どうしてシルビヤが読まないの？〟と尋ねるわけにも行かなかった。眼の辺りが熱くなり、耳に血がどくどくと脈打っている。英語とヘブライ語が交錯している。

「何処《どこ》？」

わたしは小声で尋ねた。こんな読み方をして何の宗教的な意義があるのだろう。

アルは人差指でわたしのハガダを二頁右から左に捲《めく》った。わたしが読んでいたところではない。シルビヤはいつも意地の悪いことをする。

グラス二杯のメナシャベッツ・ワインが余計にわたしをうろうろとさせた。火照《ほて》った頰《ほお》を感じながら、仕方なく震える声で、踊り回るアルファベットを拾い始めた。

「神よ」

一斉《いっせい》に静かになったように思った。この日本人のアクセントのついた英語を皆一生懸命に耳を澄まして聞こうとしている。二十年ここに住んでいても〝r《アール》〟と〝l《エル》〟〝f《エフ》〟と〝v《ヴィ》〟が発音しわけられないわたしだ。好奇心の集中の的である。

　如何《いか》にも自分が聖人振っているように聞こえて、自己嫌悪《けんお》に陥った。こういう言葉をこのわたしの口が言うなんて、考えただけでも恥ずかしい。あっ！　一行抜かしたんじゃないかしら。まさか抜かしたから又読み直せとは言うまい。

「貴方《あなた》はエジプトから捕われの身を解き放して下さいました。飢饉《ききん》には食物を与えて下さいました。……

　神よ、どうか我々を見捨てないで下さい」

　日本で信者でもないのに、偶々《たまたま》行ったバイブル・クラスでお祈りを言わされたのを思い出した。あの無理強《むりじ》いされた偽善的な言葉がたまらなく厭《いや》であった。

　ここに座っている人々は、どうしてわたしが、マリリン・モンローやエリザベス・テイラーのようにユダヤ教に改宗しないのだろうと思っているに違いない。この人々にとっては他宗教は存在しないのだ。こういう排他性がユダヤ教からキリスト教や回教に受け継がれ、その末はお互いに殺し合うようになったのだ。人の主義を黙って放っておけない御節介な西洋。それが植民地主義であり、宣教であり、ナチズムである。

　紺の地に紅バラ模様のついた重苦しい感じのドレスを着て、濡《ぬ》れたように脂ぎった黒い髪を右手でまさぐりながら、シルビヤは必要以上にヒーターの入ったアパートで暖炉にパチパチと火を燃やし、その前の赤いビロードのウイングチェアにふんぞり返っていた。両脚をぐっと開いて、短いスカートから太った腿《もも》が顕《あら》わであられもない恰好《かっこう》であった。（西洋でも身嗜《みだしなみ》ということはあるやろに）

　わたしはその部屋の隅《すみ》にある長椅子に暑くてふうふう言いながらアルと一緒に座っていた。冬だというのに日本では考えられない。

「わたし達は選民《チョウズン》なのよ、アル」

と煙草《たばこ》の煙を両方の鼻の穴から象の牙《きば》のように吐いてシルビヤが言った。

「わたし達はエホバ《神》の選民《チョウズン》なのよ」

「だから他の民族よりも秀《すぐ》れているのよ」

　脂ぎった頬を震わせてシルビヤが言った。恰《あたか》も山上の訓《おしえ》を垂れているモーゼになったように。

　この部屋に三人しかいないのだから〝わたし達は〟という意味は、アルとシルビヤの二人で、非選民はこのわたしであるということは瞭然《りょうぜん》としていた。

結婚したばかりのわたしは啞然として彼女の顔を眺《なが》めたことだった。結婚前にもこの言葉を聞いたことがあった。それは日本に宣教に来たビリー・グレアムの説教や、アメリカの宣教師達であった。あの時、わたしは友達と「わたしら神に選ばれなかった下賤《げせん》な賤民なんやろか。全く馬鹿にしてる。何というぬぼれ！」と憤慨したことがあった。自分が自分で神の選民であると称《よ》ぶなんて、神が聞くと〝へそが茶を沸かす〟とあの時二人で大笑いをした。西洋ではそれが当り前のことのように言われ信じられている。ユダヤ教徒は自分達が神の選民であると豪語し、キリスト教徒は自分達が神の選民であると豪語する。果ては選民が他の選民グループを殺すことになる。

西洋人は自分のことを褒《ほ》めそやす。自分が他の人より秀れているのだ、自分のしていることが正しいのだ、だから他の人も同じことをしなければならない。そこに何の蟠《わだかま》りもない。そういうことの原因がここにあるのかもしれない。

眼前に、自分が選民であるかのような口吻《くちぶり》の、この巨大な人間を見て、わたしは愕然《がくぜん》とした。その場にいる異教徒に対して何のためらいもなく言ってのけたのだから。多分、そういうことによってわたしを蔑《さげす》んだ積りなのかもしれない。

（神エホバもシルビヤが選民であると大変な御苦労をしはることやろ）

「うーん、えへへへん。わたしが読みます、今度は」

シルビヤが咳《せき》ばらいをしながら言った。

それから首を振り振りヘブライ語でわたしの続きを読み出した。得々として、選民らしく、如何にもクラスの秀才が教科書を読んでございという風なのを見ると、二十年昔の憤怒《ふんぬ》がますます募って来るのをおさえられなかった。

次はジョンが読む番であった。シルビヤがジョンの頁をパラパラと繰って、ここだと体に似合わず長い白い細い人差指で、その章を示した。ジョンは自分に言い含めるように、

「オー・シット！」《く　そ　っ》と言った。そして鵞鳥《がちょう》が鳴くような声で、投げやりに英語を読み始めた。

ケンは真心をこめて尽くしても、こちらの意が通ぜず、絶えず恩を仇《あだ》で返しているようで、抓《つね》られて出来る青痣《あおあざ》や、抜け髪とその痛さは、怒りよりも悲しみをより一層

大きなものにした。痛ければ痛いほど手放すことへの絶望を感じた。私立の小さい施設が駄目《だめ》であれば、蛇《へび》の穴のような州立病院である。それがいやなら、又、家に帰って来るのだ。わたしの細腕でどうしようというのかしら。わたしは鉄や鋼《はがね》で出来てはいない。

　シルビヤが世話をして貰《もら》う順番を待っているようにそこにどっしりと座っている。実際に、ケンが家にいなくなったら自分もロスアンジェルスに行くとアルに言ったのである。いくらシスター・イン・ロウと言っても、今まで一度だって一滴の同情も親しみも与えてくれなかった人に何もすることはないだろう。彼女の世話なんて真平だ。頭を下げて来ても出来よう筈《はず》がない。

　終りのない苦しみが待っている。トンネルの先端の一条の光がなければトンネルは出られない。人間だってそうなんだ。これだけ疲れてしまい、夫までが同情もなく自分の病気をわたしのせいにすると、愛情なんていうものの存在は吹っ飛んでしまう。自分を保護することばかり考えるようになる。疲れた心身を回復さすのはとても時間がかかるのだ。失った人生を取り戻すなんて出来そうもない。ケンがいなくなると毎日十時間は寝てと考えていたことも実際この年になると六時間で眼が覚めてしまう。若い年に失った時間は永遠に失ったのだ。この一線を跳び越えると他人と同じ生活が、心構えが出来るなんて夢物語であると思う。永い永い回復期がわたしには要る。そしてその果ては回復しないかもしれないのだ。

　西洋のボーボワールの世界なんて絵空ごとだったんだ。彼女のさかしさだってわたしの問題は解決出来はしない。

　わたしはこの場にいたたまれなくなって、椅子《いす》をそっと引いた。

　モイシェがハガダの中の英語を読み出した。

「これは子供のためのフォーク・ソングです。仔山羊《こやぎ》を一匹二ズーズムで買った話です。御存知のように大したお金ではありませんでした」

「この歌をよくお聴きなさい。仔山羊や猫《ねこ》や犬や他の多くのもののことを話していますが、実際は、ユダヤ教徒の永い歴史を物語っているのです」

　わたしは椅子の脚のところに置いた黒い革のハンドバッグに右手を伸ばした。それからハンドバッグを膝《ひざ》の上に置き、体を右に回した。黒い中ヒールのパンプスを履いた両足を横に揃《そろ》え、下を向いたまま立ち上った。アルがふっとハガダから眼を上げて、

「どこに行くんだ？」

と小声で尋ねた。

「ちょっと、バス・ルームに」

わたしは気軽く装って、音を立てないように出て行った。

モイシェの声が続いている。

「イスラエルが最初にバビロニヤによって征服され、それからバビロニヤが如何にしてペルシャにやられ、ペルシャがその次にマケドニヤによって亡ぼされ、その次はローマによってやられたのを覚えているでしょう」

わたしは廊下からバス・ルームに入って電気を付けた。

壁は更紗《さらさ》模様になっていて、金縁のロココ調の鏡が掛っていた。

換気のファンが大きな音を立て、外の音を遮《さえぎ》った。わたしはその重苦しい鏡の中の顔を見た。アルコールや熱気で火照った、五十歳になる中年の女の顔があった。いくら贔屓目《ひいきめ》に見ても、今まで自分で想像していたように若く見えないのに愕然とした。

シルビヤがアルに〝ミチは貴方《あなた》を殺しているのよ〟と言ったあの言葉は二十年来わたしの心に突き刺さったままであった。

忽然《こつぜん》と、殺されているのはアルではなくて自分ではないかとの思いが閃光《せんこう》の如《ごと》く脳裡《のうり》を走った。わたしは戦《おのの》いて、自分の顔を再び生きているかどうか確かめるように、右手で頬をさすりながら鏡の中を覗《のぞ》き込んだ。残り少い命を大切にしなくては。二十年間をこの病んだ家族に注ぎ込んだのだ。少しでも自分を大切にすることも考えないと、何のために生まれて来たのか判《わか》らなくなってしまう。

そうだ、今出ようと思えば出られるのだ。誰《だれ》も見てやしない。外は聖書にあるように砂漠《さばく》でも海でもない。タクシーもあれば飛行機もある。何とかしてこの家族から飛び出さねばならない。そうしなければ、わたしの一生は奴隷《どれい》のように終ってしまうだろう。絵を描《か》いていたこの大きな手は人の世話をするためのものだったのだろうか。

わたしの胸は騒ぎ、体中が心臓になり出した。足の爪《つま》先《さき》まで脈打っている。電気を消して、ドアを開き、そうっと、その隣にあるベッド・ルームに行ってオーバーを取った。それを左脇《ひだりわき》に抱えた。食堂の前を通る時見えないように。それから、忍び足で猫が獲物を見つけた時の体勢で迅速に脇眼もふらず食堂の前の廊下を通った。

モイシェが、
「さあ皆さん、一緒にこの歌を歌いましょう」
と掛け声をかけた。
「ハド・ガドヨーオー・ハド・ガドヨー
ディズバン・アバ・ビーズレイ
ズーゼイ・ハド・ガドヨーオー・ハド・ガドヨー」
（たった一匹の仔山羊、たった一匹の仔山羊、お父さんが二ズーズムで買った　たった一匹の仔山羊、たった一匹の仔山羊）
足拍子を取りながら賑《にぎ》やかに嬉々《きき》として英語とヘブライ語を交えて歌っているのが聞こえた。
「バアサ・シュンロ・ブオハル
ルガドヨ・ディズバン・アバ
ビーズレイ・ズーゼイ
ハド・ガドヨーオー・ハド・ガドヨー」
（そこに猫がやって来て、お父さんが二ズーズムで買った　たった一匹の仔山羊をたった一匹の仔山羊を食べてしまった）
「バアサ・カルボア・ベノシェフ
………」
（そこに犬がやって来て、お父さんが二ズーズムで買った　たった一匹の仔山羊をたった一匹の仔山羊を　食べてしまった猫に嚙みついた……）
わたしはハンドバッグとオーバーを床に置き、ドアに掛かったチェインを音させないように、震える両手で外し、錠前をそうっと右に回した。ドアを持ち上げるようにして明け、外の廊下に急いで出、ハンドバッグとオーバーを持ち出した。ドアを閉めてから、再びハンドバッグを床のベージュのカーペットの上に置いて、オーバーに手を通した。それから左手の廊下を通って右に折れエレベーターのあった方向に足早に歩いた。微《かす》かに廊下に洩《も》れて来るあの歌の続きがわたしを祝福しているようでもあり、又、引っ摑《つか》まえようと追っているようにも思えた。
一階に降りた時、わたしは最後の難関のように思えるドアマンに無理に微笑をつくり、会釈《えしやく》をし、タクシーを見つけて呉《く》れるようにと頼んだ。
アパートの建物の分厚いガラスの扉《とびら》を押し明けて外に出、歩道に降りる濡れた花崗岩《かこうがん》の石段の上に立った。イースト・リバーからの冷たい風が火照《ほて》った頬《ほお》に当り、気分が爽《さわ》やかになった。吐く息が白く、暗い通りに光って見えた。ゆっくりと深呼吸をして空を見上げた。あの雪は止《や》み、雲が切れて、寒い夜空に満月の月さえ出ていた。イースト・リバーの真中にあるルーズベルト島のアパートの群から明りが木々の枝を通って点滅し宝石のようであった。マンハッタンも、二十年昔わたしがやって来た時のように、希望に溢《あふ》れた陽気なまちに見え始めた。

森 瑤子
<small>もり ようこ</small>

熱い風

Ⅳ　メイシェン・ソテのこと

　ざっと五十軒ほどの露店が、千坪ばかりの土地に軒をぎっしりと並べてひしめいている。夜だけ開く店もあるので、客がたてこんでいるのは全体の五分の三といったところ。

　凄まじいねぇ、と感嘆とも驚異ともとれる声でフィルが唸って、水びたしの石の通路の上に直かに積み上げられている夥しい数の鶏のあしの山を、大袈裟に迂回した。通路が狭いので、もう少しで反対側の軒先にたてかけてあったジュース用の砂糖黍《きび》の束を蹴飛ばすところだった。ちょっと見たところ少女のような骨格をした年齢のはっきりしない褐色の肌の女が、圧縮機のハンドルを痩せた手で廻している。砂糖黍が潰れて、薄緑色の半透明の搾《しぼ》り汁が下の壺にしたたり落ちる。砂糖黍は二度三度と圧《お》し潰されて、最後の一滴のこさず汁を搾りとられてから、傍らの口を開いているビニール袋に投げ捨てられる。

　こっちだよ、とアルが口からパイプを外して、しきりにそれで合図を送っていた。砂糖黍のジュース作りに見惚《みと》れていたフィルとシナが、うなずいてアルが陣取ったテーブルの方角に歩き出す。

　実際驚いたね。背のない粗末な丸椅子に腰を下ろしながら、もう一度シナの夫は呟いた。

　夜に一度覗いてみたら、もっと驚くよ。人出はこんな程度じゃすまないんだから。とにかく食べているすぐ後ろで順番待ちの人間が、こっちの首根っ子を睨みつけてるんだぜ。アルがフィルの驚いている理由《わけ》をとり違えて言った。もっともこっちが順番待ちをする時には、同じことをやるけどな。

フィルは頭を振ったが、その消極的な抗議の意味はアルには通じない。表面はどうでも、フィルが内心腰を抜かしそうに怖気《おじけ》づいているのは、その千坪の敷地内に立錐の余地もなくくりひろげられる不潔きわまりない光景なのであった。

しかし昼食の招待を受けた側の最低の儀礼として、テーブルの足の周囲に転がっている喰い散らした鶏の手羽先骨や、海老の皮、客たちが吐き散らした魚の骨やイカの種などに対して、ほんのわずか顔を顰めてみせる以上のことは出来ない。事実フィルは靴の先で鶏の骨をいくつか、テーブルの奥へ蹴こんでおいてアルに向って苦笑した。

あんたがもしグルメだったらだな、こういう店へ踏みこんだとたん、あんたのあらゆる感覚は、この上もなく美味な料理の数々の予感に打ち震えるところなんだがね、とアルはわざと揉み手をして見せながら言った。ところがおたくときたらロースト・ポークにアップルソースを添えて、マッシュポテトがたっぷりついていりゃそれで何より満足ときているんだ。

完璧を期すなら、スプラウツ（芽キャベツ）のソテーも加えてもらいたいね、とフィルが口をはさむのを無視して、アルが続ける。お気に召さないのは百も承知だが、郷に入れば郷に従えというからね、最もシンガポールらしい一面を披露しようというのが友人としてのぼくの魂胆なのさ。

まんざらフィルの胸の内が察せられなかったわけではない証拠に、アルの皮肉な眼が悪戯《いたずら》っぽい光を帯びる。

痛み入る深遠なる配慮といったところだな。とにかく感謝するよ、アル。フィルは憂鬱そうにあたりを見廻しながら、負けずに言い返した。

アル、その女《ひと》、私たちをみつけられるかしら？　とシナが訊く。

もちろん。メイシェンはすごい嗅覚の持主でね、ぼくがどこにいようとすぐに嗅ぎつける。

この臭いの中じゃ無理だろう。

フィルはさっきからできるだけ息を深く吸わないように呼吸している。苦しくなると、鼻でなく口で息を吸いこんで、悪臭と必死に闘っている。

実際酷い臭いだとシナも思った。彼女はフィルよりよほど食いしんぼうだし、現在のように小綺麗になる前の横浜の中華街の中でもそこが美味と言われれば一番薄汚い店でも平気で入っていったが、ここの光景も臭気も想像を絶するものがある。

鶏や魚や、にんにく、玉ねぎ、海老にカニ、それにありとあらゆる香料野菜と香辛料の匂い。そうしたもの全てが混じりあって醸し出すむっとするような濃い空気が充満している。その上にさらに、形容しがたい一種独特の吐き気を誘う臭気があった。それはシナの知らない香辛料なのかもしれないし、あるいはある種の発酵状態のもの――塩辛の類い――それも腐乱すれすれの――の醸しだす腐臭なのかもしれない。

その胃壁を突き上げるような不快きわまりない異臭は、決して、他のあらゆるものが放つ匂いには混じりあうことなく、いっそう濃い空気の流れとなって、悪臭と悪臭の谷間の底に漂っているのだった。

しかも風はなかった。そよとも動かない熱気が、外側から様々な臭いの層を包みこんでいた。頭上には見上げるばかりの巨木が枝を広げ、葉を繁らせているが、それらは太陽の直射日光を遮るかわりに、熱気を抱きかかえて封じこめる役割も果している。

巨木の下の、昼に開いている三十軒ばかりの調理場では、腹を空かせた各国の観光客と一部土地の人たちの好奇心と食欲を満たすために大型のガスコンロがフル回転をしている。長年にわたる熱との凄まじい闘いのために水分と脂肪分を出しきってしまったような中国人のコックが、ほそ長いひからびた指で赤とうがらしをひとつかみ、熱せられた鍋に放りこむのが見えた。続いて、にんにくと生姜《しょうが》が山ほど投じられ、鍋から黄色い煙が立ち昇る。横では大釜に湯が滾り、華々しい湯気がたえず上がっている。慌しく出入りする注文とりの給仕たちや、料理の下ごしらえをする見習い人などでごったがえす殺気だった調理場の中で、年老いたコックたちだけは、表情ひとつ変えず、汗もかかず、言葉などいっさい喋らず、ゆうぜんと中華鍋の中を睨《ね》めまわす。タイミングを見計らって、調理台に山のように積み上げられた肉だの菜っ葉だのが、ぱっと鍋に投げこまれ、その痩せた腕のどこにそんな力があるのか知らないが、巨大な中華鍋が宙に浮き、引っくりかえり、あっというまに中味が皿の中へ滑り落ちる。

裸足の給仕の少年が、切り落された鶏の黄色い爪先だとか、魚の頭だとか、菜っ葉の根などをよけながら油と水でぬるぬるした床の上を、出来上がったばかりの皿を捧げもって大急ぎで客のテーブルに運んでいく。

　遅いじゃないか、そのメイシェンという女性はほんとうに来るのかい？　拭うそばから吹き出す汗を性こりもなく親指の腹でこすり上げながら、フィルがアルに訊いた。

　いずれ現われるさ。アルは、指を立てて給仕の一人に合図しながら答えた。

　出がけにちょいと言い争いをしただけだ。いつものやつさ。女というものは――失礼シナ――そろって出かけようという段になると、きまってつまらんことを騒ぎたてるのさ。アルは愛想のよい笑顔を改めてシナに向けると、あなたは違うけどね、と言い足した。違うと、思うけどね。

　シナも同じさ、とフィルは苦笑した。シナは軽く左の眉をもち上げただけで黙っている。

　アルはやって来た若い給仕の差し出すメニューを無視して、矢つぎ早やに料理の注文をする。中国読みで言ったので、何を頼んだのかわからない。一度フィルを振り返って、カエルのあしは喰うかい？　と訊いたが、フィルはもう捨て鉢な気持だったので、肩をすくめたところ、それも注文したらしかった。

　ずいぶん老けたようだ、とシナは二年ぶりにつくづくとアルの横顔を眺めながら考えた。元々そういうところのある男だったが、さらに皮肉で苦《シニカル・アンド・サワー》さの度合いが増したようだった。老けて見えるのは二年の間に後退した前髪のせいかもしれない。それと、腹が出かかって、猫背の特徴が強調されたためもある。動作が鈍く投げ遣りに見えるのは、この土地の気候のせいだろう。だれだって、この湿度と温度の中ではきびきびと動きまわれるわけがない。どちらかというと身のこなしの軽いフィルですら、歩く速度が普段の半分になっているくらいだから。

　高温多湿地帯では、白人は脂肪《あぶら》と汗で汚れて見える。実際にはシンガポールに着いて以来、フィルなど日に四回も五回もシャワーを浴び、そのたびに下着からシャツまで取りかえるのだから、汚れているわけではないのに、脂肪ぎって汚らしく見えるのだ。アルに至っては風呂に何ヵ月も入っていない男のように見える。

　アルについてシナがきまってまっ先に思い浮べるのは、いつも、最初に彼女を眺めた時の彼の眼つきだった。

　まるで牝犬を見るような眼だった。

　それは、シナがフィルの妻だと紹介される前のことで、六本木のパブで夫と待ち合わせた彼女が、一足早く到着してしまい夫を待っていた時のことだった。

アルはカウンターに片肘をのせ、半ば体重をそこへあずけた格好で、いかにも所在なげにビールを飲んでいた。赤味を帯びた生姜色《ジンジャーカラー》の巻き毛が卵型の頭部に貼りついているみたいに見え、同じ色の同じくるくる固く巻いた毛が揉み上げから顎をびっしりと覆っていた。鼻の下は剃ってあった。シナが顔見知りのバーテンダーと常連客のどうということのない噂話をひとつふたつして、でき上がったばかりのウォツカ・トニックを口へ運んだまさにその瞬間、カウンターに肘をかけた鬚面の男がゆっくり顔を捩《ね》じって、ひんやりとまといつくような眼つきで、彼女の頭の先から足元まで眺めおろしたのだ。シナの自尊心が著しく傷ついたのは言うまでもない。後に彼女はアルが他の女たちを眺める時、全く同様な眼つきをするのを何度も目撃したが、だからといって一度傷ついた自尊心が癒されたわけではなかった。

シナは、無関心きわまりない冷たい侮辱の表情をお返しに浮べると、踵《かかと》で重心をとりながらくるりと鬚の男に背をむけ、入口に近い窓際の席へ歩み去った。少ししてフィルが現われた時、彼女は前置きも何もはぶいて、こう言った。

あの男、売春婦《プロステイチユート》かなにかのように私を見たのよ、ほら、カウンターにもたれている赤鬚の男よ。

フィルは妻の言う方角を眺め、それからいきなり笑い出した。

おいで、と彼はくすくす笑いながら妻に言った。その無礼な男とやらを紹介して、謝らせるよ。

それがアル・スペンサーだった。フリーのジャーナリストで、東京には三年間いた。ホンコンを経てその後シンガポールに居をかまえて二年になる。東京に滞在した後半の一年ほどの間、フィルの飲み仲間の一人だったが、シナの見たところどちらもお互いをさほど好いているようでもなかった。二人の間に交わされた会話はおよそ建設的なものとはほど遠く、もっぱら毒のある底意地の悪いユーモアの応酬に終始していた。シナ自身はその後十回近く顔を合わせたが、最初のアルの眼つきが忘れられなくて、いい感情を抱くことはとうとう一度もなかった。フィルの頼みで海の家へ食事に招待したこともあったが、印象は全く変らなかった。ただとても頭のいい人間で、皮肉が辛辣に過ぎ、男女を問わず人の弱点に情容赦なく嚙みつくようなところがあって、そのために孤独な男だと、多少同情したのを憶えている。四十を幾つか過ぎていたのに独身だったのと、初対面の女を眺める例の眼つきから、女嫌いかと疑っていたが、顔見知りになってからのシナを眺める眼の色でそうでないのがわかった。

メイシェン・ソテというベトナム人の若い女とは、ホンコン時代に知りあってすぐに同居しはじめたのだと、シナはフィルを通して耳にしていた。

アルは、自分はどんな女とも結婚する気はないが、特に日本人の女とは嫌だねとシナに漏らしたことがあった。理由は二つ。感性的に過ぎて知的でないこと。それに感性的に過ぎて知的でない人間が必ずあわせもつある種の残忍な一面、その二点だった。そのことについて、アルは彼女にこんなふうに説明した。

彼女たちは猫をぼくに連想させるんだ。いろいろな意味で、猫だ。温かくて柔らかくて、しなやかでさ。体をすり寄せて来ると思えば、次にはそっぽを向くすげなさ。けれどもある日、ぼくが可愛がっていたカナリアを口にくわえてきたりする。あるいは怠惰で、ひどく頑固で愚鈍なところもね。

もちろんあなたは違うよ、シナ。あなたは奇蹟的に例外だ。喜ばしい奇蹟だな。

アルは最後にそうつけ足して言ったが、それが口先だけのお世辞であることは明瞭だった。残念ながら彼の言葉の一面は正しいように、シナは感じた。自分も、知っているかぎりの周囲の女たちも、サトコも、感性的にすぎて理不尽な残忍さを内にもっているという観察は成り立つ。しかし女というものは多かれ少なかれ、国籍に関係なくそうなのではないか、とシナは考えていた。

メイシェン・ソテが、料理を満載したテーブルの傍らに不意に現われた時、シナが最初に感じたのは、あら、この女《ひと》だって猫科の女ではないか、という印象だった。シナはあからさまにその思いを眼に出して、アルを凝視した。アルはシナの眼の表情を正確に読み取って、ニヤリと笑った。

あんまり遅いんで、ぼくはいよいよ捨てられたのかと思い始めたところなんだ、と彼はその若いベトナムの女性に話しかけた。

メイシェンは、ほっそりとした象牙色の指でアルの揉み上げの巻き毛を軽く引っぱって、微笑した。ばかね、そんなことを考えるなんて。彼女の英語には強いフランス語の訛《なま》りがあった。

あれだけ大騒ぎして、結局きみが選んだ着るものってのはそれかね?

彼女が横に着席するのを待って、アルがメイシェンのコカコーラと書かれたTシャツの胸元を見ながら、そう言った。Tシャツの下はジーンズでできたごく短いショーツだけだった。ショーツからは少しも日に焼けていないまっすぐできれいな足がのびている。肌の色は、わずかに黄色味を帯びた象牙色。素足には、ベージュのヒールの高いサンダルをはいている。こんなに小さくて、こんなに形のよい素足を、シナは見たことがないと思った。ふと見ると、夫が同じようにメイシェンの足元から眼を上げるのが見えた。

女って動物はまったくわけがわからん。メイシェンの胸元から視線を逸らしながら、アルが呟く。

同感、とフィルは単に調子を合わせるために言う。自分こそ、嫌になるほど、そのわけのわからない動物につきあっているのだという自負を胸の奥に秘めた哀しそうな諦めきったような雰囲気を漂わせはするが、しかし彼には自分たちの私生活の片鱗をちらとでも他人に覗かせる趣味は皆無なので、せいぜい無関心を装って、同感、と呟くしかないのだった。

実際には、昼食のために着替えている時に一悶着があった。シナはサラリと汗を吸いとってくれる麻混紡の薄手木綿のサンドレスを着るつもりだった。背中が大きくくれているので下着がつけられないから、当然フィルが文句をいうのはわかっていたが、その午前中傷心の女友だちのサトコに絵葉書を書いている妻の横で、時々妙な風に咳きこむ旧式のエアー・コンディショナーの冷風を正面から顔に受けながら、フィルは普段より機嫌よく見えたのと、この土地の気候にあたって多少ぼおっと上の空のようだったので、妻のドレスの背中が深くくれすぎていることをもしかしたら見逃してしまうかもしれない、という可能性に彼女は秘かに賭けたのだった。

以前にもほんの時たまそういう事があったのだ。もっとも、遅ればせながら彼が妻の服装に気づいて、衿が深く開きすぎているとか、なぜきちんと下着をつけてこなかったのだとか、スカートのスリットが切れこみすぎるとか、一晩中横でぶつぶつと文句を呟くのにつきあい通すことができればの話である。

けれどもフィルは、妻がすっかりドレスを着終って、靴をはき、バッグを手にして、では出かけましょうかと彼をうながす段になって初めて、まさかその格好で出かけるんじゃないだろうね、と言ったのだ。

その直前に彼女がシャワーを浴び、わざわざ彼の前でそのドレスに着替えるのをぼんやりとではあるがとにかくずっと黙って眺めていたのだから、夫の出方は陰険だとシナは怒った。男というものは、時々、何も真には見ずに物事を眺めることができるらしい。その時も過程は眼に入らず、結果だけがいきなり彼の眼に飛びこんだというわけだ。長い結婚生活の体験から、出がけに夫と争って自分の我を通しても、その後に続く時間が決して愉快なものではないことを嫌というほど知りつくしているので、シナはあっさりと、じゃ着替えるわ、と引き下がった。口論にしなかったのは、気候のせいもあった。これ以上暑苦しいのはご免だった。以前にフィルが買ってくれたきり一度しか袖を通していないワンピースに着替えた。スチュワーデスの制服を連想させるので、衿を立て、袖口を二つばかり折り返し、わざと着くずした感じにするために胸元のボタンをひとつ余分に止めずにおいた。それいいじゃないかと、表情を緩めながらフィルはさり気なく立って来て妻の胸のボタンを止めた。まるで彼女がうっかり止め忘れたのを直してやるかのように。シナは取り替えたドレスに合う白いサンダルをスーツケースの中から探し出しながら、Rなら、と考える。あのひとなら、ドレスの肌の露出部分が多ければ多いほど満足するのに、と思った。フィルは全く逆だった。どちらの男をも喜ばせるために二種類の衣裳を持たなければならないのはひどく不経済だと考えながら、彼女は最後の仕上げに髪にブラシをかけた。

特にRなど、逢って三十分もすれば何もかもシナの上から剝ぎとってしまうのだから。彼の眼を楽しませる三十分のためにドレスを新調するなど無駄な出費かもしれない。パブやレストランの中で、他の男や、あるいは女に、連れのシナがどんなふうに映るかということは、全く心配しなくてよいのだから。彼らが人前にそろって姿を現わすということは、絶対にないのだし。部屋がひとつ用意されているだけだ。そこへは、別々に入り、帰る時も別々だ。時々シナの方がその種の念の入った用心深さに音を上げて、帰り際、下のバーで一杯飲んで帰らない？　と相手にもちかける。一度くらい、いいじゃないの。すると男は、彼女の不用心を言葉巧みに諭していう。そのたった一度のために僕たちが一緒だったと、君の夫に証言する目撃者が現われた時のことをちょっとでも考えてみろよ、と彼は言う。僕じゃないよ、困るのは、結局、手酷い痛手をこうむるのは常に女性の側なんだから、用心するにこしたことはないじゃないか。

そういう時シナは、相手の自分に対する思いやりよりは、男の身勝手さの方を余分に感じるのだった。彼が守ろうとしているのは、私の生活、私の立場なんてものじゃない、実は彼の生活、彼自身の立場なのだ、と悪意にとってしまう。

けれどもそんなことは当り前で、それでよいのだとする醒めた思いも一方にはある。それは二人の関係に最初からずっとあったものなのだから。

君は僕のものだ、とか、君の夫からシナ、僕は君を絶対に奪い取ってみせるとか、Rが欲情にかられてくぐもった声でシナの耳の中に囁く時のことは、あれは全く別の話だ。

冷静で用心深くて、あちこちに眼を配っているような時のあなたって、嫌いよ、とシナは言う。

どうしてさ、と彼は気分を害したように問い返す。現にこんなにもうまくいっているのに。

ただ手応えが欲しいだけよ、私は、とシナは急に切なくなって涙ぐむ。確かなものが、なにもないんですもの。

確かなものなど、ありはしない。シナ自身の中にだって、そんなものは存在しない。彼女が彼を愛しているかどうかでさえ、確かではないのだから。

それじゃ何かい？　と彼は本当は怒ってもいないのに怒ったふりをする。今、現に僕らのお互いの肉体を走り抜けたもの、あの感覚は確かなものじゃなかった、というのか？　それとも君は、まさか、あれほど明確に存在したものを、生活とか税金とか子供とか、要するにそういったうさんくさいものでがんじがらめの立場に僕を追いやって——君の夫のようにさ——そして完全に不毛なものと取りかえちまいたいと言うんじゃないだろうねぇ。現に、こんなにも僕たちはうまくいっているというのにさ。だとしたら君の頭が狂っちまったとしか言えないね。

という次第で口論は終り。考えてみれば完璧に性を享受できるRとの関係こそ健全なのであって、生活絡みの結婚に於ける性のあり方の方が不健康だと言えなくもない。もしそれが永続的に夫の側からの優しい強姦によるものなら、なおのことそうだ。問題は完璧な性とやらが、人眼を避けた密室の中でくり広げられるということ。密室の中でしか、可能でないこと。

さあ、いつまでもそんなつまらないことを言っていないで、こっちへおいでと、Rは言う。こっちへ来てもう一度僕を愛してくれよ、と。シナがまだ拗《す》ねていると、前髪の中にいきなり手を突っこみ指をからめて、彼女を仰向けに押し倒す。

髪にからめた指に力が加わり、後頭部をしたたか固い床に打ちつけられる。彼は全身に獰猛さをみなぎらせ、全体重をシナの上にかけ、彼女を揉み潰そうとする。あるいは窒息させられそうになる。その瞬間、常にシナが覚えるのは恐怖だった。Rのほとんど残忍に歪んだ顔を見上げながら、私はこのひとを本当には識《し》らないのではないか、と束の間血が凍る。ある瞬間彼が正常な範囲をひょいと越え、指を首に絡めないとは、絶対に保証出来なかった。あるいは、いきなり固く握られた拳が力一杯、下腹に打ちこまれない、とは限らない。または、何か鋭利な刃物で、あの部分を切り刻まれないとは、百パーセント保証出来ない。切り裂きジャック？　Rが、まさか。でも――。

夫に対してなら、完全に正常で安全なことがわかり切っている。彼は性愛の最中断じて女を痛めつけるような男ではないし、従って恐くはないが、興奮もない。

Rを、シナは心の底でまだ恐れている。結局、自分が彼の重い体の下に押しつぶされるのは、このためなのだ、と彼女は思う。彼の荒々しさ、限界に未知の部分が残されているということ。

それと、シナを前にしてひたすら自分のしたいことに没頭するという男の欲情のひたむきとも言える姿勢《ありかた》に対して、シナは感嘆する。当惑し、恐れながら感嘆する。

シナの横顔をじっと見ているフィルの視線に出逢って、彼女はぎょっとして思考を中断する。シナは体を少し捩じって夫の視線をまっすぐ顔に受けとめて彼をみつめ返した。その眼の中に、彼女が性こりもなく探し求めて来たものを、またしても探り出そうとする眼つきになっているのが自分にもわかった。彼女自身にもそれが何であるか明確にはわからないもの、おそらくかつて父親の眼の中にあった光――寛大さ、怒り、諦め、愛情、悲哀、寛《くつろ》ぎ、他にもあるだろうが、そういったものが全て綯《な》い交ぜになった輝きを期待したのであろう。

そういったものは多かれ少なかれ夫の眼の中にも漂ってはいたが、父親には決して見られなかったものが二つばかりあった。それは疑惑と不安の微かな色彩だった。それともうひとつ、フィルの眼の中には、Rがシナを見る時常にそこに燃えている猛々しい欲情の炎も、見当らなかった。シナは口元に薄く微笑を浮べておいて、夫から視線を逸らせた。

もしRが、もう決して彼女を恐がらせたり血の凍るような一瞬の思いもさせなくなり、彼自身の快楽をあれほどひたむきに追い求めることを止め、シナのことにもあれこれと気を配るようになったとしたら、自分はどんなに失望するだろうか、と思った。

　もう彼女を痛がらせるような荒っぽいことに飽き、ともでお行儀のよい作法にかなったやり方で彼女を愛するようになったら、そして心ひそかにその最中別のことを考えたり、あるいは時には嗾《けしか》けるようにして欲望を燃え上がらせたり、また時にはあきらかにその気になれないのに、あるいは意に反してまで——そうなったら終いだ。少なくともそれがどちらからであれ、お互いから歩み去ることの出来る自由が確保されているだけ、救いだ。

　東京のその後の様子について話してくれよ、とアルが、美しい箸さばきでカニを辛味噌で炒めた料理を取りあげるメイシェンの手つきを見ながらフィルに語りかける。メイシェンはお互いの紹介が終るやいなや、ほとんど食べる事にだけ没頭している。その細い体のどこにそんな量が入るのかと心配するくらい、ひとつの皿からだいたい一人前と思われる量だけ自分の取り皿に取り、それを食べると次の皿に移り、カニは三つ目の料理だった。彼女の小さな手の中で、象牙の箸がいかにも重たげに見える。しばらく箸の先でカニの身を殻から出そうと努力していたが、あきらめたのか箸を置くと直接指先を使い始めた。

　もっぱらビールを飲み、アルにうながされた時だけ塩ゆでの小海老をつまみ上げていたフィルが、軽い羨望の表情でメイシェンの手元を眺めながら、東京の何が知りたい？　と訊ね返した。

　何でもいいさ。何か面白いことを話してくれよ、例の何とか言う女の名前のついたパブは今でも健在かね？

　パブがかい、それとも女の方がかい？

　どちらでもいい、同じことさ。

　パブも女主人もどちらも老朽して沈没しかかっているけど、まあなんとかもっているというところだろうな。

　ふん、そうか。薄汚いパブだったものな。ゴキブリがゾロゾロ這っていたっけ。そのうちポテトフライに混じってゴキブリの揚げたのが出てくるかもしれんぞ。

　とっくに出たって噂を耳にしたけどな。

　そうかい。アルがひょいと手を伸ばして、カエルのあしを生姜醬油でからめて揚げたのを、一本取り上げる。鶏の手羽先よりひとまわりも小さなあしで、肉らしきものがほんのうっすらとついているだけだ。アルは歯で器用に肉だけひきさいて、骨を地べたに投げ捨てると、指についたたれをきれいに嘗めた。

奴らはどうしてる？　常連のKやSやRや、それにソ連大使館の連中は？

いきなりアルの口からRの名が出たので、シナの箸の動きが少しの間止まる。

Kは国へ帰ったよ。去年だったが。Sは時々六本木のBで見かける。最後に逢った時には奥さんが四人目だか五人目の赤んぼうを生むとか生れたとかで、浮かぬ顔をしていたな。Rは、ぜんぜん見かけないね、もっともぼくもあの沈没船へは最近全く近づかないから。ソ連大使館の連中は、アメリカ人のほとんどがBへごっそり移ったんで、やっぱりBへ顔を見せるよ。

あいつは人の女房専門の泥棒野郎だからな、近づかんのにこしたことはない。

誰が？

Rだよ、知らんのか、有名な話だったじゃないか。

知らないね。だいたいぼくは他人の言動などに興味はないんだ。

アルは肩をすくめシナのグラスにビールを注ぎ足す。

彼がRとシナの関係を知っているはずはまずなかった。二人が人眼を忍ぶ仲になったのは、アルが東京を出て行ってからのことだ。それでも誰かがホテルを前後して出てくる二人を目撃するとか、昼下りRのアパートを出てくるシナを見かけたりして、たまたまシンガポールに仕事で立ち寄ったりした際、ふと口をついて出ないとも言いきれない。KとSはどうしている？　Rは？　そういえばRの奴のアパートからシナ・カーターが出てくるのを見かけたような気がするが、ほらシナだよ、フィルの女房の。

日本はいよいよもってコンクリート・ジャングルの様相を急ピッチに強めているよ。

フィルが空にしたグラスを、油でギトギトするテーブルの上に置きながら言う。アルがそれへビールを注ぎ入れる。カエルのあしを、大きな白い二本の前歯で、骨から引き離しながら、メイシェンが上眼づかいにチラとフィルを見て、再びカエルに精神を集中する。

それ、美味しい？　とシナがメイシェンに訊ねる。

ええ、美味しいわ。食べてみたら？　彼女は皿を取り上げるとシナの前につき出して熱心にすすめる。チキンとフィッシュのあいのこみたいな味よ。少しむっとするような臭味があるけど、生姜で消してあるの。試してみたら？

シナはすすめられて、箸で一本つまみ上げて自分の取り皿に置いた。

すぐに食べなくちゃだめよ。冷えてしまったら臭いがきつくなるから。メイシェンが黒く光る瞳で笑いかける。

言われた通り、カエルは鶏肉と魚の中間の味がした。肉片はほんの少々で、あとは生姜の味と香りが口に残った。フィルが妻の視線をとらえて、わざと顔を顰めてから、アルにむかって語り続ける。

最近はコンクリートの使い道に困ったと見えて、海岸を流し固めているよ。ほら覚えているだろう？　ぼくの海の家に近いちっぽけな漁村さ。

ああよく覚えている。きれいな入江だったな。半分朽ちかけた漁船の船べりに、大根がズラリと干してあったりして、その周囲を裸の子供たちがかけずり回っていたっけ。

そのきれいでちっぽけな入江のことさ。そいつをある日いきなりトラック何百台分のコンクリートを流して固めてしまった。白い砂浜は消えてなくなり、裸の子供たちの姿も消えてしまったという次第だ。

また何故そんな無意味なことをしたんだい。

God knows why（奴らに聞いてくれ）。たかだか十艘ほどの舟を舫《もや》うためにやったのかどうかは知らん。しかし百年たったって日本政府は元はとれないよ。

元を取る気など、最初からなかったんだろうが。そういう話は臭いぞ。そもそもあの国が元の取れないことなどやる訳がないからな。何かにおうな。

ぼくもそう思うね。フィルが憂鬱そうにグラスを握りしめる。

それだけじゃない、アル、テトラポッドっていうのを知っているかい？　そうだ、四つ肢の巨大なコンクリートの怪物だ。そいつが日本の海岸線の至るところを侵食し始めている。ぼくのところも例外じゃない。元々ちょっとした防波堤のかわりに、海へ埋められる目的で作られたんだろうがね、今じゃさほど必要とも思えないところへ、にょきにょきと四本肢を突き出している。

聞いてくれよ、アル。油壺の入口のあたりは波のないので有名な海だ。油のように静かだというのでその名がついたくらいだからな。ところが、やはりある日、湾の左手にテトラポッドが投げこまれた。そのあたりには、緑色と黒の美しい縞模様をもつとてつもなく大きな岩があってね、それが自然の防波堤の役目をしていたんだよ。

信じられないことには、一夜にしてその岩が破壊されてしまった。ほら例の赤さびたとてつもなく醜悪な削岩機って奴だ。砕かれた岩はそのまま海の底に沈み、かわりに何を置いたと思う、アル？　テトラポッドだろ。アルがパイプを口にくわえたまま、くぐもった声で答える。そうだ。鉛の兵隊みたいに、次から次へと型から取り出されるコンクリートの塊を、そこへ積み上げたんだよ。

the end 何をか言わんやだね。ぼくらは海の家へ行く週末毎に、その入江から顔を背けて、大急ぎで通り過ぎるようにしているよ。ぞっとするんだよ、海面から無様にとび出ている灰色のコンクリートの巨塊ほど惨めな眺めはないからね。この世の終りを見せつけられるような気がして、ぼくは鳥肌が立つんだ。

同情するよ、フィル、とアルが言った。そのうち日本中の海岸を埋めつくすだけじゃ足りなくて、きみらの家の庭も、床も壁も何から何までコンクリートで固められてしまうかもしれんぞ。

動物園のサル山みたいにか。おそらくもう始まっているんじゃないか、日本のあらゆるところでサル山化はとっくに進んでいるよ。

下手すると鼻や口や耳の穴や脳の中まで、コンクリートを流しこまれちまうぞ、フィル。うかうか安心して眠ってもいられないぜ。

脳の中にコンクリートを流しこまれたような人間なら、すでにゴマンといるよ。

政治家がまずそうだな。もっとも政治家というのは世界中似たような連中だから、せいぜい脳の中に流し込んだコンクリートの色が違う程度かもしれんよ。

男たちはたいして面白くもなさそうに、そこで陰鬱に笑った。

それまでほとんど会話の内容を聞いていなかったらしいメイシェンが、唇のまわりの油の汚れをティッシュ・ペーパーで拭き取りながら、きょとんとした表情でアルを眺めた。

君のことを笑ったんじゃないよ、きれいなお馬鹿さん。そう言って彼は背中まで伸びている若い女の黒いまっすぐな毛髪を、軽く引っぱった。

じゃ何がおかしいの？　平べったい感じの顔の中で、眼だけが生き生きと動いた。

日本人はコンクリート・ホリックだってフィルたちが言ってたのよと、シナがかわりに答えてやる。

結構じゃない、それ、と、メイシェンが不意に言った。新しいシンガポールの飛行場から来る道路見たでしょ、フィル。飛行場も、あの建物も？　あれみんな日本の○○組や○○建設が作ってくれたのよ。

アルとフィルが顔を見合わせる。

ボルネオとインドネシアの森林を伐りつくすだけじゃ足りなくて、日本人は木を取った後の他国の土地にまでコンクリートを流し固めようってことさ。アルが事実を歪曲して吐き出すように言った。僕の頼みをきいてくれるかね、メイシェン・ソテ。頼むからおまえさんのそのきれいな口を食べること以外に開かないでくれないか。

私に喋るなっていうこと？　それがあなたの望んでいること？

そうだよ、メイシェン。それが僕の望んでいることだ。

二人はみつめあった。メイシェンの東洋的なほとんど無表情な顔からは、いかなる感情もうかがい知ることはできなかったが、アルの眼には祖国を失った若いベトナム女性に対する痛ましいまでの屈折した愛情があった。そしてシナは、男女間の愛というものが、ほとんど絶対といってよいくらい素直に、ストレートに表現されないのをまたしても目のあたりに見て、暗澹《あんたん》とした気持になるのだった。いいわ、と抑えた声でメイシェンがアルに答えた。


パリへは行ったことがあります？

メイシェンは、遠い眼つきでシナにそう話しかける。

ええ、二度ばかり。二度ともほとんど通りすがりだったけど。

子供たちは元気かい？　と一方のテーブルの端でアルがフィルに訊ねる。

ますます凄まじいね、元気なんてものじゃない。汚れた皿を片づける給仕の手つきを見ながらフィルが答える。

それでどうでした、通りすがりのパリの印象は？

フランス人は誰も彼も膨れっ面していたし、街には犬の糞が目立ったわ。

メイシェンが声を立てて笑ったので、シナもつられて笑った。

その後増えたのかね？

何が？

君の子供たちの人数だよ。

まさか。

それはよかった。あんたたちがこれ以上人口増加の罪に加担しないでくれて、喜ばしいよ。

そいつは皮肉かい。

もう少し長くいたら、きっとパリが好きになったでしょうね、シナ。

そう思う?

そうよ、少しでも長くあの街に住んでしまうと、誰だってとても離れ難く感じるようになるのよ。

レイチを一皿、買って来てくれないか、とアルが給仕に言って、ポケットから小銭を出して手渡す。この反対側の中程に、美味い果物を売る店があるだろう、他の店のは駄目だぞ、黄色いペンキを塗った屋台だよ、わかるだろう。

給仕はイエス、イエスと何度も言いながら、半ば後退るみたいに四人の前から消える。アルミの円型テーブルには、拭きのこしたソースや油が点々と残っている。

私はパリが好きよ。十六歳の時まで住んでいたの。パリの匂いが好き。人はみんなパリは不潔だっていうけど——犬の糞や地下鉄の生臭いような悪臭とか——でも犬の糞のにおう通りも地下鉄のにおいも何もかもひっくるめて私はパリが好きなの。

メイシェンは半ば独り言のように話す。アルは彼女がもうすぐ二十六になると言ったが、どう見ても十七、八にしか見えない。それでも時々耳にかかる長い髪を、指先でかき上げるような仕種をする際になど、ふと二十六歳の女の翳《かげ》りのようなものがその細い指先に気懈《けだる》げに漂うことがあった。

誤解してもらっちゃこまるな、とアルがフィルに向って言った。皮肉どころか率直な意見だよ、さっき僕が喜ばしいと言ったのは。次の戦争が起きるとすれば、それは人口増加による食糧戦争だっていうことは、もうわかりきっていることだぜ。そして戦争は必ず起きる。僕は自分の子供たちがそんな争いに巻きこまれるのを潔しとしないんでね、それが理由でもう一昔も前になるがパイプカットをしたくらいだ。

それは君の勝手さ、とフィルが突き放す。メイシェンがちらりとフィルを眺め、それからアルに視線を移した。二人とも急に黙りこくって、一人は、爪を噛み、もう一方は火のついていないパイプをやたら音をたてて吸い続ける。こと子供の問題となると、人は急に逆毛を立てていがみあう。子供をもつ人間も、もたない人間も、それなりの激しいエゴがそこにあるのに違いない。

キョンホに逢ったのよ、昨日、アル。話さなかったけど。

メイシェンが口調をかえて、あきらかにその場の空気を引き立てようとして言った。キョンホというのは、私のお友だちなの。韓国の女《ひと》よ。航空会社に勤めているの、と彼女はそうシナに説明した。

今まで話さなかったのなら、さほど重要じゃなかったんだろう、なぜ今になってキョンホのことなど言い出すんだね？

アルはにべもない調子で、そう言った。

思い出したからよ。メイシェンはひどく当惑して眼を伏せた。

給仕が大皿に山のように盛り上げたレイチを運んできて、お釣りと一緒にテーブルに置いていく。よく冷えているのだろう、紫色の固そうな殻に点々と露がついている。

しかしまあ、こんな場所であんたと僕が世界の人口問題で言い争っても始まらんな、と、少ししてアルがやや譲歩するように喋り出した。

キョンホっていう私のお友だちのことだけど、と、アルに話の腰を折られたので、メイシェンはシナに向って弱々しく話し出す。バカンスをパリで過ごすっていうの。一ヵ月だけね。よかったら私に来ないかって、コンパニオンとしてだけど——私のフランス語が役に立つと考えているらしいのね。

しかし考えてみれば、あんたが子供を二人でなく三人生もうが五人に増やそうが、あるいは僕が断種の手術をしていようがいまいが、とっくのとうに全ては統計ってやつに組みこまれちまっているということさ。人口増加率っていう例の数字さ。巨大な数字の大河——僕もあんたも大河の一滴に過ぎん。たかが一滴と一滴だ、じたばたしたって河の流れはびくともせんよ。そこでアルはメイシェンの顔に視線をそそいで言う。そいつは初耳だな、パリへバカンスっていう話は。

だからさっきそれを話そうとしたのよ。

交換条件は何だい？

何の交換条件？

君がフランス語の通訳をやるんだろうが。

ああそのこと。滞在費を彼女がもつの。キョンホの義理のお兄さんがパリで獣医をしていてね、夏の間はやはりバカンスでパリを留守にするの。私たちは、そこで留守番をするってことね。

私たち？　アルが聞きとがめる。

つまり、私が行ければってことだけど、とメイシェンが少し赫くなってうつむいた。

フィルがうんざりしたような渋面を作って、シナを見る。彼女はそれを無視してレイチの皮を爪でむく。紫色の固い皮の中から現われた実は、半透明の灰色で、なんとなく死人の肌を連想させる。唇に触れる果実の感じも、ひんやりとした人の肌そのものだが、味は良い。アルが手の甲で、口の周囲の髭をこすって、汗や油やいろいろな料理のソースなどを、一気にこすり上げる。フィルの方は、汗のことはすっかり諦め切ったのか、もう流れるにまかせている感じ。隣のテーブルの数人のオーストラリアの船員らしい男たちが、食事を終えて汗みどろで立ち上がる。

それだけかね、メイシェン・ソテ。パリへの往復の航空費用は、とすると誰が持つんだい？　まさか僕に期待しているんじゃないだろうね。

どうしてもだめかしら、アル？　メイシェンが膝の上で両手を揉みあわせる。全身に哀れなほどの真摯さが滲み出る。前貸しということにしてもらってもいいわ、あの、もしそうしてもらえればのことだけど。

前貸しだって？

九月から今度こそ本気で仕事を探そうと思うの。そうしたら何回かに分けて返せるわ。

ぼくたちは、そろそろ失礼しようと思うんだけど、と、とうとうフィルが腰を浮かしかける。

僕らに対する遠慮だったら無用だよ、とアルがそれを制しておいて、メイシェンに言った。じゃ、そっちの方から始めるべきじゃないかね？　まず働く。金を貯める。そしてパリへでもどこへでもバカンスに出かける。それが筋ってもんじゃないのかね？

それからアルは今度はメイシェンにではなく、いかにも居心地の悪そうにいったん浮かしかけた腰を元のところに戻したフィルにむかって、こう言った。

なぜ僕が彼女の旅費を出さなければならんのか、わけがわからん。一刻だってメイシェンと離れて暮したくないと考えているこの僕が、なんでわざわざパリくんだりまで送り出してやらなければいけないんだね、そうだろう。

さあ、ぼくはノーコメントということにしてくれないか。

意見ぐらいはあるだろう。

意見は、そりゃある。だがそれを口に出して言う気はないんだ。そう言ってフィルは半袖の袖口で、眼に入る汗を拭った。夫が腕を上げると、汗の濃いにおいがした。するとシナはRには体臭というものがまったくないのを思い出してしまう。体のどの部分も驚異に値するほど清潔で、いかなる匂いもしないのだ。紀伊国屋で売っている洗浄野菜のレッテルを貼って売り場に並べたいくらいよ、とよくシナは彼をからかった。

人は匂いに馴れるものだ。初め夫の体臭はきつくて厭だと感じたが、結局すぐに馴れ、彼の体のにおいと彼は、もう切っても切り離せないものになっている。体臭のないフィルなど、考えられない。人は何にでもいずれ馴れる。

しかし体臭のない人間に馴れることは、なかなかむずかしい。というより妙な気持で落ち着かないのだ。まるで宙をもがいて空気を摑むみたいな感覚なのだ。

一度だけシナはRに、ディオドラント類を使っているのか、と訊ねたことがあった。その種のスプレーを使うとか――それにしてはスプレー自体の香りもしなかったのだが――あるいは錠剤のようなものを朝眼覚めに服用しているのかと。答えはノーだった。

オーデコロンの類をつけることはないの？　と遠廻しにそれをすすめてみたのだが、その種のものは一切好まないと言下に否定した。上手にダンスを踊る男と、女みたいに香水をプンプンさせている男ほど、鼻もちならないものはないからね。

それはそうだと同感だったが、体臭の全くない男とセックスをするというのは、実に奇妙な具合なのだ。そう、やはりある種のとらえどころのない残忍な不安をかきたてられる。

じゃ話を元に戻そうか、とアルが再び喋りだす。どこまで喋ったっけ？

誰も何も言おうとはしない。

空しいとあなたが言ったところまでよ、アル、とシナがようやく口を開く。大河の流れは変えられない、とあなた言ったのよ。

ありがとう、シナ、とアルは仰々しく会釈をして、シナの口を慇懃《いんぎん》に封じこめる。もっとも彼女は何も喋るつもりはなかった。少なくともアルとは議論するつもりはない。

ぼくはね、アル――フィルが手の中でレイチの実を弄《もてあそ》びながら、改まった声で言った。ぼくはもう少し楽観的なんだ。君の大河論にはむろん異議はないよ。しかし人間というものがそれほど愚かだとは思わないんだ。大部分の人間は愚かさ、それは認める。しかし一握りの人々が、大河の流れを変えないともかぎらんじゃないか。石を積むとか堰《せき》を切るとかさ。ぼくはむしろそういう方向に、賭ける気持が強いんだ。

　時々フィルはひどく哀しそうに喋ると、シナは思う。時には殺してやりたいほど憎らしく感じることがあるかと思えば、今みたいに彼の足元に跪《ひざまず》いて、彼を揺さぶりたいほどの愛情の高まりに投げこまれたりする。ただ彼が時としてひどく哀しそうに喋った、というだけで。

　しかしそのような感情の激しい起伏は非常に疲れるものだから、最近ではたったひとつの願いしか抱いてはいない。事を荒だてないこと。ちょっと眼をつぶってやり過ごしてしまうこと。誰がボスか今のところは明瞭なのだから、彼の尊厳に素早く場所をあけ渡してしまうことだ。

　そうあんたが考えるだろうことは、わかっていたさ、とアルが言った。そう考えなければ第一子供など作りはせんだろうよ。そして僕は別の考えを持つので、断種に踏み切ったというわけだ。一握りの人間の力なぞ、全然信じちゃいないんだよ、僕という男は。人間というものは例外なく、自分以外の人間の安全など、心から心配しちゃおらんのだ。自分だけが苦痛を逃れ安泰であれば、それでいい。それはよくないと言って、よくないふりをすることは、簡単なことさ。人間というのはポーズが好きだからな。ポーズだけの偽善の輩《やから》が現にウヨウヨしているよ。

　しかし子供をもつということは、少なくとも孫子の代までは責任をもつということじゃないのかな。ごく限られた肉親的な、ある意味ではエゴイスティックな責任のとり方かもしれないけど、それも責任のとり方の一種には変りない。君のように自分の代で身を引くというのが、やはりひとつの責任のとり方であるのと、同じなんじゃないか。

　しかしね、フィル、とアルはテーブルの下で足を組み直した。脇の下から胸元にかけてシャツが汗の染みで黒くなっている。子供との係わりと言ったって、実際のところ子供と係わりある自分の問題でしかないんだぜ。そのところは認めるだろう？

　フィルはちょっと考えてから、あるいはこんな風にも言えるよ、と言った。子孫の中に永久に生きのびていくぼく自身がいる。ちょうど現在ぼくの中に過去の先祖たちの肉体が生き続けているようにだ。

　もしきみの言うことが正しければ、つまり自分が一番可愛ければ、その可愛い自分を破滅させることを許すわけはない、とこういう考えも成り立ちはしないか？　ぼくが人間の全てが愚かじゃないと言ったのは、そういうことに通じはしまいかな。もっともこれは祈りにも似たぼくの希望なんだけど。

私にはフィルの言うことが正しいように聞こえるわ、とその時メイシェンが横から口をはさんだ。眼尻が少し釣り上がったようになって、瞳が熱を帯びたように底光りしている。

どう思おうとそいつは勝手だがね、とアルが冷たく言った。誰も君の意見など求めちゃいないんだよ、メイシェン・ソテ。

だけどアル、これだけは言わしてちょうだい。メイシェンはきっぱりと言った。私は女だし、まだ若いから子供を生めるし、事実いつかは生むつもりだけど——男の子と女の子を一人ずつね——あの、私うまく言えないけど、(今度はフィルにむかって弱々しく言い訳をするように)この問題では私にも発言する理由があるように思えるんです、つまり子供を生むことのできる一人の女としてなのだけど。

おまえが子供を生むだって？　とアルはショックを受けたひとのように蒼ざめて言った。どうしておまえに子供を生むことが出来るんだ？　僕は断種しているんだぞ。

だけどアル、と言ったメイシェンは、別人のようにひややかだった。それはあなた自身の問題じゃないの。あなたは今も将来も決して自分の子供をもてないけど、私は違うわ。私は私の血を分けた健康な子供たちを生むことが出来るんだわ。ありがたいことに《サンクス・ゴッド》ね。

おまえはこの二年間、子供のことなど一度も口にしなかったぞ。

あなたが訊かなかったからよ。あなたは私にこれまでに何ひとつ本当には訊ねなかった。

子供を生むことは、僕が許さん。無責任にもほどがある。アルの息がつまる。

そうかしら、アル。あなたが子孫を後に残さないことで、この問題と係わりを断ち切るのとさほど違わないんじゃないかしら。同じ無責任と言うのなら、あなたのようにくるりと背中をむけて知らんふりをきめこむより、胸にしっかりと幼い子供たちを抱きかかえて、生きていく方を私は選ぶわ。

黙れ、黙れ。口数の減らぬお喋り女め。アルがとうとう激して拳を振り上げる。一瞬眼に見えぬ早さでメイシェンが椅子から腰を浮かした。彼女は自分が打たれるのかと思ったのだが、アルは振り上げた拳で力一杯テーブルを叩きつけただけだった。メイシェンの眼にも止まらぬ行動から、彼女が普段アルに撲られていることは明らかだった。男の拳や平手から逃げなれている女を目のあたりにするのは、なんと気の重いことであろうか。

メイシェンは再び元の椅子に坐ると、言った。

私の口を封じられると思うのは、私があなたに養われているからなの？　それともあなたが私を愛しているからら？　あるいは私があなたを――？

馬鹿なことを言うなよ、メイシェン。僕はただ自分の女がお喋りなのに耐えられないだけなんだ。

そうじゃないわ、あなたは私が恥かしいのよ。あなたのキャリアにおよそふさわしくない、私生児だった私のようなベトナム女を愛したことが、恥かしいんだわ。だから私に辛く当るのよ。

それではぼくらは、今度こそ本気で失礼するよ。フィルが妻をうながして立ち上がるのを、アルが太い腕で引き戻した。

そもそも僕らが知りあったのはホンコンの外国人記者クラブの資料室でだったんだよ。アルは一方的にフィルにむかって語りだす。

悪いけど、ぼくたちはもう――。

当時メイシェンは元フランス人記者の秘書の見習いのようなことをしていた。と言ってもタイプの腕《テクニック》の方は全く信頼できなかったらしい。もっぱらベッドの中での技量の方を重宝がられたんだろうと推察するんだがね、僕は。

アル、勘弁してくれないか。そういう話は聞きたくないんだ。

まあ、いいから聞いてくれよ。メイシェンは最初僕に、ジャーナリスト志望だと語った。こいつは嘘だった。勉強しようと思ったらいくらでもチャンスはあったし、僕も助力を惜しまなかった、現にタイプを手をとるように教えようとしたが、とうとう物にならなかったしな。だいたいこの女にはやる気など全くないのだから、所詮何も身につくわけはないのさ。しかし、おまえが何もしないで一日中ブラブラしている理由はなかったんだ、とアルは今度はメイシェンの方にむかって言った。僕は働くなと言った覚えはないし。

一日中へとへとになるほど働いて、ろくにお給料ももらえないのよ、とメイシェンが言う。

おまえがせいぜい売り子のような仕事しか出来ないか

らさ。それが嫌なら、これまで通り僕の女でいたまえ、メイシェン。それが一番似合いだよ。あのことにかけては、おまえ以上に素晴しい女を僕は知らないしな。

海が見たいわ。

だしぬけにメイシェンが甲高い悲鳴のように響く声で言った。シナが弾かれたように椅子から立ち上がった。

行きましょう、ね？　二人で。

メイシェンは立ち上がり、ショーツの皺を掌で伸ばすと、顎を引き背筋を伸ばした。

あとでね、フィル。シナが合図のような軽い眼配せとともに夫へ言った。メイシェンと少し歩いてくるわ。それから子供たちのお土産を買うのにつきあってもらうかもしれないから。

いいよ、ホテルの部屋へ戻っている。

でなければライターズ・バーを覗いてみたらいい。僕たちはそこで飲んだくれているかもしれないからね、とアル。フィルはぞっとした顔をしたが、黙っていた。

じゃ後でね、とシナは先に歩き出したメイシェンを追いながら、もう一度フィルに言った。

素敵な女たち《ワンダフルウィメン》じゃないか、え？　というアルの声を背中に聞いたが、それに答えるフィルの声はなかった。

露店街の外に出るとメイシェンは、ありがとう、と言った。私をあそこから連れ出してくれて。時々アルのそばにいると、窒息しそうになるの。

わかるわ、私もフィルに対してそう感じることがあるもの。

横断歩道を横切って反対側の歩道に出ると、そこにはわずかだが風が感じられた。といっても熱風だ。午後二時の気温は一日の最高に達しようとしているらしかった。

海へはどう出るの？　とシナが訊く。

海？　海へ行きたい？

海を見たいって、あなたが言ったのよ、忘れた？　シナはあくまでも優しく訊く。

メイシェンがわずかに表情を曇らせて微笑する。そうでしたわね。

私の母は昔、フランスでメイドをしていたのよ。シナと肩を並べて歩きながら、語り始める。顔や手足が小さいので小柄に見えたが、並ぶとシナより五センチばかり背が高かった。ヒールの差を引いても、それでもまだ高い。百六十五センチはあるのに違いない。すれ違う男たちが、必ず振りむいてメイシェンを見た。彼女のつややかな黒髪を眺め、まっすぐな脚、そしてひきしまった踝《くるぶし》へ流れる男たちの視線。シナは軽い羨望を覚えるが、二十代の頃のようにそのためにひりひり焼かれるような思いはもうしない。

ママを雇っていた人たちのパリの住居は十六区のアパルトマンだったので、一緒に暮せなかったけど、毎年夏の二ヵ月の間だけ、一家そろって——私のママも犬も小鳥たちも何もかも一緒に——南仏の別荘に出かけていったの。

そこには広い庭があって、使用人の住いが別棟になっていました。おかげで夏の間だけママと二人で過ごすことが出来た。七歳から十四歳でママが亡くなるまで——ママは真夏だというのに肺炎で突然死んじゃったの——夏になると、その南仏の海辺の家で過ごしたの。悲しくなると、いつもきまってその海のことが眼に浮ぶんです。前庭の芝がなだらかに傾斜して砂浜に続いていたわ。海はそのすぐ先に、青い大きな動物みたいに、とても穏やかに横たわっていた。私が見たいのは、あの海だけ。他の海は、ほんとうはどうでもいいの。いつか必ず行くわ。必要だったら泳いででも行ってみせるわ。その時は、歯ブラシを一本だけもってね。シナ、煙草あるかしら？一本頂けません？

シナはバッグの中から日本から持って来てあまり減っていないマイルドセブンの箱と百円のライターを取り出して、渡した。

メイシェンは歩道の脇によけて立ち止まると、煙草に火をつけた。

彼女は立ったまま、そうやって煙草を喫っていた。いかにも美味そうに、寛いで、そばにいるシナの存在など忘れてしまったかのように、時折空にむかって、深々と灰色の煙を吐き出した。半分まで喫うと、男のような仕種で靴の裏で火を消して、喫い殻が熱くないのを指先で確かめた上で、ショーツのポケットに軽く突っこむと、改めてシナを振り返りにっこりと笑うのだった。喫い殻をすてると、この国では五百ドル罰金とられるんですよ。

よかったらあの先のコーヒーハウスで、コーヒーを飲まない？　と再び歩き出してからシナが誘った。お昼の食事の口直しに、つきあってもらえる？

コーヒーハウスでは、メイシェンはコーヒーではなくウォツカを注文した。彼女はそれを水で薄めて薬を飲むように飲んだ。

煙草もお酒もアルの前ではやらないの。苦笑して、彼女は落ちてきた前髪を指でさっと払った。

煙草はママが亡くなるとすぐに喫い始めたの、と彼女は言った。ママが亡くなった後、雇い主の人たちが私が学校を続けられるようにしてくれました。軽い家事を手伝うという条件で。でも、結局私は家事など何もしなくて済んでしまったけど――。そこのご主人が私を手込めにしたからよ。一時、私はとてもいい地位を手に入れたと思って有頂天でした。ご主人の弱味を握ったんですもの。胸を張って家中をのし歩いたものだわ。今だからわかるけど、奥様は知ってらしたんだと思う、とてもさりげなく私を無視したから。あんまりさりげないとかえって作為的に見えることってあるでしょう？

でもそんな生活は決して長くは続かないものですね。恥知らずもいいところ、思い出すだけで顔が赫くなるわ、若い女の無知で傲慢なのって厭ね。

気がついたらパリの歩道に放り出されていて。十五歳になっていませんでした。すぐに別の家庭に拾われたけど――ベトナム人のメイドはとても重宝がられたの――その家族がフィリピンに転勤になって、しばらく一緒にいたけど、前と同じようなことが起って――そこのご主人と――奥様が休暇でパリに帰国している間に――結局戻ってらした時にすぐわかってしまったんだと思うわ、私ではなく、ご主人の挙動で――女はその気になりさえすれば、情事を絶対にさとらせないものでしょう？　幸い貯金があったのでホンコンへ逃げて行って――。

住み込みのメイドはもうこりごりしたから、店員だとかウェイトレスだとかいろいろやって、最後にみつけたのが航空会社の下請けで通訳やガイドをする仕事。キョンホとは初めそこで知りあったんです。彼女はその航空会社で予約係をしていました。

通訳やガイドといっても毎日仕事があるわけじゃないし、私は教養もなかったからいい仕事はつかなかったし、アルと知りあう前には六十五歳になる元フランス人記者のミストレスになっていたわね。そこでメイシェンは自嘲するように笑った。

アル・スペンサーとはどうして一緒に暮す気になったの？

コーヒーハウスのテラスに突き刺さる白い日射しを眺めながら、シナが訊いた。

あのひとが私をとても愛してくれたから、とメイシェンは、自分の足の爪先を見ながら答えた。とても不思議な愛し方だけど。

彼女はグラスの中味を飲み干して空にする。

それまで、人にほんとうに愛されたことってありませんでしたから。可愛がってもらったことは何度もあるけど、わかるでしょう？　あの、同じものをもう一杯頂いてもいいかしら？

どうぞ、とシナ。

メイシェンが奥へ手を上げて合図する。足音をたてずに、ウェイトレスがやってくる。背筋をピンと張り、顎を胸に引きつけて、メイシェンが飲み物の名を告げる。そうした一連の仕種には圧倒的な気品が溢れている。しかしその気品がどこからくるのか、シナにはわからなかった。

人っておかしなものです、とメイシェンが溜息のように再び喋る。愛されると、いつしかそれと同じ量だけ愛し返すようになるみたい。そうじゃないかしら？　もしかしたら私がそれまで真に人に愛された経験がなかったからかもしれないけど。

シナはベトナム人の女の顔をじっと見る。もしこれまでの彼女の言葉が全て真実なら、そうした過去の体験から来る汚れも疲れも、全然そこに表われてはいなかった。ふっくらとして赤味の射した頬と、少し尖った感じの小さな顎、夢見るような瞳などから、彼女はほとんど幸福そうにさえ見える。

私も夫に対して愛情を抱いている、とシナは胸の中で独りごちた。ただし、非常に硬直しているけど。硬直しているのは主として肉体の一部だった。しかし肝心の部分が硬直していると、結局全部が無器用に射すくまれてしまうのだ。動作も、眼ざしも、言葉も、声すら、ぎしぎしと軋んだようになってしまう。すなわち全身的な硬直状態に波及する。

アルは私を愛すると同時に、同じくらいの量で私を憎んでいるでしょう、とこともなげにメイシェンが話し続ける。すでにおわかりだと思うけど。アルは私を恥じているの。本来なら唾棄《だき》すべき女を愛した自分を、彼は恥じているの。アルをそういう立場に追いやった私を、だから憎むのはわからないでもないんです。

私も時々アルを憎みます。アルが私を憎むと同じ量だけ、彼が憎いから。

そこでメイシェンは、美しい指先で額を揉むような仕種をした。それから上眼づかいにシナを見て、ひっそりと笑った。彼女の中の憎しみの感情が逆に彼女の仕種を優しくしているように、シナには思えた。

出かけましょうか、と彼女が言った。お嬢さんたちのお土産に、とてもいいものがあるわ、ご案内します。

その店へはタクシーで十五分かかった。黒い一枚ガラスをはめこんだ扉の上に、小さく金色で英語と中国語の店名が書かれていることから見て、高級品を扱う店らしいとシナは感じた。

実際に、そうだった。おびただしい金製品の並んだ大きなガラスのショーケースが五つばかりあって、その背後に店員がなぜか二人ずついた。店内には他に客はなく、がらんとしており、ガラスのショーケースだけがやけに明るく照り輝いている。

店員の何人かが愛想よくうなずいて、口々にハローとか、中には日本語で、いらっしゃいましぇとか、今日はとか言った。シナは、そういう愛想のよい数人より、そっぽをむいていたり、横眼でこちらの挙動を盗み見たり、あきらかに敵意をこめてじっと凝視する店員の眼の方が余計に気になった。

まとわりつく店員たちにはかまわず、メイシェンは店内を一通り素早く物色して回ると、右手奥のコーナーへシナの腕をとって案内していった。

そこはいわゆる比較的値の張らない土産物のコーナーらしく、プライス表《カード》の〇《ゼロ》がひとつふたつ、あるいは三つばかり少なかった。

メイシェンがショーウィンドウの中を指して店員に取り出させたのは金色の蘭の小花のペンダントだった。

生きた蘭の花を、22金の中に浸《ディップ》したものです、と、男の店員が英語で言い、すぐに日本語で、22金よ、めずらしいね、本物の22金見たことないでしょが、と続けた。

でもメッキでしょう、とシナが受け答えすると、本物欲しいか？　と手首にそっと指をかけた。全部22金の本物、あっちにたくさんある。

お嬢さんたちのお土産を探しているのよ、とメイシェンが鋭く言った。店員の指がシナの手首から離れる。

これどうかしら？　シンガポールといえば、まずこの蘭のペンダントなんだけど。

値段はまずまずだった。金メッキの下に本物の生きた花が隠されているという発想を、娘たちは面白がるだろう、とシナは思った。

素敵ね、とてもきれい、とシナがうなずいた。米ドルに換算しておおよその額を取り出すと、メイシェンがそれを横から取り上げ、幾らにまける？　とニコリともせず店員に訊いた。

もうすでにディスカウントしてある値段ですからね、

と彼が渋ると、どこそこでこれより四米ドル安く売っているのを知っているわ、と人が変ったように脅かした。店員が苦笑して、その中間の値を言った。メイシェンは首をふり、広東語で早口に何事かまくしたてた。結局、メイシェンの言い値が通って、彼女はシナのために二つのペンダントを八ドル安く手に入れた。

売り子が小箱に包んでいる間、メイシェンは店内のショーケースの中を熱心に見て回った。シナも、それほどに熱心ではないが、近くのケースの中を覗いて、待った。

奥のケースの前で、彼女が何事か店員を相手に話し始める。ケースの中から、いくつか純金製らしいチェーンのネックレスが取り出されて、メイシェンの前の黒いヴェルヴェットの台に、並べられる。

売り子から包み終った二つの小箱を受けとると、シナはメイシェンに近づいていき、彼女が手にした、いかにもずっしりと重たげなチェーンのネックレスを、横から眺めた。

22金製ね、これ。全部本物、シンガポールだけよ、22金のチェーン、とても珍しい、いつでも、買った値段で引きとるよ、とても得ね。日本で売れば、二倍よ。店員がとめどなく鳥のように囀る。

メイシェンは、鏡の中を覗きこんで、手にしたいかにも目方のありそうな太いチェーンを、首にもっていく。店員がすかさず手を貸して、止め金を止めるのを手伝った。

ヴェリ・グッド、といつのまにか姿を現わした支配人らしい男ができるだけ威厳をこめて言った。

イエス・ヴェリ・グッド。メイシェン・ソテは鸚鵡《おうむ》返しに呟いた。少し上の空だった。ヴェリ・グッド・インディード。

一瞬、沈黙が店内に流れた。誰も彼もが鏡の中の自分の胸元をみつめているメイシェンを眺めていた。メイシェンは、わずかに蒼ざめているように見えた。顔はほとんど無表情だった。

これ、頂くわ、と彼女は言った。奇妙に掠れた囁くような声だった。

ふいに店内の緊張が解かれ、何人かの店員が弾かれたように彼女の回りを取りかこんだ。直ちに笑いが戻り、メイシェンもまた微笑していた。

彼女のほっそりとした首からチェーンがいったん外された時、小さなプライスカードの数字がシナの眼に映った。3900と読めた。米ドルにして約1900ドル、円にすれば五十五万というところか。

そしてメイシェンは再び非常な熱意をこめて値段の交渉に入る。最初は英語と広東語でやっていたのが、夢中になるとフランス語が混じったりした。脇目もふらずに相手の眼だけをみつめて、相手の言い値に耳を傾け、首をふる。人間がすっかり違ってしまったような、図太さが滲みでている。ここにきてようやく人生の荒波、底辺をくぐりぬけてきた一人の女のすさんだ素顔が、彷彿と浮き上がっていた。

そんな値じゃ買えないわよ、何も知らないと思って馬鹿にしないでちょうだい。いえ、だめよ、とても妥協できないね。いったん突き放して、腰に手をあて肩を揺する。支配人が値踏みするように彼女を眺めて、カリキュレーターに新たな数字を打ちこむ。覗きこんで、頭を振るメイシェン。いったいどうしたって言うの、オーキット通りのヤァンファンのところなら、それよりまだ二割は引くよ。

ではヤァンファンのところへ行くことですなと、支配人が数字をゼロにする。メイシェンが何事か広東語で言う。なだめるような声。カリキュレーターの上に再び数字が弾きだされる。メイシェンがしきりに指先で下唇をつまみだす。何時でも換金できるって言ったわね？　値上がりはどうなの、金は上がるでしょう。交渉は延々と続く。

その結果、驚いたことに四割のディスカウントが成立していた。最終的にU.S.$1170と示された日本製のカリキュレーターの数字を、わざわざシナに示して、ようやくメイシェンは強張っていた頰の筋肉を緩めて、勝ちほこったような、それでいて少し恥かしげな微笑を浮べた。

Smart lady《スマート・レイディー》, she is.と、支配人は溜息まじりにしきりと頭を振りたてたが、本心はそれほどまいっているふうでもなかった。狐と狸の化かしあいなのだ。全くこんな値で手放したんじゃ、商売もなにもあったものではありませんな、と彼は今度はシナにむかって嘆いた。

女の売り子が、買い物を包もうとする背中へ、メイシェンの声が飛んだ。

今すぐ包まなくてもいいのよ、あとでまた取りに来るから。なに気ない、普通の声だった。

何人かの人間がたじろぐ気配があった。

そんな大金をしょっ中持ち歩いているわけじゃないわ、とメイシェンはごくにこやかに言った。内金がいるんなら、その分は払ってもいいけど。

内金を頂きましょうと、支配人が慇懃に、しかし押しつけがましい口調で言った。

幾ら払ったらいいの?

十パーセントばかり、頂きましょうか。

いいわ、十パーセント置いていくわ。

そう言って、肩にかけた小さなポシェットの中に手を突っこんで、二つ折りにしたシンガポールの紙幣を取り出した。

注意深く紙幣を数えている途中で、彼女はふと指の動きを止めると、急に思いついたように、少し離れたところで別のショーケースの中のルビーの細工品を覗きこんでいるシナにむかって、声をかけた。

ねえ、シナ、と彼女はとても明るい調子で言った。その声には店中の店員たちの耳をそばだてさせるとびぬけた陽気さが含まれていた。あなたもしかして、持ち合わせがないかしら?

ある者は無関心を装って眼を伏せていたが、ほとんどの店員が、眼の隅でシナの言動を見守っているのが感じられた。その中で一人、メイシェンだけが、ほとんど楽し気に、改めて手の中の内金を最初から数え直し始める。その屈託のない様子からは、断ってくれてもいいのよ、私はどちらでもいっこうにかまわないんだけど、とでもいうようなノンシャランな感じさえ漂っている。

にもかかわらず、シナは自分にはノーの一言が言えないだろうと、絶望的に予感していた。罠にはまったような、腹立たしさが胃を締めつけていた。もっと別のことで——たとえば今腕にしているカルチェの時計を貸してくれとか、ドレスが素敵だから拝借できないかしら、とか、ブローチとか、もっと高価な、車とか、週末の別荘を使わせてくれと、誰かが彼女に頼んだとしたら、そして、たまたま彼女にその気がなければ、シナはきっぱりと断るだけの強さを持ち合わせた人間だった。ご免なさい、この時計は十回目の結婚記念に夫からもらった大事なものだからとか、いいえ、悪いけど、自分が一度身につけたものを人に貸したくないのよとか、車は使うから貸せないとか、今度の週末は海の家へお客を呼んでいるから使わせてあげることが出来ないのだとか、きちんと理由を言って断ることは、何の造作もいらないことだった。

しかし事お金に関するかぎり、彼女はあまりにも無防備なのであった。過去幾度もそういう事があり、金額の大小を問わず乞われるたびに断りきれずに必ず貸してきた。むろん手元になければ話は別だ。なければ、あっさりとないと言える。しかし、あるのにないと嘘をつくことは出来なかった。一度だけ、あまり親しいとは言えない知人の頼みがどうしても断りきれなくて、手元にも、普通預金にも自由になるお金がなくて、たいした額でもなかったが定期預金を崩してまで貸し与えたことがあった。シナは、お金を用立ててもらえないかとか、ちょっと借用できないかとか言われる時、まるで借金を申しこむのが彼女自身であるかのように、うろたえて、しどろもどろになり、ほとんど恥入りながら相手の申し出に従うのだった。なぜだか自分でもよくわからない。おそらく、どんな理由であれ、他人に用立てを申し込む時、人が覚えるであろう屈辱――掌に汗をかくような感じ――そうした思いを相手にちょっとでも味わわせたことで、シナの方が逆に後ろめたいような感じに襲われてしまうからなのだろう。そして、しどろもどろにうろたえるのは、自分が望みもしなかった強者の立場――貸す立場に、否応なしに追い込まれるからだった。水平だったシーソーのバランスがあっという間に崩れて、足が地面から浮き上がり宙に浮いてしまう感じ。冷たい一滴の汗が背骨にそってしたたり落ちる感じ。

むろん以上のようなことは、一瞬の間にシナの脳裡を過ったのにすぎない。

ええ、メイシェン、私、お役に立てると思うわ。掠れてもいなければ、憂鬱そうでもなく、かと言って喜びさんでという調子でもなく、つまりごく普通の声で、シナはそう答えた。

まあ、よかった、すみません、シナ。でも助かるわ、ここまでもう一度家からタクシーを飛ばしてくるとなると、ほんとうに大変なんですもの。

いいのよ、全然かまわないわ。

ほんとうにご親切ね、でもすぐにホテルに返しに上がるわ。ホテルなら車で十分ほどの距離ですから。

あまり急がなくても結構よ、私たち明日の十一時までいますから。

アルたちがホテルのライターズ・バーにいるとか言っていませんでした？　ちょうどいいわ、お借りしたものをお返しして、あまり飲み過ぎないうちに彼を引っぱって帰らなくちゃ。メイシェンは浮き浮きと売り子にむき直った。じゃそれ、こっちにちょうだい、いいえ、包まないで。首につけて行きたいの。

メイシェンが陽気に嬉々とすればするほど、反対にシナの気分は重く沈んでいった。厭な胸騒ぎで吐き気さえした。メイシェンの家に千ドル以上の現金が用意されているとは思えなかった。お金に対する昼食時のアルの苦々しい反応と考え合わせると、メイシェンがこともなげに請負った言葉など、全く信用ならなかった。それに土曜日の午後三時近くまで開いている銀行など、なかった。

にもかかわらずシナは、財布の中から百ドル紙幣を十二枚取り出して、支配人の前に置いた。フィルの顔が瞼に浮んだ。夫は絶対に現在の私の心境を理解しないだろう、とシナは思った。自分自身でさえ理解できないのだから。

しかし領収書を改める時も、お釣りを数える際も、シナは冷静だった。先刻の吐き気を催すような胸騒ぎは依然としてあったが、そのために動揺することはもはやなかった。領収書と一緒に添えられた保証書のようなものをメイシェンに渡す時、ほんのわずかだけ躊躇したが、それも相手には気づかれなかったはずだ。

メイシェン・ソテとは、その貴金属店の前で別れた。お金をたてかえてもらったお礼に、ちょっと何かプレゼントを探して帰りたいのだと、彼女が言ったので、シナは、そんなこと心配しないでちょうだいと答え、ちょうど眼の前で停まったタクシーが客を下ろしたので、それに乗りこんで、さようなら、と言ったのだった。

さよなら。メイシェンは顔の前で手をひらひらと振った。それから、またあとでね、と走り出したタクシーのあとを二、三歩追うような動作をして、叫んだ。細長い首の周囲に不自然なほど黄色く輝く太いチェーンが巻きついているのが、最後にシナの瞼に焼きついた。そのいかにも重たげな金属のせいで、メイシェンの首はいっそう細く、弱々しく見えた。シナは運転手にラッフルズへ、と伝えると、座席に背をあずけて通りにぼんやりと視線を投げかけた。漢字がたくさん眼についたが、どれも意味をなさないまま流れ過ぎた。泣きたいような笑いたいような衝動が、腹の底から規則的に突き上げてきたが、自分が泣きたいのか笑い出したいのかわからなかった。そこでシナは眼をすっかり閉じて車の揺れに体をまかせた。

五時を過ぎると、ホテルルームの窓から射しこむ光は、だいぶ黄色味を帯び始める。空の一部が薄紫色に染まっていた。メイシェンからの連絡はまだない。

なくても少しも意外ではないが、時間がたつにつれて自己嘲笑が噯気《おくび》のように胸に突き上げてくるのには、ひどくまいる。とっくにライターズ・バーでフィルたちに合流しているのかもしれないと考えることもできるが、それもシナは期待していない。

ホテルに帰り着くと直接自分の部屋に上がってしまい、バーは覗かなかった。一時間ばかり古ぼけたクーラーの風にあたりながら、彼女はつとめてあのベトナム人の女のことを考えまいとして、かわりにRのことをあれこれ思い描こうとした。

ぼくがタイプライターにむかって言葉を打ちつけるのは、自分を空っぽにするためだよ、と彼は言う。

女って動物は、まったくわけがわからんよ、とアルが言う。

ほんとうに空っぽになるのかしら、自分の中に何もなくなっちゃうなんて、そんな恐ろしいこと起るかしら？

いつかはね、無尽蔵じゃないんだからな。もし無尽蔵に言葉があるとすれば、最初から書く気は起らないだろうしね。

海が見たいわ。メイシェンがだしぬけに叫ぶ。ああ、あの女《ひと》は南仏へ発《た》つんだわ、とシナがベッドの上で弾かれたように起き上がる。あの貴金属店にとんぼ返りして、チェーンのネックレスの払い戻しを請求しているメイシェンの姿が、まざまざと浮んだ。私が見たいのは南仏の海だけ、泳いでも渡るわ、その時は歯ブラシ一本だけ持って。そう言って、立ったまま彼女は煙草を喫った。とても頽廃的でそしてとても美しいポーズで。シナは籐でできたドレッサーに組みこまれた鏡の中の自分の顔を呆然とみつめた。鏡の表面が平らでないためか、顔が横に引き伸ばされて、平たく見える。平面的な造作のメイシェンの顔がそこに重なる。アルのそばにいると時々胸苦しくなるのよ、と彼女が呟く。

シナは再び仰向けに、ベッドの上に倒れこむ。少しして、ベッドサイドの電話に手を伸ばしかけ、そして思い止《とど》まる。思いは千々に乱れる。

自分の中が空っぽになってしまったら、どうするのR？

ヘミングウェイがやったのと同じことをやるさ。Rはこともなげに言って、人指し指をこめかみにあてて、中指で引き金を引く真似をする。

私は貴金属店で、すでにこのことを予感していたんだわ、とシナは思った。でなければ、彼女にお金を用立てながら、あんなに無力感に襲われるはずはなかったのだから。

フィル？

うん？

覚えているかしら、ずっと前に私が書きたいと言ったこと？

忘れてはいないよ。まさかボクらのことを書くんじゃあるまいね、とぼくはきみをからかった。

そうよ、そして私がまさか、と笑ったわ。

それがどうしたの？

私にやれると思う？

何が？

だから書くことよ。

シナは寝返りを打って、額を枕に埋める。

もう遅い。私はおそらく二時間前にメイシェンの逃亡に加担してしまっていたのだ。恐ろしいことは、それを漠然と予期しながら、手を貸したこと。

厭なことを言わないでちょうだい、R、あなたが自殺したらどうやって私は生きのびたらいいの？　ちゃんと生きのびられることを識っていて、シナは叫ぶ。

簡単さ、ぼくに出逢う前のきみに戻ればいい。

もう出逢っちゃったんだから、元の私には戻れないわ、わかっているくせに。

あいつは人の女房専門の泥棒野郎だからな、近づかんのにこしたことはない。

誰が？

Rだよ、知らんのか、有名な話だったじゃないか。

知らないね、だいたいぼくは他人の言動などに興味がないんだ。フィル、フィル、無防備なフィル。

シナは起き上がると浴室に入ってシャワーを浴び始める。生温い水が出るだけで、いつまでたっても熱くならない。生温いくらいなら水の方がましだと思い、水道の蛇口をひねると、今度は水がちっとも冷たくない。結局同じことなのだわ、とシナはさっと体を洗って、昼前フィルが気に入らないと言ったドレスに、着替えた。夫がどう思おうと、少しもかまわない気持だった。少なくとも人前で妻の服装を批難することはない。後で二人になった時こっぴどく言われるだけのことだ。

濡れた髪の始末に困ったが、首の後ろで軽く束ねることにして、彼女はパティオの先にあるライターズ・バーへ向った。

サマセット・モームに敬意を表してその名をつけられたバーの中は、皮革と煙草と、室内の古いものたち——皮革張りの椅子や、傷だらけのテーブルや、いかにも時代がかった不細工なイギリスのチェストとか、すり切れて模様も色もあせてしまったトルコ絨毯とか、黄ばんだ仰々しいシャンデリアとか——そういったものが放つ一種独得の臭気があった。

フィルとアルは、くすんだカウンターの足かけに片足ずつかけた似たようなポーズで、ビールのジョッキを抱えこんでいた。

これはこれは、とシナの姿を認めるなり、アルが両手を広げた。見違えるように美しい。ドレスのせいかな。

フィルは露骨に嫌な顔をしたが、黙っている。

メイシェンは？　一緒だと思ったけど。

三時に別れたんだけど。バーミラーの中に映る自分の姿にむかって、シナは答えた。

シナ、メイシェンのことを、どう思う？　彼女がバーの椅子に腰かけるのに手を貸しながら、アルが何の前置きもなしに訊いた。

私があの人《ひと》をどう思うかですって？　と相手の問いかけをくり返して時間をかせいだ後、シナは答えた。あなたの質問の意図が不明だから、どう答えるべきかわからないわ。

賢明な答えだな、シナ。アルはそれきり憂鬱そうに口をつぐんだ。

子供たちのお土産は何かみつかった？　とフィルが妻の大きくくれたむきだしの背中をちらちら見ながら、訊いた。

ええ、メイシェンがとてもいいものをみつけてくれたの、あとで見る？　ランの花に金をかけたものなのよ。

メッキだろうね？

ランは生きた本物で金は22金なの。

もちろんよ。

それで安心したよ。何か飲むかい？

ウォツカ・トニックを頂くわ。

フィルがバーテンダーに妻の注文を伝える。

メイシェンは、またしても遅れて現われるって寸法だな、と今度はアルにむかって、言う。

来ないかもしれないよ、昼に少し言い過ぎたからな。舌の先で前歯をしごきながら、アルが呟く。

そうだな、あれは言い過ぎだった、とフィル。二人とも大分アルコールが入っている。

この辺が潮時かな、とアル。

うん、潮時だな。

疲れたよ。そろそろ落ち着きたいと考えているんだ。

覚悟はできているのかい？　結婚なんてものはうんざりしながら果てしなく続く地獄だぞ。

それもまた、別の地獄ってことだな。火の河から針の筵《むしろ》に場所を変えるだけかもしれんな。しかしまあ、気分転換くらいにはなるだろう。

気分転換ねえ。

とめどもない会話が、とぎれとぎれに続いていた。アルが二度、自宅に電話を入れたが二度とも不在だった。一度目の時には、メイシェンはこっちに向っているのだろうとアルは言ったが、二度目には何も言わなかった。

八時になると、キョンホに電話してみるよ、とアルはバーを出て行ったが、浮かぬ表情で戻ってくるなり、会計を精算しながら言った。

悪いが失礼するよ。キョンホのところにも何も連絡がないらしいんだ。案外不貞腐れて寝てるのかもしれんがね。

そのあたりが正解かもしれないね、とフィルが同情しながら呟いた。

とにかく、帰ってみるよ。

じゃ、またなアル。逢えて嬉しかった。後で電話をくれないか、ぼくたちもメイシェンのことが気になるからね、明日の朝でいいよ、なあに、映画でも観てフラリと帰ってくるさ。

かもしれん。

最後まで浮かぬ顔のまま、アルは出ていった。背中のあたりに疲れと孤独感が滲んでいた。

その夜遅く彼から電話があり、薄暗闇の中でフィルが受話器をとった。

それでどうするつもりだ、アル？　相手の言葉に耳を傾けていたフィルが沈んだ口調でそう訊いた。

……。そうか、まあもう少し様子をみることだな。再び受話器の中に聞き耳をたてるフィル。

まさか。どうしてそんなことを考えるんだい、アル。何か失くなっている？　たとえばスーツケースとか身の回りのものとか。……。それなら、別に心配はないさ。

……。うん、と思うよ、ぼくも。

シナは夫に背を向けると、横たわったまま、ベランダに通じる蚊よけのカーテンを眺めた。浴室は見たの、アル？　何か変ったことはない？　メイシェンの歯ブラシが残っているかどうか調べてみた？　フィルがそっと受話器を置いた。シナは仄白いカーテンから眼を逸らせた。

　メイシェンは、やっぱり戻っていない、と彼が妻に言った。どこへ行ったんだろう。

　多分、南仏じゃないかしら、とシナは立ったまま煙草を喫っていたメイシェンの姿を思い浮べながら、呟いた。

　どうして南仏だなんて思うんだ？

　さあ、どうしてかしら。ただなんとなく、そう思っただけよ、フィル。

　シナはそう言って、寝返りを打って夫に背をむけた。彼に自分の知るかぎりの事実を告げなければならなかったが、すぐにはその気になれなかった。真夜中に一戦交えるだけの気力がなかった。それに何ひとつ、確かなことなんてないのだし。チェック・アウトする明日の十一時まではまだ時間があるし、メイシェンが貸したお金をかき集めて息せき切って現われないとも限らない。

　シナはうとうとしながら、一度も見たこともないアルの家の洗面所の風景を思い描いた。メイシェン・ソテの歯ブラシは、おそらく失くなっているだろうと、彼女は思った。

Ｖ　熱い風

夜が明けかけていた。

　空がわずかに白み、シナは薄墨色の曙光に椰子の長い幹が次第に浮び上がってくるのを見守っていた。彼女が横たわっている位置からは数本のココ椰子の幹と、少し離れた位置にある背の低い孔雀椰子の葉の一部が見えるだけだ。

　光が増すにしたがって、椰子の葉のそよぐ具合から風があるらしいのがわかる。やがて日が背後の丘陵のどこかに昇りだすと、微風に揺れるぎざぎざの葉は透き通るように鮮やかな緑――本来の色彩を取り戻し、駱駝《らくだ》の皮膚を思わせる毛ばだった幹がくっきりと輪郭を現わした。

　ベッドから起き上がるとシナは素足のまま薄いローンのシャツを肩にひっかけて、シーツの上に俯せになって眠っている夫を起さないように部屋を横切り、蚊よけのガーゼ地のカーテンをくぐりぬけると、小さなベランダに通じるベイウィンドウを押し開けた。

　ベランダに立つと、濡れた芝草や羊歯《しだ》類、苔などの匂いに混じって、南の国の花々のうっとりするような甘い香りがした。そして湿った熱い空気。熱帯特有の酷暑は午前六時にはすでにその狂暴な黄色い顔を覗かせている。

湿った生温かい風がベイウィンドウの中に素早く押し入り、今では形だけでたいした役には立たない蚊よけのカーテンを白いスピニカのように膨らませる。その向うでフィルがゆっくりと寝返りを打つのが見えた。シナは窓を閉じて、部屋の中にそれ以上不快な風が入りこまないようにする。フィルも昨夜はあまり寝ていないはずだった。極端に寝不足だと、男の不機嫌さは女の手にあまるものがあるから、できるだけ長く眠らせておくのに、こしたことはない。

シナ自身はウトウトとしかけたら、夜鳥の鳴き声で起されてしまった。それはどこかヒステリックな子供の笑い声を連想させるけたたましい鳴き声で、時計を見たら午前三時だった。一時間ばかり夜鳥の無気味な笑い声に耳を澄ましているうちに、それが不意に止み、止んだかと思うと今度は夥しい数の小鳥たちの囀りに変った。小鳥の囀りの合唱は日の出まで続いて、太陽が昇るとそれきりひっそりと止んでしまったのだった。

時間とともに取り返しのつかない思いが募っていく。無意識に腕時計へ眼をやり、その少し前に同じことをしてからまだ二分もたっていないことに愕然として、白いペンキを塗った木製のデッキチェアに腰を落した。

熱波が首筋から肩を包みこむ。男の舌のように皮膚にまといつく生温かい感触。気懈くて、とてもわずかだが吐き気を誘う。

ベイウィンドウの内側に、とろっとした感じで半透明のカーテンがぶら下がり、そのむこうに上半身裸のフィルの寝姿が見えていた。なにもかも曝《さら》け出し、無防備なまでにむき出しの感じが漂う寝姿だ。腰を少し右寄りにひねるようにして、パジャマの尻を子供のように突き出して。シナは彼に近づき、自分の下腹を夫のその部分にそっと貼りつけたいという欲望にかられて、眼を閉じる。

欲望に身を委ねるよりは、その欲望を消し去ることの方を、シナは好む。けれどもその朝、まだ始まったばかりの酷暑と気懈さと軽い吐き気、そしてめまいなどの中で、その欲望にかられた状態のまま、長いこと半ば金縛りにあったように身動きもしなかった。

彼女はずっと窓の中の夫の寝姿から視線を逸らさなかった。あそこに男がいるんだわ、とシナは胸の内で呟いた。しかも私が歩いて行って揺り起し、愛してちょうだいと頼んだら、少しは苦笑するかもしれないけど、結局は愛してくれる男がいるのだ。

けれども彼は夫であってRではない。昼食の最中、サンドイッチを摑んでいたその手をいきなりスカートの中に突っこんだりはしない。そして荒々しく肌をまさぐりながら、今、彼女がどんな気分かをこと細かに喋らせたりは、しない。窪みやひだのすみずみまで触れたその同じ手で、再び無造作にサンドイッチを摑んで食べ始めたりなど、死んでも夫はしない。

シナはもう一度腕時計に眼をやり、先刻からまだほんの数分しかたっていないのを知って、眉を顰《ひそ》める。それから不意に立ち上がり、部屋の中へ入り、手の甲でカーテンをさっと払って夫のベッドの上にかがみこむと、あまり手ごころを加えずに彼を揺り起した。

眠りからゆっくりと覚めつつある彼の瞳に、焦点が定まるのを見るやいなや、ベッドの片隅に腰をかけて彼女は前日の午後に起ったことを唐突に、しかし想像や推量を混じえずに、すっかり話してしまった。

フィルの最初の反応は、"Christ《なんだって》, Shina, I can't believe it!"だった。

しかし彼はシナの予想に反して、いきなり喚き散らすかわりに、信じられない《アイ・カント・ビリーヴ・イト》を連発した後、その件に関しては一言も喋らず、妻をうながして朝食を取るために階下の食堂に降りていった。例によって一日遅れのザ・タイムズからほとんど一度も顔を上げずに、いつもと同じものをいつもと同じペースで食べたのだった。

変ったことと言ったら、食事の途中で紅茶ではなくコーヒーに変更してくれるよう給仕に頼んだことくらいで、そのコーヒーが運ばれてくると、彼は新聞をきちんと畳んで脇に置き、クリームと砂糖を入れながら、二つ三つ昨日の行動について妻に質問をして、シナがそれに答えると、それきり黙ってコーヒーを飲み始めた。シナは夫の喉元の青いネクタイを眺め、その朝にかぎり、夫のネクタイを暑苦しいだろうにと秘かに軽蔑するかわりに、なんとなく嬉しいような、ほっとした思いを味わった。

冷房のきいた部屋に、どちらからともなく連れ立って戻っていく途中で、Rとだと一緒に歩きなれていないせいで、ホテルの廊下やアパートのホールを共に通るような時、始終ぎこちなく体が触れあうことを思いだし、夫とはそういうことがないのがその朝に限りひどく奇妙な感じだった。

部屋に入ると、フィルはまっすぐにベッドサイドの電話に向った。

けれども、受話器に伸ばしかけた手をそのまま宙に止めて、動きが止まった。

なぜ昨日《きのう》、すぐにも話してくれなかったんだ？　と、フィルは籐製のドレッサーの上の細々としたものをスーツケースの中へ収《しま》いこんでいる妻を、しげしげと眺めながら、詰問するというよりは、なだめるような響きのある声で、そう訊いた。

シナは鏡の中の夫の視線を捉えて、瞬間いかにも途方に暮れた表情をしたが、何も言わなかった。

今さら、アルに何て言ったらいいんだい、ぼくは？

妻が黙っているので、夫は急に苛立って言った。きみがしでかしたこのとてつもない顚末《てんまつ》の尻ぬぐいを、なんだってこのぼくがしなければならないんだ？　それもぎりぎりの今になってだぞ。

いったん口をついて出ると、フィルの叱責は止《とど》まることを知らなかった。シナはむしろほっとした。何時ものパターン。夫が憤慨して、妻はただ肩をすぼめる。三十四万も騙し盗《と》られたって？　一ヵ月の我々夫婦の生活費じゃないか、あるいは二ヵ月分の娘たちの授業料だぜ。しかたがなかったのよ、フィル。しかたがなかった⁉

フィルの声が一段と高くなって金属音を帯びる。

問題はそんなことじゃない、と彼がひどく努力して気持を抑え、始めにもどる。むろん三十四万は大金には違いないが、今一番問題なのは、メイシェンがどこにいるかだ。わからないわ。きみは、どこにいると思う？　だからわからないわ、何ひとつ確かなことなんてないんですもの。それよりアルに知らせたら？　アルなら見当がつくかもしれないわ。アルに知らせたら、だって？　今さらかい？　ぼくがかい？　このぼくがこの段になってアルに知らせるのかい？　じゃ私が言うわ、とシナが電話に向う。待てよ、よく考えるんだ。何を考えるのよ、フィル、もうあまり時間がないのよ。とにかく待てよ、と、いつのまにかフィルの方が守勢に回っている。そのことにすぐに気づいて、彼が口の中でたて続けに悪態をついた。二人はベッドをはさんで、敵のように睨みあう。

考えるんだ、シナ、と、フィルが努力して辛抱強い調子で言って、またしてもふり出しに戻った。

メイシェンが言ったこととか、ふと漏らした言葉とか、何でもいい、思い出すんだ。何も思い出せないわ、フィル。愚かなことを言うものじゃない、きみは大金を騙し盗られたんだぞ。でもまだ盗られたとは限らないじゃないの、今からだって来ないとは言えないじゃないの。いや来ないね。

　その時電話が鳴る。二人はギクリとして顔を見合わせた。六回目の呼び出しの後フィルが受話器を外して耳に押しあてる。もしもし……。送話口を手で押さえておいて、唇の動きだけで、ア・ルと妻に伝える。……うん、わかった、いやぼくたちはここにいる、……ああ、そうするよ。……いや十一時だ。飛行機は二時だよ……、とんでもない、かまわないよ。きみこそ災難だな。じゃ、失礼するよ。フィルは電話を、重い錨《いかり》でも下ろすように、元へ置く。室内は涼しいのに額に汗が浮いている。

　なぜアルに金のネックレスのこと言わなかったの？　フィルはそれには答えず、キョンホという女のアパートへ行ってみるそうだ、メイシェンの古くからの女友だちだそうだから、と言った。どうやらキョンホが何か隠しているらしいと、アルは考えているみたいだな。

　でもどうして、あなた、アルにメイシェンのこと話さなかったの？　さあ、どうしてだろう、とフィルは自分の両手を眺める。ぼくにもわからない。フィルはまるでその重荷を一人で背負ってしまったかのように肩を落し、途方にくれた少年のような姿勢でベッドの端に浅く腰かけている。長すぎる脚をひどく窮屈そうに折り曲げたまま、身じろぎもしない。

　シナはドレッサーを離れてゆっくりと夫に歩み寄り、そっと髪の毛の中に両手を差しこむようにすると、ごめんなさいね、と小声で言った。あなたを共犯にするつもりはなかったのよ。

　フィルは暗い眼のまま、額を妻の下腹のあたりに押しつけて項垂《うなだ》れる。彼女はあたかも夫の頭を何かから守るとでもいうように、自分の下腹部にしっかりと抱えこむ。温かい、微かに湿った息が、布地を通して感じられた。私の息子。シナの仕種が、スカートにまとわりつく小さな男の子を扱う母親のそれになる。彼女は夫の頭を、広々となだらかな丸《まろ》みをもつ温かい下腹に抱えこんだまま、なだめるように、あくまでもやさしく、ゆっくりと揺すってやる。揺すりながら、シナはRを思う。タイプライターから離れたRの視線が、不意にシナを捉えたりする時のこと。初めの何秒かは、頭にアルファベットが一杯つまっているために、上の空に見える。やがて焦点が合い、改めてシナに気づいて、おいでと叫ぶ。視線で。

　この頁が一段落するまで、済まないけど待っていてくれる？　と彼に言われて、おあずけを喰らった犬みたいに待っていたのに、彼女はわざとのろのろと腰を上げる。早く、とRがはやばやと猛々しくなった表情で急《せ》かせる。回転椅子に坐ったまま、Rは腕をシナの腰に絡ませて、彼女の下腹に顔を埋める。スカートの上から、熱い湿った息をまるで煙草を喫う時夢中でドーナッツ型の煙を吐き出す時みたいに、何度も何度も吹きかけておいて、それからいきなり窪みに歯をあてる。スカートの布地を通してRの固い歯がしっかりとシナに喰いつく。そこに咬《か》みついたままRが眼だけ上げて、シナを見上げる。勝ち誇ったような、残忍な笑いを浮べながら。こと愛に関するかぎりすべてがエロティックだと言ったのは誰だったろう？　実際に見上げているのはフィルの捉えどころのない悲しげな茶色い瞳だ。ぼくたちは遠くに来すぎちまったな、とシナの息子は呟く。欲望もなく、激しさもなく、男のようでもなく……いつのまにか自分にあまりにもよく似てしまった同類を、蛭《ひる》のように腹の丸みに吸いつかせて、シナは呟き返す。えっ、何て言ったの？　お互いの人生を混ぜ合わせ、そこから出て行けない二人。勇気さえあったなら――サトコのように絶叫して、自らの手で叩き壊す強さがあったなら。そうだ、彼女は気づいていないのだ、あの破綻は彼女自ら作り出してしまったということに。意識の深いどこかでサトコ自身が求めた結末だということに。強い女《ひと》。そしてメイシェンも、アルの人生から、後足で砂を掛けるようにして、出て行った。一方では断ち切れない絆《きずな》の重み。腐って悪臭を放つ壊疽《えそ》のように、メスで切り落せるものならそうしたい。しかしシナもフィルも、サトコの夫のように、ぼくの人生から出て行ってくれとは、現在も将来も決して言えないのに違いない。あるいは、私の人生から出て行ってとも。メイシェンのように、ある日突然いなくなる。それも相手を自分の人生から締め出すことには、変りはない。その種の強さも残忍さもない二人は、旅先のホテルの一室で欲望もなく抱きあう。

Rは回転椅子に坐ったまま、椅子ごと彼女をタイプライターのおいてある机の横の壁に押していく。背中に壁、シナを開いた脚の間にしっかりと捉えておいて、彼は彼女のスカートをたくしあげる。親指を下にして渇いて熱い手がゆるやかに螺旋《らせん》を描きながら、下腹を降りていく。なんという長い道中。やがて、Rの親指が探し求めていたものを見つけ、もみつぶしにかかる。茂みのふちを舌が這いまわり、時々歯を軽くたてる。

次に彼女は笑いながら彼の上に馬乗りに坐って、椅子の上で向いあう。椅子は動かないように背を机の脇に押しつけられる。男の肩に両腕をかけ、手はだらりとしどけなく男の背にそって落ちる。その指先に、タイプライターのキイが軽く触れる。お願いよR、痣《あざ》や歯跡や傷を作らないで。少なくとも眼に触れるところには作らないで。自分だけの奔放な欲情にかりたてられ、ただひたすら、心ゆくまでのめりこむ。Rの肩に歯を立てながら、何も真には映らない眼で、肩ごしにタイプライターのアルファベットを眺める。Rの口が左の乳首を含むのを感じながら、シナの指がキイの中からFの字を探しあてる。Fillと、彼女の指が打つ。Rが乳首を噛み、シナが叫び声をあげる。長い悲鳴のような叫び。それにRの叫びが重なって、そして不意に何もかもが終る。

すこし後、再びタイプにむかってRが不思議そうに言う。このFillっていう文字はなぜここにあるのだろう？

そうだ、バカだなぼくも、なぜこいつをもっと前に思いつかなかったんだろう、とフィルが言って、だしぬけに妻を押しのけた。電話をかけるんだ。きみたちがネックレスを買った店へ問い合わせるんだよ、電話番号を探すんだ、領収書とかそういったものがあるだろう。

興奮している夫の顔を眺めながら、シナは首を振った。でも店の名前は憶えているわ。その名のスペルを言うと、フィルは交換台を呼び出して、その名の店を探して電話をつないでくれるように頼んだ。

いったん切った電話が、折り返し鳴った。フィルが飛びつくようにして受話器をとった。

フィルは名前と立場を名乗り、昨日の妻とその連れの女の件を話してから、メイシェンとおぼしきベトナム女性がその後買った品を返しに来なかったか、と、ていねいに訊ねた。支配人らしい男が途中から替ったので、フィルはまたしても始めから同じことをくりかえした。先方はしばらく返事を渋っていたが、別に警察ざたにするつもりはないのだと伝えると、その女性は出て行ってから三十分以内に戻り、気が変ったからと返金を申し出たという。支配人は余計なことかもしれないが、と断って、お金は先刻の日本人の女性《レディ》のホテルに、店の者に届けさせますよと言ったが、メイシェンはにっこりと笑って、それには及ばない、この足ですぐにホテルへ返しに行くから、と答えたという。店にいた時の二人の女性のやりとりからして、かなり親しそうだったし、ご主人同士も友だちらしいからと判断して、五パーセントの手数料をもらい受けて返金したという。もし不都合なことがあったとしても、当方は責任を負い兼ねると、はっきりと言い足すことも忘れなかった。

あまり君、驚いてもいないようだな、と以上のことを妻に話して聞かせた後、フィルは眉をひそめた。予想していたってわけだな？　そうなのか？　予想していたんだな？

漠然とだけれど、とシナはしぶしぶ答えた。漠然とそう予想したのは、いつのことだ？　と夫は詰問の口調を変えない。

メイシェンがあのチェーンのネックレスを返しに戻るんじゃないかと思ったのは、彼女に用立てを申しこまれ、ええ、いいわよ、お役に立てると思うわと答えたその前後だった。シナはそう夫に言った。

なんだって、それじゃ何もかも承知できみは金を貸したのか？　とフィルが仰天して眼をむいた。それじゃまるで大金を溝《どぶ》へ捨てたも同然じゃないか。

確信があったわけじゃないもの、漠然とそう怪しんだだけよ。シナは絶望する。

今となっては同じことさ。フィルは吐き出すように言った。

いつのまにか、窓から見える空が鉛色の厚い雨雲に覆われていた。スコールの前兆のような黒い雲が西方からものすごい勢いで張り出してきて、鉛色の雲と混じりあうのが見えた。差し迫ったピリピリとする空気が、冷房のきいた部屋の中にいてさえ感じられる。

その金をもって、メイシェンは家出した、とこういうわけだ。フィルは考え考えそう言った。が見方によってはたいした額じゃない。ぼくらのような善良な人間を騙したことを別にすれば詐欺罪で人生を棒に振るに値するほど大それた額ではない。なんだって彼女はそんなことをしたんだろう？

それでもアルから逃げ出すには、充分よ。

こいつはまいったな、とフィルは頭を振った。声に嫌な響きが加わっていた。ぼくが半月、身を削るようにして働いた金だぜ、シナ。そいつをポイと、あのベトナム女にくれてやったというわけだ。アルから逃がしてやるためだって？　しかもぼくに何の相談もなく。さあ、説明してくれ、ちゃんと筋道のたつように最初からきちんと説明してくれ。言い訳や言い逃れはいっさい聞く耳をもたんからな、ぼくの理解のいくようにぼくの金の使い途《みち》を話してくれ、今すぐにだ。

あの女がお金をどう使おうと、そんなことはどうでも良かったの、フィル。信じてもらえないかもしれないけど、咄嗟に断ることができなかったのよ。

むろん信じられないさ、なぜ断れなかったんだ？

わからないわ。たまたま私がそれだけのお金を持っていて、彼女は持っていなかった、そして彼女が私に用立ててくれないか、と訊いて、私はひどく後ろめたい気持にさせられたんだわ。いったいまたそれはどうしてだい、とフィル。わからないのよ。頭の中がかっと熱くなって、私はしどろもどろになってしまって、あの女を憎んでさえいたわ、それでいて頭の一ヵ所は非常に醒めていたのね、その醒めている頭の隅で、メイシェンの企んでいることが漠然と予想できたわ、彼女が私に語って聞かせた幾つかの言葉が、突然符号のようにピタリと合って——南仏とか、キョンホとの一ヵ月のパリのバカンスとか、アルへの憎悪とか——そうしたことが意味することがわかっていながら、私は、お金を貸したの。だから、なぜだ、と聞いているんだよ、さっきから。その答えはもう言ったでしょう、自分でもわからないのよ。そうか、あの金は溝へ捨てたというわけだ、とフィルはもう一度同じ言葉をくりかえした。

でもフィル、とシナは急に開き直るように抗議した。あなたのお父さまの銀行口座に入ったまま眠り続けるお金ほどに無意味じゃないわ。あなたは今度の旅行でお父さまにまとまったお金を置いて来たけど、お父さまがあのお金に決して手をつけないことを充分すぎるくらい承知していたじゃありませんか。しかしあのこととこの件では全く話が違うじゃないか、と怒り狂うフィル。私には違わないわ、私にとっては同じことよ。

突然に降りだした滝のような雨の音で、会話が途切れた。フィルが何か喚き続けたが、凄まじい雨音に掻き消されて、シナの耳には届かなかった。

二人は呆然として、中庭に矢のように降り注ぐ太い雨足をみつめていた。孔雀椰子の葉が身もだえせんばかりに前後左右に揺れ動いている。芝の上は一面の飛沫でみるみる白く煙り出す。空のどす黒さは、この世の終りをシナに思わせる。なにもかもが突然の豪雨に打ちつけられ叩きのめされ、這いつくばっている。

南デボンの海岸に降っていた雨を思い出すわね、とシナが言った。夫には聞こえない。どこがどう違うのだろうか。どしゃ降りには変りはないが、この雨には敵意のようなものがあって、これでもかこれでもかというように降り注ぐ。

けれども樹々も草も花も、ちっともまいっていないみたいだ。飛礫《つぶて》のような雨足に少しもさからわず、打たれっぱなしなのに、どこかふてぶてしい感じがする。ここにはしたたかな生命力がある、とシナは思う。憎々しげに打ちつける雨は惨めな灰色のカーテンなのに、打ちのめされる方は、濡れていっそう鮮やかになった強靱《きょうじん》な緑色だ。彼女は降る雨の様や、ひとつぶひとつぶ落ちてくるのではなく、水滴という水滴が全部くっつきあってつながって、あたかも滝の裏側から世界を眺めるような感じのすることや、この水びたしの中でも絶対に滲み出すことのない草や樹の緑色や、しきりにおじぎをくりかえす孔雀椰子の葉の不思議な動きなどを、しっかりと記憶に止めた。ひとつひとつをそうやって意識の中に刻みつけようとする無意識の操作の途中で、唐突に、自分はいつかこの雨の様子を書くだろうという予感に打たれて、慄然とした。メイシェンのことも、夫のことも、Rのことももはやシナの頭にはなかった。

背後でドアの閉まる音、というよりは震動がしたので振り返ると、フィルの姿が消えていた。頭を冷やすためにレモネードかなにか冷たいものを飲みに行ったのだろう、とシナは思った。あるいはよく冷えたビールでも。

シナは蚊よけのカーテンの端を摑んで、そのざらざらとするガーゼの感触をしばらくのあいだもてあそぶ。

フィル。うん？　覚えているかしら、私が前に書きたいって一度だけ言ったこと。忘れてはいないよ、まさかぼくらのことを書くんじゃあるまいね、とぼくはきみをからかった。そう、そして私がまさか、と答えたわ。それがどうしたの？　私にやれると思う？　何が？　だから書くことよ。

なぜぼくに答えられると思うんだい、とフィルは答えた。だいたい、書く書くと叫びたてる人間に限って、小説など書けたためしはないいんだ。

ひどいことを言うのね、せめてしっかりやれとかなんとか、人間味のあることが言えないものかしら。

言えないね。

それならそれでもかまわないわ、私には結局やるしかないと思うから。

ならやればいい。

いじわるね、そう簡単にはいかないのよ、第一何からどう始めたらいいのかさえ、わかっていないんですもの。

話にもなにもならないじゃないか、それじゃ。

それに、もし万一始めることができたとしてよ、小説がひとつ生れるとするわ。だけどそれだけのことでしょ、人眼に触れることさえないかもしれないんだわ。そう考えると空しいわ、空しくて、とても無意味だわ。

　Rの悲劇は正にそこにある。シナがいまだに何ひとつ手をつけられないのは、Rという不毛の実例をまのあたりに見ているからだ。あのひとは、どこにも発表されるあてのない物語を、毎日五ページきっかり、タイプ用紙に埋めていく。今、何を書いているの、R？　Rは机の上から二枚ばかり、ぎっしり文字を打ちこんだものを渡して寄こす。そして自分で自分に課したノルマにむかって、ひたすら指を動かす。正に指を動かして小説を紙の上に叩き出す。まるで怒っているみたいに。

　私が側にいたら邪魔？

　いや、とRはタイプ用紙の上から眼を逸らさずに答える。いて欲しい。ボクが今日の分を済ませてしまったあとの楽しみのために、いて欲しい。

　私にはよくわからない言葉がたくさんあるけど、と、少ししてシナが言う。既に仕事をする時だけかける眼鏡を外したRが、彼女を肘掛け椅子の中に押しこむ。シナは彼の物語の一部をそっと床の上に置く。あなたの文章は、とても抑制がきいているみたいに受けとれるわ、もし、私がまちがっていたらごめんなさい。

　眼の前にいる当の本人に、その文章について話すのは、いつだって非常な困難をともなうものだ。なぜならそれを書いた作者こそ、何もかも知りつくしているのだから。己れの書いたものの最高の批評家は本人なのだとシナは思う。そしておそらく最低の批評家も、また本人自身なのだ。何を言ってもおぞましい麗句のように響いてしまう自分の口調に辟易しながら、それでもどうしても語らずにはいられなくて、シナが続ける。

　書き出す時、つまり最初の言葉をタイプから弾き出す時っていう意味だけど、作者には自分がどこへ行くのかわかっているのかしら？

　シナの両腿を広げようとしながらRは、もちろん、と答える。わかっていなければ、最初の言葉など弾き出せるものじゃない。

　シナは漠然と、それは違うのではないかと思ったが、むろん、口には出さなかった。わずかに苛立ちと不安が残った。一日五ページきっかり仕事をする彼。初めから小説の行く方向がきちんとわかっている彼。決して活字にならない小説。どこで違っているのだろうか。

　いずれにしろ、抑制のきいた文章って好きだわ。ほんとうにすぐれたものならきっと発見されるはずなのだという確信をつのらせながら、シナは言った。

世の中とひとりで闘うようなものだからね——小説を書くということは、文体が絶叫していては最初から勝目はないのさ。Rは、シナの腿の間にじっと視線を注ぎながら呟き返す。タイプライターに注がれる視線と同じだ、とふとシナは思う。問題がひとつだけあってね、と彼がふと顔を上げる。皮肉っぽい表情。顎の先に深く切れ込んだような窪みがある。そこにシナは身をかがめて口を寄せる。問題って？

いささか抑制が効きすぎて、自家中毒にかかっちまっているんじゃないかという不安がないでもない。ふいにRの口の端が歪んで、あの残忍な微笑が滲む。しかし、ことセックスに関するかぎり、ぼくはいかなる抑制も自分に課さないつもりだ。それ以上、痛くしないで、とシナが思わず呻く。

口の端に微笑を滲ませたまま、Rの眼が坐ってきている。厳しい凶暴な顔つき。あの血の凍るような恐怖が襲う瞬間。そして次にそれを突きのけて、あまりにも激しい期待が顔を覗かせる。恐れと期待でシナは気が狂いそうになる。私がRの手や指が好きでたまらないのは、それが物を書く手だからだ。そして物を書いている時の——彼の場合、正確にはタイプを叩いている時の——Rの指が好きでどうしようもないのは、それが私のあそこを押し開き、どんなひだのすみずみまでもすっかり知りつくした手であり指であるからだ。

同じように、ナットやボルトをボロ布で磨くフィルのサビで汚れた指や、二分三十秒茹での卵を器用にあしらう手なども、私はとても好きだ。私の秘密に触れた指を、手を、私はとても愛している。椅子が軋んで揺れる。今にも引っくりかえりそうになる。いっそのこと倒してしまえとRが体重をかける。シナは倒れた椅子から半分体を投げ出される。奇妙なグロテスクな格好。羞恥心は消えている。羞恥心があるほうが不潔だし淫乱だ。生温かいものが太腿の内側を擦《こす》り上げる。この中がぼくの一番好きな場所だ。どんな感じなの、言って。Rが喋る。

Rは喋り続ける。そしてふつうその途中でシナの快感が頂点に達する。

その後、彼は机の引出しの中から、タイプでアドレスを打たれた手紙の束を出して来て、シナの前に放り出す。何？　というように、シナが彼を見上げる。

文体に抑制がききすぎて、自家中毒にかかった結果さ

――手っとり早く言えば、ボツってやつ。

貴殿の原稿興味深く且《か》つ敬意をもって拝読致しました結果、我が社では現在のところこのようなジャンルの文学を扱っておりませんのでまことに残念ながら――と、Rは空で、言った。

無意味と思うなら止めればいい、とけんもほろろにフィルは言う。

でも私にしか出来ないことがあるんじゃないかと――。それならあれこれ言っていないでさっさとやれよ。本当のところ何が言いたいんだ？

勇気がないのね、きっと。

そいつをぼくがくれてやることができたら、とっくにくれてやってるさ。

あなたって、実際、人の出鼻をくじく天才よ、フィル。とうとうシナが怒り出す。何ひとつ建設的なこと言ってくれないじゃないの、そればかりか私を不安にして後退りさせるようなことばかり言う。鼻もちならないわよ、あなた。本当よ、フィル、うんざりだわ、もしいつか私が何か書くとしたら、あなたを見返してやるためだわ、そのためにだけだって、きっと書いてやるわ。

それだったら何も最初からぼくに相談を持ちかけなければいいんだよ。

私、相談なんて持ちかけたかしら。

へえ、違うかね？

そうよ、違うわ。もう既に心に決めたことを、試しに口に出して言ってみただけのことよ。おかげで決心がいっそう固まったわ。シナは怒り狂っていた。主として自分自身に対しての怒りであった。

チェック・アウトまでまだ一時間あった。外は相変らず猛烈な、ほとんど凶暴ともいえる雨が続いていた。ふらりと戻って来たフィルは、蚊よけのカーテンの脇にたたずんでいる妻のげっそりとしてみえる肩のあたりを見ると、ぎょっとしたように立ちすくみ、それから近づいていって、そっと無言で腕に抱き寄せた。

南デボンでも、こうやって雨を眺めたっけね、とやがてフィルが耳元で言った。

私もそれを考えていたところなのよ。再び長いこと、フィルは後ろから妻を抱きすくめるような格好のまま、黙りこむ。

アルから、その後連絡はなかった？

なかったわ。再び沈黙。それからフィルが掠れた声で言う。さっきみたいな言い方はすべきではなかった。謝るよ。

あなたは当り前の事を言っただけよ、とシナは夫の顎に後頭部を押しつけながら言った。誰だって、自分が稼いだお金があんな風に使われたら、血が流れでるみたいな気がすると思うわ。

フィルは後ろから妻の高い頬骨のすぐ下の陰のように見える部分に唇を触れる。ずっと以前、結婚したての頃、愛しているというかわりにそこの窪みに接吻をする習慣があった。そのことをすっかり忘れていたわけではなかったが、たえて久しくそんなことがなかったので、シナは胸が痛んだ。いつも少しだけ遅すぎてから、フィルは愛情を表現する。シナもその点では大差はない。

あと一時間あるよ、とフィル。一時間しかないとも、一時間もあるともとれる調子。

下へ降りて、お茶でも飲みましょうか？

一時間あれば、いろいろなことがやれるよ、とシナの頬の窪みから唇を離しながら、フィルが言う。むろん下へ降りて行ってお茶を飲むこともできるし、片っぱしから航空会社に電話して、メイシェン・ソテというベトナム国籍の女がパリへ向って飛び立ったかどうか、あるいは、これから飛び立つのかを調べることもできる。あるいは、とフィルはちょっと言葉を切る。あそこのベッドまで行ってぼくたち愛しあうこともできる。

あるいは、このまま窓ごしに、かつてサマセット・モームが眺めたように雨を眺めていることもできるわね。

雨は樹々から緑を洗い流さんばかりの勢いで降り続けていたが、西の低空でわずかに雲が切れかかっている。そのあたりの雨は銀色だった。でも、あなたがそうしたいのなら、とシナは柔らかな口調で言ってベッドを眺めた。

いいんだ、別に、とあまり上手に不満を隠せないままフィルが言った。第一、愛し合うには妙な時間だものな。

そうよね、妙な時間だわよね、と内心ホッとしながらシナは夫の言葉をそのまま繰り返した。ホッとすると同時に、非常な寂しさが胸を締めつけるようだった。二人が一緒に暮すようになりはじめた頃、愛しあうのに妙な時間などなかった――現在だってそんなものはないのを二人は知っている――好奇心と本物の快楽というものに対する期待に夢中だった頃。結局、本物の快楽はめったに得られないまま、子供たちが生れ、時がたち、そしてシナはRに出逢った。Rのことを夫に話してしまいたい、と思う。一瞬肌に異様な刺激が走りぬけた。自分が倒れてしまうのではないかと、束の間シナは恐れた。

何を考えているの？　とフィルが訊く。

別に、何も。あなたは？

きみのことだ。

私のこと？　私の何を？

きみが今までやらかしたこと、これからもやらかすであろうこと。

突然にシナは気づく。私のしくじりの最大の原因は、私がセックスをあまり上等なものではない、と意識のどこかで見なしているからではないだろうか？　私はねばねばするものが好きではないのだ。唾とか体液とか精液などは、どこかに常に吐き気を催させるものがある。セックスの中に尊厳を求めていたのは、実は夫なのではなくて――そう長いこと自分では信じて疑わなかったが――自分の方ではなかったか？　私の方で、知らず知らずのうちに夫に手《て》枷《かせ》足枷をはめてしまって、たくさんのタブーを作り、去勢してしまったのではないか？　セックスが上等なものだと、どうしても思うことが出来ない故に、セックスの中に尊厳とやらを持ち込み、夫を守ろうとしたのだ。何から？　もちろん美しくないものから。なぜなら、夫を愛していたから。

ではRは？　あいつは他人の女房専門の泥棒野郎だぜ、近寄らんことだな。そうアルに言われるまでもなく、自分は知っていた。彼が私のスカートをたくし上げるか、あるいはずり下げているあいだ、考えていたのは彼の過去の女たちや、現在進行中の別の女たちや、未来の女たちのことだった。彼になら、ええ、とってもよかったわ、とあの後嘘をつかなくてもいい。Rを真には愛してはいないから。彼をいろいろのものから守ってやらなくてもいい。けれども、もし今すぐにRを失ったら、何日も何週間も自分は死んだように生きていくだろう。片腕をもがれるとか腿を切断されたほうがまだましだと、嘆き悲しむだろう。

フィル、とシナは言った。私は、ずっと考えているんだけど――何年も考えて来たし、この三週間ばかりは一瞬としてこのことから意識が逸らせないのだけど、私、書くとしたら、いいえ書くつもりだけど――シナは震えていた。フィルが腕の中で妻の体の向きを変えて自分と向いあわせた。二人の視線が出逢った。シナは自分が重苦しく、そしてひどく無器用な子供のように口ごもるのを感じた。私、その時はやっぱり私たちのことを書くだろうと思うの。そうしないですませられるかどうか、そならないということを自覚していることなんだ。ということは、世の中に対して果し状を突きつけてなど、ぜんぜんいないということさ。埋もれた大作家など、実はいないんだよ。

耳が真赤に燃え、そこがズキズキと痛んだ。けれど、私たちのことを飛びこしてしまうことなんて、出来ないんだってことがようやく今、わかるの。

いつもいつも吐き気がするような気持がしているのは、そのせいなのだ。この溜りに溜ったものを、まず吐き出してしまわないことには、もうにっちもさっちもいかないところまで来ているのを、彼女は感じるのだった。

それは、叫びのようなものだと思うのよ、と、シナは続けた。Rの表現を借りるなら、よく抑制のきいた叫びのようなものだ。そこまで言って、彼女は夫の胸にひどく心細そうに額を押しつけた。

物を書くということが、どういうことなのか本当にわかっているのなら、ぼくは何も言うことはないよ、とフィルが沈んだ声で言った。物を書くということは、自分ひとりで——たった一人で、世の中に果し状を突きつけて闘いを挑むということなんだ。フィルは寂しそうだった。寂しそうでそして悲し気だった。

Rという男がいてね、きみは知ってるかもしれないけど、と彼は少しして語りついだ。その男は、決して活字にならない小説を書き続けている。彼の問題は、活字にのことだけが問題で、何年も考えてきたのだけど。

西の空の雲の切れ目が広がっていた。しかし雨は同じ棒状の白い滝となって、落ち続けている。星を考えながらその驚異に打たれず、海を考えながらその厄介さを思わず、日の出を考えながら来たるべき一日を案ぜずにすむ、そういうことも時にはあった、とヘミングウェイは言う。時には、あったと。思うように物が言えるものなら、誰も絵を描きもしないし音楽も創らない、詩も生れない。

雨の音をついて、電話が鳴った。フィルがとる。相手はほとんど一方的に喋り、彼は時々短い相づちを打ち、済まないな、何も出来なくてと語尾を濁して、さよならと受話器を置いた。

未必の故意というやつが成立したぞと、フィルは自嘲してから、妻にむき直った。キョンホは何も知らないそうだ。よろしくと言っていたそうだよ。

私に？

うん。

キョンホが私に？

キョンホがきみによろしく伝えてくれって、そうアルがぼくに言ったんだよ。

そう、と言ったきり、シナは考えこんだ。キョンホというメイシェンの女友だちが、シナのことを知っている理由はなかった。メイシェン・ソテが航空会社の予約係をしているキョンホの手を経てパリに発ったことは――あるいは発つことは――これで明らかになったのではないか、とシナは思った。眼を上げると、夫の視線にぶつかった。彼も同じことを考えているのが、その眼の色からわかった。気の毒なアル。誰も彼もが彼の周囲で口をつぐむ。

雨が突然に嘘のように上がっていた。と同時に、空のいたるところで雲が次々と切れていき、雲の割れ目からまばゆいばかりの日射しが溢れ出た。なにもかもがいましがたの雨に濡れて光り輝き、たちまち燐光を思わせる水蒸気が上がり始める。

運がいいな、とフィルが呟いた。そろそろ出かけようか。

夫がチェック・アウトを済ませている間、シナは一足先に表に出て、前庭の日射しの中に立った。熱気が釉薬《うわぐすり》のように肩や腕に貼りつくのが感じられた。その暑熱に包みこまれて、シナは、夫が両手にスーツケースをぶらさげて、自分に近づいてくるのを見守った。

フィル、あなたに秘密を抱いているのよ、私、と彼女は心の底で呟いた。私は、あなたとの性愛の中で自分を完全に解放することができないのよ。何時かこのことを夫に告げなければならない、とシナは思った。時々エクスタシーの演技をしてきたことを。けれども、今すぐにではない。今はまだだめだ。私はいい。私のことなどどうでもいい。いくつかの破綻といやというほどの失望をなめつくしてきたのだから、重荷がひとつくらい増えてもどうということはない。けれども夫には、シナの息子である夫には、まだその用意がない。彼はまだあまりにも無防備だ。

タクシーが二人の前で停まった。フィルは荷物を助手席に押しこむと、妻を振り返った。そして彼女が乗り込むのに手を貸しながら、たった今思いついたかのように、こう訊いた。

ねえ、シナ、きみはメイシェンが好きだったの？

いいえ、とシナは答えた。私、ぜんぜん好きじゃなかったわ。

タクシーが走り出す。開け放った車窓から吹きこむのは、雨上がりの熱風だった。

干《ひ》刈《かり》あがた

樹下の家族

ジョン・F・ケネディが死んだ。

円谷選手が死んだ。

三島由紀夫が死んだ。

エルビス・プレスリーが死んだ。

克美しげるが死んだ。いや違った。克美しげるカムバックならず。

ジョン・レノンが死んだ。

書店の階段を下りて喫茶店にむかいながら数えた。ほかにも死んだ人は沢山いるけれど、その死を自分の生と重ねて思い出せる人は、今これだけだった。それを聞くと、ある時期の自分をまるごと思い出してしまう歌のように。

〈コーヒーゼリー買ってきてね〉

次郎の電話の声はナマの声よりずっと幼く聞こえる。すぐ壊れる百円均一の小さな鈴のようだ。コーヒーゼリーを買ってこのまま帰ろうか。そう思いながら足は喫茶店にむかっている。次郎の茹で卵をつぶすような笑顔。

〈授業参観の時さあ、パセリ頭とジーパンで来るなよな。ちゃんとスカートはいて、お母さんらしくして来てね〉

〈了解。天才バカボンのママの線で行くわね〉

ジョン・F・ケネディが死んだと教えてくれたのはMだ。大学祭でごった返す構内を走ってきて、生協売店の前で息を切らせながら言ったのだった。

Mではない学生風の男の向い側にすわり、テーブルの上に買ったばかりの〈別役実戯曲集マザー・マザー・マザー〉を置いた。

「捜している本、あったんですね」

「本当は無かったの。でも本を持っていないと、ここに来る口実が出来ないから。少し話したくなったので」

「あの、すみませんが、もしそのデイリー読み終っていたら、少しのあいだ貸してもらえませんか」

新宿の地下道から紀伊國屋書店に上る、カレーの香り漂う階段で、彼は声をかけてきた。

「デイリー？」

「はい。ジョン・レノンが殺された記事、読みたいんです。駅の新聞売り場で買おうと思ったら、売り切れでした。デイリーの夕刊にしか出てないです、その記事」

私の肩にかついだ、大きめの布カバンからはみ出している新聞を指さして言った。さっき地下鉄四谷三丁目の新聞スタンドの前を通った時、〈ジョン・レノン射殺さる！〉と書かれたニュース速報が出ているのを見て、それ下さい、と買ったので、何新聞なのかは知らなかった。

「いいわよ、あげる」

「いえ、返します。紀伊國屋へ本を買いに行かれるんでしょう。僕ここで読んでいますから、よかったら来て下さい。お礼にコーヒーご馳走します」

階段の上り口の喫茶店の壁をたたいて言った。〈お茶でものみませんか〉というのより手がこんでいる、新手かな、と思いながら、私は伏せたカードを交換するように言った。

「それじゃ、もし捜している本があったら来る。無かったら来ない」

「どんな本を捜していたんですか」

「それがね、自分でもハッキリわからないから、捜すのも具体的じゃないの。こんなことを考えていたの。私の子供がね、小学校に入学したばかりの頃、学校から帰ってくると実に変なことするの。

はじめはソファに横になって、くねくねくねくね体を動かすの。芋虫みたいに。二十分ほど。それから今度は、下半身はソファに横たえたまま頭をストンと床の上に落して、従って上半身は奇妙にねじれている、という姿勢のまま、小一時間もじっとしているの。それを見ていて私、人が背骨を垂直にして半日を過ごしてくるってことは、そんなに疲れることなのかなあ、と思った。

そして、人がサルから進化して直立歩行するようになったんだとしたら、最初に立った猿人はなぜ立ったんだろう、とか、背中を丸めて歩いている時は足もとの地面やごく狭い部分しか見えないけれど、直立して遠くが見えるようになったことは、はたしてシアワセなことなんだろうか、とか考えたの」

「最初に立った猿人は、背中痛かったでしょうね。でも変なこと考えるんですね」

「そういうことに答えてくれたり、一緒に考えてくれる本はないかなあ、と思っているうちに、その子は四年生になってしまいました」

「そんなに長いあいだ捜しているんですか」

「その頃はまだ下の子も小さくて、あまり図書館や大きな本屋へも行けなかったし」

ブランコの影。小さな指で拾う椿の花びら。電信柱を指さして〈き？〉とふり返る時にパラリと揺れる額髪。つんのめるように走るうしろ姿。母と子の小さなテリトリー。

「それから今日捜していたのはもう一つ、マザーリングに関する本」

「マザーリングって……動物園で育ったサルは子を産んでも育てようとしないとか……」

「ええ、でもね、どういう本にそういうこと書いてあるのか、よくわからなくて。自然科学のコーナーを捜したんだけど、もしかしたら社会学とか哲学とか心理学の方かしらね。それで、なんとなく新刊書の棚を見ていたら、これがあったので」

「マザー・マザー・マザーか。まったく語感の連想だけで買ったんですね。もしこれが、母、母、母だったら……」

言いかけて、彼はハハ、ハハ、ハハ、と笑い出してしまった。私もつられて笑いながら、こんなふうに笑うのは久しぶりだ、と思う。このごろ台所で米を研いだり、野菜を刻んだりしながら、独り言を言っている自分に気づくことがある。次郎が心配そうに〈誰と話して笑ってるの〉と聞くことがある。

〈単独登攀。三日目くらいまでは歌をうたいますね。水前寺清子の歌など。言葉のリズムが、音楽のリズムではなくて、言葉のリズムがこころよいんです。三日過ぎになると、自分のうたった声が、自分の耳に返って聞こえてくるようになります。そのあとは何も聞こえなくなります。独り言を言っても無感覚です。この時がすごく寂しいですね。それを過ぎると、風の音や氷の軋む音が聞こえるような気がしてきます。これはロマンチックなことではないんです。かなり極限に近い、危険な状態なんです。それを自覚して登ります〉

若い登山家がテレビで言っていた。

「でもね、バカな間違いすることで、思いがけない本にめぐり会えるってことあるわよ。ずっと前にね〈生と死の妙薬〉って本を買ったの。澁澤龍彦の〈毒薬の手帖〉

などと同じ系統の本かと思って。ところが読んでみたら、農薬の使いすぎによって自然が破壊されて、春になっても鳥のさえずりも聞こえない、そういう怖しさについて女性科学者が書いた本だったの」

「ああ〈沈黙の春〉じゃないですか」

「そう。〈サイレント・スプリング〉という美しくて的確な原題を、なぜそんな妙訳したのかしらね。でも私はその間違いのおかげで、自然科学の本が好きになったわけだから」

「僕が読んだのは、ちゃんと〈沈黙の春〉でした。訂正したんでしょうかね」


〈ねえ、男を見る時どこを見る。私は胸を見る。抱かれた時、抱かれ心地のよさそうな、広くて厚い胸がいいわ。体が貧弱な男ってぜんぜん感じない〉

〈私は違う。頭蓋骨を見るわ。自分の胸に抱いた時、どんな抱き心地か、どんなに重いか想像しながら。でもその想像力は自分と同じ年頃の男に対しては働くけど、若い男やあまりにも年上の男に対してはよく働かない〉

サーファーカットの髪にかくれた頭蓋骨。眼鏡。〈行者〉風ではなく〈バンドマン〉風でもなく〈これが青春〉風の髭。白い綿シャツにカーキ色のGIジャケット。ブルージーンズに白のスニーカー。渋谷のスクランブル交叉点にでも行けば、蹴とばしたくなるほど大きな体でのさばっている若い連中の一人。おまけにベルトには〈ウォークマン〉だ。


〈ちょっとお話していきませんか〉

若い女の子はやっぱり話しかけてきた。数日前、渋谷のスクランブル交叉点を渡った時。むこう側の地下鉄口でビラを持って立っていた女の子が、ずっと私を見ていた。無視して通りすぎようとすると、追いすがってきて耳もとにささやいた。〈世界はまもなく滅びます〉。まるで、少し強く誘えばこの人はかならず応じる、という確信があるように。私には何かそんな気配があったのだろうか。手に押しつけられたビラには〈福者の家〉と書いてあった。


けれどこうして向い合ってみると、彼にはやはり南の海辺の若い男の、丸刈り頭の青臭い精気のようなものがある。それに、このごろの大学生は若いくせに小肥りが多いけれど、そういうふやけた感じが無い。

「学生ですか」

「はい……いえ、二年前に一度出て来て受験したんですが、全部落ちてしまいました。それで帰って働いていたんですが、すごく焦りを感じて、この夏また出てきました」

「来年また受験するの」

「それがよくわからなくなってきました。アルバイトしながら予備校に通っているんですが、このところ行く気がしなくてサボっています」

「今、仕事は何をしているの」

「夏のあいだはビヤホールのウエイターをしていましたが、九月いっぱいで閉店になって、その後は道路工事とかビルの窓拭き、連休の時は江ノ島の方の駐車場の整員もしました。今は一日おきに夜警です。

ビヤホールでは、一人で黙って隅で飲んで帰る男もいるし、一人で来て騒ぐ男もいます。面白いですね。外人のトップレスショーをやっていたんですが、客として見るのと違って、忙しくてくたくたに疲れてしまって何も感じませんね。夏の終り頃になると、ショーの外人タレントも、何かこう暗ーい感じで楽屋にうずくまっていました。

僕は外の仕事の方が好きですね。ビルの窓拭きなど、金のためにやっていても、きれいになると気持いいですね。道路工事などは夜やりますから、明け方誰も歩いていない舗道をハダシで歩いて帰るんです。舗道をハダシで歩いたことありますか」

「なかったような気がするわ」


ビルの窓拭き。道路工事。

私がこちら側から見ていた人たちの中に、彼もいたのかもしれない。さっきまで出席していた四谷80ビルの自治管理会総会の報告書にも、窓ガラス清掃費の項目があった。

ビルの内側にどんな人が住んでいるか知っているだろうか。80ビルは、もともと桶屋をしていた地主が土地を提供して建てたビジネスマンションなので、ワンフロアに二戸しかない百円ライター型のビルで入居者も少いから、総会の席でも住人の個性がよくわかる。

一階に店を構え上の方に自分の住居部分を持つ土地の提供者は、すべてを分譲して共同所有者の一人となった今も、腕のよかった職人気質と、自分の土地という気持を切り替えられないところがある。妥協しない職人気質は、80ビルをプラスチック製氷器風の切り売りマンションではない、丹精こめた桶のように信頼できる建物にしたのだが、都市再開発の風に吹かれて揺らぐ桶屋を衝いて、こんな管理運営はおかしいとゴネるのは、あちこちにマンションや店を所有していて経験豊富だと豪語する自称実業家。興業会社という看板の中身はころがし屋という虚業だろうか。間をとりもって事を丸くおさめようとするのは、事業を息子に譲り、小規模な事業所をやりながら80ビルで生涯を終えるつもりらしい老貿易商。

そんな中で、正当な意見を述べ、凄味のあるゴネ屋にも反論し土地提供者の誤りも指摘するのは、個人経営に近い広告代理店の社長、会計士、叩き上げからやってきたらしい医療機器のセールスマン、建築士など、柴田や私と同じ、三十代後半から四十代にかけての男たちだった。私は彼らにしみいるような共感を感じた。私は柴田のかわりにここに出席しているから彼らのこういう姿を見られるが、彼らの妻たちは、夫たちのこういう姿を知っているだろうか、と私はしきりに考えていた。

そしてまた、七階で仕事をしている柴田がこの席にいたらどんな様子なのだろうと。人との折衝や心理的なイザコザが嫌いな夫の肩代りを私がすることは、ますます彼を仕事の場だけに追いこんでいるのかもしれない。子供が小さかった頃、夏に柴田の実家へ子供たちを連れて行くのも、仕事が忙しいと言われれば、私は次郎を背負い太郎の手を引き、オムツの入った大きな鞄をかかえて、がんばって信越線に乗った。それが夫を助け家庭を守っていくことだと思っていた。でもそれは間違っていたのかもしれない、とそんなことを総会の間ずっと考えていた。

総会がすんで柴田の仕事場へ戻ると、客が二人来ていた。

〈奥さんすみませんね、カンヅメにして〉

企画元の新聞社員が言った。

〈十日も帰ってないんだって。信じられないよ。家の女房ならヒステリー起してるね〉

親しいカメラマンが言った。

〈その方が奥さんとして正しいのよね。私みたいに、生きてりゃ帰ってくるでしょう、缶詰め瓶詰め真空パックどうぞご自由に、なんて言うのは、もうアイしてないのかもしれないよ。私も遊べるしね〉

柴田は黙ってメソポタミア遺跡展のカタログ用の版下と色見本を合わせていた。家へ帰ってこない夫の仕事場へ来た妻という役を、私がシンコク劇ではなくカラリと演じてしまうことを信じて疑わないのか。ワッと泣き伏すかジワッと迫るかしたらどうかなあ、と頭の隅で考えながら、私は人間が滅びた古代都市の写真を見ていた。ふつうの家族が住んだ家の跡を見たかったが、ほとんどが壁画や陶器類で、煉瓦積みの崩れている階段や壁も、神殿であるらしかった。ふつうの人間は、あまり跡を残さないのかもしれない。

〈俺、そういうベタベタしない夫婦、理想だなあ〉

未婚のアシスタントが言った。けれど彼は、私が子供たちを連れてテント芝居を見に行った帰りに仕事場に寄った日、太郎が元気ハツラツと〈オヤジたまには帰ってこいよ〉と言った時、〈ああ異常に明るい〉と茶化しながら、その日は柴田を説得して一緒に帰すような心づかいもするのだ。

柴田はいい仕事仲間に囲まれている。それは彼が仕事が出来るだけでない、何か人柄のよさを持っているからだろうと思う。

七階にある仕事場の窓からは、向いのビルの窓々が見える。天気のよい日の夕方は、ガラス張りの銀行ビルの四角い夕焼けの中に、夕陽が沈んでいく。窓ガラスの夕陽には日輪の轟きは無く、ただ萎えたように消えていく。以前その夕陽の実体を見ようとして、フロアーにある窓のすべてから外をのぞいて見たことがあるが、とうとう本物の太陽は見えなかった。六階の二つのフロアーを仕事場と住居の両方に使っている奥さんの話によると、反対側のフロアーからは、富士山も神宮球場も夕陽も見えるのだそうだ。私が子供の頃は引越すたびに、路地や線路のむこう側を探検して新しい風景を発見したけれど、太郎や次郎たちは、高さや角度の違いによる新しい風景を発見したり、失ったりするのかもしれない。

80ビルの一室を購入する銀行融資の決済も下りて、電話の取付けに立ち会うために、一人でがらんとしたフロアーで待っていた時、私は不思議なものを見た。窓のブラインドに時々、稲妻のような光が宿る。それは上方三分の二ほどのところで切れて、ヒモのようにぶら下っていた。ブラインドを上げたり、向いのビルを見たりしたが、思い当る光は無い。ブラインドを下ろすと、また光のヒモが垂れる。やっと光源がわかった。窓から直接は見えないが、体を乗り出して路上を見下ろすと、そこで道路工事の溶接の火花が散っていた。そのスパークが、ブラインドの角度でキャッチされていたのだ。

あらためて路上を見ると、新宿通りはモザイク状にアスファルトの皮膚を剥がれ、肉のような土をえぐられ、血管のような水道管ガス管埋込みケーブルなどが露わにされていた。一軒だけ残っている木造二階建の家が、歩く人々をコの字型に迂回させている。

そして眼をあげると、まだ建築中のビルの鉄骨が、黒い恐竜の骨のようにそびえ立っている。屋上に据えられたクレーンが、太郎や次郎の好きなナントカサウルスのようだった。自ら巨大になりすぎて死に絶えた生き物。その時私は、破壊と建設が並行して進んでいるこの街、好きだな、と胸が痛んだ。

さっき窓から外を見た時、もう夕焼けの時刻は過ぎて、向いのビルの窓々には明りが灯り、昼間より室内がよく見えた。こちらと同じように、Zライトの下でパネルやデスクに向っている人が多い。みんな似たような姿勢で、それぞれ違った動きをしているのが、マルチスクリーンのように見えた。

鉄扉を閉じて仕事場を出る時、気をつけていても、ドアは私が怒って帰るような音を建物全体に響かせ、80ビルが木と紙の家ではなく、鉄とコンクリートで出来ているることを思い出させた。

エレベーターで一階に下り、路上から見上げると、マルチスクリーンのように見えた窓々の人影は見えない。柴田の仕事場もアルミサッシの窓と天井の蛍光灯の一部が見えるだけだった。私は路上に出ると再び、今日も夫と話をしなかったとうつむき、一人で子供を育てることに不安を感じる妻になっていた。まっすぐ家に帰る気になれなかった。

けれど、以前この近くに借りていた仕事場が手狭になって、もっと広いところを欲しがっていた夫の気持を察して、物件を捜したり銀行融資の交渉をしたのは私自身だった。家庭とか子供のことにもかかわって欲しいという気持を、あの鉄扉の中に閉じこめたはずなのに。いや私はもしかしたら、悪意をもって夫を閉じこめてしまったのかもしれない。クーラー、床暖房、換気装置、照明具、テレビ、電話、ラジオカセット、瞬間湯沸装置付き風呂、水洗トイレ、冷蔵庫、電子レンジ、水も湯も出る水道、などの装備された部屋に。そこはまるでシェルターのようだ、もし、いい仕事仲間たちの人間臭が無ければ。〈いつもすきま風が吹いているみたいに、レースのカーテンが微かに揺れるのよ。私、うろうろと部屋の中を歩きまわって、どこから風が吹きこむのか捜しまわったの。アルミサッシでぴったり閉ざされた部屋の中の温度と、六階の高さの外気との温度の差で、部屋の中に風が巻いているんだとやっとわかったの。それから今度は、息苦しくて窒息しそうな気がして、夜中に窓を開け放したくなったの。換気設備もちゃんとしているのに、なんだか夫の匂いがこもっているみたいで、それが鼻についてたまらなくなったの。だって仕事場と住いが一緒で一日中そばにいるんですもの。このあいだジンマシンが出た時、自分でもびっくりするような意地悪な言い方で、きっとアナタにかぶれたのよ、なんて言っちゃった。自分でもどうかしてると思うんだけど〉

六階の奥さんは夫婦が近すぎることで焦立っているようだ。

「どうしましたか。黙ってしまいましたね。お子さんのことが気になるんですか。もう帰りますか。あ、僕、質問ばかりしていますね。それに言葉も変ではありませんか。方言を標準語に直しながら話すからですね」

「南の方の人でしょう。最初に話した時すぐわかりました。だから話してみたくなったの」

「どうしてわかりますか」

「私の知人にむこうの出身の人がいるの。それにね、オキナワの歌手の喜納昌吉やボクサーの具志堅用高に話し方がよく似ている。喜納昌吉のバンドがテレビの〈八時だよ全員集合〉に出た時、面白かったわ。あの番組はナマ放送だから秒刻みでしょう。ところが彼はそんなこと全く気にしないで、のんびりやっているの。いかりや長介が青筋立てて焦立っているのが、仕組まれたおかしさよりずっとおかしかった」

「ああ沖縄時間《ウチナータイム》というやつですね」

「あなたは、そういう生活感覚の違いとかそのほかの何かで、東京で嫌な思いをしたことはありませんか」

「リズム感の違いのようなものは確かにありますが、嫌な思いは無いです。僕らより前に集団就職などで出てきた人は、オキナワの人も日本語を話すのかと言われたりしたようですね。時代の違いですかね」

「そうね、今は人の行き来も多いし、お互に知る機会が多くなったから」

「僕の先輩で、東京に二年ほどいて帰って来たばかりの人がいました。何があったのか、東京は人間の住むところじゃない、と言います。東京のこと聞いても何も話してくれません。その人がある時、本を貸してくれました。〈名前よ立って歩け〉という本で、中屋幸吉という自殺した人の遺稿集です。

琉球大学の学生だった時に、上京して一カ月余り全学連の人と共闘して帰ってくるんですが、行く前の日記は東京への期待に胸躍らせているのに、滞在中の日記は、都会での疎外感や、資本主義が人間性を支配している社会への異和感とか、人間関係での焦立ちなどについて書いてあるのが多いです。そして帰りの船の中ではあまりにオキナワ的な自分について考えています。オキナワ的なものを通して世界を考える、というようなことをその後考えていたようですね。そして一年半後に自殺未遂するんです。そして二年後に本当に死んでしまうんです。二十七歳になる前に」

「いつ頃のこと」

「一回目の自殺が東京オリンピックの年です」

「一九六四年。ニッポンが高度経済成長にダッシュした頃ね」

「そうですか。僕は資本主義とかの言葉にもあまり実感ないですけど。僕は、なぜ先輩が僕にその本を読ませたかを考えるんです。先輩はその本の中の、一回目の未遂と二回目に死ぬまでの間に書かれた、ある文章に傍線を引いてありました。〈私がこんなにふさぎこみながらもまだ生き続けているのは、もしかしたら、新しい哲学やほんとの人間やほんとの美しい人に出会うかもしれないという願望が、単なる願望だけではないのだという願望をすてきれないからである〉という文章です。一つの文章の中に願望という言葉が三つも入っているので、覚えてしまいました」

「願望が単なる願望ではないのだと……」

「東京のことを話さない先輩が、そういう文章に線を引くのは、いったいどういう経験をしたのだろうと考えます。

彼とは、僕が仕事をやめて毎日図書館へ通っていた頃、そこでよく会いました。それで話すようになったんですが、毎日図書館にいるか、自分の家で曼陀羅のような絵を描いていて、人に会おうとしないです。家に訪ねて行くと、お袋さんがとても喜んでくれます。時々僕の家へ来ることもあるんですが、夜になってから窓を叩いて、家の者に会わないようにして入ってきました。来ても別に何も話さないで、二時間ほど一緒に深夜放送聞いたり、酒のんで帰るだけなんです。

そしてある時、こう言いました。たいていの人間は気を発していて、それが自分を攻撃してくるけれど、お前にはそれが無いから一緒にいられるんだ。お前はいるだけでいい、と言うんです」

「………」

「それからこう言うんです。人間は誰でもいるだけでいいはずだ。いるために必要な木の実を拾って食べたり、魚を獲って食べたりするだけでいいんだ。畑作とか農耕を始めたところから人間は間違った、というんです。人が生きていくために必要な食物を作るために畑を耕すのではなくて、木の実で生きていけるだけの人間が生きればいい、そのために自分が死ななければならないのなら、死んでもいい、というんです。自分は自分の中にだけいるのではなくて、人類の中にいるんだ、というんです。

僕は今は、それについてわかるとかわからないとか言えないです。僕が東京へ出てくる頃は、彼は毎晩浜辺へ出てUFOを待つようになっていました。でも僕は、いつ来るかわからないそういうものを待っているのは嫌です。僕は人間に会いたいです。人間を深く知りたいです。そして仕事も、自分が食べるだけでなくて、自分が働くことが人のためにもなる仕事をしたいです。

だから東京に出てきたんですが、まだ人間に会えたという気がしません。毎日うんざりするほど多勢の人と並んで歩いたり、すれ違ったり、電車に乗り合せたりするのに」

「………」

「困っていますね。聞いてもらうだけでいいです。本当に久しぶりです。こんな話したの」

「ここを出ましょうか。歩きたくなりました。夕飯まだでしょう。ご馳走します。ここのコーヒーは約束どおりご馳走してください」

「はい」

彼がコーヒー一杯のために、レジの人とカウンターの中の人に別々に〈ご馳走さまでした〉と言ったのを、私は見ていた。

もうデパートのシャッターは下りていたが、歳末セールの垂れ幕が下り、クリスマス飾りのモールが波打っている。占いの〈新宿の母〉の灯りに、二十歳前後の女の子が七八人並んでいた。

「代々木の先に友だちがやっているお店があるの。ちょっと歩くけどいいですか」

「はい。お子さんはいいんですか」

「私が出かける時は、近くのアパートに住んでいる母に来てもらうの」

「それならよかったです」

そのあと何か言いかけた言葉を彼はのみこんだ。夜、たびたび出歩くんですか、というようなことだろうか。

〈コーヒーゼリー買ってきてね〉

子供たちの好きなローストチキンを一見豪華風に皿に盛り、コーンシチューはあたためればいいようにして、午後の早い時間に出てきた。テレビの横に〈6時半ごはん、テレビは8時まで、8時お風呂、9時に寝ること、けんかしないこと〉と書いた紙を貼ってきたが、まだお風呂に入ってはいないだろう。

〈あんたが出かけるとね、次郎は神がかりみたいになって、ちょっと雨が降ると、お母さん傘持って行ったかなと言うし、暗くなると痴漢にやられないかなとか、あんたの心配ばかりしているの。太郎は、お母さんはもう女の化石だから痴漢もふり向かない、なんて言うけど、あの子もこのごろ元気ないわねえ〉

太郎の眼に涙。

〈僕ゼツボーしてるんだ。体から力が脱けちゃってるんだ。僕は知ってるんだよ。NASAはそれを発表すると地球にパニックが起るから伏せているけど、地球は今までたまった放射能が燃えだしてもうすぐ滅びるんだ。それでNASAでは三つの選択計画を進めているんだよ。第一の選択は大気圏を突き破って放射能を拡散させる方法。第二は……。第三の選択は今から少しずつ人間を他の星に移していく計画。それはもう実行されていて、各地で優秀な科学者が失踪しているんだよ。一九九九年に僕は二十九歳だから、僕は三十歳になれないで死ぬんだ。だから僕、奥さんはもらうけど子供は産んでもらわないんだ。地球をこんなにしたのは誰なんだよ〉

目黒区立原野小学校四年一組、漫画クラブ柴田太郎のマンガ習作ノートの、核戦争後の地球の生き残りの兄弟は、太郎と次郎によく似た丸顔。兄弟はマンガの吹き出しでこんなふうに泣いていた。

〈うっうっうっ……うっうっうっ〉

ノートと一緒に置いてあった赤塚不二夫センセイの〈まんが入門〉第一章には、〈まんがにおぼれてしまってはいけないのことぞ!〉と書いてあり、マンガなんだからと思っても、わが子が描いているマンガが根性ものではないことは、共感はするが気になる。

太郎の眼に怒り。

〈自分でカッとして怒鳴ったくせに、謝りながら体を触ってくるなんてやめろよな!〉

太郎の眼に惑い。

〈お母さんいつも弱い者の味方になれって言うでしょう。だから僕、仲間はずれにされているコンドウ君と遊んだり、妖怪研究会のみんながヨシダ君を除名しようとした時、弁護したんだ。いい子ぶってるって言われるけど、僕は正しいんだ〉

私という危うい母親の、価値観の混乱も不安も焦立ちも、まともに受けてしまう子供たち。もし父親が日々身近にいて〈お母さんはあんなこと言ってるけど、お父さんはこう思うよ〉とか、〈ぶっとばしてやれ!〉とか、〈そうだね、人間はいろいろな誤ちを犯してきたかもしれない。けれどそれを修正していく力も持っていると思う。キミ達の中にも、その力があるはずだ〉とか言ってくれたら。あるいはただ黙って、キャッチボールをしてくれたら。太郎も次郎も、もうスモウを取っても私の方が負けてしまう。


新宿通りをまっすぐ行けば四谷三丁目に戻る。明治通りに沿って右に曲る。

まだZライトの下でパネルに向っているだろうか。仕事場の中にある、黒いカーテンを張ったスライド引伸し用の暗室。私はその中に入ったことはない。なんだかそこは、夫の聖なる場所、秘密の祭壇のような気がするのだ。そしてそこで作られるものはカタログ。オリーブの葉。現代の情報産業の始祖は、ノアの方舟にオリーブの小枝を持ち帰った鳩じゃないかしら。たった一枝が、洪水はひいたことも、大地が甦ったことも、太陽が輝いていることも語った。物や状況の実体を影にして刷りこんでしまうカタログを作るという、柴田の仕事を面白いと思う。私も好きなのだ。

「はじめて木の葉が枯れて散るのを見ました」

亜熱帯から温帯に来た若者が言う。

「一番はじめにサクラが散って、それからプラタナスでした。イチョウはあんがい遅くまで散りませんね」

足もとの舗道に、千人の小学生の図画の黄色のイチョウの枯葉が散り落ちている。

「生い繁るばかりの常緑樹は息苦しいです。裸木の並木はすがすがしいですね」

私はそんなふうにこの街の並木を見たことはなかった。彼が見ているこの街の風景と、私が見ている風景は違うのかもしれない。そして、柴田の見ている風景と私のそれとも。柴田はほとんど車でこの街を走る。二年ほど前から会計や雑務を手伝うようになり、時々車の助手席に乗って仕事場へ行くようになってから、私はいくつかの事に気づいた。

歩く時は行き交う人や、店先や、路面のシミを見る。そして人々の話し声や街のざわめきを聞く。けれど車から見るものは、交叉点の四つの建造物と信号。前方。ボンネットの下に吸いこまれていく路面。センターライン。ミラーの中を逆流していく街。外の音とはほとんど無縁。

そして私は、家の食卓で向い合っている時は事務連絡のような話しかしないのに、助手席に乗るとしきりに何かしゃべる。子供のこと。柴田の父親の再就職のこと。道路ぞいの新しい店のこと。次々と走り去る風景のように、いろいろな話をする。柴田はただ聞いているだけだが。なぜなのか自分でもよくわからない。そしてそれがほとんど唯一の、夫婦の会話の時間であることも知った。

首都高速を走る時、私はいつも吐きそうになる。特に目黒ランプ手前の、北里研究所付近、麻布・広尾・白金あたりのマンション群の、蜂の巣のような窓々を見る時、あの窓の一つ一つに暮しがあると思うと、めまいがする。十年近く家にいた私と、車で走りつづけた柴田とは、運転席と助手席に並んでいながら、感じているものはすっかり違っているのかもしれない。彼ハ何モ感ジテイナイノデハナイダロウカ。いや彼は、少くとも運転の快さは感じているだろう。歩いていると、歩くことが快いように。

新宿駅手荷物取扱所。

金網に囲まれた暗い構内に、引込み線のプラットホーム。ジェラルミン色のコンテナー車が七八台。複雑に交叉する送電線。クレーンのシルエット。置きっ放しの台車。

フェンスに沿った歩道を、むこうから男が歩いてくる。その速度に合わせてゆっくり自転車をこいでいる女。

〈さっきの坂道もう一度あがってみようか〉

すれ違いながら言った。このあたりに住みはじめたばかりの新婚夫婦だろうか。

一階が車庫になっているビルの前を通る時、私のジーンズ・ブーツの靴音だけが響いた。ときどき片足をひきずってしまう癖。スニーカーの軽やかさ。

「歩くの速いんですね」と彼。

そうだろうか、そうかもしれない。新宿から代々木へ、セッセ、セッセ。夕飯に間に合うように、スーパーへセッセ、セッセ。授業参観に、学校へセッセ、セッセ。のんびりやっているつもりだけれど、セッセ・リズムが身についていたのか。男の子と夜の街を歩くのも、セッセ、セッセなのか。

並んで歩くと、食糧難時代を覚えてはいないほどの乳幼児期に通過した女と、占領下のオキナワの食糧事情は知らないが、ウォークマン世代の男との身長の差は大きい。話しかける時、かがみこむようにする。ついでに髪の匂いを嗅いでいるような気がした。ゆうべ洗っておいてよかった。

過ぎてきた彼の年齢は、私にとってはつい昨日のような気もするが、二十歳の頃の私には、三十七歳という年齢は想像できない遠さだった。彼はいったい私を、どんなふうに感じているのだろう。子供がいるのに、夜、若い男の子と歩いている女。欲求不満の人妻と、子供の家庭教師の大学生という組合せの年齢。

ヨッキュウフマンノヒトヅマ。最も通俗的な言い方でうつむきたくなるが、それは当っている。ただし、性行為そのものに対する欲求不満ではない。むしろ何の気持の交流もないままに抱き合うことへのさびしさ。それはやはり性的な不満といえる。彼はその匂いを嗅ぎとってしまっただろうか。

ハイト・リポート風に言うと〈単に性器の痙攣的快楽を得るためだけなら、男などいらないことを、この時代の女の多くはもう知っている〉

ニューミュージック〈心のドアを開いて〉

ポルノ風に〈股をひらかせるだけじゃイヤ。毛穴までひらかせて〉

演歌〈その胸その……うまくいかないな……あなたが欲しい〉

というぐあいに、CM風に言うと〈いい汗かきたいのです〉

カメラマン荒木風に、というのもあるが、それは歩きながらでは出来ない〈見たい〉ですから、〈股の〉機会に〈ヤッて〉み〈マス〉

自分の言葉を閉ざしてから、私は他人の言葉という汽車や暴れ馬に乗って旅をする楽しみを覚えた。〈楽しき玩具〉だ。

レナウンのシンプルライフ日常に旗は掲げず夫《つま》がシャツ干す

乳ほとばしる　歌などはもう無くてよし大根の白研ぐ米の白

閉ざしたノートの最後のページ。

二人連れの男がタクシーを止めた。一人が深く礼をして、一人がタクシーに乗りこんだ。車が充分遠くに去ると、男は胃に手を当てた。

「ねえ、さっき人や世の中の役に立つ仕事をしたいと言ったでしょう」

「はい」

「たとえばどんな仕事」

「はじめは創造的な仕事をしたいと思いました。芝居とか。高校の文化祭の時、僕が台本書いて、役者志願の友達が演じたことがあるんです。〈ソクラテスの弁明〉という芝居です。ソクラテスは国家の神々を敬わず、青年を毒する者として、死刑の判決を受けて毒をのんで死ぬんですが、毒をのむ前に人々の前で演説をする、という設定です。ソクラテスがマジメに話せば話すほど、言葉が空回りして聞いている人々と嚙み合わない、という一人漫談のようなものです。失敗でした」

「なぜ」

「役者が余裕がなくて、反応を見て間を取ったり、アドリブ使ったり全然できなかったです。ひたすらマジメに演じてしまいました」

「マジメ・カケル・マジメ、では何も面白くないか。あまりにもマジメでおかしい、ということもあるけれど」

「観客も高級じゃありませんでしたから」

「すごーく退屈だった」

「シラけてしまいました。それからもう一つ考えたのがあるんです。〈まあいいか〉というのが口癖の、何事にもこだわらない男が主人公です。これも失敗でした」

「なぜ」

「こだわらない男には、ドラマが発展しないです」

「ドラマンス・ドラマっていうの作ってみれば。ホーム・ドラマ。ホームレス・ドラマ。ホーム・ドラマレス。何でもかんでもハチャメチャ芝居にするって流行ってるんでしょう」

「僕には創造的な仕事をする才能はないとわかりました」

「もうアキラメちゃったの」

「はい。それから心理学とか宗教学とか、そういうことに興味を持ちました。人を最後に救うものは何だと思いますか」

「すごい質問するのね。共通一次。直感と反射神経で答えよ。それは論文でも答えられない問題なんじゃないのかしら。人は最後には救われるのかしら。もし救われるんだとすれば、人を救うものはやはり人だと思います」

「僕は宗教ではないかと思います。心の持ち方とか……」

「…………」

「僕はこのごろ、大学へ行くのはやめて金を貯めてインドへ行こうかと思ったりします」

「心理学とか宗教はどうするの」

「そういうことも含めて。人間を知るために。今〈存在の詩〉とか、横尾忠則のインドの本など読んでいます。このあいだインドへ行ってきた人の話を聞きました。ガンジス河に沈む夕陽。死を待つ家。牛のクソ。釘抜き歯医者。

　ある時その人は、町へ入るのが真夜中になってしまったそうです。そうしたら、何人連れかで歩いている人たち、何組かに会ったそうです。どの一団も夫婦と何人かの子供や年寄りの家族だったそうです。インドでは貧しい階級は一つの家に何家族も住んでいますから、いっぺんに寝られなくて、夜眠る家族と昼眠る家族とで交代するんだそうです。それで夜起きている家族は、何もすることがないから歩いているんだそうです」

「…………」

「それからその人は、飛行機の切符が手に入らなくて、数日間一つの町にいたんだそうです。一日目の昼間、ある樹の下でぼんやりしている母子連れを見たそうです。夕方そこを通ったら、男が加わっていたそうです。次の日の昼間はまた母子だけで、夕方通ったらまた同じ人たちがぼんやり坐っていたそうです。その町にいる間じゅうその人は、気になってその樹の下を見ていたそうです。そうしているうちに、家も荷物も何もなくて、ただぼんやりしているだけでも、その樹の下は家庭なんだなあと思ったそうです」

「……夜歩く家族と樹の下の家族は、もし家があったらなあ、と思っているかもしれないから、羨しいなんて言ったらバチが当るでしょうね。でもなんだかとても羨しい気がする。もしかしたらその樹は、無憂華《アソカ》の樹じゃないかしら。アソカって、ムユウゲ、憂いの無い華って書くインドの樹なんですって。どんな樹かなあと、前から思ってたの。赤い花が咲くんですって」

「ああ、涅槃絵に描いてある樹ですか」

「それは菩提樹じゃないの」

「いや沙羅双樹じゃありませんか」

「曼陀羅を描いている人に聞けば、きっとすぐわかるわね」

〈俺は誰とでもできる自信あるよ〉

〈金を出してする時は……〉

　四人連れの若い男たちが、しゃべりながらすれ違って行った。

「涅槃ってサンスクリットでニルヴァーナと言うんですね。〈吹き消された〉という意味だと、その曼陀羅を描いている先輩から聞きました。一般的には煩悩のない平安な境地とか、そういうことでしょう。先輩はニルヴァーナに近い体験をしたことがあるそうです。断食をして。何日間か食べないと、魂が肉体から遊離していくようになるんだそうです。

　僕も断食してみましたが、お袋に気づかれないように、食べているふりをして断食するのが大変でした。結局、僕が体験したのは空腹感だけでしたが」

「私は、あれがニルヴァーナの世界だったんじゃないかなあ、と思える経験を一度だけしたことがあるわ」

「どんな時ですか」

　女が男に自分の体の話をする、それはどんな形であれ一種の誘惑だと思う。私はそういう女の悪のようなものを、見つめすぎるのかもしれない。女は〈あなたの子が欲しい〉と言う。けれど本当は女は〈子が欲しい〉のだから、〈あなたの子よ〉と責任を押しつけるのは間違っている、などと思ってしまう。

　私が夫に負担をかけずに子供を育てようとしていたのも、私は夫をだまして子を産んだような気がしていたからだ。私たちは結婚した頃、子供は持たないという気持を共有していた。未来が決してよい時代とは思えないこと、自分一人でさえ、いろいろな思いを抱えてやっと生きているのに、子供を持つなんてという気持。暗室用の黒いカーテンを張りめぐらせた小さな部屋で、私たちは互に向き合うのではなく、夫はパネルに向い、私は原稿ノートに向うことで安定していた。そのバランスを支える一方の手を放し、子供を欲しいと思いはじめたのは私だ。

　週刊誌の下請けライターの仕事で、ある女優の六本木のプロダクションへインタビューに行った帰り、自宅近くの商店街でネギや肉を買って住宅街を歩いていた時、夕暮の路上で遊んでいる幼い女の子を見た。小さな服の可愛らしさに見とれた。柔らかそうな頰の感触や、膝に乗る小さな体の重みやぬくもりを思った。彼女をさらってしまいたい気がした。幼女をさらうには絶好の、逢魔が刻だった。結婚して二年が過ぎ、私は二十六歳だった。

子供を持ちたい、という私の訴えに、柴田は言葉でも行為でも答えなかった。〈今日は大丈夫よ〉という女の悪のささやき。それが私にはずっと負い目になっていた。そんなふうにして子を産んだのだから、仕事が認められて忙しくなってきた夫に負担をかけるのは間違っている、と思いつづけてきた。けれど、私が妊娠を告げた時、一瞬黙ってから〈産めばいいよ〉と言ってくれた時、彼もまた子に責任を持ったのだということに、私はもっと素直になるべきだった、とこのごろ思う。私はゴーマンにも一人でがんばることで、夫と子供の間を隔て、家庭からはじき出していたのかもしれない。

創世の時代から、女が男を誘惑し、だますことで人類は続いてきたんだと、骨盤を据えればよかった。アダムをだましたイブに、主なる神は言われた。

〈わたしはあなたの産みの苦しみを大いに増す。あなたは苦しんで子を産む。それでもなお、あなたは夫を慕い、彼はあなたを治めるであろう〉

「私は海の底に沈んでいたの。ずっと上の方に水平線があって、その上には空気がある。私は水平線まで上ろうともがくのに、体は少しも動かない。ああ私は今、死につつあるんだなとわかった。しーんとしていて、とても寂しいんだけど、なんともいえず広々とした安らかな気持なの。その安らかな気持というのは、ピンと張った糸で、水平線上のわーんという響きとつながっているの。糸、見えたのよ。見えたというより、確かに在ったの。

それから糸がゆるんで、だんだん私は海の底に沈んで、真っ暗になった。

そしてまた、今度は、私は海の底からだんだん浮き上っていくの。水平線の上に太陽があって、その太陽は四角い光を放っている。はじめ光はオレンジ色で、それから黄色になって、やがて真っ白。気がつくと私は手術台の上にいて、四角い太陽だと思ったものは、手術室の天井の無影灯だったのね。そして、水平線の上のわーんという響きは、生まれた子の産ぶ声だったの。麻酔で睡っている私の意識を、一瞬その声が呼び醒ましたのね。

周りの状況がわかった時、私は自分で子を産む力もない女だったんだな、と思った。昔の女のように、闇の声に励まされて、藁の匂いに包まれて子を産んだのではなくて、手術室の灯りの下にさらされて、金属のメスの助けをかりて……。

でもあの時確かに私は、とても安らかで広々として、しーんとした世界を見たの。私は死んでいくんだけどこれでいいのだ、という気がしたの。あれがニルヴァーナだと思う」

　ベッドの傍らに坐っていた夫。私はまだよく動かない麻痺した唇で聞いた。

〈見た?〉

〈うん〉

　私はなんだか彼がかわいそうでたまらなかった。――を、と口に出せないものを挟んで、私は男と女の違いをはっきり感じていた。

　もしかしたら、妻ザルが子ザルを抱いてあまりにも満ち足りた表情をしているのを見て、不意に立ち上り遠くを見た夫ザルが、最初に立った猿人なのかもしれない。

　主なる神は更に人《アダム》に言われた、

〈あなたは妻の言葉を聞いて、食べるなと、わたしが命じた木から取って食べたので、地はあなたのためにのろわれ、あなたは一生、苦しんで地から食物を取る〉

「私ね、本当は生物としては、あの時死ぬべきだったんじゃないかという気がするの。あの時私が見た世界は、人間がもっと原始的な生物だった時の記憶なのではないかと。

　動物の多くは、生まれて間もなく一人立ちするでしょう。人も、もともとは生まれてわりと早い時期に、一人前になれる動物だったんじゃないかしら。生まれたての赤ちゃんを抱いて立てて、前へ倒すようにすると、ちゃんと歩くんですって。〈原始歩行〉の能力は数カ月のうちに失くなって、一年目くらいにあらためて歩き始めるでしょう。なぜ生まれたてに持っていた能力が消えてしまうのかしら。もしかしたら、それは母親が抱きつづけることで、立てなくしてしまったんじゃないかしら。

　子を産んだ時に死ぬべき母親が生きていて、自分の存在理由をつくるために、もっと生きているために、あるいは自分の退屈をまぎらすために、手をかけることで子供の能力を奪ってしまったのではないかしら。なんだか私も含めて、今の母親たちのしていることは、それに似ているような気がする。

　ねえ、男の子って何歳くらいまで母親が必要なのかしら」

「何でそんなこと言うんですか。お袋は幾つになっても絶対必要です」

「あなたもお母さんも、きっと、すごく健康なのね」

「僕は六人兄弟の末ッ子ですから、兄や姉に面倒見てもらった覚えはありますが、あまりお袋に手をかけてもらった記憶はないですね。でも、お袋がいつも僕を見ているのは感じていました。コーラの空き缶に十円玉を入れておいて、一杯になると〈本買いな〉ってくれるんです。豆腐を作って行商していました」

「お父さんは」

「農業です。でも土地を基地にとられて、一時はあまり仕事もしてなかったです」

「お母さん、偉いのね。夫婦独立採算制の糸満《いとまん》の女の人みたいに、明るくて骨格がしっかりしている人のような気がする」

「糸満、知ってるんですか」

「都会はいろんな地方の出身者が、いろんな事情を抱えて乗りこんでいる大きな船みたいなものですって。私も、東京生れだけれど、血は南の方の流れなの。

私が子供を産んだ時にね、ほとんど同じ時刻に自然分娩で二人の女の人も産んだの。退院するまで、並んだベッドで話したんだけど、一人はクリスチャンでね、北陸の人で両親を早く亡くして、中卒で東京へ出て働いたという人。日曜日には教会の人たちが、自分の子供たちが着たベビー服など持って祝福に来ていた。もう一人は韓国籍の人。自分は東京生れで韓国へは一度も行ったことがないんだけど、生まれた子は外国人登録して、定期的に役所に顔を出したり、大変なんですって。そして私は、自分の力で産んであげることもできなかった、骨盤的気力の弱い母親でしょう。

四柱推命という占いは、生年月日と時刻をもとにしているから同じ運命かしら、って一人が言ったけれど、その三人の子が同じ運命をたどるとは思えないような気がした。でも、一九七〇年の終りに生まれたということは、大きな意味では同じ運命の中で生きるのかなあ、とも思った。同じ時代に生まれるというのも、同じ船に乗り合せるようなものかもしれない。私たち三人の子が生まれる数日前にね、三島由紀夫が、日本はこのままではダメになる、という演説をして割腹自決したの。その時、テレビがバルコニーに立つ彼の仰角のアップの顔をずっと放送していたの。そして私は麻酔が醒めてきたら、お腹が痛くてたまらない夢うつつの中に、三島由紀夫の顔がのしかかってきて、もう、手術のメスの分と自決の日本刀の分と、二人分の痛さを怺えているような気がしたわ」

「僕と十年違いですね。僕は一九六〇年生れですから」

「私より息子の方にずっと近いのね。ごめんなさい、変な話ばかりして。若い娘さんに会えたんだったら楽しい話ができたのに」

「面白いです。僕にはまだ話すほどのものが、何もないんだという気がします」

「今までのことが、これからわかってくるのよ、きっと」

左の乳の下あたりにぼんやりと、悲哀というようなものが漂っていた。いっそのこと彼が、恋人の話を打明けるとか、進学の悩みについて話すとかすれば、私も話のわかる姉さんとかオバサンとか、高校の女教師ふうにふるまえるのに。

このごろ時々、この悲哀メがやってくる。鏡を見て母に似てきたと思う時、本を読んで感動した時、仕事場に来たアルバイトの男の子をステキだと思う時、自分にはもう何もできないのだろうかと。けれど私はまだ悲哀なんかにつき合いたくない、イージーライダーのように、破滅が待っているかもしれないまだ見ぬ土地へ、無謀につっ走ってみたいとも思う。

最近押入れの整理をしたっけ。やはり気持が〈整理〉の方に向いていたのだろうか。

その時ダンボールの中から、太郎の出産前後の日記が出てきた。自分の健康状態のメモ、育児記録などの間に、実に沢山の社会状況のメモがあった。ケネディ演説路線だ。

一九六一年のケネディ大統領就任演説をテレビで見た時、私は有名なニュー・フロンティア・スピリットよりも、〈私たちにも子供が生まれる〉とか〈生まれた〉とか言ったことに打たれた。それまで男は公式の場で家庭の話などしなかったのに、そんなふうに政治とか社会を、家庭とか子供の将来に結びつけて話したのが印象的だったのだ。

妊娠四カ月の子宮のしこりを感じながら、赤坂山王病院の前の歩道で、七〇年安保闘争のデモ行進を見ていたこと。ハイジャック機北朝鮮へ。パキスタン難民のやせた子供たちの大きな眼のこと。沖縄闘争。赤軍派リンチ殺人事件について、政治家作家は〈親の教育が間違っていた。子供がこうなったのは親の責任だ〉と言ったが、別の人の言った〈親がいくら誠実に生き、せいいっぱい子供のことを考えて教育しても、子供がどうなるかはわからない、それが人間というものだ、悲しい〉という言葉に共感したこと。同じ新聞の別々の欄に、〈天皇に銃をお返しする〉というグアム島生き残り兵士の憔悴した表情の写真と、〈皇后はパンタロンがお似合い〉と説明のついた写真が載っていた、ということ。

同居している義弟たちの問題。家のローン返済の一覧表。実家の父母の離婚のこと。

乳が出ないことや、自然分娩ができなかったことは、自分がものを書いたりするために、新しい生命を育てるのに大切な何かが、子供の方に流れていかないからだと思うので、原稿用紙を捨てたということ。乳母車を押して駅前商店街へ行ったついでに本屋へ寄り、雑誌をパラパラ繰っていたら、半年前に出しておいた短篇小説が載っていたが、もうその筆名は自分とは無縁に思えたこと。雑誌社に連絡して送ってもらった賞金で、つかまり立ちを始めた太郎にフェルトの靴を買ったこと。

それらの中に、はじめて太郎を抱いて親子三人でパーラーへ行ったという、今では忘れてしまっていたことも書いてあった。そして終り近くのページには、柴田が車の教習所通いと仕事で、この夏は一日も日曜日も休めずに気の毒だ、とも書いてあった。

〈家庭と社会〉とはじめて言ったジョン・F・ケネディと、〈主夫生活〉の育児のよろこびを率直に語ったジョン・レノン、二人のジョンの間に何年の時が流れた……二十年、か。

ケネディ就任演説を一緒に見ていて、〈ケネディってイカスなあ〉という反応をしたのは、オネスト・ジョン兄貴だった。杉並区と練馬区の境あたりの新興住宅地。西武線が走る。環状八号線が走る。アルバイトの新聞配達の中学生の兄貴も、初期ミサイル・オネスト・ジョンのように走っていた。

演説を見た日兄貴は、高校を卒業してから住込みで板前修業していた店の休日で家に帰っていて、後にお嫁さんになる女の子とデートした。前から〈俺よ、今度の給料が入ったらＶＡＮのシャツ買いてえんだ〉と言っていた。その日、首には舵のペンダント、上はめでたくアイビーシャツ、けれど下は哀しく黒サージの学生服ズボン、それでも日活青春映画のように女の子と新宿へ出かけて行った。女の子に手紙を渡してあげたのは妹の私。

国民学校が小学校になった年に、新しいランドセル背負って入学した兄貴。そのお古を背負って入学した妹。

敗戦後のくたびれニッポンにつき合って栄養失調と肺浸潤で入院した兄。留守番の妹。

鶏の卵を食べた兄。鶏に餌をやった妹。

家出して原っぱに寝ころんでいた兄。おにぎりを届けた妹。

住込みの店の集金を使いこんでしまった兄。その穴埋めにスズメの涙の貯金も母に巻き上げられてしまった妹。

東京オリンピックの年、マラソンの円谷選手と同じ年の兄貴は、独立して店を持った。東京都と埼玉県の境あたり、林を切り拓いて造成中の団地の一角。西武線が走る。新青梅街道が走る。兄貴もまた走った。開店準備に走るライトバンの助手席に乗っていたのは、今度は私ではなく、私と同じ年のお嫁さん。

〈お前はいつも俺のワリ食ってたな、わりい、わりい〉と兄貴は今でも言うが、兄貴に伴走していた思い出は、私にはニッポンの住宅に水洗トイレが無かった頃、どこの家にもあった臭いのようになつかしく、コロッケしょうゆのように〈美味《おい》しゅうございました〉

走った兄たちと伴走した妹たちは、今では夫たちと妻たち。四十歳前後の、ニッポンのオトーサンとオカーサンだ。

今では兄貴はラコステのシャツも買えるが、後頭部は薄くなり腹も出てきた。兄貴によく似た三人の子供たちはまっすぐ《オネスト》に育っている。本店も支店も繁盛し、小豆相場、株、金相場と、その時々の流行の金儲けに手を出しても、手痛い損もせずにやってきた。それが最近突然何を思ったのか、〈精神修養の会〉に入会したという。三泊の講習会から帰ってきたら、日本精神について語り、家族たちは階段の踊り場では墨書きの〈感謝〉、廊下では〈和〉にぶつかってしまうという。

戦後のどさくさの中で病気になり、小学校を休むことが多かったから、自分には何か基本的なものが欠けているような気がする、と兄貴が言ったことがあるが……。

兄貴、私たちは今になって何を迷っているのだろう。マラソン武士道を守り、決してふり返ったりキョロキョロしたりしなかった円谷選手。のようにゼニカネの長距離マラソンを走りつづけてきた兄貴。主婦道一直線で来た妹。

兄貴の足をふと止めさせるものは何なのか。私が、男たちに伴走するだけではいけないという道のべの声にふらつくのは、その声が内なる声に重なるからだ。だが私の内なる声は、女よ自立せよ、自走せよ、とは言わない。お前は男が好きなら、男の足を引張れと言うのだ。

植え込みの途切れたところ、街灯の下に、青いポリ容器と黒いゴミ袋。大きな透明ビニール袋の中には、書類裁断機にかけられた紙片テープの渦。道路のむこう側には、緑に白文字の、首都高速外苑入路の標示板。

予備校生がクリスタルキングの〈大都会〉を口ずさむ。むずかしい歌をうたう人だ。あー果てしない、夢を追いつづけ……裏切りの街でも……。

Mとはじめて会った評論同人誌〈放浪者《ホーボー》〉の新入会歓迎コンパ。上級生がビール瓶を前に当てがってヨカチン踊りをしたり、春歌を次々にうたうのに逆らうように、自意識の塊になって、Mもむずかしい歌〈霧の中のジョニー〉をうたった。

Mよ、このごろまた復活《リバイバル》してきた六〇年代サウンドやドゥワップを、どこで聞いていますか。あなたが今もどこかで闘っているのか、あるいは一見平凡な市民生活を送っているのか、私は知りません。でもあなたもきっと、〈世の中の役に立つ〉とか〈人を深く知りたい〉というようなことは、口ごもって言えない人間になっているることでしょう。

隣を歩いている若者が、自分の志望をあっさりと次々に変えていけるのは、羨しいような身軽さだ。軽さのめまい、ということもあるかもしれないが。

ジョニー・リメンバー・ミーとうたった克美しげるは、カムバックする直前、女を殺して飛行場で逮捕された。女を殺したのは私かもしれない。リメンバー・ミーだって、六〇年代サウンドなんかもう沢山、と思っている多勢の私たちが、克美しげるをカムバックさせなかったのかもしれない。

代々木駅近く、ガードをくぐる。十メートルほど過ぎてから、通過電車の轟音が背中に落ちてきた。なぜかパチンコ屋を思い出す。ガードとパチンコ屋。そんな風景をいくつか知っているような気がする。太いコンクリート柱に支えられた高速道路の高架の下を通る。すぐのところで左右に交叉する道路の右奥にもう一つのガード。電車の窓明りが流れて行った。どっちのガードが山手線で、どっちが中央線だろう。

電車の中から見下ろす風景と、今立っている地点を重ね合わせることができない。高速道路は左に大きくカーブしている。なんだか路面が傾いているようだ。歩きながら遠心分離機にかけられている感じ。

前方に〈24時間営業コンビニエンスストアー〉の黄色い灯り。原宿警察を過ぎたあたりから、人影は絶え、建物が低く空が広くなり、呼吸が楽になる。オリオンの三つ星が見えるから、南に向っているのだろうか。街では方角がよくわからない。

便利商店の前の自動販売機の脇のダンボールの中には、コーラやビールの空き缶。タバコの吸い殻。店の前に積み上げられたプラスチックの箱。必要な人は来る、というだけのアイソのない気持よさ。

BOBの隣の麻雀屋の前に出ている〈全自動雀卓有り〉の看板は、いつ見ても笑える。遊びまで全自動。風はあまり吹いていないが、〈風に吹かれて〉スナックBOBの扉を押す。


いきなり〈レット・イット・ビー〉が耳にとびこんできた。過密都市のための子守唄。

悩みに落ちこんでいる時、聖母マリア様あらわれて、かくのたまえり。レット・イット・ビー、あるがままに、そのままでよろしい。というような意味かしら。英語の歌は、なんとなくわかる単語をつないで、勝手に解釈してそのままでよろしい。

「ジョン・レノンのお通夜やってるの」と私。

「そういうこと」とBOBの聖母《ママ》マリア。

マリアということにしておこう。たぶん私がこの店に来るようになってから、互の名をあらためて呼んだことはない。

カウンターの隅では、クレイマーが黙って飲んでいる。テーブルでは若い男の子がギターをいじっている。ゲーム盤の卓でインベーダーゲームをしている黒メガネが、ちょっとグラスを上げてアイサツする。もう一台のゲーム台にも客がいると思ったら、コインボックスを鍵で開けて、黄色い袋に百円硬貨を移している集金人だった。普通の飲食店が灯りを消す頃にやっと灯りが入るこの店では、まだ口開けなのだ。そして、そんな頃にやってくる客たちをマリアは〈おかえりなさい〉と迎える。寛斎のセーターを着て、黒メガネのゲームをのぞきこんでいたノンが立ってきて、予備校生の顔をのぞきこんだ。

「あらあ、ずいぶん若い子。〈主婦と生活〉がそんなことしてていいの。でも流行《はや》ってんだよね、そういうの」

若い子、が落着かない様子でタバコを喫う。その喫い方は、まだ入門講座の教養課程だ。タバコでは修士課程の私もマイルドセブンを喫う。が本当は、私もこういう場所には二年の一学期なのだ。

「苦学生に何か栄養あるもの作ってあげて」

「クガクセイ！　なつかしい。ピーナツ売り。今時そんな人いるの。あんた何食べたい」

マリアはやさしくなって聞いた。何でもいいです、という彼に、彼女は冷蔵庫から肉やエビを取り出し、ピーマンを刻みはじめた。パールピンクのマニキュア。

〈私もそっちに入って料理作ってみたいわ。私、料理は好きなんだ〉

〈私はそっちで飲みたいよ。好きなだけで商売できるんだったらいいね〉

はじめてこの店に来た頃、私はピシャリと自分の甘さを叩かれた。彼女と私の過ごしてきた生活の厳しさの差を思い知らされた。なんだかんだ言っても、私は夫の稼ぎでぬくぬくと食べてきた主婦ということ。

〈あんたも、もう一度仕事すればいいのに〉

〈ううん、私はね、自分の暇や退屈をマジメに生きようと思ってるの。浮気をしたい時に朝日カルチャーセンターへ行くのはマジメじゃない。浮気をしたい時には、女だって勃起した点線のペニスを抱えてみじめにうろつくべきだ。そういう意味のマジメ。暇を利用して何かを学ぶんじゃなくて、暇に苦しみながら、今の女はなんで暇なのよとか、暇じゃいけないのかとか、暇そのものを見つめたいの〉

〈ジーッと、音がしそう。人体実験だね〉

〈私ね、ダンナの仕事を手伝うようになって半年で、仕事は快楽だ、麻薬だって思った。たしかに働くってことは、お金を稼ぐためのもの、時間を売る苦業、しんどい繰り返し、難しい人間関係に疲れ果てるとか、いろんなことあるけど、それだけじゃなくて、やっぱり楽しいんだと思う。その楽しさに乗って乗られて乗っ取られて、ダーッとつっ走っていいのかなって、私はボーッと立っててみたいの。カカシみたいに、ヤーイ主婦って石投げられながら。それにね、本当に働かなくちゃ食べていけない人がいるのに、自分の退屈しのぎに働くって、なんかこう……あ、嘘臭い。本当はタダの怠け者〉

〈邪魔で目ざわりで手前勝手なやつだね。第一そんな面倒なこと考えてたら変になるよ〉

〈このごろ指をよくケガするの。庖丁で切ったり、アイスピックでうっかり突いたり。昨日は外出して家に帰る時、切符売場でどうしても駅を思い出せなかった。頭の中が真っ白になって、しばらくぼんやり立ってたの〉

ノイローゼで入院する前に電話をかけてきて訴えた、旅行添乗員の妻のU子。

だんだん、だんだん肥ってきて、表情が虚ろになってきた、流行作詞家の奥さん。ある日私は、彼女が駅前の商店街の菓子屋の店先で、つと、袋菓子を買物袋に入れるのを見た。

一流総合商社の課長の夫と、自閉症児の子の間で、精神安定剤をのみつづけているS子。

二人の子供を残して自殺した、次郎の同級生の母親。

「クリスマス・プレゼントのことだけど」

椅子二つむこうのクレイマーが、低いトーンで話しかけてきた。

「届けてやろうと思うんだけど、何がいいか見当つかないんだ。今の子供の欲しがるもの」

〈コーヒーゼリー買ってきてね〉

「家の四年生は望遠鏡、二年生は電子ゲームが欲しいって言ってるわ」

次郎はイヤホーンを耳に入れたまま、〈てるてるワイド〉を聞きながら寝入っただろうか。

「コチトラの中学生はパソコンだとぬかしやがる。どこのガキも高えもん欲しがるなあ。親がどんな思いで稼いでるのかも知らんで」

子供たちが欲しがっているものは、〈高えもん〉だけど、それだけじゃない。親が〈稼ぎ〉に夢中になっている間に、子供たちもまた、一人っきりの夢の中にもぐりこもうとしている。電子ゲーム、望遠鏡、パソコン、プラモデル、ラジカセ、マンガの中の地球破滅物語。それが現代の〈ハメルーンの笛吹き男〉だ。子供たちは彼に連れられて、人間の街から去っていく。そんな気がする。

教室の中。〈考えてみましょう〉と先生が言った。子供たちが答えた。〈やでーす〉

「自転車にしようかと思ってるんだ。俺があの年の頃には自転車欲しかったもんなあ」

環七沿いの太郎たちの学校では、低学年は自転車禁止、高学年も学区内だけ、と決っている。危険だからという。予防、予防。でもそれをクレイマーに言う必要はない。彼の子供は元気よく、禁止事項など乗り破って、自転車で疾走するかもしれない。彼の母親のミセス・クレイマーの息子だから。

ミスター・クレイマーにとって、妻が言い出した離婚の話は青天のヘキレキだったという。その理由が、彼にとっては実にショッキングで、彼は未だに再起不能のように見える。

〈ギリマンは嫌です〉

と妻は言ったのだそうだ。ギリマン、何それ、とマリアが聞いた。私にはすぐわかった。それは妻たちの多くが、言いたくて言えないことだった。

〈義理でマンすること〉

クレイマーは言いながら笑い出してしまった。人はあまりにも本当のことを言われると、笑い出してしまうのかもしれない。

それから私たちは性の世代論ということを話した。例えば生理用品。晒しや古布を洗っては使い裏庭に隠し干した女たちと、脱脂綿を充分含まれて重くなるまで使ってから槽の暗い所に捨てた女たちと、紙ナプキンを気軽に使い捨て水洗に流してしまう時代の女たちと、タンポン挿入世代とは、性についての考え方や表現の仕方、自分の性〈に関する諸問題の対策および解決法〉なども、ずいぶん違うんじゃなかろうかという話。私やマリアは脱脂綿から出発し、紙ナプキンへの過渡期に高校生で、今はタンポンもあり。昔の女が百年一日だったかどうか詳しくは知らないが、私たちは二十年三日の変化だ。初めて紙ナプキンと、アンネ・ネットという生理帯を使った時、あまりの軽さと頼りなさに不安を感じた。私たちはどこか性に対して不安定だ、昔の女ほど貞操堅固ではなく、タンポン世代ほどドライでもない、と結論《こじつけ》した。私は言った。

〈六〇年アンネ、七〇年タンポン、八〇年代は何だろう〉

するとノンがシャランと言ったのだった。

〈アンポンタン！〉

有線放送はくりかえし、ビートルズ・ナンバーを流している。ヘイ柔道、ドント・ビ・アフレイド。柔道なんか恐れるなという歌。

「ビートルズって、しみじみ聞くといいなあ。今さらのビートルズ・ファンになりそうだ。キミなんか、やっぱりビートルズ世代なわけ」

黒メガネが予備校生に聞いた。

「いいえ。僕が音楽聞くようになった頃はもう解散していましたから」

「じゃ、音楽は何」

「今はテレビで放送している〈シルクロード〉のＢＧＭがいいです」

「俺は、やっぱプレスリー世代だね」

「私もプレスリー。映画館でアルバイトしていた時ね、〈アカプルコの海〉という映画に出ていたの。プレスリーはもう肥りかけていて、仕方なさそうに観光映画もどきの中で、ニヤッと笑いながらうたってた」

「映画館でアルバイトしていたんですか」

と予備校生が聞く。〈長寿荘〉そのころ母と妹と一緒に、父の家を出て住んでいたアパート。加川良がうたった四畳半のアパートは〈姫松園〉。同棲の学生は〈神田川〉の。

〈神田川流れ流れていまはもうカルチェラタンを恋うことも無き〉

これは私が大学を授業料滞納のため除籍になった頃、入れ違いに入った年齢の、七〇年前後の凄惨な青春とその後の思いを、女の柔らかな唇に血をにじませながらうたう若き歌人、道浦母都子の歌だ。

「昼間は大手町の自動車会社でコンピューター用の部品《パーツ》カードの整理をして、夜は映画館。授業料と生活のためにアルバイトばかりして授業に出られないのに、大学では授業料値上げ反対闘争で授業がほとんど行われていない、というややこしい時代のややこしい学生だったの。昼間の人と交代で、最終回の時、窓口やモギリやクロークや案内をするの。客足がとだえると、周りの映画館と連絡を取り合って、黒板の一覧表にその日の入場者数と売上高を記入する。みゆき座、スカラ座、日劇地下、丸の内東映……。それを見ていた日比谷映画の支配人が、このごろどこも不入りだと暗い顔してたわ。

一覧表の記入が終ると、もう何もすることは無いから、後の扉から入って見ていいの。毎日だいたい同じ時刻だから、同じ場面。昨日死んだ無法者が、街はずれからまたやって来るというわけ」

〈映画の斜陽〉〈テレビの隆盛〉〈コンピューター〉〈評論〉、そんな言葉や状況が、すべてあのころ芽を出していた。そしてそれは今の時代にますます成長している。

けれど、雪の降る夜、映画館の前で待っていたMが、評論同人誌〈放浪者《ホーボー》〉を離れて、まだどこか学生帽風な学園闘争の時代から、ヘルメットと鉄パイプの時代をつなぐ旅に出る前にポツリと言った、〈キミのオヤジさん警察官なんだってね〉という言葉はもう死んでいる。言葉も時代の中で生きている。時代とともに死んだ言葉は、その時を一緒に生きた者どうしにしかわからない故に、それは限りなくやさしい別れの言葉に思える。Mもその言葉を発することで傷ついたに違いない。今、明るいどこかの街で、その言葉のこっけいさに苦笑し、コーヒー豆のキリマンジャロを挽くことはないだろうか。

〈君去りしけざむい朝《あした》挽く豆のキリマンジャロに死すべくもなく〉

私やMと同じ頃に、同じ構内にいたらしい福島泰樹という歌人が、わが身を失われた世代のキリマンジャロの雪に映したように。

一つの時代との別れの朝にはまだ一条の爽やかさがあるが、それに続く日々との、ギリマンのギマンの朝のキリマンジャロの荒寥。

「でもあの頃は、それまでの映画とは違う、いいものが出てきた時でもあるよ」

黒メガネがカウンターに席を移し、映画談義が始まる。〈墓に唾をかけろ〉〈とべない沈黙〉〈僕の村は戦場だった〉〈シベールの日曜日〉。黒メガネの言うタイトルを聞いていると、彼も昔はそういう若者だった、という傾向がわかる。映画談義は始まると三十分や一時間は続く。映画を見ない人、というのはいるけれど、映画が嫌いな人、というのはいないみたい。テレビを見ない人、テレビが嫌いな人、嫌いだと言う人、はいる。

私は子持ちになってから、去年の暮ヴィスコンティの〈家族の肖像〉を見るまで、十年近く一本も映画を見なかった。ずいぶん見ているような気がするのは、すべてテレビで見たのだ。以前見た〈ローズマリーの赤ちゃん〉を、二度目にテレビで見た時、まったく違って見えたので驚いたことがある。あれは家の中で見たからだろうか。自分の変化が、同じものから何を見るかを変えたのだろうか。

新婚のローズマリー夫妻が、古色蒼然とした高級アパートに引越してくる。彼女の夫は仕事がうまく行かなくて焦っている。そこへ住人の老人が仕事を世話したりして近づいてくる。老人のグループとの交際に深入りしていく夫に、彼女は不安を感じる。実は老人は悪魔で、若い後継ぎを欲しがっている。夫はそれを承知で、悪魔にローズマリーを抱かせる。彼女は赤ちゃんを産み、その顔を見た時、悪魔の子だとわかって一度は殺そうとする。けれど悪魔の子であっても、それは自分の子だと思い直し、胸に抱いて育てようとする。ジ・エンド。自分だけが正常で、周りの者はみな悪魔と結託している。一番頼りにする夫さえも悪魔と手を結んでいる、というローズマリーの孤独と不安と苦しみ。

だが二度目に見た時、私は一度目には気がつかなかったシーンにひきつけられた。はじめに近い場面で、ローズマリーが地下室で洗濯をしているところだった。洗濯機がぐるぐる回っている。彼女は薄いピンク色の液体漂白剤を入れる。地下室は薄暗くて天井が高い。微かなモーターの音が響く感じ。がらんどう。ローズマリーは落着かない眼付で周囲を見まわす。すでにこの時から、彼女は孤独と不安の中にいるように見える。そしてその後に起ることはすべて、彼女の心の空洞が生み出した幻想だというようにも見えてくる。仕事のことで焦って、妻の気持に耳を傾けるゆとりもない夫。夫を奪っていくように思える外の人間たち。たしかに自分の子ではあっても、自分自身ではない新しい生命を孕み育てることへの不安。悪魔というのは、そうしたローズマリーの孤独と不安が生み出した幻想じゃないかしら、と思えた。もし彼女が高級アパートの住人ではなく、日々の暮しに追われる貧民街のオカミサンだったら、そんな幻想を抱いたりしなかったのではないか、というようにも見えたのだった。

「ダーン!」

扉を開けて入ってきた山羊と呼ばれている男が、ピストルを射つ真似をする。

「ジョン・レノンを射ったのはファンだってね。俺もママを射っちゃおうかな」

誰も射ち返さない。山羊はさくらん坊のような少年を連れている。

「今度この子売り出すんだ、ヨロシク」

〈俺はジャーマネになっても、コイツと見込んだ奴しかやらないよ。それが支えよ〉と言っていたことがあったが。眠っていたと思ったノンが頭を上げて、カウンターから卓へグラスや氷を運んだ。マリアがわざとのように私に話しかけた。

「プレスリーがカムバックした時、テレビで中継したでしょう。ヘリコプターで会場に乗りこんで、スパンコールのキンキラ衣裳でうたったあの時、感動的だったわね。私、涙が出ちゃった。ああ東京に帰りたい、と思った」

マリアは山羊が嫌いらしい。それは何かわけありの裏返しなのかどうか、よくわからない。彼女は店の男客誰とも関係があるようにも見える。〈ねえ、人間は戦争中でもセックスするのかしら〉彼女は高校生の時言った。私たちには、戦中派とか戦後派とかの区別はよくわからない。わかるのは、真珠湾攻撃の日にセックスして子が生まれたとしたら、それは私たちの同級生ということ。そして私たちの中には真珠湾以前も〈以後〉もいるということ。精子だけを母親の中に残して戦死した父親を持つ彼女も、生きた戦後史だが、たどるには長すぎる物語だ。ただ、彼女は結婚しないで生きてきた。私は世帯持ちになった。

「私はね、プレスリーが死んだ時に泣いた」

マリアと私は顔を見合わせて、プレスリーのようにニヤッと笑った。

その頃は毎晩、家の門の小さな鉄扉が風で音をたてるたびに、私は耳をすました。独立して仕事場を持ち、柴田が家に帰らない日がたびたびあった。彼は仕事場に寝袋を持ち込み、仕事が切れない時にはソファで寝るのだった。でも……と私は思った。その頃友人から、夫が仕事だと言うから信じていたら女だった、という話を聞いていた。子供を寝かせた後、タクシーで仕事場の近くへ行き、窓明りを見て帰ってきたこともある。〈つまんないから来ちゃった〉と無邪気を装って仕事場を急襲し、コーヒーをいれて夫の机に置き、なんとなく出来かけの仕事をのぞいて帰ってきたこともある。いっそ、赤い口紅を塗った現実の女がいてくれたら、と見えない敵に焦立ちながらも、仕事なんだからと気持を押さえた。けれど、自分ではそう思っているのに、上京した柴田の母がほとんど息子に会えないまま、〈仕事が忙しいなら何よりだ〉という口癖を残して帰ったあと、私はプレスリーの死を報じるニュースにかこつけて、その歌を聞きながら涙を流した。


想像の苦しみが、まるでもう現実に女がいるのと同じ苦しみになった時、私は言った。

〈あなたを疑った。疑う自分が夫婦として一緒にいるのは嫌だから別れたい〉

離婚届用紙を前にして、柴田は何も言わなかったが、毎日帰ってくるようになった。時には明け方四時頃帰ってきて、何時間か眠ってまた車を運転して行った。顔が疲労で蒼黒くなっていることもあった。

〈もう私は大丈夫だから、無理しなくていいの。遅くなった時は泊ってきて〉

その頃から彼は、時々私にできる用事を言って、自分の仕事を手伝わせるようになった。私たちは本当にポキポキと不器用にしか寄りそうことのできない夫婦だ。

ノンがボトルを運び、山羊とさくらん坊を見くらべて言う。

「あんた、ウシロねらってんじゃないの」

さくらん坊少年が困ったような顔をして、予備校生を見る。二人は気持が通い合ったように笑う。ギターの子はそしらぬふり。

「俺、そういう趣味ないよ。鶏の方がまだいいよ。ホント俺、鶏とヤッたことあるけどよかったよ」

「チキン・ファック！　山羊そっくりのヒヨコが生まれたりして」とノン。

「うん、それでさ、責任とってくださいって、メンドリが黄色いクチバシで迫ってくるの。ああ鳥肌立っちゃう。チキン・ファック！」

　と私。黒メガネが引き取る。

「そうなったらよお、男たるもの悩むよなあ。このヒヨコ育てて、ケンタッキー・フライド・チキンに持ってくべえか、紅花《ベニハナ》にするか、はたまた雛忠か。チキン・ファック！」

「ああ本当にそういうのあんのよ」

　ノンがふらつく足でフロアに立ち、指を鳴らしてうたうようにしゃべり始めた。ギターの子が弦をかき鳴らして伴奏する。他の連中も、足を踏み鳴らしたり手拍子を取る。

「鶏《トリ》のフライング・コンテスト。ロスで見たの。イエー。

　台の上から、鶏を飛ばすの。バタバタバタバタ……。柵を越えたら、生き残れる。柵の手前で、落ちたら、一丁上り。フライド・チキン！

　ユウ・アンド・ユウ、若いから、飛べるかもね。チキン・ファック！

　ユウ・ユウ・ユウ・アンド・ユウ・アンド・ミー。フライド・チキン！」

　ノンはゲーム台に尻もちついた。

　アンポンタン。陽気な世紀末。躁と鬱とをこきまぜて、仮面舞踏会《マスカレード》はエスカレート。

　生きていりゃこそ、ひょっとこおかめだ。

　オノ・ヨーコと子供が歩いて行く。

　ジャクリーン夫人と子供たちが歩いて行く。

　ドイツのプリシラさんと子供が歩いて行く。

　三島夫人と子供たちが歩いて行く。

　克美しげるの奥さんは待っているだろうか。子供はいるのだろうか。

〈コーヒーゼリー買ってきてね〉

　次郎の鈴のような声。

　巨大な樹のように見える影は、太郎のマンガのキノコ雲だろうか。私をさまざまな情報で不安にさせるテレビの電波塔だろうか。夫をとじこめているビルだろうか。

　この夜ふけに駆けて行くのは、円谷選手ではないジョギング・マン。

　代々木から原宿方向へ行く車の尾灯が、ガードレールに反射して赤い光が流れて行く。

　原宿の方から五人の人影が近づいてくる。女の子二人と男の子三人。女の子はまだ中学生くらいに見える。ぐらぐらと揺れている。何かもうろう状態のようだ。旅《トリップ》……。

　男の子三人が私と予備校生のまわりを囲む。何かコトが起る。ああこれですべて分解する。何もかもばらばら。解放感が背骨からひろがっていく。

　というようなコトは起らない。彼らは寄ってきた仲間のものらしい車に乗りこんで、走り去った。外側から解放してくれるようなことなど何も起らない。東京は安全が保障された街なのです。そうだろうか。

　私も歩いて行く。予備校生も歩いて行く。手をつないではいない。スクラムも組んでいない。それぞれ、自分のポケットに手を入れて。

「よく飲みに出るんですか。よくああいう所へ行くんですか」

「いけないの？」

　仲のいい弟に喧嘩を仕掛けるような感じ。私はこの若者に甘えているようだ。

　外で飲んだ方が救われるんだもの。台所の壁を見ながら、頭がぐらぐらしてくる時の感じ、たまらない。いつだったか、流しの下のポリ袋を何かがひっかいている音がすると思ったら、目の前をネズミが横切っていった。台所には微かに腐臭が漂い始めている。テレビやタンスの上に、うっすら埃がたまっている。母が来る日は、そんな形跡を拭っておく。夫が帰ってくる来ないは、仕事の進行と合わせてカンでわかる。本当の私を敏感に感じ取ってしまっているのは子供たちだ。

「私にはね、この街の風景が二重にも三重にも見えるの。何枚も重なったスライドを一枚一枚剝がしていくと、こんな風景もあるの。

　一九六〇年、あなたが生まれた年。私は十七歳の高校生だった。六〇年安保闘争というのがあって、私は都立高校新聞部連盟、略称コーシンレンの人達と、六月に入ってからデモに参加するようになったの。

　初めての日は四谷駅の一時預けに学生鞄を預けて、清水谷公園に集合して、日比谷、銀座へとデモ行進した。その日は霧雨が降っていて、都道府県会館あたりのイチョウ並木の道を行進する間に、若葉の匂いを含んだ雨がセーラー服の肩にしみた。それが体温でむれて、体の匂いと一緒に立ち昇るの。私はその時はじめて男の子と腕を組んだから、自分の匂いが気になって仕方なかった。銀座のネオンを見たのもその時がはじめてだった。スクラム組んだ日比谷高校の男の子が、シュプレヒコールの合い間に、〈あれが日劇です〉とか〈右側が資生堂です〉とか教えてくれたの。あんな美しい夜景をあれ以来見たことがない。それはあとから知った東京地図や、今見る街のアングルとぴったり重なるんだけど、まったく別の輝きにいろどられているの。

デモはコース行進から、直接国会周辺に集結するようになっていった。高校生は大学生の列の一番端に並んだ。大学生のリーダーが〈諸君、高校生の若き力を拍手をもって迎えましょう〉と叫ぶと、大学生の群から拍手が湧き起って、各大学の校旗が揺れた。赤旗が林立する中で、東大のスクールカラーの青旗《ブルーフラッグ》が眼にしみて美しかった。

デモ行進の途中でも私は、浅沼稲次郎が巨体で宣伝カーの屋根に上った時、屋根がボコッと音をたてたことに笑ったり、議員会館前で、映画館の中売りのように首から箱を下げたアンパン売りの人がいて、アンパンがよく売れているのを見ていたり、はじめの頃は五メートルおきに立っていた警官が、二メートルおきになったと数えたり、機動隊の人が装甲車の蔭で仕出し弁当を食べているのを見たりしていた。

ある日、いつもアンパン売りが立っているあたりの少し先の路地から、黒服を着た大学生の列が乱れて、列の前方に突入してきた。前を歩いていた大学生の列が乱れて、後へ退ってきた。何が起っているのかよくわからなかった。〈高校生はさがれーっ、高校生を守れーっ〉と誰かが叫んでいた。あちこちで怒号や悲鳴が起った。上を見ると塀や木に登ったカメラマンが、盛んにシャッターを押しているのは見えたけれど、前で起っていることはわからなかった。やがて騒ぎはおさまって、四列に並んだ高校生の両脇を、それぞれ二列に並んだ大学生がガードしながら、大きな樹の下までたどりついた。そこで高校生は解散したの。

翌日は雨だった。コーシンレンの幹事校からの連絡で、もう危険だからデモ参加はとりやめるということになって、私は学校から帰るとずっとテレビを見ていた。デモ隊と、右翼・機動隊があちこちで衝突している画面や、国会議員の動きの報道を見ていると、現場にいるより総合的に事態がわかって怖しかった。夕方から国会議事堂の門を突破しようとする大学生のデモ隊と、阻もうとする機動隊が激しくもみ合っているところが何度も放送された。夜に入ってから、死者が出たらしいという女子学生スが流れた。それが東大の樺美智子さんという女子学生だったの。

窓の外には激しい雨が降りつづけていた。私はね、自分が生理的な感覚だけで、おまつり気分のように参加していたデモで、一人の女子学生が死んだことにショックを受けていた。それとね、私の父は警察官だったの」

言ったとたんに、その言葉がセミの脱け殻のように私の皮膚からはがれ落ちた。もうそんなことに何の実感もないことがわかったが、聞いている人のために、話している自分のために、話しつづけよう。

高級マンションの前を通りすぎる。車庫には、ポルシェとハーレー・ダビッドソン。

「父は機動隊ではなく、国会周辺に召集されていたわけでもない。けれど私は、デモ隊が警官隊に向って〈イヌ！〉と罵倒する時、一緒に言えなくて、石を投げることも出来なかった。私は家庭人としての父に親しまない娘だったけどね。

私は何人かの警察官を知っていたの。みな父と同じ島の出身者達だった。あなたと同じ訛りで話す人々。山之口貘の小説に〈琉球人お断り〉と就職を拒絶される話があるけれど、そういう時代に東京に出て来て、数少い開かれた道である警察官になったんだと知っていた。そういう人達が石礫を受けているんだと思ったら、私は彼らの方から私の方を見ている風景が見えるようで、こちら側の人と一緒に石を投げられなかったの。

たぶん自分の態度を決めるということは、そういうことを乗り越えなくてはいけないんだけど、私にはそれが出来なかった。それ以来、私はいつもそうなの。あの人の気持もこの人の気持もわかると思うばかりで、自分では何一つ出来なかった。

でもね、私がそんなことにこだわっているふりをするのは、今の私が何不自由なくシアワセで、そんなことくらいしかこだわることが無いからなのかもしれない。今頃こんな話をするのは、甘ったれたグロテスクなことのような気もする。どんどん変っていく風景や、とび去っていく時間が不安で、どこかに自分を釘づけにしておきたいのかしら」

三叉路に架けられた歩道橋の階段を上る。彼は数段先に上り、ふり返った。もし手をさしのべてくれたら、私も自然に手を出しただろう。けれど彼はじっと待っていた。そして歩調を合わせて上った。

歩道橋の端に並んで腰かける。街はもう寝静まっている。片側車線だけに、精霊流しのようにタクシーの灯りが流れて行く。川岸にひっかかった電話ボックスの灯籠。眼をあげると、高層マンションの非常灯の赤が縦一列に並んでいる。

肩に冷気がしみてくる。彼と私の体を接した部分だけに、人なつかしいぬくもりがあった。彼がタバコに火をつける。火をかりて私もタバコを喫う。

美智子さん――

もう一人のミチコである私は、頭を垂れて祈るかわりに、タバコを喫いながらあなたに語りかけます。私はあなたの列の後方に連なっていた時もそうであったように、個人的事情を理由に中途半端に、思考より自分の生理的感覚にひきずられながら生きてきました。ある時期からは、むしろ自分の個人的事情や生理に忠実に生きようと思いました。

大学を中退して会社に入った私は、毎日勤務が終ると、新宿のジャズ喫茶に入り浸り、言葉のない、体のリズムが感応するだけのジャズに耽溺していました。そのころ私は会社で柴田に会いました。

〈デザイン展の作品に文案《コピー》をつけてください〉

〈先週デザイン展終ったばかりでしょう。あなたの入選作品も見ました〉

〈この次の作品です〉

他のデザイナー達が締め切り二カ月前に、さて応募作品にとりかかろうという時に、彼の作品はもう出来上っているのでした。私は黙ってパネルに向う彼も、唇を閉ざす思いを知っている人だと感じました。会ったばかりの頃、彼は話しました。

北京の煉瓦塀を染めていた夕焼け。阿媽《アマ》に背負われて散歩した北海《ペイハイ》公園の露店の、巴旦杏の砂糖菓子。引揚げ貨車で重なり合って眠ったこと。東支那海を渡る引揚船の中から、次々と海に投げ出されていった死者たち。

六歳の子供が見たそんな風景が、彼から言葉を奪ったのだという神話を作り上げるつもりはありません。けれどその後、夏に故郷で彼の母親とお酒をのみながら聞いた話、引揚げてきた一家がニッポンでどんな思いをしたかの話を併せる時、その一家の長男である彼の思いがわかる気がします。彼も私の兄貴や、高校生をかばった大学生たちの年代でした。この人となら一緒にやっていけるだろうと思いました。

対話や自身への問いかけに疲れ、黙っていることの安らぎの中に自ら望んで入ったのに、今また対話が欲しいという。なんて身勝手なのだろう。なんだか私は、ねじれた梯子をよじのぼってきたような気がします。時間というものが、人間の気持をゆるやかにねじれさせる働きをもっているのでしょうか。

美智子さん、私はこのごろ、ねじれ過敏性《アレルギー》のようです。子供を育てるというけれど、本来は放っておけば早く自立するものを、手をかけることで妨げているという感じ。そして子供をダメにすることは、マイナスとして言われているけれど、もしかしたら走り続ける社会の中で次代を担う子供をダメにすることは、突っ走ることを引き戻す役に立っているのではないかという感じ。など、ねじれは幾ねじれもします。教育、仕事、暇、時間、健康長寿、文明、進歩などを考えていくと、みなどこかでねじれます。

子供がほんとに小さかった頃、子供を抱いて部屋の中にいると、私は自分が樹々の呼吸と一緒に息をし、地球の自転に乗って日のめぐりの中にいるような気がしました。よせる波かえす波のような、単調で悠々とした繰りかえしの中にとけていた私には、ねじれの感じは無かったのです。

そして私は、その奇妙な感じをうまく言葉で説明することが出来ません。男の言葉と女の言葉は違うのではないか、いやもしかしたら女にはもともと言葉が無いのではないかという気もするのです。子供が赤ちゃんだった頃、私はアァとかウゥとかの短い音声で、彼が何を訴えようとしているのかわかりました。原始人なども、会ったわけではないけれど、短い叫びで何かを伝え合いわかり合っていたようだし、母親と赤ちゃんの間で交す音声は世界共通だとも聞きました。私たちの今の常識では、アァウゥから言葉を持ち、文字という記号を使うことによって、遠くの人とも伝達可能になったというようなことが、人間の文化、進歩だということになっています。けれど私には、アァウゥと五感ですべてがわかってしまうことの方が、すごいことなのではないかとも思えるのです。そんなことを考えると、口ごもってしまいます。

男の言葉と女の言葉と、とりあえず区別しましたが、それも違っているかもしれません。立ち上って地平線を見てしまった猿人の末えいである現代人の論理と、くぐもって自分の心臓《ハート》の鼓動《ビート》を間近に聞いていたそれ以前の猿人の生きるすじみちの違い、あるいは、社会的人間としての自分と生物としての自分、なのかもしれない。私は自分の考えていることと感じていることが、断片的で支離滅裂で奇妙な独断にとらわれていることとも思った上で、なおそんなことを考えずにはいられません。自分一人なら、あとは野となれ廃墟となれだけれど、子供を産んでしまった女だから。ますます生物としてのリズムを、悠々としたノラリクラリズムを失って突っ走って行く、機械文明や能率主義や進歩の行きつく先が、太郎のマンガのような地球破滅の風景ならば。いや、地球なんておおげさなことではなく、私自身が、寂しくてたまらないから。

美智子さん、私は一人の妻としては夫を愛し、夫に寄り添っていきたい。夫もまた不器用ながら、それに応えてくれていると思います。でも、夫と私との間で何かが違っている。たしかに夫は特別に仕事の好きな人間だけれど、その背後に彼をとりこんでいる巨大な現代社会というものを感じるのです。

私はこのごろ体がだるくて仕方がありません。なんとか気持を引き立ててきちんとやろうと思っても、どうにもダメなのです。何かに必死につかまっている手を放してストンと墜落したら、どんなに楽だろうと思います。このままでは本当に自分もダメになり、子供もダメにしてしまいそうです。

私はただ、家から外へ出て二年の間にリズムの調整が出来なかったことからくる心身の変調とか、夫との異和感による孤独や不安の解消や対策のために、クスリをのめばすむことなのでしょうか。

美智子さん、あなたが考えていた革命とはどのようなものでしょうか。私もまたカクメイを考えています。もう一度〈世の中〉とか〈人間〉とかの言葉を臆面もなく使って、ものを考えたくなっています。この二十年という変化の激しい時を生き、今は母親となった私は、片足は現代人の岸に片足は生物の岸にひっかけ、急速に離れていく両岸のために股裂きになりそうになりながら、女性性器に力をこめて踏み耐え、失語症的奇声を発するこっけいな女性闘士《アマゾネス》にならざるを得ません。

アァウゥアァウゥアァウゥ、何かをもう一度もとのところから考え直そうよ。アァウゥアァウゥアァウゥ、私はあなたが好き、男が好き、仕事も認めている、働いてくれて有難いとも思っている、でも、もう仕事はいいから、こっちへ来て……。

けれど美智子さん、情報の時代の人間である私は、女たちが言葉にならない言葉で訴えようとしているアァウゥに対する、背筋も氷るような一つの、そして最もあり得るかもしれない応答も知っています。主婦症候群という心や体の変調に陥った女たち、寂しさから浮気に走った女たちのレポートの中で、一人の夫が言った言葉です。

〈私はもう妻が何を考えているのか、いちいちかかわりたくありません。だが、私が一生懸命働いている間に、妻が暇をもて余してわけのわからないことを考えていたのかと思うと、すべてが虚しくなります〉

けれど多くのあり得る応答の中から、答えを言ってくれるのは生きた人間の声です。日々生きている人間は、まだプログラミングされていない、思いがけない応答を返してくれるかもしれない。私たちはもっともっと惑乱して、男たちに語りかけるべきなのでしょう。私たちは男たちに、ではなく、私は夫に。

けれど——また、けれどです。

〈ああ僕、お父さんが一番信頼できるよ〉

身近にいるためにものを言い、迷う母親にうんざりした太郎が言います。何も言わない玩具と遊ぶように、何も言わない父親に心を安らがせる子供たち。私がくだくだ考えていることは、やっぱりローズマリーの幻想だろうか。なんと優雅な奥様のお道楽、というわけなのだろうか。私はもう何も言わず何も考えず、シルクロードの砂漠のサウンドを聞いていた方がいいのかもしれない。それとも履歴書を書いて渋谷職安へ行った方が。

それとも、私が昔、東支那海の島に生まれていれば、男たちの航海を守る姉妹神《おなりがみ》であったかもしれないなどと思いながら、この無垢の少年とドロップアウトしてしまえば、何かに必死につかまっている手を放して、ストンと墜落できるのか。

あるいは、ただ単純に今、靴を脱いでハダシでこの舗道を歩いてみれば、たまっていたストレスが足裏から放出されて、明日からまた元気を出しておでんを食べて、輪切りの大根の切り口や、左巻きのなるとの切り口のように同じ毎日を生きていける、ということなのだろうか。

美智子さん、その朝〈今が大事なとき。今日は行かなければならない〉と言って出かけて行ったという美智子さん。私はどこへ行けばいいのでしょうか。

いいえ、私にはわかっているのです。女は、私は、全身女になって、〈おねがい、あなた、私を見て。私が欲しいのは、あなたなの〉と叫べばいいのです。美智子さん、私の前にもう一度、そう叫ぶ知恵と勇気のブルー・フラッグをはためかせてください。

津《つ》島《しま》佑《ゆう》子《こ》

真昼へ

母の家に大きな穴があいた。

見てごらん、と言われ、地面に残されたコンクリートの土台を見やると、表面が粉状になって崩れてしまっていた。それも、白アリの仕業だった。

――これだからねえ。

母の言い方は、むしろ誇らしげだった。足もとに転がっている柱は、キビガラのように朽ちていて、端がやはり崩れ落ちている。風呂場《ふろば》として使い続けている場所だった。白アリの被害はそのまわりの台所や便所にも及んでいた。簡単な修理では間に合わず、その部分は土台から建て直さなければならないことになった。

――この辺りは、東京でも特別に白アリが多い地域なんだそうよ、お寺や神社が多いからね。

母は私に説明を続ける。

――それでも三十年、なんとかもちこたえてきたんだから、上等な部類なんでしょう。白アリを完全に寄せつけずにおくということは、今のところはまだ不可能なことらしいですからね。

――それじゃ、今度新しく建てても、またやがて白アリにやられてしまうっていうの。

――普通だと、大体十年、といいますよ。だから、あんたもそう覚悟しておくんですね。

――わたしが?

――そうよ、わたしはもう生きちゃいないんだから。

すでに八十に近い年齢になっている老母は、私をからかうようににやにや笑っていた。

――いやあね、わたしだって分かったもんじゃない。

苦笑して、私も言い返した。母が自分の死を口にすると、私も負けまいと自分の死を持ち出さずにいられなくなる。母が自分の老齢を頼りに、死を手近なものとして語るのを妬《ねた》ましく思い、年齢など死についてはなんの尺度にもならない、と言っておきたくなる気持を自制できなくなる。しかし何度、母の耳もとに言ってやっても、母は気にも留めない。にもかかわらず、一種の癖のようになってしまっていて、考えるより先に私の口が動いている。私の息子がまだ十歳にもならないうちに突然、この世からいなくなったのが、三年ほど前のことだったのだが、当時、母がこれからどうしたらいいんだろう、わたしもこんな年になって、もう長くはないことだし、と嘆きの声を洩《も》らした時に、つまらないこと言わないでよ、年齢なんて、なんのあてにもなりやしない、と思わず、腹立ち紛れに言い返したことがあった。母は私から顔をそむけ、黙りこんでしまった。その時以来、言葉にこめる感情は同じものではないにせよ、ひとつの挨拶《あいさつ》のように、母と私はそれぞれの死について飽きずに同じやりとりを続けている。

風呂場の外は、雑草が好きなだけ繁茂し、昼間でも足を踏み入れるには勇気のいるような荒れた場所になっていた。その草叢《くさむら》に巣でもあったのか、風呂場の窓にヤモリの影を見つけることが多かった。多い時には、八匹も数えられた。いつだったか、その影をまた見つけて、ヤモリを自分のペットに加えたがっていた息子にそれを教えてやったことがあった。息子は捕虫網を持って早速、外に駆け出て行ったが、ヤモリは下の草叢に落ちて、そのまま逃げて行ってしまった。息子はそれから、母の家を訪れるたびにその草叢を点検せずにはいられなくなり、家を新築して私と二人の子どもも共に住もうという話が進みはじめた時にも、息子は草叢の心配をし続けていた。工事がはじまったら、さわがしくなって、ヤモリがみんな逃げて行ってしまうんじゃないの。あそこだけ特別、そっとしておくことはできないの。

私はそうした息子に、一時的にはどうしても別のところに逃げだしてしまうでしょうけど、工事が終わって、また静かになったら、きっと戻ってきてくれるわよ、と答えていた。建物が変わったたって、そう簡単にまわりまで変わるものじゃないわ。

息子のために、本当にそうであってくれれば、と心の裡《うち》で願っていた。

しかし今、新築どころか改築の工事がはじまったばかりで、もう雑草の姿が見えなくなってしまっている。ヤモリはどうしただろう、と案じずにはいられない。が、白アリが必ず戻ってくるというのなら、ヤモリも戻ってこないわけがない。再び静かになった家を目ざして、まわりからひっそりと、しかし着実に近づいてくる白い虫の群れとヤモリの一族を思い浮かべる。

窓にはヤモリ、天井にはクモ、壁にはナメクジ、庭にはヘビとカエル、そんな家がぼくはいいんだけどなあ、とも息子は言っていた。虫たちを驚かさないような暗い家で、隙間《すきま》があちこちにある田舎の古い家がいいよ。

それで庭の代りに、田んぼがあったら、もっといいんだよね。

私が言うと、息子はうれしそうににっこり笑って頷《うなず》いた。

ばかなこと言わないでよ、と息子より四歳年上の娘が傍《かたわら》で聞いていて怒りだした。そんな家、わたし絶対いやだからね。新しく建てるのに、どうしてわざわざ古くて暗いオンボロの家にしなくちゃいけないんだよ、ばか。

娘は新しい家が本当にそんな家になるのかと不安になってしまったのだろう。息子の希望に現実性は少しもないのに、と私は娘の見幕をおかしく思いながら、心の隅《すみ》では、そうした田舎風の隙間だらけの家もいいものなのだろうな、とぼんやり想像もしていた。

母と私は外から家をまわり、ガラス戸を開けてある居間の敷居に腰を下ろした。午後の陽《ひ》がそこには淀《よど》んでいるようで、北側の風呂場で冷えてしまっていた体に心地良かった。庭木の梢《こずえ》の方が白く光っていて、空の高さを感じさせた。

――それで、池は？

気になり続けていたことを、母に尋ねてみた。

――ああ、あれねえ。工事のついでだから、水が漏らないように修理してくれるとは言ってくれているんだけど、どうしますかね。

いつ頃《ごろ》からか、庭の端にある池は空になったままで、落ち葉のまじった土砂が隅の方に積り、全体に苔《こけ》が生えている。家がまだ新しかった頃には、もちろんその池にも水が漲《みなぎ》っていて、睡蓮《すいれん》が夏になると花を咲かせていた。鯉《こい》も泳がせていたが、当時はまだ生きていた私の兄の好みで、出目金とカメもそこで飼っていた。ヒキガエルが産卵し、帯状の卵で水面を埋めてしまったので、母と竹ざおでその卵を苦労して外にすくいだした、というようなこともあった。たったひとつがいのカエルがよくもこれほどたくさんの卵を産みだすものだ、と驚かされた。

翌年も、そのヒキガエルは同じように産卵し、しかもまだオスとメスが離れないまま、その場に居残っていた。竹ざおでいくら突ついてみても、池の外に追い上げてから は蹴《け》りつけてもみたが、メスの体からオスは離れず、不自由そうにメスはのろのろと逃げ続ける。早く二匹に分かれて、逃げてしまえばよさそうなものなのに、とその頃中学生だった私は、しまいにはカエルをそのように別の一体の生きものに変えてしまっている力に怯《おび》えを感じだし、その生きものに背を向けてしまった。更に次の年になり、メスの方だったのか、オスの方だったのか、大きなヒキガエルがまた姿を現わし、我慢しきれなくなった母にとうとう庭石で押しつぶされてしまった。

　このヒキガエルの話も私の口から聞き知っていた息子は、ぜひ池を復活させ、水生のいろいろな生きもの、カメやカエル、アカハライモリ、サンショウウオ、ゲンゴロウ、コオイムシなどを飼わせて欲しい、と願うようにもなっていた。どれだけの生きものを現実には生き長らえさせることができるのか分からないが、息子なら確かに池から多くの体験を得ることができるのだろう、と思え、あなたがちゃんと自分で池の掃除をしたり、水を換えたり、そういう管理ができるんだったら、池を直してあげてもいいけど、約束できるの、と息子に言ってやっていた。息子は無論、自信たっぷりに頷き、早速、〝ぼくの池〟をあれこれ空想しはじめた。友だちや学校の教師にさえも、その空想の一部を微細に語り聞かせていたらしい。その池は遂《つい》に、ワニ園にまで姿を変えてしまっていたことを、私はあとで知らされた。

　自分一人で管理するように、と息子に言い渡しておきながら、たぶん、いざとなれば、私が大部分肩代りをすることになるのだろう、とも覚悟をつけ、それでも決して無駄骨《むだぼね》に終わることではないと思っていた。横長の、底の浅い池だった。

　――あれは埋めちゃったらどうなの。わたしはあんなもので今更、労力を使うのはいやよ。

　私は母に、苛立《いらだ》ちを隠して皮肉っぽく笑いながら言った。

　――埋めるって、そう簡単にできることじゃないんですよ。石だって、使ってあるし。

　母は空っぽの池を見つめながら、呟《つぶや》く。

　――だけど、池なんてわたしは興味がないもの。興味のないものに、苦労させられるのはごめんだわ。池の掃除なんて、考えただけでぞっとしちゃう。

——そりゃ、わたしだってつくづくうんざりしたから、直しもしないで、今まで放《ほう》っておいたんだけどね。困ったわねえ。あのままじゃ、やっぱりみっともないし。

母は溜息《ためいき》をついた。三十年前には、その池のなかに兄と共に入って、鯉を追いまわしながらの水遊びに熱中していたこともあった、と思いながら、私はできるだけぶっきらぼうに言い返した。

——埋めるのがそんなに大変なことなら、せめて砂利でも入れてしまえばいいんじゃないの。とにかく、庭に水があるって良くないことなんですってよ。

——いい加減なことを、また言いだす。まあ、池のことはあとで考えることにしましょう。砂利だってね、前に一度思いついて、植木屋に相談してみたことがあるんですよ。でも、あれはあれで厄介《やっかい》な代物《しろもの》らしくて、それぐらいなら水を入れろって。せっかくの池なんだから、と誰でも必ず言いますね。もともとここにあった池で、わたしたちが越してきた時に、頼みもしないのに、前のあの植木屋が勝手に手を入れて、復元してしまってね。石も自分でどこからか運びこんできたんですよ。……

これまで、母は当時のことを口にすることはなかった。三十年振りに、改築のため、家財の移動をし、壁が崩されるのを見届けてから、母の記憶の壁にも穴が開けられたようだった。夫を、事故死とも覚悟をつけての自死ともつかぬ、世間では単純に心中事件と断定した、そんな死で失ってから、とりあえずの生活を続け、ほぼ十年後に、ようやく念願の自分の家を、母は建てることができた。末の子である私が、もうすぐ小学校を終えようという頃で、ダウン症の兄もそれなりの分別を身につけはじめ、一人で中学の養護学級に通えるようにもなっていた。それまでに母が一人で経験しなければならなかったマイナスが、真新しい家という形で一挙にプラスに変わってくれたかのようだった。いちばん上の、すでに高校生になっていた姉も含めて、家族四人それぞれの部屋も用意されていた。これからこそ、気苦労とは縁を切り、人生の良き部分を自分も取り戻すのだ、と母は思い決めていたのだろうし、三人の子どもたちも無論、母の力で遂に実現された美しい家に見とれていた。私と兄はとりわけ、遊園地を丸ごと与えられたようにはしゃぎまわっていた。

越してから少しずつ、家のまわりが整備されていった。翌年、花壇に花も咲きだした。そして、また冬になり、兄が突然に死んだ。その死と共に、母の新しい家もするべきことを終え、過去のものとなってしまった。兄のいた頃の家と、いなくなってからの家とは別のものになっていた。その二つの家は比較することのできないものだった。それで、兄のいた頃の家は眼《め》に見えないどこかに周到に隠されてしまった。生き続けた残りの三人は、広いだけで使いにくい家を嫌《きら》いながら、それでも隠されたものをわざわざ思い出そうとはせず、そのうち本当に忘れるようになって、家が少しずつ古びて、やがては荒れていくのを、一切手を触れないまま、漠然《ばくぜん》と苦痛を感じながら見守っていた。姉も私もそうした家から逃がれたくて、飛び出て行っては戻ることを繰り返し、そのうちそれぞれ別の住まいを得、母はそれから十年以上も一人でその家で暮らし続けてきた。東京の町なかの家なのに、雑草がはびこり、ヤモリやトカゲの類《たぐ》いが増え続け、ネズミが出没し、私の息子が物心ついた頃には、そこは塀《へい》に囲まれた、都会とは別世界の、人よりは小動物や雑草の息吹《いぶき》に充《み》たされた場所になってしまっていた。無言のまま、そうして朽ち果てていくだけの家なのだ、と私もいつの間にか思いこみだしていた。家族の思い出、というようなものとは縁のないまま、雑草のなかに呑《の》みこまれ、姿を消していく家。

　家をこわし、新築する話を母とはじめた頃にも、家が隠し持っている記憶に気がつくことはなかった。そしてその頃に、突然、私の息子までがこの世での生を閉じてしまった。他の場所を借りるよりは、と母の家を借りての通夜《つや》と告別式が行なわれた。それでますます、母の家を見たくなくなった。なにも手を下さないうちに、地上から消え去ってくれないものか、と自分勝手に願いだしていた。私の兄の葬式ではじまり、私の息子の葬式で終わろうとしている家などに、どうして愛着の気持が持てるだろう。

　しかし、それからまた三年近い時が経《た》ち、その家に手を入れることになって、思いがけないものを、私も母も眼にしはじめていた。家具が片づけられがらんどうになった部屋に、剝《む》き出しになった柱に、天井の板がはずされて露《あら》わになった屋根裏に、今まで忘れ去られていた新築の頃の私たちの喜びが、少しも古びることなく生き残っていたのだ。家は三十年振りにようやく、一部を裸にされたことで、本来の姿を私たちに示すことができるようになったらしい。当時の喜びを少しずつ味わい直しながら、その自分の喜びに驚き、戸惑いも感じていた。兄がそこには生き続けていて、十歳だった私もその傍で笑い声を響かせながら生き続けていたのだ。とすると、私の息子もこの家のどこかで生き続けていることになる。息子が生きていた間、最も執着し、自慢にさえしていた家が、やはりこの家だった。別のところに住んではいたものの、息子は赤ん坊の頃から年中泊りに来ていたので、その頃からの着替えや本、玩具《おもちゃ》などが自然に溜《た》まっている。ビルの狭い住まいでは楽しむことのできない夏の花火も残されていて、気長に次の夏を待ち構えている。息子にとって、そのような家だったのだから、この家と共に息子だって生き続けている、と思う他はない。感情を持たない虫たちでさえも、家を見つめながら生き続けているのだから。

しかし、そうした息子をどうしたら見つけることができるのか、本当のむずかしさはそのことにあった。家のありとあらゆる部分をどのように生き返らせるか、そのためにも慎重に考えていく必要があった。

池についての結論は出ないまま、私と母は家のなかに入り、今度は玄関脇《わき》の廊下に立った。廊下の天井は長い間の雨漏りで、腐りはじめている。屋根を調べさせたら、大きく横に走る亀裂《きれつ》が見つかった。あわてて床も調べてみると、玄関のある北側が地盤沈下を起こし、家の全体に歪《ゆが》みが生じていることが分かった。残せる部分はできるだけ残すにしても、家の北側の一部は少くとも基礎から造り直さなければならなくなった。家の新築よりも、よほど手間のかかる工事になってしまいそうだった。どうせのことなら、と母はその部分の間取りを変えることを希望しはじめている。私も母も、思いがけず大がかりになっていく工事にうろたえさせられながらも、互いに、中途半端《はんぱ》に家をいじりだしたから、こんな面倒なことになってしまった、という思いを決して寄せつけまいとして、平然と工事の成行きを見守っている。毎日、そのようにして母は自分の家の変化を眺《なが》め、私も時々、母につきあい、一応の納得を得たところで、私は娘との二人住まいになっているマンションの部屋に戻り、母は工事の間仮住まいをしている姉の家に戻っていく。ほんの一時期にせよ、家を離れたくない、と母が言い、それで家の新築は考えからはずされたのだったが、家の手入れがはじまってみると結局、不便なことが多すぎ、不用心でもあり、姉の家に母は身を寄せることになった。そうした推移に、しかし母は不満を一言も洩らそうとはしない。

母の家を夢に見ることが多かった。

母が一人暮らしを余儀なくはじめるようになってから、

それは私自身が招いたことでもあったのだが、母の家をいろいろな形で夢に見るようになった。

母の家を囲んでいた塀がいつの間にかこわされ、ブルドーザーが二台、庭土を荒々しく掘り起こしている。

隣りの家との境にあるブロック塀に木戸があり、そこを開けると雑草のなかに小道ができていて、それを辿《たど》っていく。崖《がけ》っぷちに出て、大きな川を見下ろす。川向こうに夕闇《ゆうやみ》に沈んだなだらかな山が見える。心細くなって戻ろうとするが、どの道を自分が来たのか、もう分からなくなっている。

庭の木のどの根もとにも穴があいていて、その穴の変化によって、地下のトンネルを作ることにした、というが、その穴になにか生きものらしいものがちらほら見え、無性にそれが怖《おそ》ろしくてならなかった。

朝、外を見ると、雪に深く閉ざされていた。一歩も外には出られそうになく、門にある郵便箱から何枚かの葉書がこぼれ落ちているのさえ拾いに行けない。早く拾いに行かなければ一字も読めなくなってしまう、と焦《あせ》りを感じるが、眩《まぶ》しく白い雪を前にどうすることもできない。

まだ外が真暗な早朝に、姉が居間にいて、荷作りをしている。こんな時間に出て行くのか、と私が聞くと、姉は私に顔も向けずに頷く。私は寒さと淋《さび》しさに泣きながら、姉の荷作りを手伝いはじめる。

久し振りに母の家に行った。コンクリートの大きな家に変わっている。知らないうちになにが起こったのだろう、と途方に暮れる。入り口のインターフォンを鳴らすのもためらわれ、横手にまわって、窓からなかの様子を覗《のぞ》いてみる。見知らぬ家族と共に母がくつろいでいる。こういうことになっているのなら、私が母を思う必要はもうないのだろう、とも考えるが、母がだまされているのだとしたら、娘の私が事情を聞きたださなければならないのだが、とも思い、しかしそうした思いは、母とあまりにも遠ざかってしまった心細さに呑みこまれていってしまうようだった。

私が離婚し、二人の子どももまだ幼くて、心身共に憔悴《しょうすい》していた頃、夢のなかの母の家はその場所を自在に変えはじめていた。母が別の家に移り住んでいて、母親という立場とは縁を切って、一人で静かに暮らす充足感をはじめて得るようになっているという夢。

山のなかのその家に従兄《いとこ》の一人が案内してくれた。木立に身を隠して、母が姿を現わすのを待った。白いテラスがあり、デッキ・チェアも置いてあるそこが、家の玄関も兼ねているらしい。小さな家だが、今までの家と違って開放的で、居心地の良さそうな家でもある。母はなかなか、家のなかから出て来ない。どうして、こんな風に待っていなければならないの。お母さんの家なんだから、遠慮する必要ないじゃないの。あんなすてきな家だったら、なおさら行ってみたいわ。

従兄はしかし、苛立たしげに私を叱《しか》った。

もう甘えちゃいけないんだってことが、分からないのか。お前のお母さんはやっと、安らいだ生活を手に入れることができたんだ。お前の顔などを見たら、それが台無しになるんだ。あれは、あの人だけの家なんだから、それを忘れるなよ。

なるほど、と納得したが、母の充足から私自身が排除されていることは、やはり物足りなく、淋しいことだった。

砂漠に似た、木も草も人の姿も見えない、広大な荒地に、母は住んでいることもあった。一階は四角い家の形に作ってあるが、窓はただの穴だし、扉《とびら》もなく、なにかの遺跡としか見えないような、風だけが我がもの顔に吹き抜けていく建物だった。こんなところで、母はどのように暮らしているというのか、と私は呆《あき》れた。暗い建物の奥に、便所があった。その手前に下に降りていく階段があり、それを伝って下へ行くと、ようやく電灯の光が見え、テーブルと椅子《いす》も置いてあった。母はそこに坐《すわ》っていた。他にも二、三の部屋が作られているようで、これならまああの住み心地か、と一安心したが、便所だけがなぜ、上にあるのだろう、と改めていやな気持がした。いつでも吹き晒《さら》しの便所で体にも悪いに違いないが、そもそもどうしてこのようなひとけのない、通りかかる人さえいない荒地に、母は一人で閉じこもって生きていなければならないのだろう。私はそこまで自分が辿って来た単調な遠い道のりを、寒々しく思い出していた。

小さな山の頂上に狭い土の空間ができていて、そこに西部劇に出てくるような三角の細長い小屋が幾つか建っている。そこにも、母は住みついていた。体が動かせなくなっていて、小屋のなかでひそかに横たわっていた。

そして最近では、時々、母は家の外にさまよい出て行く。母の家で、なかば母の無事をあきらめながら夜遅くまで待っていると、突然、玄関のドアが開いて、外から母の体が倒れこんでくる。首が不自然な角度で曲がってしまっている。だめじゃないの、お母さん、と私はそんな母を叱りつける。首がおかしくなっているのに、外をふらついたりしたら、死んでしまうじゃないの。きょうは無事に帰ってこれたから、よかったようなものの……。母の体を抱きかかえながら話しかけているうちに、母は軽い溜息をひとつ吐《つ》くと、体から力を抜いた。体温が急速に失われ、頭部が自身の重みに耐えられなくなって、曲がった首から垂れ下がった。うかつに動かせば、母の体を余計にこわしてしまうことになる。私は母の体を抱きながら、どうすることもできずにただ啜《すす》り泣いている。

また、私は外をさまよい歩く母のあとを追う。母の歩く速度は意外に早く、いつまでも追いつけない。浅い溝《みぞ》に囲まれた島のような墓地に、母は入って行く。誰も近づこうとはしない、特別な集団を作る人たちの墓地なのに、母は大丈夫なのだろうか、と居たたまれない思いなのだが、私自身はこわくてなかに入ることができない。

母は一方では、何回も私の息子を見えない場所から連れ戻してきてくれた。

雨戸を開けちゃいけない、と母に言われ、振り向くと、暗い部屋のなかに、三、四歳の息子が無心に電車の玩具《おもちゃ》で遊んでいた。暗くてよく見えないのがもどかしいのだが、電灯の光でさえも、ようやく戻ってきた息子の体には障ってしまうようだった。喜びの声もあげずに、暗がりのなかで動く息子の影をそっと見つめた。

息子の、長い間放置されたままになっていた体を、母が無言で両方のてのひらでさすり続け、温《ぬく》もりを一心に伝えているうちに、息子の顔色に生気が蘇《よみがえ》り、眼が開き、体が動きだし、とうとう息子は眩しそうに眼をこすりながら起き上がった。一体、どのぐらいの時間を息子のために費してくれたのか、消耗しつくして蒼白《あおじろ》い顔になっている母は、しかし、当然の結果に導いただけなのだから、驚くにはあたらない、といった平静な顔で、息子と、その息子に跳びつき、うれしさの余り泣きだしている私を見守っていた。

母はそして、蘇った息子と私を伴い、誰も知った人のいない遠い土地に旅立ちもした。もはや、今までの家に留《とど》まっていることはできなかったし、その必要もなかった。

どこに行くの。ねえ、なんていうところへ行くの。

知りたがりの息子はいつもうるさく私に聞いたが、私にも答えられはしなかった。

それより、ほら見てごらん。白い鳥がいるよ。山が見えてきたよ。

窓の外を指さして、息子の注意をそらし続けなければならなかった。私たちは登山電車に乗ったり、バスに、馬車に、小さな熱気球にさえ乗って、旅行を続けた。外国の公園で暖かな日射《ひざ》しを受けて、アイス・クリームを嘗《な》め、別の国では有名な広場を見物して歩き、地図からは抹殺《まっさつ》されている奇妙な国に迷いこみ、侵入者だということを見抜かれ殺されそうになって、かろうじて逃げだしたり。宿泊した建物も、さまざまだった。温泉地の小さな旅館に逗留《とうりゅう》し、川岸の湿地帯の仮小屋に寝たり、広大な庭園を持つホテルにも泊った。

このように息子を自分たちのものとして守り続けるために旅を続けながらも、私は相変わらず母の家を夢に見続けていた。

広々と、新しく生まれ変わっている母の家。五十畳、いや百畳ほどもある、体育館のような部屋を中心に、台所や便所がある。息子と娘が外から帰ってくる。続けて、ぞろぞろと近所の子どもたちも部屋に入ってきて、部屋のあちこちで勝手に遊びはじめる。この家では毎日、このように過ごさなければならないのだ、と思い、食事が全員に行き渡るか心配になった。台所を見た。赤く光るものが見える。なんだろう、と不審に感じているうちに、その赤い光が急に大きくなり、ようやくそれが炎だと知った。なにか火の勢いをあおりたてるものがあるらしく、炎は猛然と膨れ上がっていく。消し止めることは、もうできそうにない。早く逃げなければならない、と思うのだが、まだなじみのない家なので、大勢の子どもたちと老いた母を誘導して、どう逃げたらよいのか見当がつかない。私は早々に諦《あきら》めをつけ、眼の前の大きな炎に見とれた。

古いままの母の家で、娘の姿を見失い、泣きだしていることもあった。

娘の死を感じ、もう誰が我慢するものか、と泣きながら家を走り出て、道路の電柱にしがみついた。家には二度と戻るつもりはなかった。裸足《はだし》のままでいることに気がつき、足を汚すのを避けるために、電柱を少し登った。眼の位置が高くなり、塀のなかの古びた家の屋根が見えた。なにもかもこの家が悪いのだ、と思うと、また涙が出た。子どもの頃に慕っていた叔父がその頃の姿のまま、道を歩いてきた。

あれ、そんなところでなにしてるの。

叔父は私が小さな子どもの真似《まね》をして遊んでいる、と思ったらしく、笑いながら私に近づいてきた。叔父の結婚した相手が後に従っていた。三十年以上も前の、まだ子どもが一人も生まれていない若夫婦に、二人は戻っている。明かるい日射しを浴びながら叔父たちはいかにもさわやかな様子で、私は改めて自分の情けない年の取り方に落胆し、泣きだした。

一人残っていた子どもまで、いなくなっちゃったの。いくら探しても、どこにもいないの。きっと死んじゃったのよ。死んだに決まってるのよ。もう、これでだれもいなくなっちゃった。二人子どもを産んだのに、みんな死んじゃった。

私は子どものように泣きわめいた。叔父は私の言い分を聞いても、のどかな表情を変えなかった。

ばかだね、そんなことを思いつめて泣いていたの。もう、あの子だって大きいんだから、一人でどこにだって行くさ。もう少ししたら帰ってくるに決まってるよ。なにかがあれば、それこそすぐに連絡が来るんだ。そんな連絡はどこからも来てないんだろう?

私は叔父の言葉を聞くうちに落着きを取り戻し、頷《うなず》いた。そう言えば、娘はもう中学生なのだった。私に声を掛けずに、どこかに遊びに行っただけのことだったのだろうか。

泣きやんだ私を見て、叔父は笑いながら言った。

取り越し苦労ほど、ばかげたものはないんだからね。さあ、一緒に家に入ろう。

いやです、ここで娘が帰るまで待っています。

私はまだ、不安を捨て切ることができずにいた。

しょうがないねえ、じゃ、お前とつきあって外で一緒に待っててあげるから、ここじゃなくて、そこの店先で待つことにしようよ。

叔父が道の向こう側にある喫茶店を指して言ってくれたので、うれしくなったが、裸足のままでいるのに気づき、またがっかりした。

でも、だめだわ。やっぱり、ここにいる。

どうして。

叔父は少し呆れ顔になった。

だって……。

私が言い淀《よど》み、自分の足を見下ろすと、叔父も私の足を見、ほほえんだ。

なんだ、そんなことだったのか。相変わらず、間が抜けているね。じゃあ、しょうがない、おんぶして連れて行ってやるから、そこからぼくの背中に移りなさい。

叔父に頷き返してから、ふと後にいる叔母のことが心配になり、叔父から眼をそらし、言い淀んだ。

でも、あのう……。

ああ、この人に気兼ねしているの。いいんだよ、この人は。ぼくたちは別れたんだ。もう夫婦ではなくなったから、そのことを報告にこの家に来たところなんだよ。だから、またぼくは一人、というわけだ。ぼくに対して、もうなんの遠慮もいらない。

現金なほど、私は明かるい気持になった。叔母だった女性の顔を見ても、穏やかに笑っているだけで屈託は見られない。私は安心して、叔父の背に体を移した。叔父の髪に顔を埋めながら、くすくす笑いださずにはいられなかった。子どもの時に戻ってしまったような安堵《あんど》感《かん》に、体が火照《ほて》っていた。

なにを笑っているんだ。

だって、うれしくて。

さっきまで泣いていたくせに。

それはそうだけど、今はうれしくなっちゃったんだから、しょうがないわ。

私の口調も、子どもの時の、大人に甘えすぎて生意気になってしまう口調に変わってしまっていた。

道に面した壁が一枚の大きなガラスになっていて、なかの様子を外から覗くことのできる喫茶店のなかに、叔父に背負われたまま入って行った。少し恥かしい気がしたが、奥のカウンターに男の店員が一人いるだけで、客はいなかった。叔父はカウンターの席まで私を運び、丸い椅子に下ろした。

ちょっと、ここで待っててよ。すぐに戻ってくるから。

叔父はあわただしく、また外へ出て行った。妻ではなくなったあの女性に、どこか他の場所で待っているように、とでも言いに行ったのだろう、と思い、私は早速、サンドウィッチを注文した。すぐにサンドウィッチは出来上がり、一口食べた。すっかり、くつろいだ気分になっていた。しかし叔父のことを思い、急に不安を感じだした。私は歩くこともできなければ、金の持ち合わせもないのだ。叔父が迎えに来てくれなければ、ここから出て行くことができない。そして、叔父が必ず戻ってくるとは信じられなくなっていた。だまされたのか、と思った。カウンターのなかにいる男の店員が、粗末な服に裸足の私をにこりともせずに見据《みす》えていた。叔父はいつ戻ってきてくれるのだろう。私が予想していたよりもはるかに悪いことが、家で起ころうとしている。そう、確信した。

それなのに、私は自分からうかうかとここに閉じ込められるために来てしまったのだ。なんとか逃げださなければならないのだが、これもまた私の取り越し苦労なのかもしれず、叔父をいつまで待てば見切りをつけられるのか、それが分からなくて、途方に暮れた。

つい二、三日前には、見知らぬ学校の校庭の隅《すみ》に、私の息子が佇《たたず》んでいた。

夕方の遅い時間で、校庭は闇《やみ》に落ちる寸前のほの明かるさだった。白く浮かんで見える大きな掲示板を背に、息子は一人きりでなにも持たずに立っていた。私は自分の足がもどかしい思いで息子に駆け寄った。息子は、私が買ってやったことのない上等なスーツを着こんでいた。

ごめんなさい、遅くなっちゃって。ずっとここで待ってたの？

息子は私を睨《にら》みつけるようにして、言った。

もう、とっくにみんな帰っちゃったよ。ここに立っていれば、必ず見つけてくれると思ってたんだ。

家の外で家族とはぐれた時には、やたらに動きまわらないで、目立つところにじっと立って探し出してくれるのを待っていなさい、と私がいつか言い含めておいた忠告を憶《おぼ》えていたらしい。

ここならいやでも眼に入る場所だものね。

掲示板には、数字が書き並べてあった。入試の合格発表のようだった。息子は、その学校に途中から入れてもらえるように、一日、学校の検査を受けていたのだ、と思い出し、それなのにどうして私はそんな息子にとっての大事なことを忘れていたのだろう、と自分を恥かしく感じた。

それにしても良かった、無事で。こんなに暗くなっちゃって心細かったでしょう。

それほど心細くはなかったけどね。

なつかしい息子の、大人っぽさを気取った口調だった。寒さで震えているのか、なつかしさで震えているのか、よく分からない震え方を私の体はしていた。広い校庭に風が吹き渡っていた。校舎の窓もすべて暗くなってしまっている。私は息子の髪の毛を撫《な》でつけ、柔かな耳朶《みみたぶ》と頰《ほお》にも触ってから、私の上着を脱いで、肩に掛けてやった。

いいよ、格好悪いよ、こんなの。

だって、ほっぺたが冷たくなっていたわよ。こんな吹き晒しのところにいたんだから、体をとにかく温めなくちゃ。

いやがって息子は、肩の上着を払い落とそうとしたが、私は無理矢理、上着ごと息子の体を抱き寄せ、歩きだした。

校門のところに、母と姉が身を寄せ合って立ち、私たちを待っていた。そのことを息子に教え、一緒に走りだした。

そんなに走らなくても、大丈夫よ。でも、間に合って、本当に良かったわねえ。

母が息子の体を抱きとめて、言った。

一人でえらかったわね。この子はしっかりしているから、安心ね。

姉も傍《かたわら》から、うれしそうに言った。ほめられて悪い気はしないらしく、息子は神妙に祖母に抱かれながら、にやにやうつむいて笑っていた。

姉が、夕飯を用意しておいた、と言うので、その言葉に甘えて、私は息子と姉の家に立ち寄ることにした。みなでタクシーに乗った。私が前に坐《すわ》り、後に、母と姉に挟《はさ》まれて息子が坐った。息子の車酔いが心配だったが、母と姉に今は息子を委《ゆだ》ねておいてもかまわないだろう、と思った。他の人たちではなく、ともかく息子にとっては祖母と伯母なのだから。

お兄ちゃんたちも、楽しみに待っているわよ。

姉が優しい声で、息子に語りかけていた。

いろいろゲームもあるし。トランプはどんなのができるの。ばば抜きに、七並べに……。

二十一なら、ぼく、だれにも負けないよ。

息子は得意そうに言った。本当にその通りだったので、私は前の席で一人でほほえんだ。

へえ、たいしたものね。お兄ちゃんたちは今、ツー・テン・ジャックに熱中しているわ。まだ少しあなたにはむずかしいかもしれないけれど、仲間に入れてもらって、なんとか形だけでも真似しているうちに、ルールが頭に入るようになるわよ。でも、うちではお行儀良くしてくれないと困りますからね。男の子だからって、だらしなかったり、乱暴だったりするのは、いいことじゃないのよ。うちでは、特にそういうことに厳しくしてるの。

息子はおとなしく伯母に頷き返しているようだった。いつもの息子のようではなかった。いつもの息子なら、そんなこと、ぼくは知らないよ、ぼくにはぼくのやり方があるんだから、と言い返すか、その勇気がなければ、せめてもの抵抗に声を出して笑いだすかしているはずだった。たぶん、息子は疲れているのだ。姉の家に寄るのが、億劫《おっくう》になった。早く二人きりになり、息子の体を抱いて寝床に入ってしまいたい。

しかし、私自身も姉にはなにも言いだせないまま、姉の家の前で車を降りなければならなかった。以前は息子にさほどの興味を持っているとは思えなかった姉が、妙な具合に、息子を家に迎え入れるのに熱心になっている。無論、それはありがたいことには違いなく、私は誰にともなく、へつらうような微笑を口もとに浮かべ続けていた。姉は息子の手を握りしめ、先に家のなかに入って行く。タクシーに乗りこんでからというもの、私は自分の息子に少しも近づけずにいた。

食堂も兼ねた居間に入ると、すでに姉はコートを脱ぎ、その部屋のテレビの前に坐っている男の子たちを元気良く叱《しか》りつけていた。

あなたたちの弟が来たんだから、こっちに来て、挨拶《あいさつ》ぐらいしてあげたらどうなの。

小学校高学年の二人の男の子たちは無関心な顔を私の息子に向け、軽く頷きもしたが、すぐにテレビの画面に眼を戻してしまった。息子は恥かしそうに、うつむいて立ちつくしている。弟だなどと、なぜ姉が言うのか、よく分からなかった。

しょうがないわね。お兄ちゃんたちは、あれで照れているのよ。そのうち、お互いに慣れるわ。さてと、それじゃ、食事を先にして、お部屋にはあとで行くことにしましょうね。少し狭いけど、いいお部屋よ。

部屋なんて、どうして？

さすがに驚いて、私は言った。

どうしてって、赤ちゃんとは違うんだもの、自分の部屋ぐらいなくちゃ、勉強だってできないでしょう。

姉の言い方には、少しのためらいもなかった。

そうじゃなくて、この子は夕飯を頂いたら、すぐにわたしと帰るんですよ。泊らせてももらわないんですよ。

どこに帰るっていうの。

姉の表情が変わった。子どもの頃《ころ》に、私の間抜けな失敗に呆《あき》れ、叱っていた時の顔になっていた。

あなたが前にいたところ？　あんなところにこの大事な子を返せると思っているの？　もう、あなたにまかせておくことはできなくなったのよ。これからは、わたしの子どもなんですから。今までの分を取り返すためにも、大事に大事に育てますよ。かわいそうに、惨《みじ》めな思いばかりさせられて。

私は息子と共に暮らしていたアパートの部屋を思い出

した。息子が久し振りに戻ってくるというので、その朝、丹念に掃除をしてきたことも思い出した。六畳と四畳半の二間しかない。確かに、ひどく狭い。十歳になろうとする男の子と暮らすには、到底、充分とは言えない広さだ。自分でも、そんなことは承知していた。しかし、その日の朝、掃除を終えた時にも、部屋につながっている物干し場から自分の住み慣れた部屋を見て、我ながら感心したのだった。これだけ徹底して整頓《せいとん》し、必要最小限のものしか置かないよう工夫して、花まで飾ってみれば、なんと住み心地の良い、清潔な部屋になることだろう、と。古くて狭い住まいでも、要は住み方次第なのだ、とも納得していた。それに、さほどひどい部屋というわけでもなかった。物干し場が広く、二部屋分の広さもあった。六畳と四畳半の両方の部屋から、そこに出入りできる。雨が降らない限り、私も息子も物干し場で本を読んだり、絵を描いたり、いろいろなことをして過ごしていた。部屋は広い廊下に面してもいた。廊下と言っても、幅が広いので、部屋に続く板の間として使うことができた。便所や風呂《ふろ》場《ば》は共用の、ちょうど旅館のような、大きなアパートだった。

そんなに惨めだったわけじゃないわ。

毎日、気を抜かずにいたから住み心地は良かったのだ、ということを姉に説明することのむずかしさを感じながら、私はかろうじて姉に反撥《はんぱつ》して言った。住み心地の工夫が必要なほど、ひどいところに住んでいただけのことではないか、と姉に言われるのは分かっていたし、そう言われれば、なにも言い返せなくなるのも分かっていた。どう言い繕おうと、私が息子を育てていた場所は、この上なく貧しい場所だったのだ。

どっちにしても、もうこの子とは関係ないわ。帰る必要もなければ、思い出す必要もないのよ。この子は一度、死んだんですもの。だから、これから、やり直すこともできるの。わたしの子どもに戻ったのよ。

わたしの子どもですよ。死んだって、生き返ったって、わたしの子どもだわ。さっき、久し振りに会った時だって、わたしを忘れてなんかいなかったわ。

姉に片手を握られて立つ息子は、ぼんやりした表情で壁の方を見つめている。こんな時になにをぼんやりしているのだろう、と息子にも腹が立った。一言も口を挟まずに、ひとごとのように私たちを眺めている母にも腹が立った。

それはそうでしょうよ、だって、この子はあなたに育てられていたんだから。でも、あなたに子どもを育てる力なんて、なかったのよね。この子には、かわいそうなことをしてしまった、とつくづく思うわ。もう少し、まともに育ててくれると思っていたのにねえ。あなたにどうして預けてしまったんだか。あなたがあんまりうらやましそうな顔をしていたから、赤ん坊を育てさせることにすれば、一所懸命に育ててくれるだろうし、あなたもそれで立ち直れるか、と思ってしまったのよ。まさか、あんなひどい生活にわたしの子どもを引き摺《ず》り込むとはねえ。まあ、これで区切りはついたんだから、お互いに今までのことは忘れることにしましょう。

待ってよ。わたしの子どもなのに、どうしてお姉さんの子どもになってしまうの。忘れろったって、そんな無茶な……。

私の声は泣き声に変わっていた。

だから、あなたの子どもじゃないんだってば。こんないい子をあなたのおかげでつらい目に合わせてしまって、わたしこそ本当に情けない思いよ。この子がかわいそうで、かわいそうで。

でも、わたしたちは楽しく暮らしていたわ。なんの不満も感じていなかったわ。楽しくって、面白くって……、ねえ、あんた、そうだったでしょう。お母さんだって、知っているでしょう、なんとか言って下さいよ。

息子の肩を揺すぶりながら、私は息子にも母にも泣きついた。息子と共にいた頃のさまざまな場面を思い出していた。息子と二人で白玉《しらたま》を作ったこと。息子におんぶをしてもらったこと。オフロアガリ、オフロアガリと叫びながら、真裸で部屋中を駆けまわっていた二歳の息子と、それを追いかけている私。ワタシ、アポロ、ゾーサン、バッタノ、と、幾度聞いてもこのようにしか聞えない言葉を口癖にしていた同じ頃の息子。おばけの本を二人で作ったこと。一緒に、公園にスケッチをしに行き、息子の方が上手で感心させられたこと。

目の前にいる息子は、にこにこと私をなつかしそうに見つめてはいるが、なにも言おうとしなかった。母も気弱に身を縮めて、なにも言わない。体のなかの記憶のあまりの眩《まぶ》しさに、私は涙を流した。息子と分かち合っていたあの輝きを、せめて姉に伝えたい。が、どのように言えば分かってもらえるというのだろう。証拠になるものがなにひとつない。楽しかった、と何回叫び、二人の生活はすばらしかった、と何回言いたてても、私の口から出る言葉だけでは、誰も信じてはくれない。だって、あんな貧しい生活だったのに、あんなひどい安アパートにいたのに、いつも仕事で疲れ果てて、子どもの服装さえ充分にかまってやっていなかったのに、父親もいなかったのに。このように言われれば、私は頷くしかないのだ。そして、それが眼に見える証拠とされてしまうのだ。確かに、そうでした。その通りです。でも、私たちは楽しく生きていた。大きな喜びに包まれていた。私のなかで現に、その光が輝き続けている。分かって下さい。お願いです。

もはや、私にとっては息子が誰の子どもか、ということはどうでもよいことになっていた。姉の子どもでもかまわない。けれども、息子を自分の手で産み育てた十年近くの光だけは認めて欲しかった。その光が、私自身なのだという気がした。私はおろおろと泣き続けた。私の願いが通る可能性は、どこにもないのだった。息子が一言、楽しかったねえ、お母さん、と言ってくれれば、それだけでなにもかもが解決するのに、どういうわけか息子は口を開こうとしない。

だったら、どうしてぼくは死んだの。

姉に手を握られている息子の沈黙が、私にはそうも聞え、体が崩れていくようにつらく、私には呻《うめ》きながら泣き続けることしかできなかった。

——お母さんとわたしって似ているのかなあ。

鏡の前に立った娘が一人で呟《つぶや》いていた。

——似ているんでしょうけど、同じ中学三年で比べると、あなたの方が少しは利口そうな顔をしているかもしれないわね。わたしはかなり、ぼんやりしていたから。

——ふうん。

パジャマ姿の娘は、私の言葉に満更でもなさそうな表情で首を傾《かし》げ、鏡のなかの自分の顔に見入った。娘は自分の容姿が気になる年頃《としごろ》になり、毎晩寝る前に長い時間を掛けて、洗顔し、歯を磨《みが》くようになっている。その成果もあってなのか、近頃は娘の肌《はだ》が垢抜《あかぬ》けてきたようにも見える。

——そうだ、いいものを見せてあげるから、ちょっと待っててよ。

私はふと思いついて、居間の簞笥《たんす》の上に置き放しになっていた古いアルバムの一冊を下ろし、娘を呼びながら、中学の修学旅行の時のページを開いた。

——ほら、これが今のあなたとちょうど同じぐらいの頃。やっぱり、ぼんやりした顔をしているわね。

――なんだ、これが、いいもの？　わたし、期待しちゃったじゃないの。

一応、私に文句をつけておいてから、娘はアルバムを私の手から奪い取り、一枚一枚の写真を見つめだした。

へえ、なかなかボーイッシュだったんだね、これ、変な顔してる、と面白がって、いちいち笑い声をあげる。私も、自分の思いつきに気持が弾み、一緒に笑いながら同じ写真を覗《のぞ》きこんだ。

修学旅行の写真を見尽すと、娘はアルバムの別のページもめくりだした。

――ちょっと、もう、だめよ。早く寝なくちゃ。今度、またゆっくり見ればいいでしょ。余計なものは見なくてもいいんだってば。

アルバムを出してやったのは自分なのに、娘の寝る時間が過ぎてしまっているのに気がつくと、娘をあわてて叱りつけ、アルバムを取り上げようとした。しかし、娘は私の小言には頓着《とんちゃく》なく、アルバムの古い写真に眼を光らせて、手離そうとはしない。

――これ、おばさんだね。おばさんがいくつの時？

――まだ、高校生よ。さあ、もう、いいから。

カメラを扱えるようになった私は、写真のモデルに、と家族を追いまわしていたのだったが、姉の写真もそのようにして何枚か撮った。絶対に美人に撮ってあげるから、と説き伏せて、カメラの前に坐ってもらったのに、妹の写真のモデルだなんてばかばかしいと感じていたらしい姉の気持が表情にも表われてしまい、どの写真も出来は良くなかった。そうした写真の一枚だった。

――ああ、おばあちゃんだ。すごく若いね。

――そうかしら。あんまり変わらないような気がしていたけど。

再び、私も古い写真に気を奪われ、娘を寝床に急《せ》きたてるのを忘れてしまった。

――それに、家もやけにすてきな感じ。全然、違う家みたいだ。

娘が見つめている写真には、母がぼんやり一人で立っていて、その背後に、家が半分ほど映っている。私の眼には、家の変化も母の変化もよく分からない。と言うよりも、私の眼はそれらの写真を撮っていた当時の私の眼に戻ってしまっているらしい。

――まだ、それは建ったばかりの、ぴかぴかの新品だった頃の家だもの。三十年経《た》った今とは、そりゃ違って見えるでしょうよ。

——ふうん、いいねえ。こんなすてきな家だったんだ。明かるい感じだもんねえ。……あれ、こんなところに木も生えてる。

——そうね、大きな木で、わたしは好きだったんだけど、おばあちゃんは木の影が気に入らなかったらしくて切り倒しちゃった。

——うん、木がある方が良かったみたい。

——あなたもそう思う？　わたしも絶対、木がある方がいいと思っていたんだけどね。

居間の隣りに兄の部屋があり、その前に、二階の高さにまで達する、東京の町なかにしては充分立派な一本の木が立っていた。これも、土地に以前から生えていた木だった。その木に始終、私は登り、そこからの家の眺《なが》めを楽しんでいた。それは私だけの特技だったので、他愛ない優越感を私は抱いていた。母も姉も小さく見える。ダウン症の兄は私の真似《まね》をして木に登ろうとするが、私の高さにまでは登ってくることができない。家も庭も、眼の内に納まり、正確な観察をすることができた。子どもながらに、ひとつの感慨があった。今という時に至り、このような場所で私を含めたひとつの家族が日々を過ごしている、というような感慨。

——これがお母さんのお兄さんだよね。おじさんって言うのも、なんだか変な感じだけど……。

私と兄が二人並んで笑っている写真。

——これはお正月の写真だから、この一ヵ月後に死んじゃったことになるわね。これが最後の写真になるのかな。

他の、兄が映っている写真を探しながら、私は言った。

——へえ、そうかあ。まだ、元気そうなのに。

娘は低い声で呟く。

——おばあちゃん、かわいそう……。

——こっちの方が、本当の最後の写真なのかもしれない。

娘の呟きが聞えなかった振りをして、私は別の写真を指し示す。兄が死に導かれるきっかけとなった風邪の引きはじめの頃、私の部屋でベッドに潜り込んでいる写真。寝ているところを頭の方から撮っているので、兄は顔を逆向きにして、こちらを見つめている。

——変な顔。女の子みたい。あ、こっちもみっともない。泣きべそ、かいてる。

物置の前で転んで泣きだした兄を、母が抱え起こして、心配そうに顔を覗きこんでいる。母の体よりも、十五歳の兄の体の方がすでに大きくなっている。

——花壇もある。花壇なんか、あったんだね。いろいろ変わっているんだ、やっぱり。

私は急に、夢から醒《さ》めたような心地になり、娘に聞いた。

——そう言えば、あなたはこの写真、今までに見たことなかったの？

娘はなにを今更、という顔で頷《うなず》き返す。

——じゃ、今まであの家が建ったばかりの頃、どんなだったか、あなた、知らなかったの？

——知らなかったよ。知っているわけ、ないじゃない。不機嫌《ふきげん》な声で、娘は答えた。そして、古いアルバムなどにはもう用はない、とばかりに勢い良く立ち上がった。

——そりゃそうだわね。自分がよく知っているから、あなたたちまでがとっくに知っているような気がしていた。だから、なにも説明する必要はない、と勝手に思いこんでいた。

——ばかみたい。生まれる前の大昔のことなんて、誰が知るもんですか。

娘は冷淡に言い捨てて、便所に行ってしまった。私もアルバムを簞笥の上に片付け、台所に戻った。台所には、まだ洗いものが残っていた。流しに向かい、眼の前の窓の枠《わく》に並ぶ小さな電車の玩具《おもちゃ》と、モヤシのような形に生長してしまったサボテンの一種、近くの幼稚園のバザーで息子が買い求めたガラスの香水用の壜《びん》を順々に見つめた。息子が生きていた頃から台所に置いてあったものだが、いなくなってからは考えた挙句、わざと置いたままにしておくことにした。電車の玩具は息子が三、四歳の頃に熱中していたもので、小学生になってからは、自分がさほどの興味を持てなくなったものだから、勿体《もったい》をつけて、私や友だちに分け与えていた。サボテンは三年前の秋に、息子が買ったものだが、鉢《はち》が割れてしまって応急に水耕栽培に切り替えてからも、時々髭根《ひげね》のようなピンクの花を覗かせながら生き続けている。流しの横には、コップに入れた人工のマリモもまだ水のなかで形を保っている。

昔のことなんかじゃない、と私は思った。息子がいた頃とは別の生活を送らざるを得なくなってはいるが、もし息子が生き続けていても、やはり生活は変わり続けていたはずで、だからと言って、以前の生活が掻《か》き消されてしまう、というわけでもない。それと同じことで、娘は姉として生きた自分を今でも生き続けているし、私も二人の子どもを持った母親、女の子と男の子の両方を与えられた母親である自分を変えられもせずに生き続けている。娘が弟を思い出す時、年々拡《ひろ》がっていく実質的な年齢の差には一切頓着なく、娘が弟のもとに戻ってしまい、同じつながりを肌で感じながら、弟の存在を確認している。その感じ方と共に、娘は生き続けることになるのだ。娘が四十、五十になっても、弟の存在を過去のものとして感じることはない。小さな弟と泣きわめいて物の取り合いをしていた自分が生き続けている。

あなたって、遠慮とか、思いやりというものが欠け落ちているんじゃないの。

中学三年の娘が私のおかずの一品を黙って食べてしまい、それで叱《しか》りつけたことがあった。

大体、たった二歳の弟から〝たのしいどうぶつえん〟を無理矢理奪っちゃうようなことをするお姉さんだったんだものね。

息子に買ってやった幼児向けの雑誌の付録に、紙の手提げの形をした〝動物園〟があった。電車に乗ったいろいろな動物が描かれてあり、右と左に箱を開けると、本当の動物園の風景が横長に拡がった。それだけのものなのだが、息子はすっかり気に入って、一人で遊んでいた。そこに娘が、ちょっと貸して、と手を伸ばした。息子はあわてて両腕で胸にそれを抱えこんで、ヤダ、と言った。いいじゃないの、ちょっとだけなんだから、と六歳の娘は力まかせに〝動物園〟を引張った。息子は大声で泣きだし、姉の腕に嚙《か》みついた。娘もそれで逆上し、息子を床に押し倒して、〝動物園〟を奪い取った。息子は全身を赤くして、姉にとびかかり、爪《つめ》を立てたり、嚙みついたりした。娘も泣きだして、息子の髪の毛を引張ったり、足や腕をつねったりしだした。私の見ている前で、これだけのことがあっという間に起こった。

娘もその事件はよく憶《おぼ》えていて、照れ隠しに私に笑いかけた。

せっかくあの子が一人で楽しんでいたんだから、それを暖かく見守ってあげるっていうのが本当なのに、あなたときたら、あの子といつでも同じレベルでうらやましくなっちゃうんだから。

でもさ、すごくうれしそうにしているから、そんなにいいものかなって、つい気になっちゃうのよね。あの子って、食べる時も、いつも本当においしそうに食べるし、漫画なんかでもこんなに面白いものはないっていう感じで笑い転げながら読んでいるんだもの。ついねえ、じゃわたしもって気になっちゃうんだ。なんだか、あの子だけ、ずるいって。

それじゃ、ますますあの子にとっては、とんでもない災難だったわけじゃないの。かわいそうに。

私も、娘の言う息子のうれしげな様子を思い出し、笑いだしながら言った。

へへ、そう言えばそうね。でも、あの子も一人でやたらに楽しそうにしているんだもの、あの子にも少しは責任があるんだと思わない？

思わない、思わない。あの子は一人でいるのが好きな性分《しょうぶん》だし、あなたは人が気になってしょうがない性分だという、それだけのこと。まあ、せいぜいこれからは人に嫌《きら》われないように自重しなさいよ。

娘は相変わらずにやにや笑いながら、頷いていた。

……つまり、お姉ちゃんはそういう自分をあなたからはじめて教わったんだわ。

私は息子に話しかけるようにして、考え続けた。息子がいなくなってから身についた、恥かしくて人には知られたくないひとつの新しい習慣だった。

そして、邪魔されて怒って泣き叫んでいたあなたの泣き声で、お姉ちゃんは自分というものを知らされ続けることになる。お姉ちゃんが自分を意識して生き続ける限り、あなたの存在は消えはしない。もちろん、それはわたしも同じだし、あなたを知ったすべての人にとっても同じ。あなたのことで、ああ、すごいことだなと感心させられていることがあるのよ。それに、これだけはわたしやお姉ちゃんだけではなくて、誰にだって認めてもらえる確かなことなの。なんだと思う？　あなたがいなかったら、知り合うはずのなかった人がたくさんいるってこと。あなたを知るのと同時に、あなたのまわりにいろいろな人が現われ続けた。そうそう、それにたくさんの動物も、その動物たちが住む神社や公園、土手もね。

息子の笑顔が思い浮かぶ。

そういう人たちを知ったことで、わたしも確実に自分を拡げているし、それぞれの人もきっとそうでしょう。あなたというひとつの存在があっただけで、全体では大きな変化が結果として残されているのよ。小さな子どもとして生きただけじゃなく、多くの人の変化の全体として、あなたは存在し続けている、と言えるんだわ。それに、あなた自身の実体だって同じように証明できる。あなたが関《かか》わった一連の人たちによって支えられ、息吹《いぶき》も与えられ続けているひとつの有機体があなたの実体なんだ、と定義したら、おかしいかしら。でも、こういう風に定義すれば、あなたは物理的にも生き続けていることになる。少くとも、あなたが自分を意識している部分については、そうなんだわ。

意味がどうもよく分からない、といった顔つきで、息子は首を傾《かし》げている。しかし、こうした類《たぐ》いの話が好きだった息子なので、決して退屈しているわけではない。

無限の概念に、以前、息子は頭を悩ませ続けていた。終わりがないとは、どういうことなのだろう。やがて、七歳の息子は自分なりの答を見つけだしたのだった。

ぼく、〝無限〟を三つも見つけたよ。

ある日、息子が私のそばに寄ってきて、うれしそうに言った。

お母さんには特別に教えてあげるからね。お姉ちゃんにも言っちゃだめだよ。あのね、鏡と、宇宙と、数。ね、これで三つになるでしょ。

鏡とは、洗面所の三面鏡の両端を合わせ鏡にすると、それぞれの鏡面に像が反復されて出来上がる、終わりを見届けることのできない映像のことを意味していた。息子はその映像を偶然に発見し、驚いて見入るうちに、これが〝無限〟なんだ、とはじめて納得がいったのだろう。そこから、宇宙と数についても、難なく理解できるようになったのではないだろうか。

そうねえ、あなたは〝無限〟がとても気に入っていたものねえ。

息子はにっこり笑って頷く。

〝無限〟はもうあなたが自分で見つけてしまったし、あなたは生き続けていて、時の経過に従って見失われていくということがない、と確かめることもできたわけだけど、それだけじゃ実際にはだめなの。さっき、お姉ちゃんに言われて、びっくりしたんだけど、あなたもお姉ちゃんと一緒で、おばあちゃんがまだ若くて、あの家がまだ新しかった頃のことを知らないままでいたのね。あなたがあんまり早く、姿を消してしまったから、その暇がなかったってこともあるけれども。写真さえ、あなたに見せる暇がなかったんだもの。

息子は穏やかな笑みを、私に向け続けている。

あなたがいなくなってから、まず直前の時間をなんとか修整できないものかと思って、一分刻みで、どんなことをしていたか、何を食べていたか、どこへ行ったか、調べ尽した。そう、あの夜、あなたの風呂場での異常に気がついて、救急車を呼んだ、その公式の書類に記録された時刻から一分一分さかのぼって、レポート用紙に何時何分、夕飯、おかずは何々、と書き込んで行ったのよ。あなたが歯医者に行ったことも思い出して、その歯医者のところへ行き、どのような治療を受け、待合室ではどんな様子だったかも、聞きだした。絶句している歯医者さんの顔を見たら、ぶるぶる震えて、泣きだしてしまっていたけどね。でも、あの時は、行った時間が遅すぎて、治療してもらえなかったんですってね。待合室で漫画を読んだだけで帰ったなんて、わたしは知らなかったわ。

前の日についても、その前の日も、同じように丹念に辿《たど》り直した。前の日、映画を観《み》に行って、中華料理を食べたでしょう。その領収書を探しだし、二年間ほど、ずっとお財布に入れておいた。でも、この前見たら、いつの間にか、なくなっていた。どこかで落としたのに、気がつかなかったのね。そうやって、一ヵ月、半年、一年、二年、と逆に辿り続けて行った。あなたをどうしたら死なさずにすんだのか、と考えることからはじまって、どうしてあなたは死んだのか、どうしてあなたは生まれ、こんなにも早く死んだのか、わたしとしてはそれを知ることが当然の義務のように思えたから、あなたと共に過ごした日々のどんな小さな場面も調べ直さなければならなかったし、それに伴って、ごく自然な反応として、あもしてやりたかった、こうもしてやりたかった、と際限のない後悔と無意味な願望にも追い立てられるようになった。あなたにもっともっとラーメンとカレーを食べさせておきたかった。ワニだろうが、カメレオンだろうが、イグアナだろうが、なんでも飼わせてやればよかった。山のなかの家に住まわせてやりたかった。偏愛だろうが、過保護だろうが、好きなだけ甘やかし、好きなだけ腕のなかに入れておけばよかった。ばかばかしい、とあなただって思うでしょうけど、そのような思いを一度は経て、可能性は可能性でしかなく、実際に経てきた日々がわたしたちにとってはすべてだった、と改めて納得する必要があったのよ。

五年、六年とさかのぼり続け、小さなあなたを入院させなければならなかったことで、今更ながら涙を流し、どうしてあの時、あなたを抱いて病院から逃げだしてしまわなかったか、と間抜けな自分にいや気がさした。脳波を何度も測ったこともあったわね。あれだって、あなたは睡眠薬の入ったカルピスを飲めるのがうれしくて、また、宇宙船の小さなカプセルのような検査室も珍しくてはしゃいでいたけれども、あんな検査にどれだけの意味があったんだろう、受けても受けなくても同じことだったんじゃないだろうか、と恨めしい気持にしかならない。そして、生まれてから一歳の頃まで住んでいたアパート。もっと日当たりが良く、夏には涼しい場所であなたを育てることができたのだったら、あなたは今でも生きていてくれたのではないだろうか、と思ってしまう。いろいろ工夫して、明かるい部屋になるように努めていたけれども、愚かな自己満足に終始していただけだったのかもしれない。あなたの父親とひどいいさかいを続けていた部屋でもあった。あなたに授乳しながら泣いていたあの涙も、あなたの命を縮める働きをしてしまったのだろうか。

　あなたの父親をあてに出来ない混乱した状態のなかで、あなたを産もうと自分一人で決めてしまったので、おばあちゃんを頼ったりしてはいけない、自分の責任で産んで育てなければ、と思い、安い産院を自分で探し、陣痛がはじまったら一人で荷物を持って産院に向かった。でも、お姉ちゃんは結局、おばあちゃんのところに預けなければならなかったし、退院の時も迎えに来てくれて、確かにあなたと荷物との両方を一人で持つのはかなり大変なことだったので、おばあちゃんが荷物を持ってタクシーも呼んでくれたことはありがたいことだったのよ。そして、何日間かそのまま、おばあちゃんの家で休ませてもらった。おばあちゃんは一所懸命に、あなたやお姉ちゃんの世話をしてくれていたわ。

　わたしの責任感なんて、その程度のものだった。それからだって、あせもから逃がれるための行水や、日光浴をさせたくて、そしてなによりもわたし自身が休息を求めていて、おばあちゃんの家に週末毎《ごと》に泊りに行っていた。はじめてあなたが歩けるようになったのも、おばあちゃんの家でだった。あなたが憶えているかどうか、古いハンモックを部屋のなかに吊《つる》し、あなたも、お姉ちゃんもそこで昼寝させられていたのよ。そうしてあなたが寝ているところを見ると、わたしははじめて安らぎを感じていた。起きている間は、籐《とう》でできた四角い籠《かご》のなかに入れられていた。そこにおとなしくあなたは納まって、にこにこといつも機嫌が良かった。少し大きくなってからは、居間に裁縫台を利用した辷《すべ》り台を作ってもらって、飽きずに遊んでいた。庭ではビニールのプールを出して遊んでいたし、泥《どろ》だらけになっての泥んこ遊びも大好きだった。夜は、おばあちゃんの両脇《りょうわき》に、あなたたちはいつも寝かせられ、わたしは一人で別の部屋で寝なければならなかった。あなたが病気になった時も、わたしが仕事を続けられるようにと、おばあちゃんはあなたを預ってくれた。そして、あなたは病気の多い子どもだったから、何回もおばあちゃんは預ってくれたことになる。

　これほどに、おばあちゃんを頼り、おばあちゃんの家を利用していたのに、それでもあなたを自分一人の力で育てなければ、と思い込み続けていたのだから、まったくばかげている。そんな自分を振り返る余裕もなく、わたしはあの日々を過ごしていた。あなたが生きていてくれさえすれば、あの日々もただの思い出として、なつかしむことができたはずだったのに。でも、あの日々のなかで、わたしはあなたを愛《いと》おしく思う気持を、どんなにつのらせていたことか。そして、あなたもなんという穏やかで、にこやかな赤ん坊だったことか。

　どうして、あなたはいつもあんなに幸せそうに笑っていたのかしら。なんらかの意味をわたしは、あの頃に読み取っておかなければならなかったのか。病気でひどい下痢《げり》になり、五分毎におなかが渋っていた時も、あなたはそのたびに自分から蒼《あお》い顔でオマルに坐《すわ》り、用意しておいたオムツを少しも汚さなかった。わたしやお姉ちゃんと眼が合うと、そんな状態でもにっこり笑っていた。二歳に近くなっていたあの時のあなたは、今でもわたしたちを苦しめ続けている。

　おばあちゃんに一度だけ言われたことだけど、あなたを誰かに預けてしまうこと、いっそのこと、そうしていたらよかったのか、とも思う。二人も子どもを産み、その上、自分一人だけで育てなければならないことが分かっていて、二人とも手離そうとは夢にも考えたことがなかったわたしは、愚かしくうぬぼれていただけだったのか。母親になどなる資格がもともとなかったのに、盲目的に欲張ってしまったから、あなたを失うことになったのか。でも、あなたを通じて知った何人もの、お母さんしかいない子どもたちは今でも元気に生き続けている。それは、どういうわけなのか。

　わたしには分からない。あなたとお姉ちゃんと共に生きていたかった、ということしか分からない。あなたたちと出会うために、わたしの生はあったんだ、と前に実感するようになり、その実感は今でも変わらずにある。

　あなたにつけた名前を、別のものにしていたらどうだったのだろう、とこれも疑いたくなった。といっても、今までの名前以外のあなたはもはや考えられなくなっているし、あなた自身もその名前を自分の体の皮膚のようにして成長していたのだけれども。

なぜ、あなたがこの世に生まれてくることになったのか。わたしはあなたが生まれる前の自分の生をも辿り直さなければならなくなる。あなたと出会うためのわたしの生だったのだから。このわたしを母親とする以外に、この世に姿を現わすことのできなかったあなたなのだから。

あなたの父親との出会い。わたしがあのおばあちゃんの家から逃がれ出て、一人で暮らすようになっていなかったら、あなたはこの世に生まれ出ることができなかった。たぶん、このように言いきってしまっても間違ってはいないと思う。

だったら、なぜ、わたしはおばあちゃんを見捨てるようにして、あの家から逃げ出してしまったのか。あなたのおじさん、つまり、わたしの兄が死ななかったら、やはりそんなことはせずにすんでいたのかもしれない。無論、理由がそれだけだったとは言えないけれど、いちばん大きな、他のさまざまなことに影響を与えたもともとの原因ではあった。

なぜ、兄は死んだのか。あなたがなぜ、まだ小さいのに死ななければならなかったのか分からないのと同様に、分からない。でも、兄が死んだから、あなたが生まれた、と言うことだけはできる。兄の死やあなたの死が必然的なものだったとは考えられないのだけれども、兄の死が結果的に必然性を生みだし続け、あなたをこの世に導き入れたということを思うと、あなたの死もまた、いつかあるひとつの生に必然的につながっていくことになる。

そして兄が死んだ時に、おばあちゃんもわたしと同じように自分の生を順繰りに辿り、見つめ直したのだと思う。まだ建てられたばかりの、あの家で。完成して、家族が嬉々《きき》として住みはじめてから一年半しか経《た》っていなかった。おばあちゃんはきっと、その一年半を忘れて、引越しの時から一年一年さかのぼりはじめ、あなたのおじいちゃん、つまりわたしの父の死を経て、その少し前の、すぐ上の姉の死を経、父母の死を経、女学生の頃の次兄の死を経、幼い頃に死んだ長兄の死を経、そこでまた自分の親も自分の生を誕生の時点まで逆に辿らずにはいられなかったのだろう、と思い至ったのかもしれない。そして、その親もいつかどこかの時点で、自分の生を逆に辿りはじめ、これ以上は自分の力では分からない、というところからまたその親の生に思いを託し、同時に、自分自身の死後に続く、まわりのすべての生の移り行きに納得いくような心地にも誘われていった。……

　このような思いを続けていくと、とりとめのなさにめまいを感じてしまうし、一方では、思いもかけなかった光で充《み》たされていく感じもあって、やはり、あなたにせめて、わたしの生とおばあちゃんの生の継ぎ目ともなっているあの、あなたが愛着し、あなたが新しい生命力を吹き入れてくれるとわたしたちが期待していたおばあちゃんの家について、わたしが知っている限りのことは伝えておかなければならない、と思わないわけにはいかなくなるのよ。ほんの一瞬にも似た、喜びに溢《あふ》れたあの静かな明かるいひとときに、あの家が秘《ひそ》かに支えられ続けていたことを、わたしもおばあちゃんも忘れていた。でもあの家のなかで、あの家のまわりで遊ぶあなたの姿を見ていたわたしたちは、その記憶を新鮮な光として、自分たちではそうとも気づかずに取り戻していたのかもしれない。そうしてこれからは、記憶をありのまま取り戻すことで、あなたの姿をよりはっきりと見つけ続けることができるという気がするし、あなた自身の、それが欲求だという気もするのよ。あるいは、わたしたちのように、まだこの世の生に留《とど》まっている者にとっては、どんな時間を選び取っても、記憶の継ぎ目としてしか感じられない、ということがあるのかもしれないわね。だからこそ、どこへどのようにつながっていくのだろう、と未知のものへの期待も引きだされ、そのようにして過ぎてきた時間を辿り直すことで、確かにある種の修整が可能になるのかもしれない。あなたをもう一度、必ず見つけだすことができ、以前よりももっと正確に見届けることができるよう、わたしを導いてくれる、そうした修整。


　ガラス戸を透して、存分に注ぎこんでくる昼のうららかな光。

　普段なら眼に映らない空気中の埃《ほこり》が光を受けて、宙に浮かんだまま、じっと動かなくなっているような、のどかな、暖かな部屋。

　外からの光はそれだけ鮮明だったし、部屋のなかはガス・ストーブの水気を含んだ熱と煙草《たばこ》の煙とで、朦朧《もうろう》となっていた。外には、雪がまだ残っていた。

　正月の何日だったろう、その部屋で影としか見えない客たちが静かにまどろむようにしてくつろいでいた。新しい家の居心地の良さに、みな満足しきっていた。そして時々、その家を自分の力で建ててしまった女主人である私の母を思い出し、客のうちの一人が急に大きな声を出した。

たいしたものだねえ、これならどこに出しても恥かしくない家だ。ぼくは気に入りましたよ。

日焼けした細長い顔に眼鏡をかけた伯父。

いつも気取ったポーズと口調を身にまとっていて、写真などで見れば、誰よりも深刻なことを考え、しかも詩人のように美しい言葉を口ずさんでいるようにしか映らない伯父だったが、実際には、自分の気に入ったパンの味を何回でも説明し、それを手に入れるのにどんなに苦労しているか、という話や、パイプの話、カメラの話を一方的に続けているだけで、母はそうした伯父を、役立たずの道楽者と決めつけ、嫌っていた。

私には伯父が、そもそもなんの仕事をしている人なのかさえ分からないままだったが、母が伯父を嫌う理由は分かるような気がしていた。伯父は人の家に、たとえば花瓶《かびん》を見つけると、それが自分の趣味に合わなければ、ひどい代物《しろもの》だねえ、こんなものは早く人にやってしまいなさい、と言ってのける。逆に、自分が気に入れば、それが誰のものなのか忘れたように、自分の手柄《てがら》として喜び、こんなにいいものを粗末に扱ったら、ぼくが黙っていないからね、こういうものは手入れ次第だから、まあ、分からないことがあったら、いつでもぼくに相談するんだね、というようなことを自信たっぷりに言う。

だから、伯父が家をせっかくほめても、母はそのたびに、あんたにほめてもらう必要なんかないね、あんたの気に入って、それでどうなるっていうんだ、と内心、反《はん》撥《ぱつ》を感じ苛立《いらだ》っているはずなのだった。テーブルを検分されても、カーテンの生地《きじ》を手にとって見つめられても、母は不愉快を感じていたに違いない。ケチをつけられるようなものはなにひとつありゃしませんよ、と。しかし、そのような伯父だったから、母は是非とも伯父に新しい自分の家を見届けてもらわなければならなかった。新しい家を建てることのできた満足感を、伯父の子どものように単純で、一人よがりの感想を得ることで、現実のこととしてはじめて確認できるような、そんな期待が伯父に対してはあった。悪気はなく、ただまわりの人間よりは自分自身に興味があるだけで、特にその頃十一歳だった私などには話しかけてみようとも思いつかないこの伯父には、私からも近づきにくかった。伯父の芝居じみた気取った仕種《しぐさ》に眼《め》を見張ることはあっても、それだけのことで、好きとも嫌いとも感じてはいなかった。それでも、母の子どもとしては、母の感情にできるだけ身を寄せて、伯父が満足そうに新しい母の家でくつろいでいてくれるのを見れば誇らしい思いに駆られたし、母を苛立たせるような変なことを言いださなければよいが、とはらはらもしていた。

この伯父が、いわばその日の主賓だった。他に、伯父の妻である伯母、この伯母が母のいちばん上の姉で、二番目の姉夫婦とその大学生の長男、そして私たち家族の四人が、同じ暖かな明かるい部屋にいた。私は十一歳、兄が十四歳、姉は十七歳、そして母はまだ四十代の年齢だった。

そんな多くの客を家に迎えるのは、その家ではもちろんはじめての事だったし、以前の家でも憶《おぼ》えのないことだった。その賑《にぎ》やかさだけでも私はすでに興奮していたが、新居をはじめて親戚《しんせき》の者に披露《ひろう》するという晴れがましさに有頂天の心地にさえなっていた。ついにこの日を迎えることができた、という感慨は母のものだったはずなのだが、母の緊張と満足気な様子に私も影響されてしまっていたのだろう。

居間に全員が納まると、人が多くなりすぎて、勝手が違ってしまっていた。大人の男性を日頃、家のなかで見かけることは滅多になかった。学生服を着た従兄《いとこ》も入れると、三人もの大人の男性が椅子《いす》にくつろいでいる様子は珍しく、そして圧迫感があった。とは言っても、主賓の伯父は瘠《や》せていたし、次の伯父も背が低かったのだが、従兄だけは改めて驚かされるほど大きな体で、そばに寄りたいと思ってもその勇気が出なかった。

母はその従兄と同じように、あなたも大きくなるに違いない、と推測していた。時々、ああいう入道のような大男が現われる血筋なんですよ、と。

あなたは確かに、年齢と比べて体がかなり大きく、いつも三、四歳上の服を身につけていて、それだけ丈夫なのだと私は従兄を思い出しながら納得し、安心もしていたのだった。

ガラス戸際《ぎわ》の、円いテーブルをなかに挟《はさ》んで左右に置かれた椅子に、それぞれの伯父が坐《すわ》っていた。壁に沿って置いてある、あなたもよく知っているベッド兼用のソファーに、従兄、母、上の伯母が坐り、下の伯母は食卓の椅子に腰を下ろしていた。母にとっては、いちばん身近だった伯母だったから、その日も居間に続く台所で、母の手伝いをしてくれていたのかもしれない。

姉は一度、客たちに顔を見せただけで、二階の自分の部屋に閉じ込もってしまっていたのだろうか。姉がその部屋にいた、という記憶がない。しかし、年が離れている上に、家では不機嫌《ふきげん》のかたまりだった姉については、その頃私も関心が薄かったので、記憶に残っていないだけなのかもしれない。

私はカメラを構えることで部屋のなかをうろつきまわる口実を作っていたが、それでも自分で目論《もくろ》んでいたほど屈託なく体を動かすことはできなくて、居心地悪く中途半端《はんぱ》な位置に佇《たたず》んでいた。

そのうちに兄が、母と従兄の間に素早く割り込み、従兄の膝《ひざ》の上にちゃっかり坐りこんでしまった。なんて行儀が悪いんだろう、あんまりずうずうしい、従兄は怒りだすだろうか、いや、母の手前、いやなのを我慢してくれそうだが、その従兄の遠慮がかえって恥かしい。こうしたいろいろな思いが一度に押し寄せてきて、私は一人でうろたえた。

従兄と言っても、年に一度会うか会わないか、という程度の、少し距離のある青年だった。高校生だった頃は勉強で忙しかったのかもしれないし、その前となると、私自身が七歳、六歳という年齢になり、記憶がぼんやりしてしまっている。従兄の家に遊びに行ったことも何度となくあったが、一緒に遊びにくい年齢のせいでだったのだろう、従兄がその家にいたことすら憶えていない。しかし下の伯父が穏やかな、子どもを大事に扱う人で、私にも丁寧に細かいことを教えてくれるので、私はその伯父が好きになっていたし、体の大きさ以外は父親似の従兄にも好意を持ち続けていた。伯父同様に静かな青年だったが、その分、素直に私や兄のありのままを受けとめてくれる気持の広さを持ち合わせているように感じていた。

つまり、ずっと年上の従兄を私は漠然《ばくぜん》と慕っていたのだが、それだけに兄の行儀の悪さに憤激を感じずにいられなかったのだ。あんなことをしたら、私たちは嫌《きら》われてしまう、と思い、あんな風に私も甘えられたら、とうらやましくもあった。母が兄を叱《しか》ろうとしないのが、余計に私を混乱させていた。

その家に越してきた時に、途中から思いがけず姿を現わして、夜まで手を貸してくれたのが、この従兄だった。伯父たちはそうした手伝いには年を取り過ぎていて向かなかったし、家を建ててくれた棟梁《とうりょう》のもとの二人ほどが、私たちの移転を手伝ってくれたが、従兄の手の方がなんといっても親しみやすく、たのもしくもあり、私と兄はその日の夕方には彼にすっかり打ち解けるようになっていた。引越しという賑やかな日は、ただでさえお祭りに似たところがある。夜になって、おおよそ荷物が片づいたところで、私にあてがわれた二階の部屋を従兄、兄と共に見に行った。これが自分の部屋、と思うと、うれしさがこみあげ、興奮しすぎてわけが分からなくなった。広いなあ、こんなこともできる、こんなことも、と叫びながら、兄と二人で部屋中を転げまわり、従兄が笑って私たちを見ているのを確かめると、一層、兄と競争で大声を張り上げて乱暴に動きまわった。一体、従兄の眼にはそんな私たちはどのように映っていたのだろう。四、五歳程度の子どもならいざ知らず、来年には中学生になろうとしている小学校の上級生なのだ。母が私たちを呼びに来て、ドアを開けた時に、私はそのことを思い出させられ、身を縮めた。自分の、兄と狎《な》れ合っている部分を従兄に思いがけず見せてしまった、と気づくと、従兄の顔を見るのがこわくなった。妙な親しみが従兄の顔に浮かんでいたら、従兄を許せない、と思った。

早く帰ればいいのに、なにをぐずぐず居残っているのだろう、と従兄から顔をそむけ、一人で苛立っているうちに、飼っていた犬が道に逃げだし、車とぶつかって即死するという、私にとっては大変なことが起こった。逃げて行く犬を追いかけていた私の眼の前で事故が起こり、私は声も出せずにただ立ちつくしていた。従兄が犬の体を拾い上げ、庭の隅《すみ》に穴を掘ってくれた。その間、私は犬の固くなった体を見守りながら、ぽたぽた涙を落とし続けていた。

さあ、もう埋めてもいいかな、と言いながら近づいてきた従兄に、その涙を見られてしまった。人前で泣かないのを自慢に思うほど、人前では泣くことのなかった子どもだったので、私は困惑し、従兄から顔をそむけた。

ショックだったよねえ、眼の前のことだったんだから、と従兄は呟《つぶや》き、私の肩に手を置き、まだ、埋めてもらいたくないかな？　少し待とうか、と聞いてくれた。別にいいよ、埋めちゃって、と私はぶっきらぼうに答えた。じゃ、埋めるからね、立ち会う必要はないんだから、ここで気持が落着くまで一人でいるといいよ。従兄は言い、犬の体を運んで行った。

私の涙を見て、あの人は嘲笑《あざわら》いもしなければ、ばかげた同情の言葉を吐き出したりもしなかった。習慣的に身構えていた私は拍子抜けした思いになり、従兄に感謝もしていた。やっぱり、あの人は裏表のあるような人ではないんだ、と納得もしはじめていた。わたしがみっともないほどはしゃいでいるところを見ても、よほどうれしいんだな、と受けとめてくれる人だし、泣いているところを見ても、犬が死んだぐらいでばかな子どもだ、と見下すようなことはしない。

犬の埋葬を終えて、従兄は私の前を通り過ぎる時、にやっと笑いかけてくれた。単純に私はうれしくなり、笑い返した。そのまま、私がそばに寄れずにいるうちに、従兄は帰って行った。一日のうちにこんなに親しくなってしまったのだから、今度、来てくれた時ははじめから打ち解けて、いろいろ話を聞いてもらうことができる、兄と一緒に庭でレスリングもしてもらえるだろうか、と従兄の訪問を心待ちにし続けていた。一週間に一度、いや一ヵ月に一度でも来てくれたら、どんなにわたしも元気良く毎日を過ごすことができるだろう。けれども、従兄は一向に姿を現わさず、二ヵ月、三ヵ月と経ち、あの人はもうわたしのことは忘れてしまったのだ、と次第に私も諦《あきら》めるようになっていた。

五ヵ月経って、久し振りに従兄と顔を合わせても、私自身がもう、かつて感じた親しみを思い出せなくなっていて、自分から声を掛けてみようともしなくなっていた。しかし、漠然とした好意まで消えてしまっていたわけではない。兄が唐突に見せた従兄への体ごとの甘えは、私の願望でもあった。従兄は、体だけ人並みに大きな兄を膝に乗せたまま、当たり前のことのように笑い、兄の頭を抱えこみ、自分の額と兄の額を付け、にらめっこの真似《まね》まではじめていた。兄は従兄の大きな体に包まれて、口をあんぐりあけて、うっとりしてしまっている。

そんな様子を見続けていることにうんざりし、邪魔をしないではいられなくなった。自分の妬《ねた》みをまわりの大人たちに悟られたくなかったので、私は手に持っていたカメラを構え、兄をからかうような口調で言った。

そんな赤ちゃんみたいなことをしていたら、写真に撮っちゃうわよ。いいの。

兄は私の言葉など無視しているので、私は仕方なくシャッターを押した。それから、また兄に言った。

さあ、もうそこからどいてあげないと、重くてかわいそうよ。ちゃんとした写真をもう一枚撮ってあげるから。

母がその声でようやく従兄への遠慮を思い出し、兄の体に手をまわして従兄の体から無理矢理引きはがした。兄の顔が一瞬、泣きべその顔になった。

さあ、ポーズをとって。

私はあわてて言った。

よし、男同士だ。二人とも男らしく、撮ってもらおうな。

従兄が言い、兄の肩に手をまわして、もう片方の手は腰にあてがい、大きく足を組んだ。男同士という言葉が好きな兄はそれで気を取り直した。母の傍《かたわら》からの口添えで私のカメラにもようやく気がついて、従兄に肩を抱かれたまま、上体を真直ぐに伸ばし、足を揃《そろ》え、両手をそれぞれの足の上にきちんと置き、口も一文字に引き結んで、兄なりの気取ったポーズを作った。従兄はなぜ、兄に対してだけあんなに親切なのだろう、と不愉快な気持を残しながら、私はもう一度シャッターを押した。

今でも手もとにその写真は残っているが、明かるいと感じていた部屋でも、写真を撮るには光度が足りなかったらしく、黒々とした影が背後の白い壁にそれらしい輪郭を見せて映っている写真にしか仕上がらなかった。事情を知らない人が見れば、なにが映っているのかさっぱり分からない代物ではあるが、私には充分にその時の兄や従兄の表情、そして横にいた母の表情までも思い出すことができる。

外に出て、雪で遊ぼう。

私は兄を誘った。親戚が家に集ったと言っても、私たちは少しも相手にされていなかった。二人の伯父は酒を飲みはじめて、ますます子どもには分かりにくい話にのめりこみ、従兄もその話に時々、口を挟みこんでいた。母は伯母たちと、これもまた面白くもなさそうな話をぽつりぽつりと続けている。

ああ、そうするといいわ。でも、外は雪が解けてひどくぬかるんでいるから、二人とも長靴《ながぐつ》をはいて出るのよ。それから、ジャンパーを着て、手袋もはめて。

兄は外に出るのはどんな時でも大好きだったし、とりわけ雪には執着していたので、すぐに立ち上がり、玄関に走って行った。私もあわてて、そのあとを追った。上の伯母が私の後姿を見つめているのが分かっていたので、どことなくぎごちない体の動きになっていた。子どもの様子をほほえましく思って、ただ見やっているという見つめ方ではなかったし、不機嫌に睨《にら》み据《す》えているというのでもなかった。そうして見つめたあと、母になにを言うつもりなのか、いつも見当がつかず、それでこの伯母に観察されるのは、私にとってひどく苦手なことだった。

ドアを開けると、ひんやりと寒い玄関になった。兄は一人で、もう外に出て行ってしまっている。玄関の脇《わき》にぶら下げてある二人のジャンパーを急いで摑《つか》み取り、前日から出し放しになっていた雨靴に足を突込み、兄のあとを追った。兄は門の前にしゃがみこんで、そこに残っていた雪を両手で掻《か》き集めていた。

ジャンパーを着ないと、風邪を引くわよ。ポケットに手袋が入っているから、手袋もするのよ。

兄に言いながら、持ってきたジャンパーを手渡そうとした。

ちょっと待って。その手をまず拭《ふ》いてからにしないと、また霜焼けになるわ。

兄は素直に頷《うなず》いて立ち上がり、ズボンに両手をこすりつけた。それからジャンパーを一人で着はじめた。私もその間に、兄と同じようなジャンパーと手袋を身につけた。

その当時の門には、外を覗《のぞ》くことができる隙間《すきま》が、ちょうど私が爪先立《つまさきだ》ちをして届く高さに作ってあった。その隙間から外の通りを覗いて、暇つぶしをすることが多かった。二階の窓からも外の通りを見下ろすことはできたが、そこからでは遠過ぎて、道を行く人と眼が合ってしまうかもしれない、という緊張感を得ることはできなかった。

家自体も、敷地も、決して狭い方ではなかった。越してくる前の家も、古いには古かったが、やはり母子四人の住まいとしてはゆとりのある方だった。犬も猫も飼っていたし、果樹が多く、母は花壇の手入れに精を出し、たっぷりと花を咲かせていた。今度の新しい家では更に、家のまわりをぐるりとまわることもできたし、大きな池もあった。敷地のなかで、私も兄もなに不足なく、一日遊び続けていることができるはずだった。それが母の望みでもあったのだろう。なのにどうして、私たちはいつでも外の世界に関心を向け、二階や屋根から人の家を覗けるだけ覗き、それでも足りずに、自分たちだけで外に出たがっていたのだろう。前の家は路地の奥にあったから、門の外を覗いても、ほとんど面白い発見はなかった。それで家のなかから裏に接する家やアパートをもっぱら覗いていた。新しい家は広い道路に面しているので、乗用車やトラックも走り抜けていく。そんなことも目新しくて、門の外を覗きはじめると、なかなかそこから動くことができなくなってしまった。

その時も、私は外を覗きはじめた。しかし、兄がしきりに私の腕を引張るので、仕方なく兄に顔を向けた。

ソトニイキタイ　ソトニイキタイ

兄は私の腕を力ずくで引張りながら、私に訴えていた。

だめよ、きょうはお客さんがいるんだもの、お母さんに聞いてみたって、だめだって言うに決まっているわ。

しかし、兄は自分が行きたいと思いついた以上は、私の体を引き摺《ず》ってでも自分の思いを実現につなげようとする。門の通用口に鍵《かぎ》は掛けてあるが、それを開けるぐらいのことは兄にも簡単に出来る。以前の家なら、路地を少し歩きまわって、それで満足してしまうこともあった。いつの間にか行方が分からなくなって、警察に保護されることもあるにはあったのだったが。

今度の家には越してきて、まだ半年近くしか経っていない。しかも、引越しの夜に、犬が車に轢《ひ》き殺されている。外にやたらに飛び出すと、犬のような目に合いますよ、と母にさんざん言い含められたので、兄は一人で勝手に外に出ていくということはしなくなっていた。その代りに、私を誘う、と言うか、自分の望みを強《し》いる。それで始終、一緒に外に遊びに行ったが、通学で毎日辿《たど》るようになった道筋以外は、私もまだ詳しく知っているわけではなく、心細さがつきまとい、少しも気持が弾まなかった。以前のような寺の墓地や境内が見当たらなかった。コンクリートの塀《へい》で囲まれている大きな家が多く、そこに住む人の姿さえ滅多に見ることができなかった。

その頃には、まだ空地があちこちに残っていたが、以前の町にあった空地と違って厳重に鉄条網などで囲ってあるので、念入りに私たちもひとつひとつの空地を調べてみたが、ひとつを除いてどの空地にも入り込むことはできなかった。またその例外のひとつも、雑草が私たちの背丈よりも高く伸び、草の蔓《つる》がそれを結び合わせていて、とてもなかで遊べるような場所ではなかった。

兄がいなかったら、そのまま、新しく住むようになった町に背を向けてしまっていたのかもしれない。私が行きたくなくても、兄は私を外に連れ出してしまう。その結果、越してきてから、兄が肺炎にかかって呆気《あつけ》なく死んでしまった日までの短かい日々の間に、否応《いやおう》なく、少しずつ私たちの散歩の範囲は拡《ひろ》がるようになり、それに従って教会の庭や、都電の車庫、私たちには関係のない学校の校庭などを見つけ、親しみを持つようにもなっていった。

母が飼っていた目白が逃げだし、それを探すという、大人の世界にも十二分に通用する理由を与えられ、喜び勇んで、まわりの家を巡り歩いたのも、この間のことだった。

目白がけさ逃げてしまったんですけど、見かけませんでしたか。

大体、どの家も、見かけなかった、と素気《そっけ》なく答える。

じゃ、ちょっと念のためにわたしたちで見ていってもいいですか。自分の眼で、やっぱり確かめたいんですが……。

このように言うと、これも大抵の家は私たちを門のなかに入れてくれた。もちろん、五分間だけ、と時間を制限する家もあったし、そんな必要はない、もしそれらしい鳥がいたら、こちらから知らせてあげるから、とすげなく私たちを追い返す家もあるにはあった。

塀の外からでは予想もつかなかった広さで、芝生の庭が拡がり、蔓バラの咲くアーチが作ってあったり、陶器の鶴《つる》が置いてあったりした。広いテラスに白い椅子《いす》とテーブルが置いてある庭もあった。次々に、魔法のように非現実的な美しい空間を目にして、私は夢見心地だった。目白のことなど、はじめから忘れていた。コンクリート塀がひときわ古く、裏口の木戸も朽ちかけているような家があった。ここはたいしたことのない家だと思い定めながら、その木戸を開けてなかに入った。バラが息を呑《の》むほかないような量と広さで咲き誇っていた。今まで見てきた庭の二倍以上もある広さに、一面、バラだけが鮮やかな色で咲いていた。バラの海の向こう側に、古びた、ごく普通の木造家屋が見えた。そこまでどのようにして行けばよいのか、バラの海で眼がおかしくなっていた私には、さっぱり分からなかった。兄と二人でただ呆気に取られて立ちつくしていると、その家の人だったのだろうか、バラの手入れをするための粗末ななりをした老人が姿を見せ、私たちに、出ていけ、と怒鳴りつけた。もちうん、私たちは怯《おび》えきって逃げだした。

その家がどの家だったかは、今でも無論迷うことなく指摘することができる。あの塀の内側をもう一度、見ることができたら、と思い続けてはいるのだが、もしあれが現実の眺《なが》めだったのなら、時の経過と共に変わってしまっているはずだし、また、現実のものではなく、夢で見たものだったか、あるいは勝手な夢想を自分の記憶に知らず知らずのうちに辷《すべ》り込ませてしまったか、どちらにせよ、見憶えのある木戸を開けて、そこに広大なバラ園とは昔から縁もゆかりもない狭い平凡な庭を見つけてしまうのが怖《おそ》ろしくて、木戸に近づいてみたこともない。一緒にいた兄も死んでしまったから、余計にあやふやな気持になる。が、いずれにせよ、そうした魔法めいた美しいものを塀ひとつ隔てたところに見出《みいだ》す驚きと喜びを近所の家からはじめて知らされ、一帯の街をそれからは別の眼で眺めるようになったということだけは、確かに私に残された変化なのだった。

その日は、しかし兄がどんなにせがんでも、外に出るわけにはいかなかった。子どもたちの出番がない、とは言え、親戚《しんせき》一同に私たちの新しい家をはじめて公開するという、特別な日なのだから、その家に住む家族も全員、揃っていなければならない。

ねえ、外に行くより、もっとおもしろいこと、思いついちゃった。それ、やってみようよ。ここからそうっとまわって、だれにも気づかれないように、おじさんたちのこと覗いてやるの。見つかったら怒られるから、絶対、音をたててもいけないし、声を出してもいけないのよ。

私の提案に、兄はうれしそうな笑顔を見せた。それで、私もうれしくなった。

よし、じゃ行くからね。わたしのすぐあとについてくるのよ。音をたてないようにね。手袋はもういらないから、ポケットにしまって。

それぞれ手袋をポケットに戻してから、私は兄の先に立って、塀沿いに歩きだした。応接間が塀のぎりぎりのところまで張り出している。その窓の下を、身をかがめて進んだ。応接間には誰もいないのだから、そんなことをする必要はなかったのだが、狩猟隊のような気分を盛り上げるためには、早速、その位置から警戒する姿勢を作らなければならなかった。途中で振り向いて、兄を見ると、兄は口を開けて笑いだそうとする。その口に素早く手を当てて、シーッと言った。

だめよ、どんな声も出しちゃいけないんだから。

ウン
兄は笑い崩れた顔で答える。

うん、もだめ。なにか言いたい時は、こういう風に声を出さないでしゃべるのよ。分かった？

ウン　ワカッタ
兄はこの新しい遊びに夢中になっているから、眼を光らせて、この上なく素直に頷く。が、やはり普通の声を出してしまう。囁《ささや》くということは案外、とてもむずかしいことなのかもしれない、と私も気づき、その時だけは見逃がすことにした。第一、それほど真剣になる必要もなかった。

応接間の角をまわり、同じ造りの窓の下を通って、いったんそこで立ち止まった。

ここからが大変なのよ。部屋から丸見えだからね。

這《は》っていったって、気づかれちゃう。とにかく、ぎりぎりのあの柱のところまでそうっと行って、部屋のなかを覗いてさ、少ししたら、一人ずつ向こうの柱まで全速力で走っていくの。いいわね。とにかくこの先は、一歩一歩足を下ろすのも気をつけてやるのよ。どろぼうになったような気持で、ゆっくり、ゆっくりとね。

兄は、そんなことはとっくに分かっているといった自信たっぷりな顔で頷き返す。時々、身振りや顔つきだけは驚くほど、利口そうな大人びたものになることがあった。大人たちの男らしく立派に見えるポーズを猿真似《さるまね》しているだけだ、と思いながらも、一瞬、たじろがずにいられなくなる。いつの間にか兄に取り残されて、自分一人だけでばかなことをしていたのではないか、という不安に襲われる。

じゃ、行くけど、もしだれかに見つかっちゃったら、かまわないから向こうの方に走っていくのよ。そのまま、お勝手口の方まで行っちゃってもいいからね。分かったわね。

私は兄を睨みつけて、言い含めた。兄は自信を少し失ったように、上唇《うわくちびる》を舌で嘗《な》めながら、私から眼をそらしてしまう。

ねえ、ほんとに分かったの。もう、行くわよ、いいの。

私も少し心配になり、兄の顔を覗きこんだ。すると兄はその私の肩に手を置き、安心しろよ、大丈夫だ、というように笑顔を作ってくれた。その仕種《しぐさ》にしても、従兄《いとこ》や、自分の先生の動作の真似をしているだけなのかもしれなかったが、それでも、一人前の男性に近づいてきた少年が妹の少女らしさを愛《いと》おしみ、かばおうとしているような、そんな兄の、私に対する感情が感じられて、兄に優しくされれば、やはり悪い気はしなかった。その家に越してきた頃から、兄はふと、男である自分がしっかりして、この妹を守らなければならないのだ、と思いつき、急に、私の髪の毛を撫《な》でだしたり、肩を抱き寄せて、自分にもたれかかってみろ、と指示したりすることをはじめるようになっていた。私の体と兄の体は、ほぼ同時に変化しはじめていた。

私は兄の手を握りしめて、応接間の隣りの、母が寝室として使っている和室の前を、ガラス戸に背をつけるようにして進んだ。兄も、真面目《まじめ》な顔をして、私同様の進み方をしている。和室の隣りが、伯父たちのいる居間だった。あと三歩、あと二歩、と近づき、境目の柱の手前で足を停《と》めた。居間からは誰の声も聞えてこない。私はその場にしゃがみこんで、兄の手も引張り、しゃがませた。おそるおそる、なかを覗きこんだ。ガラス戸に光が反射していて、奥まではよく見えなかったが、二人の伯父と従兄の姿は見届けることができた。相変わらず、上の伯父が勝手なことを話し続け、下の伯父がもっぱら聴き役にまわっているようだった。もっとも下の伯父の方はスリッパを履いた足の先が椅子の下に見えるだけだったのだが。

兄と位置を換えて、私が後の方にまわった。兄は私と顔が合うと、私の代りにシーッと言い、余裕のある微笑を私に向けてから、ガラス戸の敷居に頭を乗せるような形で、なかを見つめだした。

庭は静かだった。時折、野鳥が来て、鳴き騒いでいることもあったが、その日は静まりかえっていた。風もなく、ガラス戸に身を寄せていると、日の暖かさに包まれて、気持がぼんやりとしていくようだった。改めて、空気を吸いこんでみると、濁りのない、透明な光で体が清められていくような気もした。前の日の雪はすでにかなり解けかかっていて、その水が冬を越している木の葉や、庭土を濡《ぬ》らし、新鮮に光らせていた。

兄は口笛に似た音をたてはじめていた。唇の端に溜《た》まったよだれを、唇をへの字に曲げて片方の端から吸いこみ、息を吐き出し、またよだれを吸いこむ。なにかに上機嫌になって熱中している時の、兄の癖だった。それをやめさせるのは、ほとんど不可能なことに近い。なにに兄はそれほど夢中になっているのだろう、と好奇心が湧《わ》き、兄の肩に体を乗せ、その頭の上から私もなかを覗きこんだ。

さっきとは位置が少し変わっただけなのに、光の反射の加減が微妙に変わるのか、部屋の奥に母たちの影も見届けることができた。ガラス戸を透して見ると、大人たちばかりが煙草《たばこ》で白く煙った窮屈な室内に閉じ込められているように見え、外はこんなに広々としていて気持がいいのに、と優越感を感じた。日頃《ひごろ》、母からのろまだ、なまけものだ、誇りもなければ向上心もない気持の低い人間だ、と叱《しか》りつけられることが多く、そのため母や母の意見に同調しているはずの伯母たちの前では身を縮めずにいられないような気持に追い立てられていたので、その母や伯母たちよりも、自分たちの方が広くて、気持の良い場所にいると気づくことは、不思議な喜びだった。

この時の印象があまりにも私にとって忘れがたかったのだろう、その後、はたちを過ぎても、二人の子どもたちを産んでからも、そしてごく最近になってさえも、大人たちが大勢いる家を子どものままの私が、兄と一緒だったり、私の子どもたちもそこに加わったりして、窓の外からくすくす笑いながら覗きこんでいる夢を、私は繰り返し、見続けている。

覗きこむ部屋は応接間の時もあれば、和室の時もあり、私たちは下から顔を突き出したり、木の梢《こずえ》や屋根から見下ろしたり、と覗き方もいろいろで、家の形さえ現実のものとは全く変わっていることもあるのだが、家のなかに親戚一同が集っていて、私たち子どもは、自由に駆けまわることができ、日の光も直接浴びることのできる外の広い世界から、その集りを覗きこんでいるというパターンは変わらなかった。大人たちの、部屋のなかにじっとしている退屈さを哀れみ、しかし、大人たちが確実に家のなかに居続けてくれていることに安心も覚え、一方の自分たちの、広々とした空の青の気持良さにも幸せを感じ、光に溶けこむように笑いださずにいられない子どもたち。

ガラスを隔てた大人たちの、それはそれで気持良さそうにくつろいでいるゆったりとした動きに、子どもの私は、ああ、良かった、あんなに幸せそうに過ごしているんだ、となつかしく、切ない喜びも感じわけていく。ガラス戸のなかの大人たちは、ガラス戸に青空が映っているのに、そして私たち子どもの小さな黒い頭も映っているのに、顔の向きを換えて、外に溢《あふ》れる光を見つめてみようともしない。……

下の伯母が台所に姿を消し、そのあとを追って、母も台所に行った。肥《ふと》っている上の伯母はソファーに坐《すわ》ったまま、立ち上がろうとはしなかった。なにか思いついたことを、上の伯母にとっては甥《おい》にあたる従兄に話しかけだした。従兄は頭に手をやり、恐縮した様子で答えている。この伯母は姉妹の長女なので、いつでも少し別格の扱いだった。伯母自身も悪びれずに、その扱いにふさわしい、上から押しつけるようなものの言い方を誰に対してもしていた。

海辺の別荘地にある立派な家に、伯父と伯母は二人で住んでいた。早くに死んだ妹の子どもを一時そこに住まわせていたこともあったが、それでも使うあてのない部屋が何部屋かあった。

海水浴を楽しみに、母が三人の子どもたちを連れてその家に泊りに行くと、いちばん奥にある小部屋が寝室としてあてがわれた。砂地の庭にゼラニウムが咲いていた。

私にとっては珍しかったその花に見とれ、気取ってにおいを嗅《か》いでみたら、吐き気を誘われるような悪臭に襲われて、文字通り仰天したことをよく憶《おぼ》えている。母にそのことを訴えに行くと、あの花には近づかないように注意しておいたはずですよ、と言われ、続けて伯母に、あれは猫除《ねこよ》けに植えてあるんだからね、あんたたちも花の向こうには絶対行かないようにするんだよ、と言われた。大きな石やいろいろな種類の木や花が、奥に行くほどせり上がるような形で犇《ひしめ》き合っている、かなり大きな庭だった。あるいは、大きな庭のように見えていただけなのかもしれない。一歩も入ることのできない庭だったのだから、実際にはどのようになっていたのか、大人になってから思い出してみてもよく分からない。

　伯父も伯母も清潔と整頓《せいとん》には厳しく、家のなかも見事に磨《みが》き上げられていたが、自分たちの裸には羞恥心《しゅうちしん》を持たない人たちだった。風呂《ふろ》上がりに丸裸で家のなかを歩いている伯父と出会ったり、腰巻ひとつの伯母と食事を共にしなければならないこともあった。伯母はその姿で片膝《かたひざ》立てて、どこかべらんめえ調のぞんざいな言葉で、私たちの批評をする。麻雀《マージャン》をはじめて教わったのも、その家でのことだった。まだ私は七歳か八歳だったから、たぶん、麻雀と言っても形だけのものではあったのだろう。ゼラニウムのにおいのする広い廊下にテーブルと椅子が置いてあり、そのテーブルの板を裏返すと麻雀台になった。母は不機嫌になって先に兄と寝てしまい、姉と私、伯父、伯母の四人で夜遅くまで続けた。結果は私の一人勝ちで、他の三人は一文無しになってしまった。どうして、そういうことになったのかは分からない。

　そんな遊び好きな面も伯母にはあって、それで私も伯母を煙たがりながらも好きになっていた。伯母と母がなにかを話しているところに私が通りかかって、その私に伯母が、あんた、うちの子になるかい、あんたならうちにくれてもいいって、この人が言ってるからねえ、このまま、うちにあんただけ残りゃいいさ、とにやにや笑いながら言った。一瞬、さすがに母に見捨てられたという思いに襲われたが、すぐにこの家でただ一人の子どもとして育てられるのなら、それも悪くはない話だと思い直し、いいよ、それでも、と私は胸の動悸《どうき》を感じながら答えた。あんなこと言ってる、変わった子だねえ、と伯母は大声で笑いだし、母は私を睨《にら》みながら苦笑いを浮かべた。私としては東京に帰るまで、本気でその話を受け止めていたのだが、伯母も母も二度と同じことは言いださず、いつもと同じように帰り支度を急《せ》かされて、結局東京に戻ってしまった。

私はこの些細《ささい》な出来事にも、かなりあとになるまでこだわり続けていた。あの時、伯母と母はどんなことを話していて、伯母があのようなことを口にしたのだったろうか、と。

へそ曲がりで、成績はさっぱりだし、叱れば叱るほど、卑屈なウソはつくようになるし、なんの見込みもない子なんじゃないか、とこの頃、あの子には心底、うんざりさせられているのよ、と母が溜息《ためいき》混じりに伯母に訴え、伯母は、そんなに悪い子じゃないと思うけどねえ、あんたは生真面目《きまじめ》に考えすぎるのよ、なかなか面白い子じゃないの、とても優しいところもあるらしいし、と言う。すると母が、そりゃ姉さんは親じゃないから、そんな適当なことを言ってられるのよ、と思わず言い返す。子どもを持ったことのない伯母はその言葉に少し腹を立てた。そこに、私が通りかかったので、思わず私に向けて、あのようなことを言った。そういうことだったのだろうか、と。

自分に都合良く、私はこの伯母を自分の味方だと思うようになっていた。子どものいない上の伯母は、母にとって子どもたちのことを相談しやすい相手ではなかったか、と思う。母の二番目の姉である下の伯母は二人の子どもを持っていたが、知恵遅れという子どもとは縁がなく、そのためにどこか子どもを育てるのに気構えが違っていて、いっそ子どものいない上の伯母の方が、母にとっては複雑な感情を味わわずにすむ存在だったのかもしれない。

父が死んでから、母を直接守り続けてくれたのは、その頃、まだ独身だった、母より八歳年下の叔父だった。叔父は高等学校の生徒だった頃から郷里の家の当主になっていた。しかしその郷里に戻るつもりはなかったので、大学を終えた時に郷里の家を売り払い、東京に家を構えた。そこに、夫に死なれた母はまず身を寄せ、一年後にはその近くの戦前からの家を手に入れて親子だけで暮らすようになった。叔父は始終その頃、姿を見せていた。まだ幼児に過ぎなかった私も兄も、叔父には動物の仔《こ》のようにじゃれかかっていたのだろう。そのように叔父は、夫に事故だか心中だかつかない死に方をされ、その死を新聞にさえ載せられた母を守り続けてくれたのだが、なんと言っても母より八歳も若い独身の弟では、子どもたちをこれから育てていく上での悩みや心配ごとを聞いてもらうのに限界があったし、それよりもこの弟に早く結婚相手を見つけることが母の当面の義務だったので、母は二人の姉と相談しながら、恩返しという気持も含めて、叔父の結婚話を進めて行った。それでやはり、母の相談相手はいちばん上の姉、ということにならざるを得なかった。

叔父は結婚してから赤ん坊も生まれたところで、アメリカへ移住する決心をつけ、この姉たちを驚かせ、とりわけ母を嘆かせたのだった。弟が家庭を持てば、以前のように親密には行き来できなくなるにしても、近い家に互いに落着き、こちらからは若夫婦になにかと手を貸しながら、弟にはこちらの子どもたちを見守ってもらい、これからそのようにして平穏に暮らし続けることができる、と母は思い定めてしまっていたのだろう。よりによってアメリカとは、と母は叔父にも伯母たちにも怒りをぶつけていた。同じ国内なら、また会えるかもしれないけれど、アメリカじゃ、もう二度と会えないかもしれない。あまりに身勝手な話ではないか。今のままで、どうして満足できないのか。

母がいくら嘆いても詰《なじ》っても、叔父の決心は変わらず、私が六歳の時に叔父はアメリカへ発《た》った。叔父を見送りに行った日、母は悄然《しょうぜん》と口も利《き》けずに家に帰ってきた。その様子に留守番をしていた私たちもなんとなくつらい気持になったことを憶えている。

叔父はそうして、私たちの前から姿を消してしまった。母はいちばん上の姉を相談相手にして、三人の子どもたちを一人で育て続けなければならなかった。兄を病院に連れて行き、病院内の施設に通わせ、区立の養護学級に移らせ、その間、私と姉は入学試験を受けて、制服のある学校に通いはじめ、ピアノも絵も習わされ、更に上の学校への進学も果たさなければならず、その一方で家の経済も大きな問題で、父の残してくれた財産があったので、母が働く必要はなかったが、財産と言っても限度はあるので、なんとか知恵を働かせて生活に不安がないようにしなければならず、こうしたすべての面にわたって、伯母の助言や力添えが働いていたはずなのだった。

三人の姉妹のなかで飛び抜けて美人でもあり頭も良かったと母が言うこの伯母は、十六、七で見合い結婚を強いられて逃げだし、少し経って年下の男と駆け落ちをして、また家に戻され、三度目に伯父と見合いをして、ようやくそれで落着いた、ということだった。

今から十年ほど前に、伯母は病人専門の老人ホームに入った。母があなたを連れて一度、見舞いに行ったことがある。

　あの人は子ども好きだから、どんな見舞いの品を持っていくより、小さな子を連れて行った方がいいのよ。この子が歌を歌って聞かせたから、そりゃ大喜びだったわ。かわいい子だ、素直でいい子だって。

　母は誇らしげに、私にそう報告してくれた。

　それから一年経ったか経たないうちに、上の伯母は死んだ。更に、二年ほど遅れて、別の老人ホームにいた上の伯父も死んだ。


　ガラス戸のなかに、下の伯母と母がまた姿を現わす。少しずつ体を前に進めていた兄は、その母の姿に笑みを浮かべる。私と兄は肩を並べて、ガラス戸のなかを覗きながら、母が私たちのことに少しも気づかずにいることに胸を弾ませて、小さな声で笑い合った。兄は母のそばに行きたくなったのか、体を落着きなく動かしはじめている。

　みかんを盛った籠《かご》を持って台所から出てきた下の伯母は、まず伯父たちにひとつずつみかんを取らせ、自分の大きな息子にも取らせてから、ソファーの前のテーブルにそれを置き、自分もソファーに腰を下ろして、ひとつを上の伯母に手渡した。母は伯父たちの酒のつまみになるものを載せた盆を、ガラス戸の際《きわ》にある円いテーブルに運び、空になった皿と新しい皿とを入れ替えて、また台所に戻っていった。今度はすぐに居間に戻ってきて、食卓の椅子に腰を下ろし、伯母たちになにかを話しかけた。下の伯母がまた、みかんをひとつ取り、母の方に手を伸ばして渡そうとする。母はそれを笑いながら受け取る。


　下の伯母の家は、私たちのところからそう遠くない、大きな川の近くにあった。会社の社宅だということだったが、私たちが以前に住んでいた家と似たたたずまいだった。土手で行なわれる花火見物や、花見やらで、時々この伯母の家を訪ねているのだが、家から近いためにかえってゆっくりくつろいで過ごしたということはなく、家の様子をはっきりとは思い出せない。それよりも、若い頃に工場の爆発事故に遭い、片足の自由を失ってしまったという伯父の話と、はじめに生まれた子がまだ赤ん坊の頃に死に、伯母は次に生まれた子の時にノイローゼになってしまい、結婚前の母が手伝いに行った時にも、泣きわめく赤ん坊を見つめて坐りながら、あの子を抱いて乳をあげなくちゃ、おむつを換えてやらなくちゃ、洗濯《せんたく》もして、掃除もしなくちゃ、夕飯になにを作ろうか、とやらなくてはいけないことがみんな分かっているのに、早くやらなくては時間が足りなくなることも分かっているのに、体が動かせなくて、ああ、どうしよう、どうしよう、と焦《あせ》る気持ばかりが体のなかに膨んで、一層、なにも手につかなくなってしまう、と茫然《ぼうぜん》と涙をこぼしていたという、母が語ってくれた話が忘れられず、その家までがいつも暗く、淋《さび》しい様子に、私の眼には映っていた。実際には、その家の二人の子どもはすでに大きくなっていて、伯父も伯母ももともと静かな性格だったから、家のなかも静かだった、ということに過ぎなかったのだろうが。

母にとって、この伯母は少女だった頃からの競争相手でもあったらしい。学力を競い合い、両極端の結婚相手を比べ合い、子どもたちの出来具合も互いに張り合っていた。

あなたがまだ小さかった頃、この伯母の孫の一人が有名な国立大学に合格したと母は私に告げ、へえ、もうそんな年になるの、と私が答えると、母は憤然と、あなたを見つめながら言った。そういう呑気《のんき》なことを言ってるようじゃだめでしょうが。あんたはこういうことを聞いて、なにも感じないんですか。この子ならまだ間に合いますからね。負けないように、あんたもがんばるんですよ。

私はソファーの上で遊んでいるあなたを見て、思わず笑いだした。そんなことを今から言われたって、困っちゃうわねえ。

歯がゆい人だねえ、くやしいとも思わないのかね、と母はあくまでも真顔で、あなたを見つめていた。そして私は笑って聞き流しておく以外に、なにも母に答えることはできなかった。母の頭には自分の姉の得意気な顔がちらついているだけなのだったから、私がそこになにか一言でも感想めいたことを言う必要はないのだった。

子どもの頃には、この伯母と母が似ていると思ったことはなかった。顔も似ていないし、物腰や話し方も伯母の方がしとやかで、優しそうだった。しかし、違うのは外見だけで、気性はよく似ていたらしい。だからこそ外見の違いが気になり、母は、あの人はああいう風に気取っているけど、実際はなかなかどうして、といまいましそうに、小さな子どもの私にまで言わずにいられなくなるほど、口惜《くや》しさを感じ続けていたのだが、それだけ気心も通じていた、ということにもなるようだった。

父が死んだ時、それは世間でスキャンダルとみなされるような死だったので、当時家族が住んでいた小さな借家に新聞記者が少なからず駆けつけてきて、形ばかりの生垣《いけがき》のところに立ち、なにか読者を喜ばせることができるような写真が撮れないものか、と家から誰かが出てくるのを、しつこく待ち構えていた、という。家のなかで母をはげましながら、私たち子どもの面倒も見ていてくれた伯母は、その男たちに気づくと、ちくしょう、なんていうやつらだ、と言い捨て、猛然と外に跳び出して行き、竹箒《たけぼうき》を手に取ったかと思うと、盲滅法、新聞記者たちに向けて振りまわした。帰れ、帰れ、人の不幸がそんなに面白いか、人でなし、とあんなに凄《すご》みの効いた大声をあの人は出せるのか、となかで聞いていた母が呆《あき》れるほどの声を張り上げて、竹箒を振りまわし続けた。

それは迫力あったわよ。閉口した新聞記者たちが逃げて行ってしまってからも、それと気づかずにわめき続けていてね、わたしが、姉さん、もうあいつら、いなくなったって声を掛けると、くやしいねえ、くやしいねえって今度は泣きだしていた。それほど夢中になって、わたしのために、まあ言ってみれば、戦ってくれたのよ。わたしもありがたくってねえ、上の姉さんはそういうことをする人じゃないからね、あの人にずいぶんそういう形ではげまされたわ。あの人には助けられていますよ。

アメリカの叔父が仕事のために日本へ来て、ついでに母の家にも二、三日泊った時に、母はこのようなことを叔父に向かって話していた。

四、五年に一度の割合いで、叔父は日本に商用で来るようになっていた。そして、東京に滞在している間は、母の家を利用した。叔父が帰って行くと、まったくケチな人だ、ホテル代を浮かすことしか考えちゃいないんだから、と食事や洗濯などの懸命な世話に疲れ果てての愚痴を母はこぼしていたが、叔父がそばにいるうちは、二人の間で話は尽きず、夜更《よふ》けまで子どもの頃の話や学生の頃の話を延々と話し続け、いつの間にか互いにちゃん附けで呼び合ってもいて、母にとっては数年に一回の最上の時だったはずなのだ。この叔父がまだ赤ん坊だったあなたを抱き、この子は愛想がいい、と言うか、よく笑う子だね、ハッピー・ボーイだ、と言ったことがある。ハッピー・ボーイっていうのは、本来、あまりいい意味の言葉じゃないんだけれども、でも、ハッピー・ボーイとどうしても言いたくなるような赤ん坊だね、こりゃあ、とおかしそうに笑っていた。叔父にあなたを認めてもらうこと、それは私にとって大きな意味のあることだったし、ありがたいことでもあった。

七、八年前のこの時は、上の伯母の墓参りを叔父が済ませてきたこともあり、母も含めた三人の姉妹の話を二人で言い交わしていたのだったろうか。私はこの時に限らず、叔父と母が二人一緒にいる時にはもっぱら聴き役にまわっていた。

叔父は昔からの大きな口を開けて、これも大きな声で笑いだした。

そりゃ、あの姉さんらしいね。ちょっとした武勇伝だ。

そうですよ。だから、おかげであの人には頭が上がらないところがあるんですよ。ありがたいと思う分だけね。それがくやしいと言えばくやしいわね。わたしとしたら、あの人になにかをしてあげて、恩を帳消しにしてしまいたいんだけどねえ。

変なことを言う人だな。金の貸し借りじゃあるまいし。

叔父はまた屈託なく大声で笑いだした。私も傍《かたわら》で噴きだしていた。母も苦笑しながら、不服そうに呟《つぶや》いた。

それだけ、感謝の気持が強いってことですよ……。

父が死んだ時に三歳だった兄が十二年後、十五歳になって死んだ日も、気がつくと、この伯母は台所で一人で働いていた。それがどんなに受け入れがたい死であっても、誰かせめて一人は感情を置き忘れて、現実的に効率よく立ち働かなければならない、という人の死に伴う側面を知らなかった当時の私は、この伯母の場違いに日常的な姿に驚かされていた。兄や母のことよりも、茶碗《ちゃわん》の数や、握り飯の数の方が大事なことのように、一人でしきりに口のなかで数合わせをしながら、この伯母は居間と台所とをあわただしく往復している。上の伯母は母と共に、兄の体が置いてある和室に留まっていた。

下の伯母はしかし、必要があって、兄が寝かせられている部屋に行くと途端に、涙を流し、兄の頬《ほお》を夢中になって撫《な》でながら、わたし、この子がかわいくて、かわいくって、と繰り返した。そして、自分が忙しいことを思い出すと、あわてて台所に駆け戻り、陽気にさえ聞える声で姉にもあれこれ指図しながら、湯を沸かしはじめたり、握り飯のおかずに、ときゅうりを刻みはじめたりする。そうした伯母のめまぐるしい切替えに、私は内心、浅はかにも呆れ、大人なんて結局、人の子どもについてはあの程度にしか悲しめないんだ、と恨めしさを感じていた。兄が死んだということがもし本当ならば、誰もが泣き崩れたまま、夜を過ごさなければならない。そのようにぼんやり考えながらソファーに坐っていた私も、別に泣いていたわけではなかった。一年前の正月の時に坐っていた椅子に悠然《ゆうぜん》と坐りこみ、一人で酒を飲みながら煙草《たばこ》をふかしていた。下の伯父も、その夜から来てくれていた。伯母に手伝いを命じられている私の姉も不機嫌《ふきげん》な、蒼白《あおじろ》い顔でうろうろしているが、やはり泣いてはいない。遅れて、従兄《いとこ》や知り合いが来ても、どの人も居間ではただぼんやりと黙りこんでいた。兄が死んだというのに、そのように静かな、ぼんやりとした場面のなかにしかいない自分が不思議で仕方がなかった。

それから何年か経ち、私が高校を卒業した頃に、下の伯父が死んだ。地方の会社に勤めはじめた従兄の姿を、その時久し振りに見かけたが、わざわざそばに近づいて声を掛けることはできなかった。

従兄は地方で働きながら、地元の女性と結婚し、東京に戻る可能性は全くなくなってしまっていた。従兄の姉夫婦も、夫の転任で日本を離れていた。伯母は、老後を一人きりで過ごす羽目になっていた。母もやがて、伯母と似た暮らしを、他ならぬ私自身のために強《し》いられることになったので、二人は互いの家を訪ね合うようになり、それぞれどれだけ気丈に、かつ有効に一人の時間を過ごしているかを競い合い、手もとから離れてしまった子どもたちへの愚痴を少しだけこぼし、自慢できることがあれば、それはたっぷりと吹聴《ふいちょう》し、そのように付き合うことで、それまでとはまた別の親しみを深めているようだった。

母がその伯母のことを私に話す時には、決していいようには言わなかった。今から数年前にこの伯母が死んだ時にも、告別式に向かう道々、母は悲しむ暇もなく、自分に近い姉への不満を洩《も》らし続けていた。気が強いったら、ありゃしないのよ。弱みをどうしてあも見せようとしないのか。わたしなんて気が弱いから、いいようにあしらわれてしまって、情けない思いをそりゃ、ずいぶんさせられたものよ。

伯母の加減が悪くなってから、母が病院に伯母を連れて行き、検査にも立ち会って、ほぼ毎日のように伯母の家に通っていた。なかなか原因が分からないということで、能率の悪い検査をいろいろと受けているうちに、伯母の様子が急に悪化し、緊急に入院し手術することになった。その段階ではじめて、従兄や従姉に連絡が行き、母の役目はそこで終わった。

七十を越えている姉妹が肩を寄せ合い、病院に通っていた様子を想像すると、保護者気分で医者にくどくどと質問を重ねたり、レントゲンの技師や看護婦を睨《にら》みつけて、戸惑わせていたに違いない母に笑いを誘われながら、私は二人のつながりにはじめて納得いく気持にもなった。

母のもとに私が戻らなければならない時期が来た、と思ったのは、その告別式の帰り道でのことだった。アメリカで生きている叔父を除けば、母は心を許せる人をこの世に一人も持たなくなってしまったのだった。

一日でも早く、と願ってはいたのだが、結局二年後に、私と二人の子どもの移転を現実的なこととして検討しはじめることができた。そして、私の下の子ども、つまりあなたがどういうわけだか、突然にこの世から抜け出て行ってしまった。

兄の時と同じように、静かでぼんやりした通夜《つや》の時の、あの部屋。

兄の時と同じように、翌日の昼間に庭にひっそりと佇《たたず》んでいた学校の子どもたち。

ただ違っていたのは、兄ではなく、あなたのためにみなが集り、うなだれていた、ということ。

あの昼間。

私の横にしゃがんでいた兄は急に立ち上がった。

上の伯父がまず気づいて、驚いた顔を見せた。それから、次に気づいて、身を乗りだし、笑顔を向けた。従兄が母が口を開けて立ち上がり、二人の伯母と下の伯父も体の向きを変えて、にこにこと笑いだした。下の伯母が右手をあげて、母になにかを話しかける。上の伯父は指先で自分の眼鏡の位置を直し、兄の姿を見つめながらコップの水を喉《のど》に流す。母がガラス戸に近づいてくる。

どうせ、こういうことになる、とは予想していた。しかし、このまま家のなかに連れ戻されてしまうのでは、なにか物足りない。私たちは意味もなく、ここにしゃがみこんでいたわけではないのだ。

私は勢いよく立ち上がり、兄の手を引張って駆け出そうとした。

見つかったから、逃げよう。早く、逃げるんだ。

母に気を取られている兄は動こうとせず、私は私で兄の手を握りしめたまま、勢いよく体を前に進めたので、兄の体が引き倒される結果になってしまった。母の手でガラス戸が開けられるのと、兄が泣きだすのとが、同時に起こった。ガラス戸が開いたので、母や下の伯母の声、上の伯父の咳払《せきばら》いなども、ひとかたまりになって、外に流れ出てきた。

なにをしているの、こんなところで。

私は一人で走りだした。私だけでも予定通りに逃げなければ、と思った。全速力で走り、兄の部屋の角を曲がったところで、いったん足を停《と》めた。伯父たちの手前、母は私のあとを追いかけたりはしないだろう。兄の泣き声は聞えず、母の、兄をなだめている声だけが微《かす》かに聞えた。兄が転んだ様子を見届けることはできなかったのだが、特別にどこかを打ったということでもなさそうだった。ほんのわずかな血を見ても、なにかに偶然、軽くぶつかった程度でも、兄は動揺して泣きだす。口を開けて大声で泣くということは滅多にしなくなったが、女の子のように悲しげに声を啜《すす》り上げて泣く。

粗相もしなくなったし、夜には、私が勉強している傍で、ひらがなの日記をつけるようにさえなっていた。ぼくはきょう、と私が書きだしの言葉を教えると、助かったという顔でそのままを書く。毎日、同じことを言ってやっても、気づかずに同じ言葉を書きこんでいってしまう。そして時々、お前はぼくよりも小さい妹なんだから、ぼくの言うことに逆らっちゃいけない、というような面《おも》持ちで、私の部屋に来て私の机を占領し、むずかしい書きものに熱中する振りをはじめたり、英語の教科書を私に読ませて、教師のように頷《うなず》きながら聞いたりもする。私の服や持ちものも点検し、自分の部屋の片付けを私にさせたりする。その私を見つめながら、よくここまで大きくなったものだ、とでも言いたげな満足した、大人びた微笑を浮かべる。それほどに、子どもの頃とは様子を違えるようになった兄なのに、自分の血や痛みについては少しも成長を見せていない。

下の伯母の、鼻に抜けるような声が聞える。なにを言っているのかは分からない。母の声が続く。下の伯父の軽い笑い声も聞える。やがて、ガラス戸の閉まる音がして、庭はまた静まりかえった。

私は壁から顔を覗《のぞ》かせて、庭に誰もいなくなったのを確かめた。家のなかに入れられた兄は母か、それとも従兄に抱かれ、小さな子どものように甘えかかっているのに違いない。せっかくの遊びを兄は投げ出してしまったが、私だけはとにかく計画に従って、遊びを終わらせることができた、と自分を弁護するように思ってみた。が、その計画を知っていたのは兄と私だけなのだ。兄はとっくに忘れているに違いないので、そうなると私一人しか知らないということになる。それでは、計画などはじめからなかったのと同じになってしまうではないか。計画に少しでもこだわっていた自分が、不意にばかばかしくなった。今まで自分としてはなにかをしているつもりだったのに、ただ外をうろついていただけで、なにもしてはいなかったのだ。でも、なにもしていなかったただなんて、そんなはずもないのに。私は変な気持になった。

眼の前で、木が雪解けの水を滴《したた》らせていた。顔を上に向けると、青空を背景に枝が力強く伸び、水滴をきらきらと鋭く光らせている。

ああ、まぶしい。

私は呟き、空気を吸いこんだ。そして、木に近づき、長靴《ながぐつ》を脱いだ。濡《ぬ》れている木に登れば、手も足も汚れてしまうが、そんなことはたいしたことではない。濡れている木はかえって登りやすいし、いいにおいもする。いつものようにまず幹にしがみついて何回か手足を交互に動かし、いちばん下の太い枝に手を掛けた。力を入れて体を持ち上げ、足も掛けると、それで第一段階終了、となる。

その枝は、兄に譲ってあった。下から人に押し上げてもらえば、兄にもなんとかそこまでは登れる。兄はその枝にまたがり、それで充分、木登りをした気分になれるらしい。しかし私から見れば、そんな高さでは木に登ったとは到底、言えないのだ。そこから足を垂らすと、地上の人に楽々と足首を摑《つか》まれてしまう。せめて、あと一本分でも枝を登れば、まだしも本当の木登りに近づけるのだ、と思い、兄に懸命になって、右足はここ、手はここ、それで左足をここに乗せて、と教えてみたことがあったが、兄はその簡単な手順が理解できず、妙な具合に体を捩《ねじ》らせたり、枝からうっかり手を離してしまったりもするので、ひやひやさせられ、そこを母に見つかり口やかましく叱《しか》られもしたので、いちばん下の枝は兄専用と決め、それ以上の楽しみを兄に伝えることは諦《あきら》めてしまった。

二本の手と二本の足をすっかり憶《おぼ》えてしまった順番に従って動かし、こっちの枝、あっちの枝、と登り続ける。水滴が時々、ひとつの光る群れになって、襲いかかってくる。頭も顔も濡れてしまっているし、お客さんに恥かしくないようにと、その日、わざわざ自分で選んだカーディガンも、その下のブラウスも、チェックのスカートもすでに黒く汚れてしまっている。でも、今更、木を下りてもきれいになるわけではないのだから、木登りを続けた方がいい。上に登るにつれ、ひんやりした木のにおいが濃くなり、大きな枝、小さな枝に万遍なく宿っている水滴の眩《まぶ》しさも増していく。

安心して体重を預けられる最終の枝まで来て、そこに腰かけた。そこから更に上に登ることもできるが、枝が折れては困るので、木がもっと生長し、強い枝を増やしてくれる日まで、無理なことはしないことに決めていた。だいぶ高くまで登ってきた、と自分では思えるのだが、枝に腰かけて、傍の家と高さを比べてみると、二階の窓の高さには全く及ばず、一階の軒の少し上の高さに過ぎないので、がっかりさせられてしまう。それでも、もちろん、地上にいるのとは気分が違い、空の一部分に自分の体をはめこむことができたようで、晴れやかな、広々した気持に包まれる。風とは違う、微かな空気の流れに全身が浸される。静かな、ひややかな空気の流れ。そして、青い空の澄んだ輝き。私の体のまわりでは、白く光るしずくが枝から枝へと伝い落ちて行く。

うっとりした気持になって、家に眼を向ける。二階の軒からも、一階の軒からも、白い水滴が静かにしたたっている。窓ガラスに空の青と木の梢《こずえ》の黒い線が映っている。二階の姉の部屋では、姉はいつものように一人で苛々《いらいら》と勉強しているのだろうか。片方の私の部屋には、私がここにいるのだから、誰もいないはずだ。どの窓も閉まっている。下の居間のガラス戸も閉ざされている。内側で、なにかが動いているようにも見えるが、あれは下の伯父なのだろうか。それとも、日だまりで一人で遊びはじめた兄なのかもしれない。上の伯父は相変わらず一人で気取って、パイプをくわえながら、庭を眺《なが》めているのだろうが、私のいる木に背を向けているので、私の姿に気づくはずはない。二人の伯母と母は、兄のことなどを話しているのだろうか。下の伯父と従兄は親子なのに、ほとんど直接には話を交わそうとしない。二人とも穏やかに笑いながら、人の話を聞いている。とは言っても、従兄はさすがに退屈を感じだしているのではないのだろうか。

ガラス戸から射《さ》し込んでくる昼の光と、部屋のなかのガス・ストーブの熱とで、温室のようになっているあの部屋は、人を睡気《ねむけ》に誘い込む。兄と二人でガラス戸の際《きわ》で遊びながら、あまりの心地良さにいつの間にか、うたた寝をしていたことも何度かある。母は家を建てる時に、日の光を求め過ぎたのかもしれない。それでも、午後の二時ともなると、急に部屋のなかは暗くなりはじめる。

なにかが、またガラス戸の内側で動いたような気がした。枝から足をぶらつかせて、ガラス戸を見つめた。

ガラス戸に映る青空。本物の空よりも、その空は深みを帯びているようにも見える。そこに、部屋のなかの人たちの、相変わらずのそれぞれの姿が浮かび上がってくる。よく見ると、しかし人の数が増えている。母や伯母たちにとって、当然、そのそばに居続け、成長を続け、どんな大人になるのか、見守っていなければならない私自身の姿。そして、私が産んだ二人の子どもの姿。見憶えのある小さな子どもたち。私が覗きたがっていたものが、ようやく見えてきた。兄と並んで大人になった私は坐《すわ》り、白いセーターを着た赤ん坊はまわりを這《は》い、四歳の女の子は伯母たちにまつわりついている。

そして、この赤ん坊とは、つまりあなたのこと。あなたは日だまりのなかを這いまわっているうちに、ガラス戸の向こうには、もっと光るもの、本当に光るものが軽やかに拡《ひろ》がっているのに気がついて、ガラス戸に両手をつき、ゆっくりと床から立ち上がる。喜びに笑いだしながら、庭石の、草の葉の、木々の、雪解け水の光に見入り、そしてもっと上に柔かに拡がる空の青い色に見入る。こんなにもいろいろな光があることに、あなたは喜びを感じる。右の方の、ひときわ大きな木に子どもが坐って、自分をびっくりしたように見つめているのにも、あなたは気がつく。あなたはあんまりうれしくなって、ガラスの向こうに自分も飛び出して行こうとする。ガラスを押し、額をぶつける。音と痛みがあなたを襲うが、あなたはガラスの向こうには行けない。びっくりして、泣こうかと思うが、またガラスの外に拡がるいろいろな光と木の上の子どもが眼に入ると、うれしくなって、笑いだしてしまう。

光にいちばん近い位置にいるあなたの小さい姿は、木の上からもよく見える。桃色に火照《ほて》ってしまっている丸い頰《ほお》。蒼みを帯びてよく光る丸い眼。私もその可愛《かわい》さに笑いだす。そして涙もこぼれ落ちる。

まだ子どもの私が、あなたを見ることはできないはずではないか。なぜ、あなたを見て、泣いているのだろう。悲しいのではない、私は見るべきものを見て、安心さえしているのだから。安心し、しかし、その安心する気持に、息苦しく押しつぶされてしまっている。私はあなたを見つけたことを、意外だとは思っていない。ただ、私は自分の涙に驚いている。私に与えられた時間が、赤ん坊のあなたという形になって見えているのだから、私はいつでもあなたをこうして見つけることができたはずなのだ。しかし、それにしても木の上の私は、一体、私の憶えているあの子どもの私なのだろうか。そして私は、一人きりでいるわけでもないらしい。もしかしたら、赤ん坊のあなたはガラス戸の向こうの光のなかに、自分自身の姿をも見つけだしている、ということなのか。そして、木の上のあなたはガラス戸にもたれて立つ小さな自分を見つめながら、あそこにもぼくがいたぞ、と同じ枝に並んで坐っている私のように決して泣きだしたりはしないで、くすくす笑い続けているというのだろうか。

ガラス戸の内側にいる私は、そんなあなたにも私自身にも気がつかずに、ガラス戸の外を見つめて声をあげて笑いだしては、自分の額をぶつけてびっくりしているあなたを眺めながら、やはり笑いを誘われている。

おかしな子ねえ、外に出たいってことなのかしら。

母が私の背後から、私の呟きに答える。

だめですよ、これから外に出すのは。いくら暖かいようでも、もう少し経《た》つと急に冷えこみはじめますからね。まだ、その子は風邪気味なんだし。

あら、じゃあ、ぐずぐずしていて、きょうは散歩しそこなっちゃったわね。せっかくのいいお天気だったのに。

私は部屋のなかを振り向く。そこには、母と娘の、二人の姿しか見えなかった。

外が光に充《み》たされている分、部屋のなかは暗く沈んで見える。

私はあなたを抱き上げて、火照って熱くなっている頬に自分の頬を摺《す》り寄せる。

晴天の、冬の日だった。

増田《ますだ》みず子《こ》

内気な夜景

天井すれすれのところで、一匹の大きな蛾が慌しく舞い続けていた。出口晴代は、生欠伸を嚙み殺しながら、鱗粉が、水に沈んでゆく黄色味を帯びた砂のように、生徒たちの頭の上へ、きらきらと静かな調子でこぼれおちてゆくのを、ぼんやり眺めていた。周囲からは、蛾の羽音ほどにかすかな、規則正しい寝息が伝わって来た。

一時限目の最初からずっと同じだった。休み時間になれば生徒たちはだしぬけに活発になり、蛾は、これもまたふいにひっそりと羽を休め、暗い窓ガラスに張りついて動かなくなる。

晴代は時々教師の視線と鉢合わせすることを除けば、静かな、動きの少ない教室にいる自分に満足を感じていた。寝息を思わせる、落ちついた呼吸をしていることが自分にもわかっていた。教師の声を、聞き慣れた昔話を聞くように聞いていた。時間というものが、人間の意志とは無関係に、時間本位のスピードで、ゆっくりゆっくり漂っていくようだった。晴代は半ば退屈し、半ばくつろぎ、半ば不安だったが、その状態をいやだとは思わなかった。蛾の落とす、光に紛れてしまいそうな微細な粉を鮮明に見てとれる自分の視力は、ゆったりした時間のなかで、回復したものだという気がした。子供の頃、せかせかとはいずり回る蟻の脚を、一本ずつくっきりと見分けられたのと同じ視力なのだった。

ここには、ものわかりの悪い生徒たちを脅しつけるような喋り方をする教師は一人もいなかった。それどころか、教師自身さえ、自分の喋っている言葉に自信なさそうな表情を、しばしば生徒の前で浮かべるのである。

授業は、安静時間めいていた。

前の学校にいた時にも、授業中の教室にはやはりしんとした空気がみなぎっていたが、この静けさとはまるで質が違っていた。手術の前の、緊張感に縛られた、強制された沈黙だった。一人一人の沈黙の中では、無言の言葉がめまぐるしく走り回っていて、いつでも、教師の攻撃にたちうち出来るように、服従と反撃とが同時に準備されていた。教師は熟練した猟師の勘で、うっかり油断している生徒を見抜き、容赦なく指名して、その生徒の、巡り合せの悪い愚鈍さを見せしめにした。

ここでは、どんな衝突事故も、授業中には起こらないかに見えた。目立ちすぎるほどの空席が常にあり、空席の持ち主は、学校に出て来れば、机に顔を俯せて疲れをいやし、いくらか疲れが取れれば、途中から、わかってもわからなくても教師の話に耳を傾ける。

二週間前、晴代と一緒に編入生となった女子生徒も、他の同級生たちともはや見分けがつかないほどに、よく眠りよく欠席した。晴代は時に居眠りもせず欠席もしない自分を、恥じたい気分にとらわれることがあった。日頃から睡眠をたっぷりとり、学校へ行くこと以外には、まとまった日課を持たない、のんべんだらりとした生活ぶりを同級生たちに見抜かれたくなかった。晴代は寡黙を保ち、笑顔を見せなかった。同級生たちは、全日制から移って来た晴代を、敬遠ぎみに遠まきにしていた。クラス委員の女子生徒は、自分の教科書を一式そっくり晴代に貸し与えた後、二週間もたつというのに、返して欲しそうな素振りすら見せないのだった。時々隣の生徒の教科書を覗きこむだけで用をすませている。

「私なんか、どうせろくに聞いてないから、教科書なんかいらないのよ。今さら勉強したって、しようがないもんね」と、言いながら彼女は、一瞬の間だったが、泣き笑いの表情になった。彼女の貸してくれた教科書は、手垢にまみれ、彼女以前の、二人の所有者の名前が、ボールペンで塗り潰されている。

暗いばかりで街の景色ひとつ映し出さない窓を眺めていると、考えることをやめて、眠りこむしか仕方のないような、くすんだ気分が自分を包みこんでゆくのがわかる。勉強したってしようがないもんね、と言った女子生徒は、晴代の見る限りでは、クラス委員としての統率力もあり、成績も優秀の部類に入っていた。それは、授業中に、教師が生徒たちへ向けて質問したがっている気配を見せる時に、彼女の方へ視線が流れていくことでも知れた。彼女や、すやすやと眠りこんでいる生徒たちが、街のどんなところに住み、どんな道を通って、夜の教室に出かけてくるのか、その街全体が、窓の奥の夜の闇の中へ溶けこんでしまい、晴代の前には姿を現わそうとしなかった。同級生たちは課業が終ると、またたく間に姿を消した。そして翌夕現われる時には、授業が始まった直後あたりから、ふいにどこからともなく、黙々と集まって来て、来たと思うと、もう眠っている。

彼らは、時間によって突然暗闇から浮かびあがって来たり、逆に垂直におちていくように思えた。

晴代はいまだに同級生たちと関わりを持てなかった。これからも持つとは思えなかった。新しい、奇妙な感じのする学校に通うようになった自分を見守っていること、それが晴代の、当面の興味でもあり仕事でもあった。他人に対する個人的な関心が生まれて来るのは、まだずっと先のことのような気がする。

一年半ばかり遊び暮らしたあとで、定時制高校に行こうと思う、と晴代は両親に切り出した。二箇月ほど前のことだ。父親は、しばらく黙って晴代を見たあと、言った。

「自分のやりたいと思ったことを、そのとおりにやってみるしかないだろう。やりたいことと、やるべきことが、ぴったり重なることを祈るよ。結果は、決めたお前が全部引き受けることになるんだから。お前が、自分でそう仕向けたんだ」

そばで聞いていた母親が眉をひそめるほど、冷淡な口ぶりだった。母親は、晴代がその気になったことを無邪気に喜んでいた。「外聞なんて気にすることはないよ。大学へ行く時に頑張ればいいのよ。問題にされるのは、最終学歴だからね」

母親は、父親がふだんから責任のがれの言い方をする、と怒ったが、もちろんこの場合父親に何の責任もないことを、晴代は知っていた。

晴代が、いわゆる名門校であるF高を、二週間も無断欠席したあげくに、中退する、と言い出した時も、父親は、まる三日間口をきかなかったあとで、同じことを同じ口調で言ったのだった。

するべきことや、したいことを、自分のアタマと手で創り出さなければならなかった。

無口で何事も自身で決定を下すことが嫌いな父親の、そのひと言によって、晴代は、身がすくみ、アタマも手もかじかんでしまったらしかった。F高をやめただけで転校もせず、勤めもせずに、結局のところ、一年半ばかりを棒に振った。

定時制に入学するというのは素晴しい思いつきに思えた。受験や、その日その日の授業に追いまくられずにすむし、生徒たちは例外なく心にひとつやふたつの挫折感や傷を持っているに違いないから、晴代も、落ちこぼれとしてのうしろめたさを味わわずに登校出来るだろう。夕方から夜にかけての、家族が食卓を囲んで顔を合わせる気まずい時間帯に、家を留守にすることも出来る。

晴代は、頭の中がとるに足りない事柄ですぐ一杯になってしまうことを、両親に見抜かれたくなかった。尊敬しきるというわけにはいかない彼らの、何気ない、あるいはじっくり考えた末の、言葉や表情ひとつで、わけもなく胸がしめつけられ、おかげで血液がアタマへ回らなくなってしまうことなど、自分でも認めたくなかった。晴代が無口になる時、晴代の頭の中は、混乱状態を呈していたのだ。親たちはいつも、ひとつの眼から視線を二本ずつ出して娘を見た。一本は、一人娘の晴代がF高を中退する前の、近所の人々が噂していた、文句の言いようのない家庭を未練げに見返り、一本は、それとわからぬように一人娘の言動を監視していた。晴代は時折、両親が交通事故か深夜の火事で揃って急死してくれたら何もかもよくなるのに、とふと考えることがあった。晴代に難題をふきかけるために彼らがそこにいるような気がした。両親がいなければ、晴代はただ生きていさえすればいいので、解決しなければならない問題など、風に舞う木の葉のように、見えないところへ飛んでいってしまうのではないかと思われた。

だから、晴代は、両親の前では何ひとつ考えごとをしないように努力してきた。表情にはどんな感情の色も浮かべず、視線はただそこにあるものを見るだけに使うようにした。

学校の、与えられた椅子にすわっている時には、何も考えなくていいのだった。

定時制の授業は、全日制での三年分を四年かけてやるせいもあって、晴代が既に習って知っていることばかりが、以前よりはるかに簡単に繰り返されるだけだった。内容が生徒の知識としてきちんと収まっているかどうかを試そうとする教師は、皆無である。晴代自身は、一年半も学校を離れていたので、習ったことなど何もかも忘れてしまったような気がしていたのだが、教師の言葉の先から先へと、舗装された滑らかな道路を走るように、細かい部分まで次々に見えてくる鮮やかさは、驚くほどだった。掃除の行き届いた路面に小石ひとつ転がっていても目障りなように、曖昧な説明や、回りくどい言葉、単なる言い間違いに対して、晴代の耳は敏感に苛立ち、教師のはしょった、大切な箇所を、かわりに講義してやりたくなったりもした。

授業が追いついてくるまでの間、晴代は記憶を足踏みさせて待っていなければならなかった。

急いで向う側へ出てしまわなければならないのに、眼の前で時間が引き伸ばされ、歩かなければならないトンネル内の道のりがどんどん増えてゆくのを、手をこまねいて見ているような気持だった。だが、晴代は、自分の言う「向う側」がどんなところなのか、わかっているわけではなかった。無理に映し出そうとすると、昼間の、明るい陽光をたっぷり吸いこんだ一流大学のキャンパスと、そこで気楽そうに談笑しているかつての同級生たちの姿が、現われてくる。

晴代は、他の、もっとまともな「向う側」を思いつけない自分の貧弱な想像力がやりきれなかった。どこでどんなふうにしていれば、人々に親しみを感じ、誇らしさを保ち続けることが可能なのだろう？　晴代の想像力は、夜をせきとめている教室の窓ガラスに似て、記憶以外のものを映し出せなかった。

定時制の、ひっそりした印象と、将来に対するいくらか投げやりな雰囲気を、晴代は気に入っていた。だが、ここが自分のいるべき場所だと主張するわけにはいかない。そんな主張は誰も認めないだろうし、学校は、いるべき場所などではなくて、通過してゆく「時間」にすぎない。「時」はやがて必ず今教室にいる全員を、四方八方へ追い立てる。

初めの数日、すわりづらい固い木の椅子や、両肘をつくとそれだけで一杯になってしまう机や、天井の高い素っ気ない教室の形が、言いようもなく晴代を落ちつかせた。晴代は九時の終業後にも一人で教室に居残り、チョークのにおいがたちこめる粉っぽい空気を幾度も深々と吸った。机や椅子を手で触り、借り物の教科書の、手垢がそのまま饐えてしまったような匂いをかぐと、ようやく自分のいるべき場所に帰りついた気分になった。そこでなら、やるべき仕事がはっきりと眼に見え、のぼりつめて、誰にも文句を言わせないやり方を心得てもいる。親の家のなかにある、自分の小さな部屋にいる時よりも、ずっとその感じは強かった。

自分と同等の権利を与えられた同じ世代の、決まった人々以外には出入りしない、周囲を板壁で保護された殺風景な部屋で、眼の前に積みあげられた仕事を、望みの分量だけこなしていけばいいのだった。どれほど晴代が勉強に打ちこもうと、同級生たちの邪魔にはならないし、助けにもならない。F高にいた最後の頃には、視線と、耳と、手と頭をフルに使って忙しがっている同級生たちの谷間で、晴代だけが、あてもなく眠りこんでいた。

新鮮な水に似た透明さを持つ、午前中の陽を浴びて照り輝いている大学のキャンパスで、かつての同級生たちや現在の同級生たちと一緒に、肩を並べてその日の講義の内容を話しあう自分を想像することは、去年、あるいは来年のカレンダーを使って今年の計画表を作ることと同じなのだ。

今年は、カレンダーなしに、予定表を作らなければならなかった。去年も、その前の年もそうだったように、来年もその次の年も、これからはずっと。それこそ計画表なしでやり過ごしてゆくことに慣れるしかなかった。五年か十年のまとまった年月が、眼を瞑っている間に流れ過ぎていってくれることを、願いたくなる。

その夜、晴代は校門を出て、U公園にさしかかってから、教室の窓をすっかりあけ放してくれればよかったと気がついた。最後に教室を出たのは晴代だが、その時にもまだ蛾は蛍光灯の丸いガラス管に張りついたり、疲れ果てて肢を滑らせたのかと思うような頼りない仕種で急に飛びたったりしていた。

明朝、蛾の死骸を見つけるのは、全日制の生徒だろうか。

晴代は、F高にいた頃、一度だけ、机の中に、一人用に包んだマーガリンの四角い小さな包みを見つけたことがあった。F高にも、二クラスだけの小規模な定時制が併設されていた。晴代は、その手つかずのマーガリンを、ティシューでくるんで、屑入れに投げ捨てた。同じマーガリンが、今は、毎日、一時限と二時限の間の給食に出される。

F高で、定時制の生徒がその存在の気配をわずかにでも見せたのは、置き忘れられたマーガリンを通じてだけだった。全日制の生徒は、頓着なしに机の中に筆入れや参考書の類を入れっ放しで帰っていた。忘れることもあったし、荷物を軽くするためにわざと置いていくこともあった。それらがなくなっていたことはなかった。U高の机の中にも、全日制の生徒のものらしい忘れもののあることがある。晴代が自分の机の中にそれらしいものを発見することもあったが、手を触れる気にはならなかった。というより、机の脇に置いた鞄が机がわりで、机の中を利用することは殆どないのだった。教室は、自分の机のある場所という感じから、居心地の良い喫茶店の印象にかわっていた。定時制の生徒たちは、同じ教室を使う全日制の生徒たちの存在を、かなりはっきりと意識しているように思えた。

微風の中に、まだいくらかアルコールのにおいが嗅ぎとれたが、U公園の桜は大半が散ってしまっていた。晴代がU高定時制の編入試験を受けに来た四月上旬、小高い台地になっているU公園全体が、薄く紅をさした白っぽい花にうずもれ、酒盛りのまっ最中だった。空気は酒の香と入れ替わってしまったようだった。歩いているうちに、頰は火照り、頭はぼうっとかすんできて、自分の立っている地面ごと、試験場から遠ざかっていく、心もとない感じがした。

風が花びらを飛ばし、盛りが過ぎたあともしばらくは、まばらな花をつけた木の下にすわりこんで酒をのむ人々の姿が続けて見られた。あちこちに掃き集められた、人の背丈を越すゴミの山から漂ってくる臭気と、酒の匂いが入り混じって、耐えられないにおいを作り出していた。

駅をひとつ乗り越せば、U公園を通らずにすむが、そのかわりに、都で管理している広大な墓地を通り抜けることになる。新しい墓石の全く見られない、古く奥深い墓地で、人通りは殆どなかった。昼間はどうだか知らないが、夕刻から夜にかけては、繁りすぎた老木の大群がうっそうと空を閉じこめ、陰惨な感じの光景をつくり出す。晴代はそこを通る時には、苔むした墓石のうしろで行なわれているかもしれない様々の犯罪を想像した。U公園で、酔っ払いや、一人歩きの女が通りかかるのを待っている男や、パトロールの警官などに、声をかけられるわずらわしさよりは、古い昔に生きていた人々が夥しく眠っている、静かすぎる墓地を、眼を瞑って駆け抜ける方がましだと思う時もあったが、たいていの場合、一度墓地を通ったあとしばらくの間は、足が自然にU公園に向いてしまうのだった。

U公園の雑多な騒音の中にいれば、あまり自分のことを考えずにすんだ。実際に酒に酔っていたり、あるいは、酔っているのと同様な人たちを眺めていると、自分が無力で無能であることもさほどには気にならなくなる。ところが、墓地の道では、猛獣など一頭もいない森の中を、一人勝手におびえて逃げまどっているちっぽけで滑稽な自分を、ありありと感じさせられた。それが事実自分の姿であったから、晴代はよけいにこたえたのかもしれない。自分の卑小さを強調するような状況へ、わざわざ足を踏み入れることはないと思いながら、それでも時には、自分がけし粒にもみたない、とるに足りない人間だということを、とことんまで見極めたくなる瞬間があった。見極めたからといってどうしようもないのだが、そんな時には、体中のゆううつな気分を無理にでも動員して、それよりいっそうゆううつな表情を見せる墓地の樹々の隙間へと、身をもぐりこませてゆく。U公園の隅々にたむろする酔っ払いや痴漢たちを思い浮かべ、彼らのように、のんきに、厚かましく、悪びれない日々を、送ればいいのだ、と考える。律義にくよくよすることはないのだ。そう自分に思わせたくなった時に、植物の湿ったにおいのする墓地を歩くのだった。土塀が許されていた時代にたてられた古びた墓石群を囲いこむ樹々は、他の場所では見られないほど高くふとく育っている。小枝一本、葉の一枚が、それぞれ一人分の遺骸から得た栄養で生きている気がしてくる。艶のいい葉は、生前人々からうやまわれた人から、育ちきらないうちに枯れて先が丸まった葉は、例えば晴代のように出来損ないの人間から、枝は、長く生きて寿命を全うした人の、とそれぞれの栄養源を想像してみる。遠くから見れば一枚一枚の葉は見分けがつかず、枝は葉群にかくれて見えない。

だが、葉を人間になぞらえるよりは、実際の人間の下らなさの陳列場であるU公園の夜の中に紛れる方が、気持は安まる。そこにいる全員が、いずれは墓の下に灰となって敷きこまれる。

編入が許可されたその日に、晴代は担任だという老教師に引き合わされた。新学期が始まってから既に十日ほど経過しているので、編入生は合格した翌日には早速教室に出ることになる。入学の諸費用を払いこむ期限より先に、授業を受けるのである。晴代の担任は、六十を越しているとしか思えない老教師だった。彼は言った。「何でまた、あんな名門校をよしたんだね？　あんた、問題児だったのかい」一緒にいたもう一人の編入生と、周囲の教員たちから笑い声があがった。彼が新入生たちの気持をほぐそうと、からかいの口調で言ったのは晴代にもわかった。だが、教師からいきなり「あんた」と晴代の一番嫌いな呼びかたで呼ばれたせいで、反射的に表情を閉ざしてしまった。F高をやめた頃から、母親にもそう呼ばれるようになっていた。両親の仲が冷えるにつれ、父親も母親を、あんた、と呼ぶようになった。おまけに、問題児であったことは事実で、それをごまかすために、編入試験の面接に全エネルギーを費した直後だったのだ。入学の許可が公式に出た以上は、誰にも媚びる必要はなくなった、と担任を見つめて晴代は思った。相手が教師だという理由だけで、初対面の老人がずかずかと踏みこんで来るのを許すなど、思いもよらなかった。晴代は視線をそらさずに言った。「F高が名門校だとは思っていません。成績のいい人が集まっているだけです」

彼は眼をしばたたき、周囲の沈黙を見回したあと、急に大きな声で笑いだした。

「そうだよ。そうなんだ。あんたはいいことを言った。みんな、聞いたか?」

彼は、晴代を抱きしめんばかりだった。

だが、数日たつと、彼の晴代を見る眼つきがかわってきた。人の好さと熱意が消えて、そのかわりに、嫌悪感と哀れみがわずかに混ざったような眼の色になった。彼は事実を耳に入れたのだと晴代にはわかった。

F高とU高は同学区内の、歩いて三十分とかからない距離にある。少なくとも全日制どうしはかなり交流もあった。情報の流れてこない方がむしろ不自然である。編入試験の面接官も、あるいは何もかも承知の上で、晴代の懸命な嘘を、哀れみながら聞いていたのかもしれなかった。

隣の学校へ編入するについては、晴代も両親も危ぶんだのだが、仕方がなかったのだ。他は、定時制がなかったり、あっても工業科だったり、片道二時間もかかったりする高校ばかりで、U高を選ぶしかなかった。

晴代はF高の二年に進級して間もなく、担任の教師にけがをさせるはめになった。事故ではあったが、相手の教師と晴代の二人だけしか知らないいきさつも他にあって、結局晴代は学校をやめた。

F高にいた最後の一、二箇月は、人からじろじろ眺められたり、詮索されたりすることに慣れるために費されたようなものだった。それまであまり目立つ機会もなかった晴代は、人々の注目のマトになったのを境に、人々へ視線を向け返すことが出来なくなってしまった。見られるだけの存在になった気がした。晴代自身の視線も、見られる自分に向けられていた。人々の視線と交点をつくらないためには、他の多くの視線と平行して走る方向に、自分の視線を向けなければならなかった。

晴代には、見られても文句の言えない事情があり、晴代が人々を凝視する理由はなかった。

U高の生徒たちには、毛色の変わった新入生を眺めるという正当な権利がある。だが、晴代の方にも、新しい環境の一部としての彼らを眺める資格はあり、その点では、五分五分だった。ただし、晴代が教師を階段から突き落としたという事実を忘れていられる間だけの話である。

晴代は、大きな醜い蛾に変身して、鱗粉をまき散らしている自分を想像した。一瞬の羽ばたきで飛び散った大量の鱗粉が、一年半を経過した今もあたりに浮遊し、何も知らずにそこを通りかかる人や、じっと鳴りをひそめる自分の鼻腔にまで、入りこんでゆく。

人々がそのことに気づく時、まずグロテスクな蛾の姿に目を止めるのだろうか、それとも本体より先に鱗粉のもたらす息苦しさに気づくものなのだろうか。

定時制の編入試験には、筆記の他に面接もあると知らされた時、晴代は自分がそれこそ毒のある鱗粉のかたまりででもあるかのような気持にさせられた。わずかな刺激を受けただけで、ぱっと飛散し、毒を振りまく結果になり、人々は顔をそむけて遠ざかるだろう。

晴代は、F高でやったことを、大げさに考えすぎているのかもしれないと考えてみることもあった。毎日の新聞を見ていると、日本中の学校で、生徒たちは教師に殴りかかり、窓ガラスを割り歩いているように思われ、それがさほど異常なことにも感じられなくなってくる。その日の交通事故死傷者が何名と報告されるのと同等な比重で、その日生徒にけがをさせられた教師の人数が報告されている印象だった。犯罪なのではない、必然的な事故なのだ、と新聞は強調していた。けれども重大な交通事故を起こした者の運転免許が取りあげられ、再交付は難しい、という事実は依然として存在するのである。

筆記試験の結果は、試験の行なわれた二日後に発表され、合格した者はその日のうちに面接を受けることになっていた。

志願者十四名のうち十一名が合格し、面接控え室に集合した者は、九名だった。

晴代は、教師にけがをさせた瞬間よりも緊張している自分を意識した。面接室が、垂直にそびえ立った断崖に感じられた。順番を待ちながら、定時制へ進学した中学の同級生を思い出し、唇を噛んだ。

二人いた。一人は、ふた桁の足し算をするにも途方にくれた顔になる男子生徒で、週の半分は教室に出て来なかった。担任教師に頼まれて、クラス委員だった晴代が、放課後毎日、彼に加減乗除の計算法とアルファベットの読み書きを教えた。彼はEをƎと書き、Oの輪をとじて書くことがどうしても出来なかった。もう一人は、極端に無口な女子生徒だった。授業中に指名されても、席にじっとすわったまま俯くばかりで、絶対に口を開こうとしなかった。あきらめの悪い教師がしつこく喋らせようとすると、伏せた眼に涙が溜まった。小さい頃に両親をなくして親類の家から通って来ているという噂だった。彼女は教師とだけでなく、生徒ともめったに口をきかず、まるで物音を立てずにじっとしていれば、彼女の体も消えてなくなると信じているように見えた。

彼らが進学したのは、F高の定時制と、U高ではないもっと遠くにある定時制だった。F高に通っていた女子生徒とは、二度ほど、校門近くですれ違った。彼女は中学の頃にくらべると見間違うほど美しくなり、女っぽく、大人びて見えた。晴代は彼女に声をかけようとしたが、一度は男子生徒と寄り添って、恋人どうしのような風情で歩いており、一度は、彼女が、見知らぬ人を見るような眼つきで晴代を見過ごしたので、実現しなかった。

彼らは今年最上級生になっている筈である。

晴代はと言えば、定時制の二年にもぐりこむために、どうやって面接官をうまくまるめこむかという計画で頭を一杯にし、自分に腹を立てていた。一年半ものヒマがあったというのに、その間何ひとつまとまったことを考えなかったのだ。

だから、ふいに隣りから「あなたはいいわね」と声をかけられた時、晴代は、自分への怒りの視線をそのまま相手に向けて、見つめてしまった。

相手は話しかけたことを幾らか後悔しているような顔つきになり、それでも口を開いたついでという感じに、「すごく真面目そうに見えるんですもの。きっと合格するわ」と言った。女子は彼女と晴代の二人だけだった。筆記試験場にはもう一人いたが、発表を見るまでもないと思ったのか、その日は姿を見せなかった。筆記が終って会場を出る時、そのもう一人の方も、「出来た？」と弱々しい笑顔を向けながら話しかけて来た。「みんなが受かるといいのにね。でも私は全然自信ないの。勉強するヒマがなくて」

面接控え室で話しかけてきた少女は、はっきりと見てとれる化粧をしていた。筆記試験の時には記憶がないから、化粧は面接のための正装のつもりなのだろうか。スパンコールの光る黒いセーターの胸に、ふさふさと真っ白なボーが揺れている。下は、脇スリットの入った黒のタイトスカートに、黒エナメルのハイヒールをはいていた。晴代の紺サージのスカートからは、かすかに防虫剤のにおいが漂っていた。「前の高校をやめた理由とか、これからの抱負とかを訊かれるんでしょう？　どう答えるか、考えてある？」彼女は今度は他の受験生たちの方へ色白の端正な顔を向けて、甘えかかるような口のきき方をした。

晴代は彼らも心細がっていると思いながら、他の誰よりも自分が一番難しい問いに答えなければならないことで、彼らを幾分見下す気になっていた。誰かがかすかに溜め息をついても、それが自分の口から出たように、耳によく響く。

晴代の第一の不安は、三箇月間病院のベッドにしばりつけられた、F高の担任、菊井教諭が、一種の報復か、あるいは単なるお喋りのために、U高にいるという知人に向けて、あらいざらい喋ってしまったのではないかということだった。「あの子には気をつけた方がいいですよ」何度も想像するうちに、菊井のひそめた声を実際に聞いたような気分になり、その錯覚から晴代は逃がれられなかった。

とても、他の受験生たちと親しげに慰めあうゆとりはなかった。

受験に必要な中退証明書と成績証明書を取りに、F高へ出かけたのは、十日ほど前のことである。事務員は晴代の顔を覚えていた。中退証明書が欲しいと申し出ると、事務員は横柄な口ぶりで、「一体何に使うの」と訊いた。生徒だった時も、彼女に限らず事務員たちは申し合わせたように高圧的で、授業料を払いにいくにもゆううつになったものだ。

「必要があるから貰いに来たんです」

負けずにぶっきらぼうな声を出すと、事務員は無言で晴代を睨みつけ、電話を引き寄せた。菊井を呼ぶ声がかん高く響いた。

「……ええ、前にうちの学校をやめた出口って生徒が、中退証明書を欲しいと言って来ているんです。……さあ、わかりません。……ここにいます。……そうです。中退した生徒なんて、今まで一人もいませんでしたからね。……はい、待たせておきます」

受話器を置くと事務員は、二十分ほど待つように言った。

「菊井先生は今授業中ですからね。そのへんで時間をつぶして、また来なさい」

「なぜあの人を呼ぶんですか。私は証明書を貰いに来たんです」

晴代は、わざと菊井が授業をしているに違いない時間をねらってやって来たのである。

事務員は汚ないものでも見るように晴代を見て言った。

「中退証明書なんて、言われたその場ではいそうですかとすぐに出せる書類ではありませんよ。菊井先生だって、あなたが本人であることを確認しなければ、判を押せないでしょ」

おまけに発行は申請した日から三日後であった。それでも事務員が晴代に喋ったほど多くの言葉を生徒にかけるのを見たことは、かつて覚えがなかった。

菊井は緊張した顔つきで廊下の奥から小走りに現われ、晴代を校長室に隣り合った小会議室へと案内した。

菊井の身動きは敏捷で、以前にも増して健康そうに見えた。足を引きずっている気配はなかった。

「ともかく元気でいることがわかって安心したよ。一体今までどこに雲隠れしていたんだ？　散々心配かけたんだから、詳しく報告する義務が、君にはあるぞ。君はこれからどんな生き方をしていくつもりなんだ？」

彼はもともとの赤ら顔をさらに赤くして、前のめりになって喋った。すわる場所が狭いのか、勢いこんですわり直しながら、テーブルを両手で晴代の側へ押す。二年前と同じの、チョークの粉がまぶされたような、色の褪せた茶色の背広を着ている。

菊井の暮らしは何ひとつ変わっていないのだ。晴代はテーブルのへりを見つめ、菊井を見あげた。すっかり癒えた彼の脚が眼の前で高々と組まれるのを見ると、F高を退学した理由が消え失せてしまったような、失望感に襲われた。「久しぶりに会ったのに、もっと懐しそうな顔をしてくれよ。僕としては、君の気持や行動を知るのは、今後の参考になる。これ以上、君のような生徒を出したくないからな」

菊井が下手に出ていることは晴代にもわかった。二年前なら、この教師の前に出ると、いつ癇癪を起こしてこぶしを突きつけてくるか、生徒はいつもびくびくしていた。

だが、晴代はもう彼の生徒ではない。

晴代は彼の眼をまっすぐに見すえて、書類が早急に必要な理由を説明した。

「定時制か」

菊井はほっとしたような表情を浮かべ、身を乗り出してきた。

「話にならないほど、レベルが低いぞ。それより、君にその気があれば、今まで休学していたことにして、復学も可能なんだがな」

菊井にその気がないのは、見えすいていた。晴代にその気がないことも、菊井は心得ていたのだろう。

「心を開かずに、一生だめになってしまう一瞬というものがある、と僕は信じるがね。君にはもうよくわかっていることじゃないか?」

「今がそれだとおっしゃるんですか?」

「そうとは言いきれないがね。君も苦労するな。これから先。しかしまあ、それも悪くないさ。どっちみち君は自分の思い通りに行動するつもりなんだろうからな」

言いながら、菊井の顔から微笑が引いていった。あの事故の一瞬が、菊井の脳裏に甦ったのかもしれなかった。

しばらくの間、菊井は沈黙した。考えこむような、ためらうような、落ちつきの悪い沈黙だった。晴代は、彼が事故のことをむし返したがっているのだと思い、唇の内側から錠をおろす気持の準備をしていた。菊井の前にいると、他人の話に耳を傾けるコツのようなものを忘れてしまう。一年半前のあの日、菊井の、自信ありげな囁き声が耳に吹きこまれて以来、誰の声にも耳を貸すのが億劫になっている。

菊井は、言いたかった言葉をあきらめた様子で、急に立ちあがり、ドアを開いた。

「U高なら、知っている先生も多いから、よく頼んでおいてやるよ。証明書を取りに来る時、気が向いたら、職員室へ寄ってくれ。君には、居心地が悪いかもしれないが、先生方も、本気で心配していたんだからな、挨拶ぐらいするのが礼儀だぞ。それに、僕は僕なりに君をかばい通したつもりだ。もし僕をうらんでいるなら、それは逆うらみというものだ」

最後の言葉を、彼は、息のかかるほど間近に顔を寄せて言った。

晴代は、言い返したい気持を手で払うようにして、「覚えていません。全部、忘れてしまいました」と低く呟いた。

別の言葉が晴代の心を煽りたてていた。

私は何もしませんでした。カンニングもしなかったし、あなたを突き飛ばしもしませんでした。あの時、あなたは何を根拠に、私がカンニングしたなどと言えたのですか。

そう答えてもよかったのだ。だが、事実も言葉も、たいした問題ではなくなっている。大切なのは、事実あったことを忘れる技術なのだった。晴代は菊井に別れを告げ、二度と会う機会の来ないことを願った。そうでないと、もう一度彼を突き飛ばさなければならない瞬間がやって来るのではないだろうか。自分がそうしないという保証はどこにもなかった。あの時も、前後の見境をなくして、自分でも気づかないうちに、菊井を力任せに押していたのだった。いつまた、自分の体があの時のように、我を忘れて動き出してしまうか、予測がつかない。そのたびに、菊井が健康を回復し、自分がぼろぼろに壊れてゆく、その姿を見較べるのはたまらないことだった。

事故が起きたのは、二年に進級したばかりの五月である。クラスの再編成が行なわれ、担任も、赤鬼とあだ名されている菊井に変わった。初の試験期に入っての二日目、化学の時限が終了すると、集めた答案用紙を抱えた菊井が、晴代を呼んだ。試験の最中にも菊井がこちらの方をむっつりと見据えていることに気がついていたので、晴代は、何だろう、と落ち着かない気分だった。もっとも中学の時にはクラス委員としてしょっちゅう教師に呼び出されていたから、それほど緊張していたわけではない。菊井は晴代が近づくと眼をそむけるようにして先に立って廊下へ出た。まっすぐに歩いてゆき、生徒のあまり行かない視聴覚教室の前で立ち止まると、階段の手すりにもたれかかって、晴代を見おろした。それから彼は、何でもないことを気軽に問いかけてでもいるように、「ポケットの中のものを見せなさい。何が入っているんだ?」と、微笑さえ浮かべて言った。

「俺は、君のことをずっと見ていたんだよ。今のうちなら、正直に言えば、何とかなる。減点するだけで許してやってもいい」

大きな掌と顔が眼の前に突き出され、晴代は反射的にスカートの脇を押さえた。

「何のことだかわかりません」

自分の身にとてつもない危険が振りかかっている、と感じただけで、詳しく考えるゆとりはなかった。菊井の掌が咄嗟にこぶしにかわって、手すりを打った。

「本来なら皆の面前で、教室から追い出しているところだぞ。俺の眼が節穴だとでも思うのか」
晴代は絶句した。菊井がそんなところで冗談を言うい
われなどないとわかっていても、それまではまさか彼が
本気だとは信じていなかったのだった。たやすく解ける
誤解だとたかをくくっていたふしもある。晴代がうろた
えている隙に、菊井の毛深い手がスカートにすっとのび
てきた。彼は私に触りたがっている、という、自分の頭
が考え出したとも思えない、相手を見くびる気持が胸を
瞬間的によぎったことも事実だった。ともかく渡しなさ
い、見ればわかるんだから。そう言う菊井の手を、晴代
の手が押さえ、それをはねのけて菊井の手が晴代の手を
つかんだ。そこまでは覚えている。
次に晴代が見たのは、階段に散らばった答案用紙と、
下の方でうずくまっている教師の背中だった。
菊井の悲鳴を、晴代は聞いた覚えがないのだが、少な
くとも菊井か晴代のどちらかが声をあげたのは確かだっ
た。すぐさま何人かの生徒が駆けつけて来て、菊井をか
つぎあげ、医務室に運んでいった。別の生徒は、答案用
紙を拾い集めながら、訝しげに晴代を見あげた。その光
景を、晴代は、手すりに体をこすりつけるようにして、
階段上から眺めおろしていた。それが、自分のせいなの
か、それとも菊井が足を滑らせた結果なのか、見極めよ
うとした。
だがもちろん晴代にはわかっていたのだ。
晴代は、震える手が、握りこぶしのままで何度も強引
にポケットの中へ入ろうと焦っていることに気がついた。
幾度めかにようやく指を開けばよいのだと思いつき、中
のものに触れることが出来た。
それは、実際に使いもしなかったし、使う予定もなかっ
たカンニングペーパーだった。中学時代からの習慣で、
重要事項を整理したメモをポケットに忍ばせたまま、試
験を受ける。するとメモの内容が試験中にも、手にとる
ようにくっきりと頭の中に浮かんでくるのだった。
化学の試験中にも、俯いた姿勢で幾度かポケットに手
を突っこんだ。教師の眼には、それが机の下で、メモを
広げていたように映ったのかもしれない。菊井以外の教
師は、出口晴代が、カンニングをする生徒ではないこと
を知っていたにすぎない。
菊井が連れ去られてしまうと、晴代は近くの洗面所に
飛びこみ、トイレの水に、細かくちぎったメモを流した。
自分でも驚くほど、素早い動きだった。そのあとで急に
体の力が抜け、便器の上にしゃがみこんだ。鍵のかかっ

た、小さな白塗りの個室が、自分の棺のように感じられ、そこから出る勇気は、永久に湧いて来ないのではないかと思われた。

どう考えても、あの大きな体の、柔道三段だという教師に、自分が手を出したとは、信じられなかった。両の掌を、眼の前にかざして、まじまじとみつめた。この手にそんな強い力があるなど、誰が信じるだろう。

晴代は、あの瞬間に誰か通りかかった者がいたかどうか、思い出そうとした。菊井があたりに人影がないのを確かめた上で話を切り出したところまでは、確信出来た。だが、そのあとは、記憶が跡絶えて、自分のしたに違いないことを含め、何ひとつ思い出せない気がした。

だけど、と晴代は思いつく。菊井が落ちた時、生徒がばらばらと走り寄って来たのはちゃんとこの眼が見たのだから、多分、それまでは、誰もいなかった。

周囲が静まり返っていることに気づいたのは、どのくらいたってからだったろう。試験はまだ一科目残っていた。

菊井と晴代が連れ立って教室を出て行ったのは、クラスの全員が見て知っている。試験を受けずに姿を消したら、自分から犯人だと名乗りをあげるようなものではないか。犯人であることに違いはなかったのだが、晴代は非常事態にまきこまれた自分を認めたくなかった。

既に試験の始まっている教室の前をいくつも通りぬけながら、晴代は、ふだんと変わらない静けさを訝しく思った。あの瞬間に何かがすっかり変わってしまったのではなかったのか？　自分の教室の前まで来ても、そこも他と変わらない沈黙を保っていた。晴代は胸の動悸がその沈黙を破らないように息を整える間、ドアを開けずに教室を見通せる視力が、人間には備わっていないことを腹立たしく思った。見通せないのなら、ドアを開けたくなかった。だが、晴代は、ドアをあけるために、見えない向う側を、何食わぬ顔をした菊井が歩き回っているのではないかという、あてのない期待を自分に抱かせた。

うしろのドアから入った晴代を、体育の教師が不機嫌そうな眼ざしで迎えた。彼は、遅刻の理由を訊ねた。菊井は教室内のどこにもいなかった。

「気分が悪かったので、今まで洗面所にいました」

晴代は、声が上ずってしまった分をカバーするように、胸をそらして答えた。

「あと三十五分しかないぞ」

体育の教師は問題用紙を晴代の机の上に置いた。

同級生たちは、晴代を一瞥した時の無表情のまま、素早くそれぞれの問題用紙の上に関心を戻していった様子である。晴代自身も、机にかぶりつくようにして、すぐさま没頭した。問題はもの足りないほどすらすらと解け、終了のチャイムが鳴った時には、夢からいきなり覚めた感じで、あたりを見回した。いつもの通り、解答がうしろから順送りに集められ、あちこちからほっとした笑い声が聞こえてきた。晴代はさっきあったことを忘れかけた。

手に負いかねる、あまりにも重大すぎることなので、考えようとしても頭が働かなかったというほかはない。菊井の存在など、試験用紙を前にした生徒たちにとっては、気にするほどのことではなかったのだろうし、正直言って、晴代自身も翌日になると、菊井が教室からいなくなった事実にたちまち慣れてしまったのだった。

晴代が呼び出しを受けたのは、二日後の試験の全日程が終了した直後だった。菊井のあとを受けて試験監督をつとめた体育教師が、晴代を職員室まで連れていった。職員室では一年の時の担任が待っていて、晴代は彼に引き渡され、さらに小会議室へ連れていかれた。

小会議室では、学年主任と教頭が、額をつき合わせて、話しあっている最中だった。

晴代が入ってゆくと、教頭は穏やかそうな笑みを口もとに浮かべて手招きし、隣の椅子を指し示した。

「菊井先生と君が、事故の少し前に階段のところで話をしているのを見た者がいるらしいんでね、ちょっと事情を聞きたいと思って来てもらったんだ」

こういう場合の教師の笑顔と物柔らかな態度が、いつ、どんな具合に荒々しく変わってしまうか、そのわざとらしい突然さを、晴代はのみこんでいるつもりだった。相手の真意がわかるまでは、緊張を崩さずに黙って次の言葉を待つ方が無難だった。案外冷静な自分に驚きながら、晴代は、まだ答えずにいる余地はある、と感じていた。

一年の時の担任が、言葉を慎重に選んでいる様子で言った。

菊井は、右脚を複雑骨折して、全治三箇月だという。眼鏡が割れ、あやうく失明するところだったそうだ。

「その直後試験に君は遅刻したそうだが、どうしたんだ？　怒らないから正直に言ってみろ」

菊井も、カンニングしたことを正直に言えと言った。晴代はそのことを思い出してとまどった気持になる。正直な告白と事実とは、微妙に食い違うものなのではないか？　教師には、生徒の正直さを受け止めて包みこむ能力が本当にあるのだろうか？　弾き返されるだけなら、よけて通る方が、まだしもましな結果を得られるのではないだろうか。

晴代は、教師の前で正直になれるとは思えなかった。家で一人でいる時にも、自分のしたことを認める気にはならなかったのだから。自分自身にさえ、自分の正直さを受けとめる力はなかった。

晴代は、嘘をつかないように気をつけながら言った。

「私は、菊井先生が落ちたのを見ました。でも、なぜあんなことになったのか、わかりません。びっくりしているうちに、気分が悪くなったのです。気がついた時には、試験が始まっていました」

「話している時に、急に落ちたのかね？」

教頭は、慰めているような、危ぶんでいるような、曖昧な眼つきで、晴代を覗きこんだ。

「そうだったと思います」

「足を滑らせたのかな」

「わかりません」

「そばに、誰かいた？」

「覚えていません。でもすぐに男子生徒が来て、先生を運んでいきました」

「菊井先生とは、何の話をしたの？」

晴代は答えに詰まった。教頭は無理に笑いながら、「ショックで忘れちゃったか」と言った。

「ありがとう、もう帰っていいよ」

地に縛りつけられていた風船が、ふいに鋏で糸を切られたように、体の重心が、とんでもないところへ移動してしまって、戻って来ない。そんな感じだった。

病院で横たわっているだろう菊井を思い浮かべると、菊井のかわりに自分が階段から落ちたかった気がした。教師たちが晴代の話をすっかり信じたわけではないことは、よくわかっていた。菊井の話の方を、彼らは信じるだろう。菊井は教師だし、大けがをした当人なのだから。

だが、晴代が面と向かって訊問されたのは、それが最初で最後になった。病院にいる菊井本人が、自分で足を踏み違えたと言ったのである。そのことを聞かされた時、晴代は、カンニングの件が彼の負い目になっていると思った。

菊井が口を切るより先に、晴代の釈明が彼に伝えられたとしか思えないが、彼もまた、晴代を呼び出したのは試験中から気分が悪そうに見えたからだと事情を説明したという。晴代はどこも悪くないと答えた。そこで急いで職員室へ戻ろうとしたその拍子に、うっかり空足を踏み、階段を転げ落ちた。

晴代は、無罪放免になったというよりも、菊井が退院してくるまでの間、執行猶予がついたような気持で、その話を聞いていた。

晴代は休まずに学校へ出て行った。馴染みかけていた新しいクラスの同級生たちが、日を追ってもとの、一度も言葉を交わしたことのない、よそのクラスの人々へと戻っていくように感じられた。彼らは晴代を放っておいた。晴代は誰にも邪魔されずに、学校にいる時間いっぱい、自分だけの思いに耽るようになっていった。

晴代は、菊井と自分のどちらが正しいのか、理性的に判断しようとした。だが、あっという間に起こってしまった事故の瞬間だけが、とけない知恵の輪のように、いつまでも絡まったまま残った。

きっかけは、菊井の早とちりである。しかし彼は今でもそれが早とちりだったのかどうかを知らないままなのだろう。それでも彼は足を滑らせたと言って、晴代をかばっている。

菊井に対して、晴代の中に生じてくる気持は、軽蔑だけだった。菊井がカンニングのことを言い出した、思い出すだけでもぞっとするあの瞬間にも、軽蔑しきっていた。

菊井のけがのことは、殆ど気持の負担にならなかった。一方で、もう少し別の意味の、大変なことをしてしまったという思いが、日ごとに募っていった。たかが軽蔑が原因で、場所柄も、相手が誰であるかも忘れるほどかっとした自分がおそろしかった。晴代は、授業中に、よく、両の掌を膝上に広げて、見入っていた。いくらか骨ばってはいるが、全体のつくりとしては優しげな、ほっそりとした掌に、人を突き飛ばす力と短気がこめられているとは見えなかった。

ことをわかりやすくするために、晴代はいくらか譲歩して、次のように考えてみる。

私は確かに、自分の意志で、手に力を込めた。ほんの一、二秒間には違いなかったが、それは事実だ。力を込めた手が、彼の体のどこかに触れ、手応えを感じた途端に正気を取り戻した。彼はゆっくりと向う側に倒れてゆき、まさかという顔をして、私を見た。あまり意外だったので、手すりにつかまることも思いつかず、一気に下まで落ちた。

押しのけなければ、彼の重くて固そうな体が、こちら側へ倒れかかってきて、私を押しつぶしかねなかった。だが、あれほど軽々と飛んでいってしまうなど、予想もつかなかったことだ。私も、まさかという顔をして、呆然と彼を見つめていたに違いない。

何度考えてもわからないことがふたつあった。ひとつは、菊井が踏みこたえていたら、そのあと二人の間にどんな展開があっただろうかということである。晴代は、彼が落ちるまで押し続けたような気がしてならなかった。が、菊井の体であれば、踏みとどまるつもりになれば、晴代の力などたかが知れている。

もうひとつは、場所が階段の上などという足場の悪いところではなく、廊下か教室の隅だったとしたら、晴代はやはりそこでも彼を押しのけるつもりになっただろうかという疑問である。そうはならなかったような気もするが、わからない。いずれにしても、その疑問を通じて、晴代はありのままの自分の姿をくっきりと見せられた思いがした。誤解を言葉で解くゆとりを、あの時の晴代は持ち合わせていなかった。機会があればカンニングペーパーを利用したかもしれない可能性が残っているからだ。それにも拘わらず、カンニングの汚名には、がまんがならなかった。つまるところ、晴代は、教師の無防備な姿勢と足場の悪さを咄嗟に計算した上で、両手に全身の力を集めたのだった。あとのことなど全然考えもしなかった。教師が絶対にしてはならない早とちりを、菊井は犯した。彼が怯えて失言を取り消すほどの激しい怒りが、晴代にはどうしても必要だった。教師に乱暴を働くことと、していないカンニングを疑われることと、どちらかを選べと言われたら、今でもためらわずに前者をとる。釈明が可能かどうかの問題ではない。自尊心の問題である。

菊井の自尊心は少なくとも晴代のそれより量が少なかった筈だ。ポケットの中を見ればカンニングしたかどうかわかるのだから、とにかく見せろ、と彼は言った。だが、彼は、カンニングの証拠を欲しがったのであって、しなかった証拠は、彼には探すことが出来ない。そして、それが見つかっても見つからなくても、彼は教師であり続ける。晴代は、生徒としてありったけの自尊心を、あの場面で賭けなければならなかった。菊井はその重みを受けとめかねて、転落したのである。

そう考えるのが一番事実に近いような気がし、また一番都合がよくもあった。ただそれはあとから時間をたっぷりかけた末の分析だったので、自分でも説得力に乏しいように感じられ、こじつけと感じる部分もあった。

晴代は、体が理性を押しのけて前へ出て行った感触を忘れることが出来なかった。


むし暑い日の放課後だった。校門へ向かってグラウンドの端を歩いていると、同級生の女子が数人集まって立ち話をしているのにぶつかった。彼らは晴代に気がつくとぴたりと話を止め、通り過ぎるまでこちらを見続けていた。

出口さん。晴代は目だけで挨拶をし、足を早めた。

一人が急に何か思いついたというように呼び止め、走って追いかけてきた。晴代はふとなぜ菊井を突き落としたのかを聞かれるような予感がし、追って来た相手が口を開くまで黙ってじっと見つめていた。

「菊井先生を、お見舞に行く相談をしていたの。あなたも一緒に行きませんか?」

彼女は妙な笑いを唇に浮かべて言った。晴代は礼を言った上で、申し出を断わった。彼女の眼つきは人の反応を試すような様子だったし、菊井を見舞に行くつもりもなかった。

「残念ね。それでは、あなたからよろしく言っていたと先生に伝えるわ。いいでしょ?」

同級生は思わせぶりな眼配せをして、仲間のところへ走って戻った。晴代は彼女らの方を振り向かずに校門を出た。自分がからかいの対象になっているらしいことが感じとれたが、あまり関心が湧かなかった。彼女たちは、病院で菊井に出口晴代がよろしくと言っていたと言い、反応を見るのだろう。なぜそうしたいのかわからないが、好きなようにすればいい。

だが、別の日、学校の廊下で笹原和子の親しみをこめた微笑に出くわすと、晴代はふいに自分に関する噂を知りたい思いに駆られた。笹原は一年の時の同級生で、席が近かったせいもあるが、晴代とは比較的ウマがあう、控えめな少女だった。

彼女の微笑は、晴代を慰めるように、柔かく投げかけられてきた。

晴代が誘うと、彼女はおとなしく頷いてついてきた。グラウンドの隅の、使われていないプールの陰に並んで腰をおろし、しばらくの間二人とも黙って、空を眺めていた。赤茶けた色がかすかに混じり、汗をかいたように暑く湿った空が、幾本かのプラタナスの樹の向う側に広がっている。

彼女が唐突に言った。

「大人になるといろいろいやなことがあるわね。小さかった頃に戻りたいと思わない？」

晴代は小さな子供の頃、早く大人になりたくて仕方がなかった。今は、大人になりたいかどうか考えなかった。誰でも大人になる。十六という年齢も、半ば大人なのだ。

笹原は声を低めて、彼女のクラスの中にも、晴代が病院へ見舞に行くかどうかを賭けている者がいる、と続けて話した。晴代は、見舞の同行を誘ってきた同級生を思い出した。

「なぜ？」

菊井のけがは晴代とは無関係だということになっている。晴代は笹原の眼の奥まで届くような強い視線をまっすぐに向けて訊ねた。

「勝手にやらせておけばいいじゃないの。いろいろ勘ぐりたがる年頃なのよ」

「勘ぐるって、何を？」

笹原は困ったような顔をして、晴代から視線をそらした。晴代はなお聞きたくなった。

「私は最近、みんなの前でどういう態度をとればいいのか、とまどうことがあるの。何を勘ぐられているのか知っておきたいのよ」

彼女に喋らせるには、もの静かできっぱりした態度が効果的なのを経験で知っていた。

彼女は気の毒そうに話してくれた。

「うちの学校にしては珍しい噂だから、みんな面白がって興奮しているのよ。あなたは、彼をふったことになっているわ。彼があなたに片想いして、しつこくつきまとっていたって」

滑稽な話のはずなのに、晴代は笑う気になれなかった。むしろ、予備の命綱が、頭上からするすると降りてきたような気持だった。

「彼って、菊井先生のこと？」

「例の階段のところで、二人がおかしな感じになっているのを見たという人がいて、その人が言い触らしているのよ。本当なの？」

「誰？」

「言いたくない。でも、その人、病院に呼ばれて口止めされたみたい」

「それで私が彼を突き飛ばしたと、そう疑っているのね？　それとも突き飛ばすところを見たの？」

　晴代は、一度は自分以外の誰かに言ってみたくてたまらなかった言葉を、初めて口にした。言ってしまっても、別段どうという新しい感情は生じなかった。彼女は答えをためらっていた。

「笹原さんは、私という人間を知っているわけだから、答えられるわよね。私が菊井先生のような人に好かれると思う？　万一そうなったとしたら、私が先生を嫌うにしても、突き飛ばしたりするかしら？」

　晴代の言葉の途中で、彼女の眼がつかの間好奇心に満ちた光で輝いた。だが、彼女は結局答えなかった。首を横に振りながら、「噂は噂のままにしておけばいいんだわ。本当のことがわかっても、何もいいことはないもの。これ以上考えると、あなたのことがこわくなるかもしれない」と言った。


　笹原和子と会ったあと、妙な感触が晴代の体を包むようになっていた。晴代を取り巻いている、言わば正視すると眼の痛む現実の上へ、笹原が与えてくれたフィルターを試しにかけてみたところが、以前よりずっと眼にしっくりする景色が浮かびあがったと言えばいいのだろうか。晴代はそのフィルターを喜んで利用することにした。

　二年の新学期を迎えた最初の日に、クラスの編成表が掲示される。生徒は、表にしたがってそれぞれの教室へ入って行き、新しい担任と顔合わせをする、始業式はその後に行なわれる。菊井は担任としてあまり生徒たちに歓迎されなかった。ことに女子には人気がなかった。「最悪だわ」「私たち、くじ運が悪いようね」顔の見分けもつかない、ごく最初の頃、同級生と覚しい何人かの女子生徒と、晴代もそんな会話を交わした覚えがある。「あの先生、なんだかいやらしい感じがしない？」女子生徒の菊井に対する印象評価は、一人が呟いたその言葉に代表された。

　だがそうした評価のやりとりも、お互いが見慣れるまでの間に限られた。見慣れたあとは教師の影は薄くなって、今度はお互いどうし、競争相手として手強いかどうかが気になってくる。誰かが国費留学生試験にパスしたとか、学生論文コンクールや英語弁論大会に優勝したとかいう情報が流れてくると、当分の間は教室内に、静かだが張りつめた空気が充満する。

　晴代を見る同級生たちの視線は、嫌悪感が露骨に示されるというふうではなかった。ただ、いつでもどこからか、誰かの粘ついた視線が追ってきた。その視線は、フィルターをかけてみるまでは見えてこなかったものだった。

新聞の三面記事に載っているような、自分たちとは無縁の出来事が、突然身近に出現した貴重な例を、社会勉強のために見学している。そんなふうに晴代は受けとった。彼らにとっては噂を信じるかどうかは別問題なのだ。映画のストーリーを楽しむように、なりゆきを気にかけているだけだった。実害があるどころか、おかげで晴代は、まっすぐに背中を立てて歩く習慣を持ち直すことが出来た。彼らは、菊井から受けた第一印象を思い出し、彼にピエロの役を割り振ったのである。彼の病院暮らしに同情する声はあがらなかった。

むろん晴代が望んでいるのは、人々の完全な沈黙と無関心だったが、それが虫のよすぎる望みであることはわかっていた。同級生たちの関心の持ち方は控えめで邪魔にならなかったし、他に用事のある時にはさっさとそちらへ注意を移してしまう程度なのだった。退屈している時、彼らが気紛れに投げかける、哀れみと多少の軽蔑をこめた優越的な眼ざしぐらいは、がまんすべきなのである。

それどころか晴代は、噂に便乗しているだけでは物足りなくなって、菊井を見舞おうと思いたった。自分を見守る人々への皮肉なサービスという意味もあったが、どちらかと言えば、既に晴代自身が噂に毒されて、ことの真偽を自分の眼で確かめたいという、奇妙な欲求にとりつかれたのだった。晴代は、菊井に自分が好かれていたことを否定する根拠を持ち合わせていなかった。ありえないことではない。そう思い始めると、階段の上での、彼の詰め寄り方も思わせぶりに感じられてくる始末だった。もちろんそれは気持の半分にすぎない。あとの半分は、事件について一人でじっくり考えるために溜めておいたはずの言葉や感情の群れが、噂のフィルターに次第に吸いあげられてゆくのを、手出しも出来ずに見送っているような心もとなさに包まれていた。ひとつかみの砂を空へ投げあげて、落ちてくるのを同じ掌では受け止めきれずにいる時の、無責任な解放感といってもいい。

事故から三週間ほどが過ぎていた。何も知らない両親を驚かさないために、晴代はふだんのとおり登校するふりをよそおって、制服のまま病院へ出かけた。駅のトイレで私服に着換えたりする知恵はまだなかった。

制服姿では喫茶店で時間をつぶすことも出来なかったので、病室のドアをノックした時、まだ九時になっていなかった。

菊井は、六人部屋の、ドアに一番近いベッドにいた。きょろきょろ彼の姿を捜していた晴代のごく間近から、おい、と囁くような声が聞こえてきた。盛りあがった毛布の陰に隠れて、顔が見えなかったのである。

菊井は同室の人を気にするように、手招きし、それからゆっくりと眼をみはった。かすれた声で、「学校をさぼったのか」と言い、晴代が頷くと、「ばか」と呟いて顔をそむけた。声はやっと聞きとれるほどだ。

「制服姿で街なかをうろうろ歩いていて、補導でもされたらどうするつもりだ。今は、他の場合と違うことぐらい、わかっていると思ったぞ」

彼は、足を滑らせたのではなく、突き飛ばされたと自覚しており、晴代の不手際から事件が公けにされることをおそれているのだった。晴代は、それが自分を絶望に突き落とすとどめの言葉だと頭では理解しながら、たいして動揺しなかった。彼の声は共犯者の響きを持っていた。俯くと、ベッドの下からはみ出している、黄色い液の溜まった溲瓶が、眼に入った。

彼は身動きのきかない体になっているのだ。相手につかみかかられる心配をしているのは、今や菊井の方かもしれなかった。

晴代は、突き飛ばされた原因を、彼がどう解釈しているのか知りたいと思った。彼のけがに関する限り、起きてしまったことは仕方がないという実感が離れない。

彼は晴代の沈黙にしびれを切らしたように幾らか声高く言った。

「何か話があって来たんだろう。来てしまったものはしようがない。言ってみろよ」

菊井の言うとおりだった。訪ねてきたのは晴代の方なのだ。だが何をどう切り出せばよかったろう。

カンニングも突き落としもしなかった。カンニングはしなかったが、彼を突いた。カンニングはしたが、突きはしなかった。カンニングもしたし、突き落としもした。

それより、先生。妙な噂が流れていますけど、どう思われますか。

そのどれも口にのぼらなかった。

「けがは、いつ治るんですか」

「問題をはぐらかすな。実を言うと、俺は、君がいつ来るかと思ってずっと待っていたんだ。この際、言いたいことを言ってしまって、すっきりすることだな」

「はぐらかしているつもりはありません。けがが治らないうちは、先生は私のことを忘れるわけにはいかないだろうと考えています」

菊井の、大きくみひらかれた眼に出会って、晴代は自分が間違った言葉を口にしてしまったことに気がついた。菊井は唇を歪ませて苦笑した。けがが治ったところで、お前のことは一生忘れるわけにはいかないよ、と言っているようだった。

晴代は慌しく言った。

「どうして本当のことをおっしゃらなかったんですか」

今度は菊井の眼が細く閉じられた。これも彼の期待していた言葉ではなかったようだった。彼が待っているのは、謝罪と弁解なのだろうか？　謝罪すべきだという考えは、晴代の内には生じなかった。それは、和解出来るなら和解がすんだあとでの、最後の言葉だという気がした。彼は晴代が現われたら真っ先にカンニングの一件に触れるべきだった。それをしなかった以上、彼の方から謝罪の言葉を要求する資格はない。

長い間黙りこくっていたあとで、菊井はこう言った。

「自分で考えろよ。俺はまた、君がそれを考えて、出した結論を報告しに来たのかを思っていたよ。それ以外の話なら、何も聞くことはない。もう、いいから帰れ。今からならまだ二時限目に間に合うぞ。これ以上、君の顔を見ていたくない」

晴代がいる間、菊井は二度と眼と口を開かなかった。

晴代はじっと立って、毛布からのぞいている、右足のギブスを見つめ、自分の両手を見おろした。その足と手の間に、何らかのつながりがあることが不思議に思われた。ギブスに手を触れて確かめてみたくなると、晴代は「帰ります」と呟いて、急いで病室を出た。胸の中をざわざわと風が吹き抜けていくような、いやな呼吸をしていた。

忘れられないのなら、忘れなければいい。記憶のために死んだ人間などいやしないのだ。だが、菊井が退院して来たあと、晴代は菊井の授業に、何食わぬ顔をして耳を傾けることが出来るのだろうか。

言い足りなかった夥しい言葉が胸につかえていた。が、それは言葉にするにはまだ早すぎるらしく、喉を通りかかる寸前に溶けて消えてしまうようだった。その中で、高校中退という言葉だけが、繰り返し舌に乗って来た。最近よく目や耳にする言葉だったが、たいていは、新聞やテレビで、暴走族や売春容疑でつかまった少女が登場してくる時に使われている。

晴代はその時初めて、不安の原因に行きあたった気がした。晴代の通っていた中学からは、F高に受かったのは二人だった。担任は晴代を自慢していたし、晴代も鼻を高くしていた感がある。今まで胸を張って毎日を暮らしていた最大の原因は、自分がF高の生徒だという自負心なのだ。そのF高も、一流大学につながっている細い橋だから価値があるのだった。自分の体からF高の名をとってしまったら、たちまち肩がすぼまってしまうのではないかという懸念。自分のしたことを、はっきりと現実の中にあてはめてみようとしないのは、その懸念に怯えているからにすぎない。

インタビューされる少女たちは、決まって語尾をはねあげる喋り方で、「高校なんか、面白くなかったからさあ、やめたこと、後悔してないよ。勉強、嫌いだったもんね。頭悪いしさ、好きなことやって遊んでる方がいい」という。

その声が晴代の耳の中で、青空へ突き抜けていくような潔さをもって響く。

病院の玄関まで来た時、先に自動ドアをあけて外から入って来た女が、晴代を見て、「あら」と立ち止まった。

「F高の生徒さんでしょ。菊井のところへいらしたの?」

菊井の妻だった。晴代はうろたえ、軽く頭を下げて行き過ぎようとした。菊井の妻が追いかけるように言った。

「もしかすると、あなた、出口さんとおっしゃるんじゃない?」晴代の頰がこわばった。菊井に似た、人を見据えるような視線が、晴代を射た。が、それは晴代の錯覚だったのか、次の瞬間には彼女は口もとをゆるめて微笑を送ってきた。「学校を休んではいけないわね。主人は、ずっとあなたのことを心配していたのよ。そそっかしい先生でごめんなさい。驚いたでしょう、可哀そうにね」

「いえ……」

「これから学校?」

「はい」

「そう。行ってらっしゃい」

「失礼します」

晴代は、息が切れるほど早足で歩いた。通りまで出てから病院を振り向くと、窓に動く小さな人影が、すべて菊井か彼の妻に見えて、慌てて眼をそむけた。私が可哀そうだって? どうして?

どこへ行こう?

制服は目立ちすぎた。今日は出かける、と母親は言っていたが、時刻はまだ十時を回ったばかりである。晴代は公衆電話を見つけると家の番号を回した。母親が出た。

「もしもし」

ためらったあとで晴代は一気に言う。

「私よ。気分が悪くなったから、これから帰る」

母親の返事を待たずに受話器を置いた。

期末試験が近づいてくる頃には、菊井の不在も、晴代の孤立も、ふだんと変わらない日常の一部になっていた。菊井がその大きな声と体軀で教室に君臨したのはせいぜい一箇月半であったし、化学の授業も、代わった教師の方が温和で学者じみた雰囲気を持っていたから、生徒には歓迎された。

晴代も、彼と同程度に、クラスの一人一人にとっては初めからどうということもない存在だったと思うしかない。晴代の期待した以上のスピードで、関心の波は遠くへ引いていった。その頃、教師を含めた二学年全体が、大学受験へと関心を注ぎ始めていた。一学期の試験結果をもとに、夏期休暇中の補習計画が組まれることが発表された。二学期からは、主要三科目の成績を軸に、理系志望組と文系志望組が分れて特別授業を受けることになる。補習も特別授業も、成績別にクラス分けが行なわれるというので、皆の眼の色が変わっていた。F高の生徒は、ほぼ例外なく、中学では首席を争った者ばかりだから、順位づけには過敏だった。一年の時、生まれて初めて下位の成績を貰ってノイローゼになった生徒もいた。

ついしばらく前までは晴代もその一人だったのだが、同級生たちが無言で肘を張り合っている光景は、急流の川の水のせめぎ合いのように晴代の眼に映った。遠くから眺めている分には何でもないが、自分も足を踏み入れようとすると、勢いに押されて、また岸へ逆戻りするばかりだ。もと晴代の流れていた箇所だけ、自分の犯した突発的な暴力沙汰でダムが作られてしまった感じもする。

病院へ行った日が、学校を欠席した最初だった。そのあと時々わけもなく休んだ。前の晩や当日の朝、母親がその日外出するとわかると、いったん登校姿で家を出、誰もいない家に舞い戻った。学校へ行くのがいやでたまらないというのではなかった。からっぽの家を思い浮かべると、そこへ磁石のように体が引きつけられた。一人でいれば、教科書を読んでいても退屈しないのだった。一人物音を立てずにじっとして、時間のたつのをひっそりと見送っていること自体が楽しい遊びになった。体のどこにも、罪悪感やいじけた気持の育ってくるかげりはなかった。

学校は、離れているとそれだけで奇妙な場所に思えてくる。中学で一、二番だった生徒が、F高に三百人いる。そこでまた一番から三百番まで、順序よく一列に並ばされる。さらに、F高で一、二番の者が大学に行くと、大学で新しい番号を貰うことになるのだろう。学校を出て、胸から番号札を外された時、今度は何を自分の指標にすればいいか、学校が教えてくれる気配はない。中学で一、二番でなかった大多数の生徒たちは、それぞれの今いる場所で、やはり一番から最下位までの番号を貰っているのだろうか。そこでの一番は、地下室や中二階の天井と同じなのだと教わるのだろうか。

晴代は、時によると、生まれたばかりで死んだ親類の赤ん坊や、小学生の時に川で溺れた同級生や、自殺した中学の上級生などを思い出す。彼らは死んだのに自分はまだまだこれから先も生きのびていくという感覚と、学校の成績を争って常に先頭に立ちたがる感覚とは、それぞれ全く別の範疇に属する事柄なのだろうか？　晴代にはそうは思えなくなっていた。むろん、誰かが死んだからといって、自分も一緒に死ぬことなど、出来はしない。精一杯勉強しているのに良い成績のとれない友だちがいるからといって、同じ成績にとどまることも出来ない。だが、死んでしまった友だちも、成績の悪かった友だちも、まるでこの世に存在しなかったように、晴代は、自分と、自分の競争相手にかまけてきたのだった。

それでもなお、自分がどこといって取り柄のない一人の高校生に過ぎないということはわかっている。期待もされていないし、見捨てられてもいない、その他大勢の中の一人なのだ。

晴代は次第に、F高でほどほどの成績を保っている自分よりは、教師を階段から突き落とした、順番のつけられない自分の方を、好きになってゆくような気がした。

学期末試験の終了した翌日から、風邪と称して一週間ほど寝こんだ。体が気だるく、微熱もあった。そのだるさは、試験が始まった頃から続いており、終了と同時に身動きするのも億劫なほどひどくなった。それまでに日々すり減ってきていた気力が、ちょうど使い尽くされた感じだった。気力というより、晴代をかろうじて登校させていた惰性の力といった方がいい。答案は白紙で出した。周囲と同じ猫背の姿勢になって考えこむふりはしていたが、前席の同級生たちの白いブラウスやワイシャツの背中に反射する日射しを見つめているうちに、時間が過ぎてしまったのだった。

試験結果は、終業式の日に、全校生徒の順位表となって、体育館の外壁に張り出される。その表を、晴代は自分の眼で見ることになるような気がしなかった。当然のなりゆきとして、今までどおりにはいかなくなるはずだった。学校をやめることになるだろう、と漠然と考え、その日を待ち望んでいるようにも、怯えているようにも感じられた。

案の定、母親に呼び出しがかかった。その日、母親は出かける予定があったのをつぶされて、不機嫌な顔で出かけて行った。呼び出しの電話があった時、晴代は二階でうつらうつらしながら話を聞いていて、問い詰められるのを覚悟したのだが、母親は受話器を置いたあと、なぜかとうとうあがって来なかった。晴代はまたいつの間にか眠りのなかへ沈んでいった。来るべき時が来たというのに、一向に緊張しないのだった。

昼食をとってすぐに、母親は行先を告げずに出かけてゆき、夕方暗くなってから父親と一緒に帰って来た。会社に寄って、娘の不始末にどう対処すべきか、下相談をして来たのだ。二人が連れ立って歩いてくるのを、晴代は自分の部屋の窓から眺めながら、二人一緒なら話は一度ですむ、とむしろほっとしていた。

いつもより遅い夕食を黙々ととったあと、晴代は、正座をさせられて、やはり正座している両親と向かいあった。座卓の上には、０、と赤字でことさら大きく書かれた白紙答案が並べられている。それらの答案と、度重なる無断欠席が当面の問題点だった。説明してみろ、と父親が痛走った声を出すそばで、母親は放心したように晴代を見つめている。

三人ともぎごちなかった。それというのも、三人が睨み合ってすわるなど、誰にとっても初めての経験で、どんなふうに話し合いを進めていけばいいのかとまどっていたからだ。晴代はこれまで問題を起こさない娘だった。父親は無口で物静かな人間であり、母親は関心をもっぱら外でのつき合いに向けていた。波風のたちようのない家庭に、三人ともが慣れすぎていた。晴代はどこまで本気だったかは別として、この問題を自分だけのものとして片づけようとたかをくくっていた形跡がある。両親にしても、最近の娘の無気力な表情に気づいていないはずはないのに、今まで見ないふりをして来たのだろう。

晴代は、説明するのが面倒になり、とりあえず両親の眼の前で、白紙答案に答えを書き入れてみたい欲求に駆られた。二階から問題用紙をとって来さえすればいいのである。学校は、晴代を答案に取り組ませる力を持っていなかった。そのことを証明出来る。生徒に対して効力を失った学校など、通ったところでどんな意味があるのだろうか。行く必要はないのである。晴代は素早く頭の中で論理を組みたて、こめかみに青筋をたてている父親の無言を窺った。

耐えきれなくなって沈黙を破ったのは母親だった。「菊井先生のけがとあんたとは、直接には関係ないんでしょ？　それともあんたが、試験を投げ出してしまうほど気にしなくてはならない理由があるの？　もう、どんなことがあったにしても驚かないから、正直に言ってごらん」

「なぜ」晴代の胸を動悸が打ち始めた。「何か学校で言われたの？」

「先生は足を滑らせただけなんでしょ？」

晴代はひと呼吸置いて答えた。

「そうよ。でも落ちればいいのにと思ったわ。そしたらその通りになったの」

眼を大きくみはって何か言いかける二人を押しとどめるために、晴代は急いで言葉を継いだ。

「あの学校にいると、息が詰まって、そういう気持になるの。私、もう行かないつもりよ。無理に行かせたって、私にその気がなければ、結局落第するか放校になるしかないわ」

言い終ると同時に、父親が立ちあがってきて、晴代を打とうとしたが、打てなかった。手をあげたところで、初めて見たに違いない挑戦的な娘の視線とぶつかり、身動き出来なくなったようだった。

「先生が足を滑らせなかったら、私が押したかもしれない。私がやったも同じことよ」

晴代は言い募った。両親を学校へ抗議に行かせず、両親の傷つき方を最小に抑えるには、そう言うしかないと思った。

父親は肩で溜め息をついた。会社の仕事と推理小説を読むぐらいしか楽しみのない父親にとって、人生最悪の日には違いなかろうが、事実を知るよりはまだましだ、と晴代は思う。父親が言った。

「どうしてそういう気持になるんだ」

「わからない。でも、落ちればいいのにと思った途端に落ちてしまった先生の授業を、今までどおりに受けるわけにはいかないもの。他の人がいいと言ってくれても、私はいやなの」

他にもっと適切な言葉があるような気がしたが、咄嗟には見つからなかった。

母親は、これまで見たこともない眼つきで晴代を睨みつけた。

「一年生の時はちゃんとやって来たのに、一体今さら何だって言うの。あんたの言うことは、なんだか卑怯よ。たかが高校生のくせに、思いどおりにしようなんて生意気ですよ。成績が下がったくらいでやけになって、いやになったから学校へ行かないとか、先生が嫌いだから勉強しないとか、そんな子どもじみた理屈が通用すると思ってるの。この先どうするつもりだっていうの」

二言三言喋る間に、声の調子が尻あがりに緊迫してゆく。確かに晴代の成績は、F高へ入ってから上位三分の一程度のところまで落ちていた。そうかもしれない、と晴代はぼんやりした気持で思った。

母親の声は涙まじりになって続いた。晴代は、マトを射抜いた言葉も見当外れのそれも、ごちゃまぜに、困り果てた顔をつくろって聞き流した。父親の方は、母親の感情の噴出から身を避けて、女たちが落ちつくのを待つように黙りこくっていた。

二人は、晴代の待つ家へ帰ってくるまでにどんな下相談をしたのだろう。その下相談が少しも役に立っていなかった。

晴代の視線は、夥しい言葉を無秩序に投げつけてくる母親を通り越して、父親を眺めていた。

父親には娘のことで悪い報告を受けた経験がめったになかった。ふだん娘が何を考え、どんな学校生活を送っているのかを問い質そうとしたこともなかった。F高に合格したとか、母親の買ってきた服が晴代の気に入ったとか、喜ばしい結果ばかりが選択されて伝えられ、その時々に、実に嬉しそうな笑顔を見せて、「よかったな」と応える。晴代は子供の頃から父親のその笑顔が好きだったから、家の中では不平不満を言わないように自分でも気をつけてきた。

だが今父親の、無言の渋面を眼にしていると、彼はただ面倒に巻きこまれるのがいやなために、寡黙でものわかりのいい役柄を演じてきたのではないかと、疑いたくなった。母親がヒステリーを起こしたのは、父親の不器用な問題解決能力に業を煮やしたためだという気がしてくる。

母親は夫をいちいち振り返ったりせずに自分の感情をまっすぐ晴代にぶつけてきた。ふだんも彼女は、無理に夫を話相手に引きこむようなことはしなかった。そのかわりに、方々へ出かけて行って、友だちをつくってくる。母親の友人たちが家へ来た時、その場にたまたま晴代が居合わせると、口癖のように、「女の子のくせにおそろしく無愛想で、へんなところが父親似なんですよ。何を考えているんだか」と決まり文句を言う。その言葉は、自分の部屋へ引きあげてよろしいという合図でもあった。母親は平素からよくこう言い含めた。「晴代の友だちが遊びに来たら、私はお茶菓子だけ出して、干渉しないから、私のお客様にもそうしてね。もし、晴代の苦手なタイプの人が混ざっていたとしても、批判がましいことは一切お断りよ」

晴代の友だちが遊びに来ていたのはせいぜい中学のはじめまでで、あとはもっぱら母親の客が出口家に出入りしている。学校時代の旧友や、地域の読書会やら短歌の会の仲間など、気持のいい、テキパキした中年女性が多かった。


晴代はいつしか他人事のように、早く面倒なもめごとから解放されて、自分の部屋へ戻りたい、と母親の声に上の空になっていた。母親はふいに沈黙し、晴代の手の甲をピシッと打った。母親の、唇を引き締めた無言の顔は、こう言っていた。

がまんして何気なく暮らしていればいいじゃないの。それが出来ないのは、生意気に人づきあいをなおざりにしてきたむくいよ。あんたは父さんにそっくりよ。

父さんはどう思うの？　晴代は熱くなった手の甲をさすりながら父親を見あげた。

晴代はいつか偶然見かけた、別人のような父親の横顔を思い出す。学校帰りに友人と繁華街の大きな本屋に寄ったあと、近くに父親の会社があるのを思い出して、何ということもなくその前まで行ってみた。退社時刻にはまだ間があったから、そのまま帰るつもりでいたところへ、突然父親が姿を見せたのだった。会社の建物から出て来た父親は、きれいな女の人とぴったり寄り添い、ひどく楽しそうに喋っていた。上体を揺らせて大きく笑い、立ち止まって、連れの女に握手の手を差しのべた。それで別れるのかと思うと、握手をしたあとで再び並んで歩き出す。父親は、連れの女性との会話に夢中で、数メートル離れた場所に突っ立っている自分の娘に気がつかなかった。

晴代自身は、父親をあんなふうにはしゃがせたことはなかった。けれどもたった今父親の関心を一身に集めている点では、あの時の女の人を上回る。父親は握手してくれても良さそうなものだ、と晴代は場違いとわかっている奇妙な感情にとらわれた。しかしその思いとは逆に、父親の眼は、見知らぬ人の素姓を探るような色を帯び、口では勝手にしろと呟いている。

晴代はあきらめて眼をそらし、母親の癇走った声を振り切って、自分の部屋に閉じこもった。


好都合だったのは、母親がどこからか登校拒否症という便利な言葉を見つけてきてくれたことである。幾度か足を運んだ学校か、菊井の病室から拾って来た病名かもしれなかったが、その言葉を得た母親はどういう変化なのか、急に風向きを変えて現実的になった。それまでに晴代が本物の病人のように床から離れられなくなってしまったのも一因である。食べ物のにおいを嗅ぐと吐き気がし、微熱がとれなかった。食べないせいで、起きあがるとめまいがした。


父親は気短になり、晴代を見ても口を開こうとしなかった。頑としてF高にも菊井のいる病院にも事情を調べに行こうとはせず、時が変事のすべてを洗い流してくれるのを、怒りを抑えかねて待っているような顔つきをしていた。晴代は時々、はしゃいでいた父親の顔を思い出し、あの女の人を探し出して家に連れてきたいと感じることもあった。父親の帰宅の遅い時などはとくに、どこか遠くの、晴代の知らない一室でさしむかいになった二人が、「放っておけばそのうち気が変わるさ」「そうね、難しい年頃だから放っておくのが一番よ」などと、いかにもおかしそうに話し合っている様子を想像することもある。

だが、事態の収拾に一番積極的だったのは、母親だった。彼女は、ある日しっかりとした足音をたてて二階にあがってくると、

「晴代、学校をやめるとしたら、そのあとはどうするつもり？」

「やめてもいいの？」

「こうやってごろごろしているんだから、現にやめたも同然じゃないの。私たちがあんたに頭を下げてお願いしたら、行ってくれるとでもいうの？」

「お父さんは？」

「すごく怒ってる。でも、怒ってるだけで、どうせあんたには何も言わないんだから。あんたに裏切られて言葉も出ないってところね」

つっけんどんな口調で決めつけた。それとも彼女は逆効果をねらっていたのだろうか。

「F高の先生は、あんたが休学するのも悪くはないだろうと言ったよ。くやしいとは思わない？」

言って、じっと見つめる。

「あんた自身が中卒の学歴で将来やっていけると思うのなら、ふてくされて病気のふりなんかしないで、きちんとお父さんを説得するしかないでしょう」

けれども晴代には、自分の播いた種を刈りとる元気は残っていなかった。母親は、晴代のとまどった青白い顔を眺めながら溜め息をつき、足音を忍ばせて階段を降りていった。その夜から階下で、夫を説得する母親の粘り強い声が何日か続き、なかに登校拒否症、拒食症といった言葉が混じっていたのだった。それを聞きながら晴代は、使わずじまいだったカンニングペーパーと同様に、使う機会のなかった、両親を喜ばせるための謝罪の言葉の数々を、口の中で嚙みしめた。


夏休みが終るまでに決心が変わらなかったら休学してもいい、とある日父親は言った。その顔は無表情だった。晴代の体の調子は一向に戻らなかった。

夏休み中、晴代に三組の来客があった。

一人は笹原和子で、補習の帰りに様子を見に寄ったのだった。晴代は、彼女が喋り出すより早く、帰って欲しいと頼んだ。「今は誰とも話をしたくないの」彼女はおとなしく帰って行った。別の日には、クラス委員と副委員が連れ立って訪ねてきた。晴代はその二人と話したことがなかったが、「どんな理由があれ、学校をやめるなんて、最後の手段だと思いますけど」と、白々しい顔つきで言われるとムキになって言い返した。「これはクラスの問題ではなくて、私個人のことです。あなた方がクラスの問題として取りあげたいのなら、私のいない時に、ホームルームででも話し合って下さい」クラス委員は言った。「私たちもそう思っています。ただ、出口さんが、噂を気にしてやめるのだとすれば、面白半分に噂を流した人たちにも責任がありますから」「どんな噂？」「菊井先生とのこと……」「誰が面白半分に流した噂なのか、わかっているとおっしゃるの？　そんなこと、私には関係ありません」晴代の言葉に彼らは鼻白む様子を見せた。「あなたが、クラスの人たちにも責任があると考えているかどうかを、一応知りたかったから来てみたまでです。でも私たちも本当はその人が精神的にしっかりしているかどうかの問題だと考えています。クラスメートを一人失うのは委員として残念ですが、仕方ありませんね。私たちにあなたを引き止める権利はないんですから」

夏休みも終ろうという頃に、片脚を引きずった菊井がやって来た。幸いその時晴代は区立図書館で本を読んでいた。母親と一時間余り話していったという。

母親は、菊井のすわった座ぶとんを、手荒く裏返しにして、部屋の隅に押しやった。どんな話をしたのか自分からは言い出さなかった。晴代が訊くと、ぶっきらぼうな調子で、「休学よりも転校する気持はないかって」と言ったが、その意志を晴代に問うでもなかった。

この一箇月、母親の外出する頻度は以前より高くなっていたものの、客を招くことは中止しており、口数が少なくなって、全体にふけこんだ感じになっている。威勢のいい時とふさぎこんだ時との感情の落差が激しいので、晴代も警戒して、昼のうちはなるべく外へ出るように気をつけていた。

ある朝こんなことがあった。ぐっしょり汗をかいて眼を覚ました晴代は、湿ったタオルケットを干そうとしてベランダに出ると、庭にいる母親を見つけた。彼女は、丹誠こめて咲かせた花々を、片っ端から鋏でちょん切っているのだった。切られた花は、夏の強い日射しを受けて、母親の手の中にあるうちにたちまち萎れてゆく。庭の隅に、萎れた花の残骸がうずたかく積まれていた。晴代は、母親の癇症な動き方をする背中を見つめながら、自分へのあてつけかと、顔をしかめた。あてつけられても、仕方がないと言えばそうだが、母親の神経がそれほどもろくささくれだっていることが情けない気がした。学校へ行かせたいなら、それが何のためであっても、断固として行かせる態度をとればいいのである。それでも晴代は行こうとはしないかもしれないが、晴代を思いどおりに扱えないことを恐れて、娘にきっぱりそむかれるより先に、許そうとする。それでいながら、陰では何の抵抗力もない花に八ツ当たりしている。

何してるのよ。晴代は思わず咎める声を出した。だが振り抑いだ母親の顔は笑っていた。額に腕をやって汗を拭う仕種は、気分の良い力仕事をしたあとのそれめいていた。

晴代は続いて出そうになった棘のある言葉をのみ込み、ためらったあとで、「お父さんが怒っても知らないわよ」と、自分の耳にも微妙な響きをもってくる言葉を使った。母親がそれと同じ言葉を何度口にしたことか。

母親はからかう眼ざしで手招いた。久しぶりに見る上機嫌な顔だった。つられて降りてゆくと、「どう、さっぱりしたでしょう」と自慢そうに緑一色に単純化された庭を見回す。それから、眉をひそめている晴代に笑いながら言ったのだった。

「文句を言わないでよ。私がこうしたかったんだから。だってあんたもそうしたくて学校をやめるんでしょう？　私だって、たまには突拍子もないことを試してみたくもなるわよ。良し悪しはどうでもいいのよ。でも、来年までは咲かなくなっちゃった。タネも出来ないうちに切ってしまったから、来年になっても咲かないわね。別のを買ってくるしかないわ。ああ、だけど気分がいい」

母親は本当にすがすがしそうに、伸びをした。

「あんたも、ごろごろしてないで、そのへんをジョギングでもしてきたら？」

かと思うと、まるきり晴代を無視して、一日中口もきかない日もあるのだった。

父親の方は、ふだんの無口が手伝って、晴代をとまどわせるような突飛な感情の表わし方はしなかった。いくらか興奮ぎみにふくらむ小鼻と、気を張りつめた眼の動きだけは、見るたびに否定しようもなく晴代を暗い気持にさせたけれども。夏休み中に三度、晴代はある期待をもって、父親の会社の前まで行ってみた。だが、父親の楽しげな顔はおろか、姿を見かけるチャンスさえ巡って来なかった。

気持の上では、中退は既定事実のようにしっかり根をおろしていた。中退という言葉を覚えて、それを使ってみずにはいられないという、そんな横着な感触もかすかにあった。それを止めるには親は無力だということをこっそり知ってしまった、とも思った。両親を、見くびっているのとは意味が違う。娘が十六歳という中途半端な年齢であるがために、彼らは、娘をつなぎ止めておく力も、突き放す力も発揮出来ないのだった。中学までなら、力ずくででも、つなぎ止めておく。高校生でなければ、思い切って叩き出す。親たちはその力を十分に秘めている。晴代は素直にそう感じた。

ただ、晴代は、学校をやめるべき本来の理由から、徐々に気持が離れてゆくような気がしていた。かなりの期間を経た今では、菊井への嫌悪を含め、F高の存在感そのものが薄らいでいる。そのかわりに、正式に退学したあとの、娘の素行に対する親たちの毅然とした態度が見ものだという気分が濃く迫ってくる。自身がどうするかという、面倒で困難な問題の解決を、一日延ばしにあとへ回すための口実だと、自分を嘲ってみても、まず親たちに見事な手本を示して貰いたいというのが、晴代の本音だった。

結局、翌春までに身の振り方を決めるという条件つきで、学校から離れて暮らすことを、親たちは渋々承諾した。休学届けにするか退学届けにするかで多少揉めたが、意外なことに母親がどうせやるなら潔くしろと言い出し、晴代に異存はなかったから頷くと、父親も観念したように了解した。退学届けは晴代が自分で提出しに行った。

その頃から父親の帰る時間が遅くなった。呆けたように茶の間にすわりこんでものを言わない母親の姿が時々見られるようになった。娘を恥じてか全く客を呼ばず、頻りに出かけてゆく。出先でのことを、雑談の端にも出さなくなった。深夜、階下から、夫を詰る響きを持つ、呻くような母親の低声がかすかに伝わってくることもあった。だが朝になれば二人ともいさかいの気配を拭い去って、晴代には普通の顔で接するのだった。

晴代の造反がきっかけで親たちの仲まで気まずくなったと思いこむには、どこかしらちぐはぐな印象がつきまとう。退学を決める段階までは、むしろ二人は晴代のいないところで親密に額を寄せ合っていた。

晴代は自分のことを棚に上げ、ある午後、暇に任せてこっそり母親のあとをつけた。出かけるという母親に留守居を言いつかった直後に、裏口からこっそり忍び出たのである。

母親はいかにも用ありげな忙しい足取りで駅に直行し、一切周囲が眼に入らないような、表情を内側に向けた横顔をまっすぐに立ててホームに駆けあがった。晴代は使い残りの定期券を見せて改札を抜け、電車が入ってくるまで太い柱の陰に隠れていた。

彼女が足を止めたのは、夫の会社の正面にある喫茶店の前だった。父親と待ち合わせをしているのだろうか。晴代は、喫茶店と、会社の通用門を交互に眺めやった。母親の姿は、大きな植木の陰に隠れて見えなかった。

晴代も、両方が見渡せる、道路を隔てた角に小さな喫茶店を見つけてそこに腰をすえたが、一時間もすると母親は一人で店を出てきて、駅とは反対の方角へすたすた歩き始めた。背中しか見えないので表情はわからなかった。人通りの少ないそちらの道へ、それ以上追ってゆくことも出来ずに、晴代は、きなくさいにおいの漂ってくる母親の後姿を、店のガラス越しに見送って、そのまま家へ逆戻りした。

「どこへ行って来たの？」

夕刻、買物包みを抱えて戻ってきた母親に、晴代は甘えかかる口振りでたずねた。

母親はさも忙しそうに夕食の仕度にとりかかりながら、

「人のことを気にする立ち場じゃないでしょ。それより、自分の方はどうなってるの？　早く決めないと、時間なんて、あっという間に過ぎてしまうものよ」

「わかってます」

「では、かたちで見せて貰いたいわね」

「はい、はい」

振り向きもせず手を動かして、小言を言う。けれども、さほど非難の調子がこめられているわけではない。小言も、風に押されてさっと舞い落ちてしまう秋の木の葉に似て、長くは続かないのが、その頃の母親だった。

晴代は、あとをつけたことを後悔した。自分の知らない思いを、親たちが胸に隠しているのは構わなかった。そのなかには、娘にうんざりする気持も当然含まれているのだろうから。そして、娘にかかずらっているゆとりのない、影の部分を、親たちが持っていることは、有難いことでもあった。

晴代は、母親の眼の裏に、一度だけ見たことのあるはしゃいだ顔の父親と、そばにいた女の姿が映っているような気持に襲われて、無言で背中を見つめたが、そのうち母親に追い立てられるままに二階へあがってしまった。

父親からあの笑顔を取りあげたくない気がした。父親のそばにいる女の顔が母親のそれに入れ替われば一番いいのだ。だが、晴代の気持の底には、ひょっとしたらそのうち二人が離婚するかもしれないという思いが沈澱していることも事実だった。

日々は、何の変哲もなくゆったり流れていくように見えた。家の中には、以前と変わらぬ静けさが満たされていた。だが、前には一本の流れであった川が、いつしかくっきりと三本に分れ、それぞれ平行して水音もたてずに流れている。母親は再び客たちを招くようになり、そういう日には晴代は図書館で本に読み耽った。

通信教育、大学入学資格の検定試験、英会話学校、海外青年協力隊。時折そんなものの手続きを調べたり、実際に問い合わせたりしながら、たいていは、二階の自室か図書館にいて、難しくてよくわからないのを目安に選び出した本を、一日中睨んでいる。すると頭の中の、不毛としか思えなかった土地が、見知らぬ人の荒々しい手で耕されていくような、心地の良い気分に浸されることがあった。読み終ったあとでは、本を閉じた途端に、荒起こしされたばかりのその土地が再び雑草におおわれてしまうのを見るような気がしたにしても、街なかをあてもなくうろついたり、親たちの心のなかを推しはかったりする時には、体ごと、不毛の地に投げだされたようなあてどなさにつきまとわれた。本を開いている間だけ、晴代は自分の自由な暮らしを喜びたい気持になれるのだった。

定時制高校へ通えば、夕刻から夜にかけての、食卓とテレビを囲んだ気まずい時間のかたまりを、そっくり別のものと入れ替えることが出来る。親たちも、晴代の抜けたあとは、一家団欒の、生まじめな顔つきをとりつくろわずにすむだろう。

定時制には、学校格差も、大学予備校としてのレベルもなく、受験用の競争ロボットたちもいない。ただ単純に学校という、雨をしのぐ屋根の下にぜひとも身を置きたいと願う人々だけが、そこにはいる。

定時制高校が実際にはどんなところか、晴代は詳しく知っているわけではなかった。だが知らないだけに、高校という概念からは遠く、高校から受験と成績の仮面をはぎとった、裸体の学校がそれなのだと、勝手に想像したのだった。通りがかりの、野次馬的な視線を持つ人々には立ち入ることの出来ない、ゆっくり本を読める場所という印象も強かった。

年の明けた二月、晴代はいさみたつ思いで親たちに定時制受験を申し出た。

ところが、晴代の意向を知った父親は、半年の間せき止められていた怒りを一気に噴出させるように、顔を真っ赤にして、座卓に乗っていた空の灰皿を、自分の膝近くに叩きつけた。

「それを考えつくのに半年もかかったのか」

声が震えていた。

「F高をやめたことはどう思っているんだ。言ってみろ」

「今さら何をそんなに怒るんです。怒るなら、半年前に怒ればよかったじゃないですか。定時制だって、行かないよりは行った方がいいに決まってる」

晴代が答える前に、母親が父親に負けない見幕で横から割りこんできた。父親も予想していなかったのか、返す言葉が出て来ない。彼は自分の妻を睨みつけ、妻の方は、夫の手で投げられて転がったなりの瀬戸の灰皿に、依怙地な視線を向けている。二人とも、身じろぎもしなかった。

晴代は思わぬ伏兵と味方を、あっけにとられて見あげた。これまで表立たなかった、親たちの敵意が、むき出しにされていた。

晴代は半ば仲裁のつもりでぎごちなく言った。

「二人とも、私に言ってよ。私のことなんだから。どうして定時制がいけないの」

「定時制が悪いわけじゃない」

父親はかろうじて、とがった声で言い、晴代へ向き直った。「お前は逃げ出すことばかり考えているとしか思えない。何のために父さんたちが、がまんして見守ってきたか、わかっているのか」まるでもっと口に苦い言葉はないものかと捜しまわっているような言い方である。だが、父親の肩のあたりが少しずつ平静さを取り戻してゆくのを見て、晴代は罵られているのが自分であるのも忘れ、息をつく。

「もう少し堂々と自分の将来を考えると思っていたぞ。なにが、定時制だ」

短い沈黙がきた。晴代は父親のこめかみに眼を奪われていた。地面のごく浅いところを這い回るミミズのように、父親の薄い皮膚の下を、青く浮いた血管が活発に動いていた。父親はその頭の中で、晴代が何を思いつくことを期待していたのだろう。だが、父親の期待することを、いつも娘が考えつくなどと、実際に信じているのだろうか？

その時、母親が鼻を鳴らして嘲笑った。「こうなったのは、晴代だけの責任ではないでしょう」

晴代は本能的に揉めごとの根が自分の手から離れてゆくのを感じた。

「一番大事な時に突き放しておいて、そのあげくに自分の娘にがっかりしても始まりませんよ。定時制だって私は結構ですよ。あなたはたかだか十六の女の子に何を望むんですか。この子が精一杯考えたことが気に入らなければ、こうしろとはっきり口で言ってやればいいじゃないですか」

母親は、取り乱している様子はなかった。だが、F高の教師の冷淡さにまで溯って言いたて、さらに、「男は、放任か押しつけのどっちかしかしないんだから。それもその時々の自分の気分任せで。私は娘の能力の限度ぐらい弁えていますよ。出来が悪かろうと良かろうと、おなかをいためた子ですから」と、ふだん言い慣れないことを真顔で早口に言い、きっとした眼で夫を見据える。一方父親はと言えば、今しがたの怒りはどこへ消えたのか、母親の言葉の途中から、早く静かな暮らしに戻りたがっているような細い眼で宙を見つめているのだった。晴代は晴代で、母親が「私の味方をしなさい、私もあんたの味方になってあげるから」とべったりもたれかかってくる気がした。家族の誰もが、自分の本当に言いたいことを、はっきり言わなくなっている、と思い、以前からずっとそうだったとも思った。晴代自身は、言いたいことがあるのかどうかもわからない気持だった。一人になりたかった。しかし、腰をあげたのは父親の方が先で、次に、あとを追うでもなく、白っぽい顔色をした母親がのろのろと立ちあがった。「あんたは心配しないでいいから、もう寝なさい」父親が玄関の引き戸をあけて出て行く物音がした。

その日晴代は、まんじりともせず夜を明かし、帰って来ない父親を、耳だけで待ち続けた。親どうしの、思いがけない敵意の噴火は、晴代の脳裏に焼きついて消えなかった。溜めてあった怒りが取り返しのつかない爆発のしかたをしたのではなく、突発的な、すぐに消える質の激情にすぎないと思いたかった。火勢を募らせてすべてを焼きつくしてしまう方が、むしろ決着がつきやすいことはわかっている。だが、焦って決着をつけなければならないほどの価値がないとしたら、火を消した方がいいに決まっている。消せなくとも、燃やしてしまうより、くすぶらせておく方がいい場合がある。

そこで晴代は菊井とのことを考え始めた。菊井を押した時の自分は、焼きつくした方がいい、と咄嗟に判断したのだった。ちょうど今夜の親たちの、激情に駆られたあの最初の数秒間のようだったのではないか？　焼きつくしたあとにもむせ返るほどの燃えかすが残る。それを掃除するまでは焼け跡で暮らさなければならない。そのことを、晴代はあの時知らなかった。親たちは知っているのかもしれない。

自業自得だから、誰をうらむ気にもならない。しかし親たちは晴代を危ぶみ続けるだろうし、晴代自身、一生の間自分を信用しきって暮らすというわけにはいかなくなるだろう。

自分の将来を堂々と考える、というのは、とても難しい。

父親はどうなのだろう、と晴代は思いを転じた。父親のあまりに短かった怒りは、どこから来た？　晴代は小声で自分に答える。娘への不信と、妻からの不信。父親は、今頃、あの女の人のところに行って、笑っているのだろうか？「母さんには悪いけど、私は、父さんがここにいてぎごちなく怒っているより、どこか遠くで笑ってくれている方がいい」しかし、その母親は？　母親が会社の前まで行って、おそらくは何時間も待ち、目的を果たしたのかどうか、晴代にはとうとう読みとれずじまいだった。露骨なほどの味方ぶりを示されても、晴代は胸が詰まるばかりで、かえって重苦しい。そのくせ、すぐそばで暗い顔をされていても、相手が母親ならたいして負担を感じずにやり過ごせる。

親たちが別れて暮らすようなはめになれば、母親と一緒に暮らすしかない、と半ばあきらめの気持で、晴代は覚悟する。

ところが父親は翌日の夜になると、何事もなかったように会社から帰って来て、母親も、いつもと同じに迎えた。三人三様の寝不足の顔以外には、改まった変化は見られなかった。父親は、定時制へ行きたかったら行け、と言う。

晴代の胸の内に、ゆっくりと固まってゆく意地のようなものが生まれた。思ってもいなかったのに、父親の譲歩に無言で抗って、もう一年よく考えた上で行くかどうかを決めると言いだし、言葉どおりにふるまった。

生命あるものを育てようとせず、逆に徐々に枯らしてゆく、肥料とは反対の役目をする何かが、親たちの体にも自分にも含まれている気がする。晴代は、自分の手が掘り出した、その一年間という無意味な時間の穴を、その中で居眠りするためにだけ使った。本屋で立ち読みした雑誌のグラビアから、スペインの田舎の、人気のない静けさを思い、スペイン語を習った。近くの区立図書館へ行き、辞書と、初級用の教本を捜し出して、眼だけで覚えたのだった。親たちは、自分らの生活に戻っていた。スペイン語を習ってどうするとも言わなかったし、会話学校へ行けとすすめることもなかった。小づかいも、晴代の方から頼むまではくれなくなった。晴代はよく行く本屋で、顔見知りになった店主に頼み、時々アルバイトをさせて貰うようになった。予備校生だと出まかせを言うと、店主は、「浪人さんが小説や哲学書ばかり読んでいては、だめじゃないか。そのうえアルバイトまでするひまがあるのかい」とからかい、週に三日、日に三時間以上は店番をさせなかった。

　一年はまたたく間に過ぎていった。


　細長いテーブルを前に、三人の面接官が並んでいた。中央にいる恰幅のいい老教師が最初の質問をした。

「どうしてF高をやめたの？」

　晴代は全身が緊張で麻痺したように感じた。

「私には向かない学校だと思いましたから」

「ふうん。僕らから見ると、ずいぶんもったいないと思うけどな。どういうところが君に向かなかったわけ？」

　白髪と柔和な眼にそぐわない、金属を思わせる声の持ち主だった。

「優秀な人ばかりで、ついていけませんでした」

「しかし、これで見ると君の成績は立派ですよ。問題なのは、最後の分だけだね。二年の一学期には、もう、やめようと決心していたのかな、どう？」

「はい。そうです」

「どうしてかな」

「……よく、わかりません。急に自信がなくなったのです。多分、受験態勢に入ったからだと思います」

　胃のあたりが、じりじり焼けてくるように熱かった。頭をまっすぐに持ちあげているだけで疲れた。

　白髪の面接官は無邪気そうにまじまじと晴代を見つめてから、右隣りの面接官へ頷きかけた。

　それを受けて、もう少し若い相手が言った。

「学校をやめてから、何をしていましたか？　大分間があいているようだけど」

「家で、本を読みました」

「働いていたわけではないんですね」

「はい。時々アルバイトはしていました」

「どんな本？」

　老教諭が割って入る。

「手当たり次第です」

「勉強家なんだね。それならF高でついていけないことはなかったと思うがな」

「ついていきたくありませんでした」

　若い面接官が微笑を浮かべて訊ねた。

「ご両親は何も言いませんでしたか？　そうやって、せっかくの学校をやめてしまったり、家でぶらぶらしたりすることについては？」

それまで顔を俯けて走り書きを続けていた、ごく若い面接官が、手を止めて晴代を見あげた。

晴代は、ゆうべ考えぬいた答案を暗唱した。

「母が体を悪くして寝ていましたから、かえって都合がよかったのです。そのことも、思いきってやめられた原因だと思います」

言い終って息をつく。この人たちがF高の誰かと知り合いで、私のことを伝え聞いているとしたら、何の意味も持たない答えだ。

老教諭が再び身を乗り出した。晴代は思わず彼に挑戦的な視線を返した。

彼は微笑を絶やさずにこう訊ねた。

「それはお気の毒だけれども、それでは、君が学校へ通うようになったら、夕飯の世話なんか、困るよね。どうするの？」

「もう、ずいぶんよくなりましたから」

「そう。そっちは問題ないわけか。ところでひとつ参考のために聞いておきたいんだが」

「はい、何でしょうか」

「君の主義からすれば、学校が自分に向かないと思ったら、やめてしまうわけ？　すると、この学校へ来ても、またそういうことが起こる可能性はあるわけだ。うちの学校だって、あなたには合わないかもしれないよね？　僕らの気持からすれば、気に入らなかったらやめると言っている人を、どうぞ、どうぞと歓迎するのはちょっと困るんだ。ここのモットーは、いったん入学させた生徒は無理にでも卒業させるということだしね。その点について意見があったら聞かせてくれないかな」

彼が時間をかけて喋っている間、晴代の頭の中はめまぐるしく動いて、正解を弾き出そうと焦っていた。が、即答というわけにはいかなかった。

「最初からやめるつもりで志願する者はいないと思います」

受験生たちのひそやかな私語から、晴代は答えをとりあえず借りた。面接官はあとを促すかのように、かすかに頷いて、黙っていた。晴代は慎重に言葉を選びながら続けた。

「私の想像にすぎないかもしれませんが、定時制の方が、全日制よりも、いろいろな境遇の人が集まっていると思います。考え方も多様で、定時制はそれを全部包みこんでいるわけですから、包容力も大きいのではないでしょうか。私自身、以前にくらべれば、少しは学校というところの良さをわかったつもりです。両親も私の入学を望んでいますし、同じことを繰り返すとは考えていません」

「全日制に復学する気はないの?」

「ありません」

「ずいぶんはっきりしているね……面接と離れて、僕個人の興味から訊ねてもいいかい」

「どうぞ」

乾いて粘ついた口で答えた。

「今はもう、学校に行かなくても勉強は出来る、とは考えないの? 僕なんかは、あなたのようにしっかりして頭もいい人なら、このままもっと頑張ってみてくれないかな、と考えたりもするんですがね。実際問題として、あなたがうちの学校へ来ることになった場合、勉強したいと思えば独学と同じ結果になってしまうよ。そうなると君は、授業につき合わされるのを時間の無駄だと感じるようにならないかしら」

老教諭は言葉の途中から片手で頰杖をついていた。入学させたいのか、させたくないのか、表情と口ぶりからは、判断がつかず、からかっているともとれる。あなた、と言ったり、君と言ったりする、その使い分けも、晴代の耳を疲れさせた。

「……学校には先生方がおられます」

間違えないで欲しい、と晴代は視線で食ってかかりそうになる。私はあなた方の生徒になりたいのではありません。あなた方の授業が時間の無駄だと思ったら、もちろん眠ることにしますよ。

「独学出来るほどには意志が強くないのかもしれません。私には学校が必要です」

「いやいや、意志はかなり強そうだ。しかしまあ、社会のしくみもあることだしね。確かに学校はなかなか便利なところも多いのですよ。さてと最後に、これは形式的な質問だけども、君は何か特定の政治とか宗教団体に関心がありますか」

「いいえ」

怪訝な表情を向けた晴代に、白髪の教諭は「結構」と短く答えただけだった。別の面接官が入れ替わって、「F高あたりには、そういうのに凝っている生徒はいませんでしたかね」と訊く。「いいえ。気がつきませんでした」「そうだろうね。うちには、さっきあなたも言ったように、いろんな生徒がいるんでね。もっとも、まだ君が来ると決まったわけではないですが」「………」「お疲れさま。結果は金曜日の七時に、そこの控え室の前に掲示します。

夜道だから気をつけて帰ってください」

　誰も残っていない控え室でコートを着ると軽い頭痛を感じた。足の先がすっかり冷えていた。

　面接室に通じるドアが開かれ、顔を覗かせた者があった。その顔が親しげに笑いかけてきた。書記役をつとめていた、若い面接官だった。彼は面接の間一度も口を開かなかった。

「かなりいじめられたね」

「………」

「F高の菊井先生が、君によろしくと言っていた。僕は化学だから、君とつきあうのは、三年になってからだけど。彼は大学の先輩でね」

「私は、まだ入学を許されてはいません。三年どころか、二年生になれるかどうかもわからないのですから、そうおっしゃられても」

　晴代は荷物を椅子の上から取りあげた。

「冗談じゃないよ。君が落ちたら、他の生徒はどうなるんだい。先生方はみんな楽しみにしている。他の生徒たちにも活気が出てくるからね」

　菊井の仲間が定時制にもいるのか。晴代はそう思い、面接の緊張疲れが倍加されていく気がした。


　彼は晴代を追いかけるように囁いた。

「話はちょっと聞いているけどね。これを機会に、心機一転、頑張れよな」

　校庭では体育の授業が行なわれていた。来る時には、夕暮のひずみの中にゆっくりと沈んでいくように見えたアスファルトの校庭は、今は四隅の照明灯から煙った光を浴びて、宙に漂っている感じだった。

　十人余りの生徒たちは、服装も動きもまちまちに、寡黙にテニスのラケットを動かしている。号令めいた声は一切響かず、教師らしい人影も見えなかった。

　晴代の火照った体に、夜気が程よくしみこんでいく。淡い光に映し出される、薄布をかぶったようなひっそりした光景に、晴代は足を止めてぼんやり見とれた。

　打ち損じたボールを追いかけてきた一人が、晴代のすぐ近くで拾いあげた。

　モウ帰ッチャウノ？　サボッチャ駄目ジャナイカ。

　晴代は苦笑して首をわずかに振った。

　君、何年生？　アマリ見カケナイネ。

「生徒じゃないの」

　ソレジャ、先生？

「まさか。今日、入学試験を受けに来たの」

今頃？　補欠入学カ。

「そんなところ」

ウマクイッタ？

「まあまあだったわ」

ヘエ。良カッタナ。イツ、ワカル？

「金曜日」

その時、続いて何個ものボールが足もとに転がって来た。見ると、わざとこちらをねらって打っているのだった。

バカヤロウ、一人ダケ楽シムナ。授業中ダゾ。

アイツラ、妬イテヤガル。その生徒は、ひょろ長い影を引いて、仲間のところへ駆け戻って行った。

全身をベールがすっぽり包んでいる感触は、校門を出ると途端に消え失せた。

細く込み入った道筋には、店らしい店がなく、両側から迫るブロック塀の濃い影に、足を掬われそうになる。

晴代は、その日喋り散らした言葉の、量の多さに自分でも驚いていた。

高校へ入るにも、誰かに好感を持つにも、今はたくさんの理由が要る。もしかしたら、生きていることにも、詳しい理由を付けなければならないのかもしれなかった。

答えられない者は、この道のように、誰も通りかからない迷路を、一人で歩き続けなければならない、と晴代は思った。

晴代は、求められるままに、たくさんの答えを、初対面の教師たちの前に置いて来たばかりであった。どれが嘘で、どれが本当だったのか、もはや整理のつけようもないが、大切なのは、「求められるままに答える」素直さであって、内容ではなかったことが今になればわかる。何を答えようと、晴代は合格する手筈がついていた。

F高にいたことが役に立ったのだった。

面接官に向けて質問し返したかった幾つもの屁理屈めいた言葉が、晴代の唇の隅でもぞもぞ動き始める。それは、答えてなど欲しくない、だが答えを捻り出す努力をしなければ相手を許す気にはなれない質問の数々である。

あなた方はなぜ教師なのですか。あなた方が、高校、大学と進学した理由は、どんなものでしたか。なぜ教師という職業を選んだのでしたか。今はそのかつての理由をどう考えていますか。

長い長い学生時代を過ごしていた間、学校をやめようと思った経験はなかったのですか。なぜなかったのだと思いますか。経験があるとしたら、その理由は何でしたか。そもそも学校というものが創立されたわけは何だったのでしょう？　なぜ入学試験を行なうのですか。定時制は、定員に満たなくて、廃校になる危険があるというではありませんか。あなた方三名が面接官として選ばれたのはどういうわけなのですか。くじびき？　それとも、人を見分ける眼力の鋭さ？　どちらなの？　どちらでもないとすると、何か面白いことが聞けるかもしれないと思って、志願したのかしら。

相手に答える隙を与えないほど立て続けに、そして歌をくちずさむような滑らかな口調で、あらゆることを訊ねてみたい。万一、問いに対する答えが返ってきたら、耳をふさいでしまおう。どうせ死ぬほど退屈な内容の答えに違いない。問いの価値は、答えを引き出すためにではなく、互いの不安定な思考の流れを中断することにある。答える側より、訊ねる側の方がはるかに有利なのは言うまでもない。訊ね続ける間、自分のことを忘れていられる。ぞくぞくするほど面白い答えなど、質問者が頭の中で想像するだけで十分なのだ。想像に夢中になってしまえば、思い出になって残るのは、時のたつ速さと、想像の産物だけだ。

晴代はそこまで思いを巡らせて、矛盾に気づき、自分に向かって笑ってみせる。人が高校を卒業する十八という歳で、入学しようというのだ。まるで自分の身のまわりだけでも、時の流れを滞らせたいかのようではないか。

合格の知らせは、これといって親たちの表情や暮らしぶりを変えはしなかった。変わったと言えば、今後三年間という区切りが出来たことだった。

母親は、「トンネルをくぐりぬけたあとのことを、今から十分に考えておきなさいよ。高校を二十一で出ることになるんだから」と、近頃それが普通の表情になってしまった眉をひそめた横顔で言った。父親は無言だった。生きる時間というものがすべてトンネルの中にある、と晴代は一人呟いてみた。

新調する制服もなかったし、ノートや筆記具を揃える必要もなかった。以前どおりの生活が続けられ、家の中では、笑い声も口論も起こらなかった。

父親は外で笑うのかもしれない、と晴代は思った。母親も外出先で笑ってくるのだろう。帰宅したあとしばらくは動作が活発になり、表情もいきいきしている。

三人が三人とも、この家を捨てて出て行こうとは思っていないらしい、と晴代は怪訝な思いで家のなかを見回すのだった。三人が揃って家にいる時、そこがこの世のどこよりも、静けさと、濃密な停止した時間に包まれるような気がした。ことに深夜、三人がそれぞれに抱えこむ無言の重みで、家は地にしっかりと根づいてゆく。晴代にはそう感じられた。親たちが不在の時も、似たような思いにつきまとわれる。二人とも、帰ってくる約束のように無言を留守宅に置いてゆく。

定時制の教室での孤立した静けさと同様に、静まり返った家も、晴代には居心地よく感じられた。

ごくたまに、父親の背中をじっと見据えている母親の姿を眼にしたり、あるいは、学校で、好奇心旺盛な生徒や教師からF高にいた頃のことを訊かれたりした時だけ、晴代はもどかしさに駆られた。時間というものが、突風のように飛び去ってくれればいい。そうでないと私は何をしでかすかわからない。だが、そんな折に限って、体は萎縮したように動作を中止してしまう。何もしでかす心配などないのが現実だった。

あのとき、菊井と一緒に様々のものを、取り戻せない遠くまで、突き飛ばした、と晴代は思う。自分の皮膚が、知らない間に誰かに削りとられてしまったような、理屈に合わないくやしさにつきまとわれることもある。そしてさらに、たった一度でも得体の知れない激情に身を任せた経験があることを、誇りたい気持に突然襲われたりもするのだった。

陽の色がわずかに濁り、物の影の先端が次第にとがりながら輪郭を曖昧にし始める時刻に、晴代は家を出て学校に向う。途中でF高の制服を見かけることもあるが、殆ど気に止めずにすれ違った。やめた直後はいちいち動揺していたのだが、今では、憧れていても絶対に手の届く筈もないものと、みすぼらしくて手にとる気になど到底なれないものとが、ちょうどぴったり重なってしまった、二重の影のような存在になった感じだった。以前なら気にも止めなかった様々なものが、拡大されて眼に迫ってくる場合も多かった。午前中の、まだ煤煙や人の吐く息を吸いこんでいない、太陽の光の透明な明るさは、眼にきつすぎ、まぶしすぎた。通りすがりの、中学生や高校生の群れがあげてゆく、声高い話声や笑いは、耳にやかましすぎた。夜遅く、道筋の窓明りのぽつぽつと消えてゆく一瞬一瞬は、渇いた時にのむ水の一滴一滴のように、体にしみてくる。もう少し眼が慣れてくれれば、夜道を暗いとも淋しいとも感じなくなりそうだった。

まだ十八なのに、そして定時制に籍を置いてまだ二箇月とたたないのに、自分はすっかり変わってしまった、と晴代は思う。それとも、周りのすべてのものが時とともに変化してゆくのに、晴代だけが置き去りになっているといった方がいいのか。

だがそれは、帰ってくる高校生たちとすれ違って学校へ行く途中の、一人で街なかを歩く時の思いである。急ぎ足で登校する必要はないので、ゆっくりと街を巡ってから学校へ行く。急いでいるらしい大勢の人が晴代を追いぬいて行く。自分の体だけが漂っているような気分になるのだった。

自分は少し変わり、環境も少しばかり変わったにすぎない。冷静にそう思えるのは、学校に着いてからである。次々に誰彼となく欠席し、かわりばんこに誰かがふさぎこんでいる。欠かさず出席し、めったに表情を変えないのは、晴代ぐらいのものだった。彼らは日々、勤め先をかえた、アパートをかえた、恋人をかえた、あの人はこの頃すっかり人が変わってしまった。髪型がかわった、などと伝えあっている。学校にいる間、彼らの時間は、変化の情報交換のみで過ぎていくようでもある。

彼らに囲まれている限りにおいては、自分が変わったと思うこと自体が、おこがましくも一人よがりにも感じられた。また家にいる時には、変化というものは起こりそうでなかなか簡単には起こらないものだ、と思わないわけにはいかなかった。そして晴代個人としては、決して起こり得ないことが突如として起こる、と身をもって体験したわけだった。

取り返しのつかない変化というものは、厳密な意味で言えば何ひとつないのだ、と晴代は思うことにした。それというのも、大変なことをしでかしてしまったあとの方が、晴代自身、身心ともに落ちついてきたような気がするからだ。いずれにしろ人間は全く変化せずに生きてゆくなど不可能であるし、変化しないのなら生きてゆく価値もないとも言える。そんなことを他人事のように考えてみるのは、もう一人の編入生、最上原朝子の変化が、めまぐるしすぎたせいだろうか。彼女を見ていると、晴代は、自分など生まれてこのかた、呼吸を続けてきただけのように思われ、同時に、絶え間なく変化するとしたらそれは何も変わらないのと同じことなのだとも思えてくる。

彼女は、同じ編入生だというので、よく晴代に話しかけてきたが、ひと言ふた言交わす間もなく、他の生徒へ別の言葉をかけているのだった。彼女は、面接の日と同じように、持ち前の人なつこさを発揮してたちまちクラスの人気者になった。入学して一週間もすると早々と欠席がちになったが、姿を見せれば必ず彼女の周囲には人だかりが出来、笑い声と話が絶えなかった。彼女には、故郷の思い出やら、現在勤めている芸能プロダクションの仕事やら、将来女優になるという夢のことなど、あり余るほどの話題があり、人を引きつける話術と表情の美しさがあった。興が乗ってくると、歌手の物真似や自作の歌を見事な出来栄えで披露することも度々だった。教室を賑わせる間に、数人のボーイフレンドの名前が、あちこちで囁かれていた。

しかし五月に入ると彼女はふっつりと姿を現わさなくなった。半ばになって一度だけ登校してきた時にはすっかり面変わりして別人のようになっていた。ふっくらとしていた体も頬も、刃物でそぎ落とされたように肉が落ち、やつれて青白くなっている。彼女は、心配して集まってきた級友たちに、父親が破産したので借金を返すために稼ぎまくっているのだ、と言葉数だけは多いが生彩のない声で話していた。どんな仕事をしているのかは言わなかった。その後しばらくの間、彼女は自分の変化の過程を見せるかのように、週に一度程度の割合で教室に現われるようになった。来るたびに服装はもちろん、髪型から化粧まで変わっている。そしてどんな具合でそうなるのか、ふとったり、やせたりしているのだった。住みこみのお手伝いさんをしている、と言うかと思えば、タレントのオーディションを受けて来たばかりだと言いだし、翌週になると、声をひそめて、スキンの訪問販売は儲かるのだという話を、大真面目に始めるのだった。宝石のついた指輪をちらつかせることもあるし、クラスの誰かに千円貸してくれと頼んでいる時もある。同級生たちは、彼女が現われると、吸いつけられるようにして彼女の周りに集まり、話に聞き入る。人が集まらなければ彼女の方から寄っていく。姿を見せない日には、控えめではあるが彼女の悪口が晴代の耳にも届いてくる。内容は大抵の場合彼女があけすけに喋りすぎるということであった。彼女が何もかも喋ってしまうので、聞かされる方は一喜一憂しなければならない。「本当は私たちだってそれどころじゃない。みんながそれぞれ悩みを抱えているのに、彼女は他人の精神状態を意に介さないで、自分だけが人生に翻弄されているつもりでいる。私なら人に心配かけるようなことはなるべく胸におさめておく」そんなふうなことを、彼らは時々言いあっていた。けれども反対に最上原朝子を自分のペースに巻きこんでしまえる力を持った威勢のいい人物は、同級生のなかにはいないのだった。

その日いつもより幾らか早目に登校した晴代は、校門から四、五人の男たちが連れ立って出て来るのを見ると、反射的に物陰へ身を引いた。顔を確認するより早く、体が動いていた。F高の教師たちだった。直接授業を受けた覚えのある教師はなかに一人しかいなかったが、晴代は自分の記憶の執念深さに呆れる思いで彼らをやり過ごした。向こうがこちらを覚えているのは一向に構わないにしても、こちらはF校の教師の顔などすっかり忘れていたかった。彼らを全く気にかけていないということを、彼らに見せなければならないのに、自分から隠れてしまうとはいつまでもF高中退者でいたいということなのだろうか。彼らの方ではとっくに晴代を忘れているかもしれないのに。

人の気配を感じて振り向くと、最上原朝子が笑いながら立っていた。晴代は、教師の一人が気づいて戻ってきたという一瞬の錯覚から、すぐには表情を和らげることが出来なかった。

「誰、今の人たち」

朝子は何か勘違いしていたらしい。からかう眼で、彼らの消えていった曲り角を見返っている。晴代は、F高でも菊井とのことで見当外れの噂が広まったことを思い、苦笑する。

「どうしたの、こんなに早く、珍しいのね」

「ひまだったら、あとで屋上に来ない？」

「いいけど……何？」

せかせかと応じてしまってから、晴代は朝子の顔色を窺った。ふと、弱みにつけこまれて金の無心でもされるのではないかと思ったのだった。こまかい金を借りたまま返さないというので、彼女の評判は少しずつ落ちてきていた。しかし彼女は、例の人をうっとりさせるような無邪気な笑顔で全く別のことを口にした。

「あなたとは前から一度ゆっくり話をしたいと思ってたの。どう、今日の六時半で。私、他の日は忙しくて、ちょっと、だめなんだ」

その日は月に一度の晩礼（朝礼のこと）が行なわれる第一月曜日だった。六時半には行けない。そう言うと、彼女は腕時計を覗きこみ、「もう、行かなくちゃ。とにかく私はその時間に屋上にいるから、あなたも、気が向いたらいらっしゃいよ」と、それだけ言うと校門の前を素通りして、小走りに、行ってしまった。

　学校では教室に入るとすぐに担任の教師に呼ばれた。

「君に会いたいという人が、さっきから教員室で待っているんだよ。F高の菊井さんなんだがね。……君、覚えているか?」

　教師は言いながら晴代の反応を窺っていた。

「今日、全日制の方の合同研修があったみたいだな。もとの担任なんだろう?　会いたくないか」

　すべてをのみこんでいるから心配するなという調子の表情と口振りである。

「会って、どうすればいいんですか?」

「さあ。顔を見て行きたいらしいな。教え子というのは、教師にとって自分の子みたいなところもあるからな」

「会わなければいけませんか」

「いや。俺はどっちでも構わんよ。仲を取りもつ義務もないし、君に相手の意向を伝えているだけだ」

「会いたくありません」

「そうか?」

「はい」

「ではそう伝えとくよ。まあ、その件についてはいずれ君と俺とでゆっくり話そうや」

　教師は菊井から何をどの程度聞かされたのだろう。思いやりめいた眼ざしで晴代を見つめ、それからすぐに教室を出ていった。

　菊井が今の担任に何を喋ろうと勝手だが、定時制でまたあらたに事情聴取されるのではかなわない。晴代はがらんとしている教室を、落ちつかない気持で見回した。

一時限めが晩礼とわかっているので、生徒たちの出足はいつもより遅かった。校内放送が、急いで体育館へ集合するよう生徒を催促し始めていた。

　晴代も、その声にせかされて一応廊下へ出てはみたが、全日制とかけもちして晩礼の日にしか姿を現わさない校長の話など、今さら聞きたくはないという気がした。定時制の皆さん、と校長は壇上から愛想の良い声で呼びかける。全日制の朝礼では、彼は、全日制の皆さんとは言わずに、皆さん、あるいは諸君、あなた方、と言うだろう。晴代は体育館への通路を外れて、裏階段から屋上へあがっていった。

　晩礼という言葉を、菊井は知っているだろうか。「彼女はバンレイに出ています」とでも担任に言われて、菊井は、「は?」と聞き返したかもしれない。

屋上からは、体育館の大きな屋根が見おろせた。晩礼が始まって十分、二十分と過ぎていっても、のろのろと通路を伝って体育館の屋根の下に消えてゆく生徒の姿はとぎれなかった。

U公園の黒っぽい森がこんもりと盛りあがって、そこだけ地面の色がむき出しになっている。晴代を包み始めている暗さの粒子は、そのあたりから漂ってくるようだった。森の梢と、垂れこめている雲の縁がちょうど触れあって、はじめは両方ともうっすらと赤く輝いていたのだが、たちまち色褪せ、周囲のどこよりも濃密に黒く変わり始めていた。

時々、教師の眼の届かない裏階段から生徒があがってきては、煙草を一本吸って降りていった。そこに晴代という先客のいることに気づくと、無言で反対側の隅まで行き、煙を体で囲いこむようにして、せかせかと喫む。

夜になりきってしまったかと思われた頃、最上原朝子があがってきた。時計を見ると七時五分前である。晴代は一時間以上もぼんやりしていたことになる。

朝子は口をきくより先に煙草を取り出し、晴代にもすすめた。吸わないから、と断わると彼女は肩をすくめて箱を引っこめた。手慣れた仕種で火をつけ、手すりにもたれかかって頰をふくらませ、大きく煙を吐く。「ここだと下から見られそうね。でも、いい気持」

「私に話って?」

晴代は、彼女が遅刻の詫びもしないことにいくらかむっとして言った。

「別に、話なんてないんだけどさ。これからまた用事で出かけなければならないのよ。でも、ちょうど一時間ぐらいあいているの。あなただって、たまには授業をさぼるのもいいんじゃないかと思って」

怒るのもばかばかしくなるほど、彼女は人なつこい笑顔を向けてくる。

「忙しいのね」

「そりゃそうよ。勉強だけしていればいいって身分じゃないんだから。忙しくなかったら、干上がっちゃう」

「…………」

「昔は私だってそうだったのよね。女も大学ぐらい出なくちゃ、というのが父の口癖だったけど、私、高一の時に家を飛び出してしまった。田舎って、退屈だったからねえ。でも、その父が死んでしまうと、みんな口を揃えて、私に働け働けと言うでしょ、人生って、そんなものよ」

朝子は喋りながら笑っていた。

「家を飛び出して、また帰ったの？」

「そりゃあ、ね。やっぱり東京で一人で暮らしていると懐しくなるわよ。東京の人は、誰も私のこと考えてくれるわけじゃないし」

「帰るぐらいなら、飛び出さなければよかったのに。飛び出す時、そのうち帰りたくなるとは思わなかったの？」

「それが東京の人の考え方なのよ。出たから帰りたくなるわけだもの。身近に欲しいものが何でもある人たちには、田舎の退屈さと懐しさって、絶対わからないと思う」

「……欲しくないものまでたくさんありすぎるわ」

「そうね。定時制なんてたくさんあるから、つい行かなきゃならない気がしてしまうのよ。実は私、学校をやめようかと思っているの。時間ももったいないし、授業を受けずに月謝を払うの、学校に寄附するみたいなものだものね。貧乏人にはプラスとマイナスの差は大きいわ」

授業料は、給食費を含めても、晴代が月々貰っている小遣いの額とそれほど違わない。しかし晴代には言うべきことは何もなかった。言ったとしても、境遇のちがう晴代が言ったのでは言葉としての意味をなさないだろう。F高で受験勉強にいそしんでいる者たちにも言うべきことはないし、朝子にも言えない。菊井や、入試の際の面接官たちや、親たちに向かって、投げつけるべき言葉も、いつの間にか晴代の周囲には見当たらなくなってしまった。彼らには、晴代に向かって言いたい言葉が山ほどあるだろう。だが晴代が身をよければ、その言葉はマトを失って、エアポケットに吸いこまれてしまう。

朝子は朝子以外の人間にはなれない。彼女は本当のところ盲滅法忙しがっていなければ、物心ともに干上がってしまうのではないだろうか。晴代は無言で朝子に頷いた。私の場合は経済面は別として、学校で勉強していないと、言葉も気持もひからびてしまう。そんなことを口にすれば、朝子は笑って、「いい身分ね」と軽くあしらうだろうが、今の晴代の「身分」に朝子がなれば、朝子はきっと退屈のあまり再び家を飛びだすかもしれない。

朝子は火のついた煙草を、指で弾いて遠くへ飛ばし、赤い火の行方を追って下を覗きこんだ。晩礼を終えて体育館からぞろぞろと出て来た生徒たちの頭上へ、それは糸を引いて落ちていった。朝子はさっと身を隠し、晴代にも手真似でしゃがむよう、合図した。

「給食を食べにいかない？　私、朝から何も食べてないの。もう、死にそう」

晴代はもう少し一人で夜気にあたっていたかった。一緒に階段を降りていけば、彼女のペースに巻きこまれてしまいかねない不安を感じもした。

「どうぞ。私はここにいるわ」

「煙草を落とした犯人にされるわよ。先生がきっとあがってくるから」

晴代は笑った。それもいいと思った。

「いいわよ。正直に言うから。どうせ退学するのなら逃げなくてもよさそうなのに」

「逃げるんじゃないわよ。おなかが空いてるの。おなかが空かないなんて、うらやましい人ね」

朝子は駆け降りて行ってしまった。

晴代は一人になると、空腹を感じない体を揺さぶるように、両手で手すりをつかんだ。思いきり反動をつけてそり返ると気持がよかった。腕の内側に鋭い痛みが走り、夜気が頭の上で一瞬収縮した。眼を凝らしても何も見えなかった。今なら大声で叫んでも誰の耳にも届かずにすむ、と思ったが、何を叫べばいいのかわからなかった。叫ぶ必要などないようにも感じられた。

淡い光が、足の下からふわりと持ちあげられてきた。校庭に照明が入ったのだった。


まわりは夜なのに、痺れた両の腕だけが、太陽の熱に焼かれて熱く火照っている感じだった。教室へ戻ると最上原朝子の姿はもうなかった。

数日後、担任が給食時間に教室までやって来て、最上原朝子の消息を知っている者はいないかと訊ねた。手をあげて応える者は誰もいなかった。

教師はくどくど文句を言い始めた。彼は、朝子に頼まれて入学費用一切を立て替えてやった上に、彼女がアパートを借りる時の保証人にまでなってやっていた。ところが彼女は、部屋代未払いのままで突然引っ越しをしてしまい、それもまた教師が立て替えなくてはならなくなった。勤め先を転々としていたことも、彼は知らなかった。彼が知っていたのは、彼女の弟が中学校へあがったこと、父親が急死したこと、母親が病気だということだけであった。

「俺は催促したわけじゃないんだよ、困っているときはお互いさまだと思って、助けたつもりだ。返せないのならそう言えば何年だって待ってやったよ。しかし人の好意を踏みにじって、逃げ出すとは、人間として俺は許せん」

生徒たちは食事の手を止めて顔を見合わせていた。「誰か、俺の他にも最上原に金を貸していた者はいるか？」教師がそう聞くと、あちこちで反応があった。教師のいつにもない厳しい追及の結果、居合わせた者だけでも、男子ばかり十四名が被害を受けていたことが判明した。男子は総員二十一名にすぎない。

晴代は、面接の日の朝子の不安そうな表情を脳裏から呼び起こし、周囲の慌てふためいたようなざわめきをそれに重ねて眺めているうちに、無性におかしくなった。なんの理由もなかった。意味もなくおかしく、笑いたい気持をこらえきれなかった。

周囲がふいに静まり返った。顔をあげると、教師が、晴代を見つめていた。彼は言った。

「出口、君もまきあげられたのか」

「いいえ」

「それなら、みんなが困っている時に、にやにやするな」

教師はいかにも不機嫌な声でどなりつけた。同級生たちはあっけにとられて二人を交互に見た。

それにしても、今度学校をやめる時には、こんなふうにしてやめたいものだ。私のやめ方のみっともなかったことと言ったら……。

晴代は改めて教室内を見回した。同級生たちは、損害を思ってか、彼女の姿を二度と見られないことを悲観してか、一人一人むっつりと、ふさぎこんでいる。次の授業が始まった時、人数は半分以下に減っていた。そのうちの何人かが、このまま何かの拍子で二度と学校へ現われないかもしれない。それは誰と誰だろう。

晴代は、空席を見ながら、いつとはなしに覚えるともなく覚えてしまった同級生たちの名を、一人ずつそらんじた。

髙樹《たかぎ》のぶ子《こ》

光抱く友よ

一

屋根すれすれに飛んできた黒い小さな鳥が、見えない空気のかたまりをひょいと乗り越え、校舎の向う側に落ちこんだ。相馬《そうま》涼子《りょうこ》は、西陽《にしび》を溜《た》めたそのあたりに目をとめながら自分の教室に歩いていた。

南側に建つ別棟《べつむね》の陰の中にある足元は、ひんやりと湿っているばかりか、校舎と校舎の間に細長くのびた花壇の、黄菊、蕃椒《とうがらし》も、色を失ってひっそりとしている。

ガリ刷りしたばかりの会計報告書のインクの匂《にお》いが、夕刻のつめたい大気に混じって鼻をついた。

一週間前に終わった体育祭の会計報告書を、結局、涼子ひとりで作成した。一緒にやるべきもうひとりの学級体育委員は、当日の百足《むかで》競走で捻挫《ねんざ》し、授業が終わると急いで病院へ行かなければならないとかで、

「ね、涼子、頼む、ざあっと書いてしゃっしゃっと四十枚刷りゃいいことだから、あんたは仕事が早いから、頼む、このとおり」と合掌した手を顔の前で二、三度振ってみせた。

病院に通っているのは足首の包帯を見ればわかった。彼女が下校を急ぐのは、毎日四時間はこなさなければならないというピアノのレッスンも関係しているのかもしれない。

涼子は彼女の身勝手さを感じながら、心とは裏腹に気安く引き受けてしまった。ひとり印刷室で手を汚しながらローラーを押していると、いつものことだが、こんなふうにすぐ他人の言いなりになる自分に腹が立ってきた。

女ばかりのクラスでは、休みの時間ともなると幾つか

のグループができて話が弾む。進学のこと、映画や俳優の話題だけでなく、教師や親の悪口もとび出すわけだが、そんなとき、決まって話題に水をさす者が現われた。大勢が賛成する気配が濃くなってくると「でもさあ、それはどうかなあ」と切りこんでくる。

天邪鬼《あまのじやく》、と陰で悪口を言う者もいるが、涼子はひそかに彼女達《たち》を偉いと思っていた。自分への自信がなければできないことで、それが彼女達のどこから生まれてくるのか、ともかく自分には真似《まね》ができない。話題の輪の中にあって、何ともはっきりしない曖昧《あいまい》な笑顔を保っているとき、涼子の気分はしだいに情ないものになっていった。

こういう自信の無さは、担任の英語教師三島良介《みしまりようすけ》のことを考えるとき、もっと複雑な思いを伴って自覚されるのだった。

三島は涼子のクラスだけでなく、他《ほか》の女子生徒のあいだでも人気が高く、半年前の四月、講堂に集められた全校生徒の前で、

「アメリカ留学中の寮生活は退屈で、といって金も無かったんでね、自分の部屋でギターばかり弾いていました。本当は英会話よりギターの方が得意なんです」と陽に灼《や》けた顔を恥しそうにほころばし、講堂の一番うしろからでもはっきりとわかる白い歯を見せて着任の挨拶《あいさつ》をしたとき、「わあ」というなだれに似た女生徒の溜息に混じって、爆発するような拍手が湧《わ》いた。

あのときから涼子も、三島のことが頭を離れない。幾晩もかかって自分の気持を問いただしてみたわけだが、これはやはり恋愛に違いないと思うのだった。

授業中見つめられればそれだけで頭の中身は空まわりを始め、息苦しさばかりがやってくる。傍《かたわら》をすり抜けるときに鼻腔《びこう》をかすめる整髪料の匂いとかすかな体臭は、涼子の体に思いがけない不意打ちをくらわせた。夢に見ることを願って寝る前に必死で姿を思い描いてみても、なぜだかうまくいったためしが無いのだが、くたびれ果てて歯も磨《みが》かずに眠りこんだ夜など、ふいに現われて、強い力で涼子の腕をとってくる。夢を見た翌日は三島と目を合わすことができない。俯《うつむ》いて授業を受けていると、耳から入りこんでくるやわらかい英語の発音に前夜の夢が重なり、夢の中の三島を追い払うのに疲れを覚えてしまうほどだ。

三島に特別の感情を持つ女生徒は多く、彼女達は明らさまに喋《しゃべ》った。夜、自宅まで押しかけて進学の相談をす

る者もいた。

　彼女達の話を、涼子は輪の端っこに連らなって溜息まじりに聞く。なぜだか嫉妬《しっと》の気持は湧かない。憧《あこが》れるひとの家まで出かけて行く勇気と行動力を見事だと思ってしまうのだ。そうした状態に臨んでさえ、反発を覚えるどころか感心してしまうということは――これはやはり恋愛ではなく、三島に抱いているのはそれ以前の感情に違いない、と涼子は、自分を見失ったような、いや元々自分には何も中身らしきものが無いのだ、といった自棄的な気分に捉《とら》えられる。この気分はひどく鬱陶《うっとう》しいわけだが、それでいて、夜ひとりになると三島のことばかりを考えている。

　母の姿見の前に正座し、太い首、すぐ寝癖のつく頭髪、丸い顔にちらばったどこといって取り得のない目、鼻、唇《くちびる》を順々に見つめ、

「涼子、あんたは何者ですか。人間はね、好きなら好き、嫌《いや》なら嫌、賛成か反対か右か左か、こういうことが体の裡《うち》にピシッと決まってはじめて一人前になれるの。あんたみたいなどっちつかずの人間、誰《だれ》かを愛したり、誰かのために役立つなんてこと、出来っこないわね」

　鏡に掌《てのひら》を押し当て、気の毒な女をあわれむように、話しかけることもある。

　男女の校舎は別棟になっていた。

　五階建ての新築にもかかわらず、どことなく殺風景で女子生徒が囚人館と呼んでいる男子校舎の平たい屋根から「長髪を勝ちとろう」の垂れ幕が下がり、閉じられた硝子《ガラス》窓の上ではためいていた。

　木造二階建ての女子校舎は、長年陽に晒《さら》されて白く変色こそしているものの、雨が降るたびに落ち着いた朱色を蘇《よみがえ》らせるスレート屋根をいただき、古びた長屋という感じで三棟が平行して建っている。校舎のすぐ西は、丈の高いコスモスを繁殖させた急斜面が二階の高さまでせりあがり、その上は広場になっていた。かつてはその場所に馬場と厩舎《きゅうしゃ》があった。さらにそのはずれから標高百メートル足らずのK山が、西陽をはやばやと呑《の》みこまんと濃紺の屏風《びょうぶ》となって立ちはだかっている。頂上付近だけが朱金色の冠をいただいて輝いていた。

　瀬戸内に面した平らな市街のほぼ中央にぽつんと盛り上がったこの小山のせいで、ちょうど東の裾野《すその》に張りつくように建っている校舎は、夕方になるとたちまち山陰のなかにとりこまれてしまうのだ。

　中腹の小公園までの登り降りを日課にしている運動部

も多く、そのあたりから、獣めいた掛け声が涼子のところまで聞こえてきた。

　校舎に踏みこむと、いきなり暗い空気にとり囲まれただけでなく、靴下《くつした》やスリッパの臭《にお》い、ひっそりとそこここに籠《こも》るパンや花の甘さ、鼻をつく白墨の微粉までが一緒になって、涼子を包みこんできた。小窓から流れこむ光が、靴箱のあたりに浮遊する細かい埃《ほこ》りを白く浮き立たせてはいたが、それも刻々と力を弱めていきそうだった。

　すでにみんな帰ってしまって人の気配は無かった。

　そのとき、二階へ通じる踊り場のあたりで甲高い男の声がした。

「……なぜか言わんか、こら」

　すぐに女の声が何か応《こた》えた。男の声は三島だった。涼子の動悸《どうき》が耳にまで届いた。

　スリッパを音のたたないように足元に置き、足を滑りこませるとそっと階段に近づいた。顔半分のぞかせて見上げると、踊り場にふたつの影があった。

「なぜだ、はっきり言え」

　三島の声がいきなり大きくなった。涼子は階段から体を退《ひ》いて立ちすくんだ。女が「すみません」と小さく言うのが聞きとれた。絃《げん》を震わすように細く、しかしどこかに居直りを感じさせる不屈な声は、すぐに松尾勝美だとわかった。

　突然、頰《ほお》をはたく鈍い音が起きた。三島の皮スリッパの踵《かかと》に打った鋲《びょう》が、硬い不揃《ふぞろ》いな音をたてる。片目だけでそっと見上げると、女の影がかすかに揺れながら前と同じ場所に立っているのがわかった。

「何度同じことを言わせるのか、顔を上げてみろ、何だあ、その目は、俺《おれ》を馬鹿《ばか》にする気か」

　三島の咽《のど》が、荒々しく空気を吸いこんだ。

「女だからと思って手加減しておればつけ上がりやがって、え、すみませんしか言えんのか、こら、こっちを向かんかこの野郎、本心じゃあ何を思うとる、俺のことを何だと思うとる、言うてみろ、この口を開けて何か言うてみろ」

　三島の左手が松尾の顎《あご》を持ち上げ激しく揺すっている。松尾の長い影が、首を摑《つか》まれてぶら下げられた猫《ねこ》のように揺れる。と思うと、三島は汚いものでも放《ほう》り捨てる感じで手を離したので、松尾の体は数歩よろめき、板壁に音をたててぶつかった。

　蹲《うずくま》って動かない鉄のような塊りが、先ほどよりもっとくっきりと、今度は明らさまに反抗の意志をこめて「すみません」と言った。二方からの壁がぶつかる角の低い場所に体を沈めた松尾の、刃物に似た視線が三島に向けられる気配が伝わってきた。

「この野郎」

三島が掠《かす》れた声で躙《にじ》り寄ると、丸まった影はじりっと場所を移し、首より上が、上部の明かりとりから落ちる淡い光を捉えた。濡《ぬ》れた石のような目が光った。猫のようだ、と涼子は思った。

「いいか松尾」

三島はゆっくりと言った。

「お前には父親がおらん。それで俺もこれまで大目に見てきた。担任としてお前を庇《かば》ってきた。母親に会いに行ったが留守だ。まあそれはいい、高校生だから母親の言うことも聞かんだろうと思って直接お前に解《わか》ってもらう外ないと考えた。ところがどうだ、相変らず何とかいうアメリカの兵隊と付き合《お》うとるらしい、それだけじゃなかろう、え、他に男は何人おる、お前は平気で嘘《うそ》をつくが、みなバレとる。学校は休む、母親に手紙を書けば、お前がこういう小細工をする。……何だあ、そのふてぶてしい目は……だがな、今後二度とこういうふざけた真似をしたらどうなるか、俺は知らんぞ。お前を庇わんぞ。母親と一緒に職員会議に引っぱり出してやる。いいな、こら、ちゃんと俺の顔を見ろ、二度と俺を馬鹿にするな、それから授業中、うすら笑いをするな、わかったか」

階段を下りるスリッパの音がして、すぐにとまり、「ともかくな、その不潔な長い髪は切れ、色気づくんじゃない」と吐き捨てるように言った。

涼子は急いで靴箱のところまでもどり、そこから勢いをつけて走った。階段の途中で三島にぶつかりそうになり「お」と避《よ》けたのは彼の方だった。

驚いたふりをして立ちどまり「やっといま刷り終えたんです」と肩で息をしながら印刷物の束を抱え直す。山の瘴気《しょうき》か、何か特別な植物の髄液を思わせるような三島の体臭が、涼子の鼻先を掠めた。

「早く帰らんとしめこまれるぞ」

涼子は「はい」と元気のいい声を返し、彼の匂いをふりきって駆けのぼった。

踊り場に、松尾の姿はなかった。

教室に入ると、松尾は窓ぎわの自分の席に腰をおろし、ぼんやりと外を見ていた。涼子も少し後方から、窓の外に目をやった。

Ｋ山の山の端《は》が、わずかなあいだに赤黒く変わり、山頂の樹々《きぎ》のかたちを火色の空に黒々と浮き上がらせている。

校舎のほとんどは、すっかり山の陰の中に沈んでいた。露を吸ったような松尾の黒い背中を見ているだけで、声をかけることはなぜか憚《はばか》られた。ペンキの剝《は》げた窓枠《まどわく》に寄りかかると、そこにはまだ陽のぬくもりが残っていた。

押し黙っていたのは、松尾に気をつかってのことだけではなかった。三島のあのように乱暴な声を聞いたのは初めてで、捉《つか》まえどころのない不安が、それも一瞬一瞬体の底からひろがっていくといった感じの中にいた。三島の声が信じられず、じっと用心深く身構えているもうひとりの頑《かたく》なな自分も意識されて、松尾にどんな声のかけ方をすればいいのかまで、考える余裕がなかった。

彼は松尾に「この野郎」と言った。それに「色気づくんじゃない」とも言った、と、繰り返しその声を聞いている。

長身の三島が朝の教室に入ってきて教壇に立つ。深く息を吸いこみながら背を伸ばす姿や、まだ見たことこそ無いのだが、何となく思い描いているうち目に浮かぶ角度まで決まってしまったギターを弾く恰好《かっこう》なども現われ、そのひとつひとつが貧しげに縮こまり、かたちを崩していく。大事にしていたのは、生徒から華やいだ声をかけられたとき、三島の顔全体に滲《にじ》み出してくる羞《はじ》らいの表情だったのだが、あのときの口の端のもち上げ方まで、しだいに卑《いや》しいものに感じられてくるのを、どうすることもできなかった。

何もかもが、たった今、暗い踊り場で起きたのだと、恨めしい気分で松尾の背中を睨《にら》むのだが、涼子を無視しているのか、松尾は左手で頰杖《ほおづえ》をついた姿勢を崩そうとしない。誰とも顔を合わせたくなくて涼子が教室を出ていくのを待っているのか。両肩から前に落ちこみ、背中には一筋しか垂れていない真直《まっす》ぐな髪が、ちょうどＫ山の頂と同じ朱色に染まっていた。頭から肩にかけて、岩のように頑固《がんこ》な力がこもっている。

松尾についてはよくない噂《うわさ》ばかりがあった。本来は一学年上の生徒だが出席日数が足りなくて一年生を二回やり、二年になって涼子と同じクラスになった。週の半分も学校に出て来ないし、出てきてもいつのまにかいなくなっている。誰かと親しく口をきいている姿を見たことはなかった。授業中も教師に指名されると物憂《ものう》げに立ち上がり「わかりません」と応えるだけなので、やがて教師も彼女を無視するようになった。それでも定期試験の日だけは登校してきた。何気なく彼女を見ると、白紙に近い答案用紙に頬杖をつき、鉛筆を立てたり転がしたりしながら占いのようなことをしていた。

南方系の濃い眉《まゆ》と切れ長な目、尖《とが》った顎や長い首を額縁のように覆《おお》う嵩《かさ》のある髪、そして括《くび》れるところと脹《ふく》らむところのすでにはっきりとした体つきは、その際立《きわだ》った容姿のために、校内のたたずまいの中ではかえって不純な印象を与えた。街中で私服の松尾を見かけたときなどはっとするほど美しいのに、教室の片隅《かたすみ》に座るとき、彼女の何かが紺の制服からはみ出すのだろうか、崩れた感じを与えないではおかなかった。

化粧をしていると言う者もあったし、近寄ると香水で息が詰まりそうだと言う者もいた。いや、あれは香水ではなく男の匂《にお》いだと、わかったように説明する者も現われ、体を売っている、初めて堕胎をしたのは中学一年のときらしい、といった噂まで流れたが、そうした噂を昼食後の校庭の日溜《ひだま》りの中で娯《たの》しんでいる彼女達《たち》にしても、それらひとつひとつを信じているとはとても考えられなかった。また一方で松尾の無口をことあげして、「本当はさあ、英語がペラペラなんだって。案外、頭いいんじゃないの」と、何か気味悪そうに言う者もいた。

極端な噂が次々と生まれてくる理由が、涼子にはよくわからない。松尾がそうした周囲のささやきをまるで無視するかのように振舞い、ときには教師に対してもひややかな態度にでることに原因がありそうだった。虚勢を張るといった感じではなく、むしろ、どうにでもなれ式の投げやりな印象の方がつよい。それがまわりを、いよいよ苛立《いらだ》たせてしまうようだ。

松尾がふらと立ち上がった。涼子もつられて立った。ふたりとも無言で窓を閉めた。

自転車置場まで来たところで、涼子は思いきって声をかけた。

「一緒に帰らない、ちょっと訊《き》きたいことがあるんだけど」

トタン屋根で覆った狭い場所で、鞄《かばん》を自転車の荷台にくくりつけていた松尾は、手をやすめて涼子を見た。そこは暗くて、日中の気温をとどめた生暖かい空気が澱《よど》んでいた。ところどころ破損した屋根は青い塩化ビニールで修理されている。そのせいで、松尾の上体に灰緑色の明りが落ちている。

「訊きたいことって」

「さっきのこと」

「ああ」

つまらなさそうに応える松尾を見ていると、自分の受けた衝撃の方が大きい気がして、涼子はあせりを覚える。

ふたりは、市街の西を流れ瀬戸内に注いでいる河を渡った。鉄橋は国道の一部にもなっているので車の流れも多く、狭い歩道を一列になり、ゆらゆらと体でバランスをとりながら行かなければならない。

中国山脈の険しい流れを束ねてくるこの河も、いまは上流にダムができたために水量は少なくなった。見おろすと、海に入りこむあたりでさえも河幅の三分の一しかない流れの表面が、海風になぶられて錆色《さびいろ》の鱗《うろこ》のような小波を立てているのがわかった。

渡り終え、松尾は河下に折れた。松尾の家は河口の西にひろがる埋立地にある。涼子の家は鉄橋から河に沿って徒歩で二十分ばかり遡《さかのぼ》ったところにあるのだが、ためらわずに彼女に従って自転車を海に向けていた。

ブレーキをかけ、片足で車体を支える松尾が、「こっちの方は港が近いからね、あんまり品がようないよ、あんた、知っとるじゃろ」と、意外にも軽い声で言い目で笑いかけた。

海のところまでついて行く、と涼子は応えた。

河向うの堤防には、灰色の枝々を秋風に晒している桜の古木が点々と連なり、上空を鷗《かもめ》に混じって烏《からす》が群れて飛んでいる。

海につきあたる角地の材木置場で、ふたりは自転車を降りた。道路はそこから海岸線に沿って埋立地へと入っていく。目の高さまで丸木を積み上げた向うに、埋立地の家々にともり始めた灯《あか》りが見えた。そのあたりの土地は、ダム建設のとき山から下りてきた人達に優先的に与えられたと聞いていたので、松尾の家もそうなのかと想像しながら、座り心地の良さそうな場所を探す。一本の丸木に腰をおろしよく見ると、縦横に走るトラック用の路《みち》で区切られたブロックには、同じ長さに切り揃えられた杉材《すぎざい》が整然と積み上げられ、港に折り重なって睡《ねむ》る舟のように静かだ。

風が強く、すぐ背後に迫っている海のものとも湿った木肌《きはだ》のそれとも嗅《か》ぎ分けることのできない匂いが、鼻をついた。

「ここ、つめたいじゃない、濡れとる」と松尾が大きい声を出し、場所をずらす涼子の傍《かたわら》にやってくると、男のような仕草で腰をおろす。

「さっき何か言ってたよね、うちに訊きたいことがあるとか」

「階段での三島先生とのこと」

「あんた、どこで聞いてたん」

「階段の下」

「それで」

何でもないことのように問い返す松尾に涼子は口ごもった。すっかり混乱してしまった三島への気持を、どう整理をつければいいかわからないまま、ともかく、

「余計なことだけど、ああいう乱暴は赦《ゆる》されないよね」

と喘《あえ》ぎながら言ってはみたものの、三島への思いがバレはしないかと気になったせいで、いかにも松尾のことが心配でたまらない、といった声になってしまった。

松尾はふっと笑った。「なによお、あんなことぐらい、どうってことと」

「どうってことあるわよ」

あの態度は教師として、と、涼子はむきになって言いつのる。

「どうってことないって……あんた、本気で喧嘩《けんか》したことある、とっくみあいとか、でなけりゃ歯が折れるぐらい撲《なぐ》られたとか」

返事ができないでいると松尾はいきなりスカートを持ち上げ、「これ何だと思う」と言って膝《ひざ》からふくらはぎにかけて指を滑らせた。薄明りの中でも、ストッキングを透かして虫のかたちをした瘡蓋《かさぶた》が見える。「爪《つめ》のあと。このへんかな、いや、もうちっと下かな、ここんとこには歯の跡もある」と背中に手をまわし、「いやらしいこと考えんじゃないよ、嚙《か》みついたんは、うちの母親じゃから」と言うと、涼子の肩をどんと突いて笑った。急いで頷《うなず》くあとを、想像が追いかけてきた。

「三島なんてどうってことないのよ、親兄弟にやられたわけじゃああるまいし、ほら、うちの体、どっこも傷ついとらん」

体の傷を言っているのではない、と叫び出しそうになるのを涼子は抑えた。

「それよりさ、あんた、字い上手《うま》い」

「さあ、ふつうだと思う」

「ふつうならええ、ちょっと頼まれてくれん」と言うと、自転車の荷台に括《くく》りつけた鞄から皺《しわ》くちゃになった封書を取り出してきた。いちどは丸められて捨てられたもの

らしいそれを受け取り、手で皺をのばしながら紺色の空にかざす。涼子の目の前でライターの音がし、小さい炎がともった。揺れる黄色い炎の下に、ボールペンを押しつけて書いたと思われる「三島先生」の宛名《あてな》が浮かび出た。ひっくり返すと「まつおちえ」の平仮名が線で消されてその横に「松尾千枝」とある。千枝は母親の名前だと言った。ずいぶん幼稚な字だと思ったが、こちらの心の動きを見せないように平気な顔をつくろう。促されて中身を取り出すと、便箋《びんせん》一枚に封筒と同じ不揃《ふぞろ》いな字で二行書かれていた。――手紙をよみました。めいわくをいつもすみません。学校をやすむのは親がよくたおれるので勝美にいろいろやってもらうわけです。こんご注意します、まつおちえ。

　とあって、ここも封筒と同じく縦線で消され、松尾千枝と書き改められていた。ずっと離れて便箋の最後に「敬具」の二字がいやに大きく並んでいるバランスの悪さと、何よりも緩急のない筆圧の高さから、子供が大人の手紙を真似《まね》て引き写したような印象を受けた。

「これ、うちの母親が書いたもの。三島が長い手紙をうちにことづけてさあ、例のとおり、服装がどうだの男がどうしただのってごちゃごちゃ書いてあったわけよ。これはその返事。これ以上の手紙、うちの母親には書けんから」と言うと、制服のスカートの脇《わき》から煙草《たばこ》を取り出し、涼子の目の前にかざした炎を引き寄せて火を吸いこんだ。深々と煙を呑《の》みこむ仕草が涼子の目を奪う。

「鞄の中はひっくり返されるけど、あいつらもここまでは触っちゃこんからね」とポケットを叩《たた》き、「吃驚《びっくり》させた」と涼子の心を探るように言い、急に声を落とした。

「信用せんわけよ、これ、本当にあのひとが書いたんじゃけどね」

　松尾は煙草を持つ手を真直《まっす》ぐ前方へつき出し、指を器用に動かして遠い場所に灰を落とした。

　木屑《きくず》が風に舞うのか樹脂が漂い出してくるのか、目や鼻がひりひりと痛む。そのせいでもないだろうが先ほどまでくっきりと輝いていた埋立地の灯《ひ》が、風のひと吹きで、強まったり弱まったりの瞬《また》きを繰り返していた。

「こんな子供みたいな字を書く大人がいるかって言うわけよ。うちが母親に手紙を渡さんで小細工をしたろうって、あの三島の馬鹿《ばか》が」と、すでに何かを諦《あきら》めたように力を抜いた声でつけ加えたのだが、三島の馬鹿、にも、怒りというより投げやりな響きしかない。

　涼子は、すみませんのひとこと以外依怙地《いこじ》なまでに発しなかった松尾を思い出していた。ちゃんと説明をしたのかと怒ったように尋ねると、松尾は肩と、それに続く首から顎《あご》を小さく震わせて笑いだした。

「こういうことはね、諦めた方がはなしは簡単なんよ、だってねえ、これ、どう見たってあんた、子供の字じゃもんね、言い訳しようがなかろう。酔うとこんなもんじゃありませんよ、これでもね、上々の出来、たったこれだけ書かせるのに、うちがどれだけ苦労したと思う」と熱いものでもつまむ手つきで便箋を風に泳がせる。

酒を飲む女についての涼子の想像には限界があって、こういう文字を綴《つづ》る女としてうまく像を結ばない。むしろ精神を患《わずら》っていると言われた方が納得しやすい。

「あんた、適当でええから、うちの母親の代りに手紙書いてくれん、それなら三島も納得する」

返事をする余裕もなく、どうしてこんなことに、と、三島への憤《いきどお》りが胃のあたりまでせり上がってくる。涼子が階段の踊り場に近づく以前の、一通の手紙をめぐる三島と松尾のやりとりが、見てきたことのように現われた。三島が手紙を封筒ごと握りつぶし松尾の足元に叩きつけて怒鳴っている。蒼《あお》い、能面のような松尾の顔が、かなしむでも怒るでもなく、じっと三島に向けられている。

三島はいよいよ激昂《げっこう》していく。その場面は、涼子の頭の中の昏《くら》い踊り場を突き破り、激しい言葉となっていっきに溢《あふ》れ出した。

「うちが三島先生に言うたげるよ、この手紙をつきつけて、目えかっと開いてよく見ろちゅうて言うたげる。他《ほか》の先生の前でも構わん、教師としてこんな邪推をして生徒を傷つけることが赦されるかどうか……うちは聞いて我慢ならんようになってきた。三島先生がすべてを認めて松尾さんに謝罪するまで、うちは我慢ならん」

女子生徒に声を掛けられ「ヨオ」と平たい唇《くちびる》の端を反らせて応《こた》える三島の顔が醜く歪《ゆが》んでくる。ここまで何となくひきずってきた三島への気持が、たったいまの自分の言葉で断ち切られていくのがわかる。半年ものあいだ心を占めていた男がこんなにもあっけなく、と思うと、自分というものが急にいい加減に感じられ、摑《つか》まるものもない心もちではあるが、それでいて、体の深い部分に冷気が一筋流れこんできたような清々《すがすが》しさもなくはない。

少しあっけなさすぎる、と涼子はまた用心しいしい三島の顔を引っぱり出し、そっと触ってみる。

もはやこの気持は恋愛なんかではない。自分にそう言いきってみると、暗い森をくぐって夜明けの山頂に立ったような心地がやってきた。きっと首をもち上げ胸郭いっぱいに息を吸いこむと、ひとつふたつ急に年をとった気さえした。自分がたったいま知った事実を携えて、相手が誰《だれ》であれ体ごとぶつかっていけそうな勇気が湧《わ》いたのには、涼子自身驚いていた。三島にだって堂々と向かっていける、とその場面を想像した。これまで何百回となく三島とふたりきりになる状態を思い描いてきたが、いつも赤面しながらはっと我に帰るといった繰り返しばかりで、彼に立ち向かう自分の姿など考えられなかった。三島はあってはならない間違いを犯し、それに気づいてさえいない。

黙っていた松尾がいきなり涼子の腕を摑んだ。前に立ちはだかり、一語一語を切るように低い声で言った。

「それだけは許さんよ、口が裂けても本当のことを言うたら許さんよ、三島だけでなくうちの母親にも言わんで。ええね、言わんて約束してくれるね、もしこの手紙のことを誰かに喋《しゃべ》ったら……」

松尾は顔をそむけ、ふいの混乱を鎮《しず》めるように背を向ける。

「特にあのひとの耳に入ったら、あんた、ただじゃすまないよ」

威《おど》すように言ったかと思うとすこし経《た》って「あのひとだけには、知らせとうない」と今度は、細い、崖《がけ》っぷちに立たされたようなさしせまった声でつけ加えたのだった。

涼子は息を殺して松尾の背を見つめた。白刃《はくじん》を構えたような凄《すご》みと、ほんのひと突きで転がってしまいそうな脆《もろ》い気配の両方が、涼子を金縛りの状態にしていた。

木材の切口がほの白い円形をこちらに向けて並んでいる、整然とした風景の中で立ち止まった松尾は、涼子に振り向き、

「あんたにわかってもらおうとは思わんけど、人間には辛抱できる辛《つら》さと、できん辛さがあるんよね」

と言うと、後方からの風で八方に脹《ふく》らむ髪の中の、いまにも泣き崩れそうな口のあたりに微《かす》かなふるえを浮かべ、しかし目には依然として射抜くような凄みも残して、涼子を睨《にら》むように見る。

胸の内側に線香の火でも押し当てられたような痛みを覚えた。学校中から白眼視されるより、三島に罵倒《ばとう》されるより辛いものが、涼子の奥深くまで、ゆっくりと伝わってくるのだった。

あんたにはわからんよね、とまた小さく鋭い声が届き、

積み上げた杉材の隙間《すきま》から隙間を、笛に似たやわらかな音をたてて風が抜けていった。

何度も書き直し、結局短い手紙になった。

——前略ごめん下さいませ。勝美より事情をきき、また先生よりの御手紙《おてがみ》を拝見し、娘のことに関し余りに無知であったことを恥じる次第でございます。そのうえ先日は、娘が先生に対し失礼なことを致しましたとか、充分反省をしている様子、どうぞ御容赦下さいませ。

私が病いがちで看病を頼み、また家事のことも任せきりで、学業をおろそかにさせておりました。これからは母と子で相談して参りたいと思います。

御目にかかって御挨拶《ごあいさつ》をと常々考えておりますものの外出が思うにまかせず、また御越し頂いても狭いところに臥《ふ》せっておりますのが心苦しく、どうか母親の気持を御察し頂き、勝美のこと、よろしく御願い申し上げます。

松尾千枝

これでいいものかどうかを、父親の卓治にでも見てもらいたいぐらいだった。生まれて初めて教師を騙《だま》そうとしている。三島への失望と憤慨がこれまで馴染《なじ》みのない、重苦しい情熱にかたちを変えて、涼子に手紙を綴らせた。

読み返すうち、三島は信じるだろうと思えてきた。

折り畳んで封筒に入れたとき、窓硝子《まどガラス》のかなたに深い夜空を感じた。風に乗って河の音が届いた。この手紙を書き終えた自分が、以前とは別人のように感じられてくる。

台所へ行き、音をたてないように水を飲んだ。やるべきことをやったという居直りに似た気持の底にあまりにもうまく手紙が書けたことで、自分をあらためて見直すような、しかし意外にも苦い思いが残っている。自室に戻《もど》り、大の字に手足をひろげて横になってはみたものの、寝つくまでずいぶん時間がかかった。

翌朝、まだ誰も登校してこない時刻、涼子は手紙を松尾の机にしのばせた。だがその日、松尾は休んだ。自分の書いた封書が座るひとのいない机の中にぽつんと在ることで、涼子は終日落ち着かなかった。

次の日、松尾は手紙に目を通すと、授業が終わって帰ってゆく三島を追いかけて手渡した。その場で目を通した三島は天井を睨み溜息《ためいき》をつくと、千枝の病状について尋ねたという。結核か、あれは長いからな、と言うと口をへの字に曲げ、それきりだった。廊下の片隅《かたすみ》ですれ違いざまそれだけのことを報告した松尾は小声で「うちの知っとる病気は結核だけ」とおかしそうに言ったあと、「あんな立派な手紙、初めて見た」と、すべてが余りにもうまく運んだわりには寂しい目で付け加えたのだった。

校内にいるとき、松尾は相変らず無口だったが、涼子とすれ違うときふっと目で笑いかけることがある。見とがめた級友が、何の接点も無いはずのふたりを見較《みくら》べて、妙な顔をするのだった。そのたび涼子は、落ち着かない気分になった。秘密を共有しているにもかかわらず、教室のざわめきの中にいるとき、ふたりのあいだには見えない幕が下りている。接近してみようとすると、松尾に向けられる奇異なものへの目が意識された。彼女の方も涼子の様子から察するものがあるのか近づいてはこない。彼女の変化といえば、髪をわずかに切ったぐらいで、休憩時間も以前のように窓枠《まどわく》に寄りかかり、けだるい目を窓の下に落としていた。

洋裁の授業中教師が眼鏡の奥の鋭い目を松尾に向けて、胸のホックが外れていることを注意したときなど、松尾はすっと立ち上がり教室を出て行くと、授業が終わるまで帰ってこなかった。まわりの人間を無視したこれらの態度も、以前と変った様子はなく、材木置場で祈るような命ずるようなはりつめた目を涼子にぶつけてきたときの抗《あらが》い難《がた》い力を感じさせた松尾を、遠い人として思い出すのだった。

だが涼子の変化は大きかった。三島が授業の合間に話す留学中のエピソードや、これは汚ない英語の見本だと言いながら軽々と口にしてみせるスラングを耳にして、体を熱くすることはなくなっていた。憧《あこが》れに身を捩《よじ》りながら三島の噂《うわさ》をする級友にも、それまでのような親しみを覚えることもなく、気がついてみると、誰からも離れて立つ自分が、馬鹿に明るい晩秋の虚空《こくう》に吸いこまれ、ひとりあてもなく漂っている。

日射《ひざ》しが豊かな割には鋭い風が窓を打ち鳴らしていた日の昼食時、机でパンを齧《かじ》っている涼子の傍《そば》に松尾がやってきて、黒い皮バンドが付いた腕時計を投げ出すように置いた。

「これ、昨日カツアゲしたもの、あんたにあげるよ」

周囲にはっきりと聞こえる声だったので、四、五人が松尾と涼子を見た。カツアゲの意味は想像がついた。松尾はくるりと体を返し自分の席に戻っていく。

うまく表情をとりつくろうことができないまま、俯《うつむ》いて数人の目に耐える涼子の目の前に、新品のように白い光を放つ時計があった。

涼子は、松尾がつきつけたものを見つめ、たじろいだ。時計を手にとると、細い糸のような秒針が、涼子の臆病《おくびょう》を嗤《わら》うようにひくひくと動いている。まわりの人間がひとり残らず涼子に決断を迫っているような、それを見きわめない限り誰も動き出さないような、ひどい息苦しさを覚えた。不思議なことに松尾のことは頭から抜けおち、いまここで試されているのは自分だ、という思いばかりが強くなった。

涼子は思いきって、顔を上げた。まわりの何人かと目が合ったが、視線を外したのは彼女達だった。

迷いとは全く別のところで手だけは素早く動き、慣れた仕草で時計を手首に巻きつける。幾つもの視線が涼子の指先に集中した。顔の高さにかざした手を旗のように大きく振りながら松尾を捜した。遥《はる》か離れた席から自分の肩越しに涼子を見ている松尾に、口の端から頰《ほお》にかけて思いきり力をこめて頰笑んでみせると、彼女は、まるで怒ったような固い表情のまま目だけうるませて、涼子を見つめ返していた。材木置場で見た、あのときの目だった。

これでいい、という気持にまかせて残りのパンと牛乳を口に流しこむ。心臓の音が、体に溜まる澱《おり》を吹き散らしてくれる気がした。

わずかに時間が経ち、松尾の肉の厚い背中があらためて目にとまったとき、ついいましがたの自分の大袈裟《おおげさ》な仕草が思い起こされ、涼子は、少し苦い気持で遠い背中を見つめた。すると、手首の時計が急に重く感じられてきた。

その日の下校時、時計を身につけたまま松尾と自転車を並べた。鉄橋を渡り、自転車を河原に寝かせて回転焼きを頰張った。枯れ葦《あし》が擦れ合って乾いた音をたてていた。カツアゲについては尋ねまいと思った。聞けばまた新しい選択を迫られることになると思った。松尾は大人びた顔で頷《うなず》いたり、ときどきその表情とは不釣合《ふつりあ》いなほど高い声で笑いころげたりした。

松尾と別れて家に向かう途中、自転車をとめて時計を外し、鞄《かばん》の中に落とした。セルロイドの筆入れの上に落ちる音を聞いたとき、なぜか火薬と引火装置のつまった時計を想像し、もういちどそっと拾いあげて鞄の底に入れ直した。

別の日、ふたりは埋立地のはずれに積み上げられたテトラポットにのぼった。砕かれ、行き場を失った波の飛沫《しぶき》が、きまった間隔をおいて足の下から跳ね上がっていた。小動物のように首をもたげてはあたりを濡《ぬ》らす飛沫と、輪郭も溶けてしまった西陽《にしび》とを交互に見較べて、「おお寒ぅ」と涼子は言った。松尾は返事をせず、黙って靴下《くつした》を脱いでいた。

自転車を並べて足を動かしているあいだは心強かったのだが、こうしてふたりきりになって話も途切れてみると、ずいぶん寂しい場所にひっぱりこまれたという気がしないでもない。松尾の態度は、これまで涼子が知っている女友達の、狎《な》れ合った甘さを感じさせない。振りまわされるのは嫌《いや》だ、と涼子の方が妙に構えて松尾を見ると、松尾は膝《ひざ》まで海水に濡らして、水に近いテトラポットの黒々とぬめるあたりに手をさし入れて、指先ほどのニシを黙々と獲《と》っていた。

「いっぱいいるの、どこよ」と声を張りあげて近づいていくと、松尾はようやく目で笑い返した。遊びに夢中になっている子供の顔をしていた。追いかけているのは自分の方らしい、とふいに思われてきて立ちどまり、松尾を黙って見下した。

収穫物を白いソックスいっぱいにした松尾が「よしよし、これを甘辛《あまから》く煮つけるとうまいんだから」と言いながら涼子のところまで戻ってくると、「醤油《しょうゆ》と砂糖でね、がらがらやってごらん」と言い、ひと摑《つか》みさし出す。塩水で白く晒《さら》された手を前にして、涼子はほとんど反射的に片方のソックスを脱いでいた。海草の生臭いにおいがするニシが、その中へ放《ほう》りこまれた。

松尾は涼子に渡した時計が近所の質屋の蔵開きのとき、安く買ったものだということを白状した。カツアゲにこだわりながらも、自分をごまかしごまかしして、それでも毎日時計を身につけていたわけだから、「あきれた、馬鹿《ばか》」と怒ってみせたものの、心のどこかでは、そんなことではないのか、そうだったらいい、と考えていたのがあたって、涼子の目は、ふいに熱くなった。

二

冬休みに入って数日経《た》った日の午後も遅く、年の瀬をひかえて買物客で賑《にぎ》わう商店街を、行き交う人に揉《も》まれながら歩いていて、松尾と会った。

正月用の花を買ったらしく、手の籠《かご》から葉牡丹《はぼたん》と南天の朱《あか》い実がのぞいている。見せたいものがあるから家に来ないかと言う。

　南天の実の群がりを猫《ねこ》の毛でも撫《な》でるように触れている姿にふと心がうごき、本屋に寄る用事は置いて彼女についていく。

　材木置場の角を曲がり堤防に沿って自転車を走らすと、肩の高さまであるコンクリートの壁の向うに、小春日の淡い空を映した海が、手前ほど白く、遠くは光を呑《の》んだ雲と同じ色に輝いて、どこまでも広がっていた。

　鉄工所の手前で右に折れると道は急に狭《せば》まり、路上にはみ出した青果物の上に、向かいの屋根のうすぼんやりとした暗がりがかぶさっている。半分硝子戸《ガラスど》を閉めた毛糸屋の店先には、土を盛ったトロ箱の中にパセリやネギが植わっていた。そうした間口一間ほどの商店が、低い屋根と小さい空を浮かべる幾つもの水溜《みずたま》りを挟《はさ》んで、径《みち》の左右からせめぎあっていた。

　ホルモン、と書かれた細長い提灯《ちょうちん》の前まで来て、松尾はここだと言う。

「こっちに寄せといて、夕方になると客が来るから」

　涼子は自転車を玄関脇《わき》の出窓の下に置いた。雨に晒された出窓の磨《す》り硝子は、茶色い油の上に砂埃《すなぼこ》りを付着させ、あわいから落ちこむ光を鈍く反射している。

「こっち、うちの部屋は上」と言うと、カウンターに並ぶ丸い椅子《いす》の後をどんどん奥へ入っていき、くぐりから流し台に抜けると、葉牡丹と南天を水に漬《つ》けた。

　松尾のスカートに摑まるようにして狭い階段を上りかけ、ふと振り向くと、その店はひどく細長かった。短冊《たんざく》のような壁のメニューを見て、涼子は、あ、と小さく言った。醬油や客の悪戯《いたずら》書きで汚れ、下の方がところどころ捲《まく》れ上がった黄色い紙の文字は、いつかの手紙を思い出させた。カウンターの内側の古い冷蔵庫、野菜屑《くず》が散らかるコンクリートの床が、冷えびえと暗い。

「こっち、はよう、あのひと寝てるから」

　松尾が小声で促した。涼子は肩幅しかない階段を、猫のような姿勢で上がった。右手の部屋は襖戸《ふすまど》が閉められ、もうひとつの扉《とびら》を開けて松尾が待っている。

　西に窓のある三畳ばかりの松尾の部屋は、そこから入りこんでくる橙色《だいだいいろ》の光線を吸いこんだ穴ぐら、という感じがした。たったいま西陽が射《さ》しているにもかかわらず、どこか澱《よど》んだ空気の感触は、その部屋が一日のうちの夕刻のほんのわずかな時間をのぞいては、陽の入らない状態にあることを想像させた。

入口で涼子が立ち竦《すく》んでしまったのは、布団《ふとん》や、その上にまで置かれた皿《さら》やコップ、灰皿などのせいではなかった。左右の壁だけでなく天井にまで、ざっと数えて三十枚もの写真が貼《は》りつけてあったからだ。

松尾は首を一回転させて「見せたかったんは、これ」と言った。

宇宙画あるいは天体画とでも呼ぶのだろうか。写真と区別がつきにくいほど写実的に描かれている。見る者に、実際に宇宙の一点に立つような錯覚をもたらすこういう印刷物を、涼子はこれまで科学雑誌などで目にしたことがあった。

月の表面を顔より大きく拡大した一枚は、本物の写真と思われる。右肩の闇《やみ》の中に地球の上半分が、青い海月《くらげ》のように少しばかり傾いて浮かんでいた。

「こっちはね、木星を衛星イオから見たところ」と松尾は、天井に貼られた一番大きい一枚を指さした。地平のあちこちから、天に向けて赤黒い火柱が上がっている。その背後から赤や黄、紫の渦《うず》をめぐらせたさらに巨《おお》きい別の球体が、手前の湾曲した地平ぎりぎりいっぱいに拡《ひろ》がりをもって、せり上がってきていた。

「これが木星」と、松尾は上半分を覗《のぞ》かせた縞模様《しまもよう》を指し、「イオに立つとね、木星はこんなふうに見えるの。月に立って地球を見るよりずっと迫力あるんだから」と、まるで見てきたように言うのだ。

目を画面の隅《すみ》に移すと、そこには黒い夜が深々と続いていた。

松尾は畳んだ布団に寄りかかり灰皿を引き寄せ、これは土星のテチスでこっちはレアで、と、煙草《たばこ》をくわえたまま説明する。尖《とが》った口から茹《ゆ》で玉子のかたちをした煙が漂い出たかと思うと、いちど深く呑みこまれ、こんどは何秒もかけてゆっくり吐き出される。それが小さな火山を思わせた。

灰皿から転げ落ちた煙草を涼子が慌《あわ》ててとり上げると、松尾は何でもないことのように、掌《てのひら》で畳をこすった。

ひとつひとつの写真に目を据《す》えているかぎり、映画でも見ているような浮遊感が心地良いのだが、膝を抱くようにして座りこみ、部屋全体を視野に収めてみると、印刷物の貼られた部分だけ、小窓でも空いているような気がしてくるのはなぜだろう。それらの窓は、底無しの闇に向けてぽかりと口を開けているだけでなく、何かに摑まっていないとそこから吸い上げられ、宇宙に飛び出して行きそうな、危っかしい吸引力さえそなえている。

「ここに毎晩ひとりで寝るの」

「他《ほか》にどこがあるん、この部屋と隣の四畳半だけじゃから」

「怖くない」

この写真の中に寝転がっていて、落ち着かない気分にならないかと重ねて問うと、

「それはあるね」と素直に応《こた》え「そこんところがさ、これは麻薬みたいなもんよ」と言った。

涼子は頷く。麻薬という言葉とこれらの写真はどこかで繋《つな》がっている、と思う。見つめていると、たとえば傍に寝そべって煙を吐く松尾が涼子に向けて放ってくる波のようなもの、それは煙や寝具、食べ物の臭《にお》いと混ざり合っているので少々鬱陶《うっとう》しいのだが、それさえ一瞬遠くなり、ひとり、音も光も届かない場所を漂っている感じに落ちこむ。

「そうね、うん」と感心して言うと、松尾は煙で白くかすむ顔で強く頷き返した。顎《あご》をひく顔が、自分より遥《はる》かに年長に見える。

「うちの父は大学で顕微鏡ばっかり覗いてるけど、顕微鏡で撮った写真見てるときも、うちは今と同じ気持になる。うん、あの感じだわね、これ」

初めて家族のことを口にした。

窓に体をもたせかけて座ると、涼子の体に遮《さえぎ》られて流れこむ西陽が半分になる。そのために赤黒く翳《かげ》ってしまった部分から、松尾の細く白い目が、涼子をとらえて離さない。

「顕微鏡もこの部屋の写真もね、どっちみちさあ、人間の肉眼じゃ見えん世界なんよね。うち、こういう写真見てると、何ていうのかすごく虚《むな》しい気分になってくる。人間はとことん無力だと思えてくる。さっきうちが怖くないかって訊《き》いたんは、そういう意味。自分の力が本当に何も無いんだって。チリかゴミみたいなものでね、だってそうじゃない、真実在るもんを、この目で見ることが出来んわけよ、そう考えたら、人間なんて生きてるのも死んでるのも似たような、あれよ、細菌とかバクテリアとどっこも違いがないみたいな……」

煙草をすい終えた松尾が布団の上に大の字に倒れ、目を瞑《つぶ》って涼子の声を聞いている。左掌の親指の付け根に、刃物を受けとめたような細長い傷跡があるのをのぞけば、皺《しわ》の少い、幼児のような掌だ。

涼子は無防備に放り出された掌の、そこだけ朱い彫刻のように見えることの不思議さに心を奪われていて、ふ

と、中学時代のある日を思い出していた。

酒に酔った父の卓治に、専門であるクロレラについて尋ねたことがあった。緑色の四角い生き物で、四角いかどをバネにしてピョンピョン動くのだと言った。嘘《うそ》だあ、と涼子が言うと、自分の専門のことで娘に嘘なんかつくかと言った。いつか顕微鏡を覗かせてやると約束したので涼子はすっかり信じていたら、生物班の男子から、クロレラは丸い恰好《かっこう》をしていると言われた。そんなはずはないとむきになって言い返すと、写真を見せてくれた。帰って卓治をなじると、そのときは酒も飲んでいなくて神経が昂《たか》ぶっていたのか、思いがけなく真面目《まじめ》な声で「涼子、クロレラが丸いか四角いか、誰《だれ》にも尋ねるんじゃない。いつか顕微鏡を覗いて、自分の目で確かめるまで、どっちとも決めんでおくんだな。わからんままにしておくんだ」と言った。あのときの卓治の言葉と一瞬の厳しさは、涼子の記憶の底にしつこく残っていた。

人間の目なんて、と涼子は、記憶に残る円型の顕微鏡写真と、こちらも肉眼では決して見ることのできない星々の姿を重ねながらふと呟《つぶや》き、自分の両方の目を思いきりよく放り投げる感じで窓の外を見た。

通りを挟む向かいの屋根が、跳び移れそうな近さにあり、眼下を足早に通る妊婦の咳《せき》ばらいが、男の声のように嗄《しわ》がれて反響した。上から見おろす妊婦は、大きいスカートをはいた子供のように見えた。思わず身を退《ひ》き目を閉じる。

口の達者な級友が「ちょっと涼子、あんた近頃婆《ちかごろばあ》さんみたいよ」と言って肩をつついたのを思い出した。ここで目を開けると、一気に年をとった自分が現われそうな気がする。三島への失望や松尾との出合いがあったからとも言いきれないが、近頃特に、目に映るものをいちいち疑ってかかるようになった自分は、頭のめぐりが悪く、以前より呆《ぼ》けた印象を周囲に与えるのがわかった。それが松尾の影響だとしても、松尾に言ってみたところではじまらない。友達と口をきくことも億劫《おっくう》になるときは、さすがにこんな状態は良くないと反省するのだった。

暖かい夕暮れの気分が戻《もど》り、目を移すと、「だからいいわけよ」と、眠そうに細い目をした松尾が言う。

「え」

「こういう写真」

「写真が、どうしたって」

「いま、あんたが言ってたこと、人間はチリかゴミだって」

「ああ、それね」

涼子はたちまちまた、クロレラのことを考えている。

そういえばまだクロレラをこの目で見ていない。接眼レンズを覗いたとたん、四角いものがピョンピョン跳ねていたら自分はとっさにどうするだろう、と、そのときの慌てようを想像し、小さく笑っていると、目の隅に陽が踊りこんできた。そこが麻薬よ、と松尾はまたとろりとした声で言い、「そうか、そうなのか、あんたの親父《おやじ》は大学の先生か」と物憂《ものう》げに呟くと再び目を閉じた。薄い瞼《まぶた》に、微《かす》かな力が籠《こも》っている。

いつのまにか射しこむ光が強さを失い、そのためにかえって物のかたちが蘇《よみがえ》ってきた日陰の中で、松尾の左右に拡がった胸の脹《ふく》らみがゆっくり息をしている。

そのとき、隣の部屋で物音がした。尻《しり》もちをつくのに似た音が続けて二回三回と起き、簞笥《たんす》の金具が細かい音をたてた。

松尾が泳ぐように起き上がった。隣の部屋の襖戸を細目に開けて、

「気分、悪いん」と声をかける。

暗い部屋から、邪険な短い返事があった。襖戸の隙間《すきま》に首をつっこみ、松尾がまた何か言うと、突然、涼子にも聞こえる声で「頭が割れるんよお」と女が叫んだ。そのあとも、小声で低く、ぶつぶつと言い続けている。

「水」と松尾が訊く。返事は涼子まで届かなかった。

松尾は涼子を振り返らずに階段を駆け降りると、四角い、酒の瓶《びん》らしいものを右手に持って上がってきた。上から見おろす涼子の目を避けて隣室に滑りこんだ。

暗い部屋で言い争う女の声が続いた。あいまに、体が何かにぶつかる音や、誰のものともわからない小さい叫び声がきれぎれに聞こえる。顔を真赧《まつか》にして部屋からとび出してきた松尾は、階段が毀《こわ》れるのではないかと思うほど乱暴な音をたてて走り降りた。

行き場を失ってしまった涼子は、いましがた松尾が蹲《うずくま》っていた場所に座り、彼女が残していった灰皿の細い煙を揉《も》み消した。何が起きたのかわからなかったが、荒《すさ》んだ空気が、涼子の顔や体をこわばらせてくる。

家中の音がやんでしんと静まっていた。遥か遠くを救急車が走って行く。歳末の街の賑《にぎわ》いまで耳に届く気がするが、多分それは国道をひっきりなしに行くトラックの走行音に違いない、と涼子は、耳をかすめて消えてゆく音を、ひとつひとつ選《え》り分けている。廊下で啜《すす》り泣きの声がしたように思ったが、耳を澄ましてみると、それも

確かではなかった。

　思いきって階段を降りてみようかと考えたが、あの勢いでは戸外にとび出している気がした。このまま何も言わずに帰っていったらどうだろう。松尾を一層辛《つら》くさせるに違いない。

「勝美」

　隣室ではっきり聞きとれる声がした。応答がないので、声はさらに大きくなった。

「勝美い、母親が死にそうなのに放ったらかす気じゃね、母親より男の方がええんじゃね、勝美い、あいたあ、死にそうなんよお……」

　襖戸が弾《はじ》けるように開かれて、取手がベニヤ板の壁にぶつかる音がした。女の声がどっと溢《あふ》れてきたので、涼子は後ずさりながら部屋の隅に立つ。

　入口に、寝巻姿の太った女が立ち塞《ふさ》がっていた。まだ幾らか輝きを残す西の窓がよほどまばゆいらしく、顔中に皺を寄せて「あんた、誰なの、え、マーチンなの、誰よ、違うの」と言い、扉《とびら》に背をもたせかけたまま、ずるずると座りこむ。何か言おうとして声にならないらしく、足を投げ出し頭を抱え、涼子が誰なのか確かめるのも諦《あきら》めた女は、「いたた、助けてよお、いたくて死ぬよお」と半泣きの声をあげた。

　頭の頂上は油分の乏しい毛が団子のように縺《もつ》れ、襟《えり》あしの白髪《しらが》が混じる長い毛は、肩から少し低い位置まで垂れている。後頭部にヘアピン一本でひっかかっている赫《あか》い毛束が、声といっしょに細かく震えていた。

　相馬《そうま》涼子《りようこ》だと小声で言ったが聞こえたのかどうか。夜着から投げ出された脚は青味を帯びるほど白く、乾いた皺を浮べている。両掌《りようて》で顔を覆《おお》った女は、ときどきしゃっくりのような音を混じえながら、聞きとれない言葉を吐いているのだった。

「勝美さんの友達で相馬と申します」

　階下の松尾に聞こえて欲しいと咽《のど》の奥から声を出した。

　女は掌を外し、眇《すが》めた目を涼子にあてた。下瞼に紫色の隈《くま》を置き、どこともしれない一点を探して揺れている。

「マーチンじゃないのか、あんたがマーチンじゃのうてえかった。あんたがあの男なら、あたしがここで捻《ひね》り殺してやるところじゃった。土方じゃって担ぎじゃって男に負けたこたあありゃせん。それを毛唐の兵隊なんかに馬鹿《ばか》にされてたまるか。こっから叩《たた》き出してやる。勝美い、どこへ隠れたんか……こら勝美い。あんたのことを言いよるんがわからんか」

手で床を打ちながら家中に鳴り響くばかりの声でひとしきり叫ぶと、涼子を振りあおぎ「あんた、誰かね」と言った。

「相馬……」

「女か……男かと思うた。女ならええが。ちょっと待ちい、男が隠れちょるんじゃあるまいねえ、え、あんた、名前は」

涼子の声を聞き終わる前に、

「ちょっとそこをどかんかね。男が隠れちょるに違いない、酔うちょるちゅうてあたしをごまかすわけにゃあいかんぞ、酔うたって娘のことぐらいわかる。そこをどきい」

割れるような声を響かせて這《は》うように部屋に入りこみ、畳んであった布団《ふとん》を力まかせにひっくり返した。

涼子はとびのき、折り畳んだ布団の中から赤いネグリジェや枕《まくら》、丸めたストッキング、女性週刊誌などが引っぱり出されるのを見た。膝《ひざ》から力が抜けた。散乱物から、同じ年頃の女のものとは思えないなまめかしい匂《にお》いがたちのぼってくる。

気がつくと、入口に松尾がいた。目の縁を赤くしている外は表情も無く、激しいものをしまいこんでしまったようなのっぺりとした顔で、女を見ていた。目を落とすと、松尾の胸に垂れた髪の毛先が、小さく動いているのがわかった。動きはみるまに肩のあたりまで拡がり、口元や頰《ほお》が歪《ゆが》んできた。撫子《なでしこ》の絵柄《えがら》のシーツに埋もれる女に「母ちゃん」と声をかけたのと、とびかかったのがほとんど同時で、涼子は布団や灰皿を蹴散《けち》らして入口までとびのいていた。

松尾は頭からシーツを被《かぶ》った母親に馬乗りになると、泣きながら拳《こぶし》をふるった。機械のように振り上げ振り下した。シーツの下からは、「殺せ」「もっとやれ」「親殺し」といった言葉の断片に混じって、獣が猛《たけ》るような声がたて続けに湧《わ》いた。自分よりひとまわり大きい体軀《たいく》にはねのけられ、壁に打ちあたった松尾だったが、苦し気にシーツから顔をのぞかせた赤い顔に、再びとびかかっていく。

松尾の脚が深いところまで剝《む》き出しになった。空気を蹴る母親の足指と踵《かかと》のべっ甲色に固まった座りダコが、涼子の鼻先を掠《かす》めたかと思うと壁の月面写真を引き裂いて畳を打った。撲《なぐ》りかかる松尾の目も鼻も、涙で濡《ぬ》れて光った。

娘の手から逃げようと涼子にしがみついてきた母親は、「殺せ、さあ殺してもらおう、あんたが証人じゃ、勝美が男に狂うて母親を殺すところをよう見ちょってくれ、さあ殺《や》れ、後から母親を殺《や》りゃあええ、あんた、あたしが殺されるところをよう見ちょって」と言うと、毛穴という毛穴から酒の匂いを発散する体を、体重に任せて押しつけてきた。涼子は引き倒された。カーディガンの胸のボタンが外れ、下に着ていたセーターがちぎれるほど引っぱられたところを、後から母親の首を摑《つか》んだ松尾が引き剝《は》がそうとする。勢い余ったふたりは、押し入れの襖《ふすま》が鈍い音をたてて破れる音と共に、仰向けに転がった。ふたりはほんのしばらく、重なったまま動かなかった。

涼子は座りこんだ。

残照がそこここの物を捉《とら》えてはいたが、すでに影も出来ないほど弱まり、部屋全部が、夢の中の一室のように赤黒く霞《かす》んでいた。

どうやってその部屋から出てきたのか覚えがない。水溜《みずたま》りを避《よ》けながら自転車を押すすぐ後を、松尾が黙ってついてきた。八百屋の店先では、よく磨《みが》かれた富有柿《ふゆうがき》が、目に痛いばかりの光を放っていた。

鉄工所の、薄ぼんやりとともる門灯の下まで来たとき、門扉《もんぴ》の続きに構築された防波堤の向う側にひたひたと寄せてくる波の気配を感じ、のがれてきた、という思いでひとつ大きい呼吸をした。

「ここでいい」と涼子は言った。松尾は引き返そうとせず、黙って立っていたが、

「このまんま、出ようかな」と呟《つぶや》いた。意外に澄んだ声だったので、涼子は松尾に振り向いた。「これまでもさ、何度か家、出たんよね」

中学時代から一ヵ月にいちどは家出していたことを尋ねもしないのに話す。当時は隣の市で競輪の選手をしていた男の友達がいて、いつも泊めてくれていた。

並んで歩くと、堤防の切れ目から潮気混じりの強い風が吹きこむ。

「ところがさあ、そのアパート、一週間のうち六日は博打場《ばくちば》になるわけよ、勝ったら小遣いくれるけど、負けるとね、うちを賭《か》けるわけ。あくる日は嫌《いや》になってまたあのひとんところへ帰ってくる。そのうちね、こっちもいろいろつてが出来て、泊めてくれる女の友達も出来たけど」

「いまも、その友達のところへ」

「マーチンと知り合うてからは、さっぱりやめた。全部。元々が薄情者《もん》が多いっちゃ、うちの付き合いは。腹立て

てこっちから喧嘩《けんか》も売ったし」

「じゃ、マーチンのところへ行くわけ、いざとなれば」

近くの市に米軍の基地があり、このあたりでも米兵を見かけることは多い。彼らは颯爽《さっそう》として頼もしく見える。涼子は救われた気分で松尾を見る。

松尾は「それも駄目《だめ》になってしもうた」と言った。「やっぱ無理よねえ、星い見てるときとか、あれやってるあいだなら、言葉は要らんけどね、言葉ができんと他《ほか》のことは伝わらんもんよ、嫉妬《しっと》ちゅうもんも、あれで言葉が要るもんじゃね。アメリカの女の写真なんか見せられるとこっちもいい加減イライラしてきて、ほら、元が短気じゃし、結局はさっきみたいな取っ組み合い。彼、十月にアリゾナへ帰っていって手紙も寄こさん」

「星を見るって」

涼子は話をそらし、ふたがってきそうな思いを空へ向ける。堤防の先端から垂直に立ち上がった一点に、糸で留めたような頼りない光がある。北半分の空は暗い。

軍から貰《もら》う給料の半分を天体望遠鏡の支払いに使うほど、マーチンという男は星マニアで、松尾の部屋の写真も彼が持ちこんできたものだという。

松尾の声は力を取り戻《もど》していた。いつか彼の郷里のアリゾナへ行き、砂漠《さばく》に夜営して星を見る約束をしていたのだと、まるで昔見た夢の話のように屈託なく言ったとき、松尾の様子はすっかりいつも通りに戻っていたにもかかわらず、涼子の方は、なぜか泣き出したくなっていた。アリゾナへだってどこへだって、さっさとくっついて行けばよかったのに、と、背を丸めポケットに手をつっこみ、口笛でも鳴らしそうな歩き方をする松尾に、心の裡《うち》で地団太を踏むように言った。

松尾と別れたあと、全身の力を両方のペダルに乗せ、汗ばむほど自転車をこいだ。凍える路面を右に左に流れるライトめがけて体重をあずけていくうち、その日の数時間が何日もの時間のように感じられてきて、背中が重い、という感覚から、涼子はときどき大きくのけぞっては、また足を動かした。

三

年内はいちども雪にみまわれなかったのに、明けてからは緩みない寒波に襲われ、鉛色の空の下にじっと目を凝らすと白い粉が舞っていたり、いつのまにかやんでいたりの、重苦しい冬日が続いた。

ときおり厚い雲が切れて、あそこにあんな深い青が、と恨めしく見上げることがあるものの、その割け目が強い光線で押し拡《ひろ》げられてゆくわけでもなく、やがてまた、真昼も夕暮も変わりないような陰鬱《いんうつ》な景色に還《かえ》ってしまう。

　雑草が寒風で削り取られた河の土手では、その日も凧《たこ》を揚げる子供が数人、駆け上ったり下りたりを繰り返していた。ちぎれた草々の切れ端が、河面《かわも》から吹き上げる風に持ち上げられて、涼子達の目を痛くした。

　風が入りこまない窪地《くぼち》をえらんで腰を下した涼子と、疲れた中年のように傍《かたわら》に立つ松尾は、思い出したように鞄《かばん》の中から牛乳を取り出した。校門の前の店で二人が買ったときは、手に持てないほど熱かったのに、人肌《ひとはだ》程度に冷めていた。それでも咽から胃にかけて、温かい流れを覚える。

　近県に住む涼子の叔父が正月三日に脳溢血《のういっけつ》で倒れ、母の和江は手伝いに行ったきりなかなか帰ってこない。毎晩、駄目なのはわかってるけど、と語尾が聞きとれない声で電話がかかる。朝夕の家事は涼子が引き受けなければならず、松尾の方も風邪という理由の欠席が続き、ずいぶん長いことふたりで話をしなかった。

　立ったまま飲み干した牛乳の空瓶《あきびん》をしげしげと眺《なが》め、

「これをあのひとに飲ますのに、ほんと、往生するんよ」

　松尾は看護婦のような目で溜息をついた。

「アルコールでボロボロになった体ってのはね、アルコールだけ断ったっていよいよ衰弱するもんだってさ、むつかしいもんだね、アルコールひとくち飲ませては牛乳一本流しこむ、チーズを食べさせる、そうやって少しずつアルコールを抜いていかなきゃならんのだって」

　松尾のからりとした声を河の音が巻きこんでいく。空を映して灰色に蛇行《だこう》する流れに向かって、牛乳瓶を大きく放《ほう》った松尾は、涼子の傍に来て枯れ草に腰を据《す》えた。牛乳瓶は擦り切れた黄色い草の上を転がり、音たてて砂利のあいだを跳ねまわり、流れの手前で止まった。対岸の枯れ葦《あし》の底から、尾の長い、灰色の鳥が飛び立った。

　松尾の母は、市の西の外れにある名前の通った精神病院に入院しているという。

「何を思ったか自分から入るって言いだしてね、正月にさあ、階段を転げ落ちて歯を折ったわけ、それがこたえたらしいよ」

　店を閉めるわけにもいかなくて、仕入れから客の相手までひとりできりもりしていると言う彼女の目は、大人のように疲れを溜めていたものの、気丈な、凛《りん》と張った力で支えられていた。やはり紺色の制服はこの目にそぐわない、と涼子は思う。大きめの胸に息を吸いこんだまま、左手の小指だけ伸ばした爪《つめ》で心地良さそうに耳を掻《か》く仕草などもどこか図抜けていて、いくらセーラー襟《えり》の胸元や四角い胸ポケットなどでかたちを整えようとしても、内側から打ち毀《こわ》してしまう何かがある。

だが涼子は、松尾のそういうところがたまらなく好きなのだった。彼女が涼子の胸の片隅《かたすみ》に持ちこんできた、ものがなしく、どうにもやりきれないがらんがらんの風穴を塞《ふさ》いでくれるものは、野放図とも不逞《ふてい》とも受けとれる彼女自身の仕草や表情であり、夕照があたるあの狭い部屋を思い出すとき、きまって涼子を浸してくる無力感を、小気味いいまでに蹴《け》散《ち》らしてくれるのだ。年齢でいえばひとつしか違わないが、生活の匂いだけは自分よりはるかに身につけている彼女の、いくらか荒々しい言葉を耳にするたび、涼子はほっと楽になる。

座った背をぐいと高く伸ばした松尾が、両掌《りょうて》で頬《ほお》をぴたぴた叩《たた》きながら「さあて、あの馬鹿《ばか》のかわりに稼《かせ》がにゃならん」と乱暴に言いながら立ち上がった。

長い入院生活になるのだろうと想像していたらそれから一週間後、市で一番大きいスーパーマーケットの菓子売場で松尾と千枝を見かけた。その日も松尾は学校を休んでいた。

幾つかの種類の菓子を好きなだけ袋にとって秤《はかり》にかけてもらう円型の売り場で、千枝は、上体を折り曲げるようにしてゼリーや最中《もなか》を選んでいた。離れたところから見ると、千枝は以前会ったときよりずっと小柄《こがら》に思える。

「あの青いゼリー、それと、こっちも」千枝が浮き浮きした顔で摘んでくる鮮やかな色の菓子を、松尾はビニールの袋を拡げて入れてやる。天井には、銀粉を散らした正月用の飾りが下がったままだ。

千枝はいっぱいになった袋を受け取ると目の高さにかざし、娘に手を差し出した。松尾は黒いタイトスカートのポケットから何枚かの硬貨を取り出して千枝に渡す。

レジまで行ったが金が足りなかったらしく、千枝は娘のところまで帰ってきて何か言っていたが、突然、袋の中身を撒《ま》くようにひっくり返し、硬貨をつき返すとそのまま出口に歩き出した。

松尾は俯《うつむ》いて立っていた。

やがて散乱する菓子の中からほんの十個ばかり袋に戻すと、残りを黙って元の場所に返し始めた。近くにいた中学生の数人が、不思議そうな顔でなりゆきを見ていた。松尾の横顔が赧《あか》らんで見える。

わずかな菓子の代金を払い、松尾は千枝を追った。涼子も引き寄せられるようについていった。

外は冬の午後にしては珍しく明るかった。

バスが埃《ほこ》りを舞いたてて通過した向うに、ふたつの背中が見えた。松尾の両手はポケットにつっこまれ、菓子の袋はいつのまにか千枝の手にあった。長いビニール袋の底にひとかたまりになった菓子は、千枝の歩みに合わせて前後に揺れていた。

千枝はときどき肩で松尾をつついては何か言い、そうされることで松尾も嬉《うれ》しそうにしている。ふと立ち止まったかと思うと、ふたりは顔を寄せて煙草《たばこ》に火をつけた。

その光景から涼子は、突然、掌か何かでもって胸のあたりをどんと押されたような圧迫を受けた。いつだったか松尾が、人間には辛抱できる辛《つら》さとできない辛さがある、と怒ったように言い、手紙のことを千枝に隠そうとしたのを思い出していた。屈みこむ二人の姿勢が少しずつ脹《ふく》らみ、松尾が母親を、その長身でやわらかく包みこんでいくような錯覚を覚え、ああ、見てはいけないものを見ている、という思いが、涼子を絞めつけてきた。

四

卓治が大学から天体望遠鏡を借りてくるという日、涼子は強引に松尾を家に呼んだ。

夕方、スクーターの音がして玄関の外で「おい、誰《だれ》か手伝え」と声がした。

涼子と松尾、それに手を拭《ふ》きながら出てきた母の和江の目の前に、これまで見たこともないほど大きい双眼鏡を持つ卓治が立っていた。黒々としたレンズがふたつ、それ自体精悍《せいかん》な生き物といった感じで黒光りしていたのだが、涼子は、白く細い円筒型の望遠鏡を想像していたので、内心ではがっかりしていた。

「おい、脚の方を外して持って入れ」

卓治に言われて、まだエンジンを切らない車体から三脚を外す。松尾は手伝おうとしなかったが、「これ、たのむ」と折り畳んだ三脚を押しつけると、初めて触れるもののようにぎこちなく受け取った。

卓治はカメラを据えつけるのと同じ要領で三脚に双眼鏡をとりつけ、庭の真中に置いた。庭には、寒さの峠を越してわずかに春の気配を滲《にじ》ませる薄闇《うすやみ》が落ちていて、からたちの垣根《かきね》のそこここには、真白い小花が柔らかい紙を散らしたように咲いている。まだ星の姿はなかった。

　白味噌《しろみそ》仕立ての鍋《なべ》を囲んだ。指の長さしかない川芹《かわぜり》を煮えたつ土鍋《どなべ》に入れると、浅い春の香がひろがった。蓮《れん》根《こん》を擂《す》って鶏《とり》の挽《ひ》き肉とあえたものを、スプーンで掬《すく》いながら落としこむ。

「松尾さん、でしたっけ、さあ、これをあててどんどん召し上がって」と和江がナプキンを松尾の膝に拡げた。和江がそうするまで、黄色い細身のスカートがずり上がって、太股《ふともも》まで露《あら》わになっていた。胸がVの字に深く開いたセーター、腰のあたりがはちきれそうなスカートで現われたとき、涼子は不安な気持になった。卓治も和江も気にならない様子をしているので少しは落ち着いたものの、すっかり大人の女に見える松尾が、父母にどう受けとめられるかがやはり気がかりだった。松尾の立居振舞いはこころなしかいつもより投げやりで、わざと崩しているふうにも見える。

　卓治は味噌汁のなかから溶けかかった挽き肉を掬い上げ、午前中ほんの少しだけ降った遅い雪のことを寒払いに違いないと話した。午後は見事なまでに南から青い空がひろがり、夕方になると、西の河口附近は鴇色《ときいろ》の光に包まれていた。

「春になりかかっちょるのお」と松尾を不躾《ぶしつけ》なまでに正視し、卓治はうんうんとひとりで頷《うなず》いている。松尾は大人びた声で「ええ」と応《こた》え、胸をそらせた。卓治はまぶしそうに目を落とし曖昧《あいまい》な笑い方をしている。

　涼子はふたりのあいだに座って、なぜか両方に肩身が狭くすまない思いがしてならない。

　和江が三本目の酒の燗《かん》をするために立とうとした。

「酒はもういい、うまいちゅうところを過ぎてまで飲むのは馬鹿だ。俺《おれ》がよくそう言うとな、女《おなご》の学生なんか、いつも学者馬鹿ちゅう目で俺を見よる。先生はお酒を飲まれるときまで合理的なんですね、などとひやかしよる。お前らもときどき、そういう目で俺を見るじゃろう。松尾さん、そうなんですよ、この家じゃあ俺はまるで邪魔者《もん》なんじゃ、何を言うてもうるさいぐらいにしきゃ聞いてもらえん。ほんと、女《おなご》は好かん」

「女《おなご》、女《おなご》って、そんな言い方してるから父さん、女子学生に嫌《きら》われるのよ」と涼子は父親を睨《にら》む。

　こんなふうに大声で話すのは機嫌《きげん》のいいときに限られていて、仕事で神経質になってくると、卓治はひどく無口になる。

「いやいや、女《おなご》ちゅうのも上等すぎるぐらいじゃ。頼んだことはけろっと忘れる。何か注文をつけるといっちょまえの屁理屈《へりくつ》が返ってくる。涼子、お前がいい例だぞ。そのくせ時間がくるとさっさと白衣を脱いで化粧を始める。一番許せんのはだ、ちょっと背中がぶつかっても嫌《いや》らしいちゅう目で見るんだぞ、この俺をだ。俺はな、家でふたりの女と向かい合《お》うちょるだけでうんざりしちょる。松尾さんじゃったかいな、こりゃあ本当のことですよ、せめて研究室からは女を追い出したい」

「そうですね、あなたの下で一日仕事を手伝っている女の学生さんだってうんざりしてらっしゃるんでしょうから、いっそ他《ほか》の研究室にまわって頂いたらどうですか」

和江は沢庵《たくあん》をかり、と噛《か》んで笑った。そして思わず笑いかけた松尾に「ねえ、あなただって大学へ入って、こんなうるさい先生の研究室に入れられたら、帰りの時間だけが待ちどおしくもなりますわよね」と言った。松尾の表情が一瞬翳《かげ》り、見とがめられまいとしてか斜めに俯いた。

白味噌が焦《こ》げて芳《こうば》しく匂《にお》い立っている。

卓治はテーブルの上に煙草《たばこ》をとんとんと打ちつけ、

「涼子、お前だけは大学へ入っても白衣を着るな。料理か英語でもやれ」と言った。

「だって父さんの娘だからそうはいかないわよ、結構そういう方面に向いてるかもしれないし」

「馬鹿、お前のDNAと俺のとは違う。親子でもちょっと違う。お前のは俺ほど上等じゃあない」

「ああいやだ、DNAは不変不滅だって言ってたくせに」

「そりゃあ原則としてそうじゃが、ときにゃあ遺伝子のひとつが跳びはねて、それまでの並び方をひっくり返すこともある」と言うと、髭《ひげ》の伸びた厚い唇《くちびる》に煙草を銜《くわ》える。

卓治は酒を飲むと、よくこういう話題をもちだした。いつかのクロレラの話のように、どこまでが本気でどこからが出鱈目《でたらめ》かもわからない話し方になるのだが、涼子はそういった話題が嫌いではない。

「DNAはな、こういう恰好《かっこう》をしちょってな、ぐるぐるっと捻《ねじ》り飴《あめ》みたいに長《なご》うて、そのあいだに遺伝子が梯子《はしご》の桟《さん》のように挟《はさ》まっちょる」と、二本の箸《はし》を振るように立てて見せる卓治の声を、涼子はまたかと思いながらも面《おも》白《しろ》く聞いている。

「こいつが曲者《くせもの》なんじゃ、生命のすべてを支配しよる。いのちからいのちへバトンタッチされていく。こういう言い方もできるぞ、人間の体のひとつひとつは死んでしもうてもな、こいつだけは永遠に生き永らえる。親からそっくり同じもんを受けもたされるちゅうことじゃ。松尾さんもあんたの親とそっくりなもんを持っちょる。あんたがじきに子供でも産みゃあ、また同じことじゃ、あと何年か経《た》ちゃあそのことに気がつく」

卓治は黙ったままでいる松尾を恰好の話し相手にえらんで含めるように言う。和江が、そんなものですか、そしたらＤＮＡって運命のかたまりみたいなもんですね、と茶化した。

「ほら父さんたら、さっきとまた違うこと言ってる。ほんと、いい加減なんだから。小さいときから父さんの話を鵜呑《うのみ》にしてどれだけ恥かいたと思う」

涼子が松尾と卓治の間に割って入るように大きい声を出したとき、松尾は、青味がかった目をゆっくりともち上げた。

「でも、あれでしょう……人間は植物とは違うし……親とは別に動くこともできるんだし……親と同じになるとは限りません」

よくとおる澄んだ声のあとに、抗《あらが》う気配がはっきりと残った。卓治が赧《あか》い顔をのけぞらせて「おおそりゃあ、そういうこと、人間は日進月歩、親よりゃあ進歩せにゃあならん、ダーウィンは昔からそう言いよる」と高い調子で言ったので、松尾はそれきり黙った。

「しかし涼子、お前だけは親より退化しちょるな。鏡い覗《のぞ》いてみろ、顔立ちだって母さんの方がええ」

馬鹿馬鹿しい、といった表情の和江の目の下には、卓治につきあった酒で、赧い、三日月形のたるみが出ている。

松尾を盗み見ると、テーブルの上に両手を乗せて、今夜のために塗ってきたと思われる赤いマニキュアを、黙々と剝《は》いでいた。

庭に降りたときは、すっかり暮れ落ち、座敷の電灯を消すと空に星々を数えることができた。

首の力を抜き見上げたままでいると、数こそ多くはないが、点在するそれらの光のあいだに、淡い空気の流れのようなものが感じられる。どこからか、ひんやりとした匂いがやってきて、この甘さから察するところ、からたちの花、でなければその手前の、枝々に茶色い炎を置いたような牡丹《ぼたん》の新芽か、それでもなければ、と心が騒ぐ。

部屋の中から「おい、寒くなったら入ってこいよ」と卓治の声がした。

月は出ていない。松尾が足元に拡《ひろ》げた星図に懐中電灯の円い光を落としている。卓治が双眼鏡といっしょに借りてきたものだ。

「図の見方、マーチンに教えてもろうたんじゃなかったの」

顔が見えないせいで、彼の名前が楽々と口をついて出てきたのだが、返事はなかった。涼子も傍《かたわら》から覗きこむ。円で囲った内に無数の大小の点が打たれ、そのひとつひとつにα、β、θといった印が書き添えられてあった。点と点を結ぶ線は星座だとわかるものの、頭上の空にあてはめることができない。首を捻じ曲げて空と星図を見《み》較《くら》べているのは涼子で、松尾は諦《あきら》めたのか、暗い中にぼうとつっ立っている。

涼子も諦めて双眼鏡に目を寄せた。

焦点を合わす必要もなく、夥《おびただ》しい白点がとびこんできた。身震いしていちど双眼鏡から離れ、心を静めてもういちど目を近づけると、「すごい」と唸《うな》るように言った。

頭の横に松尾の息を感じる。

「双眼鏡でも、けっこう見えるね」

言葉を発して手が動いたためか、それとも涼子の視線が揺れたせいか、白い粉が舞うように流れた。手を添えて元の位置に戻《もど》す。が、手がそこに在るあいだ、星々はまたたき、ちりちりと細かく揺れ続け、視界がしだいに白濁していくように感じられた。手を離し、こちらも息を整えると、無数の点もようやく黒い天空に静まった。

星々には大小や色あいの違いがある。さらに見つめると、ふたつみっつと重なっているものや、ひとつの光がすぐ横の微《かす》かな一点を巻きこむように動き、また離れ、消えたかと思うとちょっと場所をずらして光り始めるものもある。そっと、そっと、と涼子は、自分に、そして霧煙のような光の集合に向かって囁《ささや》く。

松尾がつっかけ下駄《げた》を、かたと鳴らした。双眼鏡から離れると、目の奥に痺《しび》れるばかりのつめたい感覚が残っていた。

「この真黒な空に、こんな数の星があるのかしらね」

涼子は、いま目にしたものを疑っている。肉眼で見上げたところで、頭の後から張り出した屋根と左右両側に繁《しげ》る庭木で囲まれた四角い夜空には、両手で数えられる程度の光しか見えない。涼子はまたしても、いつもの穴の中に吸いこまれそうになる。あまりに輝かしいものに出合ったあとは、自分の無力以外何も感じることができなくなる。

松尾はちらと覗いて、すぐに三脚から離れ、濡《ぬ》れ縁に腰をおろした。奥の部屋からテレビの声が漏《も》れてくる。

望遠鏡を見慣れた松尾には物足りないのか、と少し僻《ひが》みっぽい気持が萌《きざ》す。

星を見に来ん、と誘ったときの松尾のためらい、うんと言ったきりそれ以上の返事をしなかった数秒間の心の動きを、いまいちど双眼鏡を摑《つか》んだ状態で辿《たど》っている。心で別のものを追っていると、夥しい数の光を浮かべた空も、吸いこまれて自分が失《な》くなってしまいそうな大きさには感じられてこない。円板の上の白い、青い、また刻々と色を変える微生物たち。

何のために松尾をここに呼んできたのかが、突然わからなくなった。卓治に友人と星を見たいから望遠鏡を借りてきて欲しいと何度も頼んだ。自分としてはこれでも結構無理をしたつもりだが、星を見たかったのか松尾を喜ばせたかったのか。松尾への気持が大きかった気がするが、松尾は期待したほど喜んではいない。

食事のときにしても、松尾と父母のあいだに生じる、ぎくしゃくした空気を気づかって、涼子ひとりが気を揉《も》んだ。松尾は何かというと脹《ふく》らみの目立つ胸を反らせ、食後の煙草を吸うのに遠慮する気配さえ見せなかった。眉間《みけん》に微かな皺《しわ》を寄せ火をつけると、口を薄く開いたまま腹の底まで吸いこみ、やがて顔の筋肉をひとつひとつ解きほぐしながら、ゆっくりと煙を吐いた。卓治も和江も穏やかな表情を崩さなかったが、そのときばかりは目をそらせていた。卓治が食卓から立ったとき、涼子はさすがにほっとしたのだった。

ふと星の声がしたようで心を澄ます。一面の発光点がぐんぐん距離を拡げ、円形の空が涼子の眼底めがけて脹らみかける。怖い、と感じて離れる。

「うちはね、松尾さんにもっと喜んでもらいたかった」

涼子はいくらか邪険な声で呟《つぶや》いていた。

土が匂い、ひとつ、胸にわだかまる瘤《こぶ》が潰《つぶ》れた気がした。すると、ふたつ目みっつ目の瘤を、次々に潰してみたくなった。暗さがそれを手伝った。

「うちは、なんで松尾さんみたいな皆がよく言わんひとに近づいたんか、自分でもわからん。ただ松尾さんは、これまでの十七年間、うちの心がきちんと片づいとったところを引っくり返したんよ。何が上等で何が下らないか、何が正しくて何が間違ってるか、わからんようにしてしまった。いや、本当のとこはね、最初そんな感じがあったけど、近頃《ちかごろ》は何となくめどがついてきた。松尾さんのすることなすことが、うちの気持にどう響くか、じっと自分の反応を見ることができるようになった。うちはね、松尾さんが必死の力で何かやってるときは、それがどんなに人並み外れていても、いいな、と思ってきた。だけど、どこかでふっと力を抜く。投げる。そしたら松尾さんは急に見苦しくなる。どうしようもない不良になる。今夜の松尾さん、そうなんよ、ただの不良に見えるんよね」

松尾がいつのまにかまた煙草を吸っている。顔の前の小さい火が、脹らんだり萎《しぼ》んだりするが、涼子にはもう続ける言葉がない。

風はわずかで、ジャンパーを引っかけているおかげで上体はさほど寒さを覚えないものの、足元からコンクリートの冷えが這《は》いあがってきた。木斛《もっこく》が風を孕《はら》んで枝先を魚の尾のように動かしている。背後は深海がどこまでも続いて、ゆっくり移動している。この闇《やみ》を鷲掴《わしづか》みにして運んでいく目に見えないものを感じたが、揺れているのはどうやら風でも星でもなく、涼子自身らしい。

「春は大気の流れがはげしいんだって。星が動くんで見にくいんだってよ」と松尾がぼそりと言った。「……望遠鏡覗いてても、ちょっと気を緩めるとさ、星が動いて目にとまらんようになるんだって……春は嫌《いや》だね」

涼子が黙っているので松尾は垣根《かきね》の裾《すそ》に煙でも吐きつける感じでつけ加える。それは遠い見知らぬ人間のような声で、なるほどそうかもしれない、冬だって春だって、見ようとしなければ空には何も見えやしない、友達の気持だってそのとおり、ひとの親切を見ようとしなければまるきり盲目と同じで、と、言いがかりをつけたくなったが言葉にはならず、長く気まずい沈黙がやってきた。

やがて涼子は、思いきって口を開いた。

「松尾さん、あなた、本当に星を見るの好きなの」

松尾の部屋の、朱色銀色に輝く写真の幾つかを思い浮かべた。だが、松尾が毎晩見上げていたものは、もっと別のものだったかもしれない。それが何か、想像を推しすすめていったとき、思いもかけない辛《つら》い場所にとりこまれそうな予感を覚え、涼子は、返事を聞くのが怖くなった。父に頼みこんでまで今夜自分が松尾に供したものは、一体何だったのか。ずいぶんと見当外れなことをしたのかもしれない、という思いだけは徐々に確かなものになってきた。

松尾は返事のかわりにすっと立ち上がり、足で煙草を

揉み消すと、

「あれよねえ、死んだら星になりたいって言うけど、よくよく見てみりゃあ、ピカッと光るのもドロッと汚れとるのもあって、星もいろいろなんだよね」と軽く言い、涼子を残して座敷に入っていった。

怒るでもなく、あまりにあっさりと背を向ける松尾の後姿は、すでに何か硬いもので鎧《よろ》われているらしく、涼子の視線をはね返してくる。走っていき強引に振り向かせたい気持をかろうじて押しとどめたのは、またしても追いかけているのはこっちじゃないか、という苦い思いだった。

涼子も松尾についてつっかけ下駄を脱いだ。

帰りがけ、玄関先に送りに出た卓治に向かって、松尾は、光る唇の端をちょっと持ち上げ、掬《すく》い上げるような高い声で、

「あ、お父さまに言っとかないとね。うちの店も結構いい酒を出してるんですよ、埋立地の場末ですけどね、掛け売りすると三日で潰れるもんですからそれだけはお断りですけど、よかったら飲みにいらっしゃいません。母は、あたしなんか較べものにならないくらい、いい女なんですよ。いつか、本当にいらして下さいね」と言い、彫刻のような固い微笑のなかから、媚《こ》びるような、刺すような視線を、卓治に投げかけたのだった。

胸の丸みが白い蛍光灯《けいこうとう》の電光を押し分けて、前方へせり出した。卓治も涼子も、棒立ちになってそれを受けとめた。わずかな間を置いて、卓治は慌《あわただ》しくまばたきをしながら会釈《えしやく》を返した。

硝子《ガラス》の刃先か何かでもって、どこかをぷつりと切られた気がする。涼子の口元は微かに笑いをとどめているときのように薄く捲《まく》れたまま、しかし、内からうごき始めた震えを押さえつけようとして強張《こわば》っていた。

卓治が、土手の上まで送って行くように涼子に言った。

松尾は涼子からも卓治からも目をそむけたまま、片手をひらひらと蛍光灯の下に泳がせ、「オーケー、ナーケー、お嬢さんにもしものことがあったらどうすんのよ、あぶない目にあうのはあたしひとりで結構」と酔ったように首を振りながら言うと、暗いなかにふわりと出て行った。

自室に戻ろうとすると卓治が「おい」と呼びとめ、「星は見えたか」と訊《き》く。

俯《うつむ》いて「見えた」と応《こた》えると、卓治は、松尾の胸を見たときと同じ不躾《ぶしつけ》な目つきで、涼子の全身を見渡し、

「そうか、ああいう友達は大事にするんだな」と言い、

下唇をちょっとつき出すいつもの顔で、そうか、うん、そうだな、とひとり呟きながら何回も頷《うなず》いていた。

背中や肩が重かった。机に向かうと、風に乗って河の音が届いた。風向きによっては、近くの古墳だったというこんもりと円い森のざわめきが聞こえることもあるが、いまは南の風が吹いているらしい。スタンドの橙色《だいだいいろ》の明りで、顔でも洗うように目のあたりを揉むと、瞼《まぶた》の裏で光が青や紫色に砕ける。心臓の音が腹や脚を伝い、とくんとくんと、深い土の中へ吸いこまれていくのがわかった。

五

三月半ばになると三年生は通学しなくなったし、二年生である涼子達《たち》のなかにも、何となく浮足立つ気配が生まれていた。緊張の連続となる受験のための一年間を目前にして、そのためにことさら、最後の休暇とでも言うべきものを楽しもうとする者も多かった。春休みの旅行計画が頻繁《ひんぱん》に話題にのぼった。

暖気の中に学校中がすっぽりと包まれ、うつらうつらと眠ったような日々だったから、松尾が登校しない日が続いても、誰《だれ》も気にする者はいなかった。

しかし涼子だけは別だった。

放課後の窓辺によりかかり、硝子越しに落ちてくる淡い光に眠たげな心をそっくりあずけていると、凜《りん》と張った星空の下にいた松尾を、いつのまにか考えている。

あの日を境にして、松尾の登校日数は減った。出てきても、いつのまにか姿をくらましていた。松尾の家を訪ねてみようという気力こそ起こらなかったが、気がついてみると、捨てぜりふと言うにはあまりにもの憂《う》いあの夜の玄関先での言葉を、それこそ芝居がかった口調で、またときには、針のように鋭い囁《ささや》きに模して、繰り返し聞いているのだった。母はあたしなんか較《くら》べものにならないくらいいい女なんですよ、のひとことは特別にこたえた。千枝の顔かたちではなく、手荒な狂気を感じさせる彼女の乱れた文字が、まるで斜に構えた人面のように、涼子の目の前に迫ってくる。松尾の顔が、半泣きの状態をもちこたえている。

そんなとき、やわらかいはずの陽光も、肌《はだ》に痛く感じられてくるのだった。

顔を俯けると、机の上には白い陽《ひ》のかけらがとびはねていた。——もう、とり戻《もど》すことはできない、という思いが、松尾に対してだけでなく、なぜか十七年間の自分に対しても決定的なことに思われてきて、その抜け落ちたような感覚は、確かめようとするはじから、靄《もや》のようなかなしみに姿を変え、ゆるゆると光の中に流れ出していった。

その日涼子は自転車置場まで行き、急に裏のK山へ登ってみたくなった。鞄《かばん》を荷台にくくりつけたままにして、ひとり厩舎《きゆうしや》跡を横切り、山頂へ通じる径《みち》をたどった。

駆け足で登れば十分そこそこで登りつめることのできるこの小山は、赤い粘土質の地肌のせいか下草は育たず、主に低い松で覆《おお》われている。

とっくに陽の陰に入ってしまった斜面の、かすかに灰色がかった冷気の中から振り返ると、校舎の屋根は涼子の頭上を越えてふりまかれる淡々とした光につかり、濃い影も落とさず、煙ったように見えた。

ゆっくり上っていく涼子を、不揃《ふぞろ》いな足音が下から追いかけてきたと思うと、径幅いっぱいにひろがった野球部員が、吐く息をひとつにまとめたような重苦しい声を交わし合いながら駆け上っていった。五分も経《た》たずに走り下りてくる。そのたび径を譲らなければならない涼子は、馬酔木《あしび》の低木に身を寄せたり、そこだけ明るい緑を発光させて棒状に伸びる若松の芯《しん》で顔を撫《な》でられることになった。

頂上の小さな広場に出ると、周囲の松が伐《き》りとられているせいで、空が急に明るく目にとびこんでくる。一段高い石碑の土台に上がると、市街のほぼ全体を見渡すことができた。

南は足元に乱立して見える煙突群が切れた向うに、黄白色の瀬戸内海が、といってもわずかな距離ですぐに春霞《はるがすみ》にとりこまれて海面と空と判別できなくなっているのだが、左右にだけは確かな拡《ひろ》がりをもって、悠々《ゆうゆう》と伸びていた。体をずらし西から北にかけて見渡すと、松尾の家がある埋立地の手前から、こちらは海面とは異なる鋭い反射光でくっきりとかたちづくられた河流が、河口付近はほぼ真直《まつす》ぐだがやがて大きく湾曲し、市の東側から崩れこんだ恰好《かつこう》のT山と、中国山脈の一端となってその後方にそびえるY山のあいだに、かくれこんでいる。

手前の家並みは、眼下に様々な色のモザイク模様を拡げているが、河向うの家々ともなると遠く霞んで黒い田畑と区別がつかず、この季節、むせかえるばかりの匂《にお》いを湧《わ》き上がらせている河畔の虎杖《いたどり》や川芹《かわぜり》にしても、こうして遥《はる》かな高みから見おろすと、薄い土色一色を土手から河原にかけて塗ったようにしか見えない。河流だけが白い破片を押し流すように微《かす》かにうごめいていた。

涼子は何ヵ月ぶりかにその頂上に立ち、そこここの、ほんの手の届きそうな場所に自分と松尾を据《す》えてみた。埋立地の松尾の家やテトラポットを積み上げた岸壁。少し河を遡《さかのぼ》って鉄橋近くの河原、と、おおよその位置しか摑《つか》めない茫々《ぼうぼう》とした景色の上を、日めくりをとばすように記憶を走らせた。

こうして見おろしてみると、松尾とのつきあいはひどく小さな行き来だったように思えてくる。これから出合う何百何十という人間の中のたったひとりにすぎない、ということもわかる。だが、本当に何百何十人の中のひとりだろうか。

「損したあ、あんたと出合《であ》うて」

彼女は何か言い返してくるわけでもなく、むっくり起き上がると、涼子に背を向ける。そのあとを、輪郭の定まらない辛《つら》い気分が、追いかけていく。

目を細めると、河口の一点が光った。力を抜き、こちらに向かってくる光に全身を預けると、発光点はまたたくまに河口いっぱいに拡がり、次から次へと白い火矢のようなものを涼子めがけて放ってきた。陽の在る場所が少しずつ移っていくらしい。

目を閉じると、桃色でうめつくされた瞼の裏に魚の尾のように動く松尾の手が見えた。手招きしているようにも別れの挨拶《あいさつ》を送っているようにも見える。

ふと何かにうごかされて瞼を押し開けてみると、山肌を這《は》いのぼってきた若松の香気が、顔の高さにまで層を成しているのが感じられ、それは涼子の肺を驚かすほどのつめたさだった。その中にじっと体を沈めて見る市街は、いつのまにか薄黄色の暮色に覆われていた。

四月に入って初めての日曜日は朝から薄い雲が垂れこめていた。その日、朝一番の列車で二月初めに逝《い》った叔父の法要にでかけ、家族三人、片道三時間の日帰り旅行から帰りついたときは、すでに夕刻も遅かった。

「もう料理するのは嫌《いや》ですよ、ほんと、お寺って疲れますね、涙を流すのって汗を流すのよりずっと疲れると思いませんか。お腹空《なかす》いたら、この折り詰め食べて下さいね」と着物姿で座りこむと、和江が言った。そんな和江を急《せ》きたててともかくも全員着替えをすませ、茶を淹《い》れて巻寿司《まきずし》や精進揚げをつついた。

昼間の酒を目のまわりに残す卓治と、きつい帯から解放された和江は、ソファにもたれたまま気持よさそうに居眠りを始めている。日が落ちている時刻にもかかわらず、戸外はいっこうに暗くならない。水蒸気を含む春特有の空気は、いつまでも日中の淡々しい明るみをとどめて、地表近くに漂っていた。

涼子は急に桜を思いつき、河に向かった。

土手の上まできたとき、そこからはかなり距離こそあるが、扇形に海に注ぐ河口付近の干潟《ひがた》の匂いを、やわらかい風のなかに嗅《か》ぎとることができた。河の中央まで繁茂した暗緑色の植物群のあいだを、河床の黒い色を浮かび上がらせた流れが蛇行《だこう》している。上流百メートルに架かる木橋のたもとから対岸の岩壁にかけて、すでに夜の暗がりがひろがりつつあった。

対岸のソメイヨシノはほぼ満開だという。

近くの桜の木々は花の白を感じさせるが、左右に遠くなってゆくにつれ少しずつ色の気配を失っていく。右手は鉄橋を越えて河口の小公園まで、左手は切り立つ山の裾野《すその》を流れが曲がりこむわずか手前まで、二キロに渡って桜並木は伸びているはずだが、涼子の立つ場所からは、せいぜいその半分も見渡すことはできない。

木橋を渡りかけたとき、対岸に一斉《いっせい》に灯《ひ》が入った。桜の枝から枝へ渡した雪洞《ぼんぼり》に電気が通じ、そこだけ人為的な色に輝く光の塊りが点々と河っぷちに連なり、突然あたりが夜に落ちこんだようだった。橋近くの桜のたもとで声があがった。

後からふいに声をかけられた。

「お、ひとりかい、女がいねえんだよ、いっしょに来いや」

橋の手摺《てすり》に身を寄せ、声の方へ振り向くと、「なんだあ、ガキじゃねえか、まあいいか、来てもええぞ、酒はあるからな」

すでに赧《あか》い顔の四、五人の男がニヤニヤ笑っている。莚《むしろ》を抱えたひとりが、やめろや、と言いながら男の腕をとった。声をかけた男の、鉢巻《はちまき》に挿《さ》した赤いセルロイドの風車が、激しく回転している。

胴間声をあげながら行く彼等《かれら》とすれ違いに、乳母車に一升瓶《いっしょうびん》と赤ん坊を乗せた若い夫婦が涼子の方へ向かってきた。

涼子はポケットの底の小銭入れに指を触れ、桜土手の下に毎年並ぶ露店をめざす。足早に橋を渡りきったが、あたりには五、六張りのテントがあるきりで、例年の賑《にぎわ》いはなかった。葦簾《よしず》で囲った大釜《おおがま》の中の甘栗《あまぐり》をひと袋買い、口で割っては頬張《ほおば》りながら歩いた。

桜並木を支える土手は河に沿う径に向かってなだらかな傾斜面をつくっていて、座り心地の良さそうな場所は、すでに何人かのグループによって占められていた。

土手のもう一方は急な角度で河へ落ちこんでいる。河原もこちら側は狭く、岩の壁が崩れたところをえらんで、子供が上ったり下りたりしているらしく、土手の上から女がやめるように怒鳴った。

涼子は、これから重箱を広げようと座り心地を確かめているグループや、始まったばかりの酒宴を見上げながら、ゆっくり歩いた。鉄橋のあたりまで行って帰ってくるつもりだった。あたりは紺色に包まれてきたが、しだいに増してくる人通りのせいで心細くはない。

見上げると花の天井が深々とかぶさってきていた。

垂《しだ》れて地に届きそうな枝を重ね合わす古木のあいだに、植樹されたばかりの若木がある。また、太い伐り株の脇《わき》腹《ばら》から垂直に立ち上がる新しい枝には、這いのぼる勢いで花が群らがり、その場所に限って、地上の薄い光を吸いとって濃くなっていく宵《よい》の空が、ぽっかりと頭上に展《ひら》ける。

やがてまた低く被《かぶ》さってくる枝の下に入ると、重なる花影にすっぽりと包まれ、薄墨色のトンネルの中に迷いこんだような心地になった。

ゆっくりと足元を這ってきた生暖かい空気が、ふいに旋風となって、斜面を駆けのぼった。枝から枝へ、たるみがちに繋《つな》がってゆく四角い雪洞が揺れ、そのあたりから花弁が降ってくるのか、木の根元で突然女の声が起きた。

「うわあ、花びら、一緒に呑《の》んでしもうて、このへんに引っ掛ってしもうた」と咳《せき》こむ声に涼子は足をとめ、三人の男と輪になりこちらに背を向けて座る女を見た。赫《あか》い髪を頭の頂上まできっちりと搔《か》き上げ、小さな団子を作る後頭を見た。少し行き過ぎて振り返ると、濃い緑色のワンピースから斜めに脚をつき出した女は、ひとり置いた向かいの痩《や》せた丹前姿の老人に被さって咳こみ、哄《こう》笑《しょう》し、また咳こみ、段々と老人の胸の中へ倒れこんでいくのがわかった。こりゃあ、と隣りの腹巻をした男に腕をとられて起き上がった横顔を見ると、やはり松尾千枝だった。

あたりを見回したが松尾の姿はなく、向かい合うかたちのもうひとりの男の目に摑まった。薄茶のトックリセーターを着た一番若い、といっても四十をとうに過ぎていそうなその男が、涼子を顎《あご》でしゃくって何か言った

ので、他《ほか》のふたりの男も涼子を見た。千枝も上体を捩《ねじ》って目を顰《しか》めたので涼子は一歩後ずさり、そのまま行こうとしたが、

「ちょっとお、あんた、いつかのひとじゃろ」と嗄《しわが》れ声に呼びとめられた。

　すぐに腹巻の男が立ち上がった。

「なんじゃあ、あんたの知り合いかの、こっちへ来んね、ええっちゃ遠慮はいらん」と近寄ってきた。

　涼子は輪の中に引きこまれ、千枝の傍《そば》に押し据えられた。

「おう、そうかの、あんたの娘の友達っちゃあ、そねえな不良にも見えんがの」と腹巻の男は黄色い歯で笑い、自分の手にあった盃《さかずき》を涼子に差し出す。涼子は首を横に振る。

「不良たあ、なんぼなんでも失礼な、他人の娘を不良て言うたね」

　千枝が怒るでもなく斜めに男を睨《にら》み、二重になった顎をさらに引き寄せると、媚《こ》びを漂わせて笑っている。

「しかしあれでも、あんたにゃあ上出来での、男にだらしないとこは、こりゃあ母親譲りじゃもの、しょうがなかろう。じゃけど、店のことはようやりよるでね、おかげでこうやって店ほっぽり出しておまえさんは酒が飲める。あれで男を撥《は》ねつけるようであってみい、店番も頼めやせんぞ、うまいこと客を捌《さば》くところなんぞ、千枝さん、あんたが都合良う仕込んだんじゃろう」

　馬鹿《ばか》、と千枝が伸び上がって男の頭をはたいた。痰《たん》が絡《から》むような笑いが、男の咽《のど》に湧いた。咳こみ、「ああきつ」と顔を上げた千枝の目は、血を滲《にじ》ませたように脹《ふく》らみ、溶けかかっている。たったいま始まったばかりの酒宴とも思えなかった。

　酒も飲まないのに涼子の目は揺れ始めていた。トックリセーターの男が涼子の手首を摑み小ぶりの湯呑みを持たせると上から押さえた。一升瓶から酒が注《つ》がれ、溢《あふ》れたものが指の間から細い流れになって袖口《そでぐち》に落ちこんだ。

「あ」と身を引く。

「おりゃ、そのまんま、そのまんま、きゅうっと」

　咽の奥で火が弾け、やがて痺《しび》れるような感覚が胸の下部まで降りていった。莚の下の柔らかい草が尻《しり》をもち上げ、顳顬《こめかみ》のあたりが短く波打った。

　手指が男の力で固定され、もういちど満たされる。酒の香と何人もの声や溜息《ためいき》が、車のバックファイヤーのように涼子の体を撲《う》った。涼子は二杯目も飲み干した。男

達が子供のように拍手するのを聞いた。涼子の肩を摑み、力まかせに「あんた、なかなかじゃね」と揺する千枝の顔は、厚い化粧が輪郭からはみ出しそうだ。ひっつめてはいるが鬢《びん》のあたりから頂上にかけてすでに解《ほつ》れて逆立つ頭髪が、さらに大きく千枝の顔を縁取り、桃色の和紙で作られた雪洞を後に従えて、涼子の目の前にどっかりと座っていた。

「あんた、名前は何ちゅうたかいね」

千枝はいつかと同じことを訊《き》いた。涼子が応《こた》えると、そうじゃった、それで親父《おやじ》は何をしちょる、と訊く。会社員だと嘘《うそ》を言った。

「花見に焼トリとおでんか。ゆんべの残りもん食べさせられて金払うちゅうのも、わしらはひとがええの」

向かいの丹前の男が、重箱の端を箸《はし》でつつきながら涼子にも勧める。

言われるままにつめたい竹輪を口に運び、煮染《にし》めた甘辛い醬油味《しょうゆあじ》が口内に拡《ひろ》がるのを覚えたとき、壁一枚をすうっと通り抜け、松尾とそっくりの顔、そっくりの仕草でこの場所にいるような気分に包まれた。

「松尾さん、どうしてます」

いくらか野太い声で訊いてみた。

「勝美がどねえしたって、え」

煙でも避《よ》けるようにのけぞり、もういっときも一点を見ていられなくなった目が涼子にぶつかってきた。

「しばらく学校で会ってないもんで」

「あんた、先生に頼まれてここへ来たんか、学校のスパイか」

体を支える千枝の腕が、微《かす》かに震え始めている。思わず、いえ、と小さく応えると、千枝の目の焦点はますます滲んで拡散した。

「勝美のことで、またうちを苦しめに来たんか、あんたは」

揺れていた声が、鋭く切りこんできた。

「あの出来そこないをうちに産ませて、あれの父親はなあ、ナメタケ栽培の借金と二つになった娘を捨てて、それも台風の晩よ、それきりよあんた、このさいじゃから、あんたにも聞いてもらおうじゃないの、ビュービュー風が吹くなかを、うちは、泣く子を背負うて」

と涼子に摑《つか》みかかる千枝を、男ふたりが両方から押さえ、

「またまたそのはなしかね、もう借金のこともあれの父親のことも言わん約束じゃろう」

「それを思い出すと、あんた、ちいっとここがおかしゅうなる。ここはの、花見の席じゃから千枝さん」

かたちの崩れた頭を抱えるようにして男達が押しとどめる。

千枝はふたりを邪険に振りほどいた。嫌々と体を揺すり「今度はあんた、アメリカの男よ、みなしてうちを死ぬ目にあわせる。うちの苦労も忘れてアメリカに狂うてしもうたんよ」

首から上をぶるっと震わせ、片手に持っていた盃を放《ほう》り投げる千枝の真赧《まっか》な顔から、尋常でない気配が伝わってきた。マーチンのことは終わったと言った松尾の声が、涼子の咽を借りて飛び出しそうになるが、千枝の甲高い声に塞《ふさ》がれた。

「ああ、うちみたいな酷《ひど》い目に合うた女はおらん、娘だけを頼りに育てたらろくでもない男ばっかし引っ張りこむ。うちはね、なんぼ娘に撲《なぐ》られたからちゅうて、声も出さんで我慢しちょるんよ、声も出んほど撲るんよ、酒でも飲まんでおられたら神様いね、そしたら今度は酒を飲むちゅうてまた撲る。うちは毎日地獄。ああ、いま思い出した。あんたはいつか、うちが勝美に撲られるのを黙って見ちょったね、止めてもくれんで、見物しちょった。勝美とぐるになって、うちを殺そうとしたじゃろう」

うろうろと泳ぐ視線がようやく涼子の上に定まったかと思うと、撲りかかる勢いで腕を摑まれた。

腹巻の男が後から千枝を羽交絞《はがいじ》めにし、

「ああまた、こら千枝さん、あんた、いつも暴力ふるうから病院へ電話されるんだぞ、女《おなご》じゃろうが、女《おなご》なら、じっとこの手はこらえんにゃあ」と涼子にしがみつく手を放させ、急に声の調子を変えると、「女《おなご》ならの、こっちをちゃんと摑んじょらんと」とその手を、あぐらをかく股間《こかん》に引きこんだので、千枝は男の上に崩れた。

トックリセーターの若い男は、河の方を向いてひとりで酒を注いでいる。

立ち上がろうとすると、頭上の白い天井がゆっくりと傾き、涼子を押さえこむように落ちかかってきた。

「ようないことばっかし考えんで、もうちいっと色っぽいこと考えんね」と千枝を抱きこんだ男が猫撫《ねこな》で声で言うと、千枝はされるままに体を放り出した。男達は顔を見合わせて品のない笑い方をしている。千枝は両の腕を重そうに男の首にまわし、耳に口を寄せて何ごとか言うと、嗄れ声を天に打ち上げるように笑った。

通りがかる父娘《おやこ》連れが、何だろうと立ちどまり、土手の下から見上げている。父親の肩に乗る女の子の透けそうな髪に、花弁がいくつもとまっている。

父親は明らさまに嫌《いや》な顔をして足を早めたが、女の子は高い場所から丸い目を向け続けていた。

草の上に静まっていた白い切片が、風のかたちに渦《うず》をつくり、横からの突風に持ち運ばれる。

「あんた、この母親の気持、ちっとはわかる、切ないもんよ、あの子ぐらい親不孝はおらんのよ」

思い出したように涼子に振り向いた千枝は、青白くむくんだ手を自分の胸に置き、掻《か》き毟《むし》るように動かしたが、そこにとり憑《つ》いているものが、何か淫《みだ》らな別種のもののような気がして、涼子は、浮いたような目から逃れようと顔をそむけた。

「あれあれ、何ちゅう顔をしとんじゃ、そうか、わしらに刺激されたんじゃな」

はだけた丹前の前を押さえることもしない老人の、魚のようにつめたい指が涼子の上腕に触れ、酒の息を吹きかけてきた。涼子は老人を押し返した。

ようやくの思いで「松尾さんは、とても母親思いです」とだけ言った。

するとその場にいる全員が、なぜか千枝までもがどっと笑いころげ、男の手で、また酒がつがれた。「あれのどこが母親思いね」と千枝が逆らう気配を見せる。

涼子は千枝の脹《ふく》らむ目のあたりを睨み返した。千枝をやりこめたい衝動に任せて、

「あなたは知らないんです、手紙のことだって、松尾さんは」と言いかけ、慌《あわ》てて次の言葉を呑みこんだ。皺《しわ》くちゃになった便箋《びんせん》の、子供のように拙劣な文字と、あの夕刻の松尾のまなざしが、横あいからふいに現われた。

「手紙、なんねそれは」

千枝が薄い笑いの奥に執拗《しつよう》な光を宿しながら訊き返した。

材木置場の暗がりで松尾が点《とも》したライターの、小さい炎がゆらゆらと動く。あのひとに知らせたらただじゃすまない、と威《おど》す声まで聞こえた。

ふと気がつくと胸の底に、あのとき松尾が必死で護ろうとしたものが切ないまでに輝いて、それはこの半年のあいだ、うんざりするほどくり返されたことでもあるが、涼子を無性に、泣きたい気分に引きこんでいくのだった。

「あなたの子供のような手紙のせいで、松尾さんがどんな目にあったか、教えてあげましょうか」

涼子は、声にするよりはるかに強く、そのひとことを

くり返しながら千枝を睨んでいた。そしてもし、本当に口にすることができたなら、そのときこそ、松尾のことを考えるたびに味わってきたこのやりきれない思いからも、逃げ出せるのではないか、と思った。松尾にも誰《だれ》にも捉《とら》われることなく、独りすっくと立つ自分を想像した。裏切る、という言葉が、青い氷の破片のような魅力をちらつかせて、涼子の中をよぎっていった。

「手紙って、何のことね」

千枝は、涼子のひとことを摑まえて離そうとしない。

「何でもないんです」

俯いて盃をあけた。動悸《どうき》が耳の奥を打つたび、掌《てのひら》で受けとめた花弁が、一円玉から十円玉の大きさに、そして掌いっぱいに、滲んで溶けてくる。

「気色悪う。あんた、はっきり言やよかろう、誰の手紙ね」

からみついてくる声には、有無を言わさぬ力が隠されていた。

男達を見ると、彼らはそっぽを向き、ときどき興醒《きょうざ》めた顔で頭上を見上げては、思いついたように互いに酒を注ぎ合っている。

「誰の手紙だって、え」

「いいんです、もう」

「そうはいかん、言わんにゃ、誰か」

「三島先生」とだけ小さい声で言うと、咽《のど》めがけて酒気が押しのぼってきた。

「そりゃあ誰ね」千枝は凄《すご》むように問い返した。以前、たった二行だけの手紙を書いた相手の名前など、記憶から抜け落ちているらしかった。

千枝の頭の揺れがいっそう大きくなった。前のめりに傾くとき、目は涼子を刺すような光を放った。

「もう、忘れて下さい」

「うんにゃ、その手紙がどうしたのか聞こうじゃないか。それは勝美の、新しいこれかね」と体を支えていた手を外し、親指を立て、怒ったように上半身をのり出す。

「もういいんです」

「ようない」

「勝美さんに訊《き》いて下さい」

涼子は泣きそうな声で言い返した。

丹前の男が「何やら知らんが、もう二、三杯飲んで景気つけんにゃ、このばあさんとはやり合えんぞ」と言い、酒瓶《びん》を鼻先へ運んできたが、すぐに目を上げ、涼子の肩越しに、

「お、噂《うわさ》の張本人が来た」と大きい声になった。

振り向くと、黄土色のジーパンに緑色のセーターを着た松尾が、右手に自転車の鍵《かぎ》をぶら下げ、首から上を斑《まだ》らな影に染めながら、斜面を上がってくるところだった。

涼子を見つけたとき、戸惑うような不安な目をした。

涼子が何か言いかけるより早く、千枝が、

「勝美い、いまあんたの友達から、おかしなはなしを聞いとったところなんよ、こっちへ座らんね」と言い、空気を掻き寄せるように手を動かす。

その手が届きそうで届かないあたりで立ちどまった松尾は、口をきつく結び母親を見据《みす》えると、

「母ちゃん、油断も何もありゃしない」

鋭く呟《つぶや》いて自転車の鍵を握りしめた。

「何をつっ立っとるん、こっち来て一杯もらい、うちに説教は要らんよ」

松尾の目に苛立《いらだ》ちとやりきれなさが拡《ひろ》がった。

「あんた、この友達から聞いたんじゃけど、三島とかいう男の手紙をどねえしたってね、え、母親のうちに隠れて、何をこそこそやっちょるってね」

松尾の膝《ひざ》が、びくりと動き、そこから突然の緊張が波のように駆け上がったようだ。

涼子は目の奥に強い痛みを覚え、急いで言葉を探したが、千枝の方が早かった。

「勝美い、あんたに訊きゃあわかるって、このひとが。何やら知らんが気色悪い、手紙がどうのこうのって、え、何のことよお」

最後の方は、松尾の胸に声のありったけを投げつけ、甘える、といった感じになった。

「母ちゃん、帰ろう」

松尾が乱暴とも思える勢いで千枝にとびかかった。

「うちに黙ってこんなところに出てくるから」

頭ごと突っこみ、やみくもに千枝の体を持ち上げようとする。入り乱れるふたつの顔が、紫陽花色《あじさいいろ》に光った。

「ええから放っときい、薬はちゃんと飲んじょるし、放っといてよお」

幼児のように抗《あらが》う母親の両脇《りょうわき》の下に強引に手を差し入れ、松尾は全力で抱え上げた。

娘の手を何度も振りほどいた千枝だったが、必死の力に逆らえなくなったのか、二、三歩よろめきながら立ち上がった。

男のひとりが、ち、と舌打ちした。

ふたりは土手の坂を、おぼつかない足取りで下りた。

そこに、見慣れた松尾の自転車があった。

立っているのも危げな千枝が勝手に歩き始めたので、松尾は摑《つか》まえようとした。千枝はその手を振りほどこうとさかんに首を振りながら身悶《みもだ》え、叫ぶような声をあげ、娘の胸をつき放す。旋風が砂まじりのなま暖かい空気を吹き上げるので、松尾の長い髪が千枝の首にからみついていく感じになった。千枝はなおも松尾の手をのがれようとする。

松尾の顔が土手の上に立ちつくす涼子に向いたとき、目のあたりが、ちょうど傍にある自転車のハンドルと同じ色に、濡《ぬ》れて光って見えた。

涼子はふらふらと土手を下り、何か言おうとしてふたりの傍に立った。

その隙《すき》に、千枝は松尾の手から逃れて、つんのめるように歩き始めた。ぶつかりそうになった男ふたりが左右に分れて道をあけた。

足元を睨《にら》み、首を落として歩く千枝の背中が、一歩ごとに右に左に傾く。

松尾はどこまでも涼子を見ようとはせず、自転車を出して千枝を追いかけたが、追いつく手前で急に立ちどまったかと思うと、呆然《ぼうぜん》と立つ涼子のところまでゆっくり引き返してきた。そして、初めて涼子を正面から見据え、何か言いたそうに唇《くちびる》を動かしたが、声は流れてこなかった。

涼子の咽めがけて、言い訳の言葉とも、もうひとつ切実な願いともつかない、また、漠然《ばくぜん》とした怒りのようでもある熱い塊りが駆けのぼり、うまく出口が見つからないまま、頰の筋肉を細かく震わせた。

やがて驚いたことに、松尾の顔にあわれむような、悼《いた》むような、静かな気配が拡がっていき、あとに、澄んだ水のようなまなざしが残された。

涼子は、自分をやわらかく遠ざけながらも、なぜか赦《ゆる》してくれているその目を、打ちのめされる思いで受けとめた。もはや覆《くつがえ》すことの不可能な高みから、見下されているような気がするのだった。

「それじゃあ」と松尾は言った。

頰笑《ほおえ》んでいるように見えるゆるやかな唇の表情は、しかし、涼子にきっぱりと別れを告げている。

押し返す勢いで、涼子も「じゃあ」と応《こた》えていた。

松尾は数歩助走をつけ、自転車にまたがった。

十メートル先を行く母親に追いついたところで自転車から降り、並んで歩いた。

そのあたりは灯《あか》りがとぎれて、薄く翳《かげ》っていた。やがてふたりは街灯の下に出た。

輝く雲のような枝の下で急に立ちどまり、松尾は千枝の方に体を傾けた。千枝が自転車の荷台に、腰をはね上げるようにしてよじのぼるのが見えた。一瞬、ふたつの体はゆらりと傾き、千枝はサドルを、松尾はハンドルを、必死で握りしめるのがわかった。

松尾は背を丸め、肩と腰に力をこめて一歩一歩押して行く。

砂や紙屑《かみくず》、折詰の空箱などが風で転がる道を、光の中から暗がりへ、また光の中へと、ゆっくり遠くなっていった。

涼子はしばらく立ちつくしていたが、踵《きびす》を返して反対の方向へ歩き始めた。途中から駆け足になった。ふたりの後姿は小さくなるどころかしだいに頭の中いっぱいに溢《あふ》れてきた。微光を放つ大きい玉のようなものを抱える松尾が、花の額縁の中をゆらゆらと帰ってきたかと思うと、涼子を嗤《わら》うような、涼子のために祈るような、不思議な声を響かせながら、いつまでもそこにいるのだった。

涼子は、追われるように走った。雪洞《ぼんぼり》がとぎれたあたりで土手にのぼり、青灰色に色褪《いろあ》せた無数の切片を浴びる。

深さを測ることのできない夜空に、星のまたたきひとつ探し出せなかった。

中沢《なかざわ》けい

海を感じる時

食事をすませ、しばらく煙草を吸ったまま押し黙っていた洋が、突然提案した。

「海を見に行こう」

「え？」

「ここから、海岸まで歩いても、十分くらいなものだろ。俺、海が見たいんだ。生まれてかちずっと海を見てくらしてね。海がなんとなく、俺のいちばん休まる場所なんだ。東京にいると、やけに恋しくなるし」

「あたし、城山に登ろうと思っていたのに」

「海だ」

「城山だって、T湾が見わたせるのよ」

「それじゃあ、感じないんだよ。近くで見なけりゃ、身体ごと海を感じなければ」

「…………」

昨年の夏、東京で二週間ばかり予備校に通ったことがあった。あの時、帰りの列車の中から、しばらくぶりに、垣間見た海の碧《あお》さに驚きに近い感動を覚えた。身体の芯のほうが、ぶるぶると震えたあの感じを、洋はいっているのだろうか。

ていねいに、吸いかけのセブンスターをもみけしてから、二人分の食事代を洋が支払う。習慣化してしまった今では、私もそれがあたりまえのような顔をして、洋の後に立っている。が、以前は、コーヒー代や食事代の支払いを洋が持つことに抵抗を感じていた。それはまるで、食事や寝床のために身体を提供する女たちのように自分が感じられたからだ。逆に洋は、支払うことに義務を感じていた。「男だから」と彼はいう。「妊娠にしろ、その他のことにしろ女は不利だから」と彼はいう。

私はまだ高校生で、洋は社会人であり十分に給与をもらっていることや、いつの間にかできあがった雰囲気で、それは二人の習慣になってしまった。

私たちは人目につかない道を選んで、海岸に出た。九月も末になると、ほとんど人はいない。T湾がおだやかに褶曲し、大房岬《たいぶさ》によって視界がとぎれ、胸のすくような色の空がひろがる。

大房岬のつけねのあたり、ひときわ緑の色濃い部分に白い火の見が見えた。あの下あたりが私の家のはずだ。耳もとで、母がときどき和服を仕立てる手を休めて「なんのために生きてるんだか……」とつぶやいている、あの声を聞いたような気がした。高野洋との関係が露見してから、母はそうつぶやく。

私が、洋と、いや男と肉体的な関係を持つことは、母の生命の意味までも失わせてしまうものなのだろうか。私には、母があれほど狂乱したほんとうの理由がわからなかった。母の気持ちがわからないのは、彼女が言うように私がみだらで、くだらない女だからなのだろうか。ほんとうのことを言うと、今はそれを考えるのも疲れ果ててしまっていた。

「俺たち、二年になるんだよなあ」

海辺はゴミの山になっている。捨てられたもの、打ち上げられたもの、かろうじて砂が美しさを保っている場所に腰をおろし、洋は目を細めて、セブンスターをふかす。

「俺ね、なんだかんだ言っても、女とつき合ったっていえるのあんたしかいないよ」

さっきから、波が、空になったシャンプーのビンをころがしている。ビンは波に引かれたと思うと、すぐにまた打ち上げられる。

「東京には、きれいな人がいるでしょう」

「いても、相手にならない」

「してくれないんじゃないの」

「その通り」

どこから来たのか、二、三人とつれだった子供たちが、足もとをぬらしながら、歩いていく私たちの姿を見つけて、なにかひそひそとしゃべっていたかと思うと、よくわからない言葉で、大きな声ではやしたてた。

「いいねえ、あんな頃さ。俺なんかも浜で東京からきたアベックを、やいやい、からかったよ」

こんな時は、やさしい目をきまってする。だから、私は洋を信じてしまう。いたずら坊主の中には、水を含み砂まみれの運動グツを竹ざおにひっかけて、肩にかついでいるのもいた。帽子を横にかぶっているのもいる。丸い頭の向こうで海が、きらきら光る。

「子供、好きね」

「ああ、ちっちゃいのがね。俺、あんな連中ならすぐ友だちになれるよ」

　洋はあおむけになって、目を閉じた。額で短い前髪がゆれてる。それをホッとした気持ちでながめた。もう少年とはいえない。二年の時間は洋を青年と呼ぶに、十分ふさわしいものにしていた。

「キスしたい」

　寝ている洋の上に顔をつきだす。そう言っただけで胸がどきどきしている。

「だめ」

　洋の答えはわかっていた。

「だれも見てないよ」

「あんたを、そんな風に見たくないんだ。俺ね、あんたのこと少し前と変わった感じでみてるんだよ」

「………」

「今は、あんたと俺と理解し合える。でもどうにもならないな。結婚もできないだろうし、してもうまくいかない。わかりきってるよ」

　今までよりも、少し大きな波がシャンプーの空ビンをさらっていった。

「わかっているんだ」

　洋のひとりごとが青くなって、海に溶けだすように、風にのって沖へはこばれる。私の手、足、額、それに内臓、みんな青く染っていきそうだ。私はボンヤリと洋の髪をなぜた。手に柑橘系の香りがするリキッドがつく。洋のにおいだった。

1

　私の十六の秋は、不満と寂寥にみちていた。それが二年前の私だ。

　その季節になるときまって、ひとつの思い出にとらわれる。音の記憶がほとんどない。八ミリを音声なしで見るように、私の頭の中に映像が動きだす。雨が白や黄色の菊の上にふりそそいでいる。私は祖父母の家の縁先から、それらの花が水を含んで、首をたれる様を見ていた。秋も末の、冷々《ひえびえ》とした日であったのを、よく覚えている。

　私の背後の薄暗い室内で、母が祖父に何かを言われている。視線は庭先にありながら、心では祖父母と、その前に正座した母の姿を凝視していた。やがて、静かな気配が十二の年の私の背中へ近づく。ふりむくと母が立っていた。私の頭の中には、何ンの考えもなかった。ただ、母をみあげ、放心したように立っている異常な——一種の妖気にたじろいだちょうどその時、母に縁先から蹴落とされ、驚きと事態の思いがけなさにふるえる私の上に、「父親《おやじ》によくにた顔しているあんたを育てていくのよ、にくったらしいったらありゃしないんだから」と、半ば怒声に近い、きんきんした声と共に、父の位牌が投げつけられた。

あれは、おそらく父の四十九日の出来事なのだろう。父と母が築き上げた財産が、なんのことわりもなく、祖母の甥《おい》が養子となったためトビに油揚がさらわれるように、母から取り上げられた。その詳しい事情は、私は知らない。が、後妻であった祖母が、家族との血のつながりのない不安からか、ヒステリックに、母とその子である私をいじめたのは、よく覚えている。そのためか、私には年老いているものへの好感はない。

後に、母は涙を流しながら、

「あの時のお母さんのつらい気持ちを、子供のあんたに覚えておいて欲しかったから」

と、私の前であやまった。

母の気持ちはわからないわけではなかった。むしろ、祖母の意地の悪さを思うと、痛いくらいわかったのだが、どこか冷やかな母の態度に触れる度に、あの時の風景が心に映写された。

母は、身体に触れられることを極端にいやがった。それは未亡人という、好奇の目でみられがちな立場をうわさや中傷からまもるやむをえない本能であったかもしれないが、私を時にやりきれない空虚な気持ちにさせるものだった。

夕暮などに、ふと背中に頬でもすりよせ「おかあさん」などと言おうものなら、たちまち、「気持ち悪い、いやらしい子だね」と身をかわされ、拒絶された。異和感が生じ、母が鉄でできた働く機械のように思えた。

母が私に十分愛情を持っているのはよくわかっていた。生活の様々な場面で、私を助け救ってくれた。いつだったか、近所の中年の婦人から、

「女のくせに高校だの、大学だのに行くなどといわずにお母さんを楽にさせてあげなさい。女が勉強してどうするの。あんたは頭がいいんだから、お母さんのこと考えておやり」

と諭され、

「父親もいないのに、大学へ行こうなんて思わないのよ」と言われたくやしさに、半ばベソをかいて帰ると、

「お母さんだってやりたかったことがあるの、でもね、女だからっていわれた。だから、あんたには、その分思ったことやってもらいたいの、他人なんか、なんの責任もないし、勝手なこと言うんだから」

そう言った母の顔をみて、こみ上げるものに声をだして泣きだしてしまった。母の膝に顔をうずめたいのをこらえながら。

母は理智的な人間であった。いや、そうありすぎたのかもしれない。私は母の理智を信頼し、そして同時に嫌悪した。動物が体と体をすりあわせるような、体温と体温の結びつき、ケダモノ的な愛情に飢えていた。

学校生活も、空虚さをいやしてくれない。若者が集まり、何らかの形でありあまる生命エネルギーを噴出させる集団生活など、つい十年前までの過去のイメージにすぎない。全共闘以後と、よく言われるが、もう高校生の中で「全共闘」の言葉さえ知らないものが多い。シラケはシラケでなくなりつつある。あたり前の状態にシラケがなりつつあるからだ。校舎の壁に、わずかに残る「反戦」といった落書きにだれも興味は持たない。

文化祭がくれば、ディスコが二、三軒、開店し、普通教室は軒なみうす暗い喫茶店に変わり、みんながお金もうけをする。金魚すくい、縁日、バザーがわたり廊下をうめ、体育館はロックの響きとマナーの悪い観客でめちゃめちゃになる。隣の高校の女生徒が、ボーイハントに来る。そして、展示場で嬌声をあげる。終日、学校はみんな同じようなことで終る。そして最後につぶやくのだ。

「無気力、無関心、無責任、無感動なんていうけれど、気力がないだけなんだ。感動する気力も、責任を持つ気力もない。そんなに気を張ったって、だるいだけなんだ。俺だって、他のやつらがやるんだったら、俺もやるさ」

「自分の意見なんて、どうだっていいんだよ。言ったところで、どうなるもんじゃなし、人と争うだけつまらないよ。まあ黙っていれば、人と同じにやれば、平和じゃないか。民主的になんて、めんどくさいよ」

すべては沈滞し、退廃さえしない。羊より従順に授業をうけ、惰性だけが毎日の原動力だった。

私は、自分の中で血の流れが鈍り、鮮やかな色が鉄サビよりも水気を失う色になっていくのを感じる。

自分はもうすぐ十六になる。それなのに、ますます自分の中で血の流れがおそくなる。

正門から昇降口までの、夏ミカンの並木の下をあるきながら、重苦しい気持ちをかみしめた。私はこのまま、こんなにごり水の中にいていいのだろうか。そうであるわけがない。

今朝も母とあらそった。彼女は、なぜ勉強しないのか、そのために学校へやっているのに、とつめよる。だが、学校のよどみ、しずみきった空気を吸ったとたん、何もする気力がなくなった。ほとんどの生徒に巣食う「無気力」が私も病気にしようとしている。が、「従順」はまだ併発していないようだ。

教室へ出ることは少なくなっていく。図書室で本を読んだり、新聞部の部室で古い記事を読むことで時を過ごすことが多くなる。

毎朝、夏ミカンの木がたわわに実をつけ、青くさいが新鮮な香りを放つのが、私をとてもみじめなものにした。自分の腐臭をより強くかがされる気がした。

2

その日も教室に出る気になれず、部室で、古い朝日ジャーナルを読んでいた。足音に、気づいて顔をあげると、一列車おくれてしまったらしい高野洋がクツをさげて入ってきた。こんな地方都市では、朝でも一時間に二本ほどしか列車本数がない。

「おはようございます」

「またサボリか」

「ええ、すみません」

「俺にあやまることないんだよ、単位がとれなくなるぞ、それに大学を受けるんだろ」

「ええ」

高野さんは二級上である。彼も大学を受けるのだろう。旧制中学から高校になり、卒業生の中から県知事がで、そして九十八パーセントの進学率がある、それがこのA高だ。

「まあ、中沢さんの自由だけれど、授業は出たほうがいい。三年になって後悔するよ」

「高野さんはしているんですか」

「ああ、してるよ、おおいにね」

「授業に出なかったのを」

「いや、出ても寝てたのをね」

ふふと小さく笑ってから、またジャーナルのページをめくった。書評欄に、なんとかと言う女流作家の蜒々《えんえん》と続く男女の営みを書いたものが、意外に新鮮だったとある。

だいぶ古いものらしい、もうどこにもかかっていないだろう映画の評がある。

「ねえ」と声をかけられて、高野さんが前に立っていることに気づいた。一瞬、ポカンとした私の両手をとらえて、ふるえた声で、

「立って」と言う。

ポカンとしたまま立ち上がると、

「何にもしないよ、口づけだけ」

「冗談でしょ」

「いや、本気だよ」

「あたしのこと、あんまり好きな女の子のタイプじゃないって言ったのに」

「好きじゃないよ、好きじゃないけれど」

「どうして」

自分が、小さく震えて、だんだんのどが、かわいてくるのがわかった。それまでは、震えているのにも気づかなかった。

「どうして」

「………」

かすかに、唇が動いたみたいだ。高野さんの制服の金ボタンが、旧式の上下にひらく窓から射しこむ光に、きらめいたのが、奇妙に印象に残っている。どんな顔をして、私を見つめていたのかしらない。掌から高野さんの体温がつたわってきた。少し視線を上げるとしわのない唇が、かたく結ばれている。

足もとから力がぬけていった。くずれこむように高野さんの胸もとへ顔をうずめた。ドキドキしているのは、私の心臓か、高野さんの心臓か、しばらくその音を聞くうちに、気がついて顔を上げる。

さがった前髪を、そっとかきあげてくれ、唇があわされた。案外に唇はつめたかった。おそるおそる、舌がしのびこんできたかと思うと、歯のすき間をなめて出ていった。

また、顔を高野さんの胸にかくすように伏せる。

「初めて」

「うん」

「僕もだ」

背に回した腕が、どちらともなく離れ、高野さんは、先ほどまで私が読んでいたジャーナルを読みだした。

チャイムが鳴るまでの数分間、もとの長イスに腰をかけた以外、何を考え、何をどうしたのか覚えていない。

チャイムが一時間目の終業を告げる。

「二時間目からは、出ろよ」

ジャーナルから顔をあげずに言った。数人の足音がして、授業を終えた部員たちが、部室に入ってきた。


暮れ方の駅前は、田舎でも、どこかせわしい。駅舎とロータリーをはさむようにして、松屋ブックストアーがある。二階は『ねむ』という、気の利いたコーヒーショップになっていた。ここからは駅前広場がよく見わたせる。

新聞部はよくこの店に出入りした。いつも広告をだしてくれるからかもしれない。私は高野さんより一足早く、学校を出た。この店で五時に待ち合せる約束だ。一日もたっていないとはいえ、もう共犯意識が二人に生まれている。

ウェイトレスが、モカを運んできてくれる。今日、一日、ふわふわと飛ぶみたいに過ごしてしまった。二時間目の教室で、同級の仲間より大人になったと感じたこと。それに、血が急に早く流れだしたこと……。

なんとなく、浮いた気分で街を見おろした。ふと、入部して間もない頃、初めて文芸欄に詩を書いた時、高野さんに言われたことを思い出す。

「中沢くん、作品の言葉はちゃんと吟味しなければいけないんだ。たとえば、ここのフレーズに娼婦って使っているだろう。これ君が、それになってみるか、そういうことを知るかしてからじゃなきゃ使っちゃいけないんだ。気持ちがわからないじゃないか」

自分の背のびが恥かしかった。が、今も背のびを続けていることには気づかなかった。下り列車がついたらしい。改札から人の群がはき出されてくる。その反対側の三叉路から、高野さんを含む、六人の新聞部員がつれだって姿をみせた。部長の戸村さんが、バスが発車しかけているのをみつけたらしく、バス停へ走っていく。高野さんと他の四人が立ち止まって何か話をしている。下り方面の列車に乗る四人はそのまま改札口へ入っていき、高野さんだけが松屋に入ってくる。

階段を上る音。ここの扉は開く時に少しだけ、キイッと音をたてる。

「待った」

「ううん、ちょっとね」

ひょろ長くのびた手足を、器用に動かして、少し狭いテーブルとイスの間に入ってくる。近づいてきたウェイトレスに「ブルーマウンテン」と注文してから、カバンを自分のわきに置いた。気づかずにいたが、顔にたくさんにきびの跡がある。私は、にきび面は好きではなかったが、好きになれそうだ。あらためて高野さんを、細かくながめてみる。不思議な翳《かげ》りを映す目、少しひくく大きめの鼻、しわのないぴっとはった唇。

ウェイトレスが、ブルーマウンテンを運んできたのをきっかけに、

「話って何」と高野さんがきりだす。

「………」

思ったより切口上なのに、とまどってしまった。

「今日のことなんだけれど」

「ああ」

「私ね」

うつむきかげんになり、声が自然に小さくなってしまう。勇気をつけるために目の前にあったコーヒーをひと口飲む。

「俺、初めてだったんだ」

高野さんの声もボソボソしたものだった、FM放送が六時を告げる。リクエストアワーがはじまった。「横浜市の○○子さんから××さんへ」アナウンサーがカードを読みあげ、軽快なリズムといっしょに、岩崎宏美が、

「あなた　お願いよ
席を立たないで
息がかかるほど　そばにいてほしい
あなたが　好きなんです
………」

澄んだ高い声で、歌いだす。なじみのあるメロディーの底に心が沈んでいく。歌謡曲と同じような恋人たちが、学校の中で量産されては消えていく。だれもいない女の子は、うらやましそうに、並んで歩く二人をながめていた。私は、そんな連中を軽蔑していた。「安易な恋愛なんて無意味よ」、そうクラスメートの前で宣言した自分が、いったい高野さんに何を言えばいいのかわからなかった。

「高野さん、私ね、前から……」

さめたコーヒーの水面に丸い輪の波ができてる。額のあたりに視線を感じている。何かを言わなければいけない。大きく息を飲みこんで一気に、声を出してしまった。

しかし、それはかすれた小さな声であった。

「前から好きだったんです」

口の中で苦味を感じた。後めたさの味かもしれない。

口の中の苦味をかみしめながら、高野さんでなくとも、口づけをしたであろう自分を認識した。口づけは、私を空虚な倦怠感から脱出させるために十分な出来事だ。毎朝、夏ミカンの並木の下でのみじめさの中で、だれかが私を抱きしめ、肌と肌をふれあわせ暖め合うことを欲していた。つまり、高野さんに、わざわざ「好きだ」と告白しなければならないほど、「好き」なわけではない。その告白の必要性はただ私が、世間一般の常識からそうしたにすぎない。告白によって、ある程度、成人《おとな》の非難から逃れられることを私はよく知っていた。

「僕はね、君じゃなくともよかったんだ」

私はうつむいたまま、言葉をえらんで返事をしなければならないと考えたが、適当なものは何もみつからなかった。

「もう、出よう。遅いよ」

「ええ」と、言ってから顔をあげ、

「正直なのね」と、高野さんを見た。

「苦しいだけさ」

高野さんが二人分のコーヒー代を支払う。松屋を出ると、すっかり暮れていた。コートを着た、勤め帰りらしい女がすれちがいに『ねむ』に入っていく。

「とっても、不良になったみたいな気分よ」

「そうかな」

隣で高野さんは、カバンを軽くふりながら歩いている。私たちは並んで歩いている。

「君、一年生だものね。戸村なんかも、二年の時のことだけれど、あるんだって。あいつはモテるから仕方がないとしても、青木でさえ、キスをしたことあるって言ってた。俺はなかったんだ」

「鈴谷さんは」

「お鈴さん、あれはね、磯のあわび」

「それだけ」

「だって、いるんだよ、あの人にだって。もう卒業しちゃったけれど」

上り電車が、ホームにすべりこんでくる。ほとんど、ガラ空きだった車内に人があふれてくる。私は高野さんの隣でつり皮にさがり窓に映る自分の顔をながめた。単調な響きを聞きながら。

3

朝の部室は、小さな清らかさに満ちていた。風の音、すずめのさえずり、窓から黄味色の光がさしこみ、木の影がゆれるたびに、光もゆれた。自転車で十五分も走ってくると、手足は痛いくらいつめたくなる。ほおが、つやつやとした光沢を持った紅に染っている。

高野はなんで、近頃私をさけるのだろう。通学の列車にしても一本早目の電車に乗っているらしい。偶然、松屋などで出会っても、不快な表情で私をさけ、姿をかくしてしまう。話しかけるにも、気おくれするようなひややかな素振りだ。私は、そのくせ、二人きりで会うとかならず求めてくる高野を理解しかねている。「俺たち、会わない方がいいんだ」としか彼は言わない。私が呼び出した時でも、ほとんど何かしらの理由でことわられた。数回目で、やっと会うことができると、身体にふれてくる。どういうことなのだろう。

カバンの中から、借りっぱなしになっているカミュの『異邦人』をとりだした。私はこの本を故意に返していない。とびらに、高野の手で「昭和四十八年八月購入」とあり、ところどころに、線がひいてある。

めくりながら、線の引いてある部分の文字を意味もなく追う。ふと思い立って、初めて口づけをした時と同じ場所に立ってみようと、そっと足音をしのばせて、窓際から少し奥まった所に立つ。息もひそめた。静けさをこわしてはならない。軽い緊張が、あの時の感覚を鮮やかによみがえらせる。目をつぶる。首をそっとそらす。あごからのどへかけて、冷涼な空気が、触れる。

緊張感を持続させたまま、目をあける。まばたきの音がしないように注意して。

木のゆれる影が、顔の上をゆきつもどりつし、澄んだ窓ガラスのむこうで、黄色に染ったイチョウが、もう六割がた葉を落としていた。私は、秋がすぎていくのにも気づかずにいた。梢近くで、葉がまとまって散る。光に舞う。それを半ば放心したように、驚きながら見つめた。空は折り紙をはったよりも平らに、ピッとはりつめていた。

「どうしたんだ、こんな早い時間に」

振り返ると、コートのポケットに片手を入れて高野が立っていた。張りつめた気持ちが、音もなく消えて、高野にすがりついていくと、「よせよ」と、にべも無く拒絶され、ひどく恥かしい思いをする。

「話したいことがあるの」

「なに」

「なんで、そんなに私をさけるの」

「なんでって……」

言葉を濁して、高野はコートをハンガーにかけ、黙り

こくってすわった。私が次の言葉を探しはじめた時、窓の下で自転車が止まる音がして、青木さんが、

「おーい、だれかいたら、あけてくれ」と、大きな声をだした。青木さんの声には特徴があった。

「寒くなるだろ、電気ストーブを持ってきたんだ」

「そりゃいいな」

段ボール箱を受けとる高野の顔が、気のせいか、解放感にみちているようだ。


チャイムがなると、ストーブの話をしていた部員たちが、教科書やカバンを思い思いに持って、教室へ行く。高野も出ていった。彼は、もどってくるだろうか。後に残った私は、わずか五分ばかりの間に、二、三回、そう反問した。彼はウソはつかない、それだけは信じられる。私にわかっているのは、それだけだった。

教室へ、カバンを置いてきたと言って、もどってきた。

「さっきの話ね、こんなことつづけると、俺はよくても、君はダメになっちまうよ」

「でも、あなたが私に求めるものって、身体しかないんでしょ。それ以外は何ンの興味もないし、好きな女の子の感じじゃないって……」

「だけれど、僕のことが、ほんとうに好きだったら、もうよした方がいい。ますます、気持ちが離れていっちゃうよ」

「でも、いつも求めるの、あなたの方なのよ。最初のときもね」

「だから、こんなことの相手はやめるんだ」

「あなたの気持ちの中には鈴谷さんしかいないんでしょう」

「………」

「それで、もし私があなたの求めに応じなければ、あなたとは話をすることもできなくなっちゃうわ」

「………」

「今だって、記事については何も批評してくれなくなってしまったし」

高野はテーブルのかどを、指ではじいていた。ひざが軽くふるえている。

「じゃあ、脱げよ」

「………」

組んでいた腕をはずして、強引に私をひきよせ、自分の隣にすわらせた。

「いつもみたいに、遊ばせてもらうから、脱ぎなよ、あ

んた、それでいいんだろ」

どこかの教室で、漢文を声高に、読みあげている。『鴻門の会』だとわかる。

「着てるものを脱ぎな」

空気がピリピリとふるえていた。私はまばたきをするのも忘れて、高野を見ていた。性への欲求があるときは、いつも目を細める。——そんな目をしないでほしい——舌も唇もこわばってしまう。

ぎごちなく、上着をとる。

「ワイシャツもだよ」

投げやりでいて、どこか寂しげな声だった。シャツのボタンを、丁寧にはずす。胸もとによどんでいた、暖かい空気がポッと逃げだして、つめたい空気にふれ、どきりとする。

「寒い」

小さな声でつぶやき、シャツは脱ぎ捨てずに、両腕をそっと組む。

「なんで、拒まないんだよ」

荒っぽい声と怒ったような目で高野は肩をつかんで、ゆすった。

「俺ね、どうしても、あんたを大切にしてやれないんだよ。あんたに手が出ちゃうんだ」

スリップのひも、それに続いてブラジャーのひもが肩からおち、あらわになった乳房に、高野が唇をつける。鼻先で夏ミカンのような香りがした。ヘアリキッドの香りらしい。よわよわしい日射しをあびて、イチョウの枝がカリカリふるえている。

理由もわからず涙があふれてきた。ただ、ボンヤリとみひらいた目から、流れていく。

「なんで泣くの」

気づいた高野のそれは、問いかけというよりつぶやきだった。スリップのひもを肩にもどし、ワイシャツのボタンをかけ、上着を肩にかけてくれる高野の腕の中へ、声をあげて泣きふした。高野は、とまどった表情で、私を泣くままに、腕の中へかかえていた。

「抱いて下さい」

土曜の午後も三時を過ぎると、校舎内に人影は少なくなる。体育館でバレーボールを練習するかけ声が「ファイトーオー」と尾をひき、どこか哀調をおびていた。私は高野にむかって、りんとした声でいいきった。

「ここに退部の届があります。来週から部はやめます。

だから、今日、抱いて下さい」

いつも、無表情に沈黙してしまう高野が、今日はよりいっそうかたい沈黙を守った。彼の中で、釈然としないものの量がふえればふえるほど、表情はなくなる。彼は迷っていた。

「こんな時、戸村ならどうするだろうね」

背を私にむけて、中空を見つめながら、自問自答する。高野の視線が、三日前よりさらに葉の散ったイチョウの梢をさしている。

「戸村なら、なぐって帰っちゃうだろうな」

私が望んでいるのは、そんなことじゃない。望んでいるのは抱きしめてもらうことだ。泣きだしてしまった日から三日、考えつづけた。なんとか私なりにかっこのつく、ピリオドの打ち方として、私は高野に抱きしめてもらって、口づけでもしてもらい、悲しさと甘美さのいりまじった思い出に、すり替えたいのだ。

足もとから、すでに初冬の空気が冷々と登ってくる。

「あんた、いつだった」

意外な問いかけに、少し意味がわからず、きょとんとした。

「あれだよ」

「十月の十五日」

「ふうん、あぶないのかなあ」

「あぶなくないわ」

「どうして」

「あたし、少し周期が長いから、もう二、三日したら、今月のになるわ」

「あの前はあぶないんじゃないの」

「次の予定の十九日前から十二日前がいけないのよ」

「俺、かんけいないないなんて思ってたから、保健の授業なんて忘れちゃってたよ」

「確かだと思うわ、昨日、教科書を見直しておいたから」

実を言えば、こんな事態は予想してあった。まず、自分の身体を守るため、そしてもうひとつには、好奇心があった。高野の選択で、それを甘美な思い出の材料にするか、否かはきまる。それに、少量の期待もあった。高野の態度が、和らいでくれたら、ということや、少なくとも彼の記憶に私が鮮明に残るだろうという期待。私は自分の自尊心が傷つけられることを極度に恐れた。それに慣れていないのだ。だから、高野に単純で軽薄な女の子とはみなされたくない。

「あたし、あなたが欲しいと思うなら、それでいいんです。少しでもあたしを必要としてくれるなら身体でも」

　自分が、だんだん恋愛劇のヒロインになることに、前のめりに酔っていく。また、酔うことで、何かしら、今風の軽薄さを身につけずに済む気がした。

「やっぱり、帰れよ、俺は四時の電車で帰るよ」

　カバンを持って、扉のノブに手をかけた、その手の上にすばやく、私の手をかさねた。

「いや」

「どうしてもか」

「ええ」

「部はやめるの、もう俺に会わないかい」

「うん」

　高野は深いため息をついて「俺、だめだからなあ」と口の中で言い、カバンを置いて、長イスのはしを、指し、「そっちを持ちなよ」と言った。私と高野で二つの長イスをあわせた。

4

　あと少しで五時になる。まだ、三年は課外授業にでている。駅前のロータリーを高野や戸村さんたちが横切っていくまでには、二十分ぐらいの時間がある。二杯目のブルーマウンテンを注文した。ここ数日、『ねむ』の窓際は、私の指定席のようだ。高野が、ロータリーを横切って改札口に入る二分間ばかりを見るための。時計ばかりが気になった。

「あれ、中沢、元気だったかい」

　外ばかりに気をとられて、新しい客が入ってきたのに気づかなかった。

「ボンヤリして、どうしたんだい」

　中学時代に同級で、今はN高にかよっている川名が声をかけてきた。

「今日は、帰りが早いのね」

「部をやめたんだ。なにしろ通学に一時間はかかるんでね」

　川名は県立高校の入試願書受け付けの前日、A高を受ける女生徒をまわって、同じ市内にある県立のS女子高に志望を変えるようにたのんでまわった。学区内にある高校の定員と志願者数は、ほぼ一致していたので、好き嫌いをいわなければ、どこかに入れた。四月の当初、県立普通科共学のA高を志望していた者も、何回かの模擬テストで、教師に振り分けられ、最終的に倍率はほとんどないに等しかった。つまり、川名はA高を受験する女子が二、三人減れば、合格するわけだ。男子の普通科はA高とN高しかなかったが、女子にはS女子高がある。そこで、彼は土下座して、たのみに回った。

「A高はいいだろ、県会議員なんかも同窓生にいて」

「校舎なんて、ボロいものよ」

「そりゃ、うちは新制校で戦後の建て物だからいいよ。そのかわりA高を生徒も先生も意識して、先生のほうは追いつけ、追いつけ、で尻をたたくし、生徒はみんなコンプレックスのかたまりみたいだよ」

「うちだって、無気力でフワフワしている連中ばかりよ。大学の入試って考えがあるから、これといって、部活やサークルにうちこむわけでなし、かと言ってガリ勉してるわけでなし、どっちつかずで、フンワカ、フンワカよ」

「お前、待ち合せ?」

「いいえ」

「じゃ、ここに座っていい」

「どうぞ」

　五時二十分、そろそろ高野が通るはずだ。市内の高校生が、一番多く下校する時刻とみえて、いろいろな制服が駅前広場にあふれている。松屋の前は、火曜日に発売になる少年マンガ誌の立ち読みをする男生徒で、ゴッタ返している。

「外が気になるの」

「別に」

「そういえば、おまえ、まだ図書委員なんだってね」

「あら、知ってたの」

「このあいだ、委員の研修会があった時、佐野が、A高からきていたろう、それで中沢はまだ図書館の虫だって言ってた」

「くじ引きで、委員をえらぶのよ。なり手もないし、推薦して恨まれてもつまらないから、変に当るのね、佐野君も、あたしも」

「へえ、くじ引き」

「川名くんも委員みたいね」

「俺ね、学年図書委員長」

「あら、格上げね」

「そう、中学時代は君が委員長で、俺が副だった。『川名くん、文化祭の計画はキチンとたてて下さい』、なあんて、こわいんだよ、君は。まず嫁のもらいてないね。少なくとも男に尽すタイプじゃない。保証します」

「それは、どうかしら」

　快活な聞き覚えのある声がして、ドヤドヤとA高の生徒が入ってきた。戸村さんが、私を見つけて、「やあ」と手をあげ、気まずそうに高野が私に背をむけてテーブルにすわった。

「ねえ」

「えっ」

川名くんに声をかけられて、高野ばかり見ていた自分に気づく。

「中沢ンところは、先生、うるさいの」

「ぜんぜん」

「そうだろうな。うちなんて、ひどいもんだよ、帽子をかぶってなかっただけで二十日も停学にされたやつもいる」

「それ、ほんと」

「少なくとも、逆らえば往復ビンタは確実だね」

久しぶりで会ったためか、川名は雄弁だった。が、私は高野たちの上げる笑い声が気になっていた。入試が近づいて、ほとんど『ねむ』には姿を見せることはなかったのにどうしたことだろう。青木さんか山田さんあたりの、気紛れ提案かもしれなかった。

あれから時々、川名くんから電話があった。そのことよりも、私は自分自身に驚いていた。川名くんが断言したように、男勝りを半ば誇りにしてきたはずの自分が、ふと気がそぞろになった時、高野にマフラーを編んでやりたいとか、出来ることなら、朝夕を共にして身の周りの細々したことをしたいとか、そんな生活を夢想した。いったい、自分のどこに、そんな人間がひそんでいたのかわからなかった。

以前みた、安物の映画で女は処女を失うと、そうなると誰か言っていた。しかし、そんな単純なことではないのだ。

ともかく、それがどんな原因に基づくにせよ、私は自分の感覚にあせりを覚えた。自分の仕事を「子供を育てる賃仕事、バカのやること」という母を見ていると、どうしても、胸をはって私は仕事をしていますといえる職業につきたい。その希望は少しも変色していないのに、同時に専業的主婦になりたかった。自分の矛盾をなんとかしなければならない。私は、協力的で理解がある男性を夫にするつもりだった。けれども、高野の姿の前では、その考えは無意味な建て前にすぎなかった。

『ねむ』は、面とむかって高野と出会ってしまう可能性があったし、コーヒー代もかさむので、他に姿を密《ひそ》かに見ることのできる場所を探さなければならなかった。気持ちの中の矛盾とは裏腹に、コーヒーの好みはモカからブルーマウンテンに変わり、場所探しに熱心になった。

二年の校舎は、ちょうど新聞部部室の向いであり二階建てで、三年はめったに姿をみせない。それに気づいてからは、まず毎日、廊下で部室に出入りする高野をながめた。高野の子供を産みたい、そして育てたい。子供は愛情をそそげば、きっと自分を愛してくれると思った。高野にそそぐべき愛情が心によどみ、行き場を失っていた。晩秋と初冬の間《はざま》で私は考えつづけた。

母はどんな思いで、私を産み育てたのだろうか。ほおずりひとつされた記憶もない。空気がつめたく母と私の間を閉ざしている。愛情、彼女の中でそれはどんなイメージを持っているのだろうか。単に祖父母たちを見返すために育てているのだろうか。顔を見れば文句を言う。それでも、私が他人から何かを言われ傷つけられれば、かみついていく。猫が爪をたて、毛をさかだてる姿にもにていた。

「恵美子さんは陰気ですね。もう少し明るくないとお友だちともうまくいきませんよ」

小学校六年の担任が、母にいっているのを教室の外で聞いていた私は、次の母の言葉が静かに重々しく語られ始めたのをよく覚えている。

「あの子のことをどれだけお調べになりました。昨年、父親を亡くしたんですよ。家庭的にも少々、複雑ですし、けっして他の子どもたちのように、ぬくぬくすくすく育った子ではありません。人にはそれぞれ、言えないことが沢山あるのを、先生もそのお年になれば御存じでしょう。昔は、明るくて陽気な子でしたよ。そこのところを、わかって物を言って下さい」

中年の教師が、半ばくやしそうにメガネをふく姿が見える気がした。母はどこまでも、理智的であろうとしているのだが、少なくとも母の中には、私を、産んだ自分の分身だという意識はあるようだ。

子供を育ててみたい。私も母のように子供に暖かさを感じさせないのだろうか。人間くささは母親になると消えてしまうのか。高野はひどく人間くさい。人が生きる時には、他の生物を食べ、排泄をする。生きることは、ほの暗い後めたさを、人々と共有することではないのか。高野は性欲をおさえられず、私は自分かわいさにウソをついた。だからうまくいくのではないか。私には疑問詞ばかりがあとからあとから、湧き上がった。

母は好きだ。祖母の意地の悪さにも二人で耐えてきた。養子が入る少し前のことだ。

父の墓参りにいく途中、祖父母の家にたちよったことがある。彼らは横浜でつり船店を経営していた。父は海水の汚れなどから、このT市に支店を出すため家族と共に、転居したのだ。T市の海はまだまだ、美しい。もともと、横浜の店も父が作り育てたものだ。が、支店をだすために祖父に経営をまかせた。

父の墓は鎌倉にある。父の存命の時から母は義理がたく、盆暮、正月の礼をつくしていた。よく盆などには、みやげを持たされ代役で、あいさつに私もいった。父が忙しくなってからも、母はかならず横浜に行けば祖父母の家をたずねていた。母の実家もまた横浜だったのだが、一つ電車を乗り越してまず先に婚家をたずねる人だった。

その日も祖父母の家は、人気がなく、ひっそりとしていた。祖母が、一人で昼間はテレビを見ている。祖父は店に出かけているのが常だった。私はどうしても「おじいちゃん、おばあちゃん」と呼ぶ気にはなれない。

母の呼びかけに、うす暗い奥座敷から、青白く、白髪で顔にシミの浮きでた祖母が、でてきた。

「こんにちは」

私はつとめて明るい声をだしたが、この家は気が重い。

「おや、どなたでしょうね」

祖母の声は、つんとすましたものだった。

「あたしゃ、忘れちまったね。ひゃひゃひゃひゃ」

この老婆特有の奇妙な声で笑った時の母の顔が忘れられない。ゆがんだほおから、今にも肉がそげ落ちるかと見えるほどに、深いしわが刻まれた。母は、手みやげ——文明堂のカステラ——を縁先に黙って置き、頭をさげた。私も同じようにする。無言のまま立ち去ると私の背後で、戸を閉める音が響く。涙のあとを、アスファルトの道に、点々と黒くしるべのようにつけていく母の後を、一歩一歩、祖母のぶよぶよした老いた腹や胸をふみつけるように歩いた。

あの時、すでに養子の縁組みが、祖母の甥との間にかわされていたのが、後でわかった。

私には、母のことが、他の親子よりもよくわかっていた。が、それでいて母の弱味を見せない堅い防備がうとましかった。高野のように、弱々しく、自分を律しきれない人間が私には似合っている。高野の心の中は、きわめてやわらかなのだろう。繊細な感受性は、母に無いもの、あるいは表にはあらわさないものだ。それが高野にはある。

子供を産んでみたい。母のような強さも、高野のようなやわらかな感受性も、持ち合せているような、ふくよかな肉のかたまりを所有したかった。それが私を生々《いきいき》とさせ、高野に対して流しこめない、母には形式的に拒まれた、自分の愛情を受けいれてくれる。

母は私がいるから生きているのだろうか。新しい疑問だった。私の生理は、もう十日以上おくれていた。

5

初潮は中学二年の夏だった。私はいとも簡単にそれをむかえた。小学校五年の四月に、保健教員からスライドをみせられて、その事実を知った。だからといって、それはあまり正確な教育でなかったように思える。手当の仕方は習ったが、たぶんその出血は尿道からあるのだろうと考えていた。スライドにはやたら元気そうな赤ちゃんばかり映しだされ、子宮があることがくりかえされたが、子宮と外界がどうつながっているのかは説明されなかった。一度、痔をそれとまちがえて、母をおこらせたことがあった。その時に、それは排泄器官とは無関係なのを知った。もちろん具体的には、ボンヤリとした理解だった。

中学の二年にもなると、体育を月に一度、休まないのは大きな不名誉だった。小さな子は、自分には生理がないのではないかと心配し、もう一人前になった子がなぐさめた。

私は図書委員であったことから、性教育書をかなりの数読むことができた。それによると体毛の発生から三ヵ月くらいで初潮をむかえることになるらしい。小さな陰毛を発見してから、息をこらすようにして待つ。体育は月に一度、忘れずに休み、一人前の陽なたぼっこの一員に加わっていた。

朝からの腰の痛みを、泳ぎすぎたのだろうと考えて、一日、本を読んですごした。それでも腰は痛くなってくる。夜になっても続いたので、早く寝てしまおうと思い、ふとんの上でえいっと足を天井へむけ自転車こぎの体操をする。腰が痛いときは、これで腰をのばすのが一番よかった。つるりと股間に流れた異変を「もしや」と思うまで、それほど時間はかからなかった。

シーツの上に日の丸みたいに鮮やかなシミがついていた。来るものが来たな、そんな感じで、淡々としている自分がやや意外だった。

　母が用意してくれていた生理帯を、タンスからごそごそと持ち出してつけてみる。オシメのようだ。赤ちゃんを生むために、オシメをするのか。妙な納得だった。


　高野が火曜日に図書室へ本を返しにくることが、カードからわかった。私は火曜の当番に交替してもらった。昼休み、彼がガラスの扉を、音をたてないように注意しながら入ってきた。私のいたことに少し、不快な顔をした。

　憮然と本をさしだす。返却印をおしながら、

「話したいことがあるの」

「もう、何ンにもないよ」

「そうじゃないの」

「こんな所で、待ち伏せするなよ」

「ちがうの」

　高野はそれ以上は相手にしない様子で、本を棚にもどし、ふりむきもせずに出ていこうとした。あわてて、整理カウンターからとびだし、美術室の前で追いつく。

「ついてくるな」

「あなた、おとうさんよ」

「何」

「ないの」

「ほんとうか」

「うん」


　雨が降りだした。六時間目の終りに降りだした雨は、五時をすぎてドシャ降りになる。図書室のカギをしめて、正門までくると高野が待っていた。

「今日、当番だったの」

「交替したの」

　まだ暗くはなっていないのに、車はライトをつけて走っている。あたり一面、白い絹糸をたらしたようだ。スカートのすそがぬれて重い。久々に高野とならんで歩いていた。

「俺ね、それウソじゃないかと思う」

「ほんとに何ンにも無いのよ」

　次の瞬間おもいがけない言葉に、その真意をはかりかねた。

「じゃあ、金をだすだけだよ」

　子供を産む費用ではない。それははっきりわかった。私は、何かを考えることができなかった。綿がつまった

頭を身体にのせて、高野のあとを一、二歩さがって歩いた。彼は駅へ行かず、海岸への坂道を降りていく。

「ついてくるな」

とは言ったものの、走りだしたり、逃げだしたりはせず同じ歩調で歩きつづけている。

小さな傘ではよけきれない雨に、すっかりぬれてしまい、上着からワイシャツへそしてスリップへと雨水がまわってくる。傘の意味はなかったが、高野も私も儀式のようにさしつづけた。

アスファルトが、硬い表情で雨水を流している海岸道路は、白黒写真のように色を感じさせるものがない。苦行をしているかのように高野は歩きつづける。うなじから流れこんだ雨が、背をつたい、だんだん暖かい水になっていくのがわかる。

海は一面、霧につつまれ、波頭の姿もみえない。軽い綿のつまった頭では、車がヘッドライトを照らして近づいてくるのを、よけることしか考えていない。機械的に足が動き、黙々と歩く高野のあとをついていく。私もまた、黙々と歩いた。

いつからか、涙がこぼれていた。口の中へ塩っぽい水滴が流れこみ、身体の芯へむかってしみていく。

靴の中で水がぴしゃん、ぴしゃん鳴っている。髪からしずくがおち、胸もとや背中に流れこむ。それでも傘はさしていた。

「遅くなるよ」

「かまわないわ」

「だめ」

「何が……」

何がだめなのと聞き返すより早く、

「あのバスに乗るんだ」と手をあげて、後からきたバスを止めた。そこはバス停ではなかったらしいが、運転手が同情したのだろう。

よれよれの背広を着た男が、居眠りをしているだけで他は一人も乗っていなかった。太股の下でぬれたスカートがくしゃくしゃになって、ここち悪い。

「………」

高野が何か言おうとして唇をゆがめて、やめた。バスの車内は青白い光でつつまれている。まるで闇の中に辷《すべ》りだした光る箱だ。高野と二人で、現世から離れた箱の中に腰かけているような気がしている。

「ふけよ」

ハンカチをポケットから出して突き出す。そのハンカチもぬれていた。

　太股も背中も生暖かくなってきた。舌先でなめた唇もつめたい。ハンカチで髪のしずくをとり、両手をほおにあてると、ぬくもりが掌いっぱいになる。

　もっと柔らかい、湯気がほかほかたつような赤ん坊だったら、この掌だけでなく腕の中も胸の中も暖かくなるだろうに。高野に面立ちの似た男の子が欲しい。

「かねが……」

　やっと聞きとれるような声で、上をむき、目をつぶり、腕を組んでいた高野がつぶやいた。また私の頭に綿がつまっていく。屈辱感がないのが不可解なくらいだった。

　クシャクシャになったスカートの中で、すっと小さな蛇が逃げだした。岩の割れ目から今を待っていたように、鋭く体をくねらせ、出てきた。あっ、声がもれたかもしれない。

　二匹目が逃げだしてきた。小さな赤い蛇が水晶のような目で、静かに見つめている。スカートの下にそっと指を忍びこませてみる。赤茶色の血が指先で、生臭いにおいを発していた。バスの外の闇は、いっそう深くなったようだ。青白い光が車内を満たしている。このまま、永久にこのバスは走りつづけてはくれないものだろうか。

　私と高野の二人をのせて。

6

「待ったあ」

「いや」

　川名くんはチェックのウールのオーバーブラウスを着て、髪にドライヤーをあててあるらしく、かなりおしゃれをしてる。

「中沢ンところはもう入試の結果がでているのかい」

「ええ、戸村さんがH大文学部だっていってたし、ボツボツ私立はきまっているんじゃない」

「そう、俺、どこへ行こうかなあ」

　川名くんは、コーヒーカップの中に残っていたものを飲みほして二杯目を注文する。三杯目かもしれない。私は三十分も遅れたのだから、それで待ったと聞くのは、おかしかったが、かなり無神経になっていた。高野は、今日も私を故意にさけたらしい。三年登校日だというのに彼の姿はどこにもなかった。一月下旬から、三年自宅学習期間に入ってしまい高野の姿を半月もみていない。駅の改札で三十分も立っていたが、やはり姿はみせなかった。学校へきていないのだろうか。

「何を読んでいるの」

「あ、これ、カミュの『異邦人』」

「くたびれてるね、だいぶ読み込んで」

いつか、この『ねむ』であってから、たまにさそいをかけてくれる川名くんに、半ば気晴しのために気紛れにつきあっている。『異邦人』はまだ返していなかった。

本を口実に話しかけてみよう。私の計画は、三年登校日の度に、高野に巧妙にはぐらかされた。もう、こんな本のことは忘れているかもしれない。この地方は冬は風が多い。一度、吹きだすと、街の中がきれいにチリひとつなくなる。かと思えば、道路に砂だまりができて自動車や自転車で走れなくなる。

今日も厚いウィンドーガラスがカタカタとなるほど吹いている。駅前広場に立っていたおかげで、髪の毛がくしゃくしゃして、とてもくしなどでは、梳《と》かせそうにないのを、手でどうにかカッコをつけた。

「俺ね、中沢に言いたかったんだ」

「何を」

「中学ン時から、お前のことといいなあって思ってたよ。十万馬力なんてニックネームでさ、こう子供でも産んだら、すげえカアチャンになるんじゃないかってね」

「ひどいこと、言うのね。だれですか、嫁のもらいてないジャジャ馬だって言ったのは」

二杯目のコーヒーが運ばれてくる。

「真面目に聞けよ」

「うん、聞く聞く」

「だめだなあ、メロドラマ路線で行こうって思ってるのに」

「ごめん」

砂糖もミルクも入れずに川名くんは、半分くらい飲み干して「ちっ」と舌打をする。

「あのな、お前のこと好きなんだよ。でもな、お前の方が馬力あって」

「十万馬力の鉄腕アトムだもの」

「バカッ、少し黙って聞いてくれよ。どこまで話したか忘れたじゃないか」

「馬力があってって所まで」

「そう、俺が引け目感じるんだ。男と女と主客転倒って感じだな。大学だってお前の方がいいとこへいくよ。A高の制服着てるし。将来について、俺がどうしたもんかなあって思っているのに、お前は社会学やって、福祉関係の公務員になりたいって、ハッキリ目標さだめてるし、俺、ついていけないよ。主客転倒って、男にとってやりきれないからね」

「それで」

「もう会わない、苦しくなるから声もかけて欲しくない。済まん、俺からさそっておいて悪いと思っている」

「そう、別にいいのよ。友だちを失くすのはおしいけれど」

「友だちって思ってたのかい」

「うん」

「そう……」

「転倒してるついでに、あたしからキスしようかって言おうか」

「…………」

鳩が豆鉄砲をくらったみたいな顔をしている。

私が伝票を持って、立ちあがったあとから川名くんが、

「ここ、出ようよ」

あわててコーヒー代を出した。

扉をあけると、階段の下から風が吹き上げている。コートのポケットに手を入れて歩く私のあとを、川名くんも歩く。なんで、キスしようなんて言ったのだろう。なんだか急にしてみたくなった。今日も高野に会えなかったからかもしれない。

「本気かよ」

「うん、これから海岸におりるつもり。もうあんたとも会わないだろうね」

「俺、のこのこついていくぞ」

「キスだけよ」

道を歩く人が、こちらを見ている。風が強くて、髪の毛がバサバサと目や鼻の上にかかってくる。こんな日の海は、みどりがかった濁り水の色をして、白い髪をふりみだすように沖から波だっている。

廃船の陰、そこは陽だまりで、風も吹きつけない。はげかかったペンキが小さな破片となって、砂の上に落ちるのがおもしろくて、指先で、こすり落とす。

「いいのかよ」

「あんた初めて」

「うん」

「ウソツキね」

「…………」

ペンキの破片をこすり落としながら、川名くんの顔をみずに言う。首が寒いので、コートのえりをたてた。

「みてたのよ。ゴメンね。中学の三年のとき図書室の一

番本棚と二番本棚の間で、川村さんのオデコにしたの」

「お前、オデコにさせる気だったの」

寒いために、鼻水が出てきた。

「そうじゃないよ」

「じゃあ、初めてだ」

「よろしい。じゃあ、どうぞ」

両手をポケットに入れて、鼻水をすすりあげてから唇をちょっと突きだして目をつむる。川名くんの鼻先もつめたかった。少し荒れた唇がふれたかと思うとすぐ離れていった。

「川村さん、S高だったっけ」

「そう。川村ちゃんね、今、A高のやつとうまくやってるんだ」

「ふられたの」

「そうなのかなあ」

空を切って飛ぶカモメをめがけて、川名くんが石を投げた。波打ち際をぬれないように、二人で歩く。

「俺もなあ、A高を受ければよかったよ。入試は点がよかったんだ。自由でいいよな、お前ンところ。高校、やになってきたよ」

「授業なんて惰性で受けるものなんだって、先輩がいってたわ」

「そうだな」

カモメが頭上を飛んでいった。海の色も空の色も空気の色も明るかった。


昼間の風は夜になると、さらに強くなる。床の中でゴウゴウとその音を聞いていると、世界中でたった一人だけ孤立して、どこか遠い果にでもいるようだ。海が鳴っている。電線が鳴っている。力いっぱい吹いている。

高野はどうしているだろう。痂《かさぶた》をさすって傷の痛みを楽しむように、闇の中でみひらいた目をこらして、高野の姿を思い浮かべる。

「自分が俺にどんな扱いされているのか、わかっていないんだ。あんた」

「俺は、あんたをもてあそんでいるんだよ」

ええ、あたし、もてあそばれてもいいんです。あなたのそばにいたいんです。自分で自分を抱きしめてみる。涙がつたう。甘美な涙だ。

腕の間に顔をうずめて、自分の息の暖かさを胸もとで感じる。乳房にそっとふれる。やわらかい。

「きれいだね。服の上よりきれいだ」

耳の中で高野の声がする。少しずつ力を、加えるように握ってみる。掌の中で、乳首が小さくかたまっていく。

頭の中でも風が吹きだした。

自分のやわらかな部分に触れてみる。ぬるっとしたが、血ではなく、魚と夏ミカンの香りが混りあった乳白色の液状のものだ。唇をうでにはわせる。

足の指がきゅっと開き、ピンとはる。そこから熱い熱いものが、頭の先まで一気に上ってくる。首がきゅっとそれる。硬直する。

高野が、この闇のこの四畳半のどこかにいる。自身の身体があやつられているように、細かく動き、うねる。小さな目が私を見ている。

風の音が帰ってきた。力がまったく無くなってしまって、ぐったりと身体をよこたえている。高野が隣にいてほしかった。目覚めの時、自分の隣に高野の姿を見つけたい。こんな感覚を共有してみたい。かげろうのように、ゆらめいては消えていく想いが、つぎつぎと私をとらえ、今までより半歩、いや一歩、高野の気持ちに近づけた気がする。

私は、いつの間にか寝いってしまったらしい。

7

高野洋への手紙

「お元気ですか。こんな書き出しが、そぐわないものに感じられるのは、私なりに、私があなたにとって、うとましい存在であることを理解しているためだと思います。

しかし、あなたにとって、肉体だけであれ私は必要だったから、私たちの係わりができたのではないでしょうか。東京で生活なさってる今も、私の必要性はあるのではないのですか。どんな扱いをうけてもいいから、あなたのそばにいたい。一年に一度でも、顔をみたい。それを約束して下さるなら、それで満足です。

あなたは、私に会えば身体を求めてしまうことをおそれているようですが、私はそれでもいいんです。あなたが、私を何らかの形で必要として下さるならば、それで。念のため申し上げますが、結婚や、その他諸〻の迷惑はかけません。どうか、会うことだけは許してください。

四月十八日

中沢　恵美子

高野　洋様」

高野からの返信

「できることなら、この手紙を何度となく読み返し、私の意図をほんのひと握りでも、わかっていただきたいと思います。

あなたは今、酔ってらっしゃるのです。考えてごらんなさい。

恋愛――あなたの気持ちがそう呼べるものなら――は、一見、やさしく芳香を放つものですが、そこには自己の考えが入れられており、自分本位の見方から離れた時、つまり第三者の立場になれば、私たちのケースなどは腐臭を放つ、泥と血のまじりあったものでしかないのです。時間と共に、本人の意図する所とは無関係に、周囲のかかわりあった人との力で、状況と価値はきまってしまいます。

自分の考えで、様々な物事を限定してしまった場合――あなたについて言えば僕が恋人であるといった風に――世間の力関係の中できっと、自分のみじめな姿に、『なんのために私は』という問いにさいなまれるでしょう。

僕について言えば、L大の学生であると同時に社会人――事務員の仕事をみつけました――でもある環境で、自分の手に生活がかかり、労働によって、日々の糧を得る時、最早浮ついた気持ちではいられないのです。

僕は今、精神的にも大人になろうとしている。フリーなセックスなど考えることもできない。それより何より、あなたと会うことで、自己への嫌悪をより深めてしまうだろう自分が恐しい。これ以上、ダメな弱いだらしない、自分を目の前にさらしたくない。僕が僕に対して持ってる信頼を失いたくない。

君が僕のことを、どう思おうと君の勝手であり自由だ。僕は君の心の中までは何も言えない。が、互いの生活のセオリーを犯してはならないのだ。どうか、君の心の中で僕のことを想う、それだけのことに済ましてほしい。

僕も、鈴谷さんと月に一度でも会いたいと思った。それは君の今の気持ちと似ていると思う。お茶でもつきあってくれたら、と思っていた。でも彼女には、彼女の生活があるのだから、それを犯してはいけない。

正直につけくわえれば、僕は鈴谷さんの心が欲しかっただけでなく、身体も欲しかった。僕は自分がいやだった。彼女に会えば苦しくなる。笑顔を見れば苦しくなる。それで、もう何もかかわるまいと思った。

君との場合、これとは少しちがうとは、思う。それは僕たちは肉体的な接合まで発展してしまったから。が、僕自身について言えばあの時、自分にした嫌悪がさらにひどいものになったみたいだし、君にしたところで、少しでも会いたいというのは、あの時の僕と同じなのではないだろうか。

僕は責任を感じている。まだ青い、幼い少女を、こんなにもドス黒く傷つけてしまったのかと、君の手紙であらためて思った。

君が恋とか愛なんて言葉を意識した、肉欲などと書いた手紙をよこす度に、僕はつらくなる。

どうか、浅はかな夢は捨ててほしい。君の人生の一歩をふみ出してほしい。君には、やりたいことが、沢山あるはずだ。君は毎日を洗濯や掃除や暇つぶしで過ごす人じゃない。

僕は君が入ってきた時(部に)社会学をやりたいと言ったのをよく覚えている。女の子にしては、しっかりしたいい娘だと思っていた——そのころは鈴谷さんに夢中で、それ以上は考えもしなかったし、それっきりだった。誤解しないでほしい。——希望を、なんとかやりとげてほしい。どうか、わかって下さい。

五月二日　洋

中沢　恵美子様」

8

先ほどから、男の子が水筒をさげたまま、走り回ったり、つり皮にぶらさがったりしている。若い母親も父親も何も言わない。父親の方は半分居眠りをしている。疲れているのかもしれない。それにしても、よく晴れた、連休にふさわしい日だ。生憎《あいにく》、五月三日は雨にたたられたが、それもその日の夕暮にはあがり、今日は少し蒸し暑いくらいだ。

額に汗がにじんでいる。セーターなど着てこなければよかった。ハンカチで汗をぬぐいながら、高野の下宿がうまく見つかるだろうかと不安な気持ちが、ふっと浮かぶ。

L大の近くらしいことは住所でわかった。昨日、学校の帰りに詳細な東京都の地図を本屋で立ち読みして、おおよその見当はついていた。東京へも、二、三回は行ったことがある。もし、わからなければ、タクシーをひろって、近くまでいってもらえばいい。

しかし、下宿がみつかっても高野が居るとはかぎらない。それに、高野は会ってくれるだろうか。この連休に行くと手紙を出しておいたので、出かけてしまったかもしれない。手紙など、出さずに不意に訪ねたほうがよかったかもしれない。

私の胸中は様々な懸念にゆれている。が、その懸念の間に、期待が顔をだす。卒業式から一と月半ぶりに会える。もし、いなかったとしても、下宿の付近で何か高野をしのぶに足りる物を見つけられるかもしれない。

日高川を渡る清姫、小林古径が描いたあの、ふっくらとした無邪気そうな顔のお姫様はどうして、あんなに必死になったのだろう。車窓を過ぎていく、五月の緑のうちに、清姫の裳裾《もすそ》が風に翻っているようだ。

そんな幻は滑稽だ。私のヒロイズムが粋がっているだけだ。私が私に言う。いつも、さめている部分があった。確かに、私は何も決定的なことはしていない。清姫のように、なり振りかまわず、自分の未来も親も捨てる気にはなれない。社会との絆は切りたくない。

大学入試も意識された。なんとか精神を安定させて、大学入試の勉強をはじめたい。学校は、ますますつまらないが、授業はともかく、今の日本で自由に本を借りたり、自分の学んだ事柄について質問できる人間がいるのは大学だけのような気がしていた。まだ読みたい本がある。まだ知りたいことがある。

近頃は自分が矛盾してるとは思わなくなった。社会学や政治学をやる女の子が、男にほれていても悪いことじゃない。私は私のヒロイズムを、中世的な娘は一つことに夢中になれたが、今はそんな単純な世の中ではないから、清姫と同じには、なれないのだと得心した。

東京へ列車は近づいていく。

高野に会ったら、なにを言おう。いいたい事は数え切れない。自分の身体なんてどうでもいいんです。あなたが心配してくれなくても、あたしはあなたと居られたら、話をできたら、会えたら、それだけでいい。何らかの形であなたの必要な人間の一人になれたら、たとえ欲求をみたすだけの役割だっていいんです。自分のことは、自分でやります。嫁に行けなくても、一人で食べていける工夫ぐらいはするつもりです。あなたに迷惑はかけません。

あなたは、鈴谷さんの生活を乱さなかったと言われるけれど、既に私の生活を乱してしまっているではありませんか。あなたに想いを告げたのは、あなたが行動で私の心の中へ生活のカテゴリーへ入ってきたからなんですよ。それでも、自分の生活の防衛を主張するのですか。少しは私のこともわかって下さい。

千葉駅の灰色のホームへ静かに、不安と期待を乗せた列車が辷りこんでいく。向いのホームで発車を告げるベルが鳴っていた。

木造モルタル造りの雑貨屋の裏に、高野の下宿はあった。見落としそうな路地が雑貨屋の脇に通って、玄関にサンダルや靴が、散乱していた。親切な老人が、町内会名簿で探してくれなければ、辿《たど》り着くことができなかったかもしれない。学生下宿は休みのためか、ひっそりとして、どこかでラジオを鳴らしている音だけが聞こえる。

イタリック体で丁寧にＴＡＫＡＮＯ　ＨＩＲＯＳＨＩとレタリングされた紙が、引き戸に張りつけてある部屋が、高野の部屋らしい。

深呼吸をしてから、ノックをしようとして手をひっこめる。ハンドバッグを左手から右手に持ち直して、もう一度、深呼吸をする。部屋の中はひっそりとしている。居ないのかもしれない。

ノックをすると、すぐ、返事もせずに高野が顔を出して「入れよ、来ると思ってたよ」といって招き入れた。高野は、窓際の机の前の回転イスにすわり、引き出しからセブンスターの箱をだし、紫煙をくゆらせる。

「そこへすわれよ」

立っていた私にベッドの辺を指さした。

四畳半ほどの広さで、押し入れと半間の炊事場がついている。冷蔵庫に本棚、机、ベッドといった質素な家具。それにコーヒーサイフォンがある。

「話したいことがあるんだろう。何もかも、全部、言っちゃいなよ。俺に対しての恨みでもいいんだ。その方が俺の方も気が楽だよ。それで終りにしてくれよ」

「あたし、あなたに恨みなんて、絶対言わないわ。あなたが好きなんですもの」

一本目の煙草をもみ消しながら、高野が内に籠っていくのがわかる。いつも、彼がそうするとき、私は何も言えなくなる。どこにも物が言える空気が発見できなくなる。

高野はスケッチブックを本棚からとりだして、しきりに描きかけの風景画をかきはじめた。エンピツが紙を走る音が、ひびく。

列車の中で考えた言葉は霧散してしまった。時おり煙草をふかしながら、エンピツを動かす横顔を見ていると、頭がしだいに軽くなって、何も考えが無くなっていく。

あまり永い沈黙が流れると、逆にしゃべらなければいけないといった感情から解放されて、にきびの跡が残る顔がなつかしくなり、こうして二人でいることに満足してくる。

煙草を吸う姿は初めて見た。高校時代も一人では吸っていたらしいのは知っていた。

「話しちゃえよ」

視線はスケッチブックに落としたまま無愛想に言う。私はなにかしら、言わなければいけない。

「絵をかくの好き」

自分でも予想しなかった質問が、口から出てきた。

「ああ、高校の時も芸術科は美術の選択だったし、L大第二文学部美術史専攻にもデッサン実技はある」

「西洋美術史」

「まだ、わからない。三年からだから。油を始めたいと考えてる」

「どうして、描くの」

「俺が生きている、俺が存在してるって言えるのは、絵しかないいんだ。描いた絵は俺の唯一の財産なんだ」

「おもしろい」

「まあね。才能は無いらしいけれど」

一度も高野は顔を見ようとはしなかった。下をむいたまま答えている。自分では理屈を話させたら人並以上だと確信していた私が、断片的な言葉しか浮かんでこない。

ほんとうに言いたい事は、雲か霧のように姿が見えたかと思うと散り、握ろうとすれば身をかわして、具体的に言葉にはならない。

エンピツを置いた高野がＦＭのスイッチをひねる。バロック調の――たぶんバッハの――ハープシコードの音色が流れていく。陽射しのきらめきの音のようだ。

「コーヒーでも飲むか」

なにげない言葉に、硬くなった気持ちがやわらぐ。彼に煙草は似合う。絵をかく時は、高野の中から、やわらかな感受性が周囲にただよっている。私をモデルにかいてくれたらいいのに。

「俺ね」

「え」

白いコーヒーカップと黄色のカップが、机の上にならべてある。サイフォンの下で青いアルコールランプの火がゆれている。

「お前に子供ができたかもしれないって聞いた時、つらかったよ。お前の方がもっとかもしれないけれどね。子供が好きだし」

「うん」

「あんな思い、二度としたくないよ」

「………」

コーヒーを高野が分ける。

「あの時ね、お金を出すだけだって言われたの、背すじがぞっとしたわ」

「あれ以外に言い方がなかった」

「産めないの、わかってるものね」

けれども、私は子供を育てたい、産みたいと思いつづけている。やさしさとか、暖かさといったイメージと裏腹に、野蛮で残酷な欲求とでもいった方がいいような感覚だ。子供が産まれてから、どう生きていくかなど考えもしない。だから、母親は血まなこな殺気を感じさせるのだろうか。

コーヒーは砂糖なしで楽に飲めるほど、うすかった。

高野は再びエンピツをとる。同じ旋律をハープシコードがくり返して、あじけない。猫が隣とのさかいの屏《へい》の上をあるいている。

高野は、スケッチブックの画面の左上に、かいてある小さな森の木々に丹念に翳りをつけている。私がそこにすわっていることなど忘れてしまったようだ。が、左手がかすかにふるえているのが、私を意識していた。


本棚に新潮文庫でアルベール・カミュの著作がそろえられ、『異邦人』が新しい銀色の背を光らせている。サルトルの『聖ジュネ』がある。アトリエ別冊が無造作に数冊、積みあげられ、よごれた灰皿から、表紙の上に灰がとんでいる。マッチを擦る音がして、高野の左手からたばこの煙が、静かに、しみのついた天井へ上がっていく。

「何時に帰るつもり」

彼は手を休めない。

「五時五十八分」

「東京駅?」

「うん」

さきほどの猫が、どこからか魚の頭をくわえてきた。

「早く帰ったほうがいい」

「まだ、居たい」

「早く帰んなよ」

シンメトリーな安堵《あんど》感が、紅茶の中で角砂糖がくずれるように静かにくずれていく。高野は顔をあげ、正面から私をみすえた。目を細めている。

「帰ったほうがいい」

ハンドバッグの上に置かれていた右手の手首を握り、

扉の方へひっぱっていこうとする。

セピア色の液体の中で、くずれかけていた最後のひとかたまりが、ドサッと音をたて、あたり一面にその粉末が舞い上がる。涙が、高野の手の甲に落ちた。

「いつも、いつも、話を聞いてくれそうな態度じゃないから、何ンにも話せないいんじゃないの」

手首を握ったまま当惑した目で私を見ている。

「泣きたい」

高野のTシャツの肩にまぶたをおしつけて涙をぬぐうように、私はなきだした。彼は、ただ手が棒か何かででき た付属物であるかのように、だらりと下にさげたまま立っている。

抱きしめてもらいたいと思う分の力で骨太の身体を抱きしめようと私がしても力がでない。

「泣くなよ」

「いやだ」

鼻先でリキッドの香りがした。自分が何をしているのか、よくわからなくなるにしたがって、大風が吹きぬけていく音がしてくる。いつかの早春の夜の闇が高野の肩の上にあった。

涙で塩っぱくなった唇を高野の唇がぬぐう。胸もとへ流れこんでいた涙のすじを、舌がなめてたどっていく。

何も考えたくない。ただ、身体が列車にゆらされるままになっていた。

高野は何をしているだろう。ベッドの上でブラウスのボタンをかけている私に背をむけて、スケッチブックの仕上げをしていた。あんな路地でも今日は夕焼けの赤さがわかる日だった。夕食を済ませていない。千葉駅で弁当を買えばよかった。それよりお茶が飲みたい。大きな背カゴのわきで行商のおばさんが寝ている。高野は今夜、何を食べたのだろう。

頭に浮かぶのはとりとめのないことばかりだった。

子宮の位置はどのあたりだろう。もう、二つの細胞は融合を開始しているかもしれない。子宮は下腹にあるらしいのは知っている。生理の時、腰が痛くなるから、背骨と腸の間かもしれない。理科室の人体模型はどの学校でも男子像で、子宮の入る空きなどなかった。

自分が自分の子宮のあり場所を知らないのが、理不尽に思える。学校はおしえてくれなかった。もう細胞融合は始まっているかもしれない。私は自分のお腹が、暗黒の拡大した世界と、密かに連絡を持ち、神とか仏とかいった得体の知れない者たちと、勝手に内通しているようで恐しかった。

列車は私を裏切らずにT市へはこんでくれるだろうか。外は闇ばかりだ。

9

六月の夜は湿気を含んで、カラスの羽のように暗く、女の髪に似た雨が降っている。アジサイが咲きほこっていた。

闇は、縁先から座敷にも這い上がっている。母の仕事場の裁ち板の上に白い封筒がおかれている。その部分だけ白っぽく光の量が増したように浮かび上がり、母と私の間の空気には六月の闇が漂っている。

そんな重苦しい沈黙が三十分以上も続いている。アジサイが長雨に首をたれ、手討ちの時を待っているようだ。

「これは、ほんとうなのね」

静かな母の言葉。

「ええ」

私は高野の手紙を母からつきつけられては何も否定できない。また机の引き出しを、親が不信を持って調べるのは、いい事とは言えないが、文句も言えまい。結局、謝るしかないのだと、思っていた。なぜ、身体を高野に許したことを親に謝らなければならないのかと理屈をこねるより先に、直感的に母がおこることを予想し、それは世間一般の親として当り前のことであり、それに対して当り前に謝るつもりだった。

「ほんとにほんとうなの」

「済みません」

「あなたはね、まだ十分にわかっていないのですよ」

母は、たぶん最初の一時間は、この事が、自分にどんな意味を持ったことかわからなかったのだろう。私に一通り事情を聞いたあと性病や妊娠以外にも、女性の身体は変化をすることを話した。それから、自分がどれほど女の子がそういうことをしないように注意をしてきたか、なぜそれがわからない、と言う。

話が感情を含む部分に近づくにつれ、母は激昂してくる。いや、彼女の内で事態は、絵空事から生々しい事実となってくるのだろう。

顔の筋肉が次々に赤くなり、苦痛にゆがんでくる。彼女は夜半すぎまでくり返し、自分がいかに女の子として大切に私を育てたかを語った。夜遅く帰宅する時は、バス停まで私をむかえたのは何ンのためだったか。夜は買物があっても、おつかいにはやらなかったではないか。あんたは親の苦労を無にしたのをどう思うか。

「ええっ、何ンと思っているのよ」

と、一オクターブ高い声でがなり立て、問いつめる。何も言わなければ髪をひっぱる。「ごめんなさい」と頭を下げれば、答えにならないと言う。

まだ雨は降りつづいている。明日も雨かもしれない。騒音のひとつのように母の声が通りすぎていく。数時間の怒声の連続に、私の精神はすり切れはじめていた。最終下り列車が、汽笛を鳴らしていく。

「ちゃんと答えなさい」

話はいつの間にかもとのところへ。

「ごめんなさい」

「謝れとは言ってないじゃない」

「はい」

なぜ、母が送り迎えをしたのか。それは力による強姦から守るためのものだったのではないか。本意でない、不本意な性関係を持たないためのものではないか。だとしたら、高野とは、決して不本意だとは言えない。本意でもないが。そう答えてしまってから、悔やまれた。母がいっそう、わめきちらすのではないかと。だが、彼女にとっては私の答えなど、どうでもよかったのだ。母はしゃべることで、外へ自分のやりきれなさを発散させているだけだった。「今夜はしゃべりつづけると気が変になりそうだ」と言っては、果てしなく口を動かす。口もとの筋肉を動かせば動かすほど、母の焦躁の色が濃くなる。

自分が沼地のような、悪臭にみちた混乱におとしいれられていくのかもしれない。彼女はしゃべり続けた。教育的な言葉から、女としての恨みにその内容は変わっていく。

私はまどろんだ。ふと目を覚すと、母はまだ、口を動かしている。雨の音が天上からの小言に聞こえる。夜は雨の音につつまれた。

母は自分の娘が男と肉体関係があるなどとは汚らわしい、考えただけでぞっとする、いやらしい、淫らだ、といった。

きったならしい。顔をみているのもいやだ。お母さんはちゃんと生活してきた。それもこれもあんたがだめにしてくれた。生きてた意味がない。死にたい。くだらないことしやがって。遊びだなんて。男の相手をするのは売春婦じゃないか、あんたは春売りと同じだ。

言葉の中に、ちりばめられた、肉体関係だとか春売り、売春婦、淫ら、それらは私の識らない言葉であった。自分とは無関係できた言葉だった。いや、意識しなければならないことを自分で自分にかくしているものもある。あの大風の夜から数回、試みたオナニーや、共有したい感覚への憧憬、ぬくもりの欲しかった自分の求め、それら私がひた隠しに、暗黒の中へほうりこんであったものが一度に、目の前に引き出され、さらされた。血の気が引いていく体の中を狼狽がみたしていく。私はどうしたらいいのだろう。自分は、それほど社会とはつながらない、背をむけたものだったのか。反社会的で日陰者で、精神異常者が罪を犯すようなたぐいの罪を犯したのか。

私は、自分の愛情が純粋なものであり、それはまったくプラトニックであったと主張することで、その偽りだけが、自分を救う証に思えた。

「あんたみたいな、くだらないことしたことないから、わかんないよ」

母の答えは、何を言っても同じだった。くだらないことをした私は、精神的に血まみれになっていくのがわかった。少女のころ、聖マリアの像を打ちこわしたい衝動を覚えた。あれはなぜだったかわからないが、多くの女に不幸をおしつけているようで、憎悪したことがある。同じ、衝動が、憔悴した母をなぐらせた。高野も私も、それなりに苦しんだ。あんたを信じてたのにとくり返す母は、なぜ私の、高野のそれなりに苦しんだ部分を理解しないのかわからなかった。

母が、ひどく遠いものに思える。あんたが遠くなる、それがつらいと母は言った。

私は、錯乱していく自分をおさえられなかった。

疲労の中で、目をさますと午前十時を回っている。家の中は、ふすまが蹴やぶられ、茶わんがわれ、新聞紙がちらばり、本がかもいの上にのっている。母も起き出してきた。そして、頭痛と胃痛、それに目の痛みをうったえながら、昨日と同じぐちと怒りと憎しみとうらみの膿を家中に分泌し、私の神経がその膿にくわれ、腐っていくようだ。はれぼったい目と、重い身体が、ぐったりと横になっているといった母と私だった。

俗っぽい、うす汚い言葉をはきつづける母がかえって不潔に見える。女親とはこういうものかもしれない。私と母は、しょせん生理の血でつながっているのだ。目に見えない血管が母と私の間を流れている。その中に、異物がまじれば、こんな騒ぎになる。私はその血管を一刀両断にしたかった。

　今日もやっぱり雨降りだ。母は高野には会わないと言う。顔をみたら殺すとわめく。もちろん私にも会うなといった。

　それからの数ヵ月、いや数年の狂気に似た家庭生活のはじまりの朝だった。

10

　三十分に何本吸う気なのか、もうセブンスターの箱を半ば空けていた高野が、またマッチを擦る。

「俺は何ンにも言えないよ、あんたが、まっとうな娘さんになってくれたらいいんだ」

「あたし、少しもおかしかないわ」

　都会の冷房は空気を悪くし、その上あまりきかない。

「俺にあっているってことで、あんたおかしいんだ」

「おかしくない」

「なんで」

「だから、わかってくださいって、言っているじゃない」

「わからない」

　ボーイがコーヒーカップをさげていく。男が肩を抱いた女をつれて入ってくる。デパートから買物したらしい中年婦人が、ハンカチをつかいながらコーラを注文する。ボーイが水をつぎにくる。

「俺に何をわかれって、言うんだ」

「だから、私の気持ちを」

「無理だ」

　夏は苦しく暑い。時間は遅くゆっくりと流れ、私と高野の間でよどんでいる。だれが、私のことを「わかって」くれるのだろう。だれかが「わかって」くれなければ、私は淫らな女として、深い沼地へもぐりこんでいってしまう。私は純粋だった。

　私はもがいていた。母が片足をつかんでいる。その侮蔑から逃れようとした。母であり、そして女くさいあの人から救われようと。

　私は、女たちが眉根をしかめ、別の種の女を罵倒する時、口もとから、ねちねちと発せられる生臭い粘液が、別の女をからめとり、窒息させ、腐敗させていくのに身ぶるいした。母の中に、そんな女たちの顔をみた。長年耐え忍んできた不満は、他者をおとしめることでしか、自分たちの名誉を強調することでしか、満たされないのかもしれない。母は自分は崇高である、それだけの意識以外には、自己を確立できない女たちの一人なのだ。

母、祖母、果てしない女の列が、二通りの女を作りだしていく。

私もまた、「自分は崇高である」といった確信がなければ、自堕落になっていくしかない、といった生き方しか学んでいなかった。

悪寒におびえる。足元がくずれおちるかもしれない。母はいつも、手を引いてくれた。その母が今度は敵だ。まったく混乱している、母も私も。母はたしかに私のことを大切に思ってくれているからこそ、悲しむのだろう、がそこには女としての姿もある。私には、目の前に、蜒々と襤褸を積み上げられたようで、どこから手をつけていいのかわからない。

「もう時間だよ、俺は帰る」

高野は、マッチをポケットにしまいこみ立ちあがる。

「ついてくるなよ」

新宿の雑踏にまぎれこまれたら、おしまいだ。私は自分で自分がもちきれない恐怖におびえた。高野が、ひとこと「わかっている」と言ってくれれば、それで助かる。私は胸をはって母に対抗できる。私はヒロインとしての威厳を守って迫害に耐えればよかった。

たのむから、わかって欲しい。偽りでもいい。地下プロムナードを足早に歩いて行く後姿をおうにも、自分の気持ちのあせりで足がもつれる。何を考えているのか、内にこもって語ろうとしない高野がもどかしい。俺は苦しいんだ、としか言わない。

何が苦しいのか、おぼろげながら理解できる気もするが、「わかってもらう」ことの方が先決だった。新宿駅から流れていく人々が私にむかって、言葉のつぶてを投げるかもしれない。早くしないと私はだんだん分裂して夜の底でうごめく、小さな泥水のたまりになってしまいそうだ。どうして、そんなに早く歩くの高野さん！　人の間をぬうように、ふりむきもしない。

「俺のこともわかってくれ」

「わかってる」

「だったら、もう会いにこないでくれ」

改札を入っていこうとする高野について、キップをもたない私は、すばやく改札を通りすぎた。私にはそこが改札だなどという意識はうすかった。もたもたしていると高野と遠ざけられてしまうということだけがわかっている。駅員は定期乗客とでもまちがえたのだろう。

「お前、キップは」

待ってよ、と中央線の階段でおいついた私に気づいた高野は、意外そうな顔できく。

「あわてて、改札にとびこんだら、通れちゃったの」

「ええ」

高野は失笑する。その笑顔に私も笑いがこぼれる。歯ならびのいい高野の笑顔はひとなつこいところがある。

「国鉄は赤字なんだよ」

「そうらしいわ」

中学生らしい男の子と女の子が、ベンチに腰をかけて電車をまっている。私と高野もその隣に同じようにこしかける。

「今、どこへ泊ってるの」

「四ツ谷よ」

「予備校は、どう」

「机がせまくてね、四人がけのところへ五人ずつおしこめられて」

「定員オーバーだね」

「うん、大学受験もあるし、私も早く気持ちを落ちつかせたいの。家の中もどうにもならないし」

「…………」

中学生の女の子が、声を立てて笑った。男の子もゆかいそうだ。映画でもみてきたんだろう。プログラムを握っている。少女は白いソックスをはいていた。肩を組んで歩く二人が目につく。高野はひざをふるわせて、うつむいていた。

11

「久しぶりだね」

松屋で、L大文学部の試験問題集を買っているところで川名に出会う。

「L大、受けるの」

「ええ、L大文学部社会学科をね」

「俺、きまったよ」

「推薦？」

「ああ、J大の英文科はあきらめたけれど、仏文科はなんとかなった」

「J大ならいいわね。職もあるだろうし」

「気楽だよ」

川名は生々《いきいき》としていた。胸をはっているかんじだ。くちびるを触れた冬から二年あまりになるが、おどおどした感じが消えている。今までにも、駅前で何度か行き会っているのだが、話しかけることがはばかられる気がして、あいさつもしなかった。

「お前、うかるか」

「だめだと思うわ、L大だしね」

「浪人する気？」

「まあ、どこか二部へでもいくか」

　何気なく、手もとの本棚から目新しい本をひきだし、パラパラめくりながらしゃべっていた。気がつくとN高の制服を着た二年生の女の子が川名の後に、それとなく立っている。

「紹介するよ」

　その娘は、どこを見てるのか赤い顔をしてうつむいている。

「こちらは中沢さん、いつも話す十万馬力のオネエチャン、ええと、えへへっ」

「早く言いなさいよ」

「一級下の榎本章子さ……んね」

　ぺこっと頭をさげてから、顔をあげて微笑する榎本章子は、いかにもやさしそうな女の子で、ボーイフレンドに憧憬《あこが》れていたついこのあいだまでの姿がわかるように初々しい。

「して、御関係は？」

　私はちょっと意地悪く聞いてみる。

「バアカ、わかっているじゃないか」

「ああ、AかなCかな、Bぐらいかな」

「スモールエイってとこかな」

「なんですか、スモールエイって」

　黙っていた榎本さんが、目をくりっとさせて、トッポジージョみたいな声できく。

「帰り際の握手」

「なるほど、なるほど」

　ふむ、ふむと感心して見せてから、うまくやったねと川名につぶやいた。すると榎本さんが、

「そうでもないんです」

　と小さな声でいった。

「じゃ、僕たちこれで、彼女は長須賀に住んでいるから、帰り道のついでに送っていくんだ」

　肩をならべていく後姿を見送ってため息がもれる。L大はまず受かりっこない。家に帰れば母が待っていたように文句を言う。おびただしい文句の中に帰るのは憂鬱だった。

　もう高野洋のことは直接は話題にならない。が、母の罵声を聞くだけで、数ヵ月つづいた。

　私と母は、おぼれているのだ。海上はるかに何も見え

ない。母は私に、私は母にすがりつくしかない。母はこんな事になったのは私のためだと思っている。私は私で、母がもう少し人間臭い愛情を持っていてくれたらと考えている。それでも母と私はたより合うしかない。母は自分の娘がかわいいと同時に、いやしむべき女であると感じ、その両方の感情を整理しきれない。私は母の内に私をおとしめる女と、歯をむきだしに子を守る母を見ている。

いつか私は、母にこの家を出ていくと言ったことがある。私と母の間は愛情めくものがあるのだからこそ、こうしてどなり合い、かみついたり、物を投げ合うのだ。それが、極端な事態を引きおこす前に、母と私は離れ離れに生活し、なつかしいとか、かわいいといった感情だけが残っていくように努めるべきだと主張する。と、母は、自分の経済的協力がないために、娘に高校を中退させたように周囲から見られるのはいやだと言う。もちろん高校を卒業しなければ不利なことやその他諸〻の問題をあげたが、結局私があの錯乱し、奇妙な家庭の中にいる理由はそれだった。

母が婚家に対して唯一しめすことのできる優越は子供だけなのは、よくわかっている。事実、私が県立へ入学した同じ年、養子に入った甥の子供たちは、一人は中学での成績の悪さを苦に家によりつかず、上の一人は県立への志願をあきらめ受験した私立高校にも、失敗している。私はひどく上機嫌だった。母は顔にこそ出さぬが、私以上に満足していたのは明らかだ。

なんのことはない、私と母は仲がいいのだ。

「ただいま」

「こんな遅くまで何をしてたの」

声がヒステリックになっている。いらいらしてたまらないのだ、この声を聞くと。

「済みません」

「あんた、また謝らなければならないような事してきたの」

これで、カチンとくる。夜半すぎまでのどなり合いが始まる。母のことはわかっているつもりで、腹が立ってならないのだ。

母も老いた。しわの数が急にふえだしている。

12

ポップコーンの白さがはじけて、お腹の空いているのに気づく。

「洋、ポップコーン食べない」

「おいしそう」

ポップコーンは百円だった。黒く日焼けしたおばさんが、ビーチパラソルの下で、キャラメルだのジュースだのをならべて売っている。洋は、芸大の学生がキャンバスやイーゼルを抱いて通りすぎていくたびにちっと、舌打ちをしている。

「俺ね、もっと本気で絵をかこうとは考えるのだけれど、勇気がなくて」

ポップコーンをわし摑《づか》みにして、口にほうりこむ。二人とも大きな口だ。用事で東京にくる度になんとなく洋に会ってしまう。場所は新宿だったり、上野公園だったりしている。近頃、私はヒラキナオリを覚えた。詰まるところ、わかっているのは洋が好きだということだけだった。

「あんたのね、気持ちはわかるんだけれど、わかっているって言えないよ、言ったら俺がだめになっちゃう」と言う洋が好ましい。

「こないだの日曜日、下宿に帰ったの何時だった?」

「十時くらいかな、海を見たし、昼寝はしたし、まあよかったよ」

「最終の特急に乗りおくれたから心配してたの」

「それより、おふくろさんが気にしてたろ」

「わからないから、大丈夫」

「なんとなく、親ってわかっちゃうもんだぞ」

「会うならわからないように会えってサ」

「かわいそうだな」

「えっ」

「お前もおふくろさんもさ」

「まあね」

足もとに風でころがってきた紙くずを、高野がつま先で蹴とばす。時計が気になりだす前に食事をして、東京駅へ少し早目に出ようと、どこか食べ物屋を探したが、大衆的なソバ屋やレストランばかりが、軒をならべている。どこも中は騒がしそうだ。

いいかげんに、どちらともなく目についた店に入る。テーブルと座敷半分の大きな大衆レストランだった。東京の人間よりは地方から見物に出てきた人間の方が多い。老婆と三つか四つくらいの女の子、それに五つ六つの男の子が弁当定食をおいしそうに食べている。草色に染めた毛糸の帽子を、女の子がふくろから出しては、またしまっている。

ちょうど、その隣があいたので、靴をあずけて、座敷に上がり、洋が食券を買ってくるのを待った。耳の上と後頭部を青々と刈り上げた男の子が、隣や後の卓をのぞいて回っているのを、老婆がたしなめているが、まるで聞いてない様子だ。

洋は食券とセブンスターを買ってきた。一人一人の話し声は聞こえずに、食堂全体がざわざわと大きな音をたてている。大きな胃袋の中へ入ったらこんな音がするかもしれない。洋は、うまそうに煙草をふかす。

隣の男の子がまた動きだした。ウェイトレスが、乱暴に前の客の食器をかさね運んでいく。もう一人の年かさのウェイトレスが、食券を半分にちぎる。灰皿とコップだけになったテーブルの上を、今までウェイトレスにみとれていた男の子が、そっとのぞきこみ、ふきのこっていたソースを指先につける。

男の子と目が合った洋は、にっこりとして笑いかけた。私は、ほっと落ちつく。

老婆が、恐縮して男の子を抱え、二、三回頭をさげて、自分の席へもどっていく。洋が何か言った。私はうなずく。声は聞こえなかったが、うなずきたい気分だった。

刺身定食とブタの生姜焼《しょうがやき》を食べて、外へ出ると薄暗くなっていた。上野の公園口から、坂の下へ、人波がおりてくる。まだ、帰りの列車までは時間がいくらかあった。人波に逆らうように、坂を上がり、文化会館前から西洋美術館あたりをぶらつく。

けっして、肩を組んだり手をつないだり洋はしない。人ごみで、はぐれそうになるときに手をつなごうとして、拒否される恥かしさを何度か味わった。べたべたするのは嫌いなんだと言う。

カレーの市民の上に、大きな半月が出ている。鉄柵に顔をおしつけるように、カレーの市民を洋がながめている。昼間、美術館へ入って、しげしげと見るのとはちがって、その一群は一日の粧い顔から、やっと本来のなげき苦しみをうったえることのできる時間を得たようだ。私もひんやりとする鉄柵に私のほおをくっつけて、ながめる。私たちは、それ以上近づけない。

「何ンか、こう、凄いんだよな」

「うん」

靴音、ざわめきがたえず私たちの後を流れている。それらの人々は、魂のある人間ではなく風景に思える。カレーの市民と私と洋だけが生きている。

「俺ね。いつかあんたが下宿にきたとき、ああ胸の色がかわっちゃったな、俺ってたいへんなことをしたんだと思った」

淡々とした声だった。月が冴々としている。私はそれが月だと記憶しているが、ほんとうは街灯やビルの灯であったかもしれない。ともかく二人の頭上に、寒々しいが明るいものがあった。

「あたしね。ほんとうは母さんがあんたのことなぐってくれればいいと思ってる。あたしのことばかり口汚くののしらないで」

「俺もそう思うよ」

だんだん寒くなる。

「もう時間だろう?」

ひどくゆっくりした声で聞きはしたが、鉄柵の間から顔を離そうとはしない。隣で私が小さくうなずいたのにも、何ンの反応もしめさなかった。

また、しばらく、その空っぽの美術館をながめている。

「行こう」

洋はポケットに手を入れて公園口へ歩きだした。

列車がすべりこんでくる。スピーカーがうるさく注意を呼びかけても、新聞を読む人々は気にもかけない。スピーカーもただの呪文と同じように何度も注意を呼びかける。

私と洋は列の最後部に立って、扉があけられるのを待った。洋は何も言わない。私は何も話しかけられない。何か言葉を発すると、それが芝居じみて聞こえるのではないかと、怖かった。

人波が動きはじめる。私と洋は波にさらわれるように列車に乗りこむ。私は洋の手をしっかりと握っていた。帰ると言う洋を、私は絶対に帰しはしないと言って、握りしめた手を放そうとしない。そのうち出入口から奥深いところにおしこめられてしまった。

走り出した列車が地下から地上へ出る頃、私のえりあしに洋の息がかかっている。人と人の間で私と洋は身体をぴったりとつけていた。洋は意識している。時々、左の腿が、ぶるぶるっとふるえているのが、わかった。

あったかいな。私は「胸の色が……」という言葉を頭の中で反芻《はんすう》してみた。それで、あの日から私を求めないのだろうか。私はちょうど洋のあごの下から顔を、ながめていた。半分目をつむり天井をむいている。そんな時、彼が何を考えているのかわからない。不安なまま私は、目をつむって、胸もとにほおをよせた。セーターの中に洋のにおいがこもって暖かった。

市川をすぎて、私は彼を解放する気になった。さっきはなぜ、あんなに彼を帰したくなかったのか自分でもわからない。ともかくラッシュの力をかりてでも洋と共にいたかった。

「ねえ、次の駅で降りて帰っていいわ」

「うん」

うなずくだけで帰ろうとはしない。千葉駅をすぎると列車内は、ほとんど立っている人はいない。私と洋はひとつボックスに腰をおろした。コンビナートや団地や商店街の光の中を列車は走っていく。

「東京へ引きかえそうよ」

洋が突然に、耳もとで言う。私は、それが彼一人で東京へ引きかえすことを意味していると思った。彼には明日、仕事もある、大学もあるのに、こんなところまで連れてきたことを後悔し、自分が軽率だったことに恥じていたから。しかし、洋は自分が貯金を十七万ほど持っていることや、今からなら、何処かに行く夜行列車の発車に間に合うことを話しはじめた。私は彼が何を言っているのか理解するまでに随分と時間を要した。

「俺、もうこんな中途半端いやだよ」

「どうするつもり」

「どうせ俺たちうまくいかないんだ。あんただって、俺が好きだの愛してるの言っても、信じられないだろうよ。だから、あんたにダメだってことわからせたいよ」

「一緒に生活するの」

「ああ、前からあんたが東京に出てきたら、同棲でもしようかと思っていたんだ、それでダメだってことわからせるんだ」

「子供は、できるのよ、一緒にくらしたら」

「育てればいいよ、あんたと俺とでどんな人間ができるか育ててみればいいよ」

「どうして、急に」

「俺ね、もう生ぬるいのに耐えられない。大学にいけば、ふらふら親がかりばかりだし、職場は中年のおじさんばかりなんだ」

洋は興奮していた。私もいったい彼がなにを意図しているのかわからずに興奮した。が私の口から出た言葉は、つめたかった。

「あたし同棲なんてしないわ。社会から葬られたくない。落ちついて考えてよ」

「…………」

列車は揺れつづけている。野心は心の奥深くで私をうかがい、目を光らせていた。そして、複雑な音をたてる列車のどこかで、母が私に意味のない言葉を語りかけている。

夜はつづく。

「あした、海を見て東京に帰るよ。互いに生活を破壊せずにやっていこう」

洋はポケットに煙草をさぐった。

天井に走る木目のひとつふたつが人の目に見える。いつも私はだれかに見られている。その人々は私について勝手なことを言う。ほんとうは、どうでもいいことが多いのだ。母だって世間だって、どうでもいい。あの時、東京へ戻ったら、京都へ行く列車はまだあっただろうか。暖かいふとんの中で、洋と晩秋の京都で生活してみたいと空想した。私は本を読み、洋は絵をかく。私は彼の前で、ヌードでポーズをとってスケッチされる。

その日も母と些細《ささい》なことで争った。私はなるべく母の声、目の光、ゆれる髪、ゆがんだ顔の筋肉などを想い出すまいとしていた。

洋と私はいたわり合って生活する。うつらうつらとしながら、洋が一人で油絵をかいてる北向きの部屋へ、私が働いて帰った時に、両腕をひろげて抱きしめてくれる様などを想った。床の中の暖かさは、その想いにふさわしい。

「恵美子、起きている」

母の声に、私はいら立った。彼女も、もう床に入っているはずなのに。私は密やかな楽しみに邪魔が入ったので、不機嫌に返事をした。母は自分の足が、いかにつめたく暖まらないかをくり返しくり返し、のべる。それは心労のためだと言う。母の声は長く長く尾を引き、私の耳のそこにたまっていく。

学校で机にむかっている時にさえ、母の声がふとよみがえり、ヒステリックな気持ちにおそわれる。母が足のつめたさの次に言いだすのは、私が浪人せずに国立大学へいってほしい、そうしなければ親しい人々から何を言われるかわからないということだ。

母は、すでに私に対して甘えを求める年になっているのかもしれない。記憶力が落ちたとしばしばうったえつづける。

母は自分の苦しみを言葉で私に投げつける。洋との間の不安定なものにいら立っている状態では、私の方が母に甘えたかった。

「いいかげんにして」

床の中から天井へむけてどなった、そのとたん、「もう、いいよ」と母が言い捨て、自分の部屋の雨戸をがらがらとあけて、外へとび出していくのが、わかった。

あわてた私が、コートをひっかけて、外へ行くと、海岸通りをフランネルの寝間着のたもとを風にひらつかせながら、母が歩いていく。裸足の姿は〝狂女〟を思わせ、ぞっと身震いがした。母は、狂ってしまうかもしれない。暗黒の予兆が走りぬける。

「どこへ行くつもりよ」

十一月半ばの風はつめたかった。母の後に追いつく頃には、ガチガチと歯の根が鳴って手足の温度が冷えていくのが、はっきりとわかる。

母はただ無心にアスファルトを歩いている。ペタペタとした足音が単調である。様々な問題や感情が混り合い、ひとつにまとまった時、頭に絵の具をめちゃくちゃに混ぜあわせた時の灰色がつまる。ただ歩く母の足先から髪先まで、灰色がつまっている。

「海へ行く、海に行って、お父さんに会うんだ。お父さんに」

四十を過ぎた女が、赤く染った鼻先からにごった涙を洟水《はなみず》といっしょに垂らしながら、はき出すように言う。

「帰ろうよ」とつかんだ腕は、やわらかくつめたい。振りほどきもせずに、ずんずん歩いていく母の力に気力負けして、私も歩く。家々からも灯りはもれていない。沖をいく船もない。暗くうねる海を風が渡る。母は、ゆったりと曲った湾へひとつだけ、突き出している船着きの桟橋へ行くつもりなんだろう。

洋と母が、同じように海を見たいと言う。海を見たいと。その近くで生まれ、育ったから。私はどこか自分の身近で波音を聞いた。それは空耳であったかもしれない。母のたばね髪がほつれ、パーマをだいぶ前にかけた部分だけが、ちりちりと乾いて風に舞う。飲み屋と旅館の看板だけが、青白く風の中に光って、人気のあるなしには無頓着だった。

これほど、怖しい海は見たことがなかった。海は見るものではなく、感じるものだった。洋の言葉が拡がる。海は黒々とした液体をたたえ、波立たせている。ふらふらと桟橋の先端へ歩いていく母に、帰ろう、帰ろうとささやく。大きな声を出すと、海と暗空に吸いこまれ、私たち親子は二度とこの世の中に姿をあらわすことが、できないように感じられる。海は言葉にみちている。左からも右からも前や下からも、波のささやきが私たちを招いている。母は死ぬつもりなのだろうか。

人間は、様々のことがひとつひとつ別々にとらえられている間は、おそらく死ねないだろう。灰色に全て混ってしまった時に、何もかも同じに思えるものだ。

私は立ち止った。母は死ぬつもりなのかもしれない。足の下で波がぶつかり合っている。母の後姿を、無表情に凝視した。ただ、私は闇に吸いこまれる母を見ている。何度か、右腕が母の身体をささえきれずに、海におちていく虚しさを、予想する。それよりは凝視しているほうが、まだマシに思えた。

海はどこまでも拡がる。私の身体の内部までも侵して拡がってくる。

母が後をふりかえった。立ちつくしている私を見て、歩きだす。拡がりかけていた海が引いていく。母は死なないのだ。ただ、混乱と激情を静めたいのだ。母は私の目の前でとびこんだりはしない。母の後まで歩みよる。

「おとうさんはいいねえ。早く死んじゃって。娘が大きくなって、やれやれと思うと、今度はわからないことばかり言って、もう、わたしには、どうしたらいいのか。このまま、ここでつめたくなっていきたいよ。つめたくなって。楽に死にたい。おとうさん、おとうさあん……」

桟橋の先にすわりこむと母は、そうつぶやきだした。母の背はつめたかった。冷えきった背を、私はおおいかくすように、私の身体をぴったりと母につけた。寝間着の身八ツ口から女のにおいが、鼻をさす。

「おとうさん……あたしもおとうさんのところに行きたいよ……娘にどなられて。いつもいつもあの娘はどなるの。あたしは大切に育ててきたのに」

母の中にも、私の中にも深い海があるのだと思う。太古から生物を生みだしてきた海があって、ある時、その海は母親と娘を遠ざけ、ひき裂く。母の海が涸《か》れてしまうまで、それはつづく。

私は、母が父について、愛情をいつもあたえてくれるものだと信じているのを知っていた。死んでしまっても彼女は、父の愛情の中で生きている。母が、くだらないことしたことがないから、わからないと言う度に、私は自分がどれほど一人ぼっちであるかを知った。

私の混乱と痛手を、ふみつけにし、ののしることしかできなかった母の背で、今、私は母が発する女のにおいをかいでいる。

「おとうさん……お……と……う……さん」

私はだれを呼べばいいのだろう。海の向こうから父が来るのだろうか。

これから洋とは、どうしたらいいのだろうか。洋は何を考えているのか。

何もかも、変わりはしない。わからないまま、風に吹かれ、波音を聞いているしかない。波は、私と母に向かって四方から打ちよせている。月も星もないのに、波頭がほの明るく光っている。

海の水には、ねばり気があるようだ。タールの海だ。私の下腹にもタールの海がある。うねうねと、予兆と甘美な快楽が打ちよせる。辷りだす船もなければ、つり糸をたれる者もいない。この地球上で最大の容器は、ただじっと身をひそめている。もし、私か母かが、ひとつまちがえば、呑みこまれるかもしれない。

母は私の中の海を見つけてしまったのだ。汚い……けがらわしい……海。

世界中の女たちの生理の血をあつめたらばこんな暗い海ができるだろう。呪いにみちた波音を上げるだろう。下降をしいられる意識。生理の生ぐさいにおいの中へ。

母は驚いているのだ、私が女だったことに。私も、母が女だったことに驚いていた。

海は暗く深い女たちの血にみちている。私は身体の一部として海を感じていた。

明日も今日と同じ日が来る。母の内なる海はまだ当分、涸れはしないだろう。疲れた。母は私によりかかるように、家に帰ってきた。興奮した精神と疲労した身体の間で、意識がたゆたう。重い身体を、横たえながら洋と母と毎日の生活の間を漂う。明日も変わらずに母と、どなり合うだろう。洋とはまたセックスをするかもしれない。いつか、別れる時がくるのだろうけれど……。

隣の部屋で母が、何か言いながらすすり泣いている。ただ、耳もとを流れる音にしか感じられない。娘に甘える年になったのか。私はまだまだ母に甘えたいと言うのに。

私の意識はしだいに拡散していった。広い広い海のさざ波のくり返しの上へと、私は漂っている。私は漂っていく。漂っていった。

李良枝
イャンジ

由熙（ユヒ）

由熙《ユヒ》の電話を切った時から、私は落ち着きを失くした。机の上には処理しなければならない伝票や書類がたまっていた。しかし、仕事に全く身が入らなくなってしまった。

そのうちに、腕時計が四時をさした。見上げると、会社の時計も同じ時刻をさしていた。しばらくしてやり残していた仕事を始め、六時少し前にその日の仕事を終えるとすぐ身仕度をした。六時ちょうどに会社を出た。

走り寄ってきた空車のタクシーを呼び止め、乗りこんだ。タクシーが家の方向に向かって走り出すと、思い出したようにまた落ち着きを失くした。電話での由熙の声がまるで今話しているような鮮やかさで迫ってきた。タクシーが信号の前で急ブレーキをかけるごとに、瞬いた瞼の内側に由熙が現われ、走り出すとともに遠のいた。

タクシーを使って家に帰ることなど滅多にないことだった。一分でも早く帰りたかった。しかし、家までの道のりは、いつもより長く、バスに乗って帰る時よりも車が揺れ、止まる信号の数も多く感じられた。

会社を出てくる時、社長と同僚に挨拶をしてきただろうか、私はそんなことを考え始めた。ついさっきまでのことがよく思い出せない。時間からすれば数分前の、タクシーに乗りこむまでの自分のことがはっきりとしなかった。

寒かった。風も強かった。ソウルは春の日が短く、朝晩はまだ冬のように日中との温度差が激しい。ブレーキの音が前からもうしろからも聞こえ、からだがぐらつくたびに、バッグを抱え、背中を丸めた。

家の前でタクシーを降りた。

来た道の角の方に戻っていくタクシーを、私は降り立った同じ場所に立ちつくしながら見つめた。ごくわずかに傾斜しながら下がった坂道の左側の角の向こうに、タクシーが消えていった。

家の前の道に人の姿はなく、道の角からも人や車が現われ出てくる気配はなかった。今し方消えたタクシーの轟音もすでに聞こえなくなった。

記憶の中の由熙の声が、私の背中を突ついた。声そのものに滲みこんでいる視線の動きも立ち現われた。声と、その視線に誘われ、私は振り返った。由熙が横に立っていた。坂道の上方を見上げているその横顔がはっきりと思い出された。六ヵ月前のある日と同じように、私は由熙と並んで立ち、うしろにある岩山の連なりを見上げた。

坂道は右にくねり、道に沿って続く人家が見上げる私の視界の下方で静まり返っていた。その上方に、岩山がそそり立っていた。丸みを帯び、ところどころ鋭く突き立ち、灌木を岩の間に繁らせている岩山の稜線は、下方の人家を包みこむように、あるところではのしかかるようにも続き、一つ一つの岩肌を夕暮れの春の風の中に晒していた。凛とした静けさは、星のない重たげな空全体に広がり、岩山の周りの空の色は薄くぼっと輝いても見えた。

視線は、過去のある日と同じように一番高いところに位置する岩の表面に引きつけられた。

——바위《バウィ》（岩）

由熙の声を思い出し、その発音を真似るようにして私は呟いた。ウィの音を強調し、ことさら正確に発音しようとしていた由熙の、かえってぎこちなく聞こえたその声が蘇えった。

風は冷たく、険しさを感じるほど、刺々しく強かった。手を交差させ、両腕を抱いて慄えている自分の姿も、六ヵ月前の、冬に近づいていた日の自分を思い出させた。あの日、この坂道の少し下で、厚手のカーディガンを羽織り、その端を引っ張りながらカーディガンをからだに巻きつけるようにして私は立っていた。風もやはり冷たく、刺々しかった。

向き直り、また人気のない坂道の角の方を見た。いつまで立っていても誰もそこからは現われてきそうになかった。

由熙は、この国にはもういないのだ。

そしてこの家にもいず、この道に現われることもない。

風の中に立ち、道の角を見つめているうちに、自分がようやく落ち着きを取り戻していることに気づいていた。低い石の段を上り、鉄扉の横にあるチャイムを押した。

——ヌグセヨ?（誰ですか）

インターフォンから叔母の声が聞こえた。

——チョエヨ（私です）

叔母の、小さな機械の中で響きを変えた声に向かって私は答えた。

家の中にあるインターフォンのボタンが押されると自動的に鉄扉の鍵が開く。金属を叩くような音がして鍵が開き、鉄扉を押すと小さな庭が現われた。私は中に入り、鉄扉を閉めた。余韻を聞き取り、道の方にやはり人が歩いてくる気配がないことを確かめるようにして、まだ少し立ったままでいた。

玄関口に続く石畳の右側には花壇が作られていた。左側には以前犬小屋があったが、由熙がこの家に住むようになる少し前に犬が死んだ。今は犬小屋は取り除かれ、木の台がそこに置かれ、空の植木鉢がいくつか積み重ねられていた。

外とは違う匂いが、小さな庭に入った時から辺りにたちこめていた。その匂いで、自分が住んでいる家に帰ってきたことを今更のように思い、匂いに敏感になっている自分に気づいて戸惑いもした。

肩のうしろ辺りから、イイニオイ、と遠い日に呟いた由熙の日本語の声が聞こえてくるような気がした。

叔母がいるはずの居間の窓には明かりが点されていた。しかし、玄関口の右側に続く応接間のサッシ戸も、玄関そのものも暗かった。

二階を見上げた。石の手摺りの向こうにベランダがあり、二つの部屋の窓が並んでいた。右側の私の部屋の窓も、由熙がいた左側の部屋の窓も暗かった。家全体の暗さが外の闇の中に沈み、一層重たげに庭を覆い、いつもより静けさが広がっている家の周りを何度も見回した。

私であれ、由熙であれ、インターフォンで返事をしたなら、叔母は必ずと言っていいほど先に中から玄関のドアを開け、私達を迎えてくれた。応接間は明るく、玄関口の外灯もそんな時はいつも点されていた。しばらく前から叔母は左膝を痛めていたが、それでも手が空いてさえいれば先に中からドアを開けてくれた。昨日までそうだった。

叔母は居間にいて、居間の電気だけをつけていた。中からは声は聞こえてこなかった。手が空かず、玄関に出られない時は決まって外に向かって名前を呼びかけてくるはずの叔母の声が、いつまでたっても聞こえてこなかった。

玄関のサッシのドアを開け、

――ただいま。

と私は言った。サッシを縁どった金属とコンクリートの地肌が擦れ合い、ギイッ、ギイッ、と音をたてた。その音がいつになく耳に障った。暮れきろうとしている家の上に広がった空の、それでもまだどことなく薄青さを滲ませている色も、風の冷たさも、そしてドアの擦れ合う音も、季節感を越えて由熙を真近に思い出させてくるようだった。暗い家の中の静けさも私の胸を刺した。

やはり、叔母は居間にいた。

だが応接間との間を遮ぎっている居間の戸口のカーテンは閉ざされたままだった。

ソファにバッグを置き、叔母を呼ぼうとしてためらった。手持ぶさたと妙なうしろめたさとで棒立ちになったように立ちすくんだ。ソファの肩に指先を当てた。そこに線を描きながら指先を動かした。厚いソファの布地の中に指先に力を入れてくいこませ、離してはまた線を描くことを繰り返した。

叔母の沈黙が続いていた。カーテンが開くのを待ち、叔母の声が聞こえるのを待った。二階にすぐにでも上がっていきたい衝動にかられたが、そのたびにソファに指先をくいこませた。

――由熙は一時過ぎに出て行ったわよ。

ふいをつかれ、私は戸惑った。見るといつの間にか叔母がカーテンを開け、居間の戸口に坐っていた。少しの間、何故そうして棒立ちになっていたのか、自分でも忘れていた。叔母は新聞を読んでいたらしい。手にしていた老眼鏡を、そう言ったあとでケースにしまった。叔母のうしろに、床に広げられた新聞が見えた。

――あなた、由熙がどんなに淋しい思いをして飛行機に乗ったと思うの。

語気は激しかった。この家の庭に入った時から、家の暗さですでに叔母の咎めを受けているような心地にさせられていたことを、私は他人事のように思い返し、わけもわからずに深い溜息をついた。叔母には言い訳する言葉がなかった。応接間や玄関の暗さの中に、はかなく、冷んやりとした慄え出しそうな空洞感を嗅ぎとった。

――早びけするって、空港にはきちんと見送りに行けるし、会社にはもう許可を取ってあるって、あなた昨日までそう言って約束していたくせに、今朝になって急にだめだなんて言い出すのね。電話もしてこない人なんてどこにいますか。お昼休みの時間だってあるじゃないの。何て薄情なの？　いくら待っても電話がないから、由熙に、ここから会社に電話してみたらって言ったのよ。でも空港に着いてからオンニ（おねえさん）には電話を掛けますって言ってたわ。電話はあったの？

私は黙りこくったまま、首を前に振り、頷いた。

――かわいそうでたまらなかったわ。私が送っていくって言ったのよ。重い物は持てそうもないけれど一緒に行ってあげるって。でも由熙は断わった。あの大通りまでは行くって言ったの。タクシーに乗るところまでは見届けたいと思ったから。でも、坂道の角のところで、あの子、もうここでお別れしますって言って、私を家に帰そうとするのよ。ようやく膝が治ってきたのだから、こういう時こそあまり歩かない方がいいって、あの子はそう言ってひとりで行ったわ。アジュモニ（おばさん）、アンニョンヒケセヨ（さようなら）って、私の手を握って、私を抱いて、何度も振り返りながら歩いて行ったわ。

ソファの肩に、指先をくいこませた。

同じソファに、由熙はこの家に初めてやって来た日に坐った。今もそこにいて、自分が由熙の頭と肩を、うしろから見下ろしているような錯覚に捉われた。

――最後までしてあげられるだけのことはしてあげなくちゃあだめよ。本当のきょうだいみたいに仲が良かったんじゃないの。見送りに行くのが当然だし、電話だけでも掛けて来るのが当たり前だわ。あの子をひとりぼっちで空港に行かせることになるなんて、考えてもいなかったことだから、私、心苦しくてしかたがなかった。

叔母に言い訳する気持ちは起こらず、ただ気まずい思いで立ちつくしていた。確かに、今朝になって早びけはできないと言い出したのだ。すでに許可はとっていたが、会社にも、今日になって急に早びけする必要がなくなったと言ったのだった。

自分にも、そして由熙にも腹を立てていた。由熙は、いくら説得しても大学を中退する意思を変えず、数週間近く続いた二人の口論は無駄に終わってしまっていた。それでも怒りや苛立ちは昨日までようやくおさまっていたというのに、とうとう日本に発つという今朝になって急にたまらなくなった。冷静に空港まで行けない気がした。手を振り、搭乗口で別れる場面を想像すると、一体どんな言葉とどんな表情とで由煕に対したらいいのか、自信がなくなってしまった。

——あなたの複雑な気持ちもわかるわ。それは私だって同じだもの。でもね、あの子の気持ちをまず先に考えてあげなさいよ。S大学に留学に来て、苦労してようやく四年生になれたというのに、卒業できないまま日本に帰らなければならなくなってしまったのよ。本人が一番辛かったはずよ。あともう一歩で卒業だったのに。かわいそうでしかたがないわ。あれだけ悩んでいたんだもの。

叔母は語気を落ち着かせていった。咎める口調は少しずつ消えていったが、言葉を遮ることはやはりできなかった。話はまだまだ続いていきそうだった。区切りを見つけて、早く二階に上がって行きたかった。

——私もどれだけ説得したか知れない。由煕には何度も言ったの。胃炎ぐらいだったら一ヵ月休んで養生すれば良くなるはずだって。それにそれくらいの欠席だったら、在日同胞の留学生だもの、先生方もわかってくれるはずだって、本当に何度も何度も話してみたのよ。場合が場合だったら、私が大学に行って教授の一人一人に会って事情を話してあげてもいいと思っていた。こんなこと、今更言ってもしようがないことだけれど、あんなによく勉強する学生だったから残念なのよ。何だか、まだしっくりとこないし、口惜しくてね。他人事みたいには考えられないのよ。

叔母は同じ姿勢のまま、老眼鏡のケースを握りしめながら話し続けていた。

この叔母が見てきた由煕と、私が見てきた由煕とはどこかがずれ、違っているのかも知れなかった。

一階と二階の匂いも微妙に、それでいてはっきりとその濃さや流れ方が違っているように感じられた。この階下で叔母に見せてきた由煕と、二階で私に見せてきた由煕自身の表情そのものも違っていたのかも知れなかった。

確かに違っていた。

叔母が知らない由煕を私は見、叔母が想像すらできない由煕の言葉を聞き、それらを由煕につきつけられてきたと思っていた。中退する意思を変えない由煕に根つきた時、私は半ば命令するように、叔母と大学の方には健康上の理由から中退するという形で通すように、と念を押してもいたのだった。

しかし、互いが抱いているイメージがどうくい違おうと、由煕は今日からこの家にはいない、という事実だけははっきりとしていた。叔母が叔母なりにどう由熙のことを考え、思い出し、それらと自分が知っている由熙の姿がどれだけ違い、ずれていようと、いなくなった、という確かさだけは変えようもなかった。由熙はいず、これからもいない、という事実を認めるしかなく、それが結局は私と叔母が行きつく一致点なのかも知れなかった。

――かわいい、本当にいい子だった。もっとあの子に気を遣ってあげていればよかったって、そう思うとね。でも、もう何を言っても遅いんだわね……。

独り言のような口調に変わっていた。叔母も、単に胃炎という理由で由熙が中退したとは思っていず、体のいい言い訳に過ぎないことは充分に気づいているはずだった。

伸ばした左脚の膝の辺りを揉み始めた叔母は、私がそこに立っていることなど忘れてしまったように、焦点がぼやけた呆とした顔つきでうつむき、応接間の床に視線を落としていた。

生返事をし、私はソファに置いた自分のバッグを取った。叔母も淋しいに違いなかった。私自身は由熙を妹のように思っていた。そして叔母も、娘が結婚し、まるでその替わりのようにこの家に住むことになった由熙を、自分の娘のように思っていたことを知っていた。

――あの子の部屋に行ってみればわかるわ。あの子、タンスと机を置いていったわ。タンスはアジュモニかオンニが必要だったら使って下さいって。もしいらなければ、次に下宿する人に訊いてみて、使うようであればあげるし、いらなければ好きなように処分して下さいって。机は私が貰ったの。いい机だものね。あの子、机だけは売りたくないし、他の誰にもあげたくないって。私かあなたが持っていてくれるとうれしいって言ってたけれど、あなたは机を持っているでしょう。だから私が貰ったの。本棚は、同じS大学の留学生のお友達に譲ったのよ。午前中に取りに来てたわ。

階段の電気をつけた。何も言わずに二階に行きかけている私を、叔母は咎める気配すら見せなくなっていた。私は階段をそっと上り始めた。

――初めて人に二階の部屋を貸そうと思ったら、やって来た子だった。それも在日同胞の女の子だった。何かの因縁みたいにS大学の学生で、死んだあの人の後輩だった。初めてのことばかりで私なりに気を遣ってきたつもりだけれど、でも結局はこんなことになってしまった。卒業式にはどんなことがあっても行くつもりだったのに。初めてあの子がこの家に来た日、卒業式にはきっと行こうねって、あなたとも話したわよね。S大学には一度行ってみたかったもの。東崇洞《トンスンドン》から移転したあとのS大学は見たことがなかったから。……もしあなたの叔父さんが生きていたら、自分の後輩だと言って、きっと他人事じゃないようにあの子をかわいがっていたと思うわ。卒業式にも行ったはずよ。あの子を絶対に中退なんてさせなかった。……きっと、私やあなたよりももっと厳しく叱って、励まして説得してくれたはずだと思うわ。あなたの叔父さん、S大学を愛していたもの。誇りにしていたもの。

　叔母は、私がすでに階段を何段か上りかけていても話をやめようとはしなかった。死んだ叔父が近くに現われ、叔父と話し続けているように口調もどことなく虚ろだった。叔母は多分、私が二階に上りきったあとも、ひとりでそうしてぼんやりと話し続けているのかも知れなかった。

　それは由熙が言っていた通り、タンスの一番上のひき出しの中に入っていた。

胸にひき出しの角が当たり、私はわずかに後退りした。三十センチ大の茶封筒はかなりぶ厚かった。手を伸ばそうとして、思いとどまった。すぐ目の前にありながら、茶封筒に手を出すのがためらわれた。

　口惜しさで、からだが慄えた。

　何故いなくなってしまったのか、何故由熙はこの国に居続けられなかったのか、と今更どうしようもないとわかっているはずの疑問が、腹立たしさや火照りとなってつき上げてきてもいた。

　――이《イ》 나라《ナラ》（この国）

　立ちつくした私の脳裡に、由熙の声がよぎっていった。自嘲するように呟いた日、他の言葉の間に皮肉と軽蔑をこめて吐き棄てるように言った日、苦し気に他に替えて言う言葉が見つからずにおろおろとしながら呟いた日、哀願するように言った日、さまざまな由熙の表情と同じ言葉の違った響きが思い出された。

　――이《イ》 나라《ナラ》 사람《サラム》（この国の人）

　よぎる由熙の声は強い音をたてて弾けた。玄関のドアの、ギイッ、ギイッ、と擦れる音が、声の記憶のあとに続いた。

　剝ぎ取ることはできなかった。

二つの言葉の記憶には、由熙がさまざまな表情を見せていた分だけ、それらと対していた私自身の姿が重なり、塗りこめられていた。日本語訛りというしかない発音の不確かさと抑揚の記憶にも、さまざまな日の思いが隠されていた。

剝がしても剝がしても、記憶はかえって厚みを増していくように思われた。

くすぶり続け、伸ばそうとする手を押しとどめる何かを振り切り、私はひき出しの中から茶封筒を取り出した。想像以上に重かった。その場で中味を見ようとして、またためらった。茶封筒をかかえ、ドアの方に歩いていった。

――オンニ、お願いがあるんです。私の部屋のタンスの一番上のひき出しを開けてみて下さい。そこに封筒に入れたものが入っています。それをオンニに預かっておいてほしいんです。

由熙は、空港から私の会社に電話を掛けてきた。三時半過ぎのことだった。いまから乗ります、と言ったあとでしばらく黙り、オンニ、と私を呼んで話し始めたのだった。

――もし何かあって失くなってしまったとしても、それはそれで構いません。預かったからといって、オンニが負担に思う必要は全くないんです。こんなお願いを急に言ってごめんなさい。どうしようかと迷いました。棄ててしまうことも燃やしてしまうこともできなくて、かといって日本に持って行く気持ちにもなれなかった。……実は、私があの家に住むようになってから書きためていたものなんです。棄てられなかった。……オンニ、できればオンニが処分して下さい。持っていってくれなくていいから棄てて下さい。

由熙はひきつったように声を慄わせて言った。

――わかったわ。あなたの言う通りにするわ。

私は言った。

待つまい、と思いながらも朝出勤してからずっと、私は電話を気にしていた。何度、家に電話を掛けようと思ったか知れなかった。早びけはしない、と会社に言ってしまったことを後悔もした。しかし、掛けられなかった。由熙が掛けてきてくれればいい、と思い続け、昼食の時にも外には出て行かず、ことさら用事を作って机から離れなかった。

――四時だったわよね。

――ええ。

――もうすぐね。

――ええ。

――あのあなたの部屋の左側のタンスね、その一番上のひき出しというのね。

――ええ。

――中味を見てはだめなんでしょう。

――……でもオンニには読めないはずだから、日本語だから。

由熙の最後の言葉は、別れの言葉としては当然の、オンニ、アンニョンヒケセヨ、という挨拶だった。

――チャル・カ（元気で）

私も短く、冷静に言葉を返した。

由熙が先に電話を切ってくれることを願い、切れる音を待っていたのに、由熙は電話を切ろうとはしなかった。一秒、二秒、と数えられるかどうかわからないくらいのわずかな時間だった。

――ユヒ、カジマ（由熙、行ってはいけない）

声になって出かかろうとしていた言葉を、由熙は受話器の向こうで感じ取ったのかも知れない。そのまま何も言わず、由熙は電話を切った。私も、切れる音を聞き取り、言葉を呑みこみながらようやく受話器を置いた。

部屋には、タンスと机以外、荷物は全くなくなっていた。

ドアを開けた時、私はすっかり日が暮れてしまったことを部屋の中のがらんとした光景と暗さによって気づかされた。そして最後の手綱が切られてしまったような思いとともに、由熙がいなくなってしまったことも、改めて突きつけられたのだった。

机は、今は脚が折りたたまれ、一枚の厚い板となって右側の壁に立てかけられていた。

ドアに沿った壁に今朝まで本棚が置かれていた。本棚と壁とでできた角からドアの入口まで、座蒲団一枚分ぐらいの空いた場所があった。ドア口の、自分が由熙の部屋に来るたびによく坐っていたその場所に私は坐り、茶封筒を、伸ばした膝の上に置いた。

がらんとし、荷物が片付けられてしまった部屋は、荷物があった時よりもかえって狭くなったように感じられた。

由熙はまだこの部屋にいた。

気配が確かに残っていて、立ち去ろうとした私を引き止め、その場所に坐らされたような気がしてならなかった。

リノリウムを敷いた床は、かすかに温かかった。叔母がボイラーを入れ始めたのだろう。春の日の朝晩は、まだ時折オンドルを温めなければならないほど肌寒かった。

——李由熙……。

声にならない声で呟いた。由熙が自分の名前を初めて名乗った六ヵ月前の日のことが思い出された。

——こんなに温かい、こんなに。

部屋の中央で、記憶の中の由熙が床の上にかがみこんだ。両手を床に当て、そのうちに坐ってうずくまった。目を閉じた。

胸が痛く、膝の上の茶封筒にも慄えが伝わっていくようだった。

去年の十月、それはあと数日で月が替わるという最後の土曜日のことだった。由熙は初めてこの家を訪ねて来た。

午後もかなり遅い時刻だった。

四時過ぎくらいだったろう。土曜日は午前中で会社が終わることになっていたが、ほとんど三時に帰ることが多く、会社から戻ってしばらくして不動産屋の電話を取ったのだから、四時は確実に過ぎていたはずだった。

すでに十二年近く、私は同じ会社に勤め続けていた。亡くなった叔父の紹介で、在学中に就職は決まっていた。歴史と古美術を中心にした小雑誌を出している会社だった。社長と同僚が二人いるだけの小さな会社で、外に出たり人と会うのが苦手な私は、事務や校正などの机に坐る仕事を中心にして働いていた。

叔父は、私が大学四年の夏に亡くなった。亡くなる少し前にこの家を建てたのだが、叔父の書庫でもあり、物置きのようにも使っていた部屋に私が住むことになった。光化門《カンファムン》にあるその雑誌社に就職することがはっきりと決まると、大学時代とは違って京畿道の田舎にある実家から、片道二時間あまりもかけて通うことが難しくなった。大学時代にも遅くなって帰れなくなった時や、試験が続いた日などは、この家によく泊まっていたのだ。その頃は、いとこがいたこの部屋に泊まっていた。

由熙が住むことになった半年ほど前まで、この部屋は叔母の娘である私のいとこが使っていた。いとこは結婚し、アメリカに行った。私よりも三つ年下だった。英文科を出たいとこはアメリカを旅行することが夢だった。在米同胞の会計士と出会い、恋愛したいとこは、旅行ではなく、半ば永久的にアメリカに住むことになった。

十二年近くの間、私はこの家で暮してきた。叔母やいとことは、気まずいこともぶつかることもほとんどなく、いとこが結婚してからは叔母と二人きりで静かに暮してきていた。

いとこは、家を処分し、江南《カンナム》（漢江の南側）にアパートでも買って暮すことを叔母にすすめていた。家一軒の維持費はかなりの出費であり、こまごました気苦労や叔母の淋しさを考えての上だった。しかし、叔母は江南に住むことを嫌った。新興の土地は肌に合わないと言い、江南にたちこめている排気ガスで濁った空気はかえって寿命を縮める、とも言った。叔母は何よりも、叔父が建てたこの家を手放したくなかったのだった。

その日、私が不動産屋の主人からの電話を取った。叔母は庭に出て、花壇の手入れをしていた。

――下宿を捜している女子学生が来ているんですって。

私は庭に向かって言った。電話を替わろうと思っていたのだが、手が汚れていた叔母の替わりに私が不動産屋の話を聞くことになった。うちはチョンセで部屋を出していているって言ってごらんなさい、という叔母の言葉を伝えた。

――それは私もわかっているんですけれどね。この学生さん、チョンセは額が高くて前金を準備できないと言うんです。でも下宿代としてならある程度の金額を月々出せるって言っているんです。実は、日本から来た在日同胞の留学生なんですよ。日本にはチョンセのような部屋の貸し方はないから、チョンセのこと、よく理解できないらしいんです。前金を払って部屋を借りて、その金の利子が部屋代みたいなことになって、出て行く時は前金の全額をまた返してもらえるんだと、その方が月々金を払うよりもずっと得なんだと、いくら説明してもわからないみたいなんです。

私は、不動産屋の主人が言うことを庭にいる叔母に伝えた。どこの大学に通っているのかしら、と叔母は言った。その通りを不動産屋の主人に訊いた。

――S大学の国文科に通っている学生さんです。私もね、S大生がどうしてまたこんな遠いトンネ（町）に下宿を捜そうとしているんだろうと思って訊いてみたんですよ。ここからじゃあS大学までバスで一時間以上はかかりますからね。乗り替えもしなければならないでしょう、通うのに大変ですよ。でも、とにかくこの辺りが気に入ったからだ、と言っているんです。感じのいい学生さんです。下宿をいろいろ替えてきて、ようやくここだと思えるトンネを捜せた、とも言っているんです。母国に来てかなり不便な思いをしてきたんでしょうねえ。何だか、他人事のようには思えなくなりましてね。それでお宅だったら、と思って電話してみたんですよ。お宅だったら静かだし、それに女ばかりですしね。どうでしょう、アジュモニにちょっと訊いてもらえませんか。どうでしょうか、お願いします。

不動産屋の主人は、その学生に相当親身になっているようだった。

私は聞いた通りのことを叔母に伝えた。

大通りの角にある狭い不動産屋の事務所が思い出された。ソファのセットと事務机で一杯の狭い事務所に、一人の女子学生がいることも想像してみた。学生は、電話をかけている主人の様子を心配そうに見つめているだろう。主人は体格のがっしりした、顔もいかつい感じのする初老の男だった。叔母も私も顔見知りで、主人の人の好さを知ってはいたが、初対面であり多分言葉の不自由な学生には、主人の印象は私が初めて主人を見た頃と同じように恐く、身構えてびくびくしてしまっているに違いなかった。事務所の壁には、大韓民国、と印刷された大きな地図が掛けられていた。その下に坐っている一人の女子学生を思い浮かべ、まだ見たこともない学生にすでにどことなく興味を覚えている自分に気づいていた。

S大学は、韓国では最高水準の大学だった。初めから、私はS大学を受験する気持ちはなく、女子大学であるE大学が志望校で、志望通りに受かり、卒業していた。学生がもしE大生であったなら、後輩に当たり、自分もきっと他人事とは思えずに親身になっていたろうと思えた。だが、大学は違っていてもその学生に好奇心にも似た興味を持ち、叔母が断わらなければいいのだが、と思い始めていた。在日同胞に会うのも初めてのことだった。

——部屋をまず見てもらってから決めてもらおうかしらね。気に入るかどうかもわからないしね。

叔母は言った。そのすぐあとで、あの人の後輩になるのね、と小声で続けた叔母の声を聞いた。亡くなった叔父もS大出身だった。

——そうですか、それはよかった。すみませんがね、略図を持たせて学生さんをひとりで行かせますから、外に出て待っていてもらえませんか。これからちょっと他のお客さんが来ることになっているんですよ。事務所から離れられないんです。

不動産屋の主人は言った。電話を切ると、私は庭に面したサッシ戸の前に行った。叔母に、ひとりで来るらしいから外に出てるわ、と言った。

——そうしなさい。

と叔母は言いながら振り向き、

——食事が口に合わなかったら困るわねえ、どうしようか。

と私に返事を求めているのか、独り言なのかはっきりしない口調で言った。

——下宿を何度か替えてきているって言ってたしね。ちょっと気を遣うことになるかも知れないわね。

私は言った。

——それにしても、こんなトンネにまで下宿を捜しに来るなんて。ここの辺りがいくら気に入ったと言っても、学校に通うのに不便でしょうにねえ。

——卒業者名簿でも調べたのかしら。叔父さんのこと、どこかで聞いたのかしら。

——まさか。

冗談めかして言った私の言葉に、叔母はいかにもうれしそうに笑った。

——真面目な学生さんだったらいいんだけれどね。汚くされたりうるさくされたりする学生さんだったら困るわね。それに思想的にだって日本から来たんだから、危いことがあるかも知れないわ。日本には北の朝鮮総連があるから。

——感じのいい学生さんだって、あの主人も言ってたけれど。

——わからないものですよ。もしかしたら下宿を追い出されて転々としているのかも知れないわ。どこかで聞いたことがあるもの。韓国に留学しに来ている在日同胞の学生は、ほとんど梨泰院《イテウォン》辺りで遊んでばかりいて、ちっとも勉強しないんだって。日本円は高いから、きっと金遣いも荒いんでしょうよ。

——でも叔母さん、S大生よ。遊んでいては勉強についていけないわ。他の留学生はどうか知らないけれど、まさかS大生が。

——本当に真面目な学生さんだったらいいんだけれどねえ。

私と叔母は、そんな会話をかわした。

カーディガンをそのまま肩に羽織り、私は外に出て行った。叔母も私と入れ替わるようにして、花壇の中でかがんでいた腰を上げ、家の中に入ってきた。

その日の情景は、些細なことまでがはっきりと今でも思い出せる。

当時、私は鬱病というほどではなくても、その頃を頂点のようにして塞ぎこんでしまう日々を送っていた。結婚する機会をただ何となく逃してしまい、すでに三十代の半ばになっていることに気づき、自分の将来について不安になっていたせいだと思えた。もともと積極的な性格ではなかった。塞ぎこむと時折自分でもはっとするほど、自分で自分を貶しめていくような自虐的な考え方をするようになっていた。そのうちにそんな時間がたび重なり、結婚にも、そして仕事にも魅力や気力を感じなくなっていった。ますます迷路に入っていくように、私は塞ぎこんだ。

——物事を、そんな風にいちいち悪い方にばかり考えてはだめよ。

そう叔母に言われ始めたのは、いとこがこの家を結婚して出て行く少し前からのことだった。

先にいとこが結婚したから、そのことで塞ぎこむようになったとは思えなかった。だが、

——あなたもいい人がいたら早く結婚しなさいよ。

叔母にはよくそう言われるようにもなっていた。

気分が晴れず、いつもけだるかった。こんなに何事にも興味や意欲が湧かず、一日一日に魅力を感じられないまま生きていったのなら、これから自分はどうなっていくのだろう、そんな不安が頭を押さえつけるようにのしかかった。そのうちに日課の些細なつまずきにさえ、自分を責めたてていくような考え方、感じ方から逃れられなくなっていた。

半年前のその頃の、そんなある日に由熙は現われた。

外は肌寒かった。

石塀で仕切られた家の庭と、鉄扉から出た外とでは、風の強さが違っていた。

私は肩に羽織っていたカーディガンの両端を引っ張った。手を胸の前で交差させ、カーディガンをからだに巻きつけるようにして、道の下方にある角を見つめた。

予感めいたものを、すでにその時に感じていたかどうかは、今となってははっきりとしない。感じていた、とも思えるし、鬱病のようだった当時の自分は見知らぬ学生の存在に興味は覚えていても、それは一時の、瞬間的なものであって、生活のどんな変化にも関心はなくなっていたのではなかったか。そんな気もする。

しばらくすると、道の角に一人の女の子が現われた。

初めはその女の子が下宿を見に来た学生とは思えず、私はぼんやりとしていた。高校生のようだった。なんとなく女の子だということはわかるが、髪が短く、眼鏡をかけていて、女の子っぽい少年と言ってもおかしくはないほどだった。

かなりのところまで近づいてきて、学生は私に会釈した。

——不動産屋さんの紹介で来ました。

学生は言った。ぎこちなく、硬い発音だった。日本語訛りというより、慶尚道訛りに近い感じがした。待っていた学生だとわかり、私は少し驚きながら会釈を返した。白いVネックのセーターとその中に着た紺のポロシャツと同じ紺色のズボンを穿いていた。どう見ても大学生とは思えないほど童顔だった。小柄であり、ズボンを穿いた腰の線のふくらみや歩き方の雰囲気で、ようやく女の子とはわかっても、やはり中性的な感じがした。声すらがそうだった。

——お名前は？

私は訊いた。

——イ・ユヒと言います。

学生は答えた。

どんな漢字を書くのか、と続けて訊いた私に、李由熙、と字を教え、学生はどうしたわけなのか照れ臭そうに薄く笑い、うつむいた。

——ここよ。

と私は言い、石段を上がって鉄扉の前に立った。チャイムを押し、インターフォンの叔母に答えた。

痛々しさ、と言えばいいのだろうか。私はすでに由熙に気になる何かを感じ、惹かれてもいた。その韓国語は、思った以上にぎこちなかった。初めて会う人間の前だから人見知りをして思うように喋れないのかも知れない、そう思ってもみた。いかにも由熙は仕草も硬くぎこちなく、人見知りが強い印象を与えた。

眼鏡のレンズは薄目で大きかった。顎がわずかに張り出し、丸顔と言うよりは四角顔だった。目はくっきりとして大きく、唇も意志の強さを感じさせるように形よくひきしまっていたが、全体の顔かたちの中で鼻だけが意外に小さく貧弱だった。大きな眼鏡は、そんな鼻を目立たなくさせていた。

色白で、目の下にそばかすが散り、まるで少女のようなかわいらしさを持っていながら、一体どこがそう思わせるのか、由熙は少年のような芯の強さ、頑なさも感じさせる女の子だった。

　自分に近い何かを感じていたのかも知れない。こもりがちで、すぐには人とうちとけられない雰囲気が何となく自分と似ている、と一方的に思っていたような気もする。

　家の中に入り、叔母と引き合わせ、すぐに私たち三人は二階に上がった。

　家の間取りは簡単だった。一階の左側に応接間、右側に居間とその奥に食堂があり、二階は応接間のちょうど上の辺りと居間の上辺りとに、左右に二つ部屋があった。階段は家のほぼまん中にある格好になっていた。洗面室は下の玄関口を入ったすぐ左側に一つと、二階の階段を上りきったところにもあった。

　階段は、木のしっかりとした手摺りが取りつけられていた。叔母は毎日欠かさず手摺りを磨き、木の一本一本が光沢を放っていた。

　応接間のところから階段を上り、踊り場で左に上がっていくと、その階段と並行するように廊下が伸びていた。廊下の右側に洗面室があり、その端にはベランダに出て行く戸口があった。階段を上からのぞける廊下の手前の一部に、木の手摺りが欄干のようになって続いていた。

　廊下に沿った壁の、間隔を置いて並んでいる二つのドアの右側の方が、いとこのいた部屋のドアであり、左側が私の部屋のドアだった。由熙が使うことになった右側の部屋がちょうど応接間の上に当たり、私の部屋が居間の上に当たっていた。

　――静かなところですね。それにお部屋がこんなに広いなんて。

　部屋に入るなり、由熙は言った。

　叔母も私と同じような印象を由熙から受けているようだった。由熙の笑顔はあどけなかった。少年とも少女とも見えるその全体から感じ取れる印象で、世話好きな叔母はきっと好感を持ったに違いない。由熙はどう見ても、勉強もせずに遊んでいる不良な学生とは思えなかった。

　庭に面した窓の外は、ベランダだった。ベランダは私の部屋の窓の下にも続き、狭い回り廊下のように二階をハングルのㄷの字形にとり囲んでいた。

　――こちらの方も開けていただけませんか。

　由熙が言った。

　部屋には庭に面した窓と、右側の壁の上方にある窓の二つがあった。しかし、右側の窓は隣りの家の二階と屋根が見えるだけで、いとこがいた頃は家具が置かれ、開けられたことは滅多になかった。その窓の外のベランダにはテンジャン（味噌）などが入れられた甕が並んでいた。

百五十センチあるかないかのような小さな由熙の背丈にはその窓は高すぎ、鍵にまで手は届かないだろうと思えた。叔母が窓を開けると、由熙はつま先で立ちながら窓辺に手を掛け、じっと外の上方を見上げていた。

――見えないんですね。ここからはあの岩山は全く見えないんですね。

由熙は言った。窓を離れ、わずかにうつむいて見せた由熙の横顔が、どことなく悲し気で、私と叔母は顔を見合わせた。

――温かい。

しばらく部屋を見回していた由熙が、そのうちに床の上にかがみこんだ。坐り、さらにかがみこみ、手のひらで床を撫でながら、こんなに温かい、こんなにと言った。少し大げさな感じすらした。近くに誰がいても全く気にしていないような由熙の集中した様子に、子供っぽさと同時にやはり何か痛々しさとしか言えないものを感じた。ちょっと変わった子だわね、と言わんばかりの表情で見返してきた叔母に、私も、そうね、と口には出さずに頷いた。

――そろそろ朝晩寒くなってきましたからね。時々ボイラーを入れることがあるのよ。さっき入れたばかりだから、まだそんなには温かくなっていないんだけれど。

叔母が言った。叔母を見上げるようにして由熙は立ち上がった。

――アジュモニ、冬の間中オンドルは温かくしてもらえますか？

――もちろんよ。

――私、大学の授業がない時はほとんど部屋にいることが多いんです。出ていく用事もあまりないから昼間もいることが多いんですが、オンドル、温かくしてもらえますか？

――ええ。

――こんな日でも、つけてくれるんですね。

由熙は床に目を落とし、ひとりごとのようにぼんやりと呟いた。

――今までいた下宿は、温かくしてくれなかったの？

横から私が口をはさんだ。

由熙は言いにくそうに床を見つめたまま、首を傾けた。

——そういう下宿もありましたから……。

私と叔母は顔を見合わせた。下宿屋というのがどういう事情のものなのか、私たちは全くと言っていいほど知らなかった。

——燃料を節約している家が多いものね、寒い思いをしてきたのね。

叔母が由熙を慰めるようにそう言った。

私と叔母の首筋辺りまでしかない小さな由熙が、黙ってうつむいているとよけいに小さく見えた。もともとの性格なのか、それとも母国とはいえ知らない土地に来ているためなのか、由熙は何かいつも緊張しているようにからだを強張らせ、内側にこもりながら周りを警戒している、そんな印象を与えた。少年か少女のようなまだ成長しきらない脆く柔らかな部分が、緊張の隙間からふと現われると、それが痛々しさや危うさとなって感じられるのだろう、と私は由熙のその瞬間の表情を見ながら考えていた。

下に行きましょうか、と言い出した叔母に続いて、私たちは階段を降りていった。

三人は応接間のソファに坐った。コーヒーを用意した叔母と並んで私は庭を背にした壁の方に坐り、由熙と向かい合った。

叔母と由熙は月々払う金額について話し始めた。叔母はチョンセで部屋を貸し、まとまった金を得ようとしていたらしかったが、由熙に会い、由熙を見て、下宿の形で部屋を貸すことをすぐに心に決めていたようだった。叔父の残した遺産と、江南に持っている土地とで生活は充分に維持できていた。食事を作ることが好きな叔母にとって、由熙のような下宿生はその腕が発揮できる一つの楽しみにもなるだろう、と私はひとりで考えていた。

金額が決まり、翌日の日曜日に越してくることに決まった。

——コマプスムニダ（ありがとうございます）

由熙は叔母と私を交互に見ながら、頭を下げた。

——今、何年生？

——三年生です。

——専攻は？

——一応、言語学なんですけれど、まだ実ははっきりとしていないんです。

叔母と由熙のやりとりを、私は横で黙って聞いていた。

——日本から来たというのに、難しい勉強をしているのね。

――ただ必死についていっているだけです。

――実はね、私の主人もS大だったのよ。主人は経済学部だったけれど。

叔母の言葉に、由熙は見開いた目を輝かせ、そうなんですか、と声を上げた。

――今はどこのトンネに下宿しているの？

――○○洞です。

――そう、あそこもS大にはちょっと遠いわね。いろいろと下宿を替わってきたそうだけれど、どうして？食事が合わなかったのかな？

――いえ、そういうことではないんですけれど、ただ……。

由熙は言いにくそうに目を伏せ、二階で見せていたのと同じように首を傾け、固く口をつぐんだ。

私は由熙の視線とその目に惹かれていた。

目の白い部分が、幼い子供のように青みさえ帯びていて、くっきりと瞳の黒を浮き立たせていた。瞬きすることが少なく、人をじっと見て話す視線に、外面から受けとった印象とは違って強く人にくいこんでくるような力を感じ取った。


その声にも特徴があった。口調はゆっくりとしている方だったが、息遣いに慌てた感じがところどころはさまり、分裂した、と言ったらいいのか、定まらず、不安定な何かを感じさせた。高音ではなく、低音でも決してなく、いい声とも言いきることはできなかったが、言い出す言葉の初めと語尾がどこか掠れるように淡く、それでいて聞こえてくる声に何か強い力があった。

――主人の後輩に当たるのだから、私もあなたにできるだけのことはしたいわ。言いにくいかも知れないけれど、前にいた下宿のどんなところがいやだったか教えてくれない？　参考にしたいの。

叔母は言った。

口をつぐんだままだった由熙は、もじもじとし、膝にのせた指を動かし始めた。本人はそうしていることに気づいていない様子だった。片方の爪で片方の爪の横を掻き、できたささくれを、また片方の爪で掻いているのだった。叔母は私を見、私も叔母を見返した。

――こんないいお家じゃあなかったんです。こんなに静かなトンネでもありませんでした。私、韓国に来てから下宿を八回も替えました。大学の寄宿舎に行くのはいやだったんです。韓国を知るためには一般の人たちの家にいる方がいいし、生活にも早く慣れるだろうと思ってましたから。だから下宿にいたんです。どこも、こんなにいいお家ではありませんでした。自分も、何だか意地を張ってて、こういうトンネの家を捜そうとは思いませんでした。

——きっとうるさかったのね。勉強ができなかったんでしょう。

叔母がそう言うと、由熙はもう頷くしかないといった風な困った顔をし、固くつぐんだ口許をゆるめ、首を前に振った。錯覚なのかも知れなかったが、唇がかすかに慄えていた。今にも泣き出しそうにも見えた。話題を変えてあげなければ、ととっさに思ったのだろう、叔母はすぐに、

——日本はどこにお家があるの？

と訊いた。

——東京です。

由熙が答えた。

——そうなの。私の主人は貿易関係の会社をしていたんだけれどね。年に一、二度くらいは日本に行っていたのよ。

——そうなんですか。

——もう二十年近くも前になるけれど、私も実は主人につれられて日本に一度だけ行ったことがあるのよ。ヨコハマに行って、それからトウキョウタワーにも行ったわ。

——アジュモニは日本語がおできになるんですか？

——主人はね、日帝時代にもやらされていたから喋れたわ。でも私は小さかった頃少し聞いたことがあるくらいで全くできないの。アリガトウゴザイマス、とゴメンナサイ、くらいね。

——アジュモニの発音、なかなかいいですよ。

由熙は言い、初めて笑った。

以前いた下宿がどんな風なところだったのか、私はまだ気がかりだった。叔母も同じだろう、と思った。しかし、由熙はいやな質問からようやく解放されたと安心したように、表情をやわらげ、表情の動きもはっきりと出すようになっていた。自分の生まれた日本のことが話題にされていたからなのかも知れなかった。

話題が変わったまま、叔母と由熙のやりとりは続いていった。叔母は、下宿のことに触れまいとし、その表情を読み取りながら由熙に気を遣っているようだった。

——日本では同胞がいろいろと差別を受けているよう

ね。死んだ主人も怒っていたし、新聞やテレビでもよく見るわ。

――そうみたいですね。

――あなたも知っているでしょう。

――ええ、昔はそういうことを知って私も驚きましたけれど、でも、私自身は直接差別を受けたりいじめられたりしたことはないんです。

由熙は言った。表情から緊張が消え、うちとけた雰囲気になってからは喋る韓国語も滑らかになった。正直に、いかにも賢こそうに答える由熙に私は好感を持った。

――けれども、日本人てやっぱり許せないし、嫌いだわ。過去のことがあるから、この感情はどうしようもないわね。

叔母の言葉に、由熙はぴくりと眉をひきつらせ、視線を落とした。この子の前では日本人に関してのことはあまり言わない方がいいのかも知れない、と思った。叔母も同じことに気づいたはずだった。

――私の住んでいたところは、まわりが日本人ばかりでした。父も母も韓国人ですが、同胞とのつき合いは全くといっていいほどありませんでした。大学までずっと日本の学校に通っていましたし、日本人のお友だちしかいませんでした。ある頃まで自分が韓国人であることを隠していたのですから、隠そうとしてきた怯えみたいなものも差別と言ってしまえば言えるでしょうけれど、でも、私自身は、こちらで言われているような激しい差別を直接受けてきたわけではないんです。

由熙は言った。

――家族は？

――父は亡くなりました。六年前です。きょうだいは、母の違う兄たちが三人います。みんな結婚していて、私だけがこんな歳なのにオモニ（母）から送金してもらって勉強しているんです。腹違いですけれど、仲はとってもいいんです。

この家に初めて入ってきた時よりもずっと韓国語は滑らかになり、態度にもぎこちなさはなくなってきていたが、私はある想像をふとさせられ、由熙に見入った。

――オモニはおいくつなの？

――五十三です。

――そう、私より少し下ね。

叔母が言った。

日本のことに話題が移り始めた時から、由熙の態度に微妙な変化があったことを私は見て取っていた。下宿を替わるたびに、多分同じことを訊かれてきたに違いない。本人も同じように答えてきたに違いない。しかし、言い慣れてしまったからとは思えない不透明なものを、私は由熙の口調から感じ取っていた。

――このオンニはね、E大の国文科を出たのよ。

叔母が言った。考え事に気を取られ、少しの間、叔母と由熙の話を聞いていなかった。

――オンニは何を専攻されたんですか?

由熙が訊いてきた。

――私は現代文学よ。

――じゃあ、卒論も。

――ええ。

――何を書かれたんですか。

由熙はからだを乗り出すようにして訊いた。くっきりとした瞳の部分が、眼鏡の向こうで輝いた気がした。

――李箱《イサン》て知っているでしょう。

――ええもちろん、私好きです。

――彼のことについて書いたのよ。

――そうですか。

由熙はうれしそうに背を伸ばし、頬をほころばせながら溜息までついた。

――私、李箱は、好きというより驚かされました。すごいと思いました。

由熙は私をくい入るように見つめた。表情の動きが、思っていた以上に激しく、正直であることに驚かされた。すぐに人を信じきってしまうような、やはり脆さとしか言えないような危うさを感じた。今までいた下宿で一体どんな目に遭い、どんな思いをしてきたのだろう、とそんなことを連想させられもした。

――あなたは、韓国の小説家では誰が好きなの?

私が訊くと、

――実は、大学の勉強についていくのに忙しくてそんなに読んでいないんです。

由熙は少し口ごもりながらそう言った。

――小説を読むなんて大変だわ。知らない単語も沢山出てくるでしょうし。

叔母が口をはさんだ。

――ええ、もちろん難しいんですけれど、怠けているだけなんです。でも、李光洙《イグァンス》は読みました。学生たちは日帝時代のことがあるから、御用文学者だと言って毛嫌いしていますけれど、私は、ちょっと彼に対しては複雑な気持ちがあるんです。

由熙は声を落とした。多分、学生たちの前では李光洙がいいとは言っていないに違いなかった。

――李箱と李光洙は、全然違うわね。

私は言った。

――ええ、ですが、李光洙って気になってしかたがないんです。

由熙はやはり私の目をくい入るように見返しながら言った。

――もう三年生も終わりだから、あなたも卒論のことは考えているんでしょう。

私は言った。

首を大きく左右に振り、由熙は照れくさ気に、どこか苦し気な表情も滲ませながら唇を歪めた。

――どうしたらいいのか、何をテーマにしていいのか、まだ全く決まっていません。

肩を落として由熙は言った。

表情が一度ほぐれると、由熙は思いをかなり正直に曝け出し、そして脆く、傷ついていくのだろうと思った。自分にも心当たりがあった。自分も似たようなことを繰り返し、曝け出すことを抑え、こもることを覚えてきたと言えるのかも知れなかった。

私と由熙の二人の会話を聞きながら、横に坐った叔母が始終にこにこしていることには気づいていた。叔母は、相当に由熙が気に入ったようだった。私の出たE大もそうだが、S大学も、先輩と後輩の絆が強いことで有名だった。叔母は、死んだ叔父に替わって由熙と対しているような気分になっているのかも知れない、とその満足そうな表情をかいま見ながら私は考えていた。

二人の会話の区切りを待っていたように、叔母が口をはさんだ。

――ところで由熙さん、あなたはからいお料理は大丈夫なのね？

由熙が叔母に向かって、ええ、と頷くと、また叔母と由熙の会話が始まった。

私は退き、時折声を上げて笑い出しもしている二人の様子を見ていた。以前いた下宿の話題には触れなくても、この家に下宿することが決まった以上、叔母としても何かと由熙に訊いておきたいことがあるはずだった。しかし、話したがっているのはかえって由熙の方であり、叔母の方が由熙につられて話を続けているようにも感じられた。

私の時もそうだったが、由熙は叔母が口を開く時も耳をすまし、まるでにじり寄ってくるような親しさで、私たちの声を聞く仕草を見せた。

――ちょっと早く話し過ぎたかしら？

――いいえ。

――私の韓国語、よく聞き取れないのではないの？

叔母が訊いていた。私も少し前から何度か訊いてみようと思っていたことだった。

――いいえ、みな聞き取れます。よくわかります。

由熙は言った。別に首をかしげるわけでもなく、答えもずれているわけではなく、聞き取れているはずだとは思っていたが、私や叔母の言葉を聞いている時の、由熙の集中した態度は、怪訝な印象すら与えた。

――W大学という大学です。

日本の大学を二年で中退したという由熙に、どこの大学か、と叔母が訊いていたところだった。

それにしても、と私は思っていた。

目の前の由熙をこうして真近に見、その声を聞いていると、少年か少女のような弱々しさやあどけなさがふっと消え、声のその質にも似た大人っぽさが目許に広がり、はっとさせられる。

その韓国語にしても、言語学を専攻しているというにしては、由熙の発音はあまりにも不確かで、文法でも初歩的な間違いが目立ち、気になってしかたがなかった。ㅋ《クッ》や、ㅌ《トゥッ》、ㅍ《プッ》、などの類いの破裂音が全く出来てはいない上に、ㄲ、ㄸ、ㅃ、などの音もはっきりと出せず、ㄱ、ㄷ、ㅂ、と区別されないまま発音されていた。由熙の韓国語を聞いたなら、何を喋っているのかよく聞き取れない韓国人もいるに違いなかった。

真面目で賢こそうではあったが、空の星を摑まえるくらいに難しいと言われているS大学に、この子はどういう風にして入ったのだろう。大学時代の同窓生で、アメリカに留学していた友人がいた。彼女は、論文を書くことができても会話は難しい、と言っていた。しかし、彼女の英語はもっと流暢で由熙ほどたどたどしくはないように思えた。

話に区切りがつくのを見はからい、私は由熙に訊いた。

――日本でもウリマル（母国語）はかなり話せていたの？

――いいえ、少しだけです。初めは独学でした。家では全くと言っていいほど使っていませんでしたから。

――じゃあ、S大学にはどういう風にして入ったの？

私は訊いた。

この質問も、由熙はすでに何回となく訊かれていた様子だった。由熙の発音の不正確さや表現のたどたどしさを聞き取り、訝しくさえ思っている私の表情や口調も、由熙はすでに読み取っていたようにも思えた。

――特別な試験を受けて、受かったのです。

由熙は言った。

訊かれることに慣れてはいても、その目や声の調子に力がなくなり、言い訳するような後ろめたさのようなものが伝わってきた。由熙は続けた。

――韓国の、母国の大学に留学するために、母国修学生という名目で一年間通う予備校のような学校があります。そこには在日同胞だけでなく、海外の、いろいろな国から来た僑胞学生も集まっています。そこで、国語と英語と歴史を習うんです。そして、そういう海外に育った留学生のためだけの、本国の学生たちには想像できないくらいに簡単な試験を受けて大学に入ります。ある大学の場合などは、面接だけして無試験で入れるようなところもあります。

由熙は言いながら、私と叔母の表情を盗み見るように、目を何度か瞬かせた。言いにくそうな話になると、由熙はとたんにぎこちない韓国語を喋り始めることに気づかされた。

叔母も私も、初めて聞く話に驚いていた。受験戦争にあけくれ、親も子供も必死になっている韓国の学生たちの事情を思うと、いくら海外同胞とはいえ、あまりにも特別に扱われ、優遇されているような気がしてならなかった。海外同胞は母国を知らずに育つ。それには同情できても、だからと言ってどの大学にも特別に入れると言うのは、やはり複雑な思いにさせられた。

由熙の拙い韓国語に対しても、日本に生まれ育ったからしかたがないとはいったん理解できても、どこかしっくりとせず、やっかみにも似た腹立たしさを消し去ることができなかった。

――それじゃあ、日本で大学を中退して、こちらに来て一年間その学校に通って、それで今年S大学の三年生なのね。そうすると、由熙さんはいくつなの？

叔母が訊いた。

――私、実は入学したのと同時に休学届けを出して、二年間日本に戻っていたのです。

由熙はそう言い、

――二十七です。

と、もじもじしながら続けた。

まあ、と叔母は声を上げ、私も思わず一緒に声を上げた。妙な、何とも言えない沈黙が続いていたあとだった。歳の話題で、由熙もほっとしたようだった。

――でも、満では二十六です。韓国は全部数えで言いますよね。だから、私、歳を訊かれるたびに一つ歳を取っていくみたいで、ちょっといやなんです。

由熙は笑いながら言い、肩をすぼませた。

とってもそんな歳には見えないわ、と叔母は言い、私も叔母と目を見合わせて笑った。

夕暮が迫っていた。

翌日の日曜日は、午前中のうちに越して来ることに決まり、帰る由熙を、私と叔母とで見送った。

――イイニオイ。

玄関を出ようとした時、運動靴を履いて顔を上げた由熙が言った。庭に出ても、叔母のうしろにいた私は、肩の辺りで独り言のように呟く同じ声を聞いた。日本語だとすぐに気づいた。似た言葉を、この家に入った時にも聞いたことを思い出した。

叔母は鉄扉のところで見送り、先に家の中に戻った。私が大通りまで由熙を送りながら一緒に不動産屋に立ち寄り、下宿が決まったことを主人に話すことになった。

私たちは薄暗くなった家の前の坂道を歩き出した。

――このトンネは、本当に静かなんですね。いつもこんな感じなんですか？

――そうよ。

高い石塀と、似たような鉄扉の門を持つ家が坂道の両側に並び、うしろにも家並は続いていた。道は、私の家の辺りから次第に傾きを増していた。

人の姿はなく、厚い石塀の連なりは、夕暮の静けさを一層引き立てているように思えた。

――でも、ここからS大学は遠いのよ。通うの、自信ある？　一時限の授業がある日なんてきっと大変よ。

私は言った。

――いいんです。ここが気に入ったんです。このところ毎日毎日、いろんな番号の市内バスに乗って下宿を捜していました。よかった。ようやくいいところが見つかって。

――そんなにうるさいところばかりにいたの？

私の問いに由熙は答えず、笑っただけだった。少しして横を歩く私を見上げるようにしながら立ち止まり、視線で誘い、由熙はうしろの方を振り返った。私も由熙につられて立ち止まり、坂道の上方を振り返った。

――あの岩山、……オンニ、見て下さい。低く遠くまで連なった山脈の、あの岩の姿がとってもきれい。バスから見えた時は見とれてしまいました。ここにしようと思って、そして不動産屋を捜して歩きました。

――………。

――静かなトンネだし、あの岩山が毎日見れるなら、と思うとすっかり気に入ってしまいました。トンネが静かなだけでなく、静かに暮している人たちにようやく出会えた気がして、そのこともうれしいです。

由熙は言った。目を伏せ、恥ずかしそうに最後の言葉を小さく呟いた。チョヨンハン（静かな）という形容詞の発音は正確だった。それだけでなく、その音に由熙の独特な思いがこめられているのを感じ取ってもいた。

長い溜息をついた。

由熙の記憶は、小さな塊りとなって、胸の奥で揺れ続けていた。

小さな塊りは、ある日のふとした出来事や由熙の表情がよぎり思い出されると、そのたびに弾け、動悸をかすかに高鳴らせた。

由熙がいないしんとした部屋を見回した。

厚い茶封筒は、膝の上に置かれたままだった。茶封筒を見つめ、指先でその上をなぞった。

――우《ウ》・리《リ》・나《ナ》・라《ラ》（母国）

小さく声を出しながら、茶封筒の上に四文字のハングルを書いた。また口惜しさがこみ上げ、からだが慄え出した。目を閉じ、こらえた。それでも慄えがとまらない気がした。思いきって立ち上がり、右側の窓を少し開けた。冷たい風が、少しずつ部屋の中に吹きこんできた。息をついた。まるでそこに由熙がいるようだった。机の前に坐っている由熙に声をかけ、空気を入れ替えたら、と言って窓を開けたある日の自分とそっくりに、息をつき、窓の前に立っていることを思った。

電気をつけた。

少しして電気を消し、またつけた。

試験勉強をしていた由熙が電気をつけ放したまま、机の上にうつぶして寝ていた日の光景を思い出していた。私は由熙を起こし、名前を呼びながらその肩を揺すった。

――どうするの、このまま勉強を続けるの？　それとも眠るの？　眠るんだったらお蒲団に寝なさい。私が敷いてあげるから。さあ由熙、どうするの。

起きなければ、と由熙は何度も呟いてはまた机の上にうつぶした。そのうちに由熙は立ち上がり、顔を洗う、と言った。真夜中で、二時を過ぎていた。私はふらふらと歩く由熙を支え、洗面室までついて行った。

眠る、と言った日は蒲団を敷いた。机に並行するように蒲団を敷き、私がこの部屋の電気を消した。

去年の暮にあった学期末テストと、今年に入って由熙が最後に受けた四年生の一学期の中間テスト、つい数週間前に終わったそれらのテストの二回を、私はまるで受験間近の妹と一緒にいるような気持ちで過ごした。

暗記中心の勉強の仕方が問題にされてはいるが、由熙の勉強の仕方も、徹底した暗記によるものだった。その集中力には驚かされた。

――オンニ、明日は私のために少し早起きして私を起こしてね。会社に行く前の一時間、私とつき合ってね。

試験日の前日に由熙は言った。

朝、由熙を起こし、顔を洗っている間に部屋のポットで私が湯をわかし、コーヒーを淹れた。由熙は机の前に坐り、向かい側に坐った私にノートをさしだした。

――どのページでもいいわ。開いて、上に書いてある項目を言ってみて。私が全部暗誦できたら下のページの番号が書いてあるところに赤いボールペンでチェックしてね。

ノートには最初のページからほぼ丸一冊、由熙の文字で試験範囲の内容が項目別にまとめられていた。その日にある試験の科目が、たとえば三科目であれば三冊のノートになるのだが、それを由熙はすべて暗記していた。形容詞も副詞も語尾も、単語一つ間違えずに覚えきっているのだった。

由熙が書くハングル文字は、決して上手なものとは言えず、読みにくい文字もあったが、特徴のある書き慣れた印象を与えた。由熙の文字を何度も見、字面の癖を覚えていくうちに、そこにどこか大人びた由熙の表情や声、視線を思い返しもしていた。

宿題のレポートを提出する時も、私が下書きを読んで誤字や表現の間違いを直した。由熙は、話し言葉の実力からは想像できないほど、書く韓国語は巧みだった。いかにも日本語を直訳したような、意味は想像できても一読すると何のことかさっぱりわからない表現をしていることもあったが、時には、はっとさせられるような言い回しを使っていたりもした。

しかし、私は少しの間に知った。

由熙は試験がある前と、提出しなければならないレポートがある時以外、ほとんどハングルを書きもせず、読みもしていなかった。由煕の部屋の本棚には、大学で使う教科書や資料以外は、すべて日本語の本が並んでいた。すでに引っ越してきた日に驚いたことだった。日本語の本ばかり、十箱ほどの箱に詰められていた。本は床の上にも積まれていた。本棚に入りきらないそれらの本も、すべて日本語の本だった。本が、よく日本から送られてきた。何倍もの値段で売っているというこちらの本屋で買ってくることもあった。

——思想関係の本ではないわよね。

叔母は初めの頃、日本から本が届いているのを見るとよくそんなことを言った。由煕には全くその心配はないわ、と叔母に言いながら、叔母が考えていることよりも、日本語の本ばかりそうして読んでいる由煕に、わけのわからない苛立ちと腹立たしさを覚えていた。試験を受ける由煕に付き合い、レポートの下書きを直しているうちに、ある日、私は思わずかっとし、由煕を怒鳴った。

——由煕、あれだけ言ってきたのに、どうしてティオスギ（分かち書き）ができないの。文節の、ほらここもここも、もっときちんと間を空けないとだめでしょう。ここも、ここもよ。空け過ぎかと思うくらい空けて書きなさい。ティオスギの癖を早くつけるのよ。日本語みたいにだらだら書いてばかりいてはだめなのよ。わかっているんでしょ、あなたが書いているのは日本語ではないのよ。こんなレポートじゃあ、見ただけでうんざりされてしまうわ。答案用紙だったら読んでももらえないかも知れないのよ。日本語ばかり読んでいるからよ。この部分の言い回しだって何度注意したらいいの。もっと上手になれるはずなのに、あなた、ちっとも努力しようとしないのね。日本語の本ばかり読んでいるからだわ。

由煕の表情が忘れられない。

自分から吐き出した皮肉な言葉を、私は気まずく思い出し、それ以上続けられずに黙ってしまった。

うつむいた由煕は、奥歯を何度も嚙んでいた。机の横に坐り、肘を机につけて前かがみになりながら由煕の前に置いたレポートを見ていた私は、その頰がぴくぴくと動いていることに気づいた。怒ったからだったのだろうか。言葉を返せない口惜しさや辛さからだったのだろうか。息をする音が次第に荒くなり、ずっと黙っていた由煕は、思いきったように、

——オンニ、一人にさせて下さい。

うつむきながら声を押し出すようにしてそう言った。

今、机は壁に立てかけられていた。

折りたたまれた机の脚を、一つ一つ立てながら、由熙がいた時のように、庭側の壁から坐る分ぐらいを離し、置いてみた。

思いつき、床に置いたままにしていた茶封筒を取り、机の上にのせた。そして、由熙が坐っていたように机の前に坐った。

この家に来るまで、由熙は金属の脚がついた小さな折たたみ式の机を二つ並べて使っていたらしかった。下宿してきた部屋がどの部屋も狭く、長く居続けられそうであれば新しいきちんとした机を買おうと思っていたが、結局は買わずに来た、と由熙は言った。

下宿するようになった次の週の土曜日、私は由熙と机を買いに行った。

朝出勤する時に、由熙に会社の近くの喫茶店を教え、三時少し過ぎに待ち合わせることにした。この部屋の外の、欄干のようになっている廊下の手摺りのところで立ち話をしたのだった。

家具を安く買える家具の問屋街のようなそのトンネの名前は知っていたが、行ったことがなく、会社で同僚にバスの番号と行き方を確かめるつもりだ、と私は言った。

由熙は二人で机を買いに行くことに決まった前の晩から機嫌がよかった。その朝は、まだ眠そうな顔をしてパジャマのまま廊下にでてきたが、すぐにうれしそうにはしゃぎ始めた。

——オンニって、ソウルを意外に知らないのね。私がいままでいた下宿のトンネも、行ったことがないところが多かったものね。

——そうなの。実はまだ、南大門市場にも行ったことないのよ。

私は言った。本当のことだから何気なく口にしただけだった。人の大勢いる場所が苦手でもあり、行く必要がなかったから行かなかっただけだった。

由熙はびっくりし、心底驚いたように、チョンマリエヨ（本当ですか）、と繰り返した。

——よかった。本国のオンニだって行ったことがないんだったら、私も行ったことないけれど、それでもいいのよね。何だか韓国に来たら当然行くべきところみたいにみんなが言っているから、別に行きたくもないのに変なうしろめたさを感じてたの。よかった。本当によかった。

そして、机、机と言いながら廊下を何度も飛び上がった。驚き方もはしゃぎ方も大げさで、少し呆然とさせられたほどだった。由熙は、そんな時、少年か少女のような表情を曝け出した。私たちは会ってまだ一週間しか経っていなかった。幼児と言ってもいいほど、その思いの表わし方が直截だった。

日本から来た由熙は、ソウルに住んできた私よりもさまざまなトンネの名前を知り、住んできていた。私よりも多くの韓国人を見、韓国人の家庭を知っていたとも言えた。由熙の、いかにも脆そうな柔らかな部分は、私にすら想像もできないソウルの風に当たってきたに違いなかった。

放っておけない、とそう言ったほうが当たっている。

韓国人の生活に慣れようとして下宿を転々としてきたという由熙に、同じ血の、同じ民族の、自分のありかを求めようとする思いをひしひしと感じさせられていた。簡単に妹のように由熙を受け入れようと思っていた私は、同時に、韓国人として、韓国人になろうとしてあがいている由熙を、いたいけな、放っておけない存在として感じ始めている自分に気づいていた。

待ち合わせた喫茶店に、由熙はすでに来て私を待っていた。喫茶店からはすぐ出ることにした。そわそわとし、机のことに気を取られ、生返事ばかりしている由熙の様子はおかしなくらいだった。

外を歩き出すと、私は由熙の手を握った。由熙は少しびくりとしてためらった。

——オンニ、韓国人て、よく手をつないで歩いていますね……。私、まだ慣れなくて。女の人はほとんど手をつないでいるし、時々、男の人同士が手をつないで歩いているところも見ますよ。

由熙はそう言うと、ようやく覚悟を決め、大げさに一つの決心をしたというように手をさしのべてきた。

私は笑っただけで黙っていた。親しい間柄であれば私たちには当然のことだった。そんな些細なことにも、いちいち大変なことに気づいたように言う由熙がおかしくもあった。

少し歩くと、ただ親しいからというだけではなく、由熙の手を強く握らなければならなくなった。鍾路の通りに出てから、由熙は急に口をきかなくなった。鍾路二街のバス停に向かって歩いていくうちに由熙の歩調が次第に遅くなり、手を握った私が由熙を引いて歩いていく格好になった。

土曜日の、それも午後だった。

歩道を往きかう人の波は想像以上に混雑していた。肩を押されたらしく、すぐにうしろで由熙がよろめいた。そんなことが二、三度続いた。そのうちに、すれ違う通行人を避けながら、由熙は私に近寄り、背中に隠れるようにして歩き始めた。

風が強い日だった。真冬を思い起こさせるような鋭い冷たさを含んだ風が吹いていた。轟音も、人声も、風に吹きまくられ、かえって音量を増し、激しく往きかっているようだった。

バス停に立つと、にじり寄るようにして横に立った由熙が、私の左の二の腕を握り、うつむき続けた。バスの番号を捜しながら、車道の方にばかり気を取られていた私は、すでに一言も口をきかなくなり、黙り続けている由熙を人ごみに疲れたものとばかり思っていた。目的のバスはなかなか来なかった。私たちの前を、横を、バスから降りた人、バスに乗る人の群れが忙し気に往きかった。そのうちに腕を握っていた由熙の手が少し慄えているのに気づいて振り返った。

由熙はずっとうつむいたままだった。

——どうかしたの？　由熙、どこか具合いでも悪いの？

答えず、やはりうつむいたまま口を閉じていた由熙が、少ししてようやく首を振った。私は前にかがみこみ、由熙の顔をのぞいた。

——気分が悪くなったのね。由熙、そうでしょう。

——大丈夫。

かすかに、私にだけ聞き取れるような小さな声でそう言った。

待っていた番号のバスが見えた。

——由熙、バスが来たわよ。乗っていく？　それとも具合いが悪いんだったら今日はやめにする？

私はまたかがみこんで由熙に訊いた。由熙は、やはり私にだけ聞き取れ、だがさっきよりも小さくかすかな声でぶつぶつと何かを呟いていた。瞬きもせず、歩道の一点に視線を落とし、その視線も全く動かさず、由熙は私の声も聞こえていないように呟き続けていた。日本語だった。顔には血の気がなく、蠟で固められた人形のように頰をぴくりともさせず、ただ唇だけがかすかに動いているだけだった。日本語を全く知らない私には、その由熙の呟きが呪文のように聞こえた。その妙に迫力のある緊迫した表情に、足がすくむ思いがした。

——帰ろうか。由熙、そうしよう。

私は言った。

由煕には何もかもが聞こえていたのだ。私にはわかった。答えたくなかったのだ。そうも感じた。由煕はぴたりと呟くのを止めた。数度深く息をすると、小さく、

――行く。

と言い、顔を上げた。目を合わせたがその視線はぼんやりとしていて他の事を考えているように焦点が定まっていなかった。

私は走り出した。バスはバス停の標識よりもかなり離れたところに止まるようだった。由煕の手を握りしめ、うしろの由煕を振り返る暇もなく、私はバスを目指して走った。

かなりの人が降りたが、乗客の最後の方で乗りこんだ私たちは空いた席を捜すことができなかった。当然坐れないとは思っていたが由煕が心配だった。入口近くに立ち、吊革を握った。バスに乗ってからもやはり由煕はうつむきがちで元気がなかった。

由煕は、急ブレーキがかかるたびにまるで骨がない動物のようにぐらりと体を大きく揺らせ、横にいる乗客にもたれかかった。由煕がそうなるたびに、何度も私がその肩を支えなければならなかった。

――毎日S大までバスに乗って通ってきたんでしょう。からだを支えるバランスの取り方、忘れちゃったの？私は十二年以上、ソウルのバスに乗ってきましたからね。どんな急ブレーキでもぐっと力を入れてからだを揺らさない重心の取り方なら、大学で講義ができるくらいよ。

笑わせてみようと思い、そう言ったのだった。しかし、由煕は笑いもせず、何の反応もしなかった。窓の方に目は向けられていたが、動く窓の外の様子を見ていないことはすぐにわかった。視線は動かず、表情もなかった。朝のはしゃぎようも、喫茶店での浮き上がった仕草も、別人のようになくなってしまっていた。

何箇所目かの停留所で、ちょうど私たちが立っていたところの座席が空いた。その二人用の座席に、由煕を窓側に坐らせ、並んで腰かけた。

由煕の横顔を見るのが辛くなっていた。内向的な性格に互いの近さを直感し、いとこといた時よりももっと親しくなれそうな気もしていたが、由煕のふと気が変になったような、傍に誰がいてもすっと自分の中にこもっていく瞬間は、どこか痛々しくもあり、同時に私を怯えさせもした。本当に気が変になってしまったらどうしよう、とその時も考えていた。

運転手が、ラジオのボリュームを上げた。男女のアナウンサーが、番組に送られてきた葉書を読み上げ、その内容について少し話し、リクエスト曲がかかり始めた。気づくと、由熙は目を閉じながらうつむき、唇を硬く嚙んでいた。何かに必死に耐えているという様子だった。

——由熙。

私は肩を抱いた。

——どうしたの、何か喋って、喋ってくれなければわからないわ。

耳許で強く言った。由熙は聞こえているはずだった。それが私にはわかった。聞こえていても、音を拒絶し、声をはねのけている感じが伝わった。

ラジオのボリュームは実際大きかった。新聞への投書で、バスの中でのラジオの音がよく問題にされるようになっていた。私自身は、運転手たちの労働条件にこそ問題があるのだと思っていた。ラジオは眠気醒ましであり、気分転換の一つの方法に違いなかった。だが、普段そう自分が考えていても、その時は別だった。由熙が顔を上げ、オンニ、大丈夫よ、と言わなかったなら、私はもう少しで運転手にボリュームを下げてくれ、と言っていたところだった。

——次で降りようか。由熙、あなた疲れてるのよ。お家に帰りましょう。

由熙は首を振った。顔には相変わらず血の気がなく、目も虚ろだったが、由熙は私を安心させるように薄く笑いかけた。

しかし、降りなければ、と決心したのは、それからすぐあとのことだった。

乗った客に混じって物売りの男が乗りこみ、入口近くの、私たちが坐った座席のすぐ斜め前で口上を喋り始めた。男は揺れるバスの中の座席を見渡しながら、手にした売り物の携帯用の小さなナイフを掲げ、独特な口調と抑揚とで喋り続けた。

普段なら何でもなく、見慣れたバスの中のそんな光景が、由熙といたことで一変した。

少しずつうつむき、歯をくいしばっていた由熙が、そのうちにがたっと頭を膝の上に落とし、両手で耳を塞ぎ始めた。私は由熙の背中に覆いかぶさるようにしてその肩を抱き、硬く耳に押し当てている手に触った。

——由熙、大丈夫？　由熙。

私は必死だった。通路にいる乗客たちがみな見ていると思っていたが、人目など気にしている余裕はなかった。

由熙は声を出して泣いていた。

轟音と物売りの声とで辺りには聞こえなくても、一緒にかがみこんだ私には、由熙の低い泣き声がはっきりと聞こえていた。

物売りは、乗客の膝に売り物のナイフを置き、また少し喋って回収していった。次の停留所で物売りがバスを降り、ようやく声が消えた。

——由熙、ね、次で降りよう。

泣き声は止まっていたが、由熙はうつぶしたままだった。耳から手を離し、その時には私の手を膝の上で握り返していた。

由熙はようやくからだを起こした。眼鏡が涙と息で曇っていた。私が差し出したハンカチを取り、コマプスムニダ、と小さく言いながら、目許とはずした眼鏡を拭いた。

——オンニ、行く、机、買いたい。

眼鏡をかけ直した由熙は、私の方は向かずにそのままうなだれた。韓国語を習い始めたばかりのような、単語だけを並べた拙い言い方だった。

目的の停留所はもうすぐだった。

しかし、私はしきりに降りることをすすめた。ラジオのボリュームがまた上がっていた。由熙もそのうちに頷き、私たちは降りた場所からタクシーに乗り、家に帰った。

夕食をほとんど食べず、由熙は二階に上がったまま下には降りてこなかった。居間で叔母と二人きりになった私は、昼間あった一部始終を叔母に話した。

——あの人だかりで疲れたのよ、きっと。神経質な子みたいだからねえ。

叔母が言った。

——でも、あれほど机が欲しくて、やっと買えるってよろこんでいたのよ。かわいそうに。

私は言った。

由熙を苦しめ、目的地まで行かせなくしたのは何だったのだろう。雑踏と騒音と刺々しい冷たい風、ソウルの光景すべてのせいだったのだろうか。しかし、もしそうであったのなら、それらは私の住むソウルの光景であり、自分の母国の姿だった。するとまるで私自身の責任のように感じられてならず、自分が由熙に机を買えなくさせてしまったような気がしてもくるのだった。

叔母に、自分の気持ちを口ごもりながらようやく伝えた。言葉にすると、思いのどこかがずれていくようだった。しかし、その一日は私にとって衝撃だった。どうにかして、由熙が机を手に入れられるようにしなければならない、と思っていた。

私が話しているうちに、叔母は何かを思いついたようだった。階段のところに行き、叔母は二階の由熙を呼んだ。

結局、その翌日の日曜日に、近くのトンネにある叔母の知り合いの家具屋に行くことに決まった。私がまたついていくことになった。そう決まっても、由熙はやはりしょんぼりと元気がないまま、二階に上がっていった。

六ヵ月近く前のその日に、自分はもっと多くのことに気づき、由熙のことを考えてあげなければならなかったのではないだろうか。今になってそう思い、胸の奥の、由熙という小さな塊りがちくちくと刺すように痛むのを感じていた。

この机から始まり、この部屋の、この机を中心にして、由熙と私との思い出のほとんどが作られてきたと言ってもよかった。

小さな塊りの芯の部分にこの机が横たわり、由熙を支え、私が引きつけられ、記憶の一つ一つがこの机から描かれ、書き続けられてきたようにも感じられてならなかった。

ぶ厚い茶封筒を引き寄せ、机の上に中味を取り出した。

三百枚は充分にあるかと思える厚さだった。紙の束の右側に二つの穴が空けられ、黒い細紐で綴じられていた。由熙が大学でレポートを出す時に、ホチキスで止められないほど厚いものの場合は、そうして穴を空け、紐で綴じていたのを思い出した。何も書かれていず、線だけが残された事務用箋が表紙にされていた。横書き用に使われる紙を、由熙は縦にして使っていた。

表紙のその一枚をめくった。

電話で言っていた通り、一枚目から日本語が書かれていた。次々にめくっていき、左上にあるページの番号を追うと、最後の紙に448と番号が書かれていた。四百四十八枚の事務用箋には、初めから終わりまで、由熙の日本語の文字が書き連ねられていた。

私には日本語が全く読めなかった。読めるのは知っている漢字だけだった。その漢字を追い、辿り、書かれている内容を想像しようとしてみた。すぐに諦めた。無駄だとわかった。だが、それでも目をそらすことができなかった。

文字が、息をしていた。

声を放ち、私を見返しているようだった。

ただ見ているだけで、由熙の声が聞こえ、音が頭の中に積み上げられていくような、音の厚みが血の中に滲んでいくような、そんな心地にさせられていた。

なめらかな文字とは言えなかった。

丸みをおびているようにも見えながら、どこか硬く、角ばった感じもあり、由熙のその外面の印象にも似て、女性的とも男性的とも言えない、由熙独特の雰囲気を感じさせた。

日本語の文字を書く由熙の癖や印象が、ハングルにそのまま現われていたことを私は思い返してもいた。

由熙が書く日本語と韓国語の二種類の文字は、両方とも書き慣れた文字という印象を与え、またどことなく大人びていたが、やはり由熙そのもののように不安定で、不安気な息遣いを隠しきれずにいるようだった。

多分、由熙は毎日のようにこれを書いていたのだろう。この場所に、こうして今の私の位置に坐り、この机の上でこれらの文字を書き綴っていたのだろう。

文字には表情があった。

日付はなく、ところどころ一行か二行空けられて書き綴られていたが、表情の変化がその時々の由熙自身の心の動きを想像させるように、鮮やかだった。ある部分やある文字は泣きながら書いているのではないかと思わせ、ある箇所やある文字は、焦り、怒りもし、また由熙が時折見せていた幼児のような表情や、甘えた声を感じさせるところもあった。

由熙はこれらの日本語を書くことで、日本語の文字の中に、自分を、自分の中の人に見せたくない部分を、何の気がねも後ろめたさもなく晒していたのだと思えてならなかった。

私は息をつき、紙の束から目を離した。

文字の表情は刻まれ、焼きつき、その音たちが記憶の中の声となって、今にも小さな塊りを動かし始めるようだった。

――あ、い、う、え、お。

この音は知っていた。あ、い、う、え、お、と私は呟き、それらの音を由熙に呟かせてみた。由熙は文字となり、その形、その癖に現われて私に呟き返してきた。

階下から小さく物音が聞こえていた。

細めに開けたままにしていたドアの隙間から、夕食を準備している温かい匂いが少しずつ流れこんできていた。

私は、自分が由煕自身に成り替わった気持ちで部屋をまた見回し、文字も見つめ返した。

あれほど親しく、あれほど身近にいて、由煕を妹以上の思いで心配し、同情もし、ある時には真剣に怒ったこともあった。そして由煕自身も私を姉のように慕ってくれているものと信じ、互いに似たところに惹かれ合っていたはずだと思っていた。

しかし、由煕は遠かった。

由煕が書くハングルを見慣れてきたせいか、由煕が書く日本語の文字に、異和感は少しも覚えなかった。毎日のように顔を合わせていた由煕が、私の知らない一人きりの時間に、これらの文字を書いていたのだという事実に、由煕の遠さ、二人のどうしようもない距離を感じずにはいられなかった。

文字に引きつけられながらも、私は、奥歯を噛みしめたくなるような、不快で、腹立たしい感情を抑えられずにいた。

放っておけない、と思い、由煕が韓国に対して感じている不満を、いちいちが自分のことのように、ある時はすまなくさえ思い、少しでも、一日でも早く、と由煕がこの国の生活に慣れてくれることを願っていた自分の誠意が、由煕のそれらの日本語の文字によって裏切られたような気がしてならなかった。

この家に住み始め、二人が仲良くなり、慣れるに従い、由煕は大学や外で見聞きしてきた不満や愚痴をよく言い始めるようになった。

この国の学生は、食堂の床にも唾を吐き、ゴミをくず入れに棄てようとしない、と由煕は言った。トイレに入っても手を洗わない、教科書を貸すとボールペンでメモを書き入れて、平気で返してくる。この国の人は、外国人だとわかると高く売りつけてくる、タクシーに合乗りしても礼一つ言わない、足を踏んでもぶつかっても何も言わない、すぐ怒鳴る、譲り合うことを知らない……。

――オンニ、韓国語にはね、受動態の表現がほとんどと言っていいほどないのよ。オンニ、それを知っていましたか？

皮肉な、聞いているのもたまらなくなってくるような意地悪気な口調だった。

初めのうちは、そのいちいちに私は弁解した。そうなの、ととぼけ、由煕の口調や蔑みを含んだまなざしにも気づいていないような表情で、知らん顔をしたこともあった。何故自分が弁解するようなことをしなければならないのか、自分の卑屈さがいやになる時も続いた。

だが、それでも私は由煕を思い、少しでも、一日でも早く、とただ由煕がこの国に慣れることを願う一心で、由煕の愚痴や皮肉な言葉に目をつむり、我慢しながら受け止めてきたのだった。由煕のどんな言葉も態度も、日本から来た由煕なりの、この国以外で育った同胞の苦しみから来るものだと、私は自分に言いきかせてもいた。

——由煕、あなたはけちんぼよ。在日同胞っていうのは日本人なんだわ。ううん、日本人以上に韓国をばかにして、韓国を蔑んでいるのね。些細なことをちっとも許そうとしない。目をつむってあげようともしない。由煕、あなたみたいなのは神経質なんかとは違うわ。けちよ。心がけちんぼなのよ。

いつかたまらなくなって、私は怒鳴り返した。赤子の手をひねるのと同じことよ、とも言い返した。この国と言い、この国の人と言う由煕の皮肉で、いかにも狭量な余裕のない言い方にかっとしていた。

だが、思いや昂ぶりを、どこにぶつけ、どう処理してよいかわからないでいたのは、私の方ではなく、由煕の方だったのかも知れなかった。

ようやく甘えて何でも話せる姉のような存在に出会い、私にさまざまな不満を皮肉な口調で言いながら、結局は自分の言葉に逆に突き刺され、唾を吐きかけられたように、由煕自身が息苦し気な表情を繰り返していた。

しかし、由煕はやはり遠かったのだ。

私と何を話し、私に何をぶつけても、自分が吐いた言葉と表情の苦い余韻を、由煕はだからこそ韓国語をもっと自分のものにし、もっとこの国に近づこうとすることで乗り越えようとしたのではなく、それとは反対に、日本語の方に戻ろうとしていた。日本語を書くことで自分を晒し、自分を安心させ、慰めもし、そして何よりも、自分の思いや昂ぶりを日本語で考えようとしていたのだった。

知らぬ間に肩から力が抜け、私は長い息をついた。

すでにこの国からいなくなってしまった由煕に、こうして腹を立てても今更しかたがないことだ、と私は心の中で呟いた。

もう終わったのだ。

部屋の静けさと空洞感に、再び包みこまれていくようだった。がらんとした部屋にたちこめたその胸が痛くなるような静けさが、考え続けることや、昂ぶりをしばらくの間忘れさせ、振り切らせてくれるような気がしていた。

息をつき、立ち上がろうとした。

終わったことなのだ、と同じ言葉を呟き返した。

しかし、立ち上がれず、小さな塊りが重石に変わったように坐らされていく自分に気づいた。由熙はいつ私の中から消えていくのだろう、とぼんやり考えた。自分は、まるで医師のように由熙と対していたのかも知れない、そんなことも思い返した。処方箋もなく、治療をしているという意識もしっかりとしていない医師だったのかも知れなかった。治療……、だがそれにしても、治療とは何と不確かで無責任で傲慢な言葉だろう。

大笒《テグム》（横笛）の音《ね》が思い出された。

音を思い出すと、何故かほっとした。そうして瞬時、息が楽になっていくような思いに浸りながら、同時に小さな塊りが大きく揺れ、胸の奥のあちこちにぶつかっていくような辛さを覚え始めてもいた。

茶封筒を取り出したタンスと、庭側の壁との間に、五十センチほどの隙間があった。そこに、由熙は叔母から貰った古いテレビの台を置いていた。台の上には、大笒《テグム》が載せられていた。他のどんなものも載せず、焦茶色の布で作られたケースに入れられた楽器だけが、いつも台の上に置かれていた。

机の前のこの場所に坐ってみると、横を向けば正面に大笒が見えることがわかった。由熙は、カセットデッキをその台の下に置いていた。

大笒の散調《サンジョ》をよく聴いていた由熙の姿を思い出した。由熙と同じように机に左肘をかけ、壁の角に背をもたれさせた。

時間の前後を忘れ、何枚もの写真のように焼きついた、大笒の音を聴いている由熙の姿が、入れ替わり立ち替わり現われた。想像の中でカセットデッキをもっと手前に引き寄せ、ある日の由熙と同じようにからだを横にし、右肩を壁の角に押しつけた。からだは机と二つの壁の角とカセットデッキとによって、四方から囲まれる形になった。まるで部屋の隅に押しこめられてしまったようだった。

あの日も、やはり由熙は遠かったのだ。

いや、すでにそれ以前からも、この机を買った日からも遠かった。

由熙はからだを机と壁とではさみこむように机をそう配置し、自分で自分を部屋の隅に押しこんでいったのだ。

不安なある鈍い音が、思い出していた大笒の音の中から現われた。音が蘇えるのと同時に、散った写真の、まだ生々しい記憶として残っているある日の夜の情景が目の前に映し出された。

鈍い音は、この今でもはっきりと耳に迫って聞こえていた。

その日、私は真夜中に由熙の部屋から響いてくるその鈍い音に起こされた。もともと眠りが浅く、小さな音でもよく目を醒ましてしまう方だった。音の近さで由熙の部屋からだとはすぐにわかったが、一体何を打ちつけている音なのかは思いつかなかった。しかし、音はいかにも不吉で、忌わしい何かを予感させた。重く、鈍く、間隔はまちまちだった。

ハナ、トゥル、セッ、ネッ（いち、に、さん、し）、と聞こえてくる音を数えながら、ベッドから飛び起き、廊下に出た。とっさに、何故か叔母には気づかれてはならない、と思い、手摺りから踊り場の下を見下ろした。

由熙の部屋のドアを叩いた。

鈍い音は止まっていた。

少しして、中から由熙がドアを開けた。すでに三時近かった。

無言で立っていた由熙が、私を見ても何も言わず、ただ首をぐらぐらとさせていた。由熙のうしろをのぞいた。机の上に焼酎の瓶が見え、由熙からも酒の匂いが漂っていることに気づいた。

――由熙。

私が呼んで中に入ろうとすると、由熙はそんな私から逃げるようにしてふらふらとしながら机の方に歩いた。カセットデッキは机と壁との間を塞ぐように机の脚許から壁と垂直に置かれていた。由熙はデッキをまたぎ、その机の前の四方を囲まれた空間の中に、やはり逃げこむように入っていった。

近づいてくる私に横顔を向け、ぐんなりとして壁に背中をもたれさせていた由熙が、そのうちに机の上に左腕と頭をのせて倒れかかった。

小さく、大笒の散調がカセットデッキから聞こえていた。

――ひとりでお酒を飲んでいたの？　由熙、女の子が何てことをするの。

私は由熙の向かい側に坐り、机の上にからだをのりだした。焼酎の瓶には、中味が二センチほど残されていただけで、コップの中の焼酎も飲み干されていた。いつも由熙がそれでコーヒーを飲んでいたミルクカップだった。

由熙は、床に落としていた右手を上げ、ぶらぶらとその右手を振り、机の上を叩いた。焼酎の瓶の横にノートが積まれていた。ノートの上に眼鏡が置かれていた。左腕に頭をのせ、机の上にだらりと倒れかかっていた由熙が顔を動かし、私を下から見上げるようにちらりと見た。また元のようにだらりと顔を伏せ、言いたい言葉を呟こうとしては思いとどまるように、そんな仕草を繰り返した。

――由熙。

私は名前を呼ぶ以外に言う言葉が思いつかなかった。鎮まり返った部屋の中にいると、音に耳が慣れていき、小さかった由熙の足許にあるカセットデッキの音が次第に大きく聞こえてくるような気がした。

ノートのその数冊は、S大学の名前が表紙に印刷されていた。中世国語、音韻論、古典小説概論、……眼鏡を机の上に置き直し、ノートを一冊ずつ見ていくと、つい数日前に終わった試験科目のものであることがわかった。ノートを少しだけめくると、下のページの番号のところに私自身がつけた赤いボールペンのサインがあった。

由熙が右手をのばし、机の端にあった別のノートを取り、開いた。鉛筆立てからボールペンを一本ぬき取り、何かを書き始めた。

언니《オンニ》
저는《チョヌン》 위선자입니다《ウイソンジャイムニダ》
저는《チョヌン》 거짓말장이입니다《コジンマルジャンイイムニダ》

（オンニ
　私は　偽善者です
　私は　嘘つきです）

由熙は書き終えるとボールペンをノートの上に叩きつけ、焼酎の瓶を持った。やめなさい、と瓶を取り上げようとした私の手からひき剝し、瓶のまま残った焼酎を飲み干した。若い女の子がひとりで酒を飲む、ということに初めは驚き、咎める気持ちで向き合っていたのが、呆然としているうちに何か悲しく、辛くなった。

우리나라《ウリナラ》

（母国）

由熙は書いた。文字は大きく、酔いで手が揺れ、乱れていた。由熙はページをめくり、そこにさらに大きく우리나라、と両側のページいっぱいに書いた。ボールペンを紙にくいこませ、破っていくような勢いで、四つの文字を書きつけた。

――何があったの？　由熙。

私はようやく口を開いた。机に倒れかかったまま、横から自分の書いた文字を見つめていた由熙が泣いていることに気づいた。由熙はノートの紙をまとめて数枚めくり、現われた白い空白にまた書き始めた。

　사랑할《サランハル》　수《ス》　없읍니다《オプスムニダ》

　（愛することができません）

由熙は洟をすすった。嗚咽を上げ、ボールペンを持ったまま口許に垂れた涎を拭った。濡れてしまったのも構わずに、由熙はまた紙をめくり、右手をのせた。紙に涎がつき、涙を拭った指先が触れた紙も濡れた。

　대금《テグム》　좋아요《チョワヨ》

　대금소리는《テグムソリヌン》　우리말입니다《ウリマリムニダ》

　（テグム　好きです

　テグムの音は　母語《ウリマル》です）

ただでさえ手が揺れ、乱れ続ける文字が、濡れた紙に穴を開け、薄く見えなくなってもいた。

そのうちにカセットデッキの音が止まった。朦朧とした目で由熙はからだを起こし、私と向かい合った。視線は定まらず、首をふらふらとさせていた。由熙、と私はやはり名前を呼ぶ以外、言う言葉を捜せずにいた。

由熙はそのまま壁の方に倒れた。頭の左側を壁にぶつけた。からだを起し、また倒れかかって頭をぶつけた。

私は立ちあがり、カセットデッキをまたぎながらその狭い空間に入り、急いで由熙を抱きかかえた。重く、頭をぶつける鈍い音の余韻が部屋中にたちこめていた。由熙はもがき、壁の方にずれ、強く小刻みに頭をぶつけ始めた。手を由熙の頭に当てた。酔いつぶれているとは思えない力だった。私の手の甲が壁に当たった。由熙を思いきり抱き寄せた。由熙は私の腕を振り払い、机の上にうつぶした。嗚咽が低く、掠れていた。私は茫然として、その狭い空間の中でなすすべもなく由熙の肩を見つめていた。

この場所だった。

あの日も由熙はここにいて、私も机と壁にはさまれたこの空間の中にいた。

由熙は毎日ここに坐り、今、私の目の前にあるこの日本語の文字を書き綴り、大笒の音を聴き、大笒を見つめていたのだ。

今も、右手の甲が、あの時の由熙の頭の力と重なって壁にぶつかり、疼き始めてくるようだった。

――あなた、大笒を習ってみたら？

と、いつか言ったことがあった。由熙は、聴いているだけでいい、と言い、首を振った。何気ない、何の意味もないと思っていた記憶の一つだった。

由熙は、だがそれにしても大笒という楽器にあれほど惹かれ、音の美しさをよく私に話していたのに、何故直接習ってみようとはしなかったのだろう。

岩山にしても同じだった。

問わず語りのように、この辺りの岩山の光景の美しさをよく由熙は私に話した。叔母は日曜日の早朝には必ず登山をし、薬水《ヤクス》（山水）を汲んできていた。何年も前に、叔母やいとこに誘われて、私も登ってみたことはあった。たった一度登ってそれきりだった。出不精な上、関心がなかった。

――由熙、あなた、叔母さんと山に登ってみたら？

いつだったか私は言った。あれほど岩山が気に入っていたというのに、叔母の誘いを受けても断わっているのを知っていた。

――私は見ているだけでいいの。

由熙はその時もそう答えた。

大笒も習わず、岩山にも登らないまま、由照はこの家から出て行った。出て行くことが決定的になったのは、数日前の中退届を出した日だった。

その日の由熙の言葉が、今、いやに意味あり気に迫って思い出されてくるようだった。由熙が言いたかったこと、由熙が思いつめていたことの、私自身はそのかけらすら気づかずに、声さえも聞きたくない気持ちで顔をそむけていたことも思い返された。胸が痛かった。その時の由熙の声が、小さな塊りの中から弾け、聞こえてくるようだった。

――オンニとアジュモニの韓国語が好きです。……こんな風な韓国語を話す人たちがいたと知っただけでも、この国に居続けてきた甲斐がありました。私は、この家にいたんです。この国ではなく、この家に。

由熙はうつむき、申し訳ありません、と何度も頭を下げた。私の説得も、数週間続いてきた涯しないほどの口論や議論も、すべて無駄になってしまったのだった。頭を下げる由熙が腹立たしく、見ているのもたまらない気がした。由熙が最後に呟いたその言葉も、冷静に聞くことができず、大した意味も感じ取れずにいた。

夕食の匂いが、階段を這い、ドアの隙間から漂い続けていた。

階下から叔母が私を呼ぶ声がした。

私は息を深くつきながら、由熙の残していった紙の束を閉じ、茶封筒に入れながら、ドア口に向かって叔母に答えた。

立ち上がり、歩き出そうとしてはっとした。ないはずのカセットデッキが足許を塞いでいるような気がし、戸惑った。由熙を立たせ、抱きかかえた時の重みが蘇えった。茶封筒を握った右手の甲にも、疼くような痛みを覚えた。

部屋を見回し、腕にかかえた茶封筒を確かめ、ドアを閉めた。由熙の残したその荷物は、自分の部屋の、本棚についているひき出しの中にしまっておくつもりだった。

廊下に出、自分の部屋に向かおうとしてふと足を止めた。

後退りし、ドアに右肩を近づけ、誰もいないはずの部屋の気配をうかがうように耳をそばだてた。

同じ姿勢で、そんな風にドアの前に立ち、中から聞こえてくる由熙の声を盗み聞きした日のことを思い出した。

日本語だった。

由熙は何かの文章を読みあげているのか、流れと抑揚のある声で、日本語を声を出して読んでいた。

自分の腕の中には、由熙の文字が束ねられていた。私は文字となった由熙を抱きかかえているような気がした。目に焼きつき、刻まれた文字の連なりが、まるで絵のようになってよぎっていった。

聞こえてくる声は文字であり、文字が音となって響いてくるようだった。

紙の束の感触が胸を伝わり、胸の奥の小さな塊りと触れ合って、私のからだの中に由熙の声を響かせていた。

叔母と二人だけの夕食を取った。

テーブルには黄色いキッチンマットが向き合って二枚だけ並べられていた。手前の席の一枚は今日からなかった。

会社から帰ってきた時は怒っていた叔母も、食堂で顔を見合わせた時には、すでに機嫌を直し、見送りのことについては全く口に出さなくなっていた。

黙って食事を続けていた叔母が、しばらくして口を開いた。

――人に部屋を貸すのがいやになってしまったわ。由熙みたいないい子だったら別だけれど、情が移ると別れるのが淋しくてだめだわ。

私はただ、ええ、とだけ言って頷いた。由熙を話題にしたくはなかった。ユヒ、という名前すらも言ったり聞いたりしたくなかった。辛く、息苦しく、何よりもまだ口惜しかった。

――トゥブチゲ（豆腐鍋）は、あの子の大好物だったわねえ。

叔母は言った。

しばらくはこうして由熙の思い出話が続いていくのだろう。何日か、何十日か、由熙の話が繰り返され、そのうちに由熙の気配がこの家から消え、話題にもならなくなっていくのだろう。私自身の気持ちの中でも、その日を待たなければならないはずだった。

トゥブチゲの汁を叔母はすすり、私もすすった。

――かわいい子だったね。あんな歳にはとても見えない子だったたね。

叔母は言った。私は黙って頷いた。

――こうしていつかトゥブチゲを作っていた時のことを思い出すわ。由熙が台所に来て、おいしそうって私のうしろからのぞくの。そしたら急に、アジュモニ、ちょっとごめんなさいって言って、スプーンですくってふうふう言いながら食べるのよ。もう少し煮こまないと味が出ないのにって私が言っても、何度もそうやって食べて、マシッソヨ（おいしい）って言って私に抱きついてきたわ。お鍋の湯気で眼鏡が曇ってね。それをね、由熙ったら、着ていた服の袖を引っ張って手を入れて、袖の端を摑みながら、そこに輪を描くみたいにして袖口でレンズを拭くの。まるで目を直接拭くみたいにしてね。仕草がおかしくて笑ってしまったわ。かわいらしくてしようがなかった。

叔母と一緒に私も微笑み、そんなことがあったの、と呟いた。

似たような仕草を私も何度か見ていた。

机を買いに行き、頼んだ机が届いた日に、そんな仕草を初めて見たのではなかったろうか。

叔母の知り合いの家具屋は親切で、あの日の翌日の日曜日に買いに行った時は、由熙に不安な態度は全く現われなかった。人だかりの騒々しい場所には行かずにすみ、家から十五分ほどのその家具屋に私たちは散歩がてら歩いて行った。

由熙は椅子に坐って使う机を嫌がっていた。学生時代も会社でも家でも、私はずっと椅子に坐る机を使い続けていた。床に坐る机の方がかえって疲れ、姿勢が悪くなるような気がしていた。そのことを由熙に言っても気は変わらなかった。由熙は床に坐る机にこだわっていた。家具屋には私が言ったような椅子を使う机ばかりがあり、坐り机にしても小さいものか、あるいは大きくても縁取りが付いているものしか売っていなかった。

注文し、由煕のいう縁が付いていない机を取り寄せることに決め、その日は家に帰った。帰り道も、私たちは歩いた。由煕とかわした会話は、今でも思い出せる。面白い子だな、と思い、ちょっと変わった子だな、とその時は思っただけだった。前日の、バスの中でのことがあった。その言葉を、ただ神経質なところから来るものと決めつけ、深く取り合おうとはしなかった。

――オンニ、ハングルは何故横書きに書くようになってしまったの？　李朝期のハングルも、日帝時代も、解放後のしばらくの間もずっとハングルは縦書きに書かれてきたのに、どうして、いつの間に横書きに変わってしまったのかしら。

由煕がそんなことを言い出した。

――横書きの方が読みやすいし、書きやすいからよ。そうね、日本語は縦書きだものね。由煕は縦書きの日本語を使ってきたから見慣れないのかも知れないわね。でも、英語も中国語も他の外国語も横書きじゃない。慣れれば大丈夫よ。

私は言った。

――もう三年生も終わるというのに、それに国文科の学生だというのに、私はまだ慣れない。

由煕は小さく呟いた。

――オンニ、訊きたいの。訓民正音《フンミンチョンウム》を創製した世宗大《セジョンテ》王《ワン》はどう思うかしら。横書きに書かれているハングルを見てびっくりしないかしら。悲しく思わないかしら。

――そうね、多分びっくりするかも知れないけれど、私は喜ぶんじゃないかって思うわ。ハングルを民衆の誰もが使える文字として創製したわけだもの。ハングルが本当に韓国人の国語となって、どんな階層の人もみな使っている今の様子を見たら、きっと喜ぶと思うわ。李朝末期まで、ハングルは婦女子の使う文字として蔑まれていたんだもの。書きやすく、読みやすい横書きに変わっているのを見ても、きっと喜ぶはずよ。

私は言った。

――そうかしら。

由煕は首をかしげながら、いかにも不承気に呟いた。

しばらくして二人は他の話題を始めた。

注文した机が来たのは、数日してからだった。

会社から戻り、呼ばれて部屋に入った私に、由煕はこれを見て、と言いながら飛びついてきた。濃い焦茶色の、堂々とした感じのいい机だった。由煕は私の腕に手を回し、絡みつくようにして動きながら、下から私を見上げた。感激よ、オンニ、夢がかなったのよ、と由煕は声を上げた。そのうちに、着ていたトレーナーの袖を引っ張り、ある日の叔母が見たように、出てもいない涙を、まるで直接目許に当てて拭くような仕草で、眼鏡のレンズをこすった。

食堂のテーブルの上に吊り下げられた明かりが揺れた。笠に包まれた電球の光は遠くまで伸びず、明かりの質も温かで柔らかかった。揺れを感じたのは錯覚かも知れなかった。私は明かりを見上げた。記憶の中で私が揺れていたからだった。由煕に絡みつかれ、腕を引っ張られ、今にも自分のからだが揺れ出すような気がしていた。

明かりはテーブルの周囲だけを照らしていた。こもったその光で、テーブルの上の物も叔母の顔も、陰を濃く深く見せていた。

——娘は結婚してアメリカに行ってしまったし、もしあなたが結婚していなくなることになったら、私も娘のところに行かなければならないから、英会話でも始めようかとは思っていたのよ。この歳ですけれどね。でも、由煕がいるうちに日本語を習っておこうかとも思ったの。死んだあなたの叔父さんから、日本に対しての感情を受け継いでしまって私も相当影響を受けていたのね。初めの頃は、由煕には気を遣ったわ。日本から来たというだけで妙な因縁を感じてならなかった。

——習いたいって言ってみたの？

私は訊いた。

——ええ、由煕はいい子だったしね。偏見はいけないことだと思ったわ。日本語をアジュモニに教えてくれない？　っていつか言ったんだけれど、断られたわ。アルバイトになるわよって言ってみたんだけれどね。どうしてもできない、それだけはできないって、本当に申し訳なさそうにして、ほら、由煕がよくするあの困った時の顔よ。肩をすぼましてうつむいて額に皺を寄せて、そしてこうして唇を尖らせて、小さな男の子みたいになってしまったようなあの顔をしたわ。日本語を教えるということに、どうしてそれほど困ってしまうのか、言いだしたこちらの方がすまなく思ったほどだった。私は、それならそれで構わないって言ったのだけれどね。

叔母は言った。

過去の日を懐しく思い返しているだけのような叔母の言葉を聞きながら、叔母自身は気づいていないだろうと思える由煕の真意を、私は否応なく想像させられていた。

由煕は、叔母だけにではなく、日本語を教えてくれと誰に頼まれても断わっていたに違いない。そんな気がしてならなかった。

しかし、やはり釈然としなかった。

思いを巡らせていくうちに、私は自分の想像にかえってつんのめり、戸惑いながら息を呑んだ。どういう理由からだ、とはっきり決めつけてしまえない気がした。

自分は由煕を知らな過ぎた、という口惜しい思いがつき上げてくるばかりだった。やはり、由煕は遠かった。

今、由煕がいたなら、と無性に思った。今、由煕がいたなら訊いてみたいことが沢山ある。問いかけ、確かめたいことが沢山ある。今、由煕がこの国にいたなら……、私は何度も同じ言葉を心の中で呟き、知らぬ間に唇を嚙みしめている自分に気づいた。

――ねえ、叔母さん、叔母さんはどう感じました?

由煕の韓国語、この家に来てからもちっとも上達しなかった。発音も相変わらずめちゃめちゃで、国文科の学生とは思えないくらい文法も間違いだらけだった。もちろん、答案用紙はきちんと書けていたかも知れない。書く方は感心するぐらいで、私もそれはよく知っています。でも、本人自体がうまくなろうとしていなかったんじゃないかって、そうとしか考えられなかった。読むのは日本語の本ばかりだし。由煕はね、韓国の小説なんてちっとも読まないで、日本の小説ばかり読んでいたんです。私、知っているんです。

苛立ちをそのままぶつけるように言いながらも、口の中の苦々しさが辛く、話していること自体に嫌悪感を覚えてもいた。

――うまいじゃないの、あれくらい話せれば充分ですよ。

――でも。

――日本で生まれて育ったんだから、しかたがないわ。それに由煕にしかわからない事情もあるはずですよ。あなたは、叔父さんみたいな民族主義者ね。

――………。

叔母は、二階で私に見せてきた由煕のさまざまな表情を知らなかった。机の前に坐った由煕が、そこに自分を閉じこめるようにカセットデッキを置き、机を壁に引き寄せていたことも知らないはずだった。そこで由煕は四百四十八枚の日本語の文章を書き綴っていた。大笒を聴き、その音をウリマル（母語）と言い、音以外の実際のハングル文字を読むことも書くこともせずに、ある日は日本語の朗読をしてもいたのだ。

目に、突然何かが飛びこみ、突き刺さったようだった。由熙の書いた、우、리、나、라、の四文字がノートの白さの中に浮かび、よぎった。

――でも、ああいう子はこの韓国では生きていけなかったのかも知れなかったんだ、とも思っているのよ。残念ではあるけれど、中退して日本に帰った方が、やっぱりよかったんだって、そう思いもするわ。

叔母は言い、箸とスプーンを置いた。叔母の夕食は済んだようだった。

――無理なことを、ずっと我慢し続けていたのよ。

――………。

――韓国がどんな国かも知らずに、本人は理想だけを持ってやって来たんだわ。その思いは同胞だから私にももちろんわかるけれど、でも結局、由熙は日本人みたいなものですよ。外国に来たようなものなんだから、苦労するに決まっているわ。お金持ちでどこの国よりも清潔なことで有名な日本からやって来たのだものね。見るもの聞くもの、びっくりしてショックを受けていたのよ。

そろそろ片付けようか、と言って立った叔母は、それきり口をきかなかった。私は、全くと言っていいほど食べられなかった。台所に行き、食器を洗っている私のうしろを、叔母は片付けものをしながら動いていたが、二人は黙ったままだった。

叔母の言ったことは理解できた。その通りであろうと思い、中退もしかたがなかったことだと少しの間、知らない他人のことを考えているような気持ちにもなった。しかし、すぐにわけのわからない苛立ちがこみ上げてきた。

――始めたことは最後までやらなければ、あなたのこれからの人生に問題が出てくるはずよ。

繰り返された数日前までの口論の中で、私はそんなことを何度も言った。やはり、今由熙がいても、同じことを言い、説得を続けるだろうと思えた。

――卒業証書なんかが問題じゃないのよ。由熙、問題は居続けるということなのよ。あなたは韓国の一面しか見ていない。韓国をあまりにも知らな過ぎる。自分の感じ方だけが正しいと信じきっている。

自分の声を思い出しているうちに、私はある日のことを思い出し、はっと足がすくむ思いがした。

由熙はその時も机の前に坐り、由熙だけの狭いあの空間に閉じこもりながら、私の話を聞いていた。大学をやめたい、と相談をもちかけられた日のことだった。二言、三言、何かを言っているうちに机の上に急にうつぶした由熙が、息を押し殺し、そのうちに吐き出すように話し始めた。頭を伏せ、声がこもり、聞きとりにくかった。自分に向かって言葉を吐き出しているようにも聞こえた。

——学校でも、町でも、みんなが話している韓国語が、私には催涙弾と同じように聞こえてならない。からくて、苦くて、昂ぶっていて、聞いているだけで息苦しい。どの下宿に行っても、みな私が嫌いな韓国語を使ってた。いいの。部屋の中に勝手に入って黙ってコーヒーを持って行ったり、机からペンを持って行ったり、服を勝手に着て行ったり、そんなことはどうでもいい。その行為がいやなのではないの。返してもらえばいいことだし、あげてしまえば済むことだから、どうでもいいことなの。でも、その人の声がいやになる。仕草という声、視線という声、表情という声、からだという声、……たまらなくなって、まるで催涙弾の匂いを嗅いだみたいに苦しくなる。

　あの時も、私は由熙に話しかける言葉を捜せずにいた。

由熙の声は続いていた。

——もうどうあっても、こんなこと、終わりにしなければ……。우리나라《ウリナラ》（母国）って書けない。今度の試験が、こんな偽善の最後だし、最後にしなくてはいけないと思う。中世国語の、訓民正音の試験だった。答案用紙を書いていて、そのうちに우리나라と書く部分に来て、先に進めなくなった。前にもそんなことはあったけれど、でも今度のは手が凍りついたみたいに全く書けなくなってしまった。答案用紙の文章は全部頭の中に入っていたし、その四文字だけ書けば次が書けるはずなのに、書けなかった。手が動かなくなった。本国の学生たちは、すらすらと答案用紙を埋めていっていたわ。横から、うしろから、前から、ボールペンや鉛筆の音がしていた。頭がくらくらとして、倒れそうだった。耳鳴りがして、目の前も揺れていた。……私は書いたわ。誰に、とはっきりわからないけれど、誰かに媚びているような感じを覚えながら、우리나라、と書いた。私は文章の中で四回も、同じ言葉を同じ思いの中で使って書いた。嘘つき、おべっか使いって、その誰かにいつ言われるかとびくびくしながら答案用紙を書き終わった。……世宗大王よ。その誰かって、世宗大王だった。早く家に帰って、大笒を聴きたいと思った。世宗大王は信じている。尊敬している。でも、この今の、この韓国で使われているハングルは、

私はいやでたまらない。なのに、우리나라って書いていている。書けばほめられる。世宗大王はみんな見て、知っているわ。

水道の蛇口を止めた。

由熙の声を振り切るように、水の音を止め、私は居間に行った。

叔母は、ボリュームを下げたままにして、テレビをつけていた。テレビを見るつもりはないようだった。叔母がポットを引き寄せ、コーヒーを淹れた。

風が、テレビのうしろのサッシ窓を強く打ちつけていた。窓のカーテンを閉めようとして思いとどまった。ぼんやりと、コーヒーを飲んでいる叔母が窓ガラスを見やっていた。前を歩くことで考え事を中断させたくなかった。

オンドルの床は生温かかった。二階の部屋にはリノリウムが敷かれていたが、一階のこの居間は、ニスで光り、叔母の手で毎日磨き上げられているオンドルそのものの硬い床だった。

居間の壁には、螺鈿細工がちりばめられた天井まで届きそうな家具が並び、壁一面を占めていた。叔母は脚を伸ばし、家具の扉に背をもたれさせた。私もコーヒーカップを持ち、叔母と並ぶようにして坐った。

——淋しいものね。

叔母の横顔が、その向こうにあるテレビの画面を背景にして、少し光って見えた。

——ええ。

私は答えた。

由熙につきっきりだった、と私は六ヵ月間のことをそう思い返していた。会って話した回数やその時間以上に、会わない時の方が由熙のことが気がかりだった。何故か気になり、何故か心配だった。

鬱病に近かったような私の塞ぎは、由熙に会ったことでなくなっていった。自分と近く、自分と似ていても、自分にはない激しさ、自分にはない徹底したこもり方に、言わば毒気を抜かれてしまっていたと言っていいのかも知れなかった。由熙の前にいると、私はかえって磊落にすらなった。そんな自分に気づき、よく驚いてもいた。

——私ね、何故そんなに疚しく思う必要があるのって、由熙にはよく言ったわ。

——何がですか?

——自分の韓国語が下手だから、国文科に通っていることが恥ずかしくてならないって、よくそう言ってたのよ。さっき、あなたは由熙が努力していなかったみたいなことを言っていたけれど、努力しなければいけないことは、誰よりも本人がわかっていたんだと思うわ。でも、それができないから苦しかったのよ。

——…………。

——韓国に来て、質のよくない人たちばかりに先に会ってしまったから、悪い面だけしか目につかないようになっていたのね。私も聞いてびっくりしたわ。これまで会ったこともないような人たちだった。この私だって同じ本国人でも、由熙みたいに引っ越してしまいたくなっていたかも知れないわ。

——おばさん、私、由熙には言ったんです。一面だけ見てはいけないって。日本人だってよい人たちばかりではないでしょう。だからもっと肯定的に韓国を見なくてはいけないって、よく言ったんです。

——話しにくそうにしてたわ。話したら私の気分を害するだろうと思っていたのね。それはそうですよ。いくら同胞とは言っても由熙は外国人みたいなものですからね。人から家族のことをとやかく言われると、やっぱり腹が立つものですからね。でも、あの子が卒業する日が楽しみだったし、何か不満で引っ越されるようなことがあったら、由熙の先輩であるうちの人に叱られそうな気がしたの。一体前の下宿でどんなことがあったの？　この叔母さんにだけは言ってもいいのよって、由熙を安心させたわ。

居間の入口のカーテンは閉めきられていた。

私はカーテンの向こうにある玄関口のドアに思いを走らせた。

ギイッ、ギイッ、と鳴るあのドアが擦れる音を、由熙は嫌っていた。そのことを、ふとした日、一緒に外に出ようとして知らされた。ドアを開け、閉める間中、由熙は苦しそうに眉をしかめた。小さな男の子が、今にも泣き出しそうな、そんな表情に見えた。

——韓国人って燃えやすくて昂ぶりやすいから、慣れないとびっくりすることばかりだったんでしょうね。

私は叔母に、その時のことを思い出しながら言った。

ある下宿で、下宿の主人の息子たちがほんの些細なことから喧嘩を始め、由熙の部屋の前で暴れたらしかった。恐る恐るドアを開け、様子を見ていた由熙の前で、息子たちは殴り合い、鼻や口から血を出し、止めに入る者はちょうど誰もいず、由熙は警察を呼ぼうとまで考えていたと言った。しかし、ドアは開けられなかった。ドアの外に電話機はあったが、二人の勢いとその光景が怖ろしく、ぶるぶると慄えているしかなかった。そのうちに、息子二人は床をころげ回り、初めに怒り出していた兄の方が、急に走り出して玄関に行った。殺してみろ、とその兄は言い、あっという間もなく、ドアのガラス窓を腕で突き、血をこぼしながら立っていたのだと言った。

由熙は、その話を私に聞かせ、

——こうして話していると笑い話みたいだけれど、でも、あの時の恐さが忘れられないんです。

そう言いながら、やはり眉をしかめた。その兄の腕はガラスでぱくりと割れていたということだった。警察の代わりに、自分が救急車を呼んだのだ、と由熙は言った。おかしくてもそんな由熙の前では笑えなかった。怯えずにはいられないこともわかっていたが、それ程までに深刻に考えている由熙が、あの時はかえって滑稽にすら感じられた。

ドアの音を聞くたびに、由熙は以前にいた下宿のその事件を思い出していたようだった。

——叔母さん、由熙からあのドアについての思い出って聞きました？

——ううん。

私は、由熙から聞いた一部始終を叔母に話した。叔母は驚きながらも、やはり思った通り苦笑しながら聞いていた。そうなのだ、と今更ながら、そんな叔母の反応を見て私は考えた。韓国人ならただ驚いて、困ったものだと苦笑する。由熙にはどうしてもそんな受け取り方ができない。真面目に事件そのものを受け止め、驚き、軽蔑し、他の韓国人もみな同じだ、と思いこんでしまう。恥ずかしく思うのは一緒でも、それが私たちの感じるものとは違い、由熙の場合は蔑みや失望につながっていく。

——ただでさえ神経質な子だったからねえ。私が聞いた話もびっくりするようなことばかりだったもの。韓国人は、どうして外国製のものに弱いのかしらねえ。まるでたかられるみたいにされていたようね。

——でも叔母さん、韓国が好きだって言う外国人はいっぱいいます。テレビでする外国人ののど自慢大会や、雄弁大会に、まるで韓国人みたいに上手に韓国語を喋る外国人がいっぱい出てるじゃありませんか。長く韓国に住んでいる外国人が、あんなにいっぱいいるのに……。

——あなたは、由熙からアボジ（おとうさん）のこと、聞いた？

——いいえ、亡くなったって、この家に初めて来た時に言ってたでしょう。それ以外には聞いていませんけれど。

叔母は黙り、少しの間、うつむいた。私を見ず、居間の床の一点を見つめながら、遠い日を思い出すようにして、話し始めた。

——国文科に通っているのが恥ずかしいとか言ったり、前にいた下宿でのいろんなことも聞いていたから気になってね。あなたは会社に行っていていなかったわ。私、由熙の部屋にお茶を持っていってあげながら、二人でいろいろと話をしたことがあるの。

——………。

——あの子のアボジは、あの子が中学を卒業する頃、事業に失敗したらしいの。それも同じ同胞の韓国人に騙されてそうなったんだと言っていたわ。詐欺に遭ったらしいのね。それでも由熙のオモニの実家は経済的にしっかりしていたらしくて、実家からの援助を受けてずっと暮らしていたらしいけれど、由熙のアボジは韓国人を悪しざまに言い続けて、そして亡くなったらしいわ。ひどい話があるものね。アボジは女性の八字《パルチャ》（運）も悪かったみたいね。二人の奥さんたちに死なれて、三人目が由熙のオモニだったらしいわ。いろいろと私にも言えない事情はあるに違いないけれど、でも、由熙は、アボジが亡くなったから自分はこの国に来れたんだ、と言っていたわ。ようやく決心がついて、この国に来たんだと。アボジに自分の国のことを弁護したかったって。弁護できないような気持ちになると、意地になって勉強したって。

——………。

初めて聞く話だった。驚き、絶句しながら、由熙は、どうして私にはその話をしてくれなかったのだろう、と叔母に対するかすかなやきもちを覚えもした。自分も叔母も、互いが知らない由熙の像を目にし、聞いてきたのだと改めて思い直した。

——いいアボジだったけれど、韓国人の悪口を言うアボジを見るのが、一番辛くていやだったって言ってたわ。大学に入ってから、由熙はたったひとりでハングルを習い始めたらしいの。そして大笒《テグム》の音を聴く機会が偶然あって、大笒の散調《サンジョ》を聴いて留学することを心に決めたんだって。部屋でね、由熙がカセットを私に聴かせてくれたわ。大切そうにしていた楽器も見せてくれてね、吹く真似もしたわ。アボジが死ぬ前に、この音を聴かせてあげたかったって、そう言って涙ぐんでいた。

——………。

——笛は一番素朴で、正直な楽器だと思うって、由熙は言った。口を閉ざすからだって、口を閉ざすから声が音として現われる、とも言っていたわ。こういう音を持って、こういう音に現われた声を、言葉にしてきたのがウリキョレ（我が民族）だと、ウリマルの響きはこの音の響きなんだと、由熙は言ったわ。

――………。

――淋しいわね。本当にいなくなっちゃったのね。あの階段口から、今でも降りて来そうな気がするわ。アジュモニ、今夜のおかずは何ですかって、またうしろから急に抱きついてくるような気がする。

私は、息がつまり、叔母に言葉を返せずにいた。

大笒の音が、耳の中に響いてくるようだった。우리말《ウリマル》（母語）と泥酔した由熙が書いた乱れた大きな文字も、はっきりとよぎっていった。

저는　위선자입니다
저는　거짓말장이입니다
（私は　偽善者です
　私は　嘘つきです）

よぎる文字を追いかけていくうちにたまらなくなり、由熙、と思わず呼びかけそうになった。今、由熙はどこにもいないのに、口から名前が出かかった。

意地になって、とさっき言った叔母の言葉が思い出された。意地になって、……すると、あの時のこともそうだったのだろうか。それだけではない。試験勉強をする時のあの集中した暗記もそんな思いでしていたのだろうか。

――自分をね、オンニ、私は自分をこうして拷問にかけているの。

由熙は言った。今年の一月か二月の、冬休み中のことだった。由熙は、冬休みになっても日本には帰らなかった。S大学に入って、休みに日本に帰らないのは初めてのことだと言い、正月もこの家で過ごした。

休みでも由熙は旅行に行くわけでもなく、外出も滅多にしなかった。一日中とも言っていいくらい部屋にいて、勉強していた。そんなある日に、由熙の部屋をのぞいた。由熙は毎日、国語大辞典を端から読んでいたのだった。韓日辞典をひきながら読み、読んだ単語ごとに赤鉛筆で線をひいていた。

――そうだわ、고문《コムン》（拷問）をひいてみよう。

由熙は言い、ページを開くと意味を口に出して読み上げた。その箇所にも同じように赤鉛筆で印をつけた。真面目なのかふざけているのかわからない雰囲気だった。

言葉が大げさで私はくすっと笑ったが、由煕の集中力には異様な感じがあった。すでに、ノートにまとめた数冊分の文章を丸暗記し、試験勉強をしている由煕を知っていた。

記憶の束をめくるようにしながら、勉強していたさまざまな日の由煕を思い返し、私は長い溜息をついた。

風は相変わらず強かった。窓が揺れ、渦巻くようにしてガラスを打ちつける風の音が、居間の中に響いていた。

叔母は床の上に両脚を伸ばし、左の膝を揉み始めていた。

――あの子はね、韓国に来て自分が思い描いていた理想がいっぺんに崩れちゃったのよ。だからきっと、韓国語までがいやになってしまったんだわ。言葉ってそういうものだと思うの。

黙っていた叔母が話し始めた。

――あなたの叔父さんも、亡くなる前にこんなことを話していたわ。慶尚道の叔父さんの生まれたトンネはね、日帝時代から反日意識がその村全体に強かったところだった。有名な反日の闘士も大勢出た場所でね。そういうトンネに生まれて、あの人のアボジも反日感情が強かったから、自分はそんな環境に育ってきたせいか、どうしても日本をよく思えないって言っていたわ。出張で年に一、二度は日本に行くし、十年以上もそうしてきたのに、いまだに日本語がうまく喋れない。読むことも書くこともみなできるのに、話すという段になるとどうしてもだめなんだって。心の底にある自分でも知らない間に培われてきた感情のためなのか、別にうまくなりたいとも思わないものだから、自分でも自分に困っているって、そんなことをよく言っていたわ。

――……………。

――私も娘も、そういうあの人にやっぱり知らない間に影響を受けていたのね。どうしても日本人は好きになれない気がしたもの。娘も第二外国語に日本語は絶対に選ばなかった。だからかも知れないわ。由煕のことが何となくわかるの。とっても悲しいけれど、他人事とは思えないのね。いつだったか、私つくづく考えた。自分の主人と由煕が先輩と後輩で、どういう因縁か由煕がこの家に住むようになって、一人は日本がだめ、もう一人は韓国がだめ、それでいて同じ同胞なんだもの、何てことかと思ったわ。

私には、叔母が話していることがよくわかった。因縁という言葉にも、自分ながらの実感を当てはめさせることができた。しかし、何かすっきりとしなかった。言葉を捜そうとし、自分の少し苛立ちもしている思いを何とか表現できないものかと思った。韓国のいやな面ばかりを見、父親からも悪口を聞かせられてきたから、韓国語までがいやになる、そんな単純なことではないのではないかと思えてしかたがなかった。由熙の日本語に対するこだわりは、韓国語からの反動という風にはとても思えなかった。

本棚のひき出しにしまった由熙の残した紙の束が思い出された。日本語の文字で書かれた一枚一枚の印象が、鮮やかに立ち現われてくるようだった。机の前にかがみこみ、狭い空間に自分を押しこんだ由熙が、大笒の音を聴き、右手に楽器を見ながらそれらの文字を書き綴っている姿も浮かび上がった。

釈然としない胸やけしたような息苦しさはやはり消えなかった。

叔母はテレビの方に顔を向けながら、左膝を揉み続けていた。この一ト月ほど前から痛み始めたのだ。裏の岩山にも、登らなくなっていた。叔母は音量を上げようとはしなかった。テレビを見ていないことは私にもわかった。叔母は今、由熙のどんな日の姿を思い出しているのだろう。由熙のどんな仕草や声を思い出しているのだろう。

——あの子はテレビを絶対に見ようとはしなかったわね。

そのうちに叔母は言い、左膝をゆっくりと立てた。またゆっくりと開いて伸ばし、揉み始めた。

——あなたの叔父さんも言ってたわ。日本に出張に行き始めた頃、カラーテレビがとってもめずらしかったって。でも、見る気が全く起こらなくてね。テレビから聞こえてくる日本語の響きがいやでしようがなかったって言ってたわ。由熙も決して見ようとはしなかったでしょう。言葉の勉強になるし、時代劇は歴史の勉強にもなるから、いい番組があると、見なさいって由熙によく言ってみたわ。でも、あの子絶対に二階から降りてこなかった。宿題があるとかなんとか、いつも理由をつけてテレビを見ようとはしなかった。あなたの叔父さんのことをふっと思い出したら、そうかって段々わかってきたんだけれどね。

叔母は言い、少しの間黙った。

——私、由熙には言わなかったけれど、心の中で応援してたのよ。もう少しだって。今の苦しい気持ちを乗り越えればもう大丈夫だって。日本も韓国も変わりない。

人がどう生きていて、自分がどう生きていくかを見つめるのが大切。見つめられるようになれるまで、もう少しの辛抱よって、いつも由熙を応援してたわ。

叔母は、ひとりで口の中に残った言葉を嚙みくだき、自分で自分に頷いているように首を何度も前に振った。

私は黙っていた。叔母が知り、自分が知っている由熙がどう違おうと、叔母の言葉には同感だった。由熙自身の問題だったのだ。私たちがいくら気遣い、応援しても、由熙自身が考え、感じ、力を摑まえていくしかなかったのだ。決して弱い子だとは思えなかった。若過ぎたということなのだろうか、とふと考え、そのことを叔母に言ってみようとして、言葉を呑みこんだ。

居間の斜め上が、由熙の部屋に当たっていた。叔母がいい番組があると由熙に言い、私と叔母がその番組を見ていた間中、同じ家の中で、同じ時間に、由熙はあの日本語の文字を書き綴っていたのかも知れなかった。その想像は、私に口を閉じさせ、また何か釈然としない息苦しさを感じさせた。

小さくしているテレビの音よりも、風の音の方が大きいくらいだった。窓は揺れ、そのうちに細かい雨脚が当たるようになった。

——りんごでも剝くわね。

私は言い、台所に立った。居間に戻った私は、叔母と向き合うようにして坐り、りんごをのせた盆を床に置いた。

——由熙は、東京の自分の家に着いているかしら。

りんごを剝きながら私は言った。

——そうね、成田空港から三時間近くかかるって言っていたからね。四時にきちんと飛行機が発ったとして、六時には空港に着くでしょう、そうね、今頃ようやく着いた時分かも知れないわね。

——日本も雨かしら。

叔母は窓を見上げ、私の言葉に、やはり、そうね、と思いにふけっているような虚ろさで答えた。

——日本に着いたら、由熙はまっ先に何をすると思う？　叔母さん。

——そうね。

私は笑いをこらえた。胸の奥の小さな塊りがかすかに動くのが感じられた。悲しく息苦しい嗚咽が小さな塊りから弾け、胸に滲んでいくのを感じ取ってもいた。由熙の嗚咽と自分自身の胸の痛みが、わけもわからずに歪んで笑いになり、吹き出しそうになるのを私はこらえた。

――叔母さん、あの子、まっ先にテレビを見るわ。

私は吹き出した。叔母も私につられ、

――そうね、きっとそうね。

と言いながら、困りきった辛そうな表情で吹き出した。

――ね、叔母さん覚えてる？　由熙のりんご、ほら、こんな風になるの。

りんごの皮を無理に厚く、切れ目の線も無理やり乱れさせながら、五センチほど切った皮を叔母の顔の前に掲げた。叔母は笑った。今度は明るい表情で、互いがある日の同じ由熙を思い浮かべながら笑い合った。

この居間で、いつか私がりんごを剝き、そのうちに思いついたように由熙にりんごを剝かせてみたのだった。由熙は自分が食べたい時でも、いつも私か叔母にりんごを持ってきては、剝いてくれ、と頼んだ。剝けないからだとは思っていなかった。叔母も同じで、ただ由熙独特のあの甘えん坊のような一面なのだろうと思っていた。

りんごがもったいないもの、と言って由熙は逃げた。そんな由熙にようやく剝かせた。厚くぎざぎざに切られた五センチほどの皮が、すぐにぽとりと落ちた。ナイフを持つ手も危なかしかった。

――クロニカ、アッカプチャナヨ（だから、もったいないじゃないですか）

その日の由熙を真似て唇を尖がらせ、わざと拙い発音で肩をすぼませながら、私は言った。叔母はひとしきり笑い続けた。

雨粒が大きくなっていた。雨は明日の朝まで、一晩中は多分降り続くだろう。明日は一日雨かも知れない。日本も雨が降っているだろうか。

叔母は笑い終えると、息をつきながら楊枝にさしたりんごを取った。そして、また大きな溜息をつき、黙ってりんごを食べた。私も叔母も、雨の音を聞きながら黙ってりんごを食べた。盆の上に、他の皮と混って由熙の表情を滲ませた小さな皮のかけらが載っていた。

――あの子、これからどうなっていくかしら。日本の大学も中退、それにS大学も中退、……いい人が見つかるといいんだけれどねえ、でないとあなたみたいに婚期を逃してしまうわ。

私は笑いながら、叔母を睨んだ。盆の上の、さっき由熙を真似て剝いた皮を取って掲げた。

――りんごを食べない男の人を捜さなくちゃだめね。

私が言うと、叔母も苦笑した。

何故かその時ふと、坂道の向こうに見える岩山の光景が思い出された。じんと胸が詰まった。小さな塊りが急にふくらんだような気もした。

——叔母さん、由熙は大丈夫ですよ。いつかだんなさまと子供を連れて、ここに来るかもしれないわよ。

私は言った。岩山の光景がちらついて離れなかった。

——由熙は、また韓国に来るかしら、私たちに会いに来てくれるかしら。

叔母が言った。

——来ますよ、きっと。

私は答えた。つき上げてくる強い何かにからだまでが動かされていくようだった。私は叔母にすり寄り、その左膝を替わって揉み始めた。

テレビは音を全く消され、画面だけが映されていた。外は大雨になっていた。大きな雨粒が窓に当たって弾け飛び、水を叩きつけたように雨が流れ落ちていた。

叔母は居間の入口のカーテンを開けたままにして、敷居のすぐ横にある電話機を持ってきた。電話機を床の上に置き、その前に坐りこんだ。

——娘が出たら私が先に話して、あとであなたに替わってあげるからね。

叔母は言い、老眼鏡をケースから取り出した。手帳の番号を確かめた叔母が、ニューヨークにいる娘の家のダイヤルを回し始めた。

しばらくすると、向こうが受話器を取り上げたらしい。叔母は高い声を上げ、目を見開き、今そこに娘の姿を見ているようにいとこの名前を呼んだ。

突然掛けると言い出したのだった。

私はニューヨークの時刻を計算した。朝七時か八時の間ぐらいのはずだった。だんなさまを会社に送り出す一番忙しい時間かも知れないわよ、と言ったのだが、叔母は私の言葉など耳にも入らないようだった。すでに敷居のところまで行き、電話機を取り上げていた。

居間の中に、雨の音と娘の名前を呼ぶ叔母の声が、一瞬ぶつかり合い、散っていった。叔母は電話機を床の上で抱きかかえるようにしてかがみこんでいた。話は続き、雨の音と競い合いながら、音と声が居間いっぱいに弾け続けた。

私は家具の扉に背をもたれさせ、窓を伝う雨の流れを見つめていた。

すぐ近くに叔母がいて、その横顔も、丸くかがめられた背中も、手を伸ばせば触れられるくらい真近にありながら、少しずつ、叔母の声も雨の音も遠くに聞こえていくようだった。

――アジュモニとオンニの声が好きなんです。お二人の韓国語が好きなんです。……お二人が喋る韓国語なら、みなすっとからだに入ってくるんです。

由熙の声が、雨の音と絡み合った叔母の声の向こうから、まるで由熙が歩いて近づいてくるように聞こえてきた。

娘とではなくても、叔母が外から掛かってきた電話を取り、相手と話している時、その近くにいた由熙が、あの応接間のソファでも食堂の椅子からでも、そしてこの居間ででも、叔母の声にじっと聞き入っている姿を何度も見た。初めてこの家に来た日、親し気に、にじり寄ってくるように私や叔母の話す声を聞いていた姿も思い出された。

あまりに長く一緒にいて、その声を聞き過ぎ、耳に慣れきってしまったせいか、特に叔母の声や韓国語が由熙がことさら言うほどすてきなものなのか、よくわからなかった。自分自身も照れ臭かった。しかし、こうして距離を置いて聞いていると、由熙の言ったことが何となくわかるような気もする。視線も仕草もからだも、由熙が言うように人の声なのかも知れなかった。

――아《ア》

私は呟いた。

目を一度閉じ、ゆっくりと薄く目を開けながら、ある日の由熙と同じように、아、とまた呟いた。

記憶の中の由熙の表情を思い浮かべ、眼鏡の中の、その澄んだ目が動くのを、今もすぐ近くにいるようにくっきりと思い描いた。

岩山の光景がちらついた。堂々とした岩肌を晒し、大胆な稜線の流れを見せつけながら聳え立っている岩山の連なりが、何度も何度も、近寄ってきては遠のいた。そのうちに、頂上の岩の一つに大きな亀裂が入った。みるみるうちに裂け目は広がり、岩は二つに割れ、砕け散った。

私ははっとした。胸の奥の小さな塊りも二つに割れて砕け散っていくような気がした。鈍い痺れが、血を伝って全身に広がっていくようだった。

叔母は、まだ電話で話していた。

私がそばにいることなど忘れ、ますます電話機を抱きかかえるようにかがみこみ、受話器の向こうの声を聞きもらすまいとして夢中になっていた。

砕けた破片を集め、元の通りの塊りにまとめるように、立てた両膝を強く抱き、胸を縮ませた。痺れの感覚は少しずつ消えていった。しかし、脆く、今にも裂け目が入りそうな危うさは、じくじくと胸の奥を痛ませた。

由煕が近くにいるようだった。

瞼を閉じると、ある日と同じように真近に由煕がいて、私を見上げてくる気がした。

その日は楽しく、明るい日だったが、今になると辛い記憶に変わっているのがわかった。由煕がいなくなってしまったからこそ新鮮に思い返すことができ、辛くならずにはいられない記憶だとも言えた。

今年に入り、新学期が始まってまもない頃のことだった。二人は登山から帰ってくる時間に登山口で叔母と待ち合わせる約束をした。いつも山から汲んでくる薬水を待ち合わせた私たちが持って帰ることになっていた。外にあまり出ようとしない私たちを歩かせようと、叔母が思いつき、言い出したことだった。

――若い女の子たちが、何てことかしら。山登りは健康にとってもいいのに。ソウルはすてきな都市よ。こんな風にいつも登山ができるのだもの。ソウルに住んでいて、若い人たちが何てことなの。情ない。

一緒に登るのだけは、と断わった私たちに、叔母は笑いながらそう言い、早朝に家を出て行った。散歩しようということになった。私たちは時間より早めに家を出て、ゆっくりと登山口に行くことに決めた。

いつもとは逆に、家の前の道を上の方に歩いていった。坂道が右に折れるところで、手前にある左側に伸びた坂道を下りていった。下りきると、広い道路に出た。道路の向こうにはトンネルがあった。

道路を横切り、由煕が初めて歩くと言った向かい側の坂道を上っていった。傾斜のゆるいその坂道を歩き出すと、人家がぷっつりとだえた。両側には広々とした木立が続き、道の左側に小川が流れていた。二人は欄干の近くをゆっくりと歩いた。

前方には岩山が聳え立っていた。大胆な凹凸の線をくっきりと空の下に浮き上がらせ、視界の端から端までその裾を連ならせていた。

道幅はかなり広かった。

ほんの時折、タクシーが背後から走り寄り、私たちの横を走り過ぎて行った。前方の左側の高台に、西洋風のレンガ造りの家が数軒建ち並び、木立の上にそれらの屋根が見えた。たまに走るタクシーの音以外は、人の姿もなく、鳥の声と小川の水音しか聞こえないしんとした静けさだった。

――ずっと上の方に行くとね、右側の木立の奥に修道院があるのよ。

私は横を歩く由熙に言い、指さした。

――ソウルとは思えない場所ね。オンニ、ここももちろんソウル市なのね。

由熙の言葉に、私は笑って合い槌を打った。

山には登りたくない、と言っていた由熙が、山の近くまで行くことには頷いた。由熙は機嫌がよく、満足そうだった。夜、由熙の部屋で見る張りつめた暗い表情や、不安気な言葉遣いが、その場の由熙を見ていると全く思い出せないくらいだった。

――岩山は美しいってあなたは言うけれど、堂々としていて、勇ましくて、そしてこうしてじっくり見ていると、どこか悲しい感じもするわね。

――そうね、オンニ。

由熙はまっすぐに前方を見上げ、時間をかけてゆっくりと、稜線の流れを辿り、視線を移していった。

――一つ一つの岩に表情がある。オンニはそう思わない？

――ええ、さっきから私もそんなことを考えていたの。

いい天気だった。

風もなく、朝の陽差しは柔らかだった。岩肌の色合いも空の青さも、目に入ってくる光景の何もかもが、おだやかで澄んでいた。

由熙が急にくすりと笑った。

私はそんな由熙を振り返った。

――オンニ、ソウルの岩山って、韓国と韓国人を象徴しているような気がするわ。

笑いをこらえながら言う由熙に、私は何故、と訊いた。

私をちらりと見上げ、山の方を見返しながら、

――だって、みんな岩みたいに裸。何も着てない。いつも曝け出してるの。

由熙は言い、自分の言葉に自分で笑うように吹き出す口許を手で押さえた。

――そうね。

言葉よりも、笑っている由熙を見るのがうれしかった。

欄干に並んで立ち、小川の流れを見つめた。由熙の表情は明るく、おだやかだった。欄干の上にかがみこんで黙っていた由熙が、そのうちに顔を上げ、私を見上げた。

――オンニ。

——何？

——オンニは朝、目が醒めた時、一番最初に何を考える？

由熙が訊いた。

答えが急で思い浮かばず、

——あなたは何を考えるの？

私の方が訊き返した。由熙の答えが聞きたくもあった。

——考えって自分で言ったけれど、考えと言うのとも実は違うの。

由熙はそう言ってふいに口をつぐんだ。言葉を続けようかどうかと迷っている表情だった。少しして、また口を開いた。

——あれをどう言ったらいいのかなあ。目醒める寸前まで夢を見ていたのか、何を考えていたのか、よく思い出せないのだけれど。私、声が出るの。でも、あれは声なのかなあ、声って言ってもいいのかなあ、ただの息なのかなあ。

——どういうこと？

私は訊いた。

——アーって、こんなにはっきりとした声でもなく、こんなに長い音でもないものが口から出てくるの。

思いもかけなかった答えに、私は笑った。由熙も、そうでしょう、オンニ、おかしいでしょう、と笑って続けた。

欄干からからだを起こし、由熙は私と向き合った。真面目な表情に戻っていた。そして目を閉じ、ゆっくりと薄くかすかに目を開け、アー、と小さく声を出した。ううん、こんなんじゃないな、とひとりで呟き、また同じように目を閉じ、同じ仕草を繰り返した。

黙りこみ、由熙は小川の方に目を落とした。その口の中で、言葉にならない言葉がうごめいているのが感じられた。

——ことばの杖。

——…………。

——ことばの杖を、目醒めた瞬間に摑めるかどうか、試されているような気がする。

——…………。

——아《ア》なのか、それとも、あ、なのか。아であれば、아《ア》、야《ヤ》、어《オ》、여《ヨ》、と続いていく杖を摑むの。でも、あ、であれば、あ、い、う、え、お、と続いていく杖。けれども、아、なのか、あ、なのか、すっきりとわかった日がない。ずっとそう。ますますわからなくなっていく。杖が、摑めない。

由熙は、ことばの杖、とも言い、ことばからなる杖、とも言い替えた。

その声が、今でもありありと、瞼に映る由熙の表情とともに思い返された。

記憶が遠のくと、少しずつ叔母の声が間近に聞こえ、窓を打つ雨の音も、耳に迫って響き出した。

私は立ち上がった。

電話は終わりそうになかった。

歩き出し、居間を出た私のことにも叔母は気づいていない様子だった。

応接間のソファのうしろ側に立ち、ソファの肩に指先をつけた。厚い布地の感触を味わいながら、そこに線を描き、ゆっくりと指をくいこませた。

二階に行き、由熙の残していったあの紙の束を見るつもりだった。由熙の文字に引きつけられ、まるで呼ばれたような気にもなって、いたたまれずに居間を立ったのだった。

だが、しばらく同じようにして立ち、私は暗い庭に吹きまくる風と雨を見つめた。

厚く、重い吐息がこぼれた。

この国にはもういない。どこにもいない……。胸の中に自分の呟きが浸み渡っていった。小さな塊りがかすかに慄えた。

妙な痺れを、足先に、手に、胸に、全身に覚え始めた。吐息がその痺れで歪み、息が乱れた。

うしろに向き返り、階段の前に立った。足許がはっきりとせず、重心がとれなくなったようにふらついた。

小さな塊りがぐらりと動いて弾け、由熙の顔が浮かんだ。

――아《ア》

私はゆっくりと瞬きし、呟いた。

由熙の文字が現われた。由熙の日本語の文字に重なり、由熙が書いたハングルの文字も浮かび上がった。

杖を奪われてしまったように、私は歩けず、階段の下で立ちすくんだ。由熙の二種類の文字が、細かな針となって目を刺し、眼球の奥までその鋭い針先がくいこんでくるようだった。

次が続かなかった。

아の余韻だけが喉に絡みつき、아に続く音が出てこなかった。

音を捜し、音を声にしようとしている自分の喉が、うごめく針の束に突つかれて燃え上がっていた。

解説

解説

岡野幸江

この巻に収められた作品は、一九七〇年代末から一九八〇年代にかけて発表されたものである。作家を生年順でみると、一九三〇年生まれの米谷ふみ子を筆頭に、戦中派の加藤幸子、森瑤子、干刈あがた、戦後生まれの高樹のぶ子、津島佑子、増田みず子、李良枝、そして中沢けいとなる。米谷と中沢の間にはほぼ一世代の開きがあり、すでに鬼籍に入った作家もいるが、これらの作家たちが活躍するのは主にバブルの時代といわれた八〇年代以降である。

一九六〇年代末、日本は高度経済成長によってGNP世界第二位の経済大国となったが、この戦後の未曾有の経済発展を支えたのは核家族を基本とする近代家族というシステムだった。閉じられたこの家族空間は、ジェンダーの最も貫徹した場となり、依然として女性に求められたのは妻役割や母役割であり、育児、家事などの再生産活動としてのシャドーワークだった。

しかし、六〇年代末以降、「ウーマンリブ」の思想が浸透し、七〇年代は女性たちの感性、思考、生き方は大きく揺さぶられ、愛や性、セクシュアリティ、母性、家族などが根本的に問い返されていった。七〇年代末、磯田光一が「文学概観'78」(『文芸年鑑』七九・七)で、「この年女性たちの活躍が目立つ」と指摘したように続々と新しい世代の作家が登場し既存の思考や概念を覆す試みが模索されていった。ちなみにこの時期、芥川賞を受賞した女性作家を挙げると、重兼芳子「やまあいの煙」(七九年・上)、森禮子「モッキングバードのいる町」(七九年・下)、吉行理恵「小さな貴婦人」(八一年・上)、加藤幸子「夢の壁」(八二年・下)、高樹のぶ子「光抱く友よ」(八三年・下)、木崎さと子「青桐」(八四年・下)、米谷ふみ子「過越しの祭」(八五年・下)、村田喜代子「鍋の中」(八七年・上)、李良枝「由熙」(八八年・下)、瀧澤美恵子「ネコババのいる町で」(八九年・

下）となる。

なかでも象徴的だったのは一九七八年、一八歳の高校生中沢けいが「海を感じる時」で女の生と性を新鮮な感性で赤裸々に表現し衝撃を与えたことである。同年、森瑤子も「情事」で無関心で感動を失った夫婦関係を情事によって満たそうとする妻を描いて結婚という制度への反逆を表現し、「熱い風」では、情事では満たされない心の渇きを癒す真の自己実現への欲求を探っている。髙樹のぶ子も恋愛のため家庭を壊し、贖罪意識から小説を書き始めた作家で、「光抱く友よ」では友情をテーマとしたが、彼女の作品のほとんどは様々な恋愛の形を通してエロスとは何かを追求したものになっている。

この八〇年代は、チェルノブイリ原発事故を契機に世界的に反核運動が盛り上がるとともに、エコロジーへの関心も高まり、「女性性」「産む性」についても議論が湧いた。一九八五年には国連の女性差別撤廃条約に批准し、翌年には男女雇用機会均等法が公布されるなど、メディアでも「女の時代」が喧伝された。加藤幸子は自閉的な娘が自然のなかで再生する物語「野餓鬼のいた村」で、自然との共生を探る一方、「夢の壁」では幼少時の中国での体験をもとに日本人少女と中国人少年との交渉を描き、戦時下の記憶を掘り起こした。同時期、干刈あがたは「樹下の家族」で夫に顧みられない妻の寂しさを描くとともに、「ウホッホ探険隊」では離婚後の母子が未知の生活へ「探険隊」として逞しく乗り出す姿を明るく描いて、離婚の否定的イメージを払拭し新しい家族像を提示した。また、七〇年代の初めから父や兄の死、結婚・離婚・母子家庭、婚外子の出産など繰り返し取りあげてきた津島佑子も、この頃、長男の死を契機に「夜の光に追われて」「真昼へ」などを通し、その個人的な体験と記憶を敷衍して時代や民族を超えた体験や集合的記憶として探る方向に向かった。また、増田みず子は生物学を専門とする独自の思考によって「内気な夜景」などで他者との同調を拒む主人公を描いたが、人間を個細胞へと分解しその絶対的な孤独から男女の関係を捉えようとした「シングル・セル」は、自立した女性の生やライフスタイルの代名詞として「シングル」という言葉の流布につながった。

一方、この時期には日本を外部からとらえ返す作家たちも出現した。六〇年代に渡米した米谷ふみ子は「遠来の客」「過越しの祭」などで、自由の地といわれるアメリカに存在する女性や障害者といったマイノリティに対する差別と向き合うことになる。同時期、「ナビタリョン」でデビューした李良枝は、「由熙」で在日朝鮮人として日本にも祖国にも帰属できない自身の存在の根拠を探っている。

　このように八〇年代の女性作家たちの表現は、様々な問題をテーマにグローバルな広がりのなかで展開されていったといえるだろう。

加藤幸子　一九三六（昭和一一）年九月二六日〜

　加藤幸子は、北海道札幌市で昆虫学者の父・加藤静夫と本好きな母・望子の一人娘として生まれた。読書好きで内向的な少女であり、五歳のとき、太平洋戦争開戦直後、父の仕事の都合により中国・北京に一家で渡り、日本の敗戦から二年後、一九四七（昭和二二）年一一月、一一歳のとき引き揚げ船で帰国した。つまり多感な少女期を占領地において、歴史が反転し環境が激変する現場を目の当たりにして生活したことになる。むろんその特異な体験が芥川賞受賞作「夢の壁」をはじめとする「北京海棠の街」「時の筏」「長江」などの、いわゆる佐智を主人公にした作品に結実していくわけだが、二十代で『三田文学』に短編を発表したことがあるものの、本格的な作家デビューは遅く同賞受賞後の四十代半ば過ぎになった。加藤は単行本『夢の壁』（新潮社、一九八三年二月）の「あとがき」に「何十年も心の蔵にしまいこんできた素材に思いきって挑戦したものです。人種間のちがいは、ある状況では絶望的なほど拡大されますが、別の状況では自他という越えがたい一線のみとどめられるでしょう。これからしばらく、私に与えられたテーマだと考えています」と述べている。

　「北京海棠の街」でも、息詰まる軍国主義教育を実践していた国民学校に通う佐智たちの前には日本人を拒絶する中国人の子どもたちの厳しい表情が描かれ、敗戦後に入学した国際学校では人種民族をあからさまに前提とした交友関係に、弱い立場の日本人の佐智の思いがややつき放したところから描出される。こうした体験は、後に長編『長江』（二〇〇一年）に集大成されている。塩崎文雄は「加藤幸子の作品は常に時代を反映しながら、一方では必ずしも時代そのものの表現が鮮明でない」ことを指摘し、「侵略者としての日本人と中国民衆とは同じ空間のなかに生きながらも、無限に越えがたい溝をその間に抱えている」、それが加藤の文学の原風景のようなものだと述べている（「加藤幸子論」『女性作家の新流』至文堂、一九九一年）。たしかにその「溝」は描かれるが、それ以上にその「溝」をたしかな眼で見つめ、その奥にある人々のそれぞれに異なる心の襞を冷静な眼で加藤は描いていると言ってもよい。

加藤は、一九八二年下半期芥川賞受賞とともに、「野餓鬼のいた村」（『新潮』同年七月号）で、第一四回新潮新人賞を同時期に受賞している。学校ではだれとも話さない自閉症の娘を伴って母親は、友人に勧められるままある過疎集落へやってくる。何が娘を抑圧しているのか、田舎に行けばその抑圧は解けるかもしれない。期待したように、娘は自然の中でよみがえり自由に集落を駆めぐって村人からも歓迎されるが、母親は村の閉鎖性を感じそれに我慢がならない。集落には子どもがいない、村人たちは「祭」を復活させ、娘に「野餓鬼」という神の化身のようなものを演じさせようとする。野餓鬼には自然物と対話ができる超能力が備わっているという。

このように本来自然の子であるべき人間が文明に侵され、人間性を損なって、自然のもとに帰って再びそれを回復させていく――そのようなテーマを、加藤はいくつも描いている。「僕のクォ・バディス」（『使者』一九八一年春）も、自然との共生問題を軸にした作品で、「私のもう一つの仕事である自然保護の底流から浮かびあがったイメージを基に書き上げました」（『夢の壁』「あとがき」）と加藤自身が言うように、ある日体内に「鳥」が住みついたと意識した「ぼく」は会社勤めに見切りをつけ、その鳥の正体を知りたいと故郷の沼（用水池）に戻り、白鳥の写真を撮り続けるが、やがて沼は白鳥にも見捨てられ、「ぼく」はそれでも沼を記録するという仕事を続けようと思う。

加藤は自らの子ども時代を振り返り、内向的な性格で「文学少女」であり、同時に「生物少女」だったということを述べている。父が生物学者という教育環境や、たまたま自然に恵まれた住居に住み続け、虫や小動物、草花の観察が好きであった。加藤の作品を大別すると、中国体験を基にしたものと自然との共生を扱ったものの二系列に分かれると、従来から指摘されてきた。日本帰還後、ミッションスクールに通ったことからキリスト教に救いを求めるが虚しく、結局は自然が自分を癒してくれるしかなかった。大学は北海道大学農学部農学科に進み、農林省職員を経て、自然保護団体に勤め、子育てをしながら東京の野鳥公園実現へ向け市民運動の先頭にも立っていた。

加藤と同じく大学で生物学を学んだ作家増田みず子との対談（前掲『女性作家の新流』）で、加藤は生物学の中で人間の研究が一番遅れていて、それだけ人間については不可解ゆえに小説を書く意味もあるのではないか、だが一方で動植物に囲まれて暮らしていて自分は自分だけが特殊だとは思わない、他の動物のように合理的に行動できなくなって欲望のままに生き、動物たちの生命力まで奪う人間社会には未来はないだろう、と厳しい指摘もしている。五感を超える感覚で小説世界を描写した作家尾崎翠を論じた『尾崎翠の感覚世界』（一九九〇年）を書いた加藤は、何よりも自然を、そして自然の一部である人間を研ぎ澄まされた眼と感覚で観察・描写する作家だといえる。

夢の壁　この作品は、一九八二年度下半期の芥川賞受賞作である。日中戦争末期、八路軍と日本軍の衝突が迫る中国山西省の貧しい農村。父が北京に出稼ぎに出ている最中、日本兵に凌辱された母が両軍の戦闘に巻き込まれ殺されるという体験をもつ子供午寅《ウーイエン》の物語が前半に配置されている。二年後、日本の敗戦をはさんで、国民政府による「留用」、すなわち北京から帰国を許されない農学者一家の一人娘佐智が、院子《ユアンズ》（屋敷）の先住者である中国人車夫に可愛がられ、やがて彼が連れてきた息子午寅と親しくなるが、敗戦後に立場が逆転した日本人と中国人の間の見えない「壁」に突き当たる物語が後半に描かれる。

　芥川賞選評を見ると、多くの選者たちが「素直な」描写と構成の作と評して、二人の「共生」の描写にも好感を寄せている。だが、二人の「共生」はそれほど「素直に」ほのぼのと描かれているわけではない。戦時下、幼い二人にはそれぞれに忘れられない原体験というべきものがあった。七歳の午寅は早く大人になって「夢の壁」に行くことにあこがれる素朴な少年だったのに、駐留してきた日本軍に母が犯され、しかも戦闘のなか被弾して死に、日本人を恨む心が十分に芽生えていた。一方、佐智も北京にやって来て国民学校一年生のとき、班での集団下校中、路地で一人のみすぼらしい不気味な車引きに対し皆で石を投げ傷つけた記憶が恐怖とともに何度となく蘇り、贖罪意識にさいなまれる。その車夫は、四年後に同居することになった午寅の父、いま自分に心から親切にしてくれ、佐智をいじめる中国の子どもにも制裁を加える老高《ラオカオ》その人だった。おそらくあの路地で、彼は妻の死を知り日本人を憎み自暴自棄の状態にいたのではなかったか。また、佐智は戦後入学した国際学校でも、敗戦国の子女として居心地のいい思いではいられなかった。

　院子の中では、立場が逆転した手前もあり、佐智の両親は老高一家を親切に扱い、二人の子どもは姉弟のように心を通わせる。しかし、午寅が小学校に通うようになると、一歩院子を出れば二人は「日本人の子」「中国人の子」としてのふるまいをしなければならなくなる。二人の間には、「壁」が立ちはだかり、自由は許されないのだった。川村湊はこの「壁」を政治体制によって分割された障壁としてイメージすることを否定し、「加藤幸子氏の小説には、北海道と内地、日本と中国といった〝ライン〟の意識がある。」が、それは強固で乗り越え、破壊することが不可能なものではなく、「むしろ、あっち側とこちら側を結びつけ、関係づけるものが、そうした〝壁〟であり、〝線〟でもある」(『加藤幸子自選作品集』月報2、二〇一三年三月)と指摘している。それは、小説の最後で、すし詰めの引揚貨車の扉のすき間から佐智が見た「崩れかけた城壁」に座る少年の姿に、作者が託した「壁」のイメージに投影されているといえよう。

なお、この作品は、作者五歳から一一歳までの中国体験が素材になっているが、『北京海棠の街』(一九八五年)『時の筏』(一九八八年)とともに、三部作をなしていることを付記したい。

(岡野幸江)

【解題】

「夢の壁」
〈初出〉『新潮』一九八二・九
〈底本〉『加藤幸子自選作品集』第一巻　未知谷　二〇一三・八

【略年譜】

一九三六(昭和一一)年
九月二六日、農林技師で昆虫学者の父・静夫の勤務先札幌市に生まれる。鉱床学者加藤武夫の孫。
一九四一(昭和一六)年　五歳
一二月、太平洋戦争開戦直後、父の仕事の関係で北京に渡る。
一九四五(昭和二〇)年　九歳
西城第二国民学校三年生で敗戦。国民学校解散後、北京の外国人子弟のための国際聖心学校に通う。
一九四七(昭和二二)年　一一歳
一一月、引揚船で九州の佐世保に入港。その後、父方の東京都世田谷区の祖父宅で育つ。世田谷区立弦巻小学校に編入。
一九四九(昭和二四)年　一三歳
四月、中高一貫の恵泉女学園中等部に入学。
一九五三(昭和二八)年　一七歳
一二月、高等部二年のとき同居していた叔父で作家の加藤道夫を自殺で失い、衝撃を受ける。
一九五五(昭和三〇)年　一九歳
四月、北海道大学教養学部に入学。
一九五六(昭和三一)年　二〇歳
同大学農業生物学科を志望するが、女性であることを理由に教授から園芸部に回され、農学部農学科に進む。

一九五九（昭和三四）年　二三歳
四月、同大学卒業後、唯一の女性研究員として農林省農業技術研究所園芸部に勤務。平塚の男子寮に住む。
一九六〇（昭和三五）年　二四歳
唯一の女性であることへの嫌がらせから農業技術研究所を退職。東京に戻り、日本自然保護協会に書記の仕事を得る。
一九六一（昭和三六）年　二五歳
五月、「窓」（『三田文学』）、一〇月、「長い休暇」（『三田文学』）を発表。白木靖美と結婚。
一九六三（昭和三八）年　二七歳
四月、日本自然保護協会を退職。六月、長女誕生。家事の傍ら『文芸首都』に詩を発表。
一九六六（昭和四一）年　三〇歳
五月、次女誕生。以後、家事に専念する傍ら、「小池しぜんの子」代表として活動（八九年迄）。
一九八二（昭和五七）年　四六歳
七月、「野餓鬼のいた村」（『新潮』）で第一四回新潮新人賞を受賞。九月、北京での少女時代を描いた「夢の壁」（『新潮』）を発表。
一九八三（昭和五八）年　四七歳
一月、「夢の壁」が第八八回芥川賞を受賞。これを機に、三年ほど前からパートタイムで復帰していた自然保護協会を退職し、執筆活動に専念する。二月、『夢の壁』（新潮社）刊行。鳥をテーマにした作品として、七月、『翡翠色のメッセージ』（新潮社）、翌年一月、『鳥よはばたけ』（学習研究社）刊行。
一九八五（昭和六〇）年　四九歳
六月、自身の体験をもとに終戦から引き揚船で日本に帰国するまでを描いた『北京海棠の街』（新潮社）刊行。七月、『花の花鳥賦』（文化出版局）刊行。
一九八六（昭和六〇）年　五〇歳
六月、『野鳥の公園奮闘記――わが町東京』（三省堂）刊行。
一九八七（昭和六二）年　五一歳
一月、短編連作集『自然連祷』（文芸春秋）刊行。
一九八八（昭和六三）年　五二歳
一〇月、『わたしの動物家族』（朝日新聞社）、一一月、『時の筏』（新潮社）刊行。
一九八九（昭和六四・平成元）年　五三歳
離婚して加藤姓に戻る。四月、『二〇二〇年トキオの森』（新学社）刊行。
一九九〇（平成二）年　五四歳
一月、「尾崎翠の感覚世界」（『群像』）を発表（七月、創樹社から刊行、翌九一年、同書で芸術選奨文部大臣賞受賞）。一月、『極楽蜻蛉一家の贈り物』（講談社）刊行。
一九九一（平成三）年　五五歳
五月、『私の自然ウオッチング』（朝日新聞社）刊行。
一九九三（平成五）年　五七歳
一〇月、『苺畑よ永遠に』（新潮社）

刊行。

一九九六（平成八）年　六〇歳
三月、『森は童話館』（桐原書店）刊行。

一九九九（平成一一）年　六三歳
二月、『ジーンとともに』（新潮社）、五月、『茉莉花の日々』（理論社）刊行。

二〇〇〇（平成一二）年　六四歳
一月、『夢の子供たち』（講談社）刊行。

二〇〇一（平成一三）年　六五歳
四月、『ナチュラリストの生きもの紀行』（DHC）刊行。一一月、『長江』（新潮社）刊行。翌年この作品は毎日芸術賞を受賞。

二〇〇四（平成一六）年　六八歳
七月、森林文化協会が発行する『グリーンパワー』に「蜜蜂の家」の連載開始（二〇〇六年七月迄。後に理論社より二〇〇七年九月に刊行）。五月、『鳥よ、人よ、甦れ　東京港野鳥公園の誕生、そして現在』（藤原書店）刊行。

二〇〇六（平成一八）年　七〇歳
一一月、『家のロマンス』（新潮社）刊行。

二〇〇八（平成二〇）年　七二歳
六月、『自然連祷　加藤幸子短篇集』（未知谷）刊行。

二〇一〇（平成二二）年　七四歳
七月、『〈島〉に戦争が来た』（新潮社）刊行。

二〇一一（平成二三）年　七五歳
一〇月、『くさはら』（酒井駒子絵、『ちいさなかがくのとも』福音館書店）刊行。

二〇一三（平成二五）年　七七歳
『加藤幸子自選作品集』全五巻（未知谷、二月〜一〇月）刊行。

二〇一六（平成二八）年　八〇歳
三月、『十三匹の犬』（新潮社）刊行。

＊『加藤幸子自選作品集　第五巻　略年譜』（未知谷　二〇一三、四）等を参照した。

【参考文献】

小澤伊久美「作家ガイド・加藤幸子」（『女性作家シリーズ16　吉田知子・森万紀子・吉行理恵・加藤幸子』角川書店、一九九八・一〇）
高根沢紀子「加藤幸子の感覚世界」（『上武大学経営情報学部紀要』25、二〇〇二・一二）
川西政明『新・日本文壇史　第六巻』（岩波書店、二〇一一・八）
加藤幸子「文学教室講義『夢の壁』を読む」（『民主文学』二〇一五・一）

（渡邉千恵子）

米谷ふみ子　一九三〇（昭和五）年一一月一五日〜

大阪市に生まれた米谷は、三〇歳の時、絵画の勉強のため米国から奨学金を受けて渡米した。抽象画家としてニューハンプシャー州の芸術家村マクダウェル・コロニーに移住したとき、後に映画『ハリーとトント』（一九七四年）の脚本でアカデミー賞候補となったユダヤ系の脚本家・作家のジョシュ・グリーンフェルドと出会い結婚した。この芸術家村にはユダヤ人が多く、そこで日本人のユダヤ人認識を改めさせられたという。ニューヨークでジョシュとの結婚生活が始まり、夫との間に二人の息子ができたが、次男ノアは自閉症であり子育てと画家活動が両立困難になったことから文筆活動に転じた。

一九八五（昭和六〇）年、施設から帰ってきた障害児の息子との格闘の三日間を描いた「遠来の客」で文学界新人賞を、続いて本巻に収録したユダヤ教の重要な記念日パス・オーバーを描いた「過越しの祭」で新潮新人賞を、翌一九八六年には同作で第九〇回芥川賞を受賞した。この作品はアメリカに住むユダヤ人と日本人との国際結婚による異文化摩擦や「自由」の国アメリカのなかに依然として残る差別や偏見、障害者を抱えた家庭の困難などを描いた国際的な家庭小説といっていい。

受賞後第一作の「風転草《タンブルウィード》」（一九八六年三月）では、障害児と格闘する日常に実母の来訪がトラブルをさらに増幅させる光景を、実母との軽妙な掛け合いのなかにユーモラスに描いている。風転草は西部の街で見られる風に吹かれて回転する枯れた灌木だが、アメリカと日本との間で振り回される根無し草のような自身を象徴している。

その後も夫のいとこ会に出席したときのことを描いた「義理のミシュパッハ」を発表。「ミシュパッハ」はユダヤ人の使うドイツ語で〝家族〟の意味だが、一族のなかで疎外感を感じていたユダヤ教徒ではないアジア人の主人公が、そこで一族の呪われた歴史を知るという作品である。また、フランスに留学した長男の家を夫婦で訪ねたときのことを題材にした「海の彼方の空遠く」（一九八八年）などを発表した。この後、一九九八年には日本に帰国した際の面倒で形式主義的な親類づきあい（ファミリー・ビジネス）や芸術家集団内の妬みや嫉み、学者の権威主義などを痛烈に皮肉った『ファミリー・ビジネス』（一九九八年）で女流文学賞を受賞した。

このように、ほとんどが自身の体験をもとにした私小説ともいえ、その手法もどれも似ている。とくに息子や一族の脳障害を持つ者を否定的に描く視点は、同時代の津島佑子や大江健三郎の作品などと比較すると、家庭で一人抱え込まなければならない女性の偽らざる本音が表れているとはいえ問題があることも確かだ。しかし、その作品は家庭や家族を題材にして女性の自由や自己解放への欲求、障害者福祉や環境問題への提言、民族的差別への抗議、偏狭な宗教や国家対立への批判など深刻な社会的問題性を孕んでいる。大阪弁特有の軽妙な語りでそうした問題を畳みかけるように提起するその方法は、米谷独特のものであろう。

ところで、小説のなかでも見られるアメリカや日本の社会が抱える様々な問題を論じた新聞連載のエッセイをまとめ、『ちょっと聴いてください　アメリカよ、日本よ』（一九九三年）、『なんや、これ？　アメリカと日本』（二〇〇一年）として刊行。この年起きた同時多発テロとその後のイラク戦争に対しては『なんもかもわやですわ、アメリカはん』（二〇〇四年）で痛烈に批判を行っている。このように二〇〇〇年代に入り、活動の軸足は小説よりエッセイに移っていった。

一方、ロサンゼルスを中心に市民に原爆の真実を知らせるための原爆展を開催するなど反戦反核運動も行って来た米谷は『ええ加減にしなはれ！　アメリカはん』（二〇〇六年）を刊行。第五エッセイ集をまとめていた時、くしくも東日本大震災での福島の原発事故に遭遇し、それを『だから言ったでしょ！――核保有国で原爆イベントを続けて』（二〇一一年）と題して刊行、来日して東京や大阪などで原発批判の発言を繰り返した。同書「あとがき」には、日本が被爆体験に学ばず、なぜ五四基もの原発を建てたのかという疑問を新聞に掲載依頼しても「原発の批判はご法度」と断られたという。米谷は、核問題は日米だけでなく「生きとし生けるもの全体の生活」から考えるべきだと訴えている。

なお夫のジョシュには次男・ノアを描いた『ノア』三部作があり、米谷ふみ子の日本語訳で『わが子ノア　自閉症児を育てた父の手記』（一九七五年）、『ノアの場所　自閉症児に安住の地はあるか』（一九七九年）、『依頼人ノア　思春期を迎えた自閉症児』（一九八九年）が刊行されている。

過越しの祭　一九八五年第一七回新潮新人賞、翌年第九四回（八五年下半期）芥川賞を受賞した作品。選評では吉行淳之介の「安定した筆力が、際立ってくる」という評をはじめ選考委員のほとんどが他の作品から抜きん出た力量を認めつつ、安岡章太郎、三浦哲郎、開高健らによる「主婦の旅行記」、「主婦の作文」めいているという指摘もあった。

ユダヤ系アメリカ人アルと結婚し二

児の母である「わたし（道子）」は、脳障害児の次男ケンを一三年目にしてようやく施設に預けることができ、長男の学校がイースターホリデーで休みとなったこともあり、三人でロスアンゼルスからかつて住んでいたニューヨークへやって来る。羽を伸ばし旧友たちに会うことを考えていた「わたし」は、夫の親族でユダヤ教徒であるタイテルバウム家のパス・オーバー・セーダー（過越しの祝い）に行くことになり、そこで散々な目に合うという内容だが、ここには宗教の問題、障害者とその家族の問題、女性の自立と解放の問題などが絡まり合いながら提示されている。

アメリカは現在、イスラエルに次ぐ最大のユダヤ人居住国家であり、二〇〇七年のデータでは約五〇〇万人（人口の一・七%）を越えている。ユダヤ教はヤハウエを唯一神とし選民意識が強く、「食」への制限があり、アメリカ社会の中でもその独自性を保持し、他のヨーロッパ系とは異なる強固な文化を形成している。ここでも共同体意識の強いユダヤ人家族の中で女性がどう自立を保つかが一つの大きなテーマとなっている。「わたし」は日本の因習や男尊女卑の社会から逃れ自由を求めやって来たはずなのに、結局、夫は家事を何もやらず、一人で「二〇年間をこの病んだ家族に注ぎ込ん」できたのである。

さらに自身の体験でもある障害者を持つ家族の格闘も描かれている。障害者へのケアは社会的に行われるべきであり、ハンディを持つ人、少数者が生きづらくない社会が求められているが、実際には施設に入所できず家族が抱え込まなければならないのが現状である。

作品は、「何とかしてこの家族から飛び出さねばならない」という「わたし」の決意で終わる。すでに六〇年代末の大場みな子「三匹の蟹」では、アラスカを舞台にくだらないホームパーティを抜け出し一夜の情事を体験する女性が描かれ衝撃を与えた。むろん「わたし」が飛び出していく先に「情事」があるわけではない。しかし女性の自立や解放への闘いは、自身の自由を拘束するものを拒否し、逃走することから始まるのだ。米谷は自由と独立の国アメリカが八〇年代においてなお抱えていた問題をここで浮き彫りにしている。

【解題】

「過越しの祭」

〈初出〉『群像』一九七八・六

〈底本〉『過越しの祭』岩波現代文庫　二〇〇二・八

【略年譜】

一九三〇（昭和五）年

二月一五日、大阪市天王寺区に生ま

れる。本名富美子。

一九四三（昭和一八）年　一三歳
大阪市天王寺区立五条小学校（当時国民学校）卒業。

一九四五（昭和二〇）年　一五歳
鳥取県で敗戦を迎える。

一九四七（昭和二二）年　一七歳
大阪府立夕陽丘高等女学校卒業。大阪府女子専門学校国文科入学。一年後、大阪女子大学となり再入学。

一九五二（昭和二七）年　二二歳
大阪女子大学国文科卒業。

一九五七（昭和三二）年　二七歳
油絵で二科会初入選。以後毎年出品。

一九五九（昭和三四）年　二九歳
関西女流美術展の賞を受賞。

一九六〇（昭和三五）年　三〇歳
アメリカのマックドウェル・コロニーから奨学金を受け渡米。同年、ジョシュ・グリーンフェルドと結婚。

一九六二（昭和三七）年　三二歳
ニューヨークから船でヨーロッパ、中東、インドなどを旅し日本へ。

一九六四（昭和三九）年　三四歳
長男カールが生まれる。

一九六五（昭和四〇）年　三五歳
日本を離れ、ニューヨーク郊外ウェスチェスターに移る。

一九六六（昭和四一）年　三六歳
次男ノア誕生（二年後、脳障害と分かる）。

一九七〇（昭和四五）年　四〇歳
「アメリカに於ける人種の偏見について」（『朝日ジャーナル』）掲載。エッセイを書きはじめる。

一九七二（昭和四七）年　四二歳
ロスアンジェルスに移転。

一九七五（昭和五〇）年　四五歳
ジョシュ・グリーンフェルド『わが子ノア』（双葉社）を翻訳刊行（七九年、『ノアの場所』双葉社、八九年、『依頼人ノア』文芸春秋）。

一九八〇（昭和五五）年　五〇歳
「タンブルウィード」を書き上げるも引き受ける日本の出版社がなく、「遠来の客」を文芸誌新人賞に投稿。

一九八二（昭和五七）年　五二歳
「過越しの祭」にとりかかる。

一九八三（昭和五八）年　五三歳
ノアが施設に入り、自由な時間ができたので、「風転草」「遠来の客」「過越しの祭」を推敲、文芸雑誌新人賞に投稿。

一九八四（昭和五九）年　五四歳
「遠来の客」が文学界新人賞（六月号掲載）、「過越しの祭」が新潮新人賞（七月号掲載）受賞。一〇月、『過越しの祭』（新潮社）刊行。

一九八六（昭和六一）年　五六歳
一月、「過越しの祭」が第九四回芥川賞受賞。三月、「風転草《タンブルウィード》」（『新潮』）、六月、「義理のミシュパッハ」（『文学界』）発表。『風転草』（新潮社）刊行。

一九八七（昭和六二）年　五七歳
『産経新聞（大阪）』にエッセイを連載開始。

一九八九（昭和六四・平成元）年　五八歳
一月、『海の彼方の空遠く』（文芸春秋）刊行。五月、エッセイ集『マダム・キャタピラーのわめき』（文芸春秋）刊行。
一九九二（平成四）年　六一歳
四月、『プロフェッサー・ディア』（文芸春秋）刊行。
一九九三（平成五）年　六二歳
四月『ちょっと聴いてくださいアメリカよ、日本よ』（朝日新聞社）刊行。
一九九四（平成六）年　六四歳
六月、『０（ゼロ）線に向かって』（新潮社）刊行。
一九九六（平成八）年　六六歳
一月、『老いるには覚悟がいる』（海竜社）刊行。
一九九八（平成一〇）　六八歳
五月、『ファミリー・ビジネス』（新潮社）刊行、女流文学賞受賞。
二〇〇〇（平成一二）年　七〇歳
五月、『けったいなアメリカ人』（集英社）刊行。
二〇〇一（平成一三）年　七一歳
四月、『なんや、これ？　アメリカと日本』（岩波書店）刊行。
二〇〇三（平成一五）年　七三歳
一〇月、『サンデー・ドライブ』（集英社）刊行
二〇〇四（平成一六）年　七四歳
一〇月、『なんもかもわやですわ、アメリカはん』（岩波書店）刊行。この頃からロサンゼルスなどで原爆の真実を知らせる原爆展を開催。
二〇〇六（平成一八）年　七六歳
一月、『ええ加減にしなはれ！　アメリカはん』（岩波書店）刊行。
二〇〇九（平成二一）年　七九歳
一月、「二匹の蟹と一本の楠」（『文学界』）発表、『年寄りはだまっとれ!?』（岩波書店）刊行。
二〇一一（平成二三）年　八一歳
五月、『だから、言ったでしょっ！　核保有国で原爆イベントを続けて』（かもがわ出版）刊行。
二〇一三（平成二五）年　八三歳
五月、『ロサンゼルスの愛すべきダンス仲間』（マガジンハウス）刊行。
二〇一八（平成三〇）年　八八歳
五月、夫ジョシュが九〇歳で死亡。

＊『芥川賞全集』第一四巻（文芸春秋　一九八九・五）所収の「年譜　米谷ふみ子」を参照した。

［参考文献］

北田幸恵「米谷ふみ子と反戦」（『戦争の記憶と女たちの反戦表現』ゆまに書房　二〇一五・五）
杉井和子「ユダヤ教作家の世界　米谷ふみ子—ユダヤ教との「格闘」と「自由」と」（『国文学 解釈と鑑賞』至文堂　二〇〇九・四）

（岡野幸江）

森瑤子　一九四〇（昭和一五）年一一月四日〜一九九三（平成五）年七月六日

近代核家族の妻たちの変容を伝える象徴的先駆けとして、一九七七（昭和五二）年に放映されたテレビドラマ、山田太一の「岸辺のアルバム」がよく指摘される。だが妻の不倫は家族を根底から揺るがせ崩壊させる不安で不気味なものとして男の視点から描かれていた。同じ年に書きつがれ翌年すばる文学賞を受賞した森瑤子の「情事」こそ、女の視点に立ってむしろ妻の側の解放として発信した小説であった。

瑤子三八歳の時に書かれたこの最初の小説は、これまでの薄暗く罪悪感に満ちた不倫ではなく、近代家父長制家族の一夫一婦制で良妻賢母に縛られた専業主婦たちの自己解放、樋口一葉の「裏紫」のごとく命を賭ける〈姦通〉ではなく、田村俊子「炮烙の刑」の〈有夫恋〉をさらに進めた、近代家族をむしろ維持するための妻たちの一時のオアシスとしての〈情事〉の言説であった。男性の側にのみ許されがちだった既婚者の恋を、広く女性に解き放ったのである。

エッセイ「『情事』の周辺」で、「妻であり三人の娘たちの母親であり、そして創造の手段を持たない一人の女であった時、自分がもうあまり若くはなく、夫に依存し、子供に過大な期待をかけて生きていることに倦々していた（中略）結婚生活の制度が変わらないかぎり、私たち女は不毛だ」「その怒りを表現するのに、手当たり次第に言葉を探し」「私は『情事』を書いた」と語っている。「自分自身の不在感」（「三十五歳の憂鬱」）に苦しむ妻の座というものへの苛立ちから森瑤子の書く行為は出発したといえよう。

「肉体のあらゆる部分がセックス・オーガンになった感じ」といった、情事による妻の官能の目覚めを大胆に表現し、情事というかたちで噴出する妻の自己実現の欲求を衝撃的に描破した。そのような方法で、性別役割分業に支配された近代婚制度への問いかけを示し、森瑤子はまさに一九七〇年代後半から八〇年代にかけての日本の妻たちの心の風景を代弁していた。それはそのまま、ウーマン・リブからフェミニズム全盛の時代であり、日本の女たちの革新的な変容を伝えていた。

その後の「嫉妬」では、逆に夫の不倫による妻の深い混迷と心の揺らぎを描き、「誘惑」ではイギリス人と結婚した瑤子自身の体験をもとに、夫の親族による日本人妻への反感や嘲笑に侮辱感を抱き、救いの手を差し伸べてくれる夫の親友と誘惑を感じ合う妻像を描出。「熱い風」では情事では満たされない真の自己実現・自己表現、小説を書く決意をする。「死者の声」では、作家として誕生するまでの自家中毒を起こしそうな心の軌跡を表出、「夜ごとの揺り籠、舟、あるいは戦場」であらためて結婚生活の問題に真正面から取り組む。題名が象徴するように夫婦の性を扱い、性愛の歓びを得られないのにオーガズムの演技をしつづける妻の側から描く。家庭崩壊の危機を孕む作家としての仕事と妻としての立場の矛盾を見据え、結婚制度における性差別のしくみをも剔抉。これまで被害者であったはずの妻が娘をチック症状に陥らせ夫をも傷つける加害者となるという認識の転換まで示し、自己実現を願う女たちが直面する新たな意識さえ表出している。「私は何者であって、どこからきて、どこへ行こうとしているのか」という痛切な自己探索の書でもあり、終幕の、夫に背を向け海の水平線を目指して泳ぐ光景は、自立への離陸を何よりも物語っている。

さらに「家族の肖像」では「家族という名の幻想」「愛、という名の牢獄」がより鮮明に凝視され、まさに解体寸前の家族の実態が摘出されている。夫婦の関係も、国際結婚の問題、老人問題、子供の問題などが絡み合ってより複雑化し、家父長制を支える性役割からなる近代家族は妻にはもはや桎梏でしかなく、すでに崩壊が始まり地殻変動を起こしていることを暴き出している。エクステリアとしての戦後民主主義と、良妻賢母思想というインテリアとしての家父長制を支える性役割の、二重構造を生きた女の証言にほかならなかった。抗鬱剤に救いを求めねばならない「氷づけの憂鬱」も、繰り返す情事の麻薬のような快楽への逃避も、血の騒ぎを沈めるための書く行為も、妻自身が抱える闇以上に、家父長制下の結婚制度がもたらしたものであったろう。

森瑤子の文学には心の闇、痛みの深層へと下降する文学が多い。「叫ぶ私」は性生活における不感症を作家自身がセラピーに通ったフェミニストセラピーの経験の記録であり、「夜行虫」は母と娘の関係による心の傷を炙り出し、「そそり立つ」母親と自分、同様の自分と娘の関係を追跡した。後者はフェミニズムの一大テーマ精神的母親殺しと母親探しそのものでもあった。瑤子こそ、フェミニズムの時代の申し子であったといえよう。「誘惑」「熱い風」「家族の肖像」は連作でシナのイギリス行き物語だが、晩年の作品「シナという女」では、幼児期を「豊かな支配民族」として中国大陸の子供たちに接し「胸にとげのように刺さった後ろめたさの記憶」が想起され、瑤子の痛覚の原点も掘り起こされている。

ともあれ、韓国フェミニズム小説の影響下、フェミニズムが再燃している今こそ、性役割に支配された近代家族と格闘し続け、その限界を見つめ続け

ない。た森瑤子の文学は読まれなければなら

熱い風　「女たちに　すべての」と、扉の言葉にあるように、この長編は女たちの脱出、出発の物語である。家父長的対関係・結婚生活の桎梏、夫との葛藤や妻の苦悩・呻き・痛みからの脱出だ。主人公シナは「書く」という自己表現を決意することで出発し、シナの女友達は自ら離婚という破綻に追い込む狂気の中で脱出、シナの夫の友人の内縁の妻は鮮やかな逃亡を遂げる。扉語は瑤子のフェミニズム意識、女たちへエールをおくるメッセージだ。

物語は、シナがイギリス人の夫の里帰りに同行する旅から始まる。最初の訪問で息子の日本人妻を差別・嫌悪した姑や頑固ながら優しい舅に再会。老いて病む姑を見舞い、妻を在宅介護し続ける老夫を見届ける。帰途シンガポールに寄って夫の友達に再会し、彼の内縁の妻・若いベトナム人女性に出会う。本巻にはそのカップルとの交流を描く「Ⅳ　メイシェン・ソテのこと」「Ⅴ　熱い風」の章を収録した。後者のⅤ章は、作中のハイライト、最終幕で、女たちの脱出を象徴している。本作は発表時には「熱風」と題し、ベトナム女性の旋風を示す。

自ら断種しシニカルでニヒリストの友人は、体を張って這い上がってきた東洋の女に恥を抱き、入籍もしていなかったが、囲い女のごとく不自由な生活から妻は飛び立とうと、シナを騙して金を巻き上げ夫から逃亡する。シナは密かな共感から彼女の逃亡に加担しつつ、ずっと抱いていた「書くこと」の実現、自己表現を決意する。例えそれが「世の中とひとりで闘う」行為であっても、である。連作の「家族の肖像」では、夫婦の亀裂は益々深まるが。

それにしてもⅣ章で外国人男性によって展開される日本の文明批評、コンクリート・ジャングルは、一九八〇年代の高度成長下の日本を鋭く言い当てると同時に、自然破壊に陥った現在まで突き刺している。

また全編、旅の間中展開される息苦しいまでの夫婦の確執・齟齬は、夫主導で男は外、女は内で良妻賢母という近代家族の限界を露呈している。父親から夫に手渡され保護される存在としての〈妻〉の呻き、叫びが噴出しているのだ。官能によって癒やされる情事は、一夫一婦の結婚制度を補完するための一時のオアシスに過ぎず、性幻想から逃れて自己表現・自己実現への道を求めて、「黒い怪鳥」のごとく溜まった心の澱を吐き出すべくあらたな出発を遂行しようとする妻の旅立ちが鮮烈だ。一九六〇年代に専業主婦が女性の典型的な生き方として日本に定着したが、そうした近代婚における妻たちの苦悩を本作は炙り出した。

一人息子が遠い異国の女性と結ばれ、

イギリスに残された老父母の痛苦と孤独と悲惨さも凝視されているが、まさに現代日本の高齢化社会そのものといえよう。

（長谷川啓）

【解題】

「熱い風」

〈初出〉「熱風」『すばる』一九八二・九、同年一〇月、単行本化に際し、「熱い風」（集英社）に改題。

〈底本〉『森瑤子自選集②』集英社　一九九三・七

【略年譜】

一九四〇（昭和一五）年

一一月四日、父・伊藤三男、母・喜美枝の長女（他に弟妹がいる）として静岡県に生まれる。本名、雅代。

一九四一（昭和一六）年　一歳

父の仕事の関係で四歳まで中国の張家口に暮らし、終戦直前の三月帰国。

一九四七（昭和二二）年　七歳

祐天寺から下北沢に転居。六歳より、父の勧めでヴァイオリンを学ぶ。

一九四九（昭和二四）年　九歳

世話好きの母親は、各国の留学生を受け入れ世話をする（一九六五年迄）。

一九五九（昭和三四）年　一九歳

東京芸術大学楽器科入学。次第にヴァイオリンへの興味を失い、新宿風月堂に集う異分野の芸術家らと交流。

一九六三（昭和三八）年　二三歳

卒業後、広告代理店に勤務。諸国を旅して日本に立ち寄った英国人アイヴァン・ブラッキンと電撃的に婚約。

一九六四（昭和三九）年　二四歳

一月、結婚。夫は妻の門限を一〇時とした。東池袋から田園調布に転居。

一九六七（昭和四二）年　二七歳

九月、長女ヘザー誕生。朝日広告社を退社後、フリーのコピーライターとなる。子育てのため、三浦半島諸磯に家を借り、専業主婦となる。

一九七一（昭和四六）年　三一歳

次女マリア誕生。翌年には、三女ナオミ・ジェーンが誕生。

一九七三（昭和四八）年　三三歳

長女の小学校入学に合わせ、六本木に夫の事務所を兼ねた家を借りる。夫との関係、子育てに疲れ、八方塞がりの状態に陥る。

一九七七（昭和五二）年　三七歳

自己表現の可能性を求めて鬱々とする中で、画家池田満寿夫の芥川賞受賞に刺激され「情事」を書き上げる。

一九七八（昭和五三）年　三八歳

一二月、「情事」が第二回すばる文学賞受賞。ペンネームは芸大時代、既に頭角を現していた林瑤子（現瀬戸瑤子）の名を一字変えて付けた。同月、『情事』（集英社）刊行。夫から、まず母親であり次に妻であり、最後にヨーコ・モリなのだと釘を刺される。

一九七九（昭和五四）年　三九歳

一〇月、「誘惑」（『すばる』）が芥川賞候補となる。夏頃、下北沢に転居。

一九八〇（昭和五五）年　四〇歳
二月、『誘惑』（集英社）、一一月、『嫉妬』（集英社）刊行。翌年六月、『別れの予感』（PHP研究所）、一〇月、『傷』（集英社・芥川賞候補）刊行。

一九八二（昭和五七）年　四二歳
五月、『招かれなかった女たち』（集英社）、八月、『愛にめぐりあう予感』（主婦と生活社）、一〇月、『熱い風』（集英社・直木賞候補）刊行。一一月から翌年六月まで、河野貴代美のセラピーを受診。

一九八三（昭和五八）年　四三歳
一月、昨年末から幻視に悩まされていた三女のナオミと共にカウンセリングを受ける。二月、『さよならに乾杯』（PHP研究所）、四月、『風物語』（潮出版社・直木賞候補）、五月、『ジゴロ』（集英社）、九月、『夜ごとの揺り籠、舟、あるいは戦場』（講談社）、一〇月、『女ざかりの痛み』（主婦の友社）、一二月、『ホロスコープ物語』（文芸春秋）刊行。

一九八四（昭和五九）年　四四歳
五月、連続ドラマに向け書き下した『女ざかり』（角川書店）、『女と男』（集英社）、一一月、『ミッドナイト・コール』（講談社）刊行。

一九八五（昭和六〇）年　四五歳
二月、『家族の肖像』（集英社）、五月、『嵐の家』（文芸春秋）、『渚のホテルにて』（中央公論社）、八月、河野貴代美とのセラピーの記録『呼ぶ私』（主婦の友社）、九月、『カフェ・オリエンタル』（講談社）刊行。

一九八六（昭和六一）年　四六歳
一月、『ジンは心を酔わせるの』（角川文庫）、三月、『ベッドのおとぎばなし』（文芸春秋）、四月、『イヤリング』（角川書店）、一二月、『ホテル・ストーリー』（角川書店）刊行。

一九八七（昭和六二）年　四七歳
三月、『男三昧　女三昧』（毎日新聞社）七月、初の書き下しミステリー『熱情』（角川書店）、一〇月、『クレオパトラの夢』（朝日新聞社）、『浅水《リバルス》湾《ベィ》の月』（講談社）刊行。カナダの島を購入。恒例の避暑先を軽井沢からカナダに。

一九八八（昭和六三）年　四八歳
三月、『カサノバのためいき』（朝日新聞社）、四月、『ダブルコンチェルト』（集英社）、一二月、『ファミリー・レポート』（新潮社）刊行。

一九八九（昭和六四・平成元）年　四九歳
二月、『消えたミステリー』（集英社）、五月、『砂の家』（扶桑社）。夏、与論島にスペイン風別荘を新築。

一九九〇（平成二）年　五〇歳
一二月、『垂直の街』（集英社）刊行。夏、下北沢に新居完成。

一九九一（平成三）年　五一歳
三月、一話完結の読み切り形式「TOKYO発千夜一夜」（「朝日新聞」夕刊）を連載（挿画も、画家とイラストレーター六人による日替わり競作。新聞紙上初の試み）。四月、日本橋高島屋に「森瑤子コレクション」をオープン。

一九九二（平成四）年　五二歳

夏、アトランタ、スコットランド等、『風と共に去りぬ』の続編『スカーレット』の翻訳のための取材旅行。九月、ロンドンに留学する三女と共に、アメリカ西部を旅行。旅の途中、何度も胃痛が起こる。一〇月、京都高島屋に「森瑤子コレクション」をオープン。一一月、翻訳『スカーレット』（新潮社）を刊行。

一九九三（平成五）年

三月二九日、入院。翌三〇日手術。手遅れのため切除せず。四月末退院。五月、『森瑤子自選集』（全九巻　集英社）の刊行開始。同月、『終わりの美学』（角川書店）刊行。六月上旬、様態が急変。身辺整理を始め、葬儀の進行も友人に伝える。カトリック受洗（テレジア雅代・ブラッキン）。七月六日、永眠。享年五二歳。一〇月、『香水物語』（角川書店）、『マイ・ファミリー』（中央公論社）刊行。九四年五月、作家志望だった父（一九歳の時に「サンデー毎日」大衆文芸賞に藤川正吾の筆名で入選）から、資料を託され、未完に終わった『カピタン』（講談社）、六月、『シナという女』（集英社）を刊行。

＊小野芙紗子作成『森瑤子自選集⑨』（集英社、一九九四・二）、与那覇恵子作成『女性作家シリーズ18』（角川書店、一九九八・八）を参照した。

【参考文献】

マリア・ブラッキン『小さな貝殻　母・森瑤子と私』（新潮社、一九九五・一二）
長谷川啓「森瑤子の世界」（『Rim』第七号、城西大学国際文化教育センター、一九九八・三）
伊藤三男『森瑤子・わが娘の断章』（文芸春秋　一九九八・五）
生方智子「快楽を語る言葉――一九八〇年代フェミニズムと森瑤子の〈女ざかり〉」（『日本文学』二〇〇九・四）
島崎今日子『森瑤子の帽子』（幻冬舎、二〇一九・二）

（渡邉千恵子）

干刈あがた　一九四三（昭和一八）年一月二五日〜一九九二（平成四）年九月六日

柳和枝（干刈あがた）は、作家になるという漠然とした夢を持っていた二十代はじめの頃、石牟礼道子の『海と空のあいだに』（のち『苦海浄土』と改題）を読んで、作家とは、自分を越えた何者かの声に呼ばれて、その事件や事象の立会人となることだと考えたという。だが、自分には何者かの声は聞こえないと作家になる夢をあきらめたが、三九歳になって、永瀬清子の詩「木陰の人」に触発されて『樹下の家族』を書きはじめた。その時、平凡な日々を過ごしていても、一九五〇年代から八〇年代の激しい変化の時代に、東京という場所で、女として立ち会っていたのだと気づき、何者かに「呼ばれる」ことは、自分が「自覚する」ことだと理解したと語っている。

その言葉のとおり、干刈あがたの小説は、女の立場から日常を見据え、時代の立会人として世相を切り出し、問題を提起した作品が多い。東京都立富士高校時代は新聞班に所属し、早稲田大学第一政経学部新聞学科に進学した経歴は、作家としての関心の在り所を示しているだろう。ペンネームの「あがた」は、漢字で書くと「県」で辺境を意味し、それを刈り取るのが「ひかり」で、女という辺境から、中央とは別の感性で発言していくと言明している。

初めての小説『樹下の家族』は、第一回「海燕」新人文学賞を受賞した。続く『プラネタリウム』『ウホッホ探険隊』と共に、離婚の危機をはらんだ（または離婚した）子持ちの、作者と等身大の女性が主人公である。『ウホッホ探険隊』は、離婚したばかりの母子が、離婚という未知の生活の「探険隊」として逞しく生きていく姿を、互いを思いやる軽妙な会話を交えて明るく描く。離婚は暗いものという通念を覆す新しい家族の姿を提示して、芥川賞候補になった。

『ゆっくり東京女子マラソン』（芸術選奨新人賞）は、小学校のＰＴＡ役員になった四人の女性たちの、学校や家庭での奮闘を描く。硬直した学校の姿勢と対照的に、話し合いで問題を解決しようとするしなやかな女性たちの姿が印象的である。この作品も芥川賞候補になったが、当時の選考委員の遠藤周作・中村光夫・丹羽文雄・丸谷才一・三浦哲郎・安岡章太郎・吉行淳之介・大江健三郎・開高健は全員男性で、「これほど信用の出来る芥川賞の候補者にはめぐり合はなかつた」と理解を示す評もあったが、「健全な作品だが、ＮＨＫ的健全さだ」「女は本能的に子供にたいして心を砕く、という範囲を出ない作品になってしまった」等と評された。当時の文壇の常識では、主婦の日常は文学の素材とするには取るに足らないものであり、その苦労や悩みは「NHK的健全さ」の枠内に収まるものと考えられたのだろう。その回は受賞作がなく、一番多く票を集めたこの作品が『文芸春秋』誌上に掲載されている。

同時に芥川賞候補となった『入り江の宴』は、干刈あがたの両親の故郷、鹿児島県沖永良部島が舞台である。大学生のユリは初めて両親の故郷を訪ね、叔父伯母従妹たちから心のこもったもてなしを受けた。それまで暗い思い出の中にあった島唄を聴いて、思わず嗚咽する。沖永良部島の風土と人情が暖かく描かれているが、同時に本作からは、両親の不和に悩み、父から三人の子の中で特に辛い扱いを受けていた干刈あがたの、厳しい生い立ちを読み取ることができる。自身は東京生まれの東京育ちだが、ルーツとなる沖永良部島について、自作の詩や短編と、採集した島唄の現代語訳も添えた『ふりむんコレクション　島唄』を、作家デビュー以前に本名で自費出版している。

『黄色い髪』は、干刈あがた唯一の新聞小説である。働き盛りの夫を過労でなくし、美容師として働く母と中学二年の娘を主人公にして、学校でのいじめや登校拒否の様相をリアルに描く。高速道路や新駅ができて急激に発展した東京の近郊都市を舞台にし、出口を模索して苦悶する母娘の視点を章ごとに入れ替えて、管理体制を強めた学校の問題点を浮き彫りにしている。読者の反響も大きく、その声からまとめられたのが、続編ともいうべき『アンモナイトをさがしに行こう』である。

その他の長編には、製薬会社に勤める女性たちの、結婚をめぐる多難な軌跡と連帯を描く『しずかにわたすこがねのゆびわ』（野間文芸新人賞）、六〇年代の質素な女子大学生が主人公の自伝的作品『ウォークinチャコールグレイ』、関係した何人かの男性を性の営みと共に回想し、一人暮らしの自由と孤独を描く『窓の下の天の川』等がある。短編集に『十一歳の自転車』『借りたハンカチ』『名残のコスモス』等があり、エッセイ集『おんなコドモの風景』『40代はややこしい思惟《しい》いそがしい恣意《しい》』等のタイトルには、干刈の作家としての立ち位置が示されていると言えるだろう。

作品は映画、テレビ、ラジオでドラマ化され、読者の共感を呼んだが、胃癌のため四九歳の若さで没した。

樹下の家族　語り手は一九四三年生まれの「私」である。ジョン・レノンの死を報じる新聞がきっかけとなって一九六〇年生まれの予備校生と出会い、新宿の紀伊國屋書店近くの喫茶店から代々木付近の友人の経営するスナックへと、東京の街を歩き続ける。読んだ本、見た映画、青年の故郷沖縄、インドの家族、出産時に感じた涅槃の境地など、様々な話題が交わされる。その間「私」の脳裏には、仕事場にこもって家に帰ってこない夫への疑念、女友達との月経や性についての率直な会話、貧しかった子供時代から成功して現在は日本精神の修養に傾倒している兄のことなどが去来し、その合間には、家で待っている子どもの言葉〈コーヒーゼリー買ってきてね〉が何度かリフレインされる。たどり着いたスナックでは友人や客とのやりとりがあり、青年が生まれた一九六〇年安保闘争に参加した時の思い出から、最後は、デモで亡くなった樺美智子への問いかけで終わる。「私は、全身女になって、〈おねがい、あなた、私を見て、私が欲しいのは、あなたなの〉と叫べばいいのです。美智子さん、私の前にもう一度、そう叫ぶ知恵と勇気のブルー・フラッグをはためかせてください」。

干刈あがたは本作を、永瀬道子の詩「木陰の人」の対句として書き始めたと語っている。「木陰の人」は、着飾って、すぐれた男の前に立つ女が、木陰からじっと見ている男の妻に気づいて、「わたしら女というもののあわれさに」うなだれていくとうたう。一方『樹下の家族』には、夫にかえりみられない妻の寂しさが一貫している。タイトルの意味は、貧しいインドの家族が木の下にぼんやり集っているだけでも、そこは家庭だと説明されている。夫の不在に悩み、欠落した家庭に苦悩する「私」の、家はなくとも十全な家族への憧れを表していると言えよう。

本作は干刈あがたのデビュー作で、第一回「海燕」新人文学賞を受賞した。選者の佐多稲子は、「世相をも鮮やかな背景にしたひとりの女の心象であって、その広がりに応じた強靭さを持つ」と評している。佐多の言う通り、夫を思う「私」の心象の背景には、東京の雑踏があり、様々な事象や文化が語られて、時代の動きを伝えている。

冒頭では、「ジョン・F・ケネディが死んだ。／円谷選手が死んだ……」と、「自分の生と重ねて思い出せる人」が列挙される。三島由紀夫、エルビス・プレスリー、克美しげる、ジョン・レノン、と今までの自分の生と重ね合わされるのは全て男性である。しかし最後の問いかけの相手は樺美智子だった。男性主体の世の中は、若い女性の力へ、私的な懊悩は、社会を動かすデモへと続く。本作は強靭な広がりを持つ作品であり、続く干刈あがたの小説群のテーマを内包しているのである。

（中島佐和子）

【解題】

「樹下の家族」
〈初出〉『海燕』一九八二・一一

〈底本〉『干刈あがたの世界』第一巻
河出書房新社　一九九八・九

［略年譜］

一九四三（昭和一八）年
一月二五日、現・青梅市に生まれる。父・柳納富は青梅警察署警部補。本名和枝。兄二人（次兄は幼児の頃病死）、妹一人の四人兄妹。両親は鹿児島県沖伊良部島和泊町出身。

一九四九（昭和二四）年　六歳
四月、青梅小学校入学。

一九五二（昭和二七）年　九歳
杉並区現下井草への転居に伴い、杉並区立桃井第五小学校に転入。

一九五三（昭和二八）年　一〇歳
一二月、奄美大島諸島本土復帰を東京近県に住む島出身者で祝う。

一九五五（昭和三〇）年　一二歳
四月、杉並区立中瀬中学校に入学。

一九五八（昭和三三）年　一五歳
四月、都立富士高等学校入学。新聞班に入り、中心となって活動する。

一九六〇（昭和三五）年　一七歳
高校新聞部連盟の呼びかけでデモや集会に参加。六月一五日の樺美智子の死に衝撃を受ける。

一九六二（昭和三七）年　一九歳
一年浪人の後、四月、早稲田大学政治経済学部新聞学科入学。学生新聞、『早稲田キャンパス』創刊に携わる。学費捻出（父との約束）のため、アルバイトに追われ、翌年中退。

一九六三（昭和三八）年　二〇歳
夏、病気治療のために上京していた叔母に付き添い、初めて父母の故郷を訪れる。中退後、コピーライター養成講座「宣伝会議」に通った。

一九六四（昭和三九）年　二一歳
大正製薬にコピーライターとして入社。宣伝部浅井潔と知り合う。

一九六六（昭和四一）年　二三歳
小説を書きたいと思い始める。石牟礼道子の「海と空のあいだに」（『苦海浄土』）に出会う。

一九六七（昭和四二）年　二四歳
退社しアジアを周る。途中、三日間沖縄に滞在。月刊誌『若い女性』に本名柳和枝で体験記を掲載。七〇年頃まで不定期に月刊誌のライターを務めた。一二月四日、浅井潔と結婚。

一九七一（昭和四六）年　二八歳
一月、長男誕生。翌年、次男誕生。

一九七五（昭和五〇）年　三二歳
三月、「奄美郷土研究会」（島尾敏雄が発起人）の会員になり、奄美・沖永良部の島唄の採集を始める。

一九七七（昭和五二）年　三四歳
七三年に次いで再び家族で沖永良部島を訪れた。

一九七八（昭和五三）年　三五歳
永瀬清子の詩の力に感銘を受ける。後の『樹下の家族』は、永瀬の「木陰の人」の対句として書かれた。

一九八〇（昭和五五）年　三七歳

五月、自作の短編と詩に、採集した島唄をまとめた『ふりむんコレクション』を浅井和枝の名で自費出版。

一九八一（昭和五六）年　三八歳

この頃から、子育て・家庭生活と社会とのつながりを考える女性たちとの積極的に関わるようになる。

一九八二（昭和五七）年　三九歳

一〇月、干刈あがた（「干刈」は「光」の替え字。「あがた」は「県」から取り、国＝中央に対する地方＝周辺の意）の名で発表した「樹下の家族」（『海燕』）が第一回「海燕」新人文学賞を受賞。一二月一六日に離婚。復姓はしなかった。

一九八三（昭和五八）年　四〇歳

一月、「プラネタリウム」（『海燕』）を発表。一〇月、『樹下の家族』（福武書店）刊行。一二月、「ウホッホ探検隊」（『海燕』）が第九〇回芥川賞候補となる。

一九八四（昭和五九）年　四一歳

二月、『ウホッホ探検隊』（福武書店）刊行。六月、「ゆっくり東京女子マラソン」（『海燕』・翌年二月、芸術選奨新人賞を受賞）と「入江の宴」（『文学界』）が第九一回芥川賞候補となる。「ゆっくり東京女子マラソン」がドラマ化（ＴＢＳ）。

一九八五（昭和六〇）年　四二歳

一一月、『ウホッホ探険隊』がラジオ放送化（ＮＨＫ）。八月、『ワンルーム』（福武書店）を刊行。

一九八六（昭和六一）年　四三歳

一月、「しずかにわたすこがねのゆびわ」（福武書店）で野間文芸新人賞を受賞。

一〇月、『ウホッホ探険隊』が監督根岸吉太郎・脚本森田芳光で映画化。一二月、「ホーム・パーティー」（『新潮』）が第九六回芥川賞候補となる。

一九八七（昭和六二）年　四四歳

一月、『ビッグ・フットの大きな靴』（河出書房新社）、二月、『おんなコドモの風景』（文芸春秋）、四月、『ホーム・パーティー』（新潮社）を刊行。五月、朝日新聞朝刊に「黄色い髪」連載開始。原宿の若者の声を聞く傍ら、登校拒否の子を持つ親とも積極的に交流。一二月、『黄色い髪』（集英社）刊行。

一九八八（昭和六三）年　四五歳

四月、一一編から成る掌編集『十一歳の自転車』（集英社）刊行。五月、『黄色い髪』が第一回山本周五郎賞候補となる。五月、女性たちの新しいつながりを模索したエッセイ集『40代はややこ思惟《しい》いそが恣意《しい》』（ユック舎）を刊行。この年から、講談社児童文学新人賞選考委員となる（九一年迄）。

一九八九（昭和六四・平成元）年　四六歳

一〇月、『黄色い髪』のテレビドラマ化（ＮＨＫ）。八月、家庭や学校に居場所のない子どもらの様々な「声」を描いた『アンモナイトをさがしに行こう』（福武書店）を刊行。

一一月、『窓の下の天の川』（新潮社）を刊行。
一九九〇（平成二）年　四八歳
四月から一〇月にかけて胃腸の手術のため入退院を繰り返す。五月、『ウォークinチャコールグレイ』（講談社・山本周五郎賞候補となる）刊行。
一九九一（平成三）年　四九歳
五、六月は気分がよくなり、母や妹、友人らに手作りのワンピースなどをプレゼントする。八月に健康が悪化、一一月、入院。
一九九二（平成四）年　四八歳
五月、危篤状態に陥ったが回復。七月、『野菊とバイエル』（集英社）、九月、『名残のコスモス』（河出書房新社）刊行。九月六日、胃癌のため死去。

＊与那覇恵子作成『干刈あがたの文学世界』「干刈あがた年譜」等を参照した。

【参考文献】

宮本阿伎「干刈あがた論――〈崩壊〉からの旅立ち」（『民主文学』、一九八七・七）
与那覇恵子「現代文学にみる〈家族〉のかたち」（ヒラリア・ゴスマン他編『メディアがつくるジェンダー』新曜社、一九九八・二）
コスモス会編『干刈あがたの文学世界』（鼎書房、二〇〇四・九）
小沢美智恵『響け、わたしを呼ぶ声　勇気の人 干刈あがた』（八千代出版、二〇一〇・一〇）

（渡邉千恵子）

津島佑子

一九四七（昭和二二）年三月三〇日～二〇一六（平成二八）年二月一八日

ノーベル文学賞の有力な候補だったといわれる津島佑子。彼女は太宰治の娘でありながら、愛人と情死した父の娘であること拒否し、小説を書き始めた。初期作品は、父不在の家、母との確執、障害を持つ兄の死、妊娠・出産・離婚、婚外子の出産など自身の体験に根ざした家族の問題や産む性としての女性の身体や生理を執拗に追及してきた。一九七一年、第一作品集『謝肉祭』を刊行、この時期は母へのアンビバレントな思いを描いた『葎の母』や自意識と身体の葛藤を想像妊娠に象徴して描いた『寵児』、夫と別れ娘との新しい生活を「光」の溢れる部屋に象徴させた『光の領分』など、現実と記憶や夢や幻想の時空間が混在し複数の語りが輻輳する多層的な方法によって、母子家庭での母子の葛藤や男性との関係性、性の制度を超えた生命の受胎として「産む性」の問題が探られている。

しかし長男の突然の死という悲劇的な体験に遭遇し、こうしたテーマが『夜の光に追われて』や『真昼へ』などの作品で変奏され、その後一年間のパリ生活は連作集『かがやく水の時代』に結晶して、時間軸に加え空間的広がりをも獲得していく。この頃から津島の小説は短編から長編へと変わり、五年の歳月をかけ、母方の祖父で山梨県の動植物調査に携わった地質学者石原初太郎をモデルに大作『火の山――山猿記』を完成させた。富士を意味する「火の山」に寄り添い激動の時代を生きた有森家五代の歴史を一族の書簡や日記を織り交ぜて描き、それまでのテーマを集大成させた。そして自身が背負った個人的な体験を普遍的な体験へと敷衍し、晩年のアジアユーラシアを舞台に時空を超えて語りが自在に飛翔する壮大な物語世界へと向かった。

敗戦後の混乱のなか孤児の少年と家出した少女が旅をし困難を乗り越えていく『笑いオオカミ』や母を失った少年がナラ公園でシカを殺す幻想シーンから始まり平安時代へとスリップする母恋物語『ナラ・レポート』が紡がれる。津島の作品には動物が多く登場するが、中でも日本ではすでに絶滅した「オオカミ」の意味は大きい。それは父の不在、兄の死、長男の突然死という不遇に対する世間からの冷笑や嘲笑、息子を救えなかった自らへの怒りや自責といった自身の中に醸成された憤怒の象徴であり、川村湊は「非在のものへの偏愛と執着」だと指摘する（『津島佑子――光と水は地を覆えり』）。このオオカミを始祖とするキルギスの王マナスの「夢の歌」を追いながら中央アジアを旅し、複数の語りや資料を駆使しながら辺境の少数狩猟民族の興亡を辿ったのが『黄金の夢の歌』である。ここでは父祖の地につながるアイヌ民族との共通性を見出し、グローバルに広がる世界で、時空を超えて引き継がれてきた生命の流れを見つめ、そこに「父」を発見してもいく。

この頃からアジアユーラシア五部作といわれる、日本の植民地下の台湾を舞台にした『あまりに野蛮な』、さらに敗戦翌々年に生まれた女性たちがそれぞれの地での体験を語る『葦舟、飛んだ』、米兵と日本人女性との間に生まれ孤児となった子供たちの視線で戦後を語った『ヤマネコ・ドーム』などの長編、そしてその後一年あまりの闘病生活のなかで『ジャッカ・ドフニ海の記憶の物語』を完成させた。これは息子を失った現在の「わたし」の語りと、一七世紀末、アイヌの母と日本人の父との間に生まれた娘チカップの語りが交錯する物語で、キリシタン迫害により日本を追われマカオ、バタビアへとアイヌの歌を支えに生きた女性を描いた大作である。

この間、東日本大震災に際しては、北海道本島から利尻島へ渡ったヒグマが遭遇した惨劇と、震災と原発事故で犠牲となった人々をオーバーラップさせ日本の近代化一〇〇年を問い直した「ヒグマの静かな海」、独裁政権によってトウホク人が差別される三〇年後の近未来をシニカルに描いた「半減期を祝って」などには津島の痛烈な日本社会への批判が込められている。なお、戦時下の家族の記憶、兄との思い出を辿りながら差別とは、人間とは何かを問う物語「狩の時代」は絶筆となった。

彼女の作品には孤児や婚外子、障害者や被災者、少数民族、そして動物に至るまで、周縁的な存在への共感と愛情が裏打ちされているといわれるが、そこではそうした周縁に追いやられた者たちの生と死と、そしてそこからの再生という希望が見つめられているといえるだろう。作品は海外でも多数翻訳されており国際的にも評価が高い。

真昼へ 「泣き声」「春夜」に続く連作短編である。これらは、父を知らずに育ち、幼いころ発達障害の兄を亡くし、今度は八歳の息子をも失うという津島佑子自身の体験がもとになっているが、それは単なる私小説ではなく、回想や夢や幻想などが織り交ぜられた複雑で多様な語りによって紡がれた世界である。「泣き声」「春夜」では兄の記憶と子供を亡くしてからの母の変化が、息子を失った「私」と重ねられ、心に抱えた闇の深さが表象されている。「真昼へ」では、「私」は息子の生と時間をたどり直すため「記憶」を掘り起こし「夢」のなかで対話することで生の意味を探ろうとする。そして「私たち」は「楽しく生き」、「大きな喜びに包まれていた」過去を見、「私」のなかで「光が輝き続け」、「その光が、私自身なのだ」ということに気づく。そこではもう「息子が誰の子どもか、ということはどうでもよいこと」になっていく。そこから「あなたのまわりにいろいろな人が現われ続けた」こと、それが「多くの人の変化の全体として、あなたは存在し続けている」という認識に至る。子供の頃母が建てた家のリビングで談笑する親族を、外から眺めている兄と「私」の視線はいつの間にか同化し内側から外の光の世界を眺める視線となる。振り返れば「母と娘の、二人」しか見えず、「外が光りに充たされている」のだ。ここには、息子、兄、父、伯母夫婦、祖父母という自身につながる生の意味をたどり直すことが、決して終わりを意味しないことが暗示されている。

これに先立って書かれた『夜の光に追われて』は、平安時代の物語『夜半の寝覚』の世界と、息子を亡くした母がその作者に語り掛ける手紙とで構成されている。姉の夫である男性に愛され三人の子を産み姉や夫への裏切りに苦悩しながらも生き続けた主人公の物語と、息子を亡くした母の苦悩とが重ねられ、やがては生命の繋がりと「生きる喜び」を見出すことによる救済が描かれている。

　このように津島の作風は息子の死の悲しみを受容することで変わっていくが、「真昼へ」は自身が背負って来た個人的な体験を複数の人々へと開き、晩年の過去と現在の時空間を縦横に往還し、生と死と再生という壮大な物語世界へと飛翔するいわば転換点に位置する作品であるといえよう。

【解題】

「真昼へ」
〈初出〉『新潮』一九八八・一
〈底本〉『真昼へ』新潮文庫　一九九七・一

【略年譜】

一九四七（昭和二二）年
三月三〇日、東京都北多摩郡三鷹町（現東京都三鷹市）に父・津島修治（太宰治）と母・美知子の次女として生まれる。本名里子。姉・園子、兄・正樹の三人兄弟の末子。

一九四八（昭和二三）年　一歳
父が玉川上水で愛人山崎富栄と入水自殺したため母子家庭となる。

一九五三（昭和二八）年　六歳
東京学芸大学付属追分小学校入学。

一九五九（昭和三四）年　一二歳
白百合学園中学校入学、高校、大学と通う。

一九六〇（昭和三五）年　一三歳
ダウン症の兄・正樹が肺炎で死亡。

一九六五（昭和四〇）年　一八歳
白百合女子大学文学部英文科入学。

一九六六（昭和四一）年　一九歳
在学中、同人誌『よせあつめ』を創刊。「手の死」「夜の……」を発表。大学祭懸賞論文に「現代と夢」が当選、大学新聞に掲載される。雑誌『文芸首都』会員となり中上健次を知る。

一九六七（昭和四二）年二〇歳
富士五湖を訪れ、父の文学碑を見る。

一九六九（昭和四四）年　二二歳
一月、「レクイエム――犬と大人のために」（『三田文学』）発表。以後、津島佑子のペンネームを使う。大学を卒業、明治大学大学院（英文学専攻）に入学したがほとんど講義に出席しなかった（二年後除籍）。

一九七〇（昭和四五）年　二三歳
財団法人放送番組センターに嘱託として勤務するが、秋に退職。

一九七一（昭和四六）年　二四歳
一一月、第一作品集『謝肉祭』（河

出書房新社）刊行。

一九七二（昭和四七）年　二五歳

一月、文京区本駒込の母の家に同居、婚姻届提出。五月、「狐を孕む」（『文芸』）発表（芥川賞候補となる）。長女・香以出産。

一九七三（昭和四八）年　二六歳

二月、「壜の中の子ども」（『群像』）発表（芥川賞候補となる）。三月、『童子の影』（河出書房新社）、四月、『生き物の集まる家』（新潮社）刊行。一二月、「火屋」（『群像』）発表（芥川賞候補となる）。母の家から本駒込一丁目に転居。

一九七五（昭和五〇）年　二八歳

二月、豊島区駒込に転居。四月、『我が父たち』（講談社）、一一月、『葎の母』（河出書房新社）刊行（翌年、田村俊子賞受賞）。パリへ旅行。

一九七六（昭和五一）年　二九歳

八月、新たなパートナーとの間に長男・大夢を出産。同年、夫と離婚。

一九七七（昭和五二）年　三〇歳

四月、母、長女と米ニューヨーク州の叔父・石原明宅を訪問。七月、『草の臥所』（講談社）刊行（第五回泉鏡花賞受賞）。

一九七八（昭和五三）年　三一歳

四月、『歓びの島』（中央公論社）、六月、『寵児』（河出書房新社）刊行（第一七回女流文学賞受賞）。

一九七九（昭和五四）年　三二歳

九月、『光の領分』（講談社）刊行（第一回野間文芸賞受賞）。

一九八〇（昭和五五）年　三三歳

一一月、『山を走る女』（講談社）刊行。

一九八一（昭和五六）年　三四歳

『山を走る女』がテレビ化される。

一九八二（昭和五七）年　三五歳

八月、「黙市」『海』発表（翌年第一〇回川端康成文学賞受賞）。九月、『水府』（河出書房新社）刊行。

一九八三（昭和五八）年　三六歳

一〇月、『火の河のほとりで』（講談社）刊行。

一九八四（昭和五九）年　三七歳

四月、『黙市』（新潮社）刊行。八月、北海道を旅行。

一九八五（昭和六〇）年　三八歳

三月、長男・大夢が呼吸発作により自宅浴室で死去。一〇月、「夜の光に追われて」（『東京新聞』ほか）の連載開始（翌年六月迄）。

一九八六（昭和六一）年　三九歳

一〇月、『夜の光に追われて』（講談社）刊行（翌年第三八回読売文学賞受賞）。

一九八七（昭和六二）年　四〇歳

五月、「ジャッカ・ドフニ――夏の家」（『群像』）発表。

一九八八（昭和六三）年　四一歳

四月、『真昼へ』刊行（翌年第一七回平林たい子賞受賞）。

一九八九（昭和六四・平成元）年　四二歳

一月、「大いなる夢よ、光よ」（『群像』）の連載開始（一九九〇年一一月迄）。自選短編集『叢書』（学芸書林）刊行。

一九九一（平成三）年　四四歳
二月、「湾岸戦争に反対する文学者の声明」を発表。六月、『大いなる夢よ、光よ』（講談社）刊行。一〇月から一年間パリ大学東洋言語文化研究所で日本の近代文学を講義。
一九九二（平成四）年　四五歳
八月、中上健次の死に衝撃を受ける。
一九九三（平成五）年　四六歳
九月、韓国、済州島「日韓文学シンポジウム」に参加、スイスチューリッヒでの「ドイツ語圏日本学会」で講演。
一九九四（平成六）年　四七歳
五月、『かがやく水の時代』（新潮社）刊行。
一九九五（平成七）年　四八歳
二月、『風よ、空駆ける風よ』（文芸春秋）刊行（第六回伊藤整文学賞受賞）。
一九九六（平成八）年　四九歳
八月、「火の山――山猿記」（『群像』）の連載開始（一九九七年八月迄）。

一九九七（平成九）年　五〇歳
二月、母・美知子死亡。
一九九八（平成一〇）年　五一歳
六月、『火の山――山猿記』（講談社）刊行（第三四回谷崎潤一郎賞、第一回野間文芸賞を受賞）。
一九九九（平成一一）年　五二歳
三月、タイを訪れる。
二〇〇〇（平成一二）年　五三歳
一一月、『笑いオオカミ』（新潮社）刊行（翌々年第二八回大佛次郎賞受賞）。
二〇〇一（平成一三）年　五四歳
この年、「日中女性作家シンポジウム」や「日印作家キャラバン」などで中国、インドなどを訪問。
二〇〇二（平成一四）年　五五歳
九月、第二回「日印作家キャラバン」でインド訪問。
二〇〇三（平成一五）年　五六歳
一〇月、「ナラ・レポート」（『文学界』）の連載開始（翌年四月迄）。
二〇〇四（平成一六）年　五七歳

九月、『ナラ・レポート』（文芸春秋）刊行（翌年芸術選奨文部科学大臣賞、紫式部文学賞受賞）。
二〇〇五（平成一七）年　五八歳
一〇～一一月、「日台作家キャラバン」で台湾訪問。
二〇〇六（平成一八）年　五九歳
四月、『火の山――山猿記』原作のＮＨＫ連続テレビ小説『純情きらり』放送開始（九月迄）。
二〇〇七（平成一九）年　六〇歳
六月、申京淑との往復書簡『山のある家井戸のある家』（集英社）刊行。
二〇〇八（平成二〇）年　六一歳
五月、アイヌ神話『トーキナ・ト』（福音館書店）刊行。九月、取材で中国東北部を旅行。一一月、『あまりに野蛮な』（講談社）刊行。
二〇一〇（平成二二）年　六三歳
一二月、『黄金の夢の歌』（講談社）刊行（翌年毎日芸術賞受賞）。
二〇一一（平成二三）年　六四歳

『葦舟飛んだ』（毎日新聞社）刊行。一二月、「ヒグマの静かな海」（『新潮』）発表、震災や福島原発事故に対する発言を行う。

二〇一二（平成二四）年　六五歳

三月、「『夢の歌』から」を『今こそ私は原発に反対します』（平凡社）に、「どうしてこんなことに」を『3・11と私　東日本大震災で考えたこと』（藤原書店）に収録。

二〇一三（平成二五）年　六六歳

五月、『ヤマネコ・ドーム』（講談社）刊行。

二〇一四（平成二六）年　六七歳

三月、マカオを訪れる。一一月、「台日韓女性作家国際シンポジウム」に参加。

二〇一五（平成二七）年　六八歳

一月、「ジャッカ・ドフニ――海の記憶の物語」（『すばる』）の連載開始（～八月）。二月、癌検査のため入院。

二〇一六（平成二八）年

一月、肺炎で入院。二月一八日、肺癌で死亡。四月、『夢の歌から』（インスクリプト）刊行。五月、『ジャッカ・ドフニ　海の記憶の物語』（集英社）、『半減期を祝って』（講談社）、八月、『狩の時代』（文芸春秋）刊行。

＊与那覇恵子編「年譜」（講談社文芸文庫『あまりに野蛮な下』二〇一六・七）を参照した。

【参考文献】

庄司肇『津島佑子』（沖積舎、二〇〇三・七）

川村湊編『現代女性作家読本』（鼎書房、二〇〇五・一二）

『津島佑子――土地の記憶、いのちの海』（河出書房新社、二〇一七・一）

井上隆史編『津島佑子の世界』（水声社、二〇一七・七）

川村湊『津島佑子　光と水は地を覆えり』（インスクリプト、二〇一八・一）

（岡野幸江）

増田みず子　一九四八（昭和二三）年一一月一三日～

一九四八（昭和二三）年、東京に生まれた。都立白鷗高等学校に入学するも進学校の校風に嫌悪を感じ翌年中退、後に都立上野高校定時制へ編入。本書に収録されている「内気な夜景」は、当時の経験が題材になったと考えられる。幼時より転居を繰り返し、一七歳の時、親元を離れ一人暮らしを始めるが、「旅と引っ越しが生活の基盤」であるというその性行は以降続く。六九年、子ども時代からの生命現象への興味から、東京農工大学農学部植物防疫学科に入学。大学での専攻と卒業後勤務した日本医科大学第二生化学教室生活は、彼女の生命観に基づいた小説世界を構築する上で重要な基盤となった。在職中に書いた第一作「死後の世界」が第九回新潮新人賞候補となり、続いて七八年の「個室の鍵」「桜寮」、七九年の「ふたつの春」「慰霊祭まで」が芥川賞候補となる。いずれも他者との同調を拒んで孤立する女主人公を描き、生のスタイルと強靱な生理感覚が注目された。その作風は、徹底して他者との関係を〈個〉として観察することで、人間存在の本質を追究するものである。八〇年に退職して創作に専念。八一年、精神薄弱者の施設を舞台にした『麦笛』では、生物的生命観において人間を捉えるメタフィジカルな思考実験によって存在感を示した。八四年には、『自由時間』で、自己の存在の空白を埋めるために家出し浮遊し続ける少女の心理を描き、第七回野間文芸新人賞を受賞。八六年には、人間を孤細胞へと還元し、男女の関係を細胞同士の融合離反として照射しようと試みた「シングル・セル」で第一回泉鏡花文学賞を受賞する。以後〈シングル・セル〉という言葉は、単独者の生の論理として、増田文学の代名詞となる。同年、三八歳で結婚。以後、他者と隔離された場所としての死の幸福を想定しつつも、生の極限状態で他者へ思いをはせる主人公の微妙な心理を描いた『夜のロボット』(八八年)や、壁に映る女との奇妙な交感のうちに、幻像としての他者との共生の可能性をさぐり、一つの転換点を示した実験的作品『禁止の空間』がある。一方、自己の内部をみつめるまなざしは、単独者としての生命から遺伝や血の繋がりに向けられるようになり、孤絶する親子関係の物語からルーツ探しの物語へと転換される。八三年「人の影」に始まる野本(山本)家の歴史をたどる小説群は、八五年『家の匂い』、八七年『降水確率』を経て、八九年『鬼の木』にて結実する。『鬼の木』では、男女の新しい共生のスタイル、個人としての生命観の確立を試み、自分が負わされた〈影〉からの飛翔と、他者という居場所の発見が語られる。増田みず子の作品はいずれも、人間を社会、共同体、家という既成概念から切り離すことで、より新たな人間個人の生を模索する試みであった。九一年の『夢虫』では、夢をめぐる新しい連作形式を試み、幻想と現実のないまぜになった世界に各人の孤独を顕現させ、第四二回芸術選奨文部大臣新人賞を受賞。また、四〇歳を過ぎて〈土地の記憶〉のほうへと興味を強めていった結果、地縁血縁の物語を書き、その集大成が九八年『火夜』である。増田瑞子を主人公に、増田家にまつわる物語を綴ったこの小説は、自己のこれまでの作家的営為にも触れ、文学的自伝という性格をも担っている。さらに〇一年『月夜見』では、メタ小説風の新しい語りのスタイルで、書けない小説家と義母との心的やりとりを軽妙かつ幻想的に描き、第一二回伊藤整文学賞を受賞。〇三年には、「添い寝」が第二九回川端康成文学賞候補となっている。（参照：村松定孝・渡辺澄子『現代女性文学辞典』、川村湊・原善『現代女性作家研究事典』）

内気な夜景　初出は『文学界』（八三年四月）。主人公の晴代が、定時制の授業を受けている場面から始まる。その定時制に編入するまでのいきさつが、本作のメインストーリーとなっている。晴代は、元々は、その学区で成績優秀な生徒たちが集まるF高の生徒だったのだが、とある事件をきっかけに、定時制高校に編入してきたのだった。

　事件は、晴代がF高で二年生の時に起こった。定期試験の最中に、晴代は、菊井教諭からカンニングを疑われ、菊井に胸ポケットを探られそうになり、思わず菊井を階段から突き落として、大けがを負わせてしまう。菊井は自分で足を踏み外したことにして、晴代をかばった。二人の直前のやりとりなど、真実は、他の教員や生徒には明かされなかったが、晴代は菊井に軽蔑しか感じられない。菊井の怪我事件への憶測や噂も広がり、晴代はさらに学校で孤立していく。成績を競うことへの疑問も膨らみ、晴代はやがて学校に行かなくなり、自主退学する。また、晴代が、いかに進路変更するか考えている間も、晴代の両親が、〈親〉として巧みに描かれ、晴代の視点によって、父親、母親はその態度や言動、感情の表出を冷静に観察されていく。肉親の情というより、一個の他人を観察する視点であり、表面的には平凡な夫婦にみえた両親が、実は決して一枚岩ではなく、齟齬を抱える男女に過ぎないことも暴かれる。そして〈親子〉〈夫婦〉といった家族関係そのものも、家族それぞれが事情を抱えた個人の集まりに過ぎない様が表出される。しかし、両親だけではなく、F高の教師とも定時制高校の教師とも、ある一定の心理的距離を晴代は、常に置いている。晴代の視点を通すことで、大人社会の矛盾や欺瞞、偽善、本音と建前が浮き彫りになる。

　冒頭の、定時制の授業風景には、室内灯にまといつく蛾の描写がある。迷い込んできて、外に出ることが出来ない蛾に、晴代は自分を重ねている。この蛾というモチーフにも、十代の女子高生の独特の閉塞感や鬱屈、生理感覚が象徴されていよう。何のために学ぶのか、その目的や意味もわからないまま、居場所がないので定時制に通う晴代。それ以前のF高でも、受験競争するクラスメイトたちを眺めながら、嫌悪感を抱いていた。F高の同級生達は、優秀な大学に進学できるからという理由で、真面目に通学し、学力を競っていたが、晴代が他の生徒と異なるのは、集団に同化できる能力や賢さを持ちながらも、完全に集団に同化できない気質にあるだろう。群れの中にいて、その集団の矛盾や空虚さ、欺瞞に違和感を感じてしまう、冷めた知性がある。例えば、定時制編入時の面接のやりとりにも、晴代自身、大人にどう受け止められるかをすべて計算し尽くした上で、冷静に対応している。この姿勢は、両親に対しても、友人に対しても、大差はない。これほど知性ある晴代なのだが、未成年であり、親や大人たちの影響力から完全に独立できないジレンマがある。そんな晴代の独特のジレンマが、定時制の夜の授業に迷い込んでいる蛾に象徴されているのではないだろうか。定時制の授業は、学力の高い晴代にとっては物足りないはずで、教師もなぜ晴代が定時制に通う必要があるのかよくは理解できていない。結局、定時制に編入しても、同級生たちとは毛色が異なる晴代は、また異分子であり、どこか浮いているのだ。一方、定時制の同級生のなかで、もう一人の編入生だった朝子の存在感だけが、鮮やかに印象を残し、末尾で作品の転調を生んでいる。芸能プロダクションに所属する朝子は華があり、みなに好かれていたが、教師や友人たちにさんざん借金したあげく、突然いなくなる。晴代は、その辞めっぷりの見事さに喝采を送る。前半の晴代の退学の重たさに比べ、大人の裏の裏をかくような朝子の生き様に、晴代は感心していたのかもしれない。本作に関して、菅野昭正（「創作合評」『群像』八三年五月）は「社会問題を自分の内部に引きずり込んで、人間の本質的なところで考えてみよう」とする意欲を評価しつつ、少女の内面に焦点が合いすぎて逆に小説の可能性が狭まったのではないかとする。しかし、少女の内面を緻密に書いたからこそ、ヘッセの『車輪の下』を思わせるような、少女時代独特の閉塞感や感性、生理感覚を描けてもいる。そこに、形骸化した教育制度や学校を逆照射し、〈家〉、〈大人／未成年〉といった枠組みを問い直す試みがある。

（沼田真里）

【解題】

「内気な夜景」

〈初出〉『文学界』一九八三・四

〈底本〉『内気な夜景』文芸春秋　一九八三・一〇

[略年譜]

一九四八（昭和二三）年
一一月一三日、父・治司と母・十三江の長女として東京都足立区に生まれる。二つ上の兄と四つ下の妹がいる。父の仕事の関係で転居を繰り返す。
一九五五（昭和三〇）年　七歳
四月、足立区千寿第八小学校入学。『十五少年漂流記』、『二都物語』、『三国志』、太宰治などを読む。
一九六一（昭和三六）年　一三歳
四月、足立区千寿第一中学校に進学。「スカートの制服をあてがわれたのが、最初の挫折体験となる」。その不満を訴え、「変な子だ、一笑に付されてから精神の放浪が始まった気がする」（『女からの逃走』）。
一九六四（昭和三九）年　一六歳
四月、都立白鷗高等学校に入学。
一九六五（昭和四〇）年　一七歳
高校二年生のとき、名門校の体質が合わずに中退。家を出て一人暮らしを始める。中高時代は歴史・文学・哲学・宗教の本を乱読。
一九六六（昭和四一）年　一八歳
四月、都立上野高等学校定時制、第二学年に編入。
一九六九（昭和四四）年　二一歳
三月、都立上野高等高校定時制を卒業。四月、東京農工大学農学部植物防疫学科に入学。
一九七四（昭和四九）年　二六歳
同大学卒業。四月、日本医科大学第二生化学教室の研究技術員となる。
一九七五（昭和五〇）年　二七歳
『中央文学』に習作を書き始める。
一九七七（昭和五二）年　二九歳
六月、「死後の関係」（『新潮』）が新潮新人賞候補となる。
一九七八（昭和五三）年　三〇歳
二月、「個室の鍵」（『新潮』）を発表。八月、「桜寮」（『新潮』）発表。二作とも芥川賞候補作となる。
一九七九（昭和五四）年　三一歳
四月、「ふたつの春」（『新潮』）発表。一二月、「慰霊祭まで」（『文学界』）発表。二作とも芥川賞候補となる。
一九八〇（昭和五五）年　三二歳
九月、『ふたつの春』（新潮社）刊行。日本医科大学退職。創作に専念する。
一九八一（昭和五六）年　三三歳
二月、『道化の季節』（新潮社）刊行。七月、「小さな娼婦」（『すばる』）発表。翌年の芥川賞候補となる。一〇月、『麦笛』（福武書店）刊行。この年、町田のマンモス団地に引っ越す。
一九八三（昭和五八）年　三五歳
四月、「内気な夜景」（『文学界』）発表（芥川賞候補作）。七月、『独身病』（新潮社）刊行。一〇月、『内気な夜景』（文芸春秋）刊行。教員免許取得のため母校東京農工大学の聴講生となる（後、高校理科教員免許取得）。
一九八四（昭和五九）年　三六歳
一〇月、『自由時間』（新潮社）刊行。

一九八五（昭和六〇）年　三七歳
四月、『家の匂い』（河出書房新社）刊行。八月、『二十歳　猛獣』（集英社）刊行。一一月、『自由時間』で野間文芸新人賞受賞。この頃から増田家の家系調査を始め、所縁の場所や寺を訪ねる。これが後の「鬼の木」「火夜」の素材となる。

一九八六（昭和六一）年　三八歳
五月、エッセイ集『女からの逃走』（花曜社）刊行。七月、『シングル・セル』（福武書店、泉鏡花文学賞受賞作）刊行。この年、榛名信夫と結婚。本所に引っ越す。

一九八七（昭和六二）年　三九歳
三月、『降水確立』（福武書店）刊行。六月、『一人家族』（中央公論社）刊行。一二月、エッセイ『〈孤体〉の生命感――小説と生命の論理』（岩波書店）刊行。

一九八八（昭和六三）年　四〇歳
三月、『夜のロボット』（講談社）、一〇月、『禁止の空間』（河出書房新社）刊行。

一九八九（昭和六四・平成元）年　四一歳
四月、『児童館』（日本文芸社）刊行。八月、『鬼の木』（新潮社）刊行。

一九九〇（平成二）年　四二歳
三月、『水魚』（日本文芸社）刊行。八月、エッセイ集『シングル・ノート』（日本文芸社）刊行。一〇月、『童神』（中央公論社）刊行。一二月、『カム・ホーム』（福武書店）刊行。

一九九一（平成三）年　四三歳
五月、『夢虫』（講談社）刊行。

一九九二（平成四）年　四四歳
三月、「夢虫」で芸術選奨文部大臣新人賞を受賞。九月、『空から来るもの』（河出書房新社）刊行。

一九九三（平成五）年　四五歳
二月、「風草」（『文芸』春号、川端康成文学賞候補作）発表。四月、『隅田川小景』（日本文芸社）刊行。一一月、『風道』（筑摩書房）刊行。

一九九四（平成六）年　四六歳
三月、『妖春記』（講談社）刊行。

一九九五（平成七）年　四七歳
一月、『風草』（河出書房新社）刊行。五月、『わたしの東京物語』（丸善）刊行。

一九九六（平成八）年　四八歳
五月、『うちの庭に舟がきた』（河出書房新社）刊行。

一九九七（平成九）年　四九歳
三月、『水鏡』（講談社）刊行。

一九九八（平成一〇）年　五〇歳
書評を多く手掛ける。一〇月、『火夜』（新潮社）刊行。

二〇〇一（平成一三）年　五三歳
一月、『月夜見』（講談社）で伊藤整文学賞受賞。

二〇〇二（平成一四）年　五四歳
六月、「添い寝」（『新潮』、川端康成文学賞候補）となる。近年は雑誌に短編、エッセイを発表している。

＊藤本寿彦作成『シングル・セル』（講談社

文芸文庫、一九九八・八）等を参照した。

【参考文献】

菅野昭正「創作合評　増田みず子『内気な夜景』」（『群像』一九八三・五）
石崎等「増田みず子」（『国文学　解釈と教材の研究』学灯社、一九九〇・五）
川村湊・原善編『現代女性作家研究事典』（鼎書房、二〇〇一・九）

（渡邉千恵子）

高樹のぶ子　一九四六（昭和二一）年四月九日～

高樹のぶ子は今日では古風とさえ思われるほどの恋愛小説を真正面から描く作家だが、彼女が小説を書くようになった背景には恋愛と結婚をめぐる痛切な体験がある。

山口県に生まれた高樹のぶ子（本名信子）は、祖父母と両親と妹の六人家族の中で育ち、一八歳で東京へ出るまで脱出願望が強かったという。一九六六（昭和四一）年、東京女子大学短期大学部に入学、その頃から創作に関心を持ち文芸部に所属して同人雑誌『文芸首都』主宰者の保高徳蔵を訪ねたりしている。卒業後は大学向け教科書を中心とした出版社に勤務、司法試験一次試験にも合格している。当時の体験は、『星夜に帆をあげて』『花嵐の森深く』に描かれているが、七一年には学生時代から交際していた男性と結婚、夫の司法試験合格を支え、その後福岡へ転居し男子を出産した。しかし、三一歳の時、自身の恋愛のため子どもを置いて別居、翌年には子どもとの接触を断つことを条件に離婚が成立した。

この間の数年間が人生で「最も不安定で、過激で、辛くも甘くもあった」という。「一人の弱い男を十字架にくくりつけ血祭りにあげた者の、やりきれなさ、痛恨と同じものを抱え」（『フラッシュバック』文芸春秋、一九九一・六）、それが核になって「書きたい衝動」が生まれたが、それは誰にも伝えられない自分が傷つけた人たちへの謝罪の気持ちであり、「罪人」の「自己主張」の叫びだったという。その後一九八〇年には不倫相手だった弁護士鶴田哲朗と再婚した。同年には「揺れる髪」、「その細き道」を『文学界』に発表、本格的な作家活動を始めた。「その細き道」は、翌年の「遠すぎる友」、翌々年の「追い風」ともに芥川賞候補となり、四作目の「光抱く友よ」で初の戦後生まれの女性作家の受賞となった。

その後も不倫が原因で離婚し自殺未遂までして母の郷里に帰った女性が、再び村の高校教師と不倫関係となり村を追われる「波光きらめく果て」や、理知的な弁護士夫婦と理知にも金にも縁がない二組の夫婦を対比させ、落ちこぼれともいえる男女が強く生き抜いていく「街角の法廷」など、「自分の欲望に忠実」に生きる人間や理知や富とは無縁でも正直にひたむきに生きる人間への共感を示している。

「その細き道」「時を青く染めて」(一九九〇年)、「億夜」(一九九五年)は高樹が三部作と呼ぶ作品である。「時を青く染めて」では、裏切られてもストイシズムを貫くことで女性の身体に自分自身を刻印する男性を描き、「億夜」では、山中で昆虫相手に生活する義弟と激情のままに結ばれ、その後自殺した義弟の謎を探る女性を描いている。この間、不倫相手の男の死後、その従兄との関係で再び官能的な関係を結ぶ女性を描いた「白い光の午後」(一九九二年)、旧友に紹介されたヤクザ風の男と肉体関係を持つことで官能的な性を知る大学助教授の女性を描いた「これは懺悔ではなく」(一九九二年)など、さまざまな形で恋愛を描いている。清水良典はこうした恋愛や性のモチーフが繰り返されることについて、「そこで行われているのは言葉をエロスと格闘させることなのであり、モラリスティックな言葉の実験」(講談社文庫『これは懺悔ではなく』解説)だと指摘している。

ところで、三角関係の構図によって恋愛を描いてきた高樹が、「一人の男と一人の女の究極のエロス」を描いたとされるのが『透光の樹』である。またウイーンを舞台に外交官と音楽家の男女がルーマニア革命の謎に巻き込まれていく『百年の預言　上・下』は内容の規模でも小説の方法でも新しい試みの実験と評された。後者は『白い光の午後』などとも共通する「欲望に忠実にふるまう女」が描かれ、大胆な性描写が話題にもなった。「性」は「人間の綻びから、内面が、内臓が、吹き出してくるような凄みのある」ものだが、現代はその『性度』が小さくなってきている」(大河内昭爾との対談「小説の方法　文学の『性』」、『季刊文科』二〇〇〇年夏号)と高樹は語る。

その後、九州大学の「SIA(アジアに浸る)」というプロジェクトに参加しアジア一〇カ国を訪問、そこで取材したことは『アジアに浸る』、触発されて書いた短編は『トモスイ』にまとめられた。タイで夜釣りに出かけトモスイ(創作上の水生生物)を男友達と吸い合うという男女の性のエロスをシンボリックに描いた表題作「トモスイ」は、川端康成文学賞を受賞した。
二〇〇八（平成二〇）年九月から新聞小説「甘苦上海」（『日経新聞』）を連載、公式ブログ上で登場人物描写やストーリー進行について読者と交流し話題を呼んだが、恋愛がもたらすエロスを生の原動力にかえていく髙樹の実験は、中高年から老年へと移行しつつ現在もまだまだ続いている。

光抱く友よ　第九〇回芥川賞受賞作。髙樹のぶ子の作品には友情をテーマにしたものが少なくないが、これもその一つである。高校生の松尾勝美と相馬涼子は対照的な存在で、松尾は男性と奔放な関係を持ち、涼子は優等生だが自分に自信が持てない。学校を休む理由を稚拙な字で書いた母親の手紙を担任教師から「小細工」と疑われ、罵倒され殴られながらも、満足に字も書けないアル中の母を庇う松尾。その光景を目撃した涼子は、担任への淡い恋愛感情が軽蔑へと変わる。母と壮絶な葛藤を抱えながらも母を助け生活する松尾の野放図で不逞とすら見える仕草や表情も、涼子の空虚さを埋め、それまでの一七年間に、こころがきちんと片づけていたところをひっくり返してしまう。涼子は松尾の核にある人間としての強さや純粋さに惹かれたのだが、娘の内面を理解できない松尾の母に、涼子は松尾との約束を破り手紙の件を口にしてしまう。与那覇恵子が指摘するように、これは「友への友情の証が、友への裏切りになる物語」だといえよう（「髙樹のぶ子の世界」『現代女性作家読本⑥髙樹のぶ子』）。作品の最後は「光の中から暗がりへ、また光の中へ」遠ざかる松尾の、「大きい玉のようなものを抱える」姿が「涼子を嗤うような、涼子のために祈るような」声を響かせ浮かぶ。川西政明は髙樹のぶ子の謎を解く鍵は「光」と「水で」、これらは「癒しや祈り、浄めや救いと関係する」（文春文庫『白い光の午後』解説）と指摘している。
髙樹は、自身の恋愛によって二つの家庭を破壊した負い目と痛みが小説を書かせてきた。しかし、破壊を後悔するのではなく、それをばねに生きる輝きを持つことが相手への謝罪ともなると考える。松尾への裏切りと絆の確認という逆説はラストに象徴されているが、理知にも金にも縁がなく愚鈍で不器用な生き方しかできないこの親子に対する作者の眼差しはやさしい。人は何かしら理知では割り切れない不条理な闇を心に抱え生きている。彼女の作品に描かれるのは、そうした心の陰影に互いに寄り添いながら生きる人々でもある。『波光きらめく果て』の河村羽季子もそうであるし、『街角の法廷』のカナ子と邦男もそうである。それは山中で昆虫相手に暮らすいわば社会の落ちこぼれである光也と「体の沼底」で触手が触れ合うような関係を結ぶ沙織にも通底し、やがて『透光の樹』の今井剛と山崎千桐という互いが自身の不可欠の半身でもあるような、肉体的にもピッタリと重なり合う男女の関係へと発展していく。（岡野幸江）

【解題】

「光抱く友よ」
〈初出〉『新潮』一九八三・一二
〈底本〉『光抱く友よ』新潮文庫 一九八七・五

【略年譜】

一九四六（昭和二一）年
四月九日、山口県防府市に生まれる。本名高木信子。父・恭介は山口大学で生物学を教えていた。妹・順子、祖父母を加え六人一家。市立松崎小学校四年生の時、一家は祖父母と離れ山口市湯田に転居したが、父母、妹が肺の病気で倒れ、再び祖父母と同居。

一九六二（昭和三七）年 一六歳
市立国府中学校から、県立防府高等学校へ進学（六四年卒業）。

一九六五（昭和四〇）年 一九歳
浪人中に書いた初めての小説「火が消える」を太宰賞に応募。

一九六六（昭和四一）年 二〇歳
東京女子大学短期大学英文学科入学。

一九六八（昭和四三）年 二二歳
出版社培風館へ入社。

一九七一（昭和四六）年 二五歳
学生時代に交際していた男性と結婚。

一九七四（昭和四九）年 二八歳
四月、福岡へ転居。六月、男子出産。八月、父、急死。

一九七八（昭和五三）年 三二歳
離婚して子どもとの接触を絶たれ、メッセージとして小説を書く覚悟を固める。同人誌『らむぷ』に参加。

一九七九（昭和五四）年 三三歳
「揺れる髪」（『らむぷ』六号）を発表（翌年『文学界』二月号に転載）。

一九八〇（昭和五五）年 三四歳
弁護士鶴田哲朗と再婚。一二月、「その細き道」（『文学界』）、翌年一一月、「遠すぎる友」（『文学界』）、ともに芥川賞候補となる。

一九八三（昭和五八）年 三七歳
三月、「追い風」（『文学界』）も芥川賞候補となる。九月、『その細き道』（文芸春秋）刊行。一二月、「光抱く友よ」（『新潮』、翌年第九〇回芥川賞受賞）。

一九八四（昭和五九）年 三八歳
二月、『光抱く友よ』（新潮社）刊行。『その細き道』がテレビドラマ化。四月、『寒雷のように』（文芸春秋）刊行。

一九八五（昭和六〇）年 三九歳
九月、『波光きらめく果て』（文芸春秋）を刊行。一〇月、『街角の法廷』

（新潮社）刊行。
一九八六（昭和六一）年　四〇歳
七月、『星夜に帆をあげて』（文芸春秋）刊行。同年夏、『波光きらめく果て』が映画化される。
一九八七（昭和六二）年　四一歳
一月、初の新聞小説「紅の交響」を高知新聞ほか複数の地方紙に連載開始（翌年五月迄。九月、講談社より単行本化）。六月、『陽ざかりの迷路』（新潮社）刊行。
一九八八（昭和六三）年　四二歳
一月、『花嵐の森ふかく』（文芸春秋）を刊行し、七月に連続テレビドラマ化（九月迄）。一〇月、エッセイ集『熱い手紙』（文芸春秋）を刊行。
一九八九（昭和六四・平成元）年　四三歳
六月、『ゆめぐに影法師』（集英社）刊行。
一九九〇（平成二）年　四四歳
三月、「サザンコール」を日本経済新聞に連載開始（翌年六月、同新聞社より単行本刊行）。四月、『時を青く染めて』（新潮社）刊行。一〇月、『ブラックノディが棲む樹』（文芸春秋）、一一月、『霧の子午線』（中央公論社）を刊行。
一九九一（平成三）年　四五歳
一月、『哀歌は流れる』（新潮社）刊行。
一九九二（平成四）年　四六歳
一月、「銀河の雫」を西日本新聞ほか複数の地方紙に連載開始（翌年二月迄。九月、文芸春秋より単行本化）。九月、『彩雲の峰』（福武書店）刊行。
一九九三（平成五）年　四七歳
二月、『湖底の森』（文芸春秋）刊行。
一九九四（平成六）年　四八歳
五月、『熱』（文芸春秋）、九月、『蔦燃』（講談社・第一回島清恋愛文学賞）刊行。
一九九五（平成七）年　四九歳
二月、エッセイ集『花弁を光に透かして』（朝日新聞社）、五月、『水脈』（文芸春秋・女流文学賞）、一〇月、『億夜』（講談社）刊行。
一九九六（平成八）年　五〇歳
四月、エッセイ集『葉桜の季節』（講談社）、九月、『花渦』（講談社）刊行。『霧の子午線』が映画化。同年よりすばる文学賞選考委員に（二〇〇一年迄）。
一九九七（平成九）年　五一歳
五月、エッセイ集『恋愛空間』（講談社）、八月、『彩月』（文芸春秋）刊行。
一九九八（平成一〇）年　五二歳
二月、長編恋愛小説『イスタンブールの闇』（中央公論社）、六月、『蘭の影』（新潮社）、八月、『サモア幻想』（日本放送出版協会）刊行。
一九九九（平成一一）年　五三歳
一月、『透光の樹』（文芸春秋・谷崎潤一郎賞）刊行。
二〇〇〇（平成一二）年　五四歳
三月、『百年の預言』（朝日新聞社）刊行。同年より野間文芸賞選考委員に（二〇〇三年迄）。

二〇〇一（平成一三）年　五五歳

二月、『燃える塔』（新潮社）、四月、『妖しい風景』（講談社）、一〇月、『満水子』（講談社）、翌年九月、『エフェソス白恋』（文化出版局）刊行。

二〇〇三（平成一五）年　五七歳

四月、『罪花』（文芸春秋）、一〇月、『ナポリの魔の風』（文芸春秋）刊行。

二〇〇四（平成一六）年　五八歳

九月、『マイマイ新子』（マガジンハウス）刊行。秋、『透光の樹』映画化。同年より野間文芸賞選考委員に（二〇〇九年迄）。

二〇〇五（平成一七）年　五九歳

一〇月、『HOKKAI』（新潮社・芸術選奨文部大臣賞）。同年、九州大学アジア総合政策センター特任教授（アジア現代文化研究部門）に就任（二〇一〇年迄）。

二〇〇六（平成一八）年　六〇歳

一月、『Fantasia』（文芸春秋）、五月、『せつないカモメたち』（朝日新聞社）刊行。同年より大佛次郎賞選考委員に就任（二〇〇九年迄）。

二〇〇八（平成二〇）年　六二歳

一一月、エッセイ集『うまくいかないのが恋』（幻冬舎）刊行。

二〇〇九（平成二一）年　六三歳

『マイマイ新子と千年の魔法』映画化。この年、紫綬褒章を受章する。

二〇一〇（平成二二）年　六四歳

五月、『ショパン　奇蹟の一瞬』（PHP研究所）、六月、『甘苦上海　完成版』（日本経済新聞出版社）、三月、『花迎え』（小学館）、一二月、『飛水』（講談社）刊行。

二〇一一（平成二三）年　六五歳

一月、『トモスイ』（新潮社・川端康成文学賞）、一二月、『アジアに浸る』（文芸春秋）刊行。

二〇一二（平成二四）年　六六歳

三月、『マルセル』（毎日新聞社）刊行。

二〇一三（平成二五）年　六七歳

一二月、『香夜』（集英社）刊行。

二〇一四（平成二六）年　六八歳

一〇月、『少女霊異記』（文芸春秋）刊行。

二〇一六（平成二八）年　七〇歳

九月、『オンライン飛行』（講談社）刊行。

二〇一七（平成二九）年　七一歳

一〇月、文化功労者に選ばれる。一二月、『白磁海岸』（小学館）刊行。同年、日本芸術院賞、旭日小綬章受章。芥川賞（二〇一九年七月迄）日経小説大賞、朝日賞の選考委員を務める。

二〇一九（平成三一・令和元）年　七三歳

二月、『ほとほと　歳時記ものがたり』（毎日新聞出版）。七月、実在の柔道家を描いた『格闘』（新潮社）刊行。

＊自筆年譜『芥川賞全集13』、与那覇恵子作成「略年譜」（『現代女性作家読本　6』（鼎書房、二〇〇六、八）等を参照した。

【参考文献】

与那覇恵子「『高樹のぶ子』論——物語の作家」（『国文学　解釈と鑑賞』至文堂編、一九九一・五）

（渡邉千恵子）

中沢けい　一九五九（昭和三四）年一〇月六日～

中沢けいのデビューは、当時作者が一八歳だったこともあり、作品の内容と質と共に、センセーショナルに脚光を浴びた。ベストセラーになった背景には、当時の時代の空気を汲みながら誕生している面や、中沢けいの潜在的な才能や感性も感じさせられる。現在から「海を感じる時」を再読するとき、中沢けいがもっていた作家としての個性や実力と共に、女性文学として、また時代史としても、様々な可能性や要素が読み込める。

中沢けいは、一九七八（昭和五三）年三月、県立安房高校を卒業後、明治大学政経学部（二部）に入学のため上京。昼は書籍関係の運送会社に勤務して、夜は大学に通いながら、暇をみつけては、小説を執筆し続けていた。一九七八年六月、最初の小説「海を感じる時」が、第二一回群像新人賞を受賞。一八歳の少女の作家デビューということもあって注目を集め、同月に刊行された単行本は六〇万部のベストセラーとなった。同年七月、会社を退職し、職業作家として生きてゆく決意を固める。その後、『野ぶどうを摘む』、『女ともだち』などを執筆。揺らぐ女性心理の光と影を繊細に描き、新鮮な感性と粘りつくような感覚とによって巧みに描き出した。一九八三年には、明治大学を卒業。八五年四月『水平線上にて』で、第七回野間文芸新人賞を受賞。デビュー作以来、継続的に書き続けてきた題材の集大成ともいえ、この作品が中沢けいの作風の転換期ともなっている。『水平線上にて』以降、八六年刊行の『静謐の日』でも、濃厚な文体と実験的な手法により、独特の雰囲気を醸し出すことが可能になり、「中沢には、不思議な才能がある。文章の表現の匂いのようなものを、かなり容易に自分のものにしてしまえる才能である」（鈴木貞美「中沢けい論――ブンガクすること」『文芸』一九八六年）とも評価されている。以降、『曇り空を』、『仮寝』などで文体模索が試みられ、日本語の表現の多様な可能性に挑戦している。また、九〇年代の末には、房総半島の岬の豆畑に囲まれた別荘を舞台に離婚し子供がいる女性と幼馴染の中学教師の男性が愛し合う『豆畑の昼』（一九九五年）は、エロティシズム溢れる文体と三〇年という時間の変遷のなかで移り変わる地方都市を描き注目された。

九三（平成五）年の日韓文学者会議出席を契機に、韓国への興味が高まり、韓国をモチーフとした小説『月の桂』（二〇〇一年）を発表している。日本、中国、韓国の文学者が共同で東アジアの文化を築くことを目指した「東アジア文学フォーラム」など、文学者の国際的交流にも意欲的な活動をしている。二〇〇四年には大庭みな子監修の『テーマで読み解く日本の文学――現代女性作家の試み』（小学館、二〇〇四年）に編集委員として参加している。同書は、日本の古代から戦後までの文学作品を論じる八二稿を収め、執筆者はすべて女性作家であり、かつ日本文学をテーマ別に再検討する画期的な試みであった。中沢けいは、第四章「エロスと生死」で『源氏物語の恋』――エロスと死」を、第七章「土地と旅」の総論を、第八章「私語りと日記」では「自伝としての日記――物語の親の誕生」等を寄稿しており、中沢けいの文学観を知る上でも参考となる。また、二〇〇〇年に刊行した新聞小説『楽隊のうさぎ』は、中学校の吹奏楽部を舞台にした少年の成長物語で、中高生にも広く読まれ、二〇一三年に鈴木卓爾監督により映画化。二〇一四年には、『海を感じる時』が、新井晴彦監督、市川由衣主演で映画化されている。

なお、近年は対談集『アンチヘイト・ダイアローグ』（二〇一五年）を刊行し、ヘイトスピーチに反対する発信を精力的に行っている。また、中沢けい公式ホームページ「豆畑の友」では、最新の活動を知ることができる。

海を感じる時　視点人物である「私」・山内恵美子は、一八歳の女子高校生で、父親を亡くし母と海辺の町で暮らしている。学生運動後のしらけた高校生活を送り、母との口論が絶えない家庭だった。どこにも居場所が無い恵美子は、高校一年の秋、同じ新聞部で二年先輩の高野に口づけされる。その後「君じゃなくともよかったんだ」と避けようとする高野に対し、恵美子は積極的に近づき肉体関係を結んでいく。恵美子の衝動や動機は、高野への恋愛感情というよりも、恋に陶酔しているような、報われない関係性に陶酔したかのような、性愛に憑かれたような、どうしようもない衝動として描かれている。高野に拒絶されながらも、二人の関係はだらだらと繋がり、彼の卒業後も続く。そんな恵美子を、未亡人として潔癖に生きてきた母は、「淫ら」な「売春婦」だと半狂乱になって叱責し続ける。それからは、もはや〈母子〉というよりも、母親のなかの〈女〉と、恵美子のなかの〈女〉がぶつかりあい、もがき合う様相となっていく。互いに分かり合えない〈女〉同士の部分と、〈女対女〉として個々に向き合ったからこそ分かる哀しみとが、浮かび上がる。それは、母親もまた、一人の〈女〉であったという気づきだ。

発表当時は、一般的には、高校生の異性体験・性愛を描いた点からセンセーショナルな作品として注目された。しかし、現代から再読すると、本作はむしろ〈母と娘〉の関係性や、自身の〈女性性〉、母親の〈女性性〉をじっくりと観察する主人公の視点に、主題の奥行きや、作品の力強さがある。主人公と高野の関係は、彼らの関わり合いの不器用さや、肉体関係が必ずしも精神的な関係とは直結しない難しさなど、一八歳の少女の性のはじまりや不安定さを、繊細な感性で描くことに成功している。ただ、その繊細な揺らぎを下支えするかの如く、重低音で響くのが、母親と恵美子のやりとりなのだ。近年では〈毒母〉という言葉も生まれているように、〈母娘〉の関係性は、女性同士だからこその膠着関係や、〈支配・被支配〉も関わるものとして研究が進んでいる。本作でも、世間が主人公の行動を批判するというよりも、道徳観や貞操観念に関しては、すべて母親からの責めがなされている。娘の〈性〉を管理し教育するのが母親の役割であり、また母親もそのような教育を受け、道徳観に支配されてきたからこそ、自分の娘を縛り、批判するのだ。母親世代が生きてきた〈女〉としての苦悩や歪みが、そのまま娘に投げつけられる構図である。標題の「海」には、連綿と続いてきた〈女〉たちの〈性〉〈生〉が込められている。（沼田真里）

【解題】

「海を感じる時」
〈初出〉『群像』一九七八・六
〈底本〉『海を感じる時・水平線上にて』講談社学芸文庫　一九九五・三

【略年譜】

一九五九（昭和三四）年
一〇月六日、神奈川県横浜市に父・武、母・綾子の長女として生まれる。弟は二歳下。本名、本田恵美子。
一九六六（昭和四一）年　七歳
三月、館山で船屋を営む父と共に一家は転居。四月、市立船形小学校に入学。翌年、市立北条小学校に転校。

一九七〇（昭和四五）年　一一歳
九月八日、父が心臓麻痺で急死。
一九七二（昭和四七）年　一三歳
館山第二中学校に入学。
一九七五（昭和五〇）年　一六歳
四月、千葉県立安房高等学校に入学。文芸部に所属し同人誌に詩を発表。小説の執筆も始める。
一九七八（昭和五三）年　一九歳
四月、明治大学政治経済学部政治学科（二部）に入学。北千住に部屋を借り、書籍関係の運送会社に勤務し勉学に励む。四月、高校在学中に応募した「海を感じる時」が、第二一回群像新人賞を受賞。六月に単行本化（講談社）され、一八歳でデビューした。五月、新小岩に転居。七月末には退職し本格的に執筆活動を開始。八月、『女性セブン』の企画でフランソワーズ・サガンと対談。西荻窪に転居。
一九七九（昭和五四）年　二〇歳
八月、母と初の海外旅行に行く。
一九八一（昭和五六）年　二二歳
六月、短編集『野ぶどうを摘む』（講談社）を刊行。夏、出版社勤務の成田守正と結婚。新居（和光市）と仕事場（中板橋）を往復、一一月、『女ともだち』（河出書房新社）刊行。
一九八二（昭和五七）年　二三歳
一月、長男が誕生。大学の留年決定。
一九八三（昭和五八）年　二四歳
同大学卒業。五月、長女を出産。六月、『ひとりでいるよ 一羽の鳥が』（講談社）を刊行。七月、母が脳血栓で倒れる。一二月、エッセイ集『風のことば海の記憶』（冬樹社）刊行。
一九八四（昭和五九）年　二五歳
四月、旧姓使用を希望し籍を抜く。
一九八五（昭和六〇）年　二六歳
一月、母死去。四月、『水平線上にて』（講談社野間文芸新人賞受賞）。
一九八六（昭和六一）年　二七歳
一月、エッセイ集『往きがけの空』（河出書房新社）、九月、『静謐の日』（福武書店）を刊行。一〇月、事実上の離婚へ。
一九八八（昭和六三）年　二九歳
五月、『喫水』（講談社）、一二月、『曇り日を』（福武書店）刊行。翌年、五月、エッセイ集『遊覧街道』（リクルート出版）刊行。
一九九〇（平成二）年　三一歳
四月より三年間、朝日新聞書評委員を務める。
一九九一（平成三）年　三二歳
九月、『首都圏』（集英社）刊行。翌年、「掌の桃」がドイツ語に翻訳される。
一九九三（平成五）年　三四歳
六月、『仮寝』（講談社）刊行。九月、日韓文学者会議に参加。「環状線」が韓国語に翻訳される。一〇月、エッセイ集『男の背中』（日本文芸社）刊行。
一九九四（平成六）年　三五歳
一月、エッセイ集『親、まぁ』（河

出書房新社）刊行。八月、『楽譜帳 女ともだちそれから』（集英社）を刊行。

一九九五（平成七）年　三六歳

三月、『夜程』（日本文芸社）刊行。四月、群像新人賞選考委員に就任（九九年迄）。六月、『豆畑の夜』（講談社）刊行。

一九九六（平成八）年　三七歳

四月、日本大学芸術学部文芸学科講師となる。この頃から複数大学で講師を務める。一月、『占術家入門報告』（朝日新聞社）刊行。

一九九七（平成九）年　三八歳

四月、法政大学文学部非常勤講師となる（〇五年四月から教授）。

一九九九（平成一一）年　四〇歳

八月、初の新聞連載小説「楽隊のうさぎ」開始（「東京新聞」夕刊の他、「北海道新聞」「中日新聞」「西日本新聞」「河北新聞」「神戸新聞」に同時発表）。四月、『豆畑の昼』（講談社）、九月、西部邁主宰の雑誌『発言者』に「思考の原器」掲載（翌年九月迄）。一一月、『さくらささくれ』（講談社）刊行。

二〇〇〇（平成一二）年　四一歳

一月、エッセイ集『時の装飾法』（青土社）刊行。五月、日本文芸協会理事に就任。六月、『楽隊のうさぎ』（新潮社）刊行。

二〇〇一（平成一三）年　四二歳

一月、評論集『人生の細部』（青土社）、一一月、短編集『月の桂』（集英社）刊行。

二〇〇四（平成一六）年　四五歳

一月二二日、公式ウエブサイト「豆畑の友」を開設。一二月、『うさぎとトランペット』（新潮社）刊行。

二〇〇六（平成一八）年　四七歳

三月、『豊海と育海の物語』（集英社文庫）刊行。

二〇〇八（平成二〇）年　四九歳

一〇月、『大人になるヒント』（メディアパル）刊行。

二〇一一（平成二三）年　五二歳

三月、『書評時評本の話』（河出書房新社）刊行。

二〇一三（平成二五）年　五四歳

一一月、『動物園の王子』（新潮社）刊行。

二〇一四（平成二六）年　五五歳

一〇月、『麹町二婆二娘孫一人』（新潮社）刊行。

二〇一五（平成二七）年　五六歳

九月、対談集『アンチヘイト・ダイアローグ』（人文書院）刊行。

＊近藤裕子作成『海を感じる時・水平線上にて』（講談社文芸文庫、一九九五・三）、遠藤郁子作成年譜（『現代女性作家読本10』、角川書店二〇〇七・四）を参照した。

【参考文献】

川村二郎「解説」（『海を感じる時』講談社文庫、一九八四・六）

近藤裕子「作家ガイド——中沢けい」（『女性作家シリーズ22　中沢けい・多和

田葉子・荻野アンナ・小川洋子』角川書店、一九九八・二）
高橋重美「『海を感じる時』——語り始めた少女の彷徨う言葉」（『現代女性作家読本 10』与那覇恵子編 鼎書房 二〇〇七・四）

（渡邉千恵子）

李良枝　一九五五（昭和三〇）年三月一五日～一九九二（平成四）年五月二二日

在日朝鮮人文学は、李恢成『砧をうつ女』（一九七二年）の芥川賞受賞に象徴されるように六〇年代後半から七〇年代にかけて日本文学の中に市民権を獲得した。それからほぼ二〇年、李良枝「由熙」（一九八八年）が、続いて柳美里「家族シネマ」（一九九七年）が芥川賞を受賞、在日朝鮮人女性文学の存在を日本文壇に刻印した。李良枝は二・五世（本人の言では母親が胎児の時来日したため）、柳美里は二世だが年齢的には三世世代に属する。この世代は一世世代が抱えていた「怨」の意識や祖国への強い郷愁、二世世代が押し広げた「祖国統一」や「革命」への志向が薄れ、ひたすら自己の実存を凝視する方向に向かったといわれる。さらにかつて理想とした祖国の現状や「在日」社会の変容がそれを一層加速している。しかし民族や国家という問題を提出し続け、日本文壇の中に異質なものを常に突きつけてきた「他者」としての在日文学は、女性作家の登場によって一層その存在感を増している。それは在日文学の中に潜在するジェンダーバイアスや権力性を可視化させ、今日再びグローバルに深刻化する民族や国家の問題を考えるうえでもきわめて重要な問題提起があるからである。

李良枝は、九歳の時に両親が日本国籍を取得し本名は田中淑枝であるが、高校時代に両親の離婚裁判によって辛い青春時代を過ごしている。家出して京都の旅館で働き、京都の高校に編入したとき民族のことを考え始めたという。その後、早稲田大学社会科学部に入学したものの一学期で中退、カヤグム（伽耶琴）に魅了され、サルプリ（韓国舞踊）を習い始めたのはこの頃であり、一九五五年に静岡で起きた冤罪事件・丸正事件の李得賢の釈放運動に参加しハンストも行った。

彼女が初めて韓国を訪れたのは一九八〇（昭和五五）年五月、光州事件の最中であり、以来、往来を繰り返し、カヤグム、パンソリ（語り歌）などを本格的に習い始めた。「恨」を解くとされるサルプリ（巫俗舞）に使われる白い手巾《スゴン》は「あの世とこの世をつなぐともづな」とされ、そのイメージが「当時の私にとっては〝生〟というものの象徴」（自筆年譜）だったという。その後、ソウル大学へ入学したがすぐに休学（二年後復学）、この間、長兄・田中哲夫がクモ膜下出血で、翌年には次兄・哲富が脳脊髄膜炎で相次いで亡くなるという不幸に見舞われている。

この留学中に書いた初の小説「ナビ・タリョン」の中では「伽耶琴を弾き、パンソリを歌い、そしてサルプリを踊っていく。私はそのあり様のまま生きていくしかない」という自己確認をしている。その後、「かずきめ」（一九八三年）、「刻」（一九八四年）を発表、「刻」のヒロインは、授業で「師の言葉は君主の言葉、それは己れを生み育ててくれる父の言葉」という教師の声に眩暈を感じ、言葉の廃止を考える。「影絵の向こう」（一九八五年）でも社会運動に対して「支援」「共に生きる」という安直な言葉で括る空しさを表出している。

一九八八年ソウル大学を卒業したが、卒論は巫歌「パリコンジュ（捨て姫）」に現れた韓国人の他界観念、神観念を女性史の視点からまとめたものだった。この後、梨花女子大学舞踊科大学院研究生、同修士課程に進んだが、そこでも彼女が研究テーマとしたのは「仏教儀礼舞踊に現れた反復性の美を舞踊学的に整理すること」であった。

この間「由熙」を発表し第一〇〇回芥川賞を受賞、大学院を一時休学して日本に戻り日本で韓国舞踊の公演を行うなどしている。

九一年には、言葉では表現できない存在の深みを捉えようとしてあがく祖国留学生の在日二世青年を描いた「石の声」の執筆を始めたが、「在日」の多様な生のなかにも共通した血の問題を発見する第一章で絶筆となった。日本と韓国・朝鮮のどちらにも帰属できず自己の居場所を求め格闘する「在日」の存在を表象してきた李良枝がぶつかったのは、歴史によって刻み込まれてきた朝鮮民族の「血」の問題だったのかもしれない。

李良枝は、両親の離婚、京都への家出、二人の兄の急死、「在日」であることへの怯えや不安など、「在日」であるからこそ引き受けなければならなかった辛い宿命のなかで、自らの表現を求め続けた。植民地から解放された後も日本に残された「在日」にとって、誰もが奪われた民族性を回復するために言葉の獲得こそ最大の問題だったはずだ。しかし、彼女は言葉に象徴された権力構造に違和を感じ、カヤグムやムソク、パンソリといった身体に刻まれた民族の「エートス」を求めていったといえるのかもしれない。

しかし、この「石の声」執筆に専念するため日本に帰国したものの体調を崩し急性肺炎からウイルス性心筋炎を併発、ついに帰らぬ人となった。享年三七。あまりにも早過ぎる死だった。

由熙(ユヒ)　祖国に留学した在日韓国人女性李由熙を主人公に、韓国人女性「私」の眼を通して語った物語で、芥川賞選評でも高く評価されたように「言葉」をめぐるドラマである。言語は民族性を内包するものであると同時に、既成の権力システムを流布させる主要な媒介である。言語学を専攻する主人公であるのは、作者の言葉への強いこだわりがうかがえる。しかし、由熙の韓国語の発音は「不確か」でぎこちない。授業以外ほとんど外出しない彼女が、下宿の女主人の姪「私」と「机」を買いに行ったとき、バスの中で一種のヒステリー症状に襲われる場面がある。これはいわば暴力的な言葉の侵入に対する彼女の拒絶を象徴的に示している。

「――イ　ナラ　サラム（この国の人）」というときの玄関ドアの、「ギイッ、ギイッ、と擦れる音」は「この国の人」と発語する時、「この国の人」にどうしてもなり切れない由熙の心の中の軋みを表象している。

「母国」を「愛すること」ができなかった由熙は帰国するが、「アジュモニとオンニの声」と「二人の韓国語」が好きだったので、「この国」ではなく「この家」にいたと書き残す。ここには言葉として立ち現れてくる以前の「心的状態」、いわば抑圧も差別もない穏やかな人間のありようがあったことを物語っている。由熙が以前の下宿を引き払ったのは、下宿の息子たちのすさまじい兄弟喧嘩が理由だったが、この家は男性不在の家なのである。

社会の制度そのものを映し出し秩序化された言葉、由熙はそれを拒んでいる。由熙が関心を向ける「暖かさ」や「匂い」は秩序化された言葉ではない。それは言葉以前の、あるいはそれを超えた無意識の心的状況に近い。

このなかで由熙との出会いにより「私」の塞ぎもなくなっている。「私」の塞ぎはおそらく家父長制秩序が厳然として残る韓国社会に生きる女性のアイデンティティ・クライシスであろう。名門女子大学卒業後、小出版社に勤め今や三〇代半ばのOLで、「結婚する機会」を逃し将来に不安を抱えていた「私」。「韓国人」になろうとあがき、「自分のありかを求め」る由熙との間に共感が生まれ、女であるからこそ感じる現実とのズレや不安の中で通底しあえたのだ。「私」も、由熙のバスの中での異常な反応を「言葉にすると、思いのどこかがずれていく」ように感じ、由熙のいう「ことばの杖」が摑めなくなるところで小説は終わる。

つまりこの小説は言葉をめぐる女性

たちの抵抗の物語ではあるが、その象徴秩序の背後にあるのは、日本による植民地支配と解放後の分断化が一層促進させた、韓国・朝鮮人社会の深層に潜む家父長制社会の抑圧的で暴力的な暗闇だったということもできよう。

（岡野幸江）

【解題】

「由熙」

〈初出〉『群像』一九八八・一一

〈底本〉『李良枝全集』講談社　一九九三・五

【略年譜】

一九五五（昭和三〇）年

三月一五日、李斗浩《イドゥホ》・呉永姫《オヨンヒ》の長女（兄二人、妹二人）として山梨県南都留郡西桂町に生まれる。父は一九四〇年、一五歳で済州島から渡日。船員、絹織物の行商などをして西桂町に居を定め、田中の通名を名乗った。

一九五九（昭和三四）年　四歳

西桂町から富士吉田市に転居。

一九六一（昭和三六）年　六歳

下吉田小学校に入学。

一九六四（昭和三九）年　九歳

両親が日本に帰化。日本国籍取得。本名田中淑枝（「良枝」の字を使用）。

一九六五（昭和四〇）年　一〇歳

「心に太陽を持て」と題する戯曲を書き、クラスで上演。

一九六七（昭和四二）年　一二歳

下吉田中学校に入学。太宰治やドストエフスキーを読みふける。

一九七〇（昭和四五）年　一五歳

山梨県立吉田高等学校に入学。日本舞踊、箏曲、華道を習い、琴の師匠を夢見る。永井荷風を読む。

一九七二（昭和四七）年　一七歳

三年生に進級するも中退。両親が別居から離婚裁判へ。家出を繰り返し、京都の観光旅館に住み込みで働く。

一九七三（昭和四八）年　一八歳

旅館の主人の計らいで京都府立鴨沂高等学校三年に編入。日本史教師片岡秀計と出会い出自を考え始める。

一九七五（昭和五〇）年　二〇歳

早稲田大学社会科学部に入学。一学期で中退。韓国の伽耶琴《カヤグム》に魅了され、韓国舞踊も習い始める。一〇月、『考える高校生の本6――青空に叫びたい』（高校生文化研究会刊行）に、手記「わたしは朝鮮人」が載る。

一九七六（昭和五一）年　二一歳

免罪事件とされる丸正事件の主犯、李得賢《イドクヒョン》釈放請求運動に参加。八月、一週間ハンガーストライキを行ったが、自身に屈折した嫌悪感を覚える。

一九七九（昭和五四）年　二四歳

秋、「散調《サンジョ》の律動の中へ」（季刊『三千里』）を発表。散調（伽耶琴の古典的独奏曲）を弾くことが生き甲斐となる。

一九八〇（昭和五五）年　二五歳

五月、光州事件の最中、初めて韓国を訪れる。重要無形文化財、朴貴姫《パククイヒ》に師事。本格的に伽耶琴、パンソリ（語り歌）を習い始める。土俗的な巫《ム》俗《ソク》舞踊に衝撃を受け金淑子《キムスクチャ》に師事。一〇月、長兄・哲夫がくも膜下出血で急死。

一九八一（昭和五六）年　二六歳
一二月、次兄・哲富が脳脊髄膜炎で死去。

一九八二（昭和五七）年　二七歳
在外国民教育院（ソウル大学予備課程）を経てソウル大学国語国文学科入学。同時に休学届を出し帰国。兄二人の死を契機に両親は正式離婚。一一月、「ナビ・タリョン」（『群像』）を発表。

一九八三（昭和五八）年　二八歳
四月、「かずきめ」（『群像』芥川賞候補）を発表。九月、単行本化（講談社）。一二月、「あにごぜ」（『群像』）を発表。

一九八四（昭和五九）年　二九歳
ソウル大学に復学。八月、「刻《こく》」（『群像』）発表。翌年二月、単行本化（講談社）。

一九八五（昭和六〇）年　三〇歳
五月、「影絵の向こう」（『群像』）、一一月、「鳶色の午後」（『群像』）を発表。

一九八六（昭和六一）年　三一歳
五月、「来意《らいい》」（『群像』）、一二月、「青色の風」（『群像』）発表。

一九八七（昭和六二）年　三二歳
四月、エッセイ『巫俗伝統舞踊』（『アサヒグラフ』増刊）に掲載。

一九八八（昭和六三）年　三三歳
ソウル大学卒業。卒業論文は韓国人の世界観、神観念を女性史の視点からまとめた。梨花女子大学舞踊学科大学院研究生となる。一一月、「由熙」（『群像』）を発表。

一九八九（昭和六四・平成元）年　三四歳
一月二日、七七年に仮釈放され、再審請求中の李得賢が逝去、一生かかっても解けない大きな課題が残った。同月、「由熙」が、第一〇〇回芥川賞受賞。二月、単行本『由熙』（講談社）、韓国語版（三神閣）刊行。三月、梨花女子大学舞踊学科大学院修士課程に入学。仏教儀礼舞踊に現れた反復性の美を舞踊学的に整理することを研究テーマとする。三月、富士吉田市民文化スポーツ栄誉賞受賞。四月、エッセイ「木蓮に寄せて」（『東亜日報（韓国）』）を発表。六月、同大学院を一時休学。七月、日本に一時戻る。一〇月、出雲市、富士吉田市等で「サルプリ」等を公演。一〇、一一月、出雲に滞在。

一九九〇（平成二）年　三五歳
三月、同大学大学院復学。一〇月、韓国文化交流基金招待で「私にとっての母国と日本」（この原稿は初めて韓国語で書いた）と題し講演。一二月、ソウルの文芸会館大劇場で、恩師金淑子らと公演。一一月から翌年三月までソウル市の新羅ホテルに滞在。

一九九一（平成三）年　三六歳

四月、ソウル市鍾路区から同市麻浦区へ転居。「石の声」の執筆を開始。一二月、金淑子逝去。大学院単位取得。

一九九二（平成四）年　三七歳

一月、二週間の予定で日本へ戻るが、妹の急病で予定変更。二月、妹の家で家族と暮らす。三月、「石の声」執筆に専念。四月、新宿区にマンションを借りる。五月、妹・さか江が結婚のため渡米。その間、妹が刊行準備中だった四カ国語情報誌[We're]の編集に熱中。一八日、風邪の症状を訴え、一九日、頭痛と高熱のため自宅で療養。二〇日、熱が下がらず救急車で東京女子医大病院へ行くが、風邪と診断され帰宅。二一日早朝、胸の痛みを訴え杉並区の病院に搬送されたが、重症のため東京女子医大病院の集中治療室に移送された。一時安定状態を保つも、二二日早朝、容態が急変し、急性心筋炎のため逝去。八月、「石の声　第一章」（『群像』）掲載。九月、『石の声』（講談社）刊行。一二月、韓国語版『石の声』（三信閣）刊行。

＊『李良枝全集』（講談社、一九九三・五）所収の年譜を参照した。

【参考文献】

佐藤秀明「ソウルの在日韓国人――李良枝と『由熙』の場合」（『昭和文学研究』29集、一九九四・七）

竹田青嗣『〈在日〉という根拠』（筑摩書房、一九九五・八）

岡野幸江「『言葉』への懐疑――李良枝『由熙』の世界」（『社会文学』一九九八・六）

上田敦子「〈文字〉という「ことば」――李良枝『由熙』をめぐって」（『日本近代文学』62集、二〇〇〇・五）

（渡邉千恵子）

協力執筆者紹介

長谷川啓（はせがわ・けい）

女性文学研究者・元城西短期大学教授

著　書　『家父長制と近代女性文学　闇を裂く不穏な闘い』彩流社、二〇一八

『女性作家評伝シリーズ』全12巻（共編）新典社、一九九八〜

『田村俊子全集』全10巻（共監修）ゆまに書房、二〇一二〜

中島佐和子（なかじま・さわこ）

日本近現代文学研究者

著　書　「佐藤露英の小説――〈俊子文学〉のもうひとつの豊穣」『国文学　解釈と鑑賞別冊　今という時代の田村俊子――俊子新論』至文堂、二〇〇五

『少女小説事典』（共著）東京堂出版、二〇一五

「岡田禎子〈フェミニストの翼賛〉――「正子とその職業」から戦時ルポルタージュ・戯曲へ」『昭和前期女性文学論』翰林書房、二〇一六

沼田真里（ぬまた・まり）

新居浜工業高等専門学校専任講師

著　書　『戦争の記憶と女たちの反戦表現』（共著）ゆまに書房、二〇一五年

『少女小説事典』（共著）東京堂出版、二〇一五

「素木しづ論――〈健康な不具者〉というパラドクス」『社会文学』第30号、二〇〇九

渡邉千恵子（わたなべ・ちえこ）

淑徳与野中学高等学校非常勤講師

著　書　「聖域《サンクチュアリ》としての〈〈ゾーン〉〉――タルコフスキーの『ストーカー』に寄せて」『〈3・11フクシマ〉以後のフェミニズム』（共著）御茶の水書房、二〇一二

「中本たか子〈前衛〉たらんとして――その密かなる抵抗「赤」・「鈴虫の雌」から『新しき情熱』へ」『昭和前期女性文学論』（共著）翰林書房、二〇一六

編者紹介
岡野幸江《おかの・ゆきえ》
日本近現代文学研究者・法政大学他講師
著　書　『女たちの記憶――〈近代〉の解体と女性文学』双文社出版、二〇〇八
『平林たい子――交錯する性・階級・民族』菁柿堂、二〇一六
『戦争の記憶と女たちの反戦表現』（共編著）ゆまに書房、二〇一五

［新編］日本女性文学全集　第一一巻
二〇一九年一月一三日　第一刷発行
二〇二一年一月二八日　第二刷発行*
著者代表　加藤幸子
責任編集　岡野幸江
発 行 者　山本有紀乃
発 行 所　六花出版
東京都千代田区神田神保町一丁目二八
電話〇三―三二九三―八七八七
印刷製本　栄光
装幀者　川畑博昭
*第二刷はPOD（オンデマンド印刷）すなわち乾式トナーを使用し低温印字する印刷によるものです。

ISBN978-4-86617-053-4